THE HOUSE AT THE EDGE OF NIGHT

夜阑之家

[英] 凯瑟琳·班纳 著

曾新 翁雨晴 译

華中科技大學出版社
http://www.hustp.com
中国·武汉

图书在版编目（CIP）数据

夜阑之家/（英）凯瑟琳·班纳著；曾新，翁雨晴译. — 武汉：华中科技大学出版社，2018.6

ISBN 978-7-5680-4267-3

Ⅰ. ①夜…　Ⅱ. ①凯…　②曾…　③翁…　Ⅲ. ①长篇小说－英国－现代　Ⅳ. ①I561.45

中国版本图书馆CIP数据核字（2018）第121199号

湖北省版权局著作权合同登记 图字：17-2018-143号

夜阑之家　　[英] 凯瑟琳·班纳　著
Yelan Zhi Jia　　曾　新　翁雨晴　译

策划编辑： 罗雅琴
责任编辑： 李　静
封面设计： 傅瑞学
责任校对： 梁大钧
责任监印： 徐　露
出版发行： 华中科技大学出版社（中国 · 武汉）　电话：（027）81321913
武汉市东湖新技术开发区华工科技园　邮编：430223
录　　排： 北京欣怡文化有限公司
印　　刷： 北京印匠彩色印刷有限公司
开　　本： 880mm × 1230mm　1/32
印　　张： 12.875
字　　数： 323千字
版　　次： 2018年6月第1版第1次印刷
定　　价： 45.00元

华中出版

本书若有印装质量问题，请向出版社营销中心调换
全国免费服务热线：400-6679-118，竭诚为您服务

《夜阑之家》是一部虚构的作品。其中所有事件、对话和人物（除了一些著名的历史和公众人物）都是作者想象的产物，是非真实的。当真实的历史和公众人物在作品中出现时，与他们相关的场景、事件和对话完全都是虚构的，不指向真实事件，亦不改变整部作品的虚构性质。作品中其他任何与在世或者去世人物的相似之处纯属巧合。

献给丹尼尔

但是只有我们在其中爱过，岛屿才真正存在。

——德里克·沃尔科特

目　录

第一部分　故事收集者

1914—1921

曾经，整个卡斯特拉梅尔小岛仿佛中了哭泣魔咒。岛上的居民以前一直用海边山洞里的火山岩造房子，而魔咒恰恰来自那里，于是哭泣声很快就开始回荡在墙壁间，弥漫在街道上，就连小镇的拱门都在夜深人静之时作嫠妇之泣。

因为这魔咒，岛上的居民内乱不绝。父子争执，母女反目，邻里老死不相往来。简而言之，没有一点儿安宁可言。

这样的情形持续了多年，直到一个秋天，一场地震来临，小岛中心的土地剧烈震颤，居民们在恐惧中惊醒。街上的石子，碗橱里的盘子，直震得咔咔作响。楼房像乳酪般乱颤。一夜过去，几乎所有的房子都已化为废墟。

当散落在地的石头还在悲泣哀鸣时，居民们聚在一起开始商议对策。

阿佳塔，一个年轻姑娘，农民的女儿，梦见了圣母，因而对这哭泣魔咒有了应对之策。她说："某种不幸已经渗透了这些石头。我们必须要在废墟上重建家园，这样，魔咒就会解除。"

居民们就这样一砖一瓦地把小镇重建了起来。

这是岛上的一个传说。一九一四年圣阿佳塔节时由皮娜·维拉口述。记录于一九一四年圣阿佳塔节。

一

有人在外面扒拉百叶窗，他被吵醒了——这么说，他之前一定是睡着了。有人大叫："大夫！孩子要出生了！"

他一时稀里糊涂，以为是妻子要生了，匆匆把床单系在身上就跳下床跑到了窗前，这才想起妻子正睡在自己身边呢。窗外是农民瑞祖，一张脸像夜空中的月亮一样飘忽难辨。医生问道："谁的孩子？"

"伯爵的孩子！还能有谁？"

为了不吵醒妻子，医生走出家门。月光照得院子里的一切都出奇清晰，连瑞祖都不一样了。这农民穿戴上了他礼拜日才会上身马甲和领带。衣物生硬地套在他身上，像是被钉上去的。

"你搞错了。"医生说，"伯爵的孩子，不该由我接生啊。"

"可是，伯爵本人让我来找你。"

"我不负责伯爵夫人的生产。她怀孕期间一直都是产婆照管的。蒂森图大人一定是让你去叫她。"

"不，不。产婆已经在那儿了。伯爵非得要你去。他说，事情紧迫！"负责传达如此重要口信的瑞祖很骄傲地问，"所以你去不去？能不能立刻去？"

"我自己的老婆都快生了。如果不是必须的，我可不想离家太远。"

但瑞祖不依不饶地要完成他的使命。他说："伯爵的孩子这就要生啦！大夫，我想，这就是必须的。"

“产婆一个人还不够？”

“不行啊，大夫。这生产……有点儿麻烦。没有你的方糖夹子[①]，孩子就出不来，所以他们需要你啊。”说起这方面的事儿，瑞祖嘟起了嘴。他自己有九个孩子，可是哪个孩子出生他都没见过。他倒更愿认为他们的降生就像亚当和夏娃，是直接从土里长出来的。他又问一遍：“你去不去？”

医生暗暗咒骂，看来他不得不去了。“好好好。我去拿我的衣服，我去拿我的帽子。五分钟后我到路上找你。你驾着驴车过来的吗？还是说，我们得走过去？”

“不用走，大夫，车在呢。”

“你备好车。”

他在黑暗中穿上衣服，看了看表，指针指向一点四十五分。他开始收拾他的装备，钳子，剪刀，一套针筒，本来都是为他自己妻子迫在眉睫的生产而准备的，还有吗啡和硫酸镁，要是出了什么事儿的话。收拾好了，他叫醒妻子：“亲爱的，你阵痛多久一次了？伯爵夫人已经开始分娩——让上帝诅咒她吧——他们叫我去。”

她因为被吵醒，皱起了眉头，“间隔时间还长呢……你让我接着睡吧……”

上帝保佑的话，他应该来得及接生完伯爵夫人的孩子，及时赶回妻子身边。走之前，他跑过门廊，叫醒了年迈的格苏伊娜——她在目力不济之前一直是小岛上的产婆。“格苏伊娜太太，打扰了。”他说，“能请您陪陪我妻子吗？她快要分娩了，我却被叫去照看另一个病人。”

“另一个病人？谁啊？”格苏伊娜问道，“我的圣阿佳塔呀，难道在这上帝都不垂怜的小破岛上，有什么可怜虫快要死了，非得让你在这时离开？”

---

① 此处应该是产钳，但瑞祖是当时的农民，根据其形状而随口称之为方糖夹子。

“是伯爵夫人，她早产了。这事说来复杂……他们需要我的钳子。”

“伯爵夫人？你被叫去给她接生？”

“是啊，太太。”

“根据我听到的一些消息，你最好还是不要去帮伯爵夫人接生孩子。”老妇人说着，陷入了令人难堪的沉默。

医生心里忍不住打鼓，问道：“格苏伊娜太太，您都听到什么了？”

“谣言。”

“算了，不管这些了。您能陪陪我妻子吗？”

格苏伊娜整理了一下思绪。“哦，看在圣阿佳塔的分上，当然可以了。你在哪儿呢，孩子？让我扶着你，别被这些讨厌的石头绊倒了。”

这妇人几乎什么也看不见了。她揪着医生的衣摆，跟随他穿过广场，坐在卧室一角的一张椅子上。医生想着，希望妻子醒来时，卧室里这老态龙钟的身影别吓着她。

已经两点了。他亲了亲妻子的前额，离开了家。

去找瑞祖和他的驴车时，他仍在咒骂。伯爵和伯爵夫人去死吧！怀孕的时候她宁愿要产婆照管也不要他，现在，凌晨两点，催命似的叫他干什么呢！她那些麻烦，顶多也就是脐带缠绕，或者特别剧烈一点的疼痛而已，根本就用不着钳子——可当他听从他们的命令，穿过整个镇子的时候，他的妻子就没人照顾了！

瑞祖在等着。像做弥撒的时候一样，把帽子捧在手里。他们上了驴车，那是一架黄绿相间的精巧玩意儿。镶板上画的是战争、沉船和岛上的种种神奇故事。这可不是一辆应急用的车啊。午夜时分，他们驶过沉睡的街道，只有来自深蓝大海的波涛声偶尔打破周围岑寂。月光照得棕榈树的叶子一闪一闪的，连布满灰尘的驴背也变得锃亮。“这岛上有两个孩子要出生了。”医生咕哝道，“我的和伯爵的。

还非得在同一段时间出生。谁愿意当市镇医生啊？”

面对乡村医生的问题，瑞祖不太愿意表达自己的观点，但他还是说道：“哦，可这也是双重的祝福啊，大夫，不是吗？两个孩子在同一晚出生——岛上何曾有过这样的奇事儿！”

“这是双重的不方便。”

凌晨两点二十分，他们到了伯爵宅邸的大门口。医生拿了衣服、帽子、包和听诊器跳下车一路小跑，指望快点完成任务。

伯爵夫人的卧房属于这宅邸里较现代的一部分，伯爵像哨兵似的在门外站岗。电灯明晃晃地照着他汗津津的、令人厌恶的脸。“你晚了！”他说，“我一个小时前就派人去找你了！”

“伯爵夫人的生产本就不归我管。”医生有点生气，话也说得直截了当，“我妻子已经临产了。她这几天时不时地阵痛。这时候让我离开她，真是太他妈的不合时宜了！再说，我想伯爵夫人说过她只需要产婆。”

“她是说过。是我叫你来的。卡米拉在里面，你最好自己去看看。”

伯爵站开了，这样他的大块头才不会妨碍医生走进伯爵夫人的房间。新换的电灯把房间里的一切照得发白。产婆正在以原始的方式接生：“使劲儿、呼吸；使劲儿、呼吸……”但卡米拉没有呼吸，也没有使劲儿，这下医生发现问题远不止脐带缠绕或是特别剧烈的疼痛那么简单。产妇这时候不使劲儿，可真不是个好兆头。他工作时一向不怎么害怕，可这次他害怕了，肩胛骨上只感到阵阵寒意。

“你总算来了。”产婆不屑地说。

一个小女仆缩在床脚，颤抖着——她叫什么名字来着？皮埃让吉娜——有一次她得了脚趾囊肿就是他给治的。“给我拿点洗手的东西。”他说，“病人这样多久了？”

“噢，主啊！好几个小时了，大夫。”皮埃让吉娜一边拿来热水和肥皂，一边抽泣着。

“她抽搐了一个小时。”产婆纠正道，“然后就不断力竭昏迷，什么人什么东西也看不见。”

“宫缩什么时候开始的？”医生问。

“昨天早晨七点。那时我就被叫来了。”

七点，那就是十九个小时了，她们母子俩挣扎了这么久。“怀孕过程正常吗？”

“才不呢。”产婆把一叠纸塞给他——好像现在看病案有用似的！“一个月了，伯爵夫人双手水肿、头痛难忍，都下不了床。我还以为你知道呢。”她嘀咕着。

“水肿！”医生叫起来，“头疼！那怎么不叫我来呢？”

“伯爵夫人不让。”产婆说。

“但你，你可以叫我啊。”

“大陆上来的负责伯爵夫人的医生上周来看过，说什么事儿也没有。那我能怎么办？”

“她早该被送到锡拉库萨的医院了，而不是待在这里！”医生责备起了产婆和吓坏了的皮埃让吉娜，“我现有的工具实在没法进行剖宫产。我连足够的吗啡都没有！”

“她拒绝见你。”产婆说，“我曾怀疑过伯爵夫人是不是有惊厥的症状，但在这些事儿上，从没有人在意我说什么。”

这种推卸责任的态度惹火了医生。“你该力主让她进医院。”他说，“你就该坚持到底！”

皮埃让吉娜不禁痛哭起来：“耶稣啊，圣母啊，扫除不幸的圣阿佳塔啊，所有圣人哪……”

但医生知道怎么做，渐渐地，他手脚不慌了。他总会镇定如恒，或早或晚。“把人都清出去。”他指挥着，“准备好开水、干净的床单。所有东西都得一尘不染！”

开水拿来了，床单从卡米拉死气沉沉的身子下被扯了出来。医生给一个针筒消了毒，装上硫酸镁溶液，在她的手臂上打了一针。他按部就班地完成这项工作，好像在进行某种仪式，就像午时的祷告或是念玫瑰经。他一边准备着吗啡、剪刀，以及钳子，一边对产婆说：“把针和线拿出来。还有拭子，还有碘液。我包里都有。”

这时卡米拉忽然清醒了，说道：“我只需要产婆，用不着你。”

医生没有直接回应她，只说道：“现在只能是我了。孩子得立刻生下来！”

他把吗啡装好，又一次注射进她纤细的手臂。卡米拉在药物作用下松弛下来，他却在紧张地准备开刀——剪刀高举先在空中试了一下，干净利落的一个一英寸剪切动作。床单——床单呢？“拿干净的床单来。”他说，“快！”

皮埃让吉娜惊恐万分，跌跌撞撞地走来走去。医生发火了，他可是在特兰提诺的泥泞和冰雪中开始这份营生的，“一切都必须干干净净的！一切！她就算不死于昏厥，也有可能死于化脓啊。”

卡米拉这时又清醒过来，眼神里充满恐惧。战争中，他在上百个士兵眼里看到过同样的恐惧，回光返照的恐惧。他把手背放到她的肩上。这一轻触，让她变了。他知道她会变的。她抬起头，一字一句透着怨毒：“这都是拜你所赐。”

“再给她打点吗啡。”他对产婆说。

“这都是拜你所赐。”卡米拉又说，“这是你的孩子啊。别人都怀疑，就你不怀疑。你为什么不看着我？阿梅德奥？”

他给她注射，却一眼都没有正视她的脸，但他能感觉到这一指控让他无地自容。卡米拉又昏睡过去，医生立刻跪了下来，在她的产道上切开一个口，然后伸手进去够到孩子，把孩子旋转了四分之一圈。然后，借助产钳，他一个动作就把孩子拉了出来。

是个男孩——已经在呼吸了。他剪断脐带，把孩子放在产婆怀里。“胎盘出来之前，母亲还没有完全脱离危险。”话音未落，胎盘整个儿滑脱出来，一片混乱之中，一切忽然结束了，只留下一片鲜血和女人的哭泣声。

几分钟后，卡米拉渐渐苏醒过来。他知道她会醒来。她勉强在湿漉漉的床单上撑起身子，要抱孩子。他一方面感觉如释重负，另一方面又要拼命压抑这种感觉，这让他紧张又恶心。他走到窗前，看着下面那条从公路通往伯爵门口的林荫大道。他看到掩映在树丛中的路灯发出绿色的光晕。再往远处，眼前一片寂寞，只有光秃秃的山坡和无边无际、黑沉沉的大海。自从他上次在这里眺望后，一切都变了。房间变了。卡米拉也变了。他几乎都认不出来了。

等平静下来，他回到病人身边，探了探卡米拉和新生儿的心跳，缝上伤口，用碘酒把所有东西都擦了一遍。他又忙活着烧胎盘、清理带血的床单和拭子，以及绷带。然后，他才敢正视卡米拉，这时她全神贯注地凝望着孩子，无暇顾及他了。真是难以想象，这刚刚被分娩折磨至此的躯体，这刚刚被他注射、开刀、东拉西拽的躯体，在他上次看到时还是那么年轻健全。这都拜你所赐，她说过，这是你的孩子。他偷偷看了一眼孩子，孩子很健壮，一头黑发。这么小的婴孩，说成是谁的都行。根据他的观察，这孩子似乎倒有些伯爵的特征，尤其是那双下巴和突出的眼睛。

但无论如何，她指控他了，这才是最重要的。

一切都忙完了，他这才感到身子骨累得要散架了。伯爵走到门口，卡米拉连忙拉过床单盖住自己。轮到他这位医生来宣布孩子的降生了。他尽着自己的本分，拿腔拿调地吐出那些套话："漂亮的孩子……强壮的男孩儿……有惊厥症状……会恢复得很好的。"

伯爵仔细看了看妻子，又看了看孩子，对医生一点头。医生这就知道，他可以走了。

现在既然没他的事了，他整理好自己的工具，走出别墅昏暗的走廊，来到阳光下。这时，刚过六点，金乌破晓，带来一份地中海独有的静谧光彩。

一个人从棕榈树林中跑来，是瑞祖。“大夫！”这老农民欢欣鼓舞地大叫，“你有儿子了！”

他心神俱疲，一时还没有反应过来。瑞祖又大叫：“是个男孩儿！你老婆生了个儿子！”喊声惊飞了林间的鸽子。

他都忘了！他奔过去迎上瑞祖。瑞祖一点儿也没有平常的谨小慎微了。“生得快极啦！只用了一个小时。格苏伊娜说她闭着眼睛都能接生！”老人回忆了片刻，接着说，“那水平也是一样顶呱呱的！哈！感谢上帝，感谢圣阿佳塔，感谢所有圣徒！”

医生没乘坐那令人厌倦的驴车，而是顺着刚刚醒来的街道奔回了家。知了开始鸣唱。阳光洒在大街小巷上。一座座院落里的一个个寡妇开始扫地了，刷刷声轻快而急躁……

屋里一股血腥气，还有拼尽全力后留下的气息。格苏伊娜直挺挺地坐在床脚的一张椅子上打盹儿。孩子也蜷在母亲怀里睡得正香。“亲爱的，对不起。”他说。

“比我想象的容易多了！”她一如既往实事求是地说，“虽然很可怕，可是一个小时就全结束啦。没有你，我和格苏伊娜也处理得很好！”

他抹掉孩子身上残留的胞衣。小生命伸展手脚，哼哼唧唧的，看起来像只小猫崽儿一样陌生。阿梅德奥举起这个轻如无物的小男婴，观察他的胳膊腿儿，按他的脚底，扳开他的手指，在听诊器里听着那小心脏像小鸟儿似的扑通扑通的。他骄傲极了！

在这狂喜中，他的心变得柔软，甚至有些诗意了。噢！做一个父亲毕竟跟做一个情人不一样啊！他现在终于明白了！他怎么等了这么久才要孩子呢？他懂了，他生命中其他的一切都无关紧要，那些事物，都只是通往这一刻的脚步。

但现在，另一个孩子就成问题了。拜卡米拉这巫婆所赐，下午之前，谣言就会传遍岛上的每一个角落。这会成为传奇！不同的母亲生下的一对亲兄弟，不约而同地来到这个世界。他知道人们能说出什么话来。

他的妻子像跑完长跑的运动员一样无力地躺着。他好好给她检查了身体，拼命吻她。如果不是因为深深的负罪感，他是不会对妻子如此亲热的。他知道，风暴就要来临了。产婆和皮埃让吉娜都听到卡米拉的指控了。这样的谣言足以使妻子和邻居都跟他反目成仇，甚至把他赶出小岛。但现在，他只让自己想着快乐的事儿。

二

他自己的身世就是一件羞于启齿的事，没有欢庆，没有记录。

佛罗伦萨城里、阿诺河上，昏暗的灯晕下、海波的光影里，笼着一个广场。广场的一面，是一栋有九个门廊的建筑，这栋建筑的墙上有扇窗，窗上有六条铁栏杆，三横三竖。在冬夜里，这些铁栏杆与空气中的严寒、湿气和雾霭搏斗，就这样，它们的光泽被斑驳的锈迹掩盖了。在那些日子里，窗子后面有一根石柱。柱子上放着一个坐垫。

一月的某一天，医生一生的记录就是在这里开始的，那时他被偷偷地从栏杆之间塞了进去。铃响了。孩子衣不蔽体，茕茕一身，哇哇地哭了。

里面传来脚步声。一双手把他抱起来。他被一个人用衣服裹起来倚在一个坚实的胸膛上，带进了光亮中。

当孤儿院的护士打开衣服时，她们才发现这孩子虽然个头大，其实还是个稚嫩的新生儿。一条红丝带系在他的脖子上，挂着半块圣徒勋章。“可能是圣克里斯托弗莱。”一个护士说，“两条腿，三条波浪线，像水。要么，就是什么南方的圣徒。”

孩子看起来很健康。那晚，他被交给一个奶妈。

一开始，他不会吃奶。但那无畏的护士瑞塔·菲度西一直把自己伤痕累累的乳头往他嘴里塞，直到他开始大口大口地吮吸。吃得饱饱的，他睡了。瑞塔就摇着他，给他唱歌：“Ambarabà ciccì coccò.”[①] 这歌有点儿吓人，本是唱给大孩子听的。但这孩子这么壮实，瑞塔想，一般的摇篮曲怎么对付得了他呢？这么一首歌，一直萦绕在阿梅德奥后来的人生中，经常在某些奇怪的时刻响起。

孤儿院院长在回家过夜前好好地审视了这新来的孩子一番。一晚上，他们收了五个孩子！这一刻在佛罗伦萨出生的孩子，有三分之一都被递进孤儿院的铁栏杆里。有人会照顾他们的衣食，给他们取名，治疗他们的病痛，然后把他们重新送回外面的世界——那个抛弃了他们的世界。院长翻开了他那本厚重的母婴记录册，在新的一页上记下孩子被送来的时间、接手的奶妈，还有当时裹着他的那条毯子（蓝色，有血迹）和勋章（可能是圣克里斯托弗莱）的样子。他还记下了这孩子超常的体重，十磅十一盎司，是这孤儿院收养过的最重的孩子！

---

① 这是一首意大利语儿歌的第一句，有很强的韵律，但没有明确的意思。儿歌全文：
“Ambarabà ciccì coccò
tre civette/galline/scimmiette sul comò
che facevano l'amore
con la figlia del dottore;
il dottore si ammalò
e la figlia si sposò:
ambarabà ciccì coccò!”

院长拿走锡制的勋章，用一张纸包起来，放进了一个箱子，箱子上标着“1875 年 1 月”，里面放满了其他被包的方方正正的小玩意儿。一条银链子拴着的空香水瓶，一张镂空的剪纸，纸上描绘了一位女士的侧影，还有很多半个或者四分之一个的锡制勋章，像行李寄存处的票一样。大多数孩子被送来时，总带着什么物件。

他想了想，决定叫这孩子博纳若罗。近期收到的孩子太多了，光前一年就有两千个。院长、护士长，还有她手下的护士就只得变换一两个字母，好让孩子的姓独特些。今晚的五个孩子，就称为博纳雷阿雷，博纳蕾拉，博纳拉拉，博纳若拉，博纳若罗。[①] 这个大个儿的婴儿，得了个阿梅德奥的名字——一个响亮的，连上帝都畏惧三分的名字。[②] 院长写上婴儿的名字，然后合上了本子。

孩子又醒过来，去吮吸瑞塔的乳头。这次他很清楚他要干什么。生命的渴望已然在这小小的身躯里彰显出来：他要活下去，他要长大，他要成家生子。

他不仅是孤儿院里有史以来最大、最重的孩子，他还比博纳雷阿雷，博纳蕾拉，博纳拉拉，博纳若拉长得快了一倍。他得有两个奶妈来喂，而且还逼得孤儿院买了个小床放在她们的床中间。通常用的白色摇篮容不下他，他一待在里面就大发脾气。他见风就长。第二个护士弗兰卡说他是个“难看的小东西”，第一个护士瑞塔却说他是“上天降福的天使”。瑞塔常把他抱在膝盖上，哼着：“Ambarabà ciccì coccò.”有时他都忘了，她不是他的亲生母亲。

等他大一点儿了，瑞塔用一沓破烂的塔罗牌给他算了一命，结果被院长发现了。院长禁止她再这么干。阿梅德奥一点儿也记不得瑞塔给他算出什么样的命了，但他记得那些牌，为上面的故事而着迷，隐士啊、恋人啊、吊死鬼啊、魔鬼啊，还有高塔。他央求着要

---

① 英文原文为：Buonoreale, Buonorela, Buonarala, Buonarola, Buonarolo.

② 人名“阿梅德奥”（Amedeo）的名字中有个“deo”意为“上帝”。

别的卡片。瑞塔没给他，但给他讲了个故事，讲一个女孩变成苹果、树和小鸟。她还给他讲了狡猾的狐狸的故事，之后他就一直希望能有只小狐狸睡在他寝室里的石板地上。他对故事的渴求一发不可收拾。弗兰卡又给他讲了两个故事。第一个是关于一个叫“银鼻”的魔鬼的，第二个是关于一个叫“行尸走肉”的男巫的。听了这些故事，阿梅德奥怕男巫和魔鬼来抓他，吓得躲进了瑞塔床边的柜子里，但他还是喜欢那些故事。

他还没完全长大，瑞塔就走了，再没人跟他说起过她。不久，他就被送到乡下，在一间脏兮兮的小房子里与他的养父养母生活在一起。站在厕所的马桶座上，透过窗户缝儿望出去，就是他出生的地方，烟雾弥漫的佛罗伦萨，还有阿诺河——那条蜿蜒的银蛇。

养活他太花钱了，他的养母抱怨道，他长得太快，衣服很快就穿不下了。于是，他又被送了回去。

到阿梅德奥六岁时，除了他，留在孤儿院里的就大多是女孩儿了。当初他被递进来的那扇窗被关上了，弃儿被放在篮子里，送到专门的办公室，这就是护士弗兰卡所谓的“文明”的方式。她说，不这样的话，没良心的人就会随手把自己的孩子扔给孤儿院了。随着阿梅德奥渐渐长大，他就开始想，自己是不是被“随手”丢进来的呢（他理解中的“随手”是意外的意思）？盼着他的生母会来把他领回去，他就久久地站在窗下的台阶上等。

五月的一个下午，来为孩子们体检的医生在台阶上看到了阿梅德奥。这位医生一直暗暗注意着他。男孩儿长得太高大，双腿撑不住他的身子，所以总是造成各种各样的事故。医生不得不多多照顾他，虽然这并非自己所愿。

“我的小伙子啊，”医生说（一旦孩子们过了九个月，他就不会好好叫他们了），“这几周没受伤吧？不错不错，有进步。可是，你以后会长成什么样子呢？”

不料阿梅德奥把医生的话当真了。这天下午他正莫名地心绪不佳，忽然满肚子的委屈都爆发出来。他开始哇哇大哭。

医生被搞得手足无措，不由自主地把手伸进口袋，不停地拿出些玩意儿来逗小男孩儿，包括一块紫糖、一块里拉币、一张用过的剧院票子，还有一方绣着“A.E.”的手帕。阿梅德奥哭哭啼啼地把手帕接了过来。“看这儿，”医生说，“这两个字母不是你的姓名首字母，不过我说它们是它们就是了。第一个是对的，阿梅德奥的首字母是A。因为我的教名正好是阿尔弗雷德①，也是以A开头。第二个就不太对了。你认字了吗？我想你还不认识吧。我的姓是埃斯波西托②，对你这样的弃儿倒是很合适。这个词就是‘被遗弃’的意思。哦，当然，现在没人敢给弃儿用这样的姓了，怕被人说成是歧视。”

“你也是弃儿吗？”阿梅德奥问道，暂时不哭了。

“不是。我想我太姥爷是。因为我们没有发现有关他的任何记录。”

男孩儿又开始哭了，好像医生不是弃儿这个事实让他倍感屈辱。医生没办法，只能催他：“快，拿上那紫糖吧。”

“我不喜欢。”从没尝过紫糖的男孩儿说。

“那你喜欢什么？”医生问。

“我爱听故事。”男孩儿还没止住哭。

医生搜肠刮肚地想出一个故事。还是当年他的护士讲给他听的呢，他也记不太清了。这是个关于鹦鹉的故事。鹦鹉为了防止一个女人背叛她的丈夫，就飞进她的窗户，给她讲故事——一个精彩绝伦，且永远讲不完的故事。女人被迷住了，没日没夜地听。等她丈夫回来的时候，什么出格的事也没有发生过。故事大致就是这样。

阿梅德奥坐起来，擦了擦眼睛，说：“你好好讲。”

医生是真的记不得了。不过，第二周他就给阿梅德奥带来一份

---

① 英文原文为Alfred。

② 英文原文为Esposito。

抄本，是他家的管家赛瑞娜写在一本红皮笔记本上的。赛瑞娜的奶奶是个讲故事大师，她把她奶奶讲的那个版本记得特别清楚。医生自己也不懂，自己费这么大劲给这孩子找故事干什么呢。笔记本的封面上印着一朵鸢尾花，这是阿梅德奥经手过的最精美的东西了。看到阿梅德奥这么喜欢笔记本，医生就把笔记本也自然而然地当礼物送了他。“你可以在本子上写下更多的故事，或者练练你的读写。”医生满意地说。

从那以后，阿梅德奥就养成了收集故事的习惯——护士、修女，还有来自圣母领报堂，经过孤儿院去拜访施主的牧师们。有喜欢的故事，他就记在本子里。

他十三岁了。他们问他想去哪儿当学徒，他说他要学做医生。结果他被送到一个表匠那里。三天刚到，他又被表匠送回来了，因为他手指太粗大，总是弄坏那些精巧的机械。他又被送到一个面包师那儿，可是面包师总被这大块头学徒绊倒。三个月后，面包师就因为这个扭伤了脚踝，最终忍无可忍，又把阿梅德奥送回来了。后来，阿梅德奥又跟着一个印刷工干了几个月。他挺喜欢这活儿，可不幸的是，一天中他有十次要停下工作去看那些故事，这让印刷工损失了利润，还吓跑了客户。结果，他又被送回来了。

这下，他没有谋生之计了，尽管年龄过大，但还是被送到了学校。在这儿，他终于扬眉吐气，每年都拿班上第一，遥遥领先于那些职员和店主们的那些年龄比他小的孩子们。他还是坚持想当医生。在人们的记忆中，他是第一个从孤儿院出来要学医的孩子。院长去咨询医生埃斯波西托，问道：“这可以吗？”

“可以。”医生说，“只要有人愿意给他付学费，有人愿意引导他的学业。哦，还有，只要他能克服他笨拙的毛病。我相信，这孩子只要用心，他是做得到的。”

在孤儿院院长的压力下，一个施主为他出了一部分学费，还有一个负担他的书本和衣物。阿梅德奥后来又去服役了两年。但是回来之后，埃斯波西托医生就只能让他住进家里跟自己学医了。这么多年来，他已经很喜欢这个笨手笨脚的男孩儿了。小伙子住在医生家的储藏室里，和管家赛瑞娜一起吃饭，医生则督导他学医。那时阿梅德奥已二十一岁，其他事情，也不用别人管了。医生安排他去圣玛莉亚诺瓦医院的外科学院听课，晚上在奥利奥洛大道和阿尔比齐街之间的一间酒吧洗杯子挣点生活费。

这样的安排非常成功。小伙子很快适应了，医生一进家门，他要么跑去生火，要么帮他摆好椅子。医生年纪大了，一直单身，看阿梅德奥这孩子这么贴心，不由得很感动。而且，阿梅德奥每天都逐页逐页地看报纸，还有条不紊地翻阅着医生的书，不失为一个令人愉快的谈话对象。总而言之，医生太乐意阿梅德奥跟着他了。有时，他会邀请阿梅德奥到他昏暗的书房里共进晚餐。他自己惯于在那里一边埋头于一堆科学期刊一边吃饭。医生是个收藏家，他的书房里满是标本：蝴蝶、罐子里装的白虫子、珊瑚雕、波利尼西亚的啮齿动物标本，还有其他许许多多自然界里罕有的珍品，都是爱好科学的老医生穷其漫长孤独的一生搜集而来的。小伙子对雨伞旁边茶几上摆着的一个蜡制人眼模型最着迷，人眼的表皮被剥开，露出下面的静脉结构来。楼梯上两根线危险地垂下，挂着鲸鱼吻部的刚毛。阿梅德奥对这些珍稀遗存不可能无动于衷。他是看着它们长大的，跟老医生一样对它们痴迷不已。他暗暗许下心愿：有朝一日，自己也要有这样的收藏——一间摆满标本的客厅和摆满书的图书馆。他的红色笔记本里写满了故事，他的头脑中充斥着学业未成的年轻人的种种向往。

最后阿梅德奥终于获得当医生的资格了（在他的印象中，作为孤儿，做什么都得花费两倍的时间）。但他没像养父那样做一个驻院的外科医生，而是去做了市镇医生。为了表示自己对养父的尊重，他把自己的姓改成了埃斯波西托。没能找到一份稳定的工作，阿梅德奥就游走于乡村之间，在那里的老医生去世了或者有人积劳成疾时填补他们的空缺。他没有马，也没有自行车，只能在大雨瓢泼的清晨、寒风刺骨的夜晚靠着一双脚穿行在石头搭成的小屋之间，在菲耶索莱和波利浴场的山坡下为农民包扎扭伤的脚踝和流血的肩膀，还为他们的妻子接生。他寄信给省里的每一个村庄，申请做常驻医生，却一无所获。

一年一年过去，他的故事也越积越多。因为他技艺娴熟、举止有度，总能让人对他倾诉心声。农民给他讲葬身大海的女儿，失散重逢却因为不认识对方而骨肉相残的兄弟，双目失明靠着鸟鸣声辨别方向的牧羊人。看样子，穷人最喜欢的，是那些伤心的故事。阿梅德奥对它们也一样着迷。在灰蒙蒙的黎明中回到自己临时的住所后，他会把手洗干净，倒上咖啡，打开窗户聆听大自然中舒心的声音，然后把那些故事写在那本红色笔记本上。不管病人是生是死，他总会庄严地进行这个仪式。就这样，他的本子上记录了千百个人的生活画面。

可他自己的人生还是了无出路、萍飘蓬转，就好像他的生活从未真正开始。他两撇眉毛直竖着掠过前额，看起来强硬孤冷。他个子太高，却还不像其他那么高的人一样感到惭愧。他的个子，以及他说不清的身世，让他在哪里都格格不入，如同异乡人。每当他看到其他年轻人在佛罗伦萨的大教堂广场拍照，在酒吧外的弯腿桌上喝巧克力时，他都会觉得自己从未属于过这个群体。青年时光快结束了，他将近中年，一向独来独往，穿着朴素，沉默寡言，每晚埋头研究医学期刊，周日就去年迈的养父家里，坐在客厅里聊聊报纸，看看新添加的收藏，打打牌。摸牌的时候，他脑海中浮现出童年塔罗牌上的故事：吊死鬼、恋人和高塔。

老医生现在已经退休了，不过他还是时常走访那家孤儿院。过了这么多年，孤儿院已经翻新过了，孩子们现在睡在通风条件良好的寝室里，在专门用来晾床单的大露台上玩耍。

阿梅德奥仍在试图找一个固定的营生。他到处寄信，寄到那些他连名字都没听过的南方村庄、高耸的亚平宁山上的小镇，还有那些极小的小岛上去，那里连邮政系统都没有，只能用船把信送到附近的村庄再转寄。

最终，一九一四年，一个镇长就用这种曲折的方式给他回了信。镇长说他名叫阿尔坎杰罗，他的小镇叫卡斯特拉梅尔。如果阿梅德奥愿意去南方，这个完全没有医疗服务的小岛倒是可以给他一个岗位。

在他养父的地图上，这个小岛只是一个小点，位于西西里的东南方。不去非洲的话，这大概是阿梅德奥这辈子会去的离佛罗伦萨最远的地方了。当天下午，他就回信接受了。

他终于有一份固定的工作了。养父在车站为他送别时没忍住哭了出来，但还是言之凿凿地承诺，到夏天他们爷儿俩一定会在三角梅盛开的阳台上一起喝柠檬酒（老医生对南方的印象是模糊而浪漫的）。他已经把阿梅德奥视如己出，尽管一向找不出言辞来表达这种眷恋。阿梅德奥搜肠刮肚地找词儿表示感谢，最终却只和老医生握了握手。就这样，他们分别了。他们这一生再没相见。

三

阿梅德奥乘蒸汽轮船从那不勒斯出发。第一次出海，耳中波涛汹涌，眼前无边无际，他被弄得晕头转向的。他带了一个大旅行箱，里面装着他的医疗器械，都是用一束束的稻草扎起来的。还有一个小皮箱，装着他仅有的几件衣物、剃须刀、烟斗和故事本，还有养父送给他的一个惊喜——一台小柯达相机。他已下定决心，要在卡斯特拉梅尔开始崭新的生活，在优雅的酒吧露台上啜饮巧克力，经历那些照片上才会有的事。那个孤儿，还有那个打零工、身无分文的医生都已是往事了。现在，他仍跟刚来这个世界时一样孤零零的，没有妻子、没有朋友、没有孩子，只有他的养父。难道生活就无法改变吗？他踏上这次旅程，不就是改变吗？他都快四十岁了。他知道，生命之花一直静静地含苞等待着，是时候让它绽放了。

自孩提时代起，他就总觉得自己与潮流格格不入，现在也是这样。回头望去，他看见所有离开那不勒斯港口的船都向北驶去，像是被某个无形的罗盘吸引过去的，而他坐的这艘船却顶风破浪向南行进，船头碾碎了浮在水面上的月光。船在萨勒诺和卡塔尼亚稍稍停留，最终停泊在锡拉库萨。在这里，阿梅德奥第一次见到了卡斯特拉梅尔。小岛低低的，刚刚超过视平线，像块突出水面的岩石。他只能乘一艘渔船去岛上，因为根本就没有渡船或者轮船去那儿，这小船还起了个昭示性的名字：上帝慈悲。那渔夫说，载你是可以，但没有二十五里拉不行，这样的逆风，到那里要一个晚上呢。

一个编渔网的老人加入了他们的谈话。他咕哝着讲起那个哭泣魔咒，说小岛是一个噩运重重的地方，然后就绘声绘色地开始讲一个堆满骷髅头的山洞的故事。但他很快就被那渔夫打断赶走了，因为渔夫觉得自己一桩生意马上就要谈成了。

事实的确如此，阿梅德奥可不是个迷信的人，而且他初来乍到，不懂南方的行情，所以也没有跟渔夫讨价还价。他付了二十五里拉，然后就在渔夫的帮助下，把大箱子放到了船的坐板下面。

渔夫一边划船，一边跟阿梅德奥聊天。他告诉阿梅德奥，卡斯特拉梅尔的居民们靠养山羊、摘橄榄为生，他们还捕捞金枪鱼——

用大棒把鱼砸死——以及各种各样可以被砸死、钓起、用渔叉插进鳃里的鱼。阿梅德奥从那不勒斯出发时就晕船，现在还没好，一直把嘴闭得牢牢的，而渔夫则一路讲得唾沫横飞。

九点多，阿梅德奥下了船。望着“上帝慈悲”桅杆上的一点星火渐渐消失在波涛中，他忽然感到周围一片虚幻、一片沉寂，好像这是一座荒无人烟的孤岛。当然，海边还是有几间小屋的，但这些小屋没有点灯。白天的余热尚存的石码头上散落着三角梅和夹竹桃的花瓣，空气中飘着淡淡的香气。他把大箱子留在码头，去找附近有没有农夫或者渔夫能借给他一辆手推车用。可是，附近只有一座阿拉伯清真寺，石拱门下丢着几张牌和几个烟头，还有一座白色的小教堂，也被废弃了。圣坛上一位阿梅德奥不认识的圣徒作凝视状，雕像两边的瓶子里插着百合花。酷暑中，花茎早耷拉下来了。

镇长阿尔坎杰罗给阿梅德奥的信里说让他爬上山，“经过一丛刺梨，再穿过石牌楼”，小镇就在“巨石之上”。他现在已经习惯黑暗了，能模模糊糊地看见峭壁边缘一个小村落的轮廓：稀稀疏疏的房屋，一座巴洛克式教堂的正面，一座方塔，穹顶上的蓝色珐琅反射着璀璨的星光。

阿梅德奥没法拎着大箱子爬山，只能把它留下，藏进小教堂，他觉得放在这个地方应该会安然无恙。然后，他提着手提箱出发了。石子路坑坑洼洼的，路两边低矮的灌木里蜥蜴爬来爬去。他听到涨潮的声音穿透层层夜色，往下一看就看见潮水在千百个小山洞洞口翻涌，溅起朵朵白色的浪花。再往上走，路偏离海岸，小岛展现出另一种风姿，更平坦，更整齐，阡陌纵横间散落着农民方方正正的石头房子。他走过橄榄园的树荫，走过灰暗的仙人掌，然后清晰地看到了一座斑驳褪色的石牌楼。现在他在整个岛的最高点了。站在呼啸的大风中，他发现卡斯特拉梅尔从高处看和从远处看没什么区别，仍然是黑沉沉的大海上的一块巨岩。北面，来自意大利和西西里的灯光朦胧地闪着，南面则是一望无际的黑暗。

小镇一片黑压压的，寂静无声，好像从无访客。主街上每隔一段距离有一盏暗淡的白炽灯照明，小巷里就只有从阳台上挂下来的汽灯了。黑暗中弥漫着刺鼻的百里香和罗勒的气味。阿梅德奥不得不找遍整个小镇搜寻生命的迹象。一条街的商店，用黑色大写字母书写的店名涂在灰泥上，一座长满绿苔的喷泉，还有一座可以看到大海的观景台。没有人。他都要绝望了，忽然听到一阵歌声。他拐过几条没有路灯的小巷，一路与挂得低低的晒衣绳作战，还不幸地碰上一条流浪狗，然后顺着长长的台阶爬上一个广场。在这儿，他终于找到了卡斯特拉梅尔的居民。

广场上一片喧嚣。用大浅盘把鱼顶在头上的女人，飞溅到杯子里的美酒，充斥在夜色中的吉他和手风琴的旋律。一个男孩儿和一个女孩儿推着辆独轮车跌跌撞撞地在人腿间窜来窜去。广场一角，一头驴子正被拍卖。男人、女人和孩子把那驴子围得水泄不通，挥舞着手里的粉色票子。一个底座上有一尊圣徒的灰泥浮雕，是个一头黑色卷发的女人，被包裹在熊熊烈焰中，目光炯炯。阿梅德奥很快就会知道，他赶上了一年一度的圣阿佳塔节。而现在，他只看见一片前所未见的奇妙混乱的场景。

阿梅德奥踏进这片混乱，好像踏进温暖的海洋。他穿过茉莉花、海蜒和酒精的气味，穿过零星的方言、带口音的意大利语和他听不懂的悠长悼歌，穿过照亮了那苍白的圣徒的火光和几百支蜡烛的烛光，最终挤出了人群。他的手提箱被紧紧地抱在胸前。眼前赫然是一幢气派的大宅子。

这是一座暗琥珀色的方形建筑，它似乎伫立在广场上的光亮与大海和山坡的黑暗之间，端坐于四边山麓之上。它的露台上挂下一串串三角梅。花团锦簇间，小镇居民坐在小桌子旁喝着柠檬酒和橙子酒，专注又赌咒发誓地玩着纸牌，听着手风琴的旋律晃啊晃。一个标志上龙飞凤舞地写着：夜阑之家。

一个喝得醉醺醺、脚步蹒跚的瘦小老头儿走近阿梅德奥，抬头看了看他，问道："你是谁？"

"阿梅德奥·埃斯波西托。"他一惊，开始介绍自己，"新来的医生。"

老头儿开心地飘飘然起来："新来的医生。哦！新来的医生！"

当岛上的人们拥到他身边，拍他的手、捶他的肩、握他的胳膊时，他真是被吓了一跳，过了好一会儿才反应过来，原来这是他们表达欢迎的方式。瘦老头儿高兴地扯着嗓子喊："我叫瑞祖。这酒吧是我兄弟开的。我们瑞祖家在岛上可是举足轻重的，医生，你过过就知道了！我给你拿杯饮料，我给你再拿份烤海蜒、拿份饭团，哦，对了，再来一盘马苏里拉。"

医生自从离了锡拉库萨后还没吃过东西，他顿时感觉饿了。他坐了下来。有人给他清理了一张桌子，倒上酒。镇长阿尔坎杰罗一会儿就来了，他是本地的杂货商，长得很结实，一路微笑着从人群中顺畅地穿行。他握了握阿梅德奥的手，拍了拍他的肩膀，欢迎他来到小岛。然后，他给阿梅德奥介绍了当地的神父，名叫伊格纳塞奥神父，瘦瘦小小的，也是镇政厅成员。

镇长匆匆忙忙地接待了阿梅德奥后就走了，神父留了下来，重重地咳嗽了一声，坐到阿梅德奥身边。"我敢说，你还没见过伯爵吧。他是副镇长。他没当上镇长，这还是头一回，所以我们现在正在现代化。"

阿梅德奥还以为在二十世纪的意大利根本就不存在"伯爵"了呢，他一时不知如何回答。"你很快就会见到伯爵。别担心，早见早完事儿。"

瑞祖端着盘子回来了，还带来一个同样瘦小的老头儿，他说这是他兄弟，酒吧主人。瑞祖一屁股坐到阿梅德奥对面的椅子上，给他加了点儿酒，开始讲小岛的历史以及他们正在庆祝的这个节日的由来。

“我一直跟伊格纳塞奥神父说，他得让教皇把圣阿佳塔官方化了。”他跟阿梅德奥说，“她治好了各种各样的疾病。一次是哭泣魔咒，还有一次是流行的伤寒。还有一次敌人入侵时，她下了一场‘鱼雨’到他们船上，救了这个岛。第四次显灵呢，她治好了一个落井女孩儿的腿。哦，圣徒保佑。噢，对了，这儿，这就是当年那个女孩儿，格苏伊娜太太。”

阿梅德奥东张西望了一番——“不，大夫，那儿呢！”——才发现瑞祖指的是一个耄耋老妇，她正晕乎乎地随着手风琴摇晃着。他问：“那奇迹是什么时候发生的啊？”

瑞祖回答：“好多年以前了。但我们哪一年都指望圣阿佳塔能大显神通。在她的节日，我们会把她的雕像抬着绕海岸线一周。她呢，作为回报，会保佑渔船、新苗，还有所有新生的孩子。今年有七个新生儿呢，我敢说你要忙死了，医生。”

“这些孩子都会被叫作阿佳塔。”庄重的牧师插了一句，“我打包票，这世界上没哪个地方的阿佳塔比这岛上的多。这些年阿佳塔泛滥。我们都不得不用特征来区分他们了：绿眼睛的阿佳塔，来自那个长满三角梅的房子的阿佳塔，面包师的姐姐的女儿阿佳塔……”

“‘阿佳塔’是最好的名字！”瑞祖抗议了。他已经喝多了。他从椅子上爬下来，又去给医生找酒，但医生好像对这岛上的酒并不是很感冒。瑞祖有点儿嫌他喝得太慢，还动不动就咳嗽，洒出点儿酒来。

阿梅德奥喜欢上了瑞祖讲的阿佳塔的故事，这会儿高兴地拿出了他的故事本，把它记了下来。像今晚发生的其他事一样，这故事是那么迷人，那么不真实，他只怕自己把它忘了。

当人群稍稍散去，伊格纳塞奥神父凑过来，对阿梅德奥说：“恐怕你有的麻烦了。自从两千年前，第一个希腊水手登上这个岛后，岛上就没有医生。现在好了。人们得了拇囊肿要找你，得了痔疮要找你，还会让你治疗他们生病的猫、发疯的女儿、一堆一堆的病。还有他们的故事，讲不完的故事。别怪我没提醒你。”

“之前这岛上一直没有医生？”

“没有。”

“那有人生病了一般怎么处理呢？”

伊格纳塞奥神父一摊手，说：“要是病得重的话，就用渔船把人送到大陆上去。”

“那要是遇上风暴怎么办？或者没船？我来的时候就很麻烦。只有一艘船愿意载我。”

“我有药的时候就会拿出来。”神父说，“还有那位好寡妇，格苏伊娜，会照顾临产的产妇。我们俩勉强对付着。但是，真的碰上那种情况，我们也没有办法。太令人伤心了。你来了真好。每次我们不得不埋葬那些年轻人的时候，我的心都要碎了。如果有专业医师的指导，他们的死兴许是可以避免的。”

“那为什么你们到现在才找医生呢？”

神父悲痛地、响亮地吸了一下鼻子，回答：“这就是政治问题了。之前的镇长不愿意啊。他根本就不觉得有这个需要。现在镇政厅换人啦。我加入了，还有校长维拉。阿尔坎杰罗也是镇长了。我们才开始着手办这件事。”

“前任镇长是谁？”

“蒂森图伯爵。”神父说。

“大家在等的那个伯爵？”

“是的，大夫。当然了，按官方标准，他已经不是伯爵了，但是既然岛上的人每次选举都一致将一个个姓蒂森图的人选为镇长，除了这次，他这称谓就这么沿用下来了。只有上帝和圣阿佳塔知道为什么！”

“伯爵当镇长这么多年了，就真的不觉得岛上需要一个医生？这儿有多少居民？”

伊格纳塞奥神父说估摸着有一千个，虽然就他所知岛上从来没有过人口普查。不过，说到这儿，神父忽然把话题转到了阿梅德奥的住所。“我们打算让你寄宿在校长维拉和他妻子皮娜的家里。他们应该就在这附近，我去找他们。”

神父起身离开，几分钟后带回了校长维拉和他妻子。维拉是个将近中年的教授，用头油把头发抹到一边。他拍着阿梅德奥的肩膀说：“很好，很好，终于来了个有学问的人。”搞得神父在一边又吸了吸鼻子。大教授把阿梅德奥从神父那儿抢了过来，开始给他简要地讲小岛的历史。“被外敌入侵了八次，想想吧！”“一五〇〇年之前没有教堂。”现在大约是三点，他喝得说话都语无伦次了，还从椅子上栽了下去。

校长被人送回家了。现在他的妻子皮娜从他的阴影里走出来。维拉颠三倒四告诉过阿梅德奥，岛上的居民有诺曼人、阿拉伯人、拜占庭人、希腊人、腓尼基人、西班牙人和罗马人等多种血统，从皮娜绸缎般的黑发和乳色的眼白就能看出来。人们把她拉进谈话中，一定要让她讲讲卡斯特拉梅尔真正的故事。她讲了，声音有些犹疑，但有力。她讲侵略者、被流放的人、喷发的岩浆、阴森森的抽泣、悲恸的嗓音和白骨咔咔作响的山洞。皮娜讲得眉飞色舞——没有人能比她讲得更好了。第二天，阿梅德奥醒来时还拼命想把它们回忆起来，但后来一直觉得自己忘了最精华的部分。

皮娜讲完故事，说要去看看丈夫安全到家没有，就离开了。但她说庆典结束时自己应该会回来，至少不会错过撒花。

神父看着皮娜远去，说：“她是个聪明的女人。我给她洗的礼，教的她教理。她这样有教养的人其实不该待在这个岛上，也不该嫁给维拉。哎，真可惜。但我没法说服那位教授把自己的工作让给她。他这人枯燥透顶。皮娜会干得比他好得多！”

老头儿瑞祖为了听皮娜的故事回来了。他又开心地叫起来：“神父伊格纳塞奥就爱传绯闻。他总是那始作俑者。这是我们见过的最不正经的牧师啦！”

神父听了，倒还蛮开心的，一口干了他那杯橙子酒。

这时，人群中一阵紧张地骚动。“是伯爵。”瑞祖说，“他终于来了。”

“哦，又是一个我见不得的人。”神父说，“对不起，大夫，我要溜了。”

大腹便便的伯爵，穿着件天鹅绒外套，从圣徒的雕像下走来。阿梅德奥看着伯爵穿过人群，那引人瞩目的样子感觉有点窘迫。有些人向他鞠躬，跟他握手，给他送茄子啊、酒啊、鸡啊。其他人对这场景都安之若素，但阿梅德奥也注意到，不是所有人都凑近伯爵举手致意的。

最后，伯爵走到阿梅德奥他们跟前。瑞祖在桌子另一侧鞠了个躬。阿梅德奥料想自己也该效仿，就站起身来。

伯爵说：“我知道，你是新来的医生。我是安德里亚·蒂森图，伯爵。”

阿梅德奥简短地介绍了一下自己。伯爵不咸不淡地来了句：“很高兴认识你。”然后说：“这是我妻子，卡米拉。”

一个一脸无趣的年轻女人走出人群。她有一头黑色卷发，戴着顶帽子，一根羽毛直直地插在帽子上，正是巴黎、伦敦流行的风格，和其他人穿的传统礼拜日盛装格格不入。伯爵朝她挥了挥手，说：“卡米拉，拿点儿咖啡，拿点儿威士忌，还有葡萄酒。再来点儿吃的，馅饼或者橙子米饼[1]都行。”

说完这些，伯爵拉开一张椅子，坐了进去，然后故作威严地沉

① 西西里特色美食，外面是米饭，中间是肉酱，过油炸，颜色金黄，像橙子。

默了一会儿，最后说：“你什么时候来的？谁去码头接你了？”

“九点左右吧。”阿梅德奥说，“没人接我。不过我已经见了阿尔坎杰罗镇长，还有两位镇政厅成员，维拉教授和伊格纳塞奥神父。”

“你是城里来的吧，北方人？你到这天涯海角的地方来做什么呢？逃避什么吧，我猜。”伯爵爆发出一阵大笑。

阿梅德奥不知该如何回答，只说自己已经找遍全国求一个常驻医生的工作，而这里正好有一个。

“好啊，我希望你在这儿能维持生活。你家里人都是从哪儿来的？埃斯波西托，这姓可真奇怪。”

“我没有家人，只有一个养父。”阿梅德奥一字一句地说，因为他并不觉得这事有什么可耻的。但是在这酷热的广场上被伯爵如此盘问，他还是开始出汗了，不由用一个手指摸着自己衬衫的领圈。

“你没有家？”伯爵说，“身世不明。这么说你是个孤儿？”

“我在佛罗伦萨的孤儿医院长大，是个弃婴医院。”阿梅德奥回答，他的自尊心逼着他加了一句，“佛罗伦萨最好的孤儿院之一。”

“嗯，我想这姓就说明问题了。‘埃斯波西托’，被抛弃的意思嘛。”

卡米拉带着瑞祖和他兄弟，端着托盘回来了，盘子上放着镶金边的杯子，小碟子里的糕点摆成扇形形状，还有一瓶没开过的橙子酒。瑞祖绕着伯爵的椅子转悠，低声下气地说：“这些都是最好的了。”

“卡米拉，倒酒。”伯爵说话时又没正眼瞧他妻子。卡米拉只是点了点头，给丈夫倒上了酒，然后在稍远一点的一张椅子上坐了下来，矜持地插着手。

“我们的别墅里有冰激凌和真正的好酒，从帕拉莫运过来的。”伯爵说，然后嘲弄地叹了口气，“不然恐怕你就要以为我们是原始人了，医生。没有完善的照明系统，没有图书馆——书在海边这潮湿的空气里都腐烂了。人们还都是文盲。这儿只有我识字，还有牧师、校长、杂货商阿尔坎杰罗也凑合。我想还有卡米拉吧，虽然人们都不觉得她识字，但她不知怎么的就能读懂那些时尚周刊和法语小说。哈！希望你从小在孤儿院长大，趣味不会太高雅。这个岛对任何文明人而言都是噩梦！”

“一个文明社会的首要任务，就是请一个医生。”阿梅德奥说。其实这观点他自己才刚想出来。

听到这儿，美丽的卡米拉尖声大笑，吓得阿梅德奥一哆嗦。伯爵搅了搅他的咖啡，撕开一个馅饼，狼吞虎咽地吃了下去，一抹嘴边的碎屑，说：“在这个岛上，从来没人认真考虑过雇一个医生的事。新镇长和镇政厅把这事搞砸了。我们这个岛穷得根本请不起医生。当然，我希望你在这儿能糊口。但恕我直言，你可能都撑不了一年。”

桌子旁一片沉默。阿梅德奥碰到卡米拉的目光，感觉很不舒服。卡米拉忽然带着一副恶作剧的表情说：“医生，你一定要来我们的别墅用晚餐。你和我的丈夫肯定还有很多可聊的。”

“谢谢你的心意。不过，等我正式上岗，可能就没什么空儿了。”

“哦。这样的话，你可能就能养活自己了。”伯爵说，“至少你没有妻儿，只有自己的花销，还没时间参加娱乐活动，那你大概还能勉强过好单身汉的日子。这样的日子对我来说简直生不如死，但我想你能对付。做一个无妻无子的人多轻松啊，在这个世界上什么牵挂都没有！”伯爵说着，看了看卡米拉，后者一脸被逗乐的样子。

“你们呢？伯爵，你们有孩子吗？”阿梅德奥问。他很不友善地挑起这个话题，因为直觉告诉他伯爵夫妇膝下无子。

不过伯爵只是摇了摇头，说：“卡米拉生不出来。”卡米拉垂下头，阿梅德奥能看见她在如此当众羞辱之下脖子都红了。就这么一击，伯爵不仅让卡米拉抬不起头，还搞得医生也说不出话了。他抓起最后一个馅饼，灌下杯里最后一口咖啡，就准备走了。临走前，他再一次向医生伸出手，说：“我希望你在这儿能活下去。”

阿梅德奥说：“我正打算这么做呢。”

伯爵穿过人群走了，阿梅德奥听到一个人忧伤地吸了吸鼻子，一转头，发现神父站在他身边。“好了，你熬过了第一次跟伯爵的会面。”神父说，“之后所有的事情都会比这好。”

阿梅德奥说：“我有点儿为卡米拉难过。”

神父说：“是啊，我们都为她难过。”

黎明来得偏早，天空泛起鱼肚白，节日庆典还在继续。阿梅德奥坐在瑞祖和神父中间。他已经喝得脚都软了，不敢站起来，又很想睡觉。随着音乐奏得更加癫狂，人们开始群魔乱舞。玩牌的人好像一局已经打了几个小时了。每次一个赢家一揽他的牌，呼喊声就更粗野，友好的咒骂就更肆无忌惮。最后一局的时候，瑞祖那瘦小的兄弟欢呼雀跃地把牌高举着从椅子上蹦了起来，结果打翻了一杯柠檬酒。同时，跳舞的人里面，一个穿着马甲和农民穿的黑色外套的年轻人在打牌的圈子附近来了几个危险的跳跃动作。忽然，跳舞的人散开了，打牌的人把牌收了起来。“该死！已经是撒花的时候了！”神父伊格纳塞奥说着，站起身来，“我又忘了！”他出奇灵敏地穿过人群，走到雕像前站住了。几个年轻人用绳索把雕像抬了起来。各个方向上的百叶窗都打开了。

“他们在干什么？”阿梅德奥问，但瑞祖已经不见了。他发现自己一个人被留在了露台上。

牧师开始咏诵祷文。紧接着，一瞬间，好戏开场了。一阵花雨从天而降，浑似天然景致。其实呢，在每一扇打开的窗子后面，都有女人用篮子铺天盖地地倒下三角梅、白茉莉、夹竹桃、喇叭金银花，直到天上再也容不下更多花瓣。孩子们尖叫着欢蹦乱跳；吉他手和手风琴手奏起了圣歌；圣阿佳塔的雕像被高高举在人群上方。在这片混乱中，花瓣仍在飞旋，模糊了人们的视线。

一个念头闪过阿梅德奥的脑海：这是多好的一张照片啊！他从他的手提箱里翻出折叠相机，架在桌子上，他拍了第一张照片。尽管曝光不足，但他还是模模糊糊地拍下了酒吧、广场和花雨。

几天之后，他在维拉家自己的衣橱后面搭的临时暗室里，把照片冲洗了出来（这暗室也是一个躲避大教授宣讲的绝佳场所）。花瓣成了灰色背景上的白点，但他对照片的清晰度还是很惊喜。多美的东西啊！这是他拍的第一张照片。在人群中，他认出了那天晚上刚刚结识，却即将走进他生命的几个陌生人：瑞祖和他兄弟勾肩搭背地站在酒吧前，酒吧的灯像星星般闪耀；伊格纳塞奥神父站在雕像下；伯爵的黑影；站在楼上窗口的皮娜·维拉；还有美丽的卡米拉，遥遥站在人群之外。

后来，他把这张照片看成一种预示。暗藏其中的一些征兆，就像瑞塔·菲度西的塔罗牌一样，预示着他的后半生。

一九一四年，小岛以外的世界正在一步一步缓缓走向战争。阿梅德奥一开始都没有意识到。费迪南大公在撒花之后的几个小时被刺杀了，十三天后消息传到小岛。然而，小岛是如此生机勃勃、阳光明媚，对于阿梅德奥来说它反而成了唯一真实的世界。但他归根结底还是一个外来者，就像他在童话里看到的那个巨人一样，走到哪儿都格格不入。因为个子太高，他有好几次进出病人家门的时候撞得都快脑震荡了。岛上的床还是十九世纪的农家样式，短得他根本就睡不下，只能把两张床拼起来横着睡，直到后来人家给他专门做了一张（许多年以后，他们又给他专门做了一口棺材，因为他到死仍然是卡斯特拉梅尔最高的人）。因此，他没能立即融入这里。但莫名其妙，却又不容忽视地，他觉得很自在，很有归属感。比如，圣阿佳塔节后的那天中午他醒来时，发现有人把他留在码头的大箱子给他搬来了放在门口。第二天早晨，伊格纳塞奥神父就把他拉出来，跟他讨论大陆上传来的新闻："你是个有思想的人，埃斯波西托，说说你的想法吧。"瑞祖兄弟在他早起散步时"伏击"他，用咖啡和饭团对他狂轰滥炸。一个月后，连圣阿佳塔协会的寡妇们都问他为圣徒新作的横幅应该订购什么颜色的线（虽然他是个不信教的人，还在第一个周日因为没去做礼拜而引起了公愤）。在他帮渔民皮埃瑞诺从脚上取出一根海胆的刺之后，渔民协会就邀请他参加了吞拿鱼献祭仪式。

而且，镇上出现的大大小小的纷争，他都得表明立场（因为他已经作为一个顾问进镇政厅了）；还有几起伤寒要他治疗；八个临产或者新生的婴儿。当意大利加入战争的时候，他正在去沼泽的路上，因为他想看看能不能把它抽干以防范疟疾。不知怎么的，沼泽、疟疾对他来说似乎比宣战更重要，这是一场更需要拼搏的战争——卡斯特拉梅尔对抗死水和病菌之战。他好像把这小岛当成了另一个国家，而不是他孤独度过青春的意大利。

每周日下午，神父伊格纳塞奥教他游泳，穿着一身黑色羊毛泳衣领着他扎猛子。每天晚上，在教授维拉家的阳台上，校长喝得酩酊大醉睡死过去之后，皮娜把岛上的每个故事向他娓娓道来。

“在这么个小地方你会感到窒息。”神父伊格纳塞奥警告他，“你现在还没觉得，但是你以后会明白的。每一个到访的外乡人都觉得这里很有乡村情趣，我也这么认为。可是每个出生在这岛上的人都不惜一切代价想要离开它。你也会想离开的。我有这种想法已经十年了。”

但阿梅德奥一直觉得自己的生命轻如鸿毛，只怕整个人都要从地球上飘起来了，他现在很享受这里的厚重和狭小。看着他的病人比他提前一个小时知道了他所有的工作安排，他觉得很可乐；寡妇们坐在她们房子外的木椅子上眯着眼睛打量他，他也不以为意。他很惬意地发现，从他的病人们的每个窗户看出去，都可以看到同样蔚蓝的海岸线。整个岛有五里长，他每天散步时能走遍整个岛。途中他发现了山羊睡觉的洞穴，把镇外废墟里的蜥蜴惊得一溜烟地窜上山去。他还坐在瑞祖酒吧外面的阳台上画了一张小岛的地图。老人满意地看着他，给他指出图上的错误。

春天开始的时候，他给养父寄了封信，邀请他来夜阑之家和自己一起喝柠檬酒——他殷切地写道，就像养父预言的那样，这儿真的有一个开满三角梅的阳台。

但当夏日来临，他没能和养父一起坐在阴凉的葡萄架下。他收到了调去北方的命令。

四

阿梅德奥被派往特伦蒂诺战场。

远离小岛之后，两样东西成了他的命根子：圣阿佳塔节那天拍的照片和他的故事本。有些共事的医疗官员违规带来了折叠相机，而他却把自己的相机留在了小岛上，因为他觉得自己在战场上没有什么可记录的。他所需要的只是那些有生命力的图像，那些能够引导他回家的照片。他把照片别在了帽子里面，免得被泥巴弄脏。战场上总是有泥巴，没有泥巴时又总是有冰，没有冰就是水，没有水时又到处是雾气。这里似乎是一个充满自然力量的世界。当人被分解成各种自然的组成元素时，他们就会血脉贲张，会尖声嘶叫。他不知道如何把这样被分解的人重新组合拼装起来，在圣玛莉亚诺瓦的外科学校里，他可没有受过这种训练。

至于故事本，他把它藏在军装最里面的口袋里。封面上的金色鸢尾花已经被磨损得消失不见了，皮革也黯淡无光。然而，他发现里面的故事，如同圣阿佳塔节的照片一样，是那个与现在截然不同的世界的生动见证。简单而言，当没有其他办法时，提醒伤病员记得那个截然不同的世界的存在就是他的职责。在一个泥水飞溅的野战医院里，面对一个身心疲惫的上尉，一个醉醺醺的正在恢复视力的步兵，他只能跟他们谈谈家乡故园，聊聊童年和家人，他的病人的眼底就会因此闪烁起火花来，整个人也会变样。虽然有些犹豫，但病人们都会打开话匣子，他们各自的故事也会不同程度地徐徐展开，医患之间的距离感便消失不见，分享的光芒照亮了战场上的茫茫黑暗。

而他却不曾记录这些故事，因为他不想把这些故事保存在记忆里。只是有时候病人一言不发，他便会给他们讲故事，来自于故事本中的各种故事，那都是穷人们口中演变了数百年的故事，是被认为来自久远的世界的引人入胜的故事，变成树变成鸟的女孩的故事，不期而遇却互不相识的兄弟的故事，会讲故事的鹦鹉的故事。于是，在整个战区，人们称他为“特雷维索野战医院收集故事的医生”。

他偶尔也会给病人们讲讲关于小岛的故事。而他心中最热切期望，一遍遍讲给自己听的却是活着走下战场，回到卡斯特拉梅尔小岛的故事。战争的突然闯入，给他的生命蒙上了一层灰暗迷雾，其他一切在迷雾之中轰然倒塌。当战争真正结束时，卡斯特拉梅尔成为了他唯一的信仰。

他迫不及待地想见到自己的养父。当战争还在拉锯状态时，他和养父之间出现了一些不可探讨的话题，双方经历的天差地别险些使他们成为敌人。“也许因为你是个弃儿，”那位老医生在一封信中写道，“你缺少你的同志那种天然的爱国之心，所以这场战争对你而言才更加难以忍受。”

阿梅德奥回信写道：“也许正因为我是个弃儿，我才能更清晰地看出战争的荒谬可笑。”

他已经有一年多的时间没有收到老医生的回信了。现在，他在印制的军队明信片上只是简单地写下几个字：爱你的阿梅德奥。战争结束了，他却依然滞留，有些军队感染了流感，也有些村庄整个都感染了。战场上看到的了无生机依然存在，只是变换了形式：年轻健康的和年老体弱的人一样死去，临死时都是肿胀惊愕的脸和蒙上了一层白膜的眼。终于脱身时已是一九一九年，他已经四十四岁了。乘着人满为患的火车一路向南驶往佛罗伦萨，穿过空荡凋敝的村庄，一种极度荒芜的感觉攫住了他，这种感觉就像口腔里的糜烂，切肤般鲜明。好在，他还能去看自己的养父，还能回到卡斯特拉梅尔，而生活还将重新开始，以这样或那样的形式。

他直接去了养父家。一个身材细长的像根棍子一样的女人开了门，不是他认识的那个管家。她问："是来找埃斯波西托的吗？那个老医生，对不对？他死了，去年冬天得了流感。"

养父那些真正的亲戚们从罗马过来，拿走了他所有的东西。那个女人能给阿梅德奥的只有他寄给老医生的一捆军队的明信片。

她允许他在房子里面各处转转，养在坛子里的蛇都不见了，那些面具不见了，楼梯顶上的鲸鱼刚毛也不见了，原来陈列那些东西的地方只有几根线和几块褪色的墙纸还保留着。阿梅德奥不禁抽泣起来，那个女人却带着斥责的口气说："你应该知道，失去亲友的不止你一个。"

他就这样心神不宁地回到了卡斯特拉梅尔。从前乘坐那不勒斯汽船的那段旅程似乎发生在另一个世界，战争倒成了他唯一经历过的真实：他从来没有跟着养父在那栋像博物馆一样的房子里居住过，从来没有拿到医疗执照，从来没有在钟表店、面包店或印刷店做过学徒工，从来不是一个弃儿，从来没有出生。

但是卡斯特拉梅尔是真实的，他在那里生活过，关于卡斯特拉梅尔的记忆存活了下来。

战争结束时伊格纳塞奥神父给他写过信，信中说："这里的情况变得很糟糕。很多年轻人走了——我所在的区至少走了二十七个——其他一些也不见了，还有一些叫嚣着要走的，现在‘美国热’席卷了我们这个小岛。战争使我们比从前窘迫、饥饿得多，你回来会发现我们变得穷困潦倒了。”

阿梅德奥从神父的信里得知，瑞祖的兄弟走了，去美国了。酒吧关门了，因为没人稀罕那房子。校长维拉被杀死了。瑞祖的两个孙子也在战争中丧生了。伯爵本人在一九一五年特伦蒂诺战争中一条腿受了伤，从此成了残废，但他的家庭倒是没受什么伤害，还是老样子。神父信里还告诉他，卡米拉和她丈夫闹了矛盾去了欧洲大陆，伯爵刚刚回家她就离开了，但是后来她又被找回来了。事情起因好像是她有个情人。（皮娜后来警告他说：“小心卡米拉，这场战争让她变得很躁动不安。”）

尽管神父的信已经给了他预警，阿梅德奥还是没有料到这个小镇会变得如此破败。他回去时正是午睡时分，主干街道上的房子都放下了遮光窗板，但是他发现其中一些房子的门窗被用木板钉了起来，显然是完全封闭了。房子外面还放着一些被丢弃的东西：没有了座面的椅子，破花盆里已经干了的罗勒……两个孩子在灰尘中玩耍，他依稀认得，是他接生过的玛祖家的双胞胎。他喊了他们的名字：“玛德莱娜，阿佳托！”

两个孩子犹疑着过来了，他问：“神父在哪里？”突然之间他非常渴望见到这位老朋友，想确定伊格纳塞奥神父别来无恙。孩子们却不知道神父的行踪。

阿梅德奥沿着他第一次夜里上岛的线路走着，像神父告诉他的一样，夜阑之家关门了，无人照管的藤蔓之下，阳台塌陷，房前的台阶上已经是野草蔓生。

他住回了以前在皮娜家住过的房间，把岛上拍的照片塞进了大橱的石头墙壁里。经历战争之后，皮娜是他看到的唯一一个走起路来更加挺拔的人。在丈夫去世之后，她被任命为学校的教师。那天夜里，他们两个和伊格纳塞奥神父开了一瓶烈酒，为了能将小岛从荒废中拯救回来一起制订了一些计划。他们得把小岛变得现代化一些，需要开通渡轮服务，需要一个两间房间的医院，学校也需要第二间教室，老人还需要有丧葬保险。神父抱怨说，可是如果蒂森图伯爵再次当选为镇长的话，任何改变都无从谈起了。蒂森图总是在欧洲大陆，跟卡塔尼亚的朋友通过各种莫名的方式追求自己的进步，日复一日地待在他帕拉莫的领地里，而小岛上的事情不能等着他来推进。酒吧日渐破败，走失的人一去不回，广场上再没人玩纸牌，也没人跟着风琴翩翩起舞了。

几周以后，阿梅德奥遇见了美丽的卡米拉，看到她风采依旧还是很让人开心的。在海边小路上偶遇时，他被她拦了下来，当时她穿着礼拜天的礼服，撑着阳伞，噘着嘴对他表示不满："大夫，你从来没有正式拜访过我们，别人都说你已经回来一个多月了。不介意跟你说这话，这儿的一切都单调无趣，没有漂亮衣服，没有好吃的食物，流感盛行时也没有访客。不过我很高兴你安全地回来了，而且可能是作为战斗英雄回来了，不像我丈夫。"

阿梅德奥没想到她还会关心他的安危，不知道该如何回话。

她邀请他一起去看岩洞，在战前，岩洞可是历史之谜，他从来没有进去看过。他当时仍然恍恍惚惚的，再加上好奇，就答应了。可是他们刚走到潮湿黑暗的僻静之处，她就开始亲吻他，抚摸他。

他全身颤抖，觉得她是想把自己变成她的情人，就像皮娜以前警告过他的一样。

"不用担心我丈夫，"卡米拉在他耳边细语，"我从来没有爱过他，整个岛上的人都知道他是个暴君，是个傻瓜。"

阿梅德奥挣脱了她，打着要在正午前去看玛祖家发烧的孩子和看老寡妇多纳托的幌子逃开了。

后面整整两周，她继续追求他，在他来回路上必经的僻静角落围追堵截。第十五天时，他终于默许了，他们在岩洞里古老的石头上交欢。他其实并不明白自己为何做这种事情，她却坚持不懈，后来他发现自己对此也并不后悔，在这件事情上似乎很难产生什么特别的感觉。

阿梅德奥在黑暗中穿上衣服，跌跌撞撞往外走，脚下什么东西发出“咔嗒”一声响。他跪下身子，刨出了一具掩埋已久的白骨。

“别被吓着，”卡米拉大笑着说，“它们在这里已经躺了两千年了。你以为装满白骨的岩洞只是个好玩儿的传说吗？继续走进去，你还能看到。渔民都不敢进来，怕中了魔咒。”

他不向里面走，反而继续跌跌撞撞走进了光明。他们用手把衣服和头发里的沙子扒拉出来，他帮她拿来了阳伞。尽管她抱怨过没有新衣服，但帮她扣上内衣扣子，系上夹克的小腰带时，他仍然能闻到裁缝铺里染料的味道。收拾停当，她又一次优雅可人了。卡米拉拿出一面银镜，就着岩洞里昏暗的光线重新别自己的头发。她有种能让自己时而诱人时而怕人的本领。他出汗出得全身湿漉漉的，头发蓬乱，神志不清，而她却气定神闲，连汗都没有一滴。她把帽子戴了起来，调整帽檐，透过带着圆点的面纱看着他。她平静得像个陌生人，恢复了彬彬有礼的样子说：“埃斯波西托大夫，我耽搁你了，你到下一个病人那里要迟到了。”

在走回大路的途中，她给他看了第二个岩洞，其中没有白骨，只有无数闪闪发光的白色石子。这些石子他认得，因为岛上的渔民把它们钉在船上驱邪。“我们下次在这里见面好了，”她说，“如果你更喜欢这里。”

他们各走各的回到了镇子里，卡米拉走了主干道，他走的都是小路小巷，羊毛裤子上因此沾满了芒刺。回到家时皮娜用一种古怪的神情盯着他看，但是一言未发。

自那以后，卡米拉每周都会叫他去岩洞幽会一两次，后来，当蒂森图不在时，就叫他去别墅。阿梅德奥发现自己在这样的夜晚就会在镇上兜圈子，开始找所有人聊天，自欺欺人地想着回应不回应卡米拉的召唤是他的自主决定。但事实是他并不自由，因为他从来没有拒绝过召唤。不过他这样在镇上兜兜转转倒使得他到达别墅时已是午夜之后，他也就肯定不会被人发现了。当他悄无声息地走入那条棕榈大道，就会看到卡米拉举着一盏灯站在窗前。为了不惊醒仆人，她一声不吭地放他进入自己房间，那房间墙上装饰着仿巴洛克风格的小天使，天花板上装饰着云朵。她告诉他，伯爵正在考虑给房子通电。不过现在，他们的幽会都是在幽暗的粉色和琥珀色光线之下进行的。卡米拉规定他们会面的各种条件，然后总是在黎明到来之前把他送走。

有一次，他又提起她丈夫，卡米拉说："我丈夫是个傻瓜。我以前也有过不忠，你知道的，我甚至还跑到了欧洲大陆，但他把我弄了回来。他还说如果我再有婚外情就意味着他的末日。那好啊，我倒希望真会这样。"

她的轻浮吓了他一跳。"但是，真的，卡米拉——"

"别担心他会发现我们。他什么也不会知道。他已经几个月都没有看过我一眼了，只管忙着做重要的政治人物，没他我倒也很高兴。何况，我也不知道他晚上是不是一个人睡觉。这样对我们双方都很好。上次他发现我有婚外情还是我告诉他的呢！阿梅德奥，他如果回来你肯定能听见的，放心吧！"

因为伯爵最近买了一辆摩托车，岛上的第一辆（而且注定是，事实上也是岛上三十年以内唯一的一辆）。他让人从帕拉莫把车子运了过来，用绳子吊着卸载到了岛上的小码头上，卸载时好一通喊号子打手势。现在他开着这车行驶在岛上尘土飞扬的小道和石头铺成的大路上。坐在驾驶座上，他带着皮帽子和挡风镜，汗流浃背地视察自己租户的工作。每当伯爵坐在他的金属大箱子里靠近，这箱子还发出可怕的咳嗽和怒吼声时，老人们都会在胸口画十字。

有一次阿梅德奥黎明时分离开卡米拉的房子，刚走上大道，他就听到弯道附近传来摩托车粗鲁的吼叫声，他一阵紧张，藏在了草丛里，看着摩托车经过时掀起一片灰尘，照亮了沿路的树干。

在那段时间，他过得完全不是自己设想的生活，而是一种古怪的、梦一般的生活。

那年的圣阿佳塔节也变了样儿。

从清晨开始天就热得发烫，早晨做弥撒时，教堂里摩肩接踵的人群之中连只苍蝇都飞不进去，一丝风吹过人们也毫无察觉。正午又带来了灼目的阳光和短暂的阴凉。按照传统，人们必须抬着阿佳塔的塑像走过岛上的每一个海湾和水汊，走过属于伯爵的所有土地的边缘，跨过小岛顶端每一个石垛，穿过南段海岸的村庄，进出岛上所有的岩洞（这里的幽暗处至少更加阴凉），然后进入港口，在那里人们会用香火和无数鲜花迎接阿佳塔塑像。但是今年已经没有年轻的渔民来抬塑像了，年迈者不得不承担这一重责大任，而塑像重达半吨。在环岛游行中，年迈的渔民磕磕绊绊，衣服上的汗渍斑驳可见，中途不得不时时让他们啜一口酒补充体力，用冷毛巾给他们擦去汗水。终于到达终点以后，渔民们如释重负一头扎进海水里，却失望地发现海水并无凉意，除了岩石周围冒着泡沫似乎要沸腾的地方，其他地方也是微温无趣的。

船只得到了护佑，今年新生的三个婴儿受了洗礼，于是岛上的居民们慢慢返回到山顶。当渔民们拖着沉重的脚步走上石子路时，太阳终于下山了。人们集合在餐馆里，庆幸黑夜终于来临。

老玛祖把他最瘦的驴子牵出来拍卖，吉他弦调好了，手风琴也被拂去了灰尘，寡妇们从一早就被关在格鲁伊莎的厨房里，现在她们端着一盘盘烤鳗鱼和西葫芦塞肉出来了。但是夜阑之家仍是一片黑暗，没有人在露台上玩纸牌，没人喝橙子酒。薄暮未至，岛上的人们已经在清醒状态中上床就寝了。

那年秋天，阿梅德奥决定买下夜阑之家，他再也受不了眼睁睁看着它继续空关着。现在岛上一半的房子都已人去楼空，房子卖得比盐巴还便宜，他这样的穷医生也买得起。

自从兄弟走后，瑞祖家的灯就熄灭了一盏。“那房子已经要塌了，”他说，“它对你没什么用处，会让人倒霉的。”阿梅德奥不得不费力地抬高价码，最终也只是说服他接受了五百里拉和一只鸡。

阿梅德奥在他的红色笔记本上记录下了这笔交易的日期：一九一九年九月二十四日。现在他有了一个家，被战争打断之前，他本来可以开始一段真正的生活，现在他希望重新把这样的生活找回来。房子的确是快要塌了，他在楼上的房间安置下来，开始用沙子抹墙，替换松松垮垮的房门。像自己养父一样，他也开始收集东西，包括故事、人工制品和属于小岛的各种东西。农民们日常丢弃的罗马碎陶器和钱币，他都收集回来仔细地安置在夜阑之家。在墙上，他装饰了色彩斑斓的瓷砖，还把它们拼接成向日葵、鸢尾花、上帝或者女人的脸等各种形状。这些图案有些已有数百年的历史，却被他仓促地一挥而就，看起来好像是刚刚晾干。艺术家文森佐的很多先辈都在瓷砖上作画，其作品之丰富远胜他人，文森佐从地窖里把这些作品都挖了出来心甘情愿地送给了阿梅德奥，因为欧洲大陆上的游客已经不再购买这些作品，所以文森佐说能把这些东西这样处理掉，他很高兴。

从海边的地下墓穴中，阿梅德奥一口袋一口袋地装回家很多发光的白色石子，并用它们装饰楼上所有窗台的边线。与此同时，在大厅桌子上，圣阿佳塔的装饰物越积越多，有时病人的诊费并非市政负担，他们常常用这种饰物作为阿梅德奥帮他们接生孩子或者接骨的酬劳。他还收集了很多微缩圣像、圣水瓶子，还有一尊圣阿佳塔的塑像，那塑像的胸膛撕裂了，露出里面漆了红漆的木头。这样的塑像让他又爱又怕，从宗教那里他从来没有得到过安慰。

但是无论如何，他终于能够抓住一种真实的存在感，能够过上一种真实的生活了。每天清晨在开始环岛之前，他都会在海水里扎个猛子——而这会让渔民们对他一阵嘲笑，因为在卡斯特拉梅尔没有成年人会在临近秋天时还这样子游泳，像个醉汉一样。爬上山顶时，皮肤褶皱里面的盐仍带来刺痛感，但他还是会停下来捡些白色的石子或者罗马碎陶片带回夜阑之家。除了收集之外，他还会把自己购买的每一样东西以及对房子做的每一点儿改善记录下来。楼下的房间依然潮湿不适宜居住，楼上的房间则很昏暗，家具都用肮脏的床单覆盖着。工作起初进展得很慢。暴风雨的夜晚，他被迫在防水帆布罩下面睡觉，但其他时间他本人几乎就是快乐的代名词。

在秋天的最初几周，他开始对小岛的故事进行系统研究，鉴于整个世界的变化，他开始担心这些故事会渐渐失传。对于一些事物的消失全心表示关注的不仅仅是阿梅德奥。故事到处都是，他所需要做的只是去那些能听到故事的地方，去那些他环岛行医时自然而然会经过的地方：寡妇埋头研读玫瑰经文的楼上房间，渔民灰尘盈寸的窝棚；圣经中描述的被废弃的石头房子，这种房子都位于城镇的外围，只有岛上的孩子会去。看起来，只有在黑暗的地方才能找到故事，从这些地方回来之后，他会把这些故事都抄写进他的故事本里。

那部旧折叠相机被他安放在一间干燥的房间里，那间屋檐下的小破房间里面堆满了包装盒。从标签看来，盒子里原来装的都是莫迪亚诺雪茄和金巴利酒。在这些包装盒前面，他挂起了一道红色帘子，好像这间房间是个摄影工作室。在他心目中，夜阑之家就是一栋高大的博物馆，像他养父的房子一样，堆满了书籍和古玩。虽然他无妻无子，他仍然满心渴望为自己的后代摄影，他们应该多得像天上的星星，这些摄影作品有朝一日将会用来装点玄关，挂在楼梯两旁。

节日过后的那个炎热秋天，他渐渐对自己与卡米拉的关系不那么满意了。在进出她家房子的路上，他养成了拖延着走到令人敬畏的圣阿佳塔塑像跟前的习惯。尤其是在被召唤去接生或者照看临终病人的时候，他都会走到塑像跟前，虽然他并不信仰宗教，但他觉得如果碰到好运来临他也会很高兴地接受。正是同样的渴盼，同样紧跟真实生活的迫切心情，使得他默认了与卡米拉的关系，买下了那套房子——就是他的生活必须有所变化的想法让他做出了这些举动。然而行医时他常走到卡米拉亮着灯光的窗前，那样的夜晚，那塑像似乎在用一种忧伤责备的眼神凝视他。圣阿佳塔在指责他，但他想要个妻子，想要个家庭，他所拥有的却只有与卡米拉暧昧不明的关系。这关系如同他在没有收入时常喝的寡淡无味几乎都是水的汤一样，让他感觉更加饥渴难耐。

心中充满忏悔，他去老朋友那里寻求慰藉——神父、女教师以及镇议会里的人，同时他将自己的满腔热情投入到整修房子的工作中。

一天晚上，在植物蔓生的阳台上，喝着一瓶金巴利仅剩的瓶底，皮娜向他讲述了夜阑之家的故事。“它是岛上第二幢老建筑，”她说，“老人们都说它不吉利，几百年以前，它是著名的哭泣魔咒残留的最后一个地方。岛民们本想把这房子拆毁，但是这房子的墙太厚了，他们拆不动。它就这样熬过了地震和发生在它旁边的一次滑坡，也为自己赢得了某种尊重。”

“那怎么还说这房子不吉利呢？”阿梅德奥问道。

“这说法可以从两方面来看，”皮娜说，“这房子熬过这样的灾难要么是得到了圣阿佳塔的护佑，要么是被魔鬼诅咒了。两者必居其一。这是他们说的。”

至于这房子以前的名称“夜色阑珊的房子”，她也不知从何而来。

“有些老人说他们记得有个名叫阿尔贝托·德拉内特的人在那里住过。”皮娜说道。

“这么说它原来的名字是阿尔贝托·德拉内特的房子。”这真相毫无诗意，阿梅德奥有点儿失望。

“但我更愿意相信它原来名字的意思是‘夜色阑珊’，”皮娜说，“因为它就是，不信你从这里向左右两边看看。”

阿梅德奥举目望去。照亮阳台的是一盏孤灯，蚊子围着灯光飞舞，蜥蜴在光晕中取暖，在瓦片上留下它们穿梭的影子。再过去是镇上温馨的灯火，远处则是包裹了小岛两侧的西西里海岸，如此看来，卡斯特拉梅尔原本可能是个半岛，是某个更大的陆地的分离物。而望向另外一边一片无遮无拦的空旷地带，他最远能看到北非。阿梅德奥说：“在这里建个酒吧实在有些古怪。”

“这里一直就是个酒吧，”皮娜说，“第一位伯爵怕人们醉酒赌博，不允许在镇中心开酒吧。瑞祖家接管这房子之前，它空关了很多年，有些老人从来不肯跨进这里的门槛，厄运也总是在这里阴魂不散。瞧瞧瑞祖的兄弟就知道，两个儿子没几年都死了，你就知道人们为什么说这房子受了诅咒。”

“该死的战争才是那诅咒，而不是古老的酒吧。”

皮娜安静地说：“是啊。”

阿梅德奥不知道她是不是想起了她的丈夫，但她只是用一只手绕着自己乌黑的发辫，出神片刻便坐直了说：“好了，我得回家了。”

从前她总是为了教授先生回家，当她形单影只穿过教堂旁边她那古老房子的时候，阿梅德奥不知道她是否像自己一样感到孤独。两旁的邻居都已经移民去了美国，她的美丽有一种不可亵玩的英气，如希腊雕像一般，教授先生去世之后她的追求者寥寥，也许正是出于这一原因吧！据阿梅德奥所知，自从十九二十世纪之交以来，她年迈的父亲便一直担任岛上的校长，老人一去世维拉教授就娶了她，同时继承了她和学校。现在她在岛上没有家人了，除了渔夫皮埃瑞诺，他是皮娜的远方表兄。

自此以后，一个人啜饮残酒时，他总希望自己向她吐露一点儿心曲，得到些许解脱，因为皮娜总是很平静，是个比那栋古老房子的墙壁还要坚实可靠的女人。他希望自己能跟她讲述战争如何在自己内心蒙上一层灰色，那灰色使得他空虚，让他试图通过与爵爷夫人的情事来填补，通过买下那栋摇摇欲坠的破房子来填补，但是在这样的夜晚，空虚依然会袭来，如巨大裂缝将他吞没。住进夜阑之家是他填补空虚的策略，这些日子以来，他的灵魂清晰地分裂成两部分——一半光亮可测，另一半黑暗幽深如大海。

十月末的一个夜晚，他的朋友伊格纳塞奥神父在教堂外拦下了他说："进来跟我喝杯咖啡吧！"

阿梅德奥正要去给玛祖家眼睛感染的山羊检查伤情（因为岛民们不加区分地将他既视为内科医生，也视为兽医），但是神父的话听起来像是命令，不是邀请，他只好跟着这位朋友穿过他家简朴的走廊，走进满是绿色夹竹桃的幽暗庭院，一个从来不能让人感觉温暖的地方。

神父在生锈的桌子上摆好杯碟，倒了咖啡，不苟言笑地对阿梅德奥说："是时候在这凋敝的小岛上办场婚礼了，我叫你来就是讨论这个。"

阿梅德奥惶恐起来，只是坐在那里搅拌着自己的咖啡。神父说："我不妨直说吧，就是你和皮娜。这姑娘很爱慕你——这谁都看得出来，而你呢，瞧瞧，又是个年近四十的光棍儿。"

阿梅德奥已经四十四岁了，但他没有说出来。"我很想看到她再次走进婚姻殿堂，"神父说，"她很孤单，尤其是你从她家搬走，住进夜阑之家以后。"

阿梅德奥不知如何措辞，最后只是说了一句："我还是常常去看望皮娜的。”

“是的。但是干吗不天天看她？作为夫妻，天天看她。阿梅德奥，对皮娜来说你会是个好丈夫。你不会像其他没教养的男人一样让她烦恼，不许她读书思考。她会愿意嫁给你的，我赌一千里拉——尽管我不敢肯定地说她爱你，但是她会愿意的，她丈夫已经去世三年了。那是桩不般配的婚姻，是由于两个家庭之间在一栋房子和柠檬树林上有联系才缔结的。阿梅德奥，她是个出色的女人，忠诚、机智。运气好的话，她还算年轻，能生养。你还犹豫什么？”

阿梅德奥喝干了咖啡，盯着杯子的纹理。

“除非你有其他女人，”神父说，“我不否认我已经听到了一些风言风语，就最近几个月的事儿。”

“不，”阿梅德奥冲口而出，“没有其他女人。”

“那么至少考虑一下这件事。看着你们两个各自形单影只在破败的房子里凄惨度日，真让我伤心。”

皮娜。离开时他对这个提议仍然感觉非常奇怪，仍然一头雾水。

那天下午，他在玛祖家农场上检查了山羊的眼睛，大拇指被那只羊咬了一口，很痛。玛祖一向用食物作为诊费，因为他没有其他货币，所以走回镇里时，阿梅德奥的口袋里塞满了玛祖家橄榄园里出产的榛子和松露。在达哥斯塔农场，他还接诊了一个严重便秘的病人，又被叫去检查瑞祖家的最小的两个孙子，他们患有严重的皮肤瘙痒。他找到了他们，仍然脏兮兮的，跟他们的兄弟姊妹打成一团。周五之前他一定会给他们治疗。岛上到处是孩子，总是如此，这让他总是胸口隐痛，所以他几乎无法正眼看他们。给瑞祖家最小的孩子那滚烫的小脊背做了杀菌处理，安抚他们因为碘酒刺痛而发出的哭泣，在不应该在这个季节出现的炎热天气中，他突然感到有点晕眩，但其实是他对于有自己的孩子的长久渴望让他不能自拔。

他去了皮娜的家，门也没敲就直接进去了。皮娜正坐在火炉旁边，头发盘着，在准备料理一只鸡。他等待着，口干舌燥地试图挤出一个礼貌的微笑。最终，他没有成功，只是跪倒在她脚下（她的父亲或者兄长都已不在世，无法向他们求婚），请求她做他的妻子。“或者至少考虑一下”，说这话时，他的勇气已经要消失殆尽了。

令他吃惊的是，皮娜立刻就满眼泪光地答应了：“我不需要考虑，我已经有答案了！哦，阿梅德奥！”

他们都同意立刻结婚。在十一月的最后一天，神父伊格纳塞奥在圣阿佳塔塑像和整个岛上的人们面前，将他俩的手牵在了一起。

阿梅德奥第一张照片的诞生是皮娜促成的。婚礼后过了几天，她用楼梯顶上的折叠相机伏击了他。“站住！”她叫道，“不许动！让我抓拍一个！”阿梅德奥吃了一惊，把一只手放在腰上摆了个姿势。那个早晨他刚刚出诊归来，连医疗包也没有放下，身上还带着自己的故事记录本——他那天上午治疗的鳏夫多纳托刚刚给他讲完了一八九三年节日期间自己的姨妈得到圣人邀请的一个故事。照片中的阿梅德奥充满了快乐，简直就是快乐的化身，整个人都在向镜头后的那个女人靠拢。因为事实证明，皮娜有着他自己一直不曾具备的那种发自内心的激情，这种激情他在卡米拉身上没有发现过，却在这里，在这个拥有一张希腊雕像一般的脸庞的女教师这里找到了。

他们没有进行蜜月旅行，他只是为了自己的新娘停止了五天急诊之外的工作。婚礼之后，皮娜就将自己的东西整齐地收进一个小箱子，带着它还有一箱书跟着他住进了夜阑之家。那房子现在又可以住人了，紫色三角梅让房子里充满芳香，大海让每个房间都充满声响。欢乐在空气中停驻，在墙壁里哼唱，对阿梅德奥来说似乎成了触手可及的东西。共同生活的第一个夜晚，皮娜在家里爬高爬低，探索每一个快要被遗忘了的布满灰尘的房间，打开了所有的窗户。阿梅德奥紧随其后亦步亦趋，一路捡着她黑色的头发上掉下来的发卡。到达房顶时，她突然恶作剧地摘下了自己头顶上的夹竹桃新娘花冠，其余的头发也全部披散下来。那充满光泽的发丝使整个房间充满了芳香，他发现自己满手都是美丽的夹竹桃。他们在房子的每一个房间里彼此追赶。这房子似乎第一次成为了一个充满欢乐的地方，就像它在战前一样。

那一周他们运气不错，周围没有什么严重的病患，他们不受干扰地过了几天。想到他从来没有带卡米拉来过夜阑之家，他满心庆幸，总算斩断了和她所有的联系。他下决心要做个更好的人。令他欣喜的是，在这个不能算是蜜月的蜜月里，当他们一起用破烂的碗碟用餐，用宛如渔民们出海时将就着用的杯子喝咖啡时，他发现自己对皮娜的激情与日俱增。他们总是睡到日上三竿才打开窗户，在家里随时随地缠绵做爱——在新近打磨过的地板上，在他书房里积满灰尘的沙发上，在客房的草席上——在那些日子里，卡米拉在他的记忆中变得越来越小，越来越无足轻重，就像某种透过灰色帘幕看到的东西，属于另外一段时间，属于战争之前的生活。

但是卡米拉不是那么容易摆脱的，听到他订婚的消息，她变得报复心很重，扬言阿梅德奥如果不再最后一次屈从于她的召唤，她就把他们俩的事情告诉丈夫。他只好勉强自己继续担任她情夫的角色，痛苦地拖拖拉拉着与她了断，而不是像他自己希望的那样快刀斩乱麻。最后一次去海边的岩洞是在婚礼的前夜，自己在内心忏悔时他都感到羞愧得无地自容。就这样，在秋天的海浪翻涌声响彻的沉沉黑暗中，他终于彻底与卡米拉做了了断。在婚礼的那个夜晚，皮娜很纳闷他怎么会打喷嚏打成那个样子，什么潮湿阴暗的地方能让他患上这么严重的感冒。

婚后不久，皮娜就怀孕了。这个消息带来的欢乐使他忘记了与卡米拉的过往，仿佛那一段从未发生，成了某种可以云淡风轻看待的事情。他也不愿意再想起那件事，因为每当想起，他就会一直被黑暗幽深的恐惧攫取，害怕她什么时候突然想起来向丈夫坦陈这件事情。那几个月伯爵一直在外未归，这让他心存感激，便也全心扑在了皮娜身上。

当听到卡米拉因为怀上了孩子而在圣阿佳塔塑像前表示感谢的消息时，他是否产生了某种隐隐约约的不祥预感？他现在记不清楚了，那段日子发生的所有事情都因为对皮娜的爱和自己的快乐而变得朦朦胧胧。但是一方面出于脆弱，一方面出于对丑闻的恐惧，当时他继续在皮娜和卡米拉之间踌躇摇摆，这已经使他陷入了困境。他曾经希望自己与卡米拉的暧昧关系能够在岛上不为他人察觉，现在却明白它的影响可能大得不可思议，且无法摆脱，会使他的整个生命改观。

五

在皮娜的孩子降生那日的中午，“医生一下成为了两个孩子的父亲——一个孩子是妻子生下的，另一个孩子则是情人的”，这个传闻开始在整个岛上流传开来。这是桩发生在卡斯特拉梅尔这片土地上最大的丑闻。同时，这也是最令人激动的娱乐新闻，很多人甚至放下了当天的工作，去追探这件事的进展。

当皮娜知道这丑闻后，她转过头去面向墙壁抽泣不已。她一开始甚至拒绝照顾她生下的孩子，从而迫使阿梅德奥必须把那放声号哭的婴儿从一个房间抱到另一个房间。伯爵在大街上大发雷霆，牧师和镇长被召集来劝诫他离开公共广场。

卡米拉静静地坐在床上，对她的朋友、产婆、仆人们的劝告置之不理，并且不肯掩饰她的丑闻风波。这是她头一次在她的婚姻中占据上风，并且她不愿意到此为止善罢甘休。她一再重复阿梅德奥·埃斯波西托是她孩子的父亲。她和医生已经成为情人半年了，只有在医生婚礼前的一晚他们没有约会见面。“如果这孩子是我和我丈夫的，那为什么之前我和我丈夫结婚后漫长的六年里都没有孩子？实际上，他曾在全镇人面前责备我不孕不育。”

对于这一切，没人能给出答案——尤其是在事情发生后才为自己从没想过伯爵夫妇不孕不育的问题是出在伯爵身上而懊悔不已的阿梅德奥。

面对这一切，医生为了掩盖真相的谎话脱口而出。

医生坚持否认：“我从没有和她约会过！”（他不顾一切的掩饰甚至使他的言语听起来有些可信）“我从未做过任何她声称的事情！上帝和圣阿佳塔都可以为我作证！”

皮娜无法释怀，而卡米拉不会掩盖她的情事。繁杂混乱和泣涕叹息充斥着夜阑之家。

阿梅德奥十分庆幸他的工作职责能让他有借口溜出房子。他爱人皮娜的抽泣声每晚都会透过墙壁传过来（他已经被驱逐到楼上去睡那放在遮雨的油帆布下的潮乎乎的沙发）。儿子出世后不久，他便感觉到自己不仅是在自家周围不受欢迎，而且在岛上的某些角落也备受冷落。当他去年长的达科斯塔女士的家门前去检查她患风湿的膝盖时，她仅仅说“我很好，谢谢你医生！”便关上了门，他能听见她那清晰的跛脚声。他还注意到，不管他什么时候走过露天广场，格苏伊娜都会用没必要费的力气狠狠地摔上百叶窗。还有在战后同他一起在镇政厅共事的杂货商阿尔坎杰罗，每当他走进店内，阿尔坎杰罗都会找借口走到店后，脸上挂着不快直到他离开。

同时，渔民说伯爵的医生朋友已经被传唤从大陆而来。与他一同抵达的还有一瓶瓶灌装的葡萄酒和巴勒斯坦的一箱箱杏仁蛋白软糖。伯爵和他朋友在别墅露台上大声谈话的声音可以远远地听到，伯爵喝得烂醉并且借着酒醉咆哮着，他富有的医生朋友在一旁给他建议。卡米拉很显然和她的孩子被一同锁在了房间里，伯爵对她不闻不问。

第三天，这位来自大陆的医生检查了孩子，在仔细考虑之后，医生将孩子身上的各个特征和伯爵的对应方面相互作了对比。

阿梅德奥知道将孩子和待测“父亲”的血抽出来确定血型（某些是不可靠的）以鉴定谁是孩子的父亲的方法是可行的。显然那位来自大陆的医生并没有阅读过最新的医学期刊。但根据大陆医生所给出的证据，伯爵的心情经历了一次乾坤大反转。

“她就是想要羞辱我，”伯爵对他的朋友愤怒地抱怨道，“我现在算是全看懂了！这整件事情就是专门设计好来羞辱我的。她想夺走我的孩子，还想用和这个从来没说过一句话、鞋子上满是破洞的杂种医生的见不得人的勾当让我成为整个岛的笑柄。我绝不容忍！把孩子带给我！”

于是孩子就被从卡米拉的怀里夺了过来，伴随着哭声到了伯爵怀中。伯爵亲吻着他并用充满爱意的眼神看着他。些许思考后，伯爵决定叫他的儿子安德里亚——他自己的名字。伯爵说：“就这样吧。”（伯爵伸直胳膊抱着自己的儿子，因为他正在吐着让人咽不下东西的乳白色泡沫）“把他带回给他的妈妈，事情就这么定了，孩子是我的！”

孩子事实上还是伯爵的消息传遍了全岛。医生与卡米拉之间从未有过一点瓜葛，这一切不过是卡米拉单方面想要设计诽谤她的丈夫而编造的谎言。

但更多的岛民更偏向最初的说法。闲来无事的瑞祖在经过这一周的奇闻趣事之后兴奋异常。“这真是圣阿佳塔的奇迹！”他告诉神父，“两个婴儿在同一天晚上降生，这真是个奇迹！自从上次格苏伊娜的老腿得到那神圣恩赐般的治愈，这是个自大战开始我们就日夜等待、虔诚祈祷才发生的奇迹！”

伊格纳塞奥神父正卷起袍子修剪着他院子中的丛丛夹竹桃，很少抬起眼来。

“亲兄弟！创造奇迹的亲兄弟！”瑞祖着了魔似的继续道，“亲兄弟在同一晚从两个母亲的肚子中降生，一个在伯爵的不孕妻子的肚子里，一个在皮娜的肚子里——一个老得生不出孩子的女人。”

“皮娜几乎不到三十岁，并且两个孩子在同一晚降生也不是什么稀奇的事情，这只是个巧合。这种事在我上任后没在岛上发生过，不过发生也是迟早的事儿。这两个孩子我都去看过了，他俩长得一点儿也不像。”

瑞祖还是有些迷惑。“但是，神父，你相信阿梅德奥和伯爵夫人在海边的山洞调情的事儿吗？”

“我不信。”神父撒了谎，一边漫不经心地剪下一束夹竹桃的新芽。

第二天，阿梅德奥自己来了，抹着眼泪向神父鞠了躬。神父觉得安慰他会让自己心中不快，毕竟在这件事上，他更同情皮娜的不幸。神父拍拍阿梅德奥的肩膀。“好了，好了。阿梅德奥，你要振作起来，要知道若有谣言在像这样一个人们没话可谈的小岛上生根发芽，很可能毁掉一个人。若你没法振作，任由它去发展，你最终会被迫离开这个小岛的。”

“我只是在乎皮娜！我并不在意其他人怎么看我，但皮娜对这件事深信不疑！”

“那就和她谈谈，不管结果怎样，告诉她真相。”

阿梅德奥抬起头。“神父！事情的真相是……”

但神父抬手制止了他。“不，不，不要对我说。我不是那个会听你忏悔的神父。你并不是一个基督徒。你最好和皮娜重归于好，这件事的真相就不要让其他人知晓了。别再让她丢脸了。”

当阿梅德奥回到家，皮娜正在睡觉。见她一手放在头上，睡裙上右胸棕色的曲线还露在外面。她的睫毛还是湿润的，她那头黑发的发辫也松开了，任由头发散落在枕头上。他现在已不记得自己曾经多爱卡米拉了，也许他确实那么爱她。自他踏上这座小岛后，这还是第一次有什么让他如此地想念自己的家乡。

但至少，他有了个儿子。自他的儿子降生以来，他还没被允许抱过他的孩子。此刻，他将孩子抱到了房子的顶层。孩子是多么娇小啊。他的小手，他那粉色的脸颊，他那圆得像小圆桶一样的胸部随着呼吸一起一落。

他想着要给怀里的小男孩一些小礼物，一些有象征意义的小物件。他想起原先听过的传闻，想到的第一件东西是关于脚下这座岛的故事。

这座岛的第一个名字叫作卡利塞亚，一群希腊水手找到了它并把它当作自己的家园。这个名字的意思是“最美丽的”或者“繁盛地燃烧”。不管哪个，都意味着这座岛是个火山岛。锡拉库萨的水手们曾声称他们看到了它发出光亮，喷出耀眼的火光。那时它闪耀得像座灯塔，人们用它发出的光来指引航向。但随着人们在海上开拓出固定的安全航线，这座岛便从鼎盛逐渐变得落魄。

旅行者们往往在岛上落脚，在悬崖边上的一个个宽阔的洞穴中过夜。这座岛有着墨色海水和满天繁星。夜幕初降时，月亮会出来照亮整个海面，但旅行者总是被清晰的哭声惊醒。哭泣声听起来就来自于岛上的石头，似乎将他们重重包围。他们在黑暗中摸索，却发现坚硬的白色头骨，听到脚下的骨头发出咔嚓声。这些洞穴并不是普通的洞穴，而是墓穴。很显然，这里发生过一些令人毛骨悚然的事情。

新来的岛民在这里生息繁衍，但有一件事始终困扰着他们：每个夜晚，哭泣的声音都萦绕在他们耳畔使他们无法入眠，他们也因此十分恼火。渐渐地，岛民们不再能忍受这烦人的哭泣声了，他们决定彻夜不眠。第一批住在石头小屋内的移民者成了不眠之人。他们在满是篝火和星星的夜晚聚集在一起，唱着歌，摇着手鼓来盖过那接连不断的哭泣声。但也许是因为那絮絮的哭泣声，也许是因为满天星斗和墨色海水所隔离的孤寂，他们的歌声是那样忧郁、惆怅。没人能写出一首欢快的乐曲，哪怕是当地最杰出的诗人。甚至就是现在（医生告诉他的儿子），卡斯特拉梅尔的民族乐曲在外人看来依然是凄婉悲凉的，若你听它们足够久，你或许会疯掉的。

医生怕吵醒皮娜，于是有些犹豫地轻声为孩子唱起这些乐曲中最优美、忧郁曲调最少的那部分。

他正准备给他的儿子讲剩下的故事，这哭泣魔咒是如何在岛上被去除的；一个农民家的叫阿佳塔的女孩是如何看到圣母玛利亚的；岛民们是如何用一块块石头重建他们的小镇的。但孩子醒了，并且放声哭了一嗓子，在楼下听到孩子哭声的皮娜本能地醒来："阿梅德奥！我的孩子呢？"

阿梅德奥爱抚着孩子的脸蛋。"是时候下去和你妈妈谈谈了。"

在医生进入屋子后，皮娜仍有那么一瞬没回过神来。她的脸上带着一丝疲惫的微笑，就像皮娜当初在夜阑之家度过第一个早上一样。但很快她就想起了眼前的这一摊子破事，马上拉下脸来。"把我的孩子给我。"她说。

他将孩子放进她的怀抱中。皮娜弓起双肩护着孩子的动作让他觉得自己很不受欢迎，但是他留了下来。"皮娜，我做了对不起你的事。"

现在，她不再一直掉泪了，她的语气和态度直接而强硬。"对，你确实做了。"

他用哀求的语气，他没有打算那样做，但事实的确如此，"皮娜，我的挚爱，告诉我我怎样做才对？”

“我最介意的，是你一直以来对我的谎言。”皮娜安静而就事论事地说。

于是，医生把事情的真相都告诉了皮娜。

经历了漫长而煎熬的等待，皮娜终于开口说话了：“你让我在所有人面前都丢尽了脸！我们的邻居、我们的朋友、这岛上所有的人。你妄想你把事情做到如此不堪人们会淡忘吗？这里可不是佛罗伦萨那样的大城市，人们一旦知道些绯闻流言，他们会一直记得的！没什么可说的了，现在，所有人都会知道，直到他们孩子的孩子的那一代也不会忘记你在自己婚礼的前晚和别人的妻子寻欢作乐！”

“我会让事情好起来的。是你！你才是我的挚爱啊，皮娜。我会证明我所说的都是真话！”

“我们就不能去其他地方吗？去北方，去佛罗伦萨！难道你就找不到一个没人认识我们的大城市吗？”

“离开这座小岛？”不知不觉中，他流下了自怜的眼泪。这眼泪雨点般滴滴答答落在孩子身上，他只好抬头询问道：“就没有别的办法了吗，皮娜？除了这个提别的要求都行。”

皮娜打发走了他。

那天下午，阿尔坎杰罗的年轻的儿子骑着车子出现在瑞祖农场里满是尘土的道路上。阿梅德奥当时正在瑞祖的厨房里检查孩子们的皮肤感染。只见那个男孩从满是尘雾的小山丘上一路飞驰而来，然后将车子靠在大门口，摘下他的帽子走进厨房。“医生先生，城镇委员会的特别会议需要你出席。”男孩说。

在阿梅德奥给孩子们包扎完后，他一路上坡回到了小镇。在那段仙人球遍布的斜坡上，尘埃如丝绸般弥漫，酷热像有着重量般沉甸甸地压在他的背上。当他到达城市会堂时，被这酷暑烤得满头大汗的阿尔坎杰罗正在台阶上等着他。“你在外面等着。”他说。

“你的意思是，在门外？”医生有些不解。

“在大厅里等。你并没有权利直接参加会议。我们正在讨论你的情况。”阿尔坎杰罗取出一块手帕，抹了抹前额上的汗珠，“经过这一周的事情，我们要考虑一下你在岛上的情况和处境，因此伯爵先生申请召开了一个特别会议，现在你得在外面等着我们的决议。”

伯爵的车“干呕”着停在外面。只见他穿着他的英式亚麻布衣服，戴着镇长肩带从台阶上走来。他没和阿梅德奥说一句话，抓起阿尔坎杰罗的胳膊肘将他拖进了那座建筑的暗处。

随后而来的是神父，一副怒气冲冲的样子，阿梅德奥在楼梯的半路迎了上去。

“这是什么情况？”他问道，“你们在讨论我的职位，而我只是被告诉来参加一个特别会议，他们没有告诉我任何事。”

“我也是刚刚听说。”神父说。

“那我只能在外面等着吗？”

“我们要奋战到底，阿梅德奥，我可是这么打算的。”神父说。

阿梅德奥在城市会堂入口处刷了亮光漆的长凳上坐着等待着。在门口，他能听到里面的咆哮声和叫喊声，其中有伯爵的声音，令他惊诧的是，他还听到了神父的怒吼。“去你的！”他能听到神父大喊，“你觉得你能找到别人来替代他的位置？想想去年圣诞节玛祖一家人发着烧虚弱地躺在床上的时候是谁帮忙的，想想排干沼泽的主意是谁出的，从那以后孩子们再也不会饱受疟疾的折磨！如果没有阿梅德奥·埃斯波西托，你自己的妻子，还有你刚刚降生的儿子都要没命了！”

随着门的一声砰然巨响，议员们一个个出现在了灰尘弥漫、光线半明半暗的门厅处。阿梅德奥站起身来。他第一次在这座岛上感到有些卑躬屈膝和手足无措，仿佛他的大块头让他很容易受到攻击。只见神父的脖子通红，他的袍子也飘散着。“他们已经剥夺了你的职权！”他说，“这事儿真他妈下流，让人愤怒，我再不会和这些混蛋打交道了！”

阿尔坎杰罗走上前来，油滑地表示抱歉并宣布：“我作为代理镇长现在通知你，你被停职了，不再担任医生和公众卫生官员的职位。你必须知道，作为我们这样的小镇里的公务官员，拥有良好的品德是最重要的。”

阿梅德奥开始浑身冒汗，仿佛发着烧一样。“放弃我的职责？但是没有任何可以控诉我的证据！无罪的我就这样被控诉了！”

“虽然是这样，但你的行为毕竟受到了人们怀疑。”阿尔坎杰罗说道。

“那我正在治疗的病人们都怎么办！ 达科斯塔家的姑娘、阿佳塔，还有皮埃瑞诺的断了腿的侄子，我明天下午必须要把他腿上的固定石膏卸下来好不再让他耽误了捕金枪鱼的渔季，若我不在，他们都怎么办？”到这个节骨眼上，他甚至还愚蠢地想到了玛祖家的山羊。三天之后，它的眼睛需要再一次护理清洗。

“我的停职期会有多久？”

“我所知道的，就是在没有进一步考虑的情况下，我们没法让你继续担任这个镇上一个以诚信为重的职位。”

阿梅德奥羞愧地问：“那么，我的工资怎么办呢？”他想起他在和皮娜婚礼上花完的积蓄和一个嗷嗷待哺的十天大的孩子。

“工资也要暂停发放，”阿尔坎杰罗说，“我最好的建议就是，找一个远离海岛的职位，我们很感激你在这里所做的一切，但默默离开，不造成丑闻无疑是最好的。”

这座岛是他爱上的第一个地方。但是现在，他看到这座岛也可以变成一个狭隘的地方，卑鄙的地方。若不是凭着圣阿佳塔的奇迹学会靠这里的阳光和海水生存，岛民们如何能待下来？跋涉了很长一段路，阿梅德奥回到了家。他无法想象自己离开这个地方该如何生活。

“还是有些许希望的。”那晚，神父告诉他，“因为伯爵知道，找到能代替你的人绝非易事，也许不会有谁愿意接替你的位置。并不是所有人都能在这样一个远离现代社会的闭塞小岛上生存下来。”

但伯爵在第二天下午打着“政治事务”的旗号去了大陆。六天后，他带了一个戴着眼镜的年轻人回来了，这人脸色苍白得像是个英国人。他将在新的医生被指派来之前暂时代替阿梅德奥的职务。这位年轻的医生有着帕拉莫大学的文凭，还是伯爵的一个曾在蓬塔雷西做伯爵的朋友的儿子。他被安置在了教堂街的一间空房子里，并被要求马上接手阿梅德奥的工作。

一连五天，阿梅德奥就待在他的房子里，靠着岛上的寡妇送给他的食物和瑞祖一家为感谢他治好他们的孩子所给的四只鸡度日。皮娜还在不停地念叨离开小岛的事，但她也禁不住心软了。看到阿梅德奥如此忧郁和受挫，她开始怜悯他，至少让他看看他的儿子。她给孩子起了名字叫图里奥。这些天来他越发无法离开他的孩子。他到哪里都要带着孩子，有时让孩子蜷在自己的肩膀上，有时搂在臂弯中。在不幸面前，皮娜却似乎挺直了腰板，正如她在战后所做的那样。在第六天，她叫了他们的朋友来家里：神父、瑞祖，甚至还有在这件事上并不支持他们的格苏伊娜。“我并不支持让你继续履行职责，医生，”格苏伊娜表示道，“但很明显，这座岛不能没有一个称职的医师。为何会这样？只有不明事理的蠢货才会想要把你赶走！”

“我们必须提起上诉！”神父说。他们在宽敞的厨房里轮流抱着孩子，起草了一封写给罗马政府的信。神父将它折起来放进一个信封里，然后塞进自己的长袍。神父将会把信送给皮娜的堂弟渔夫皮埃瑞诺，让他第二天将这封信寄到大陆上。

过了些时日，一天刚到傍晚，医生家的窗子上传来一阵敲击声。

是达科斯塔先生，只见他手拿着帽子。“医生先生，小阿佳塔又生病了。”他说，“新来的那位医生说只是哮吼罢了，但她原来得过哮吼啊！你记得的！哮吼可不像这次这样。”

在对自己被禁止行医的处境进行了一番关于道德的深思熟虑后，阿梅德奥抓起了他的衣服和帽子跟着达科斯塔在夜幕中出发了。

达科斯塔的农场位于南部，是整个岛上最穷困的地区。这里没什么作物能够生长，最近连沼泽都开始干涸。他发现那孩子正在她乱成一团的床单上抽搐着，她的兄弟姐妹们睡在一旁。他怀疑是哮喘正在折磨这孩子。他要来了一碗热水，用湿润的布单在她头上搭起了一个帐篷。“用胳膊肘撑起身子，靠过来。”他鼓励她，“呼吸。”

渐渐地，阿佳塔在医生的臂弯中再次正常呼吸起来。

“我不会再叫那个新来的医生了，”达科斯塔说，“他根本不懂怎么用被单。”

“她会像上次一样好起来的，”阿梅德奥说，“只是被吓到了。”

“那可恶该死的新医生，他吓唬我的孩子！”达科斯塔怒骂道，“我不会站在他那边的！谢谢你，医生！我知道你是可以信赖的！我也不在乎你是否和岛上的每个女人都有些关系。”他补充道。

在接下来的几天，他开始感觉到趋势再次对他有利起来。因为，面对这个新来的外人，岛民们开始觉得阿梅德奥才是自己人。其中一些人不顾规矩悄悄地穿过小径和胡同来召唤阿梅德奥去救治他们生病的亲人。

但这些岛民都是最穷困的，他们的治疗费用往往来源于市政议会发给阿梅德奥的薪水，而非他们自己的口袋。这些病人没钱能付给他。并且作为回报他们回赠给医生的蔬菜和消瘦的家禽也根本养活不了任何一个男人，更别说他还有一个妻子和一个孩子了。

“我们可以去佛罗伦萨，”皮娜说，“我们可以住在一座城市的公寓里，享受着自来水管里流出的汩汩热水和楼下街上售卖的报刊，还可以在清晨聆听教堂悦耳的钟声，过些时日我们可以送我们的孩子去小学，一直到大学。卡斯特拉梅尔没有一个人读过大学。我不知道让孩子在这个岛上成长是否正确。他会不会离开我们？他会不会离开这里去哪个城市或者被卷入一场战争，而后我们永生别离？我会那么做的，”她痛苦地想象着说，“如果我是个男孩的话。”

“给我些时间，我可以处理好这一切的。”阿梅德奥说。他试着逃避去想象自己不得不离开这座小岛的那一天。

在一九二〇年十月的第一个晚上，他开始考虑这座房子。它曾是家酒吧，那么它也能再变回一家酒吧。他召集了他的朋友们。“夜阑之家怎么样？”他说，“它可以重新开张。我可以让它重新营业，我可以以此为生。”

瑞祖开口了：“但这个地方已经破败不堪了。”

“可以修复，”阿梅德奥继续说，“我可以修复。”

“哎呀，没人会来这个老地方的。”

神父思考了一会儿，也开口了：“我并不确定，但这是个点子。伯爵想赶你走人，在他任期之中你是不可能做回医生的，但他不能干涉你生活和工作的其他任何方面。如果阿尔坎杰罗再次掌权，或者是其他人，你就可以准备重新上任了，那样一切都会恢复正轨。你为何不能找点其他事情做然后一直等到那个时候呢？”

阿梅德奥一直在等着表态的人是皮娜，他需要皮娜的认同和帮助。在她的眼睛里，他想他看到了皮娜对错过教堂钟声、街角报亭、涓涓热水和儿子迈入大学校门的伤感。但最后，她抬头看看，点了点头。

看到她点头，阿梅德奥明白了她可能仍然爱着他。“我会做好这件事的！我会把所有事都搞定！”他保证道，“瑞祖，告诉我我需要做些什么让这个酒吧重新开业。”

“这曾是收银台，”瑞祖指着一张靠在墙上、布满灰尘的老桌板说，“这里是玻璃橱，是摆糕点、饭团、巧克力的地方。”

“我的兄弟本来想着购置一台冰激凌机，但他支付不起首付款。这里是酒桌，有十张。同时他的柜台后面还有些香烟、酒、火柴、自助餐、薄荷、塞拉利昂紫罗兰糖、牙签、剃须刀替换片、女式丝袜（昂贵的价格让人们望而却步），还有美国口香糖。他过去常常为人们做三明治，用一些没有把手的杯子盛咖啡。那些杯子肯定被储藏在里屋里，你没必要买新的。我们的老母亲，上帝和圣阿佳塔保佑她的灵魂，所有的饭团和糕点都曾是她做出来的，并且她还在早上五点将它们背到小山上去，接着我的兄弟会一天待在上面把这些卖出去。那曾是岛上最美味的饭团啊，甚至比格苏伊娜的先生做的还好吃。”

而阿梅德奥并不知道如何做饭团，他也怀疑皮娜是否做过这些，他只是点点头，默默地将这些记在一个红色笔记本上。

“他还有从内陆带来的报纸。”瑞祖骄傲地说道，“西西里来的报纸。他付钱给渔夫皮埃瑞诺让他捎一些带回岛上。仅仅一周前的报纸，有暴风雨的话就是两周。人们可以来这儿看看最新的新闻。当初他向读者收十先令的费用，但人们说这很卑劣。”

阿梅德奥拂去柜台后镜子上的灰尘。

“夜阑之家”几个字一个个显现出来，都是飞扬的花体字。窗外，层层簇簇的三角梅之外，海水仿佛飘在空中，水天一色，在上面穿行的是黑色钻石般的渔船。“还是有可能实现的。”阿梅德奥喃喃道。

那年冬天，他每天都在辛苦地劳动、打扫、刮抹，他的肺里沾满了那里的尘土。

他隐隐约约体会到，他正如第一批来到岛上想要平息墙中的哭泣声而一砖一瓦地重建小镇的开拓者一样。

格苏伊娜在厨房里摸索着走动，教给皮娜如何做饭团和糕点，如何让一杯咖啡的浓烈恰到好处，如何让一杯巧克力口感丝滑。“你要记住我讲的这些啊，姑娘，”格苏伊娜告诫她，“因为若你也到了我这个年纪，一件事情你也只会说一遍。”

皮娜用她白嫩的教师的手将菜谱记在了一个老旧泛黄的练习本上，然后重重地塞在了阿梅德奥的手里。

“这是你的酒吧。”她说，“照顾图里奥已经让我忙得不可开交，何况还会再有个孩子。所以你来做甜点和饭团。”尽管她口气强硬，翻开本子他却看到，她记每一个菜谱的字迹都是多么工整啊，她在空白处写下的批注又是多么贴心而灵巧啊！（“完全将大米沥干，不要放太多盐”；“加额外的半勺猪油，若糕点太有弹性则需要冷冻一会儿”）他开始告诉自己可以多抱一点点希望了。

她还开始提起另外一个孩子，这给了阿梅德奥更多的希望。

他已经让皮娜做她想做的任何事。首先，孩子的名字是她起的。图里奥曾是她父亲的名字，皮娜很喜欢它的拉丁读音（它是“一个重要男人的名字”，她说）。还有刚有了第一个孩子紧跟着就提第二个孩子这件事。她已经决定了叫他弗拉维奥。随着两个兄长出生后的第三个，就叫奥瑞里奥吧，跟着她两个叔叔的名字起名。她想，然后也许会是个女孩。

一天，当阿梅德奥沉浸在修复酒吧、刮抹天花板上的带蜘蛛丝的脏东西的工作中时，卡米拉推着她新的婴儿车经过了这里。

阿梅德奥停在半空，踩在梯子上呆呆地看着那孩子撕心裂肺地哭闹。随着卡米拉将他从婴儿车里抱到怀里来安抚，阿梅德奥看到了一直蜷缩的小手、一坨脏脏的黑发和因哭泣而苍白扭曲的脸。那孩子看起来脸色难看，蜡黄蜡黄的。他十分骄傲地想起了他自己的儿子图里奥，还有图里奥精力充沛地吸吮着乳汁的场景，要知道图里奥已经长了四磅了！阿梅德奥觉得很难不去诅咒卡米拉。待她消失在视野中他才感到开心。

他和皮娜还有图里奥几乎完全是在靠着他们好心的邻居度日。

阿梅德奥可是个在购置夜阑之家之前从未锯过木板或是在地板上敲过钉子的人。而现在，他也只能独自料理这些事。有时他爬上梯子时，会感觉精神虚弱、头晕眼花。他将最好的食物都留给皮娜，好让她和孩子都不会头晕乏力。一次，当皮娜为他端来汤时，她将端汤的另一只手轻放在他的颈后，他感激得全身的皮肤都起了鸡皮疙瘩。这在以前从没发生过，但它给了他拥抱希望的第三个理由。当酒吧准备停当，无疑她将会开始原谅他。

用着从朋友那里借来的几里拉的钱，他从大陆订购了咖啡、点心和饭团的原料和几盒香烟。只要生意一开始挣钱，他就会订购更多。他还和渔夫皮埃瑞诺约好让他随船从大陆带几捆半月刊回来，就当是帮皮娜个忙，并承诺在酒吧收支平衡时就将费用还给他。当第一批货物抵达时，那稀少贫乏的样子让他沮丧万分。他在厨房里埋头苦干到凌晨三点，做出一碟碟饭团和小点心。当他还是个男孩在钟表店工作时，他的双手就是有些笨拙的，但它们曾从中弹士兵的内脏中将弹片取出，让手掌大小的早产儿安然出世；现在，他让它们为他而工作。

在一九二一年三月一个微风徐徐的日子里，夜阑之家开张了。

第二部分　玛莉亚·格拉琪亚和来自大海的人

1922—1943

国王的女儿就要嫁给一位阔船长了。他宣称这是自己应得的奖赏，因为他把公主从海怪手里救了出来。真正救公主的年轻侍者，已经被他扔下海。公主只能独自垂泪。她已经与那侍者私订终身，以戒指为信，可他现在被淹没在了茫茫大海中。

婚礼那天，水手们看到海里冒出一个人。他从头到脚都缠着海草，衣服上的破洞和口袋里游着鱼虾。他从水里爬出来，缓步穿过城里的街道。海草从他身上挂下来，拖在他身后的地上。那时，婚礼游行队伍正走过那条街，和这个被包裹在海草里的人撞了个正着。“这是谁？”国王问，“把他抓起来！”卫士冲了上去，但这个被包裹在海草里的人举起一只手，手上的钻戒在阳光下闪闪发亮。

“我女儿的戒指！”国王叫道。

“是的。”公主说，“是他救了我。他是我的未婚夫！”

海里来的这个人把他的经历娓娓道来。接着，虽然被海草染得浑身发绿，他还是站到了一身白纱的新娘身边，与她结成了夫妇。

这是一个利古里亚人的故事，最早是寡妇格苏伊娜讲给我听的。她的表亲曾经住在五渔村。虽然故事不全，格苏伊娜太太记不清头也记不清尾，但因为她一遍遍地讲这故事，所以岛上有好几个版本在流传。在格苏伊娜的准许下，我从卡尔维诺先生一九五六年出版的民间故事集里节选了这一小段。

一

酒吧开业的第二个月，卡米拉抱着孩子登门了。阿梅德奥从柜台后抬起头来看到她，顿时浑身一颤。他都快忘了她长什么样了。但她，伯爵的漂亮夫人，他的前情人，就站在那儿，身形凹凸有致。酒吧里一半的客人都转过身来盯着她看。她说："我要找埃斯波西托先生说话。"

阿梅德奥感到所有人灼热的目光都聚焦在自己身上了，但皮娜把手放到他的肩上，另外一条腿上还摇晃着胖小子图里奥，说："伯爵夫人，他——我们——没什么好跟你说的。"

卡米拉笑了，盛气凌人却妖娆魅惑，就像他在岛上第一晚看到她的样子。"夫人，让他自己决定吧。"

但皮娜走上去，把图里奥抱在身前。卡米拉也把体弱多病的安德里亚抱到身前，和皮娜针锋相对。这时图里奥碰上了对面孩子的目光，傻笑起来。

"你再也不许来这家酒吧。"皮娜说，"你，你的孩子，你的丈夫，都不行。你还嫌自己在这岛上闯的祸不够大吗？"

卡米拉朝阿梅德奥望去。他避开她的目光，凝视着蓝色的大海，却痛苦地感觉自己能够听到自己的热血翻涌。对峙半晌，卡米拉终于走了。她穿过广场时，阿梅德奥才敢看她，隔着玻璃她好像变得个子平常，其貌不扬，只是个艰难地抱着孩子、踩着高跟鞋走过石子路的女人。皮娜把腿上的图里奥抱得更高说："我再也不要在这屋子里见到任何蒂森图家的人了。上帝和圣阿佳塔为证！”

开张大概半年后，酒吧的本儿都赚回来了。在那个夏天，皮娜终于肯让阿梅德奥上她的床了。他们一起躺在院子旁边的石头房子里时，她说：“我们不要再提卡米拉·蒂森图了。”阿梅德奥简直要举双手双脚赞同。从这一刻起，他觉得自己为皮娜赴汤蹈火也在所不辞。

到年底，阿梅德奥不怎么听见酒吧的客人谈起卡米拉了。皮娜说话算话，接连又生了两个儿子，她用自己叔叔的名字给他们起名，一个叫弗拉维奥，一个叫奥瑞里奥。小儿子降生时，岛上已经没人再提卡米拉的事了。格苏伊娜说：“这是因为夜阑之家重开，这小岛又有灵魂了。就是这样的。”

皮娜生这三个男孩儿的效率极高，他们相差不到四岁。她现在全心全意忙着照顾他们。好多年后，阿梅德奥回忆起这段时光，发现自己把他们都混了，只记得到处乱抓的小手指，和暖乎乎的、带着乳臭的头发。他久久地坚守着柜台后的岗位，听着玻璃杯和骰子的当啷当啷声，收银箱里的里拉哗啦哗啦响，闻着三角梅芬芳扑鼻的香味，感到惬意极了。那些年，他相信自己比当医生的时候过得幸福多了。看见年轻的医生维达尔走过窗前，头发脱落，膝部的裤子都磨烂了，他不得不拼命压抑心里的满足感。

虽然阿梅德奥被禁止行医了，但还是有人偷偷来找他。有时从院子门里闪进来，有时从柜台上俯过身去悄悄说：“大夫，我侄女从梯子上摔下来摔坏了锁骨，可是维达尔医生没把她治好。我肯定她没好，她洗碗的时候那锁骨就咯噔咯噔地翘。你能帮忙看看吗？”还有些人，比如，玛祖和达科斯塔家，公然质疑新来的维达尔，他们一有点儿头疼脑热就来酒吧征询阿梅德奥的意见。居民们一直公开地称阿梅德奥为“大夫”，而把维达尔叫作“新来的小伙儿”。

这就是个严重的问题了。姑且算维达尔有资格证吧，可他不成熟，一点儿经验都没有。他何曾在浸满水的战壕里借着烛光用夹板给人固定过断腿？他何曾在铺着稻草的地上接生过婴儿？玛祖曾从柜台上俯过身去，愤慨地跟阿梅德奥抱怨：那年轻人一碰到疑惑，居然从他的大箱子里翻出一本本又大又厚的书来看！（玛祖说这话时就像在说什么为人所不齿的事）要知道，埃斯波西托大夫可从来不用随身带本书！

“我是不用随身带书，可我也看书啊。”阿梅德奥说，“还有医学杂志，还有其他一堆文书。”

“你可不像他一样在你的病人面前看，这叫人怎么信任他！哼，书……什么乱七八糟的。”

最终，阿梅德奥决定在提供咖啡和馅饼之余附赠免费的建议，场所一般是在酒吧的柜台上，如果情况严重的话，他就在他楼顶阴凉的书房里把医药用品打包好跟着病人去，为了不引起怀疑，用的是金巴利酒箱打包。他思忖，既然他的报酬大多是蔬菜、蛋，有时是活鸡，这样，“建议”居民们就不算继续行医了吧。他现在只是一个酒吧伙计啊，受良心驱使给人些建议的酒吧伙计——历史上这么做的肯定不止他一个。

那些年，他们的生活在好转。虽然房子仍然破破烂烂的，但他们有钱进行一些改造了，比如，往百叶窗上装新的铰链，涂刷儿子房间墙角上的潮湿的印斑。之前儿子一有点风吹草动就透过它们传过来，吵得他无法入睡。皮娜的亲戚皮埃瑞诺，有鱼抓时就做渔夫，没有鱼的时候岛上人雇他干什么活儿他就干什么活儿。他帮阿梅德奥家清除了阳台上的杂草，铺上从城外废墟的厨房里淘来的瓷砖。这些红色的、花纹斑驳的瓷砖好像涵盖天地、包罗万象。阿梅德奥看着它们很高兴，让皮埃瑞诺把瓷砖也铺到这老房子的盥洗室里。这盥洗室要是以后能装上冷热的自来水该多好啊，那就像皮娜梦想中那样现代化了！他精心侍弄的三角梅也开得芬芳四溢，每次酒吧的门摇摇晃晃地开或关时，涌进的热浪都挟着一阵香气。

图里奥四岁了，弗拉维奥成了个蹒跚学步的小娃娃，奥瑞里奥还是个婴儿。这时，皮娜又怀孕了。

这次跟之前不同了。阿梅德奥从没见皮娜怀孕时如此受苦。这是第一次皮娜的身孕使她憔悴忧愁。她的脚踝肿了，走起路来一瘸一拐的。她的手患上关节炎，僵硬笨拙。她的胃口也差了，只能从儿子的小盘子里吃上一两口。有时在炎热的午后她不知不觉就睡着了，结果没人管的孩子们在房子里上窜下跳，大喊大叫声直把阿梅德奥引得从酒吧一溜烟跑过来。到那儿以后，他要么得把扭打成一团的弗拉维奥和图里奥老鹰捉小鸡似的拎开，要么得把被哥哥们塞进洗衣篮下面、哭得声嘶力竭的奥瑞里奥拉出来，要么就是从男孩儿们的头发里捉出几只知了来。

这种乱象再持续下去，还怎么得了？

“我们得对这些孩子采取措施了。”一天晚上他对皮娜说，“他们不能再这么继续下去。”可皮娜无精打采，像梦游似的。她身体不好，压根儿就没注意到孩子们在一天天地变野。虽然她还是很漂亮，但整天一副恍恍惚惚、弱不禁风的样子，阿梅德奥都不敢看她了。以前她可是像希腊雕像那么挺拔啊。

最后，格苏伊娜同意帮皮娜照看孩子，瑞祖帮阿梅德奥料理酒吧。格苏伊娜说：“我帮你们不是为钱，是关心你们。不过嘛，你们给我钱我也是会接受的。”她现在已经全瞎了，但经验丰富，对付起孩子来得心应手。她在摇篮边上低哼岛上的民谣，几分钟就能把奥瑞里奥哄睡着。如果两个大点儿的男孩儿打闹起来，她就蹑手蹑脚地走到他们身后，大吼一声：“孩子，够了！”吓得他们不敢动弹。她这么干了四五次之后，男孩儿们就再也不敢打架了。在他们都服服帖帖之后，格苏伊娜就开始唱红脸，喂他们甜乳酪和自己剥的新鲜无花果。

皮娜和格苏伊娜合作管好孩子，阿梅德奥和瑞祖一起维持酒吧正常运转。皮娜的身孕一直延续到秋天。她不知为什么总想要地上的尘土，以及院子里杨树上掉下来的金黄鹂巢里的细枝。因此格苏伊娜预言这个孩子一定是女孩儿。她说："孕妇愿奇怪，女孩要到来。"老妇人有她自己的逻辑，别人压根儿别想跟她争辩。他们渐渐开始用"她"来称呼这个孩子了。

阿梅德奥计划让皮娜到锡拉库萨的医院去生这第四个孩子。他的医用工具大都过时了，还有的锈得根本就没法用了。而且自一九二一年以来，他就再没看过医学杂志。一言以蔽之，他没法接生了。第二第三个儿子都是他自己接生的，但他觉得自己现在不能再挑起这重担了。

十一月上旬，当第一场冬天的风暴扑打着窗户时，他躺在皮娜身边，撩开她缎子般的黑发，帮她按摩疼痛的双肩。他说："孩子快出生的时候我们就乘皮埃瑞诺的船去大陆上。我陪你在那儿一直待到孩子出生。"

一切都安排好了。瑞祖有一个表亲（也是农民）住在大陆上，他和皮娜可以借住人家的房子。他们给那农民的妻子支付一天 25 里拉让她照顾皮娜。时候到了，农民夫妇就能用邻居的摩托车把皮娜送到医院去。

但当他把计划跟她说时，她却不同意。"这又是格苏伊娜的迷信吧？"阿梅德奥说，"你知道的呀，在医院里生孩子要安全得多！你不能听那老婆子瞎讲。她一辈子没进过现代医院，一见电灯、白大褂，闻到消毒剂的味道就吓坏了。就这么点事儿。"

"不是这样的。我不是怕医院。"皮娜说，"我只是有种预感。"

阿梅德奥可不会轻易嘲笑皮娜的预感。她不是正确地预见到接下来两个孩子弗拉维奥和奥瑞里奥是男孩儿吗？她还预测到下一个孩子可能是女孩呢。"我知道我们下一个孩子会出生在岛上，就像她哥哥。到时候等不到我们准备好她自己就出来了。我确定。”

最终事实证明皮娜是对的。孩子不期而至，在羊水和血液横流中，早产了八周。

他首先听到皮娜的尖叫：“啊——咿。”

在皮娜怀孕初期的一片混乱中，他们在酒吧和厨房间拉了一条帘子，这样阿梅德奥好留神儿子们的争吵打闹。这时格苏伊娜一瘸一拐地穿过帘子过来，叫道：“医生，你在哪儿？”

“这里，这里。”

“你最好立刻关了酒吧，去照看你那可怜的老婆！”

客人们兴奋地炸开了锅，但格苏伊娜举起平底锅狠狠地敲了敲柜台，把玩多米诺骨牌的人惊得从椅子上掉了下去，然后把所有顾客轰到门外的广场上，也不管外面下着雨。有人还在好奇地往里瞄，她却毫不给面子地拉下了百叶窗。

厨房里，皮娜站在一摊水里，双手紧紧抠着肚子。“亲爱的！”阿梅德奥说着一把抱住了她，但她把他甩开，在房子里走来走去。他只能跟着她。她楼上楼下，酒吧里酒吧外地跑，身后留下一串串血迹。他跟着她，一个劲儿地问：“亲爱的，阵痛什么时候开始的？多久了？多严重？跟生图里奥、弗拉维奥和奥瑞里奥的时候一样吗？你回答我呀，亲爱的！你要把我吓死了！你要把儿子都吓死了！”

蹒跚学步的小娃娃弗拉维奥从厨房的门框边探出头瞪大眼睛看着，不知道在后面的哪个房间里奥瑞里奥拼命哭着吸引大人的注意力，但他早被忘到脑后了。

“还没到时候啊！”皮娜说，“我现在不能生，她生出来会死的！她应该二月份才生，可现在刚十二月啊！”

但阿梅德奥明白根本就没有办法停止分娩。“躺下，亲爱的。”他说，“试着用劲儿。现在除了把她生出来我们什么也做不了。”

格苏伊娜点点头，大叫：“呼吸！用劲儿！呼吸，孩子！用劲儿！”

“不！”皮娜哭喊，“我不要用劲儿！我不能这么做！我不行！”

格苏伊娜说：“我去把圣阿佳塔的雕像拿来。”说着，拖着步子挪进大厅去拿雕像。

但在他们能为她做什么别的事之前，皮娜一跤摔倒在多米诺骨牌桌下。阿梅德奥伸出手，把孩子拉了出来。

“她在呼吸！”他说，“皮娜，她在呼吸！”

可皮娜哭着说：“看她多小，多瘦弱。阿梅德奥，她很快就会死的。那样我会心碎的！”

他一边把孩子擦干，一边坚定地说：“她会活下来的。她会的！”

但当他仔细观察孩子的时候，一阵恐惧揪住了他的心。她头上的血管太纤细了。她的胸脯太粉嫩，甚至是透明的。他几乎从没接生过这么小的孩子，仅有的几个都夭折了。他骂自己，要是在锡拉库萨的医院里，医生会知道该怎么办！但现在没希望了。这孩子怎么在大冬天里乘着皮埃瑞诺的船漂过大海呢！是死是活，她只能待在这岛上了。

他把自己的衬衫敞开，把瑟瑟发抖的孩子贴到自己的胸脯上。这是手忙脚乱之中他能给她提供的仅有的温暖了。“给她取个什么名字？”

皮娜哭道：“我没法想名字，我没法看她。现在不行。我都不知道她能不能活下去。”

阿梅德奥根本不知道拿这第四个孩子怎么办。这孩子羸弱得连吃奶都吃不动，他们只能用奥瑞里奥受洗的银勺一滴滴地喂。皮娜似乎已经彻底垮了，哭得跟泪人儿似的。他关了酒吧，自己照顾女儿——他的全世界。白天，他就把孩子抱在臂弯里走来走去；晚上，他就整夜坐在她的摇篮前，摇篮下放着一个陈旧的暖锅，里面烧着仅存的一点点煤。卡斯特拉梅尔的冬天风雪肆虐，这孩子出生在此时，似乎是上天不让她活。她没什么力气哭。头上的血管还清晰可见，耳朵上也还带着出生时的淤伤。有的晚上，父女俩都醒着，他就把他知道的每一个故事讲给她听。

他给她讲那个变成苹果、变成树、变成小鸟的女孩的故事。他给她讲那只聪明的鹦鹉怎样用一个没完没了的故事把一个新媳妇乖乖地圈在家中。他给她讲格苏伊娜的那个故事，一个儿子为了救父亲和魔鬼签了合同。父亲得救了。那儿子周游世界，功成名就，最终登上王位。他是这样流连于俗世，把合同忘得一干二净。十年后，魔鬼来了，要带他走，他却不愿走了。在那些梦幻般的一个个夜晚，阿梅德奥渐渐开始相信，这些故事冥冥之中讲的就是他和女儿，因为他们俩同样在经历着那些古老故事里的挣扎。

他还像给图里奥讲故事那样给她讲了小岛的故事。山洞啊，哭泣魔咒啊，还有解除了魔咒的农家女阿佳塔，最后成了圣徒和庇护人们远离噩运的保护神。

阿梅德奥从来不信鬼神，现在却不由自主地迷信起来。以前，他从来不会花心思去幻想死后的世界，而现在，他却急不可耐地要让女儿受洗。皮娜只是一个劲儿地跟他说："你给她取名吧。我做不到。我怕圣阿佳塔很快就要夺走她了。"

阿梅德奥满脑子都是那些神圣的名字：安吉拉，圣塔，玛多妮娜。最后，他决定用"玛莉亚·格拉琪亚"，皮娜祖母的名字。给女儿的中间名字是"阿佳塔"——希望圣阿佳塔因为这名字而垂怜降福吧。孩子刚出生那晚，他惊讶，甚至有点羞耻地发现自己竟然在向圣阿佳塔的雕像祷告："圣阿佳塔啊，如果你这么做是因为我和卡米拉的孽缘，请换一种方式惩罚我。我在这岛上确实做了不可原谅的错事，夺走我任何东西都行。可是，求求你，把这个小女儿留下吧。"

绝望中，他甚至觉得失去老婆、儿子都不会比失去这个他还不太认识的脆弱小生命更痛苦。这个小生命这时本应该安安稳稳地待在皮娜的子宫里，闭着眼睛，曲着手指。

儿子们都察觉到家里的气氛变了。他们不再在楼梯上横冲直撞，也不再在院子里拿树枝打打闹闹。头几天里，他们不小心把皮球扔到婴儿室的墙上，吵醒了小妹妹，结果父亲大发雷霆，还把球狠狠地扔到窗外荆棘丛生的灌木丛里，把全家人，连同格苏伊娜都吓坏了。在这之后，男孩儿们就安静地去院子里玩了。似乎连最小的奥瑞里奥都明白他的小妹妹在生死之间挣扎。

酒吧一直关着，格苏伊娜帮忙把带着烤茄子来探望的、满心想要传些流言蜚语的邻居们毫不留情地拒之门外。即使是这样，大家还是都知道了，埃斯波西托大夫和皮娜·维拉的小女儿生命垂危。

小女儿十天大时，阿梅德奥把老朋友伊格纳塞奥神父请来给她洗礼。然后全家人围到摇篮边上，他拍了张照。直到孩子一个月后脱离危险期，他才把这张照片冲了出来。后来，每次上下楼梯时看到这张照片挂在墙上，他都要出一身冷汗。女儿当年是那么小，那么虚弱啊！她就躺在那儿，眼睛闭着，小拳头握着。每次她睡熟，他的心都一阵抽搐，赶忙轻轻地把耳朵贴在她胸口，去听她微弱的呼吸。

那年底他们重新开了酒吧，可他根本就无暇顾及。除了女儿，什么事情都进不去他的脑子里。只有他抱着，她才能睡得着，只有他用小勺子喂奶她才会吃。于是，瑞祖下午来打理酒吧，皮娜能哄着男孩儿们在柜台后乖乖玩的时候也来帮忙，而晚上——小女儿最闹人、瑞祖得去伯爵家看门的时候——他就只能信任顾客会在买了烟酒之后自己把钱放到抽屉里的一个小盒子里。

瑞祖在小盒子的盖子上钉了一张圣阿佳塔的明信片，上面还画着一颗滴血的心。他说：“这是逼他们守规矩。本来岛上也没人会偷钱，不过在圣阿佳塔面前，他们更不敢干这种龌龊的勾当。”他还用念珠把小盒子绕起来，又在盒盖上打了两个孔，插上两根滴着蜡的大蜡烛。要是真有人敢把盒子打开，还有他从伊格纳塞奥神父那里要来的小木十字架等着呢。

也不知道是因为圣阿佳塔的圣容呢，还是因为怕烧着手指，到底是没人偷过钱。每个人都付了该付的钱。酒吧就这么艰难地开了下去。

到一月底，小女儿才能自己吸奶，但是皮娜的奶水已经干了。不过给她个瓶子，她就能对着奶嘴吸上一点了。阿梅德奥都不敢相信，她在一天天地变大、变结实。不过，她的身体仍然时好时坏。整整两个星期，她被咳嗽折磨得骨瘦如柴，咳嗽刚好，又得了黄疸。阿梅德奥把她抱到阳台上，放在自己大腿上晒太阳，用一块折起来的手帕遮着她的眼睛。最后，皮肤上的黄色终于消退了。

每天早上，他都用柜台后面的黄铜天平称女儿的体重。在一九二六年二月的一天早上，他发现那黄铜盘子摇摇欲坠。后一天，那盘子直接就掉下来了。这孩子现在见风就长了。

到了春天，她的体重像其他几个孩子一样飞速增加。夏天，她会笑了。不久，她就学会了翻身，然后开始试着到处乱爬。

他一直怀疑女儿的腿有点问题。现在她其他地方都长好了，他就看得更明白了。她只能像蜥蜴一样用手拖着身子往前爬。看来以后她至少得在腿上装支架。不过这不重要。只要她活下来，什么也不重要。不情愿地，他又回到柜台后工作了，但他还非要带着女儿。要么让她独自在一块毯子上爬，要么就在上馅饼、倒咖啡时用块布把她兜在自己身上。农民们都笑他，但他们的妻子都崇敬这样的男人。

出人意料地，玛莉亚·格拉琪亚长成了个独立、快乐的小宝贝。在地上东爬西爬时，她会对自己轻轻地咯咯笑。见了什么她都开心。太阳啊、夜阑之家的一大串钥匙啊——为了不让她够到，她爸爸把钥匙高高地挂在一根绳子上，还有格苏伊娜带来的一束三角梅，花瓣还是凉凉的。酒吧的老顾客围着她叽叽喳喳，许下承诺为她祷告，还说会把自己孙子孙女穿过的小衣服送给她。阿梅德奥一个不留神，干酪、发了黄的馅饼就被他们塞到女儿嘴里。

到女儿一岁生日，他才相信她不会夭折了。这道理明明白白地摆在众人面前，他还怎能不相信呢?

于是，一切回归原状。但皮娜被打动了，他也被打动了。在女儿刚出生的那几个月里，他们变了。即使是一首普普通通的岛上民谣皮娜都能听得热泪盈眶，阿梅德奥也一样多愁善感起来，似乎那层曾经把他和外界隔绝开来的甲壳被软化了、打破了。一天晚上，皮娜跟他说她原谅他和卡米拉的事了，彻彻底底原谅了。“不过我们不能再要孩子了。”她轻轻拍着他的手腕说，“这种事再来一遍，我可活不下去了。”

阿梅德奥完全同意。四个孩子足够了，何况三个儿子一天到晚大闹天宫，小女儿还需要特殊照顾。虽然她现在已经长力气了，会大叫大嚷了，但她本身就像是一个奇迹，一个圣阿佳塔施展的奇迹。她能活下来是这么幸运。她原本是活不了的。

二

在孩子们的每一个生日，阿梅德奥都会给他们拍张照片。在属于女儿的一系列照片中，他看到了一场斗争徐徐展开，那是一个像皮娜一样倔强的灵魂与自己所处的环境之间的抗争。在第一张照片中，玛莉亚·格拉琪亚坐在皮娜腿上，膝盖外翻，腿部的畸形显而易见。但是看看第二张照片，她已经能紧紧抓着他们的手站起来了！父母的骄傲极大地鼓舞了她。第三张照片中的她完全靠自己，成功地站得笔直了。她的两只脚上都穿着高及膝盖、带着金属支架的靴子，靴子顶端都有皮革带子固定。腿部支架使她的姿势看起来很奇怪，像一个战斗中的角斗者，准备好了随时出击。锡拉库萨的医生告诉他这孩子必须每天戴着支架，戴整整十年，每年秋天支架都得根据孩子的生长情况加以调整。

在夜间，会有另外一副捆着一根铁棍子的更加僵硬的矫正支架，这副支架她至少要戴到十一二岁，或许还要更久一点儿，随着她成长再代之以一副更紧的支架。戴夜间支架时玛莉亚·格拉琪亚从来没有哭过，只是会把眼睛稍微眯一眯。有了这支架她自己没法行动，甚至不能翻身，如果要上洗手间，她不得不喊父母抱她去。但是有时候，他们睡在石头房子楼下的房间里，他们听不见——到了早晨他们就发现她耐心地躺在湿透了的被褥里，忍受着自己哥哥们的嘲笑，而对于这样的羞辱，她从未抱怨。

在第四张照片里，玛莉亚·格拉琪亚仍然保持着角斗士的姿势面对着大海。这照片使他有些心痛，因为他知道此时她的哥哥们正在镜头之外的海浪中跳跃嬉戏。带着支架她不能下海，别说海水，就是岛上带着盐分的空气都会使它腐烂，所以他们不得不经常用玻璃纸擦拭，再用橄榄油涂抹支架。

所有照片中，第五张是他最喜欢的。因为这照片使他感觉到，尽管有自己的困难，玛莉亚·格拉琪亚已经以一种重要的方式显示了自己相对于哥哥们的优秀：当他们在学校闯祸时，她却聪明过人。照片中的玛莉亚·格拉琪亚在埋头学习她哥哥们的课本，像她妈妈一样编成黑色发辫的头发轻轻地落在书页上，淡琥珀色眼睛周围一圈的睫毛也像她妈妈的一样可爱浓密。沉浸在一个人的快乐之中，她面带微笑读着历史、数学、伊利亚特或者什么——谁知道呢？这孩子就是个学者型的神童。

起初学校的老师卡勒亚教授拒绝招收玛莉亚·格拉琪亚进学校，觉得她腿上的问题一定会累及心脑。当皮娜收到这封通知时，她拉着玛莉亚·格拉琪亚的手，连走带拽把女儿带到了学校里。玛莉亚·格拉琪亚就这样站在黑板和一脸困惑的卡勒亚教授面前，这位教授当时正在房间的一个角落里收拾他剃下来的胡须。在皮娜的鼓励下，玛莉亚·格拉琪亚展示了自己的能耐，从一数到百，加法，减法，乘法，背诵路易吉·皮兰德洛的诗歌，还能描绘卡斯特拉梅尔上空肉眼可见的星座，所有这些都是她跟着哥哥或者她一个人看他们的课本学会的。当卡勒亚教授还是拒绝相信时，皮娜随手从他堆积如山的桌子上抽出一本《神曲》，塞给女儿说："读一读，亲爱的。"她劝说道："读吧！"

玛莉亚·格拉琪亚会读，她真的读了，虽然读到意大利内地词汇时有点儿磕磕绊绊，但她还是把这么奇怪的诗读下来了，尽管不解其意："在人生旅途的中点，我迷失了路途，发现自己身处一片黑暗森林中。啊！很难说——"

"很好，"卡勒亚教授打断了她，却仍不愿意大大方方地承认自己的失败，"她可以在秋天入学，我们会观察她的情况。如果她的分数都可以就留下——否则就不行。"很不情愿地，他甚至答应把《神曲》借给玛莉亚·格拉琪亚以便她开学前看完。

皮娜把女儿扛在肩膀上回了家，眼睛里满是愤怒又骄傲的泪。

第六张照片是她开学前一天拍的，一个比她的生日或者孩子的命名日还重要的日子，整个晚上她颤抖得像风中摇摆的藤蔓。在照片中，玛莉亚·格拉琪亚带着支架的腿上骄傲地穿着女学生们穿的白色裙子，怀里则抱着一包用绳子捆在一起的书。而她的哥哥们却必须共享另一套书，因为事实上他们很少打开书本，在这方面省点儿钱也是可以理解的。但是玛莉亚·格拉琪亚所有的书都是崭新的，都是从内地订购，再由皮埃瑞诺从锡拉库萨的书店取来用船运进来的，而且都仔仔细细用棕色纸包了书皮。

哥哥们用自己的方式尽力表现自己的友善，他们一路吵吵闹闹拖着她，在别的孩子踢打她的支架，偷她的书时保护她。但是他们之间的性格分歧已经开始出现了。男孩儿们有自己关心的事情。图里奥像父亲一样魁梧，长着浓密的黑头发和同样令人心生畏惧的眉毛，他对汽车的原理痴迷不已。与玛莉亚·格拉琪亚年龄最相仿的奥瑞里奥体型短而粗壮，想法却很坚定，每天只知道游泳。二哥弗拉维奥看起来黝黑严肃，神情很像他们的母亲皮娜，喜欢把自己关在房间里用一把黄铜喇叭长时间进行练习。在男孩儿们看来，玛莉亚·格拉琪亚是家里最受宠的孩子，这是清清楚楚的。而对于玛莉亚·格拉琪亚而言，她是个与哥哥们不同的人——一个当别的孩子手持棍棒咆哮抽打东西或者在大海中如野马般横冲直撞时，自己却只能带着支架安静地坐在沙滩上阅读关于星辰的书籍的孩子，得到再多的爱，学习再好都不能弥补这个事实，这一点也确定无疑。

每当这种时候，父亲就会宽慰她说："你的治疗进展很顺利，明年你就可以脱下支架，短时间地去游游泳了。"

玛莉亚·格拉琪亚知道到那时候所有其他孩子都会游得更快了，甚至都要对游泳厌烦了，但是没有说出来。

看到她沉浸在自己的孤单中，父亲鼓励她发展与店里年长顾客之间的友谊，鼓励她照顾夜间到处流窜的流浪猫。一个傍晚，玛莉亚·格拉琪亚含着眼泪跑到柜台前，把父亲领到了一窝猫咪前面，那儿有一只满身沾着自己粪便的黑色小猫，正楚楚可怜"喵呜，喵呜"地叫着。"它生病了。"玛莉亚·格拉琪亚抽泣着说。

阿梅德奥弯腰看去，发现这只猫咪的身体一侧有伤口，而且摸起来已经发热了。"它感染了，亲爱的。如果不把伤口清洗干净，我们就对它无能为力。它也不会长时间安安静静给我们足够的时间完成治疗。”

“治好它，爸爸。”

酒吧里不少老年客人都跟着站在暮色中，现在围拢过来，发出各种怜悯之声，甚至包括镇上公认的痛恨猫咪者。“治好它，”玛莉亚·格拉琪亚说，“爸爸，把你的医疗包拿来治好它。”

“亲爱的，我不懂这个。”

“治好它。”围观的年长者也带着责备的口气附和。

母猫躲在灌木丛里看着他，充满警惕地晃动着尾巴。

阿梅德奥有些昏了头，居然由着自己的女儿，从楼顶房间拿下了医疗包。阿梅德奥工作时，玛莉亚·格拉琪亚还在一边抽泣着说：“不要让它死掉。”阿梅德奥完成治疗以后把干净的小猫放进了窝里，然后把母猫的爪子一只只从肩膀上拿了下来。

女儿含着眼泪的感激是无与伦比的。三周以后，她抱着那只小猫给他看，伤口已经全部结痂了，还那么温驯地舔着她的手，他能做的唯一一件事就是控制自己的眼泪。“它的治疗很顺利，”她说，“就像我一样。”

的确，玛莉亚·格拉琪亚一生都会很瘦小——她是阿梅德奥所有后代中唯一一个在岛上人看来不像巨人的，但是除此而外，如果没有支架，没有任何迹象能让人看出她的父母曾为她能否存活而恐惧过。

现在阿梅德奥不再担心她的存活，而是担忧她的未来，他认识到世界发生了变化。时局好时外面的消息也能隐隐约约传到他们这里。美国的财政困境有一段时间就曾成为酒吧里谈论的话题。那位上了年纪的纸牌玩家曾看着一张富裕人家开车在外，露宿在防水帆布下露营的照片，惊叹不已。（“想想看，美国人像我们一样过着穷人的生活！我的尼西力诺幸好不离开这里去芝加哥呢！”）但是小岛的与世隔绝有时也为它避免了很多大麻烦。除了时不时从内地订购一点儿雪茄之外，卡斯特拉梅尔的居民与大国经济完全无涉。正如瑞祖所说，如果发生大萧条的话，除了伯爵那辆车，岛上也没有车能够用来露营，而且也没有什么地方可去。另外，岛上居民如果有股份的话，也只能是圣阿佳塔委员会或者渔民行会的股份。

然而，在靠近小岛岸边的地方某种根本性的变化在发生。在阿梅德奥动荡混乱的童年时代，意大利的变革也仅仅只是非常轻微地影响到了他，就像海边岩洞那里传来的模模糊糊的细浪声，外面的世界对他而言从来没有自己家里的那么重要。就在弗拉维奥出生的那一年，岛上在选举时曾经引起了纷争（当时由于图里奥呕吐得吓人，阿梅德奥忘记了时间，等到选举站关门了才赶过去）。是第二天听了酒吧里客人们愤怒激烈的讨论，他才弄明白这纷争是怎么回事。事情的起因好像是岛上没有人愿意投票给法西斯，除了伯爵，可能还要除了阿尔坎杰罗。为了扭转这一局面，伯爵就在选举的那个夜晚，派自己的两个手下手持棍棒守在了议事厅门口，伯爵的佃农们就这样承认了一个事实：这个岛就像一艘船，伯爵可以将任何企图反叛的乘客从船上扔到海里去。于是到了伯爵计票数的时候，法西斯得到绝大多数票。

此后不久，从都灵辗转来到岛上的内地报纸《新闻报》上登载的全是社会主义代表、一位叫马特奥蒂的先生被谋杀的相关报道，再后来他们就看不到那份报纸了。《新闻报》再次发行时对马特奥蒂被谋杀的事已是绝口不提了。阿梅德奥起初对此也没有在意，因为他的客人们唯一关注的是《运动报》。

他当然记得这些事情，记得那些投票给法西斯的和没有投给法西斯的两派人之间有一段时间相互不说话，这使得那年的圣阿佳塔节气氛很尴尬。到选举当地镇长的时候，岛民们不是在伯爵和阿尔坎杰罗之间投票，而是提名了另外一名候选人，这是卡斯特拉梅尔岛上破天荒的事情。不过，没过多久，镇议会就被裁撤了，说是罗马的领袖下的命令。如此一来，岛上就没有了镇长，没有了民选代表，只有一位行政官，这使得法西斯的支持者和其他岛民之间的僵持似乎失去了意义。当新的行政官，也就是伯爵站在镇议事厅的台阶上发表第一次讲话时，他们就都成了法西斯主义者。

当然人们对此有过无声的抗议。在一个岑寂无声的夜里，一小伙人借着阿梅德奥的酒精壮胆，曾经撕毁了镇议事厅入口处的法西斯旗帜和领袖墨索里尼的光头画像。瑞祖那不满二十岁的侄子比普和渔夫皮埃瑞诺曾经在战时接触过共产主义，每当阿尔坎杰罗走过他们就冲着他唱国际歌（他们不敢在伯爵面前唱）。然后，有一个夜晚，这两个共产主义者在回家路上被伯爵的两个手下抓住了，被暴打了一顿，还被逼着喝了一品脱蓖麻油。从此以后，就没有人抱怨自己成法西斯了——至少在公共场合是如此。因为，如格苏伊娜所说："你知道，我们都要一起活下去。"

"这是北方人胡扯。"瑞祖在酒吧的柜台前愤怒地咆哮。（他仍然偶尔为伯爵做搬运工和守夜人，但是比普遇袭事件使得他对自己老雇主的耐心被消磨不少）"迄今为止卡斯特拉梅尔从来没有人在意政治。那些都是意大利的事情，跟我们无关。"

"一两年后这些都会成为过去，"格苏伊娜说，"如果我们倒霉要受其他人统治，是轮到这位领袖还是什么西班牙人、希腊人、波旁人、阿拉伯人或者其他人都无所谓。我们不要理睬他，只管自己的事情好了。"

这样一种逻辑使得两位老人接受了新局面，相当长一段时间里，夜阑之家也重新恢复了安宁。

然而，就在玛莉亚·格拉琪亚入学后不久，领袖就把自己的统治触角强行伸进了卡斯特拉梅尔。

一个下午，消息传来说有两名官员开着车到了岛上，他们要求跟伯爵谈谈建立一所监狱的事情。设立这所监狱不是为了关岛上的人（因为岛上从来就没有什么严重的犯罪），而是为了关押领袖的犯人。那两位官员说常规上领袖的犯人都会被流放到这么偏远的地方，比如，西部的蝶形岛屿法维格纳纳以及利帕里周围常年冒烟的火山地区。卡斯特拉梅尔也很适合派这种用途。

领袖的两位官员被安排住在了伯爵别墅的客房中，他们每天夜里在伯爵家的露台上吵吵嚷嚷地喝酒，就这样三天之后他们离开了，关于监狱的事情也没有再多说什么。三个月以后，内地来的一群工人坐着一辆车到了岛上，开始用石头和防水帆布修缮城墙外面的破败房子。（瑞祖说："这些活儿我们自己人都能干。"）监狱将在当年夏天启用，八个法西斯国民军、两个宪兵和一名中尉将押送犯人到来，伯爵的几栋空房子被提前以低廉的价格租给了他们。

"我们岛上从来就不需要警察，"对于目前事态发展极度不满的格苏伊娜说，"卫兵！打屁股或者找闯祸男孩的爷爷谈个话就足够了。就我这可怜的视力，如果我在镇上到处晃荡，他们监视我我怎么能够知道呢？"

那个夏天，第一批政治犯乘坐一艘来自卡拉德里亚的灰色船来了，他们脸上留着的乱糟糟的胡须吓坏了岛上的孩子们。他们被拴在一起从码头开始排成一列，以便相互能够步调一致，就像三角梅上的毛毛虫一样穿行在地形崎岖的岛上。拖在后面的一两个犯人还带着妻子和孩子。这些犯人被安置在未完全修缮好的房子里。现在每天晚上五点钟集合号都会响起，召集犯人们回到他们被关押的房间里，一直到黎明他们才能出来。伯爵对他的佃户和佃农们交代得很清楚：不可以接近这些犯人，也不可以与之交谈。

看着犯人们被锁着爬山之后，皮娜愤怒地咬紧嘴唇踱来踱去，伯爵本人、他的监狱、他在报纸上宣战一样的咆哮以及出现在岛上的令人痛恨的卫兵，都惹得皮娜在无人处大发雷霆。所以，当九岁的图里奥和八岁的弗拉维奥穿着黑色小衬衫，拿着玩具枪（他们玩过的最美丽的玩具）放学回家时，她拉着他们到了卡勒亚教授的家，透过厨房窗户把枪朝教授身上摔去，厉声责问："这个东西你叫作什么？"

"这是国家巴里拉组织，"卡勒亚教授努力想解释清楚，同时还护着自己的脑袋，"这是个青年组织——一个体育运动组织，学校鼓励孩子们都加入成为巴里拉，就像教会童子军一样。不止是您家的男孩子，埃斯波西托夫人。"

"在我家里不允许巴里拉出现！"皮娜咆哮着，完全不顾两个孩子因为丢了玩具枪而哀泣，"我家里不允许出现枪。上一场战争从这岛上夺走的还不够吗？如果我的孩子愿意跟着伊格纳塞奥神父参加童子军，就让他们去吧！"

现在法西斯卫兵已经时时出现在岛上，他们开着车呼啸而过，碾压过渔民们称为死亡之船的岩石，还在街角设立警戒哨，在镇上到处游荡——人们在公开场合也不好对此说什么。这些卫兵们也常定期光顾酒吧，购买雪茄或者味道浓烈的黑咖啡。阿梅德奥行事谨慎低调，只是偶尔悄悄给一个犯人塞个饭团或者一片马苏里拉奶酪。

但是当皮娜看到一个犯人在街上痛苦徘徊时（她听说他们每天只有五个里拉的生活费，这比伯爵最低级的佃农的日工资还低），她便邀请他进门，给他面包、糕点和咖啡，还公然让他坐了最好的桌子。

犯人们是得到允许可以工作的，但是岛上的工作岗位一直以来都刚刚够本地人做，没有一丝一毫多余的。尽管如此，皮娜还是雇用了三个犯人修缮破败的阳台。三个犯人工作进程很慢，他们一边工作一边谈论着意大利教科书中的哲学和艺术，还把应该装在后面的木梁装在了前面。看着他们的工作成果，渔夫皮埃瑞诺扬起了眉毛，"这活儿干得可不怎么样。"他说，"看起来跟你雇了伯爵或者学校校长干活儿差不多，就算是被屋顶的木梁或者门上的过梁掉下来砸了脑袋，这些聪明人也不会明白是怎么回事的。”

“这些犯人在自己家乡是受过教育的，皮埃瑞诺，”皮娜说，“一个是的里雅斯特的记者。第二个是文西奥教授，在博洛尼亚一所大学的考古系做讲师。第三位马里奥·瓦佐是位发表过作品的诗人。”

“这就对了。”皮埃瑞诺说，主动免费把阳台按照本来的样子重新装好了。

阿梅德奥开始对这些事情感到不安，因为皮娜的做法让他们在岛上变得引人注目，但是她一旦有了想法九头牛也拉不回来，他只好埋头于养育孩子，心中希望这一切都是一场过境的风暴，在岛上重装登陆之后就转移到别处去发泄它的怒火。而儿子们也足够分散他的心神了。为了让他们顺利度过在学校的最后几年，他必须使用各种哄骗手段让他们不再到灌木丛中抓蜥蜴或者在酒吧周围踢石子。阿梅德奥和皮娜考他们的数学、历史和法语，监督他们学习地图，给他们读比课本更高级的文学作品，其实抓着他们学习本身也是个任务。此外还有他们的女儿——他最有前途的女儿——拖着两条不方便的腿总是提问题，总是问：“爸爸，为什么蜥蜴会藏在路灯里面？为什么海潮来了又去？格苏伊娜下巴上的毛为什么长得像洋蓟？”每天晚上他都需要帮助她锻炼她的腿，带好支架。在凉快的夜晚，为了练习力量，他会带着她绕着城墙慢慢走到瞭望台，而她则会费力地爬上栏杆，给他指天上的星座。让卡勒亚教授气恼的是，在学校里，她是班上最好的学生，让其他学生如此望尘莫及，即使老师故意压低她的分数(以免这姑娘太自大)，也无法阻止她名列前茅。

“你以后可以去内地上大学，”皮娜对女儿说，“你可以成为受教育的人，成为科学家或者诗人。”

她也鼓励自己的儿子们这样想，但是收效甚微。为了说服他们相信受教育的好处，她只好反其道而行，用自己在以前的女老师地图集上看到的满是冰激凌货架的熙熙攘攘的广场和映照着城市灯光的大河来诱惑他们。然而他们本来就没有一个人对十英里之内的大学感兴趣，因为他们爱极了海浪、灌木丛和露天广场的足球赛，谁也忍受不了被关在教室里的想法。玛莉亚·格拉琪亚却对自己的书本有种近乎神圣的热情，就像渔民对于海洋的热爱，她的父母私下里庆幸自己总算生了一个聪明的孩子。

然而，阿梅德奥在后来的岁月里认识到，一个聪明孩子的问题是，如皮娜一样，她领悟、见证、固执地始终要睁圆双眼看一切事物。而且，她不肯得过且过，睁只眼闭只眼，这也像皮娜一样。

三

在她生命中的第九个夏天，玛莉亚·格拉琪亚亲眼目睹了五件事情，其中的每一件都足以改变她此后的人生。它们是她孩提时代最清晰的画面，就像人在清澈的水下看到的景象一样，直到她风烛残年仍然历历在目。第一件事，是一场关于错投的票的争端。

一天下午，玛莉亚·格拉琪亚在飞扬的尘土中往家走，急不可耐地盼着她第一周的游泳。上个夏天，爸爸终于带她下海，教她像哥哥们那样游泳。她在水里蹬着腿，为那无拘无束的轻松感觉开心地尖声大叫。可游完泳后，陆地就变得索然无味，走路根本就变成了一件笨重缓慢的苦差事。她觉得自己生错了地方，就像爸爸故事里的美人鱼，双腿在陆地上移动时沉得像在水里行走，而在水里时却像在空气中那么自在。

那天下午，她一瘸一拐地跟着三个哥哥走回家时，腿重得像灌了铅似的。她从前已经习惯了自己膝盖的关节整日咯吱作响，习惯了自己带着金属支架的小腿肚子移动起来沉重得就像在大海最深处行走，那么为什么她就不能是只海洋生物呢？

走到半路，哥哥们往前跑了，把她留在后面，一边跑一边为了逃离“狗屁教授卡勒亚”（弗拉维奥这么叫他）的魔爪而欢呼雀跃。哥哥们好像不跑不叫不砸东西就没法过日子似的。他们应该是在向瑞祖家的农场冲锋。学校放圣诞假时，哥哥们和瑞祖家的三个小孩儿发明了一个游戏“政治敌人”，玩得不亦乐乎。首先，他们把自己分成两队，一队是法西斯主义者，一队是共产主义者。然后法西斯主义者就带着棍子和空的汽油罐跑遍整个岛去搜捕他们的政治敌人——共产主义者，骂着脏话，威胁要拿棍子揍他们，拿汽油泼他们。这游戏总能让他们玩得兴高采烈，但有时也像她哥哥的其他娱乐活动一样，很暴力。结果，他们不是被打黑了眼睛，就是摔破了膝盖，搞得爸爸无可奈何，只能从金巴利酒箱里把医疗用品拿出来给他们治疗。

每到这个时候，妈妈就会大发雷霆，刨根问底，玛莉亚·格拉琪亚只好和她的猫咪米塞图一起跑到院子里去，等候风暴平息。

看着哥哥们连滚带爬地消失在灌木丛里，玛莉亚·格拉琪亚自己接着向前挪。下午一点，教堂刚刚演奏完管风琴曲《圣母颂》，她就来到夜阑之家的阳台上。当她拽着三角梅的茎爬上台阶时忽然听到了米塞图的叫声，就停下了。

她在桌子间费力地挪来挪去，终于找到了在一丛三角梅中缩成一团的米塞图。她忍着疼痛跪在地上，唤道：“来吧，米塞图。猫咪，猫咪，猫咪！米塞图，米塞图！”

有什么东西把这只猫吓坏了。当她把它从花丛里拉出来时，它的尾巴是僵直的，像个婴儿一样叫得声嘶力竭。“来喽，米塞图。我在这儿呢，别怕。”她轻声说道。

它不会又被巫婆踢了一脚吧？炎热的天气让她烦躁。玛莉亚·格拉琪亚把脸贴在猫咪的皮毛上轻声细语：“我跟爸爸妈妈说了要把你关在院子里。外面可不安全。”

这只猫向来飞檐走壁，来去自如。它会像虫子一样扭动着身子挤过铁门上的雕花栏杆，曾经有一次成功溜到厨房门口，够到门闩，然后用一只爪子把它拨拉开来，进厨房享用剩下的鸡。

还有一次它夜里从酒吧的窗子里跳进去，大快朵颐，吃得满嘴流油，直到倦意顿生，就在柜台上的一盘香肠上蜷起来睡了。不过，玛莉亚·格拉琪亚知道，就像她的哥哥们一样，米塞图也有鲁莽的一面。它一直闯进那些忌猫者的院子里，遭到人们用簸箕和苍蝇拍的毒打；它还总要跑到伯爵汽车的轮子底下去。玛莉亚·格拉琪亚不得不牢牢把它箍在怀里。

广场很安静。伯爵的车停在一棵棕榈树底下，在酷热中仍然嘀嘀作响。附近只有一个囚犯，在格苏伊娜的房子周围晃悠。是它踢了猫吗？妈妈总说这些囚犯都是北边聪明绝顶的大人物，可她还是有点儿怕他们。图里奥说，他看见过两个囚犯在阳台上捡起当地人扔在地上的烟屁股抽，还放到自己口袋里。在哥哥们看来这是个笑话，可她觉得这太可怕了。

爬楼梯太费劲了，当她推开酒吧那扇摇摇晃晃的门，她才发现里面已经吵翻天了。在柜台上，伯爵和大腹便便的杂货商阿尔坎杰罗正在大吼大叫。他们俩都穿着黑色衬衫——妈妈私下里说过，这是他们想闹事的时候才会穿的。

伯爵嚷道：“你该留着你没投的票！这样才能证明我们是服从党的。你想让法西斯党把我们全当成布尔什维克吗？”

“我什么也没做错！”她爸爸提高了嗓门说着，她只能看到爸爸气得后脖子上一块块发紫，“昨天下午，我去镇政厅按照正常流程投了票，然后就回家了。”

“好了，好了。”阿尔坎杰罗息事宁人地说，“我们都理智一点儿吧。埃斯波西托先生，我们都相信，你一定留着那张没投的票了。把它拿出来给我们看看，我们就不打扰了。”

她爸爸说：“我们国家的投票不是秘密进行的吗？至少，在我出生的这个意大利一直是这样的。”

这就很奇怪了。玛莉亚·格拉琪亚从来不觉得爸爸属于意大利，他只属于卡斯特拉梅尔这个小岛。

这时，她妈妈皮娜的声音从门口传来：“你们在这里吵什么呢？”

阿尔坎杰罗摊了摊手，说：“埃斯波西托太太，这只是一场误会。我都跟您丈夫和伯爵先生说了没必要把事情搞这么大。”

皮娜因为在准备饭菜，面颊和手心都是红扑扑的。她走上前去，又问了一遍：“你们到底在吵什么？”

阿尔坎杰罗再一次用那息事宁人的口气说：“伯爵先生和我在昨天下午的选举中是选举主任，所以呢……”

皮娜打断了他：“我知道选举主任是什么。你是忘了吧？我在结婚之前可是当过女校长的。”

“当然，当然。好吧，是这样。我和伯爵先生很遗憾地发现岛上有人没把票投给法西斯的候选人。他们没投三色的‘Si’，而是投了白色的‘No’。”

皮娜说：“他们有权这么做。”伯爵像海狮一样喷了一口气。

好像没听见别人说话似的，阿尔坎杰罗接着说：“所以呢，我们觉得，最安全的做法就是检查一下岛上每个到了投票年龄的公民支持法西斯的证据，这样，如果我们发现谁不支持，我们就能尽力劝说，让他回心转意了。”

“我明白了。”她妈妈说，“所以你们就来检查我丈夫，看他是不是那个投了‘No’的。”

“正是，埃斯波西托太太。”阿尔坎杰罗说。

“阿梅德奥，”她妈妈问道，“你还留着你没投的票吗？”

她爸爸低着头不说话，最后终于绷着脸答道：“留着呢，皮娜。”

“那就拿来吧。”皮娜说，“别再继续这愚蠢的吵闹了。”

阿梅德奥微微颤抖着，阿尔坎杰罗说道：“我确信你丈夫投了‘Si’。你一定要知道，我一直很尊敬你的家庭，埃斯波西托太太，还有你那已经去世了的可怜的父亲。所以我知道，你丈夫肯定投了‘Si’。”

“打心底里，”她妈妈说，“我希望他投的是‘No’。”

一片沉默。玛莉亚·格拉琪亚意识到妈妈说了一句很震撼的话。

爸爸从帘子后回来了，手里拿着一张白色的卡片，把它放在了柜台上：“看着，我投了‘Si’。这张‘No’我没用。你们应该能看出那张‘Si’已经进了票箱了。”

“这就对了嘛。”阿尔坎杰罗舒了一口气，“我们看一看就心满意足了。我就不懂了，你为什么一开始死活不给我们看呢？每个人都必须把他们没投的票拿出来，我们也不是针对你，你知道的。”

她妈妈顿时就火了——或者说，其实她一直很生气。“请你们离开酒吧。”她说，“我们没什么好说的了。”

伯爵和阿尔坎杰罗在身后留下“砰”的一声关门声，把玛莉亚·格拉琪亚怀里的米塞图都吓得一颤。

他们走了以后，妈妈拿起那张白色的卡片，把它揉成一团，就像对待学生抄袭来的作业。然后她说道：“你给法西斯投了‘Si’？我真为你丢脸！”

伯爵的车在外面轰隆隆地发动了。米塞图哪儿去了！她听到它在外面叫。她撞开门，一边咒骂着她腿上的支架，一边跌跌撞撞地冲下阳台台阶。她没刹住脚，撞到了一个人肚子上。他从肚子里喷出了一口气。“哎呀！”她叫道，以为撞上了伯爵或者阿尔坎杰罗，“对不起，先生……”

原来是个囚犯。那囚犯把她扶好，说道："没事的，别怕。"他说的是字正腔圆的意大利语，就像那些诗里用的，"我正好撞见这野猫自己往车轮子底下钻。它是你的吧？"

他用双手把尖叫着挣扎的米塞图捧了出来。

十分钟后，爸爸妈妈发现她在那囚犯的陪伴下逗弄着小猫。那个囚徒叫马里奥·瓦佐，一位诗人，会唱大陆上各种各样的歌。当玛莉亚·格拉琪亚偷偷哭泣并用袖子抹去眼泪时，他很识趣地装作没看见。这样，皮娜和阿梅德奥就都不知道她听见了他们关于投票的争吵。可她把这一幕深深地埋藏在了自己心里，日后一遍遍地回味。

玛莉亚·格拉琪亚那年目睹的第二件大事，是皮埃瑞诺挨了打。

就在当晚，或者是几天之后的一个晚上，她突然惊醒，发现爸爸并没有像往常一样来给她戴上夜晚用的支架。她自己挪到床边，坐在一片月光下，按摩自己酸痛的小腿。酒吧已经关门了，爸爸妈妈的声音像汽艇一样时高时低地从厨房里传来。他们最近总这样。弗拉维奥在楼上咳嗽。自从上个冬天，他的身体就一直不好，爸爸找不到法子治他的支气管炎，只能这么拖着。玛莉亚·格拉琪亚听到楼上的房间里传来一阵阵咳嗽声，还夹杂着断断续续的小号声。忽然，咳嗽声被压制住了，说明弗拉维奥不想被人听到。

经过八年的锻炼，她能脱离支架独自行走一小段路了。于是她侧身走到楼梯口，差点儿绊倒在她哥哥身上。她的三个哥哥都在这儿，像罐头里的沙丁鱼一样排成一排，脑袋伸在栏杆外，侧耳倾听着。

黝黑好斗的弗拉维奥瞪了她一眼，想把她赶走："你戴着那一套丁零当啷的金属玩意儿会让爸妈发现的！"

"可我没戴着啊！"玛莉亚·格拉琪亚说道，"倒是你一直在咳嗽。"

"你答应不出声，我们就让你留下。"图里奥说。玛莉亚·格拉琪亚在奥瑞里奥身边跪了下来，她几乎听不见父母说了什么话，只能听到他们的声音高高低低地传来。

“屁！他们已经走进酒吧了！他们发现我们了！”图里奥说。

弗拉维奥不依不饶，对玛莉亚·格拉琪亚说：“这都是你的错！”

“这不是她的错。”对她最好的哥哥奥瑞里奥说道，玛莉亚·格拉琪亚感动得热泪盈眶。

她爱他们。自从她记事起她就知道自己深深爱着并崇拜他们，可是他们从来没有这样爱过她，即使是奥瑞里奥。她总觉得自己被他们孤零零地抛在后面，竭尽全力想要引起他们的注意，她还为这样强烈的渴望生过自己的气。现在她却又想引起他们的注意了，于是说道：“之前我听到过爸爸妈妈说话。妈妈说伯爵先生改了投票规则，搞得投票只能投‘Si’或者‘No’，真是太可耻了。对，可耻，这是她的原话。她说这根本就不民主。”

弗拉维奥驳斥她：“除了‘Si’，不就是‘No’吗。‘Si’说明你支持法西斯，你要不喜欢他们就投‘No’。要我说，这只是因为伯爵在我们家没留下好印象。”

这下她发现自己伤害了哥哥的感情。弗拉维奥曾经还因为他对巴里拉组织的忠诚获得过嘉奖呢。她十三岁的二哥声音粗哑，脸上长满粉刺，总在别人面前抬不起头，可是在巴里拉例会上，他打枪打得最准，唱歌唱得最响。有时重大集会时，当卡勒亚教授正步走，维达尔医生作为教授助手被征召来敲低音鼓时，弗拉维奥总会被请去吹小号。皮娜为了照顾孩子的感情，假装对他获得的奖章赞不绝口，然后却把它们和阿梅德奥收集的陶瓷碎片一起放在储藏室里。可弗拉维奥毫不气馁，拿回的奖章越来越多。玛莉亚·格拉琪亚试着补救自己刚刚的失言，说道：“也许你是对的。”

但弗拉维奥挤开她，怒气冲冲地走了。他这一晚上心情就没好过。回家时一手拎着小号，脸色铁青，姗姗来迟。原来是因为他咳嗽不止，被卡勒亚教授从巴里拉例会上早早遣走了。

图里奥把耳朵贴在瓷砖上，说：“快听！好像还有一个人在说话。”

“又是那个囚徒马里奥来找工作！”弗拉维奥说。

“不是不是。嘘。是我们的哪个邻居。”

不管是谁，他们总是在说岛上的方言。没有哪个北方人能够这样没完没了、滔滔不绝地抱怨。

“噢，大概是老瑞祖来找爸爸喝酒吧。那我们估计就要听到疯话连篇了。”弗拉维奥说。

确实，现在爸爸妈妈不吵了，他们只是听到一连串的抱怨。“我估计是瑞祖的侄子比普，”玛莉亚·格拉琪亚说，“这声音听着不像瑞祖。再说了，今天晚上他该在伯爵家守夜呢。”

但哥哥们都没了兴致，他们全都蹑手蹑脚地回床上睡觉去了。玛莉亚·格拉琪亚在床上却清醒得睡不着。没有腿上的夜用支架死死箍着，她被自由的电流击得神清气爽。也许这就是那种感觉——像哥哥们一样拥有两条健康的腿的感觉！她坐在床上，听着爸爸上楼的声音，等他来给自己装上夜用支架，可他的身影掠过房门向前走了。透过门缝，她看见他拿了医药箱，脖子上挂着听诊器。

爸爸要出门！不知为何，她原本因双腿的自由而感到的力量，被强烈的恐惧取代了。她挣扎着爬起来，拉开帘子，目送爸爸穿过院子消失在夜色中。

玛莉亚·格拉琪亚一动不动地坐了一会儿，然后毅然起身跟上了他。

她走下楼梯，踩过院子地上的月光，打开铁门，心里不知是什么滋味。这时爸爸已经走得挺远了，她只能跑着追。为了不在上坡路上摔倒，她把腿绷得像弗拉维奥的木头兵人一样直直的。每当爸爸在小巷子里转过一个拐角，她都是仅靠着他一闪而过的鞋跟和晃荡的皮包才跟上的。上气不接下气地跑了五分钟，她才稍稍赶上了他。直到两腿都快累瘫了，她才意识到自己今天为什么跑起来这么累——她睡前没戴上夜用支架，慌乱中离开家时连平常的支架都没戴。那可是她从来都不敢脱的啊！现在她却在这儿像米塞图一样影子般地跟踪着爸爸。

好在巷子很窄，她能用手撑着墙向前挪。走过商铺，走过散发着绿藻味的喷泉，绕过教堂，没东西可扶了，她差点摔倒。现在她像个发高烧的人一样双腿发抖了。还好，谢天谢地，爸爸就在这时停下了，停在渔夫皮埃瑞诺的小屋前。

妈妈告诉过她，皮埃瑞诺是他们的家人。虽然妈妈和皮埃瑞诺自己也搞不清他们俩之间遥远的表亲关系是怎么回事，但圣诞节的时候，两家会互赠带着祝福意味的柠檬酒和茄子蛋糕。不过玛莉亚·格拉琪亚之前只进过一次皮埃瑞诺的家。那次做完弥撒，皮埃瑞诺的妻子、烘焙师的女儿阿佳塔，把她叫进家里，为她的腿祈祷。她只能忍受那老女人把枯槁的手放在自己前额上，听她们念经般地背诵圣母颂和主祷文。皮埃瑞诺在房子前面搭了晾衣架，来晾他八个孩子的床单和围兜。因此，虽然那女人祈祷时所在的起居室闷热得像蒸笼似的，但这整栋房子看起来就像一艘正要扬帆出海的帆船，晒着太阳，兜着劲风。

现在，晾衣架东倒西歪，窗门紧闭。

爸爸走向边门。她还没来得及叫他，他就被迎了进去，衣角拂过之处罗勒飘香。玛莉亚·格拉琪亚被孤身关在了外面。她这时只希望自己没有跟来。她趴到窗台上，透过厨房的窗子往里看。虽然腿快累得直不起来了，可她打定主意要看看屋子里面发生了什么。

她看到了烛光，这让她想到守灵时的情景。她还看到那些只知道名字的邻居，都是些渔人和农民：玛祖，达科斯塔，特拉祖。厨房的空桌子上，皮埃瑞诺仰天躺着，胸毛上沾满汽油，就好像去年夏天那晚他的摩托艇引擎炸了，浇得他一身是油。（当时他老婆——烘焙师的女儿阿佳塔抱怨道："用了二十桶热水给他洗澡，他还是浑身上下的油味。还不止是他浑身上下，是整个房子！我的菜、起居室家具，还有鸡下出来的蛋！”）

玛莉亚·格拉琪亚现在能透过玻璃看到这女人和皮埃瑞诺的小女儿桑塔·玛瑞亚分别站在皮埃瑞诺的头边和脚边。她爸爸也在那儿，弯着腰，好让头不撞到屋顶。电灯被打开了。玛莉亚·格拉琪亚看到皮埃瑞诺胸口道道痕迹。她顿时就明白了，那不是汽油的痕迹，而是血痕。有人用鞭子把他抽得皮开肉绽。

爸爸说话了。虽然隔着玻璃听不清楚，但还是有些话传到走廊里。玛莉亚·格拉琪亚就在那里惊恐地站着，听见爸爸问道："什么时候的事？"

"两个小时之前。"烘焙师的女儿阿佳塔说，"大夫，他投了'No'。那个'No'是他投的。圣阿佳塔保佑啊！他投'No'的时候脑子是发昏的！"

爸爸开始在皮埃瑞诺的胸口上涂抹一种清澈的液体，时不时停下来挑出在灯光下闪闪发亮的沙粒，再把它们放到一个黄油盘子里。他在操作着镊子时，皮埃瑞诺的胸口一起一伏。然后他在其他渔人的帮助下给皮埃瑞诺缠上绷带。那些渔人把皮埃瑞诺像一张装满沙丁鱼的网一样拉起来，然后轻轻地把他放下。

"谁干的？"她爸爸问。

烘焙师的女儿阿佳塔泣不成声，转过身去，用手捂住了脸。

老瑞祖的声音隆隆地传来："他们打了他之后把他带到这儿，扔在小巷子里。阿佳塔太太听到'砰'的一声还以为是流浪狗在惹事，结果发现她丈夫像垃圾一样被扔在泥土上，打他的人已经跑了。狗娘养的！我警告过伯爵了。我可是受够了他那帮狐朋狗友和他所谓的政治！"

"是伯爵干的吗？还是阿尔坎杰罗？"

一阵咕哝："不是伯爵……不是阿尔坎杰罗。"

皮埃瑞诺一阵咳嗽，醒了，在桌子上扭动着身子。她爸爸扶他躺下，继续包扎。皮埃瑞诺又痛苦地扭动了好几分钟才静下来。这时，爸爸开始对付他头上的伤了。他用剃刀把皮埃瑞诺的头发全都剃光，露出血橙般鲜红的伤口。爸爸从伤口边缘开始缝针，皮埃瑞诺的血染红了他爸爸的手臂。

玛莉亚·格拉琪亚的双手被恐惧牢牢地粘在窗台上，根本松不开来。她不敢相信皮埃瑞诺头上真的血流成河，开始编故事安慰自己。可能那还是汽油吧，或者是鱼的血。那个最年轻的渔人拓拓一下午可以捕起二十来条金枪鱼，晚上还能在酒吧的阳台上跳舞跳个通宵。有一次他拂晓时分走上山坡，浑身是血，跟个刽子手似的。他说他和一条比他还大的金枪鱼斗了一天一夜，其他渔人跟上他，抬着那条金枪鱼载歌载舞地拥进他妈妈的厨房。

他们当时也是一身的血。拓拓的老妈妈一见这景象，还没来得及斥责他们弄脏了厨房就直接昏了过去。

但玛莉亚·格拉琪亚知道，这一次，这样的故事并没有发生。皮埃瑞诺已经老了。只有拓拓这样的年轻人才能和金枪鱼搏斗。

现在她看着爸爸缝针快缝好了。他就像妈妈缝哥哥的灯笼裤一样把皮埃瑞诺头上的伤缝了起来。这活儿进行了很长时间。她看着看着，天空就泛起了鱼肚白，晨光照在皮埃瑞诺铁青的脸上。光线从窗玻璃上反射出来，室内的情景变模糊了。最终，爸爸终于缝完了，他又开始说话。她没能听清每个字，因为大海的波涛声淹没了爸爸大部分的话——早晨的大海总是不安分的。平常这个时候，穿着背心和油腻腻的花呢裤子的皮埃瑞诺，早已拉起丰收的渔网和龙虾套了。

“他脑部大出血……”玛莉亚·格拉琪亚听见爸爸说，“不太清楚有多严重……痊愈可能会很困难……照顾好他，让他好好休息……”

烘焙师的女儿阿佳塔伏在丈夫身上，脑袋就跟挂了铁链似的抬不起来。爸爸走出来的时候，脚步也像拖了铁链般沉重。

“玛丽佳！”他忽然发现她在窗台上趴着，问道，“你在这儿干什么？出什么事了？”

她的腿抖得跟筛糠似的。她再也站不住了，不知道放开窗台之后自己该怎么回家。她哭了起来，因为这时她觉得自己比皮埃瑞诺夫妇和自己累了一宿的老爸还要可怜。爸爸走上前来，拉住她的手臂，像撬海胆一样把她的手从窗台上撬开。

“上帝啊！玛莉亚·格拉琪亚！”他叫道，“到底怎么了！”

“爸爸，我以为要出什么事了，就出来找你。可是我给困在这儿动不了了，我的腿不行了。我不是故意偷看的。我以为你会出来接我。”

“你在这儿多久了？”爸爸微微摇了摇她，“你都看到什么了？”

玛莉亚·格拉琪亚抽泣得更厉害了：“就五分钟，就五分钟。我什么也没看见！”

“你到底看见什么了？”

“我什么也没看见！什么也没看见！”

爸爸抱起她轻轻晃着。最后他把她放下来，从头到脚审视了一番，问：“你腿上的支架呢？”

“我没戴。”

“玛莉亚·格拉琪亚！你居然没戴支架，就自己走了这么远？”

“是的，爸爸。对不起，我错了！”

但是爸爸直接把她举了起来，也不管自己浑身血污、筋疲力尽，他抱着她开心得打转儿。

被爸爸抱在怀里走过清晨的大街小巷，玛莉亚·格拉琪亚感觉好些了。爸爸说他们必须偷偷回家，因为有人不想让他给皮埃瑞诺治伤。于是他们就没走主道，转而走了法佐奥利家的小巷子。爸爸抱着她往前走时，法佐奥利家的衣服凉凉地扑打着她的脸。不一会儿，她就被爸爸放回床上了。“皮埃瑞诺会死吗？”她问。

“不会的。快睡吧。听听大海的声音。”

她忽然又想起上学的事，一急之下就清醒了。可是爸爸只是抚着她的额头，说道：“嘘，嘘。快睡吧。明天上学也不迟。”

那夜的睡眠全然无梦，如大浪袭来将她彻底吞没。

九岁那年，她经历的第三件事也跟爸爸有关。

夏天快结束了。三角梅已经被炙得凋零，尘土拂面，让人提不起劲儿来。一天下午，她抱着米塞图坐在广场上，忽然注意到一阵骚动。哥哥们从睡完午觉到晚上十一二点都在踢足球，一群皮孩子打车轮战。这时游戏中断了，爆发出一阵喊叫声。她抬起头，发现还真是十处敲锣，九处有她哥。弗拉维奥和阿尔坎杰罗的小儿子菲力珀互相推搡，一个比一个骂得难听。紧接着，他们就打得不可开交，一边打一边骂，还向对方扔石头。然后菲力珀捡起他的球，一口痰吐向弗拉维奥。那口痰落在地上，图里奥和奥瑞里奥把他们暴跳如雷的兄弟拉回夜阑之家，其他男孩儿作鸟兽散了。兄弟俩把弗拉维奥弄到阳台上，他就挣脱出来，跑上了台阶。

这个夏天她已经学会了不要多事，于是抱起米塞图，悄悄退到了花藤后。

“我可没听见他说了什么。我也绝不会让你去打他。”图里奥在责备弗拉维奥，“你得好好管管你自己，弗拉维奥。妈妈要是发现你打架了，你就麻烦了！你告诉我，菲力珀到底说了什么！”

弗拉维奥怒不可遏，大叫道：“他在造爸爸的谣！他和其他人都造谣了，但就他说得最凶！他跟大家说爸爸和伯爵夫人卡米拉，在我们出生之前，在山洞里做了见不得人的勾当。都是假的！我一个字儿也不相信！”

玛莉亚·格拉琪亚看见图里奥走到最近的一张桌子上坐下，把脸埋在手掌里。爸爸每次试图理清思路的时候都会这么做。弗拉维奥在阳台上踱来踱去，最后忍不住气得直打阳台的横梁。奥瑞里奥抽抽搭搭地哭着走上前去摇了摇他的肩膀。

最后，图里奥庄重地说："这不可能是真的。肯定不是，但有人想羞辱我们家。因为人人都在说的那该死的选举，有人想看爸爸出丑。兄弟，有人冲着我们来。"

"不是有人！是那混蛋菲力珀！"弗拉维奥忍不了图里奥如此理性地分析他们的敌人，"他的脑袋就该被砸！他的脚就该被折断！你们不阻止我的话，我早就这么干了！"

门嘎吱嘎吱地打开了。皮娜走出来，问道："你们都在说什么？图里奥？弗拉维奥？"

她那老师的威严样惊得图里奥从椅子上跳了起来，可弗拉维奥接着大发雷霆："妈妈，是这样。学校里有些男生说爸爸的坏话，我们不得不去跟他们理论理论。你和爸爸不用管，这都是我们的事……"

"不是我的事？弗拉维奥，要是我再发现你打架，不是我的事也是我的事了！你就等着整个夏天没得玩，待在家里和我补袜子、杀鸡、削土豆吧！"

听了这话，奥瑞里奥和图里奥都垂下脑袋走了，可弗拉维奥依然不依不饶："你不懂，妈妈！你不懂他们都说了什么混账话！他们在传爸爸和伯爵夫人卡米拉的绯闻！他们说爸爸和那个婊子在整个岛上的灌木丛里和山洞里做爱！"

皮娜没有扇弗拉维奥，甚至没有注意到他骂的脏话。她只说："立刻给我闭嘴，弗拉维奥！"

"不！"

"你给我闭嘴！"

"不！"

霎那间，她的暴怒一下子淹没了弗拉维奥，吓得他不敢作声了。

“在这儿邻居全都听得到，你还敢说这样的话！”她对着儿子大骂，“我绝不会容忍！你们三个赶快进来！玛莉亚·格拉琪亚呢？看看，看看，管了你们一下，我的烩饭都糊了！”

图里奥低低地问：“他们说的关于爸爸的事是真的吗？”

“当然不是真的！你们的爸爸怎么会做那种事？不然你以为我为什么这么生气？你们三个的脑袋加在一起还搞不明白什么是真的什么是假的吗？”

拳头紧握的弗拉维奥也屈服了，任由妈妈把自己推进家门。阳台又被炎热和寂静笼罩了。

玛莉亚·格拉琪亚缩在花藤后。她虽然胸中愤懑难平，但一刻也没有怀疑过爸爸的清白。

没过多久，岛上又兴起了另一个传闻，传闻说弗拉维奥在皮埃瑞诺被打的那天偷偷摸摸地很晚才回家。当卡勒亚教授被问起他何时遣弗拉维奥回家时，他很确定地回答是在九点之前，可是弗拉维奥十点之后才回的家。而烘焙师的女儿阿佳塔确认了她丈夫就是在那时被发现的。

一天早上，夜阑之家阳台上的三角梅丛中被翻出一件可怕的东西。爸爸尽力把它藏起来，不让玛莉亚·格拉琪亚看见。可她还是看见了，看得清清楚楚：一条带血的马鞭。

这是玛莉亚·格拉琪亚在那个夏天经历的第四件大事——她哥哥受辱。好些年，岛上的人都会说起皮埃瑞诺被打那晚的事。学校里的同学在她背后指指点点，说着弗拉维奥怎么打了皮埃瑞诺。她是埃斯波西托家第一个听到这些传言的人。

传言说，弗拉维奥·埃斯波西托那天早早离开了巴里拉例会，大约九点半时从刺梨丛中摸到大路上。那时皮埃瑞诺正从海边往回走。他那天大丰收，喝了点小酒醺然欲醉，拖着渔网爬上山时根本没有注意到埃斯波西托家的那个男孩儿偷偷跟着他。

在皮埃瑞诺家阴暗的一角，在啪啪作响的湿衣服的掩护下，弗拉维奥袭击了他。谁都知道弗拉维奥是个忠实的小法西斯，但这次他做得也太过分了。泼一点汽油也就罢了。况且皮埃瑞诺还是皮娜的表亲呢，真是耻辱啊！弗拉维奥瞅准时机对着皮埃瑞诺的脑袋猛然一击，这可怜的渔夫就不省人事了，他倒下之后，弗拉维奥接着在他胸口上抽了好几鞭子。打完皮埃瑞诺，他就从旁边的小道回了家，把马鞭塞进花藤里，然后带着小号爬上台阶回到父母身边，在全世界看来都像个乖孩子。

当爸爸把马鞭拿到他面前时，弗拉维奥大叫道："不是我干的！有人把鞭子藏在那儿来诬陷我！他们想羞辱我们全家！我从来没见过这根鞭子！我干吗要打皮埃瑞诺？他是我们的家人啊！还有，卡勒亚教授是九点半让我回来的！"

但当爸爸抓着他的手，让他说出可能是谁诬陷他时，弗拉维奥也想不出来。

后来又有新闻，说伯爵的马夫发现那条马鞭是前段时间从马厩里失踪的。他也说不出是谁偷的，因为那鞭子结满了蜘蛛网，无人问津地躺了不知道几百年了。直到现在，他才发现它不见了——大概失踪有半年了吧。难道埃斯波西托家那孩子不可能在那晚离开巴里拉例会之后去偷了它吗？

"怎么可能是我偷的？"弗拉维奥叫道，"我从来就没进过伯爵家马厩！你想想我的小号！我能一只手拿着小号，另一只手把一个人打昏？"

另外，桑塔·玛瑞亚和烘焙师的女儿阿佳塔那天晚上都没在巷子里听见咳嗽声，而弗拉维奥支气管炎缠身，一直咳嗽不止。

可怜的皮埃瑞诺身体状况很差。他不能说话，不能动弹。妻子和女儿跟他说话时，他只能忧伤地看着他们，怆然泪下，可是发不出半点儿声音。他已经奄奄一息了。死神在向他逼近，什么时候带走他只是时间问题。可岛上的人们把他的沉默更加当成了弗拉维奥的罪证。

一天晚上，一个玩牌的老头在酒吧里公然谈论这个传言。阿梅德奥耸然站起，说道："这事不是我儿子干的。他跟这不要脸的袭击没有半点关系。他什么也没做错，是有人在故意陷害他。等我找到是谁干的，会让他滚出这个岛。没错，我会亲自赶他出去！你们怎么会相信这么邪恶的谎言？"

后来就没人敢再提起这个指控了。有些岛民现在记起来，毕竟是这位好医生在皮埃瑞诺被打之后帮他治疗的。而且皮埃瑞诺和皮娜还是远亲。他们那么轻易地相信了传言，还在自己的脑海里添油加醋，自己也感觉有点儿不好意思。但岛上的舆论也没有完全转而维护弗拉维奥的清白。这个传言在他身上留下了洗不去、说不清的污点。弗拉维奥能感觉得到。他变得沉默寡言，发誓要离开这个小岛。

玛莉亚·格拉琪亚看到的第五件事就更难理解了，二十五年之后她才明白其中的含义。一天黄昏，她看见那个囚徒诗人马里奥·瓦佐头发抹得油亮，鞋子被渔网绑着，听到法西斯的号角声便转身离去。他走着走着，停下了，一把搂住她妈妈的腰，给她的手心里塞了一朵落下的三角梅。

这一幕，玛莉亚·格拉琪亚也深藏在了心底。

四

导致阿梅德奥在岛上恢复医生身份的是皮埃瑞诺挨打的事情，

虽然是间接的。

那个秋天，一个相反的流言越传越广，摧毁了原来不利于弗拉维奥的说法。有人在酒吧里悄悄传言说维达尔医生拒绝给皮埃瑞诺治疗伤痛，而这正是阿梅德奥在那个死寂的夜晚被召唤去的原因，也是前任医生，而不是现任医生现在还关注皮埃瑞诺的康复情况的原因。不到夜幕降临，这种说法就传遍了岛上的每个角落，于是第二天，可怜的维达尔医生就发现自己一个顾客都没有了。

与此同时，在夜阑之家的台阶上，岛上生病受伤的人乱糟糟地排起了队。

“我不能给你治疗，”面对又是咳嗽又是呻吟的“准”病人，阿梅德奥只能表示异议，“我已经不是医生了。你必须回去找维达尔医生，他知道你的病史，也保管着所有的药。”

但是维达尔医生的名声已经无可挽回了。

就在皮埃瑞诺挨打的那个可怕夜晚，阿梅德奥的内心发生了改变。造成改变的并不是那个渔民的伤痛。阿梅德奥在皮夫河边为断了手脚的战士缝过伤口，他也看到过被炸弹炸得四分五裂的人，被弹片和炮火伤得体无完肤的人，但他总是能够把这些场景与自己的真实生活区分开来，他知道自己的私人生活是夜阑之家的大门背后发生的事情。然而当他从渔民那血迹斑斑的房间出来，看见玛莉亚·格拉琪亚站在窗口时——他的玛丽佳，他最纯洁最杰出的孩子——他头脑中作为政治动物的一部分被愤怒唤醒了，抖擞抖擞，仿佛冬眠醒来的熊一样凶猛。

现在他发现自己某种程度上渐渐成为了一个政治动物。

他允许皮娜雇用囚犯诗人马里奥·瓦佐下午在酒吧工作（卫兵禁止所有犯人下午五点之后工作)。他们把他的工资直接寄送给了他在米兰的妻子和孩子，据马里奥说，自他被抓走，他们的生活中只有麻烦，不断地搬家，孩子也不断地感冒发烧。有时候，那囚犯诗人会坐在酒吧里在纸巾上写下几行感伤的诗句，这些诗句他自己后来扔了，皮娜却收集了起来，并且为夜阑之家的柜台后面有位真正的诗人，一位受过教育的人为客人服务而骄傲不已。

其他人的确都没有受过教育的人为他们工作，因为他们根本不雇用犯人。事实上，很多人认为一个北方人，每天只能挣可怜的五里拉的人被优先于自己岛上的人被雇用是件相当可耻的事情，他们的想法表露无遗，但是皮娜早就打定了主意，而阿梅德奥在所有事情上最终都会服从皮娜。

马里奥·瓦佐长着一头动人的卷发，即便最近贫困不堪，他也用橄榄油把它打理得光可鉴人。他向阿梅德奥打探岛上的传奇故事，花了很多天研读他红色的故事记录本，仔细研究他自己所称的“诗体史诗剧”（瑞祖对此嗤之以鼻，皮娜回敬瑞祖说他庸俗，因此有一段时间他们俩之间近乎反目）。皮娜不允许任何人嘲笑马里奥·瓦佐，虽然很多上了年纪的农民和寡妇没办法把一个凭借在餐巾上涂鸦谋生的人当回事儿，但是由于与前任女教师的联系，他也算赢得了某种尊重。此外，岛上的传奇故事让他着迷，而阿梅德奥也热衷于培养他的这种迷恋，这也让所有人觉得脸上有光。皮娜早就跟诗人讲过卡斯特拉梅尔的故事，他说：“那种哭泣，所有那些白色骷髅肯定有某种解释。”

“肯定有，”老瑞祖说，“但是绝不是什么世俗的解释。这个岛是个神秘的地方。”

诗人把这一切都写了下来。当法西斯卫兵走进酒吧后，囚犯诗人消失在了门帘后面。

为了改变这一状况，皮娜开始了一种消极抵抗，她只是把卫兵们最喜欢的东西——紫罗兰色粉笔、莫迪亚诺雪茄，还有一种特定品牌的巴勒莫橙子酒——记录了下来，然后就不再进货，直到卫兵们气恼万分地发现自己要的东西全部都没有。“对不起，”皮娜总会对他们说，“阿比西尼亚的战争又阻断了我们的供应，先生。”卫兵们转而去了阿尔坎杰罗的商店，那里的供货从来没有出现同样的麻烦。

所有这些行动都是皮娜采取的，但是阿梅德奥也不想再置身于岛上的事情之外了。自始至终，他的妻子都比他先知先觉，从他们俩在一起的第一个晚上起就这样，他当时就绕着房子追她，捡她头发上掉下来的发卡。现在她也比他先行一步，如同过去，如同一直以来。况且皮埃瑞诺是她在这世上最后一个亲戚，虽然是关系很远的亲戚。她坚持要每周送一包食物给烘焙店的阿佳塔，尽管他们自己家也要断粮了。因为在皮埃瑞诺不能工作的情况下，他的全家都衣食无着。

一天清晨醒来，岛上居民发现维达尔医生走了。现在岛上一个医生也没有了，伯爵和阿尔坎杰罗无法阻止人们找到酒吧请阿梅德奥治疗了。阿梅德奥偶尔也为受伤或者生病的犯人治病——这种情况下他总是会小心谨慎地隐藏好器械和自己的行迹——人们也会发誓说他们对此一无所知。

图里奥出生后的六年期间，阿梅德奥从来没有停止关注他传说中的儿子安德里亚·蒂森图，企图发现两者的相像之处。但是这两个孩子虽然出生在同一个夜晚的几乎同一时间，却从来没有相像之处，而且据他所知，他们俩除了在学校以及巴里拉活动必需的情况下，也从来不互相说话。然而，安德里亚长得也不像伯爵。那孩子看起来总是气色不好，一脸苦相，更像个穷人家的孩子，一点儿也没有他父亲的脑满肠肥的样儿。现在他已经十六岁了，那种消瘦愈发不可逆转。据儿子们报告，安德里亚在学校的成绩无可挑剔（仅次于玛莉亚·格拉琪亚，那时她已经开始超过他了），在巴里拉活动中他也出类拔萃，他在运动和射击方面甚至超过了全心投入的弗拉维奥。以后他会被送到内地去上大学，他希望在那里积极参与到青年战斗军中，最终入党。

当安德里亚每个月过来帮他父亲拿阿司匹林时，阿梅德奥都想和他攀谈，但是安德里亚古怪得很，他似乎沉浸在自己的世界里。“我儿子说你在学校进步神速”，阿梅德奥会这样开始搭话，而安德里亚却只是简短地回答说“是的，大夫，多亏了卡勒亚教授我才取得进步”，或者阿梅德奥会问“你一两年后要离开这里去上大学你母亲怎么想”时，阿梅德奥觉得大声说出卡米拉的名字会感到内疚，生怕这样会流露出一丝一毫对她的旧情，但那孩子也只是回答：“还好，谢谢你，大夫。她理解我，知道我去内地是想提升自己。”

阿梅德奥知道这是谎话，是个礼貌的谎言，因为每次看到卡米拉和这孩子在一起——当然是远远地看，在村子里的节日里，或者看到他们坐在伯爵的车里——很明显她崇拜自己的儿子，在公共场合，她总是吊在他胳膊上寻求依靠，或者帮他从头上赶走自己想象中的蚊子。对于这样的依恋安德里亚的反应相当平静，就像他对待其他事物一样，这一点也是显而易见的。他允许她爱抚他，吹嘘他，不像其他男孩子一样急着要把自己的母亲推开。与其父相比，他更有礼貌、更镇定，在岛上也更受人喜欢，然而在某些说不清道不明的方面，他给人的感觉也更危险。“与伯爵在一起时你知道自己处于什么样的境地，”瑞祖说，“这就是我能够为他工作二十六年的原因，他生气了就叫喊，高兴了就大笑，所以你知道什么时候该离他远点儿，什么时候可以缠着他要点儿好处。他从小就这样。他的父亲是个更好的东家，但现在的伯爵更容易让人看懂。至于安德里亚睁着一双锐利的眼睛在想什么，我想人人都不明白。他是很有礼貌，但是我敢说他以后会变成一个更难相处的主人。”

然而，阿梅德奥几乎没有时间琢磨安德里亚，因为他自己的儿子们已经长大，是时候给他们找点儿事情做了。

在儿子们还是小孩子时，他很爱他们——爱得热烈，爱到心痛，然而现在他们长成了青年，有时候他很困扰。他们似乎更加属于夜阑之家之外的世界，而非属于他和皮娜。他从来不知道养育孩子会是这样，是这样一个逐渐失去的过程。皮肤黝黑的弗拉维奥，他的次子是最让他忧心忡忡的。他已经对法西斯有了一种奇怪的迷恋，这使得他近年来与自己的母亲渐渐疏远了。他曾经坚持要把一张领袖墨索里尼的画像钉在床头，皮娜把画像拿了下来并且塞进了抽屉他才作罢；他还每天晚上用黄铜小号练习吹奏法西斯进行曲。现在弗拉维奥似乎永远穿着灯笼裤戴着黑色毡帽在岛上跑来跑去，堆起掩体或者爬进壕沟练习打枪。在巴里拉之外，弗拉维奥像个海胆一样：又黑又黄，缄默阴郁，就像阿梅德奥年轻时的样子。

眉毛乌黑的图里奥与之相反，好像永远在说话。他长着他母亲一样的浓密黑发，又有着阿梅德奥一样的个头。倚靠在阳台上，他吸引着那些做弥撒归来的女孩子们，与渔夫们交换着雪茄，也赢得了老年纸牌玩家们的信任，总之，所有人都喜欢他。但是阿梅德奥对他的这种自信自足很不安，这样一个方圆五英里的小岛似乎容不下他。图里奥不停地说起美国，瑞祖家某位表亲住在美国，据说开着一辆大汽车，家里还有冰箱，而且奇迹般地熬过了大萧条，阿梅德奥害怕过不了多久图里奥也会漂洋过海。阿梅德奥还不止一次不得不把自己的长子从三角梅花架下拖出来，因为他在那里与玛祖家的长女厮混，还诽谤那些老年纸牌玩家。另外他在岛上骑自行车骑得也太快了，皮娜总是害怕他说不定什么时候会撞上伯爵的汽车，弄得他小命不保。

阿梅德奥最小的儿子奥瑞里奥倒是从来不谈要离开小岛，主要是因为他在学校的最后一学年还没有结束，他还在痛苦费力地挣扎着完成那旷日持久的学业。阿梅德奥感觉这个最小的男孩才是最完整地属于自己的。奥瑞里奥还会悄悄走到他身边要听他讲最近收集的故事，坐在妹妹身边在阳台上逗弄那只猫咪米塞图时也还很满足。

奥瑞里奥长着一张圆脸，他的嗓音有时还有一种不受他自己控制的甜美可爱。但是阿梅德奥知道，即便是他也终有一日会对在灌木丛里捉蜥蜴、对每个夏天的周末从同一块海岸的岩石上跳进同一片海水以及露天广场上的足球赛感到厌烦。因为他看到了自己幼子跟屁虫一般跟着图里奥，模仿他趾高气扬的样子，像他一样把头发打理得油光锃亮。

由于这些担忧，在内心里，他觉得需要一些托辞能够把这三个不安分的儿子留在岛上，留在身边，因此他把他们都扯进了酒吧里，教他们怎么做咖啡和巧克力，就像格苏伊娜近二十年前手把手教他一样；要他们熬夜做饭团和面饼，还用利润中的一点点给他们买自己想要的东西：巧克力、足球卡或者给那些周六夜晚在阳台周围晃来晃去想要看一眼"埃斯波西托家的男孩"的姑娘们买点儿礼物。三个孩子都用他们想象中的美国影星那样趾高气扬的样子走路，也都把他们的头发打理得像囚犯诗人马里奥·瓦佐一样油光可鉴。

事实是，阿梅德奥作为岛上的非正式医生，工作让他无暇分身，他也很乐意让儿子们在酒吧里帮忙。在那些日子里，人们在房子的后面请他拔牙或者给胳膊打绷带，到房子的前面则是为了买杯甜酒或者浓咖啡，有时病人和客人都在下午来。在酒吧的露台上，逐渐复原的病人和其他客人坐在恣肆生长的藤蔓下啜饮咖啡或者烈酒，同时琢磨这酒吧独处一隅的位置：一边是色彩亮丽，火热沸腾的欧洲大陆铺展开来，一边是广阔的大海一望无际。

一天他看到女儿坐在阳台台阶上哭泣。"怎么啦，玛丽佳？"他问道，一边不停地亲吻她，"是不是米塞图病了？"

"不，不，"她有点悻悻地说，"不是的，爸爸。"

"那怎么啦？你的腿疼了？"

"爸爸，我的腿三年前就不疼了。"

他相信这是真的。"那是怎么回事？"

玛莉亚·格拉琪亚怒气冲冲地问："为什么你从来不让我在酒吧里帮忙，却让图里奥、弗拉维奥和奥瑞里奥帮忙？为什么不让我像其他女孩子一样参加"小意大利人"聚会，出去行军、露营和唱歌？所有的男孩都参加了巴里拉，我会唱歌的，爸爸。而且我也可以在酒吧帮忙算账，给客人点单，我会比图里奥和奥瑞里奥做得好得多，图里奥总是把头埋进他的汽车杂志里，而奥瑞里奥什么也不懂。"

女儿爆发出来的不满令他有点儿不知所措，阿梅德奥说："可是你不是不愿意在酒吧帮忙吗，难道你愿意？你是个聪明的姑娘——你继续下去会成为一个受过良好教育的女性。你也不愿意参加那些"法西斯星期六"和那些露营吧，难道你也愿意参加？"

"我的腿是好的！"玛莉亚·格拉琪亚几乎咆哮着说，"每个人都参加！我是岛上唯一一个不参加的！"

说完这句话，她火冒三丈地消失在酒吧的门帘之后。他听着女儿的脚步声穿过房子远去，听得出虽然带了这么多年支架，脚步仍然有一些不稳。他心中又怒又爱。

难道连玛莉亚·格拉琪亚也开始青春期叛逆了吗？他觉得自己真的不能忍受。后来他走到她身边，用各种宠溺的称呼和柜台里最好的点心安抚她，还同意让她试着去参加"小意大利人"聚会。

结果，"小意大利人"聚会不肯接纳她，她也没有了尝试的机会。因为卡勒亚教授觉得她的腿会妨碍她，使她跟不上其他人。

泪流满面冲上酒吧台阶，玛莉亚·格拉琪亚对父亲的问题全然不予理会，"我再也不要听到关于'小意大利人'聚会的任何消息，"她叫喊着说，"我要去内地做修女！"

最后还是诗人马里奥·瓦佐给她唱了婉转动听的小夜曲，才把她哄转过来，情绪缓和之后她对自己刚才的表现也有点赧颜，又自己下楼来了。

"我会叫你妈妈去跟那个傻瓜老师卡勒亚谈谈，她会很快把他摆平的。”

“我不想再听到关于这事的消息了，爸爸。”玛莉亚·格拉琪亚说。

他本来想和皮娜谈论这件事情，但是第二天报纸上满是领袖的好朋友——德国元首以及他在波兰战争的消息。虽然领袖还在动摇，一年后才陷入其中，但正是这场战争很快成为所有人唯一的话题，也是这场战争使阿梅德奥的儿子们一个接一个地离开了这个小岛。

五

图里奥十九岁生日刚过，他从前同班的男孩子都收到信件，命令他们前往意大利内陆。在那里，他们将接受一次医学检查。图里奥检查归来时，发型变成了城市里的新款，心里也好像总盘算着什么，变得安静内向，虽然他从来不是一个思考型的人。后来他被宣告身体条件合格，几个月后便收到了一张绿色的邮政卡片，命令他前往锡拉库萨附近的兵营报到。

图里奥考虑了半天，仰面躺在他满是足球卡片和孩童时代留下的锡制玩具车的房间里，叫弟弟们不要打扰他。但是那天晚上，当朋友们向他表示祝贺，并且在酒吧阳台上讨论飞机和机枪，憧憬意大利的城市和遥远的山脉时，他却失踪了。夜里酒吧关门之后，他才站在父母面前，宣布了自己的决定：“我想去，如果不去我这辈子都会觉得错过了生命中最真实的东西。而且，不管怎样，我也没得选择，所以我们大家还是都尽可能表现得开开心心的。”

他作出这决定时的心甘情愿让皮娜痛彻心扉，尽管从他还是个婴儿时起，她就计划着他今后远离这座小岛的生活。当载着他远行的渔船起航时，他没有哭泣，没有挣扎，反而咧嘴笑着跟他们挥手道别，这似乎不太正常。“他们都会被带走的，”皮娜泣不成声，“既然如此，阿佳塔和其他所有圣人啊，我当初为何希望自己有三个儿子呢？”

图里奥给他们寄来自己穿着军装的纪念照。他两周给他们一封信，隐隐约约地告诉他们自己所在的位置。从信纸上轻快地落下的灰尘判断，他们感觉他应该在一个跟他们的小岛一样热的地方，利比亚或者阿比西尼亚这类地方，不是寒冷的北方——至少因为这一点，皮娜还是心存感激的。

当弗拉维奥收到绿色的邮政卡片时，他已经整装待发了，他在自己卧室不断操练着引体向上和俯卧撑，以便为参战做好准备。三个星期之后，他从兵营里寄来一封热切而不加标点的信，以及一张照片，此后便再无他的消息。

在一九四二年最小的奥瑞里奥离开小岛的那个可憎的日子，阿梅德奥站在酒吧柜台前一言不发，他的双手分得很开，撑在柜台上的样子就像当初玛莉亚·格拉琪亚撑在渔民皮埃瑞诺家的石头窗台上的样子。而玛莉亚·格拉琪亚和她的母亲也同样想不出有什么可说的。

奥瑞里奥也寄来了照片，他在里面眼泪汪汪的，脖子里长了剃须皮疹，看起来有点儿孩子气。

三个男孩儿的军装照被加进了客厅里的陈列品行列，清晨下楼时，玛莉亚·格拉琪亚有时会发现父亲站在这些照片前面。

与此同时，她无意中听到父母哭泣，这是她从来没有听过的，这哭泣声在夜里惊醒了她，让她完全不知身在何方。“我根本不应该鼓励他们离开家的，”皮娜抽泣道，“我根本不应该告诉他们意大利内陆的事，不该跟他们讲大学，讲城市和宫殿的！”

然后她父亲说：“谁又成功地留住了自己的孩子呢？甚至瑞祖家

的孩子现在也得到命令要离开了，他们也不得不被征兵官拉走。我们怎么能够把他们留住呢？”

“都一样，亲爱的，”皮娜抽泣道，“他们不会回家了，我知道，他们不会回来了！”

父亲的声音更加清晰响亮，充满感伤：“我不应该跟圣人们讲价！我不应该拿他们的命赌玛莉亚·格拉琪亚的命！我都做了些什么，皮娜，亲爱的，我都做了些什么？”

没有人能让他说清楚他这是什么意思——皮娜不行，他的女儿也做不到，但是她父亲似乎已经知道儿子们不会回来了。

图里奥失踪的消息通过电报传来了。他在埃及走失了。奥瑞里奥在同一场战役中失踪的消息是一周以后传来的：这两个男孩子，图里奥，最大的孩子，诸事领先，而奥瑞里奥，最小的，永远跟随，就这样一起消失不见了。他们的次子弗拉维奥则在三个月后有了消息，虽然传来的也是他失踪的消息。

有了弗拉维奥失踪的消息之后又来了一封更长的信，阿梅德奥因此得知弗拉维奥因为在埃及抗击英国人的表现被领袖授予了一枚奖章，这奖章由他的中士装进了信封，因为这是撤退中找到的唯一一件弗拉维奥的东西。

双手握着奖章，阿梅德奥崩溃了，皮娜也一样。弓着肩膀驼着背，他叫客人离开酒吧，关上了门。他下令道：“酒吧会一直关门，直到我家图里奥、弗拉维奥和奥瑞里奥有了音信。”

他退回到楼顶的书房里，在那里把弗拉维奥的奖章擦了又擦，仿佛想要把它青铜表面上刻印的领袖纹饰给擦除干净。与此同时，皮娜被召回学校教一点儿课，因为卡勒亚教授正在的黎波里打仗，她平静地履行自己的教职，但是回到家里行动却如同梦游，她不再有愤怒，不再有激情，也不再刚烈，事实上，她似乎根本不受任何情绪影响。对玛莉亚·格拉琪亚而言，她似乎不是在和自己的母亲，而是和母亲的鬼魂同住，还有一个糊涂、无助的父亲，弓着肩膀在家里像个老人一样走动。

夜阑之家被锁了起来。在柜台后面，用花体字刻印着酒吧名字的镜子上，锈斑开始晕染开来，蜥蜴也爬了上去，在身后留下了四指的印迹。像岛上所有的东西一样，酒吧在日光和灰尘的侵蚀下，以惊人的速度回复到一直以来的暗琥珀色，因此从远处看来，它就像一栋建筑的淡墨色照片。

玛莉亚·格拉琪亚在这种令人敬畏的静默中完成了自己的成长。父母都垮了，她温柔地看护着他们，在内心深处却电闪雷鸣。她没有垮，她才不到十七岁，生活还完全没有展开，但在这里被他们俩的伤悲和沉默牢牢压着，简直无法呼吸。她不愿意像他们一样相信哥哥们不会回家了，不相信图里奥不再会被发现跟某个女孩在三角梅后面鬼混，不相信弗拉维奥不再吹他的法西斯进行曲。最痛心的是奥瑞里奥，他曾经在离开家之前的那天蹑手蹑脚早早进了她的房间，在她怀里泣不成声，没有表达出来的对未来的恐惧令他痛苦万分（她从来没有告诉父母，也只是偶尔才敢回忆起这一幕）。奥瑞里奥一直是她最亲近的哥哥，内心深处与她相似，她知道他从来都不想离开这个小岛，他爱这里百叶窗紧闭的午后和被寂静及炎热笼罩的道路。对他而言，这个小岛就够了，然而他被派往大洋彼岸，迷失在非洲的沙漠中。如果她放任自己回忆这一切，她可能会像父母一样再也无法正常度日。所以，为了能够生存下去，她决定坚决不相信他们都一去不返了。

奥瑞里奥离开的那个夏天，伯爵的手下曾拿着一封信来过夜阑之家，信里提出想买下酒吧。阿梅德奥两手一摊回答：“好啊，干吗不呢？”

“如果图里奥、弗拉维奥和奥瑞里奥不在家时我们把酒吧卖了，他们回来做什么呢？”玛莉亚·格拉琪亚喊道，“动动脑子啊，爸爸！”

“我们马上就入不敷出了，”阿梅德奥说，“我也没力气再把这酒吧开张了!”

受够了父母的哀哀哭泣，玛莉亚·格拉琪亚接管了家中事务。她已经以全校最高分完成了学业——得了很多八分和九分，甚至在算术和意大利语上拿了十分。作为奖品的书籍（皮兰德娄、但丁和一卷法西斯诗集）一页未动就被束之高阁，第二天清晨她便开始动手挽救酒吧。如果她的父母无法照料夜阑之家，那么她来照料。

她开了门，压缩规模重新做起了生意，破产的危险原本高悬在这个家庭头上，就像战败的阴云悬在整个国家头上一样，但是现在这一危险将得以缓解。蜥蜴已经将柜台后的镜子据为自己的领地，她把它们驱赶走了。在镜子里，她看到了蓝得出奇的海岸线，梦想着有一天哥哥们会以战斗英雄的身份穿过这条海岸线回家，一个个胸前佩戴着奖章。到那时，也许，她可以成为一个受教育的女性，但不是现在。

她现在无法像以前那样从意大利内地弄来雪茄和纸板火柴，也没有一包包的口香糖和一瓶瓶的酒了。一船的橙子酒在墨西拿海峡被炸毁了。用来做糕点的阿月浑子以前都来自西西里，现在也买不到了。战争使西西里的男性劳力损失过半，西西里农民自己也饥肠辘辘，他们到处搜寻阿月浑子，把它们都吃光了。战争伊始，卡斯特拉梅尔的主妇们就开始囤积食物，从阿尔坎杰罗的店里买光了岛上的罐装水果和巧克力、一包包的曲奇饼干以及用肥肉做的火腿。玛莉亚·格拉琪亚无法再弄到咖啡，饮用巧克力更是早就断了货。烘焙店现在只供应岛上特有的那种粗糙的硬面包，而且当面粉供应也难以为继时，这样的面包也很少了，即便有大多很干也更粗糙。岛上的猪现在也瘦了，于是屠户开始把火腿切得薄如蝉翼，以便不涨价格却获利更多。一九四二年夏天，一切能收获的东西都像往常一样收获了，但收获之后最困窘绝望的农民们就像十九世纪时一样走进了田野捡走了所有东西，其他一些人则在树篱间和无主的果园里漫游，搜寻野生“祖父”柑橘——那些去年因为有瘤而没有被收获的果实，有些仍然多汁，有些则干得味同嚼蜡。农民们还寻找小丛的“青苗”，其实就是野草和正在发芽的植物，但是可以用绳子把它们扎起来在市场上出售。他们也用桶捡拾小蜗牛——那种可以在潮湿天气中藏身岩石之下的地面蜗牛。他们还在伯爵没有耕种的猎场里从荆棘丛中挖掘坚果。

到战争结束时，他们将只有蜗牛和青苗吃了。不过现在，玛莉亚·格拉琪亚还是能够提供近乎跟从前一样精美的糕点、自家做的橙子酒和柠檬酒，这都是她直接从岛上的老寡妇们家里买来的。她自己命名的“战争咖啡”，其实就是热水加少许咖啡末。摇摇晃晃地、大声埋怨着，人们继续来到夜阑之家，哪怕仅仅是来找个伴儿。在战争后期的那些年里，当所有的铁路都被炸毁，码头都被占领时，玛莉亚·格拉琪亚总是能用手里仅剩的东西发明制作出很棒的菜肴，比如，一种自己家里做的完全没有糖的柠檬水，加入菊苣根的咖啡，面包和土豆，面包和洋葱，还有面包和青苗。

由于战舰频繁在小岛周围经过，也因为事实上没什么东西好买，所以从意大利内陆几乎进不到什么货。但是大海偶尔会把一些非同寻常的东西冲上岸。有一天夜里，渔民尼西利诺，皮埃瑞诺的女婿，带来一箱无线电收音机，其中两三个进了水，一个面板碎了，但还有一个是完好无损的。玛莉亚·格拉琪亚在尼西利诺从海边回来的路上拦下了他，要求看看这些收音机。玛莉亚·格拉琪亚说，如果尼西利诺能弄到电池使这台收音机响起来，她愿意花钱买下它。

酒吧越来越老旧了。玛莉亚·格拉琪亚一时冲动之下，花了酒吧整整两个月的利润，买下了这台收音机。这一冲动使她之后连着几个晚上都睡不着觉。她出的价格比阿尔坎杰罗出的价格还高，他也想为自己的商店购置一台收音机以吸引顾客。后来尼西利诺不知用什么方法弄来了电池，这台无线电收音机活了过来。

她把收音机装在了柜台上。她喜欢听 BBC，格苏伊娜说："如果风向对的话。"他们偶尔能收到从马耳他发出的 BBC 电台的信号。她还喜欢播放爵士乐和交响乐队的所有电台，这些音乐与岛上哀哀哭泣的歌曲是如此不同。她以前在岛上只听到过这类悲伤的歌曲。但是她很机灵，既然现在酒吧归她管了，既然电台里随时可能传来岛上的居民的儿子、侄子或孙子的消息，她就把收音机一直调到播放战争新闻的频道，人们蜂拥而至，哪怕要花整整一个里拉来买一杯"战争咖啡"和上面只放着几根青苗的干面包。

尼西利诺懊恼地说："我应该多找你收点钱，要是我知道当时卖给你的是卡斯特拉梅尔唯一一台收音机的话。但是你赢了，玛莉亚·格拉琪亚，你是个聪明的商人，我没什么好说的了。以前你腿上带着支架丁零咣啷地走来走去的时候，谁能想到你会变得这么精明呢？"

玛莉亚·格拉琪亚知道岛上的居民一直以来是如何看待自己的。她知道在他们眼里，她最多不过是"那个带着支架的可怜的姑娘"，最糟糕的评价是"那个瘸孩子"，虽然她十四岁起就不带支架了。现在她只是在走长路或者爬山后感觉有点累。她到最后也没有扔掉那副支架，而是把它们放在了屋檐下父亲的房间里存放金巴利酒的盒子里，与家中其他的旧东西堆在一起。她有时在幻觉中仍然能感觉到支架的分量。似乎岛上其他人也仍然相信她的脚踝上戴着支架。事实上，每天早晨都要有人领着在酒吧进进出出的格苏伊娜花了三年的时间才知道玛莉亚·格拉琪亚不再戴支架了，因为没有人费心去告诉她这一点。对此，快要九十岁的瞎了眼的格苏伊娜说："我当然没有听到支架的声音了，但是我以为是我的听力出了问题。"

战争开始的时候，玛莉亚·格拉琪亚十五岁，在那一年，岛上的青年男性都发生了变化，他们都热衷于追求女孩。即使他们班上最懵懂的女孩儿，也被男孩儿们没命地追求。仿佛他们所有人都急于定下自己今后的妻子。一周又一周，女孩子和她们的情人们在小胡同和海边的岩洞里厮混，直到黄昏时分才回到家，脖子上都带着比目鱼形状的斑点，因此而被她们的祖母责备。但是没有人来追求玛莉亚·格拉琪亚。她坐在台阶上，这才痛苦地明白，在岛上她永远就是一个孤零零的人，另类的人，是一个只能被人膜拜但不会被人爱上的女神。因为这些以及其他一些原因，玛莉亚·格拉琪亚没有能够认识到一个事实——自己是一个美丽的女孩儿，而这一事实在大城市里是显而易见的。

然而在战争中的这些年里，时常有灰色的大船经过，卷起小岛岸边的巨浪，飞机则像蚊子一样没完没了，有人说是英国的飞机，可能也有一些德国的飞机，在头顶蓝色的天空穿梭往来。因为经营酒家，她勉强得到了当地人的尊重，因为人人都看到了她是如何经营这份生意的，她是如此小心翼翼，就像渔船的船长，驾船避开各种暗礁安全入港。她与玩牌的老人和圣阿佳塔的寡妇们友善地交谈。她完完全全地赢得了退休的渔民们的喜欢，就像她哥哥图里奥曾经做到的那样。没有人能够否认，她用自己的脚每天八小时站得笔直，就像卡斯特拉梅尔岛上其他的女孩儿一样。

只有夜里当她扫着地上的香烟头和被折弯丢弃的纸牌时，她才允许自己哭，不是出于自怜，而是由于一天天漫长的工作带来的筋疲力尽、孤独和无休止的等待。

六

船只出现的那一天来了。

奇迹一般，船只开始在地平线的边缘集结。灰色的大船就像教堂一样大，小的还没有皮埃瑞诺的渔船大。年轻渔民拓拓的姐姐阿佳塔在他不在时驾着他的圣玛多娜号往返于深水区，像她的弟弟一样无所畏惧。那天下午她来到酒吧，鼻子和脸颊处有点儿晒伤。阿佳塔报告说她离那些船只很近，近得足以听到船上的人说些“滑稽可笑的英语”的声音。“有多少船？”老年纸牌玩家问道。阿佳塔说她数着有几千艘——“操，可能成千上万！”她还接着说，看看船上的枪和炮，他们可不是集结在西西里周围来旅游观光看希腊神庙的。

欢呼声随之响起——岛上的人们已经不再假装什么法西斯主义者、社会主义者或者其他什么主义者了，相反地，谁能缩短战争进程他们就支持谁，这样他们的子侄们就可以回家了。

大家都称拓拓的姐姐为渔婆阿佳塔，当时她的嘴唇干燥得如同岛上的土壤，一口气喝干了两杯水和两杯橙子酒。“我希望他们碰到好天气，”她说，“现在外面热得要命，但是有场混蛋风暴就要来了，他们没登陆就会晕船的，这些英国人，我听说他们大部分人都没有在海上待过。”

当时根本没有风暴欲来的兆头，但是渔婆阿佳塔的先辈们个个都有着神奇的天气预报的才能，所以现在也没有人反驳她。很快，像个男孩儿一样穿着肥大的裤子戴着平顶帽的阿佳塔就踱着步子准备回到海上去了。“把你的嘴巴弄干净，年轻姑娘！”格苏伊娜在她身后叫道，“我可不想再听你在这儿说什么浑蛋和操蛋的，谢谢你啦！”

“抱歉，奶奶！”阿佳塔尴尬地喊道。

客人们挤在正播放法西斯进行曲的无线电周围，玛莉亚·格拉琪亚把它调到了 BBC 频道，这个电台应该会说些什么，她听着，但是里面的英国嗓音没有说任何与船只或者地中海有关的事情。“他们在谈论英国的天气。”她说道。

“你觉得真会有一场侵略吗？”一位老年纸牌玩家问道。

“如果有他们也不会告诉我们，”瑞祖说，“但是真正的问题是他们会放过我们的小岛吗？他们会饶过卡斯特拉梅尔吗？还是我们将不得不拿起我们的渔叉和吞拿渔钩起来战斗？”

神父在角落里说：“我怀疑英国人和美国人拿我们这个小岛没有什么用。他们甚至根本不会考虑它在地中海的战略地位以及它迷人的自然风光。”

“啊——呀，但是从岛上的第一个婴儿呼吸第一口空气开始哭泣以来，我们就不断遭受侵略了。”格苏伊娜伤心地说，“再次被侵略是我们受诅咒的厄运。神父，请原谅我没有同意你的意见。”

神父说：“完全没有关系。”然后就用手帕遮住了自己的脸。神父现在已经完全成了一个老人，他下午都在酒吧的阳台上打盹。但是这一天的吵嚷和混乱使得他都无法继续睡觉。

玛莉亚·格拉琪亚敲响了院子一侧的石头屋子以及顶楼卧室的门。她喊道：“妈妈，爸爸快醒来！他们说英国人和美国人要来了。”

他父亲立刻起身跟随她走进了酒吧，但是在这里进行曲仍然在播放，吊扇仍然在转动，所有人都像去年的每一天一样安之若素，所以他的父亲又回到顶楼房间里去看他的故事本了。大约六点左右，暑热在院子里和广场上退尽了，他出现在她面前说：“玛莉亚·格拉琪亚，你是对的，看看地平线。”

父亲弯腰看着一副双筒望远镜。那望远镜曾经是弗拉维奥的，是巴里拉组织的奖品。现在热气已经退去了，船只非常清晰。在海的那边，他们排着队在集结，就像雨滴排在电线上。

所有这一切都让玛莉亚·格拉琪亚不安，她在各个房间踱来踱去，最后出去走到了阳台上，而这个时候她本来应该在酒店的柜台前照看的。站在藤蔓的荫凉下她听到一个孩子的声音，在桌子下面一番搜索，她拉出了康瑟塔。康瑟塔这女孩儿正在引诱三角梅下面的米塞图出来，但是没有成功。康瑟塔说："它就是不肯跟我玩。"玛莉亚·格拉琪亚招呼她道："进来喝一杯柠檬水吧，如果你饿的话再来一块橙子米饼。"

"大家都挤挤挨挨地在里面围着无线电呢！"

"我知道，但是跟我来吧！我会给你找个离他们远的地方坐着。"

阿尔坎杰罗的女儿康瑟塔似乎是个不属于任何人的孩子，她的父亲和母亲都不知道该拿她怎么办。她脸蛋脏兮兮、头发乱蓬蓬地在岛上闲逛，就像个男孩，还穿着无袖装抓蜥蜴，拿着棍子到处抽打东西。这姑娘三岁时就犯了病。她当时在广场上摔倒，然后开始痉挛直到嘴巴里喷出泡沫。从那以后她就不断发作。虽然阿梅德奥为她做了检查并且诊断她是患了癫痫，但岛上的老妇人们看到她在岛上闲逛仍然坚持要抓住她，并且把她拖到教堂里，然后没完没了地念叨"圣母玛利亚"和"我们的父"，要拯救她困扰烦恼的灵魂。

最近为了逃避这些老太太们的照料，康瑟塔开始在酒吧里做玛莉亚·格拉琪亚的跟屁虫。"好的，请给我一杯柠檬水，"她说着站起来，胸前全是阳台上的白色灰尘，"再来一个饭团，或者两个？"她满怀希望地加上一句。

进了酒吧，玛莉亚·格拉琪亚为她在餐巾上放下一个杯子和两个橙子米饼，然后把这小女孩抱到了凳子上。小女孩心满意足，把米饼狼吞虎咽地吃了个精光，也喝干了柠檬水。康瑟塔是玛莉亚·格拉琪亚最喜欢的顾客，她记不得战争之前那些硕大的饭团。那些饭团当然更好吃，因为那是真正的米做的，也不会有那种很粗糙的面包卷在里面。她也不知道柠檬水应该是甜甜的，它并不会让你喝得龇牙咧嘴，酸倒你的牙齿。

"好了，"她满意地说，"好多啦！一整天饿着肚子，我的胃都痛了。"

玛莉亚·格拉琪亚问道："你今天一天都在哪里？"

“在那边的岩石边上，还有岩洞里，”康瑟塔回答，“和玛祖家的山羊在一起。但是因为今天天这么热，山羊一点劲儿都没有。它们只是躺在那里摇耳朵。”

“你今天一个人在岛上闲逛的时候要当心一点，”玛莉亚·格拉琪亚说，“现在海上有很多船，好像在为即将在西西里发生的什么事情做准备。”其实她也不知道自己要警告这个女孩儿当心什么。

“我可不操心那些船，”康瑟塔说，“除非他们干点儿什么有趣的事情，比如打仗，这样我才会过去看。”她在马上要空了的杯子里面最后狠狠地吸了一口。“为什么米塞图不喜欢我呢？”

“哦，它对所有人都是那么凶，你不要担心。它性子野，不像我们。”

“我也性子野。”康瑟塔一字不假地说道。

那天夜里，玛莉亚·格拉琪亚坐在厨房桌子前面，就在父母中间，他们俩的沉默像往常一样令她感到压抑。听着细浪杂乱的拍击声，听着棕榈叶子啪啪作响，她知道一场风暴来临了。看着窗外重重叠叠的乌云，她说：“渔婆阿佳塔是对的。”

“什么？”皮娜喃喃问道。

“一场风暴。”

那天夜里，在她童年起就居住的房间里，看着里面古板的压花图案，家里冲印的米塞图的照片以及带着黄色边框的学校证书，她无法入睡。这种清醒无眠让她很生气。她感到受了刺激，像被蚊子叮了一样。为什么就是没有睡意呢？外面，飓风撕扯着棕榈树，米塞图因此而号叫不已。广场对面有些人家的百叶窗咣当咣当作响。

她走下去，把猫抱了回来，就像往常在糟糕的天气里她做的一样。但是它不肯安分地在她床尾睡觉，而是在她房间里跑来跑去，毛都竖了起来，直到她不得不把它再扔出去。然后，米塞图居然咬了她，这是它有生以来第一次。“米塞图！”她责备道，但是那只猫躲在夹竹桃树丛里颤抖着，完全发疯了。

有一刻风暴稍稍安静时，她感觉自己听到了云层上方飞机的惨叫声。

她一定睡着了一小会儿，因为后来她醒了——突然之间——是被一阵雷声吵醒的，仿佛整个房子都倒了，在她周围变成了碎片。“妈妈！爸爸！”她喊道。

眼前什么也看不见，在楼梯的黑暗处，她和父亲找到了彼此。她喊：“怎么回事？”

“枪声，”父亲说，“重机枪。”

“是在这里吗？”

“不，亲爱的。比你能听到的要远得多。他们在轰炸西西里海岸。”

她和父亲一起跑到了房顶上。大海从那里在他们脚下铺展开去。亮光和爆炸声穿透了黑暗。当整个夜空被照亮时，她看见烟幕遮蔽了星辰。就像森林大火中的边界一样。对岸的小房子，一直像在梦境中一样处于水雾氤氲中，现在却消失在层层的云团后面。一根根水柱溅起，一阵阵沙尘飞扬。整个大海的表面上很多残骸挤挤挨挨，被浪花拍打着。“飞机，”父亲说，“那些可怜的人在风暴中肯定要坠机了。”

她问道：“你觉得会有人生还吗？我们不能派船出去吗？”

“他们离我们太远了。”

与此同时，小岛上一片混乱。有人从床上被惊醒，走进教堂，在神父还没来得及阻止他们之前就敲响了敌人入侵的警钟。玛祖和他们的儿子把渔叉和猎枪都拿了出来，其他渔民还来不及阻止，他们已经驾着船从码头出去了，想要投入营救。不过这完全没有用，在密集的炮击声中，他们肯定会沉船的。与此同时，人们在广场上聚集起来，伯爵的一群农户已经抬出了圣阿佳塔的塑像，格苏伊娜和其他的寡妇们在对着它祈祷。而伯爵本人尽管穿着夜里的睡衣、羊毛袜子以及大战之后留下来的开裂的靴子，看起来有点滑稽，却在四处跑动着发布命令。

有谣言说监狱的看守已经登上他们灰色的车逃跑了，留下囚犯无人看管。这话不假，当伯爵跑去召唤看守，想在小岛上重建秩序时，到处都找不到他们。

整个夜里，灰色的大船不断到来，像倾泻米粒一样在西西里海岸放下了很多人。亮光闪现时，另外一个奇观出现了：像水生动物一样的船只竟然直接开上了海岸并且消失在了更远处。

黎明到来，人们听到更低沉的轰隆声，这说明英国人和美国人已经突破防线进入了西西里更深的腹地。除了开张之外，无事可做，于是玛莉亚・格拉琪亚就开门了。打开卷帘时，她发现一群邻居已经聚集在外面，焦急地想通过岛上唯一的无线电台跟踪整个事态的进程。

一个上午，伴随着隆隆的枪声，玛莉亚・格拉琪亚安稳地做着生意。与此同时，无线电台却没有任何新闻报道，似乎完全不知道有一场战斗正在进行。甚至到皮娜午饭时间从学校回来时，她也听不到 BBC 广播电台正在说什么。因为广播里的声音很快，而且很乱很嘈杂，根本无法听清。

因此，当那个海洋中的人奇迹般出现时，除了康瑟塔那个疯丫头没有人亲眼目睹。

整个早晨，康瑟塔都因为西西里海岸上的战斗噼噼啪啪作响而激动万分，她在岛上游荡，想寻找一个更好的视角。正午时分，她到达了卡斯特拉梅尔小岛的远端，在那里灌木丛一直生长到岩洞里面。当时炙热的太阳在她肩膀上烘烤，她便躲到了岩石中的一个缝隙里。岩洞从来没有令康瑟塔害怕过，尽管亲耳听到过其中奇怪的哭泣声，她却根本不信什么愚蠢的希腊鬼魂之说。

正午时大海表面油亮油亮的，看起来无精打采，模模糊糊，西西里只是水雾中一个微弱的倒影。她多么希望自己能像巴里拉的男孩子们一样有一副双筒望远镜啊！这场战斗制造了多么精彩的嘈杂声和烟雾啊！

康瑟塔不知道战争是什么，但是她的确喜欢它的噪声和混乱，两者都吸引了她天性中的某些部分。她始终认为自己身边的世界充满危险，从来不确定自己是否完全处于安全之中。在六年的生命中她被圣水浇过，被十字形标志看管过，被激动地挥舞着圣阿佳塔塑像的虔诚老太太们伏击过，被父亲威逼着读过玫瑰经，而当时她所想要的只是逃开这些，一个人待着。对康瑟塔来说，这个世界就像一块在氤氲蓝色大海旁的岩石，她从来没有想到它会是有意义的。她不知道自己的年龄，也不知道其他岛屿的名字，她同意母亲的说法，星辰和大海的潮汐都是个巨大的谜团，就像她的病。那些聪明人，比如，维拉教授和伯爵从书本上读来的那个世界，根本不是一个会侵扰她自己世界的东西。但是现在就在海的那边，有些事情正在发生，侵入了她的世界。康瑟塔感到一阵阵轻微的恐惧，她在岩洞的入口弓起了腰，像一块小小的石头在那里等待着。

那个东西起初就像浪花之间的空隙，一个黑点。看起来像某种很小的东西，有可能是一条死鱼或者一个空的玻璃瓶子。现在它变得大了一些，更像一大块木头，只有康瑟塔看到它在靠近。慢慢地，这个黑色的东西浮上了浪尖，消失，又重新出现。有时候模模糊糊的，它又分开来变成了两段。还有一些时候，热气造成的水雾好像使它升高了，就好像在表演升空的动作。有一次它还伸出了一个触角或者可能是一条腿，也可能是一只胳膊，仿佛在够什么东西。正是那个时候，小姑娘很震惊地意识到它是个活物，或者至少半死不活。否则的话，它怎么可能在水里做这些奇怪的动作，胡乱摆动得就像一只垂死的海蜇。

现在它又靠近了一点儿，她看得出来它有两条胳膊，动作也是有目的地在不断向自己这边划了过来。当它离岸边只有几米远，划到了渔民们所称的“死亡之船”的一片岩石当中时，它停了下来，在海浪上起起伏伏，上上下下。然后它抬起一只胳膊，突然一个用力，将自己举出了水面，发出了令人害怕的，但又是虚弱的喊声。

自己都没有意识到，困惑不解的康瑟塔就向前走出了岩洞。她现在看明白了，海里的生物已经看到了她在岸上并且在向她求救。康瑟塔的胳膊重得抬不起来了。在喉咙深处，她感觉到了那股刺鼻的味道，就像她父亲用来擦拭柜台的蓖麻油的味道，她每次癫痫发作前都会闻到这股味道。直到这个时候，她才确信自己是害怕了。海里的生物继续艰难地向前游动，它渐渐靠近了没入水中的岩石，这里的浪更大，把它冲进来又拉出去，冲进来又拉出去，直到它被甩在一块人们叫作卡内托的三角形岩石上。它死死地抓住了这块岩石。手搭凉棚，康瑟塔眯着眼睛，看到海里的那个生物像一个男人，长着瘦削的肩膀，宽厚的胸脯，像猴子一样长长的手臂，还有白得像奶酪的脸。

康瑟塔的脚趾都蜷起来了，她想要逃走了。那个生物最后猛地一用力，将自己从岩石上推开，突然又冲入水中。它在水里起落了几次，最后双脚终于踩到了岸边的沙滩上。慢慢地，它开始出现，迈着虚浮的脚步，在海浪中向前冲着但是又巍然矗立着，发出的声音好像溺水一般。

“嘿！”它叫道，然后是一通听不懂的胡说八道。那个生物穿着绿色的衣服，手中握着一把枪，像发疯一般地挥舞着，嘴里仍然是一通听不懂的语言。

“嘿，先生。”康瑟塔说，因为她现在几乎可以确定，那个生物是个人，而不是动物。

那个人从水中钻出来，海水从他身上哗啦啦地往下流。猛地一用力，他终于踩在了沙滩上，在海水边缘他摊开四肢躺在那里，然后再也不动了。

站在岩洞边上的阴凉处，康瑟塔感觉原先那种紧张害怕的情绪离开了她。蓝色的天空不再那么压抑，滚滚热浪也减退了，她的恐惧突然之间也消失得无影无踪了。

迈着细碎的步子，就像她常常在灌木丛中捉蜥蜴一样，康瑟塔靠近了那个男人。她跪在他旁边。他的头发是黄色的，就像狗或者猫的毛发。他的皮肤非常细腻，透出皮肤下蓝灰色的血管。血从他身下的某个地方流淌出来，在沙滩上形成了一个浑圆的洞。一只螃蟹从阴凉处爬了出来，开始有节奏地用两个钳子在这个洞的周围挖掘着，就像老太太们编织一样。看明白后，康瑟塔对他说："你是谁？"

"Wiliu helpmee，"那个人呜哩哇啦地回答着，"Wiliu helpmeet gogetelp plenwentdown。"

"好好说话！说方言，要不就说意大利语。"康瑟塔有点严厉地说道，"让我看看你的肩膀，我看过埃斯波西托医生的工作，我知道他是怎么做的。"

但是，那个人嘴里发出一声喊，把康瑟塔推开，然后又是叽里咕噜一串外国话。

"如果你不愿意好好说话，我就没法儿帮你。"那人眼看着就要昏睡过去了。当确定他没有别的话要说了，康瑟塔站起身来沿着海岸向镇上走去。

康瑟塔爬过长满刺梨的树林和灌木丛，顺着她自己的小径，两点多一点儿后出现在广场边缘。在这一时间，房屋都关着门。甚至连神父伊格纳塞奥都不在附近。康瑟塔爬上夜阑之家的台阶，使劲推开酒吧的弹簧门。在房间的一角，年长的格苏伊娜正在边听收音机边打瞌睡。医生的女儿则坐在柜台后面，面前一本厚厚的书，支在咖啡机上，她头顶上的吊扇不停地旋转着，却带不来一丝凉风。

"你来啦，康瑟塔。"玛莉亚·格拉琪亚以她惯常的方式打着招呼，让人感觉到有贵客来临。

康瑟塔将她四英尺高的身体尽可能地伸展挺直，说道："有个男人。他在海边睡觉。你最好来，玛莉亚·格拉琪亚，马上。"

玛莉亚·格拉琪亚的书不禁滑落到地板上。"噢，上帝，"她说道，"你肯定是看到了一具尸体。"

"不，他是从海里钻出来的，游出来的。全身穿着绿军装，头发就像玛祖家的狗，可笑的黄头发，脸白得就像奶酪。"

医生的女儿站起来。"你把他丢在哪里了？康瑟塔？"

"就在岩洞外面，死亡之船那里。"康瑟塔又想了一会儿，担心自己还忘记了什么没有告诉玛莉亚·格拉琪亚。"他在流血，还带着一把枪。"格苏伊娜打了一声呼噜醒了过来，说道："什么情况？一个带枪的男人？哎呀，这是入侵。"她以惊人的速度站起来摇摇摆摆地晃出酒吧去寻求支援。

"跟我来，"玛莉亚·格拉琪亚边说边拉着康瑟塔，把酒吧大门上挂着的"正在营业"的牌子翻过去，"你最好把你刚刚说的话，跟我父亲再说一遍，快一点儿，一定要赶在格苏伊娜开始去四处嚼舌头之前。"

阿梅德奥下午常在楼顶房间里已经秃了的绒布沙发上睡午觉，最近他感觉自己越潜越深，在水下待的时间越来越长，于是浮出水面变得越来越困难。太阳经常在他醒来之前就越过整个岛屿降落了，外面的世界被暮色笼罩。但是今天还没闭上眼睛就被他女儿一下子拽了起来。他的女儿摇晃着他，还有康瑟塔那个女孩儿，阿尔坎杰罗的女儿，光着脚，穿着一身脏脏的白衣服，阳光下隐约透明，腿上蒙着一层沙。"怎么回事儿？"他说，语调不禁有些生气。

康瑟塔立即开始讲述一个令人困惑不解的故事：关于一个脸色苍白的可怕的男人，从海里钻出来，穿着绿色军服，头发就像稻草。

"他受伤了，"玛莉亚·格拉琪亚说，"他可能需要你的帮助，爸爸。”

“他还说一种滑稽的语言，”康瑟塔说，她刚刚回忆起这一节事实，“一种像胡说八道的语言，就像这样：‘Wiliu helpmeet Wiliu helpmee。’”

阿梅德奥现在完全清醒过来了，坐起来看着他女儿的眼睛。“其他人知道吗？”

“就我知道。”康瑟塔说道，微微挺起胸膛，显得自己很重要的样子。

“还有格苏伊娜，她在旁边听到了。”玛莉亚·格拉琪亚说道。

阿梅德奥伸手去够他的医疗箱，医疗箱现在总是准备就绪放在那里。他往里又额外塞入拭纸和绷带，以及一管珍贵的吗啡，虽然可能有点儿过期了，但总比什么都没有要强多了，如果那个人情况糟糕的话。“我们需要一些人手和我们一起去。”他说，“伊格纳塞奥，还有那对强壮的渔民——比普和拓拓的姐姐阿佳塔。另外拿三张干净的床单来，以备我们要抬他，玛莉亚·格拉琪亚。”

玛莉亚·格拉琪亚跑去他哥哥们的房间里把床单从床上扯下来。

然后他们三个一起穿过镇子，敲开了神父的房门。街道在热气与知了的压迫之下，变得非常安静。然后他们又一起叫醒了瑞祖的侄子比普。他也立刻从他教堂后面那幢房子楼上的窗户里探出脑袋。“有一个人受伤了，我们需要人去抬他。你要一起来吗？”

比普缩回去了，他们听到他跑下楼。当他打开房门时，伊格纳塞奥神父抓住他的肩膀。“这是一个外国士兵，”神父平静地说道，“如果我们帮他的话，我们并不知道伯爵和镇议会的态度，但是无论如何我们还是要去。如果你感觉还是不要卷进来的为好，那么就回去好了。”

比普点点头消失了，走进了自己家。他再次出现时，肩上扛了一杆猎枪。走出小镇时他们叫上了渔婆阿佳塔，她并没有睡觉，而是在自家院子的凌霄花藤下编织一张新网。她家的狗柴皮卧在她的脚上。阿佳塔只听了一下，就从椅子上跳了起来，拖着狗的项圈往外走。

康瑟塔通常很害怕柴皮，但是今天不怕。今天她无视了狗的坏脾气以及充满倦意的号叫，说道："大家听着，我知道最快的路。"

阿梅德奥说："那么就带我们去病人那里，康瑟塔。"

康瑟塔带着他们走自己的小道，穿过了丛丛仙人掌，从玛祖家葡萄园的篱笆下走过，沿着岩洞崎岖的斜坡跋涉。医生、神父、玛莉亚·格拉琪亚，还有瑞祖的侄子比普以及渔婆阿佳塔一个一个排成竖行跟在她后面。

这是康瑟塔短暂一生中发生过的最激动人心的事情。

那个外国人躺在大太阳底下，背稍稍转过去了一点。他的一只手在沙滩上划拉的痕迹，仍然留在那里。他破了的衬衫已经敞开了，暴露出肩膀上的伤口，那里正在汩汩流血。当父亲检查那人的呼吸和脉搏，紧握他的胳膊和腿寻找伤口时，玛莉亚·格拉琪亚退开了一点儿。随后父亲命令其他人把这个士兵移到岩洞的阴影下。玛莉亚·格拉琪亚不知为什么只是袖手旁观，并没有过去协助他们。她父亲跪在那个人旁边开始撕去他的战服。"神父，给我拭纸和碘，"他对神父说，"我们得留着吗啡，直到他急需的时候。这几乎是最后一支了。有谁的英语足够好，可以跟他讲话吗？玛莉亚·格拉琪亚，你来？"

"不，"她吓了一跳，喊道，"我不能跟他说话，爸爸。"

那人稍稍清醒了一点，在沙滩上翻了一半身，呻吟着。"玛莉亚，"他父亲叫道，"过来扶着他的头好吗？要保证我给他缠绷带时，他一动不动。"

玛莉亚·格拉琪亚不想过去，但还是这样做了，她跪下来，用手抓住了那个外国人的头。他的头发摸起来像哥哥们的头发，因为盐渍而蓬乱，但是暖融融的，就像奥瑞里奥游泳之后一样。她俯身看他的脸，发现并不像她想象的那么难看。他的脸微微上扬，很吸引人，像一个男孩子的脸。当他的衬衫全部移除后，一块沉重的奖章，从口袋里掉出来掉在沙滩上。康瑟塔高兴地抓了起来，“这是什么？算是我的吗？我可以留着吗？这是美国来的吗？”

“我不知道，亲爱的。还给这个人，也许这是他的国家为了他的勇敢而奖赏给他的，就像我哥哥弗拉维奥收到领袖奖励的勋章一样。如果这样，这个东西对他来说可能非常宝贵。”

那人的一只手稍稍伸出来，满是沙子的手指抓到了奖章的一角。“瞧，”玛莉亚·格拉琪亚说，“他想把它要回去，让他拿着吧，也许这会让他感觉好一些。”

康瑟塔把奖章放进了这个外国人的手掌，但是他把它丢开了，继续摸索着要抓什么东西，直到最后他找到了玛莉亚·格拉琪亚的胳膊。玛莉亚·格拉琪亚稍稍退缩了一点儿，但是这个外国人没有放开她。他沿着胳膊一点点摸索，直到抓住了她的手腕。在父亲给他擦拭和消毒时，他继续握着它。

与此同时，康瑟塔却消失了，跑到岩洞里，回来时带了一块白色幸运石。她把石头放进这个人的口袋里，把奖章挂在了自己的脖子上。“好啦，”她说，“公平交易。他可以留那块幸运石，我留着这个。”

当她父亲正在给这个人包扎，神父用双手捧着从玛祖家的泉眼里取来的一点水一滴一滴地在往他嘴里滴时，玛莉亚·格拉琪亚问道：“他能活下来吗？”

在病人完全脱离危险之前，她的父亲从来不会说这说那。因此，他只是用手绢摩擦着病人的前额说：“无论如何，我们需要把他抬到房子里，远离开这酷热。”

渔婆阿佳塔说：“他来自北方，他们那里有雪，这热天可能就足够要了他的命。”

“把被单准备好，”医生说，“阿佳塔和比普，你们两个在头部，你们两个都很强壮。我和神父抬他的脚。”

“往那边看，”当他们用展开的被单抬起这人时，神父屏着气说，“镇上最让人讨厌的一队人马穿着黑衬衫来了，小心啊！医生。”

的确不错，沿着沙滩来了一队令人讨厌的人：伯爵、杂货商阿尔坎杰罗和伯爵的两个土地办事员。

渔婆阿佳塔说：“上帝垂怜我们吧！原谅我，神父。但是如果阿尔坎杰罗开始讲话，可能直到战争结束，我们都得待在这里。我们还是快点走吧！”

他们试着这样做了，但是那一小队人马仍然气势汹汹地穿过沙滩走了过来。伯爵用他的靴子碰碰阿梅德奥的鞋，拦住了他们，汗珠从他的鼻子上滴了下来。“这是怎么回事？”他问，“一个敌军的士兵！抓住他！镇议会的其他成员正在赶来，埃斯波西托先生，你将不得不把他交给我们。”

医生什么也没说，但是他把举着的担架稍稍转了个方向，这样一来，他和比普就拦在了伯爵和那个外国人中间。伯爵下令道：“阿尔坎杰罗，伙计们，抓住这个敌军士兵！逮捕他！”

“他看起来活不过今晚了，伯爵先生。”阿尔坎杰罗扭着手说，“也许我们最好让医生照顾他，为什么不让医生……”

伯爵怒道：“这个人不是医生，他只是一个开酒吧的。我想我得提醒你注意这个事实，阿尔坎杰罗。”

“那么，既然我不再是医生了，”阿梅德奥说，“我带这个受伤的外国人回家，你应该没什么要反对的。我的酒吧是私人产业，跟你的法西斯朋友以及那该死的战争没有任何关系。”

伯爵被气得走路都有些踉跄。

“求求你。”玛莉亚·格拉琪亚说。那个士兵握住她手腕的手变得炙热而干燥，仿佛他在发烧。“请让我们把这个人带到镇上，他无论如何是个战俘。至少在我们知道谁将会在西西里打胜仗之前，我们必须公平地对待他。尤其现在英国人和美国人就在对岸，如果有人过来找他，却发现他没有得到一个正儿八经的医生的治疗……”后来想想，她不知道是什么促使自己讲了这一番话，但是父亲快速地朝她点了一下头。

过了很久，伯爵才退了回去，但是最终他还是后退了。他们抬着那个临时担架小跑跑过沙滩，康瑟塔仍然戴着那枚奖章，外国士兵仍然呻吟着，玛莉亚·格拉琪亚被他抓着手。

当他们把外国士兵放在厨房桌子上时，桌上的桃子滚了一地。医生喊道：“皮娜，过来！我需要你来说英语！”

“怎么回事？”皮娜喊着回应。

“我需要你用英语跟这个人讲话，弄明白他是怎么了，亲爱的。给我拿小镊子过来，玛莉亚·格拉琪亚，再拿一瓶抗菌剂。他肩膀上所有的砾石和沙子都要弄出来。到时候我们再看他是否需要吗啡。皮娜！到这儿来，帮我们跟他说英语，求你了！”

站在门口，皮娜停住了，但又退回去一点儿：“他是谁？”

“我们也不知道。一个外国士兵。他被冲上了岸。我需要你问问他是怎么受伤的，发生了什么，他来自哪里，是否还有别人需要营救。有的话也许渔民们可以开船出去，不过我怀疑没有什么人了。”

皮娜的英语一直都停留在书本上，没有实际操练过，这时她猛地坐了下来，困惑地盯着那个人，一只手扭着辫子，最后一字一顿地说：“你叫什么名字？你是谁？还有别人跟你一起吗？”

康瑟塔皱皱鼻子。“这不是英语。”

但是那人听着皮娜的声音转过头去，开始低声说话了。

“罗伯特。卡莱，罗伯特，卡莱，伞兵。没有其他人。”

“他说什么？”阿梅德奥问。

士兵终于松开了玛莉亚·格拉琪亚的手腕。他的眼睛睁开了。

这是她曾经见过的最清冷的眼睛，蓝得像她在哥哥们的地图册里看到的冰，那种清冷和陌生并没有任何令人不快的感觉，她却不由地有点儿退缩。“谢谢，”伞兵罗伯特说，“非常感谢。”然后立即又晕了过去。

在夜阑之家的厨房桌子上，阿梅德奥从那伞兵身上拣出了砾石和沙子，给他涂了碘酒。与此同时，皮娜数月以来第一次从昏昏欲睡的状态中醒了过来。她烧了水，拿来了干净的被单，打开了弗拉维奥房间里的百叶窗。半清醒状态下的罗伯特被安置在这个房间的床上，仍然呻吟着。阿梅德奥拿着比普的猎枪，在他脚下设置了岗哨。这年轻人把猎枪留了下来，以防残留的本地法西斯主义者造访。

但是当地的法西斯主义者正在镇议会里怒气冲冲地讨论他们的行动计划。因为如果战争真正结束了，那么收留一个胜利者就根本与政治无关了。与此同时，格苏伊娜、比普以及渔婆阿佳塔已经在小岛上掀起了一场流言风暴。每个人都在问：“他叫什么名字，他是谁？”

“我听说是叫沃伯特。”

“沃伯特。那是一个很古怪的异教徒的名字啊。”

“不是，不是，是罗波。”

“罗波卡尔，是从美国来的。”

“我听说是从英国来的，靠近白金汉宫和肯辛顿花园公园。”

“我听说他是个间谍。”

“根本不是，他是个清教徒。”

“我听说他有挺机关枪。还有另外二十个人在岛上闲逛，准备天一黑就来袭击我们。”

但是暮色来临时，根本没有什么英国人手持机枪从灌木丛中出来，出现在广场的边缘。相反，英国人和美国人乘着另外一批船，持着重机枪，远远地驶过了小岛，再次轰炸了西西里海岸。那艘打鱼的小船圣玛多娜号在轰炸中沉船了，停泊在小岛和内陆之间的海床上。出去搜寻营救更多伞兵的渔婆阿佳塔被经过西西里的船员们及时拖到了安全地带。康瑟塔高兴地不断跳舞，夺取来的奖章还挂在她的脖子上。交战部队在西西里的上空制造了无数焰火，光芒如此美丽灿烂，如同流星划过。康瑟塔看着这烟火尖叫不已。

七

远处的爆炸声惊醒了罗伯特。他在床上扭着醒了过来，伸出一只手去摸他的枪。暮色，一间凉快的房间，蒙了灰尘而显得有些暗淡的架子，上面放着各种奇怪的东西。所有这些东西放在一起，强烈地散发出一种属于他人生命的味道。不太熟悉的足球纪念品，各种玩具剑，每一个都放在一块棕色的毛毡上。一只快要散架的泰迪熊长着一只伸出的鼻子。一座纸做的埃特纳火山，山麓积满灰尘，厚得宛如积雪，木头做的战士在上面摩肩接踵。一面带着束棒标志的旗子——这个他认识。一张照片上一群黑皮肤的瘦男孩穿着短裤和白色背心，都挺着胸脯，在运动会上接受奖章。另外一张照片上还是这些男孩，却都穿着某个军事组织的制服：毡帽和灯笼裤。还有一个女人的照片，有着一根绳子一般粗的黑色发辫——他模模糊糊地认识她是他的一个救命恩人。因中暑而全身干燥，连舌头也因为干渴而打结了，罗伯特躺回到带着外国皂香味儿的床单上，思考着自己的处境。

他稀里糊涂地到了这里，在一栋黑暗的石头房子里，周围全是另外一个人童年时代的纪念品。模模糊糊地，他知道耳朵里听到的地狱一般战争的声音来自他现在应该在的地方。能记得的东西少得可怜，现在他的眼睛聚焦在离自己更近的一张墨索里尼的画像上，画像中那严肃的墨索里尼正在床头的墙上晃动。罗伯特努力想要找到自己的记忆来自何处。

首先，拉默山中的营地——他记得很清楚。就在他们登上滑翔机以前，中士走进了帐篷，带着很多罐装水，压抑着自己的兴奋，趾高气扬地走了进来。有一点水滴在了罗伯特的手背上，他只记得那水暖暖的，像血液一样。“他们说，我们的部队要调动——回家。”中士说。

罗伯特没想要冒犯他，但他本质上是个严谨的人，所以问道：“谁说的？你确定他们知道在说什么吗？”

中士却变得戒备起来，再也不肯多说一个字。

然而一种节日气氛开始在整个军营里蔓延。罗伯特现在关于拉默山的事只记得一点点。记得最清楚的就是光。那光能让你燃烧起来，使每个人不知不觉地就闭上眼睛，以至于他们整天走来走去时都皱着眉头。

是的，拉默山，他记得。

当美国拖船把他们向上拉起时，他在滑翔机里就已经能够感觉到气流有点儿颠簸起伏。他当时拿到了一份小册子，叫作《西西里士兵指南》。他漫不经心地随手翻开发暗的册页，读到：“西西里在夏天非常炎热，大部分居民是罗马天主教徒，沉迷于各种圣人纪念日。表面看道德观非常死板，都建立在天主教信仰和波旁时期的西班牙礼仪之上。他们的生活水平实际上都非常低，尤其是在农业地区。”当时光线太昏暗，已经无法读这本小册子，所以他把小册子妥善地放到军服的口袋里，无奈地接受了他们不是在回家的路上这一事实。

在冗长的滑翔机航程中，他不断地重复着自己发明的那种奇怪的思维模式，以便保持正常思考，比如，这将是他的第 79 次跳伞，而滑翔机里的人加起来总共至少跳了 1975 次，目前的空中速度为每小时 115 英里，目前高度为 3500 英尺。当然最后两项是估计的，但是现在凭着飞机的重量、体积，拖船把他们向天空拉起时绳索的反作用力，拖船放开他们时发出的啪啪的弹射声，他就能很准确地感觉出飞机飞行的速度和高度，这种感知的本能，在平稳的天气下平静地进行跳伞时，有时是一种宽慰，但有时也会是一种担忧，就像今天，自从他们起飞时，他就不禁感觉到有什么东西有点儿令人不安。

之后暴风雨就从侧面袭击了他们。他还记得当时他被震得膝盖撞到了下巴上。机上有些人因此大发雷霆，诅咒拖船的驾驶员，他们没有意识到这只是开始，真正的行动还在后面。但是他，罗伯特，在这一时刻已经非常确定地知道，他们在坠落。

很奇怪，因为他实际上并不记得坠落的过程，只记得他们触碰到水面时受到的拍打。然后就是在波涛中俯冲和翻滚的感觉，滑翔机的机身逐渐扭曲变形。有些人用折刀和刺刀劈砍，其他一些人则紧握木槌开始砸机舱顶棚。一个古怪的念头不知从哪儿冒出来，他突然想起美国佬管他们米黄色、笨拙的滑翔机叫作“飞行的棺材”。然后帆布顶上出现了一个洞，他胡乱踢蹬挣扎着，从洞中爬出，海水一下子涌入流过他的身体，他脑子里唯一的念头就是空气和光明。他在往上游时，飞机上的气闸碎片，从机翼上震落下来，在他的肩膀上割开了一个口子。

他一会儿笔直地像一把匕首一样扎入水中，海水像风声一般呜咽着；一会儿他又浮出水面，海面一片漆黑，波涛汹涌。他发现自己完全是孤身一人了。

其余的都只是一些短暂的记忆——他肯定一直在流血。他爬上一扇被扯落的滑翔机机翼，一个大浪又把他拍打得转了一个圈，拍得他喘不过气来。爆炸的炮弹把一波又一波的气浪送入他的耳朵。

他朝着远处的一艘像平底船一般在水面上漂浮着的登陆艇喊叫，喊他们过来载他。最终他游到那里并沿着活动梯爬上了艇，但发现艇上空无一人，只有一个大洞一点点地在把它拖下水，船尾还躺着一名中士的尸体。他把尸体推开让他漂走。后来太阳升起来了，他像梦游一般在平静的海水中一直游着，阳光像一只有力的手托着他的后脑勺。一块岩石在他前面冒出来，又奇迹般散裂开来，没入一座岛屿。然后他就听到一个孩子的声音。他记得自己匍匐爬上一道滚烫的沙滩斜坡。在阳光下，他平躺在沙滩上，一只螃蟹在沙滩上忙来忙去，钳子上都沾上了他的血。他记得自己正在慢慢死去，几乎也接受了这个事实。就在那时，他们来到他身边，带着一副用床单凑合做成的担架。

现在他在这里了，浑身缠满绷带，发着高烧，在一个异国人的儿子的房间里。

他又一次想要移动身体，却感觉到肩膀一阵剧痛。疼痛像一张网，让他身体的整个右侧都动弹不得。他想要用自己的左手和牙齿把绷带解开，查看一下自己受伤的程度。但是很快，他全身颤抖着，放弃了这一企图。他沿着床，拖着自己的躯体一点点移动，拉开了窗帘。窗帘的褶皱中抖落出细如灰尘的沙子。

从百叶窗的窗缝中，他看到一幅令人炫目的天堂的场景——一座橄榄树果园、大片的棕榈树，还有蓝色的海岸线。没有一点点他本来应该去参加的战斗的痕迹。他后来会知道，这间房间背对西西里，他其实是在望着他来时的方向，望着北非。现在是他被救的那天傍晚，这更增加了这个地方的奇妙。他本来应该在其他任何地方，在南海，在太平洋，在各种男孩子设想的冒险场景之中。

但是他们说某种意大利语，他模模糊糊地记得这一点。那个长着令人害怕的眉毛的男人，那个能说几个英文单词的女人，还有那个拉着他手的女孩，他们都用意大利语跟他说话。他用自己那只没受伤的左手，伸进军服中，想要摸出那本《西西里士兵指南》，但是发现书和战斗服都不见了。他穿着别人的睡衣，这件睡衣鼓鼓囊囊的，就像十九世纪鬼魂穿的那种恐怖的袍子。

一个人影穿过了门廊，他抬头看见一位姑娘走下楼梯。傍晚的寂静笼罩着他。第二个奇迹发生了。罗伯特不知道玛莉亚·格拉琪亚是那个戴着腿部支架的女孩儿，不知道她是那个没有人爱上的姑娘，也不知道其他任何事情，他只知道她很漂亮，并且曾经拉过他的手。罗伯特通常是个严谨的人，但是，就在此时，高烧引起的胡思乱想和一针大剂量吗啡，使得他情不自禁地哭了起来，眼里涌出了感激的泪水，当然，那时他并不知道自己被注射了一针吗啡。罗伯特看着玛莉亚·格拉琪亚走下楼梯转角，不可能的事情发生了，他一下子坠入了爱河。

一阵脚步声传来。在他热切的凝视中，走进来的不是那个漂亮姑娘，而是那个长着吓人眉毛的医生。他走进房间，在床头柜上放了一杯水，然后看着楼梯，操着蹩脚的英语说道："玛莉亚·格拉琪亚，我女儿。"

"女儿？是的是的。"罗伯特拼命点头，表示他听懂了，明白了。"我妻子能说一点儿英语，我不行。"医生把一杯冷水放进罗伯特的手里，把他的手指紧紧地按在杯子上，说道："喝，喝。"罗伯特喝了水，当医生松开手后，他说："我有一本英语小册子，《西西里士兵指南》，里面有些意大利单词。"医生的眉毛努力地抖动着，终于他摇了摇头，不，他不明白。

"书？一本小书？"罗伯特再次尝试着解释，用他那只没受伤的手，比画着打开与合上书的动作。然后他回想起在学校学过的几个拉丁语单词，用拉丁语说道："书，书。"

"哦，一本书，是的。"医生离开房间，一会儿回来时拿着一摞书。"喏，英国作家。莎士比亚。查尔斯·狄更斯。你要学意大利语，对吗？”

再找他要小册子没有什么用了。罗伯特于是任由医生在自己腿上放下来这些书，凑近看看：《双城记》《大卫·科波菲尔》《莎士比亚全集》，都是意大利语版本。“妻子，”医生显然很骄傲，说，“老师。”

“老师？”罗伯特问，医生点点头。“我知道这些书，”罗伯特发现自己已经泫然欲泣，有些害羞，“啊，我可以读这些意大利语版本，然后跟那些该死的英文单词对应起来。”

就算不理解罗伯特的意思，也感受到了他的热情，医生也急切地点头：“是的，是的，英语。”

罗伯特信心倍增，用手指指身处其中的房间，试着问出了自清醒以来就困扰自己的问题，“弗里乌斯，”他猜测着说出了那个名字，“儿子？他在哪里？”

但是医生的眉毛就此耷拉下去了。“死了，”他说着伸出了三个手指，“所有——全部——三个——儿子。死了，死了，死了。失踪。战争。可能死了。三个儿子都这样。”

怀里抱着熟悉的书籍，罗伯特满心羞耻地发现自己抽泣起来了。不可抑止的呜咽使他身体抖动，呼吸困难。他似乎停不下来。他哭泣的声音很大，把那个女人和姑娘也引了过来。这个家庭的成员并未因他的哭泣而心烦意乱，那个女人只是抓着他的肩膀，关切地轻声说着什么，他们的女儿则跑出去帮他拿来了水。他感激地一饮而尽。“我想说：你一定不要觉得羞耻。我们都失去了亲人。我们都知道失去的滋味。”

那个女人有点儿颤抖，她想要表达自己想法的急切心情最终使她说了出来：“我说过了。可能我英语不那么好，但是我感觉我必须说。”她把书挪开放在了床头柜上，“现在你请睡觉。等你好一点儿，你开始读这些书，学意大利语。不要担心。我丈夫会拿着枪保护你，以防这里的法西斯们进来，不过我想他们不会再来了。”

事实上，卡斯特拉梅尔的居民们在随后的日子已经很清楚，本地的法西斯们会很快陨落。伯爵和阿尔坎杰罗已经收起了他们的黑衬衫，拿下了巴里拉臂章。后来有传闻说，英国人将会收走他们的儿子们的奖章、部队的纪念照片以及写给妻子和母亲们的通知那些战士们英勇牺牲的信件。虽然未经证实，但所有人还是蹑手蹑脚地走进院子和田野里，跪下来把这些纪念品都埋进了土里。甚至阿梅德奥也在一天晚上拿了弗拉维奥的奖章，用一块皮子包了起来，把它藏在了院子里的大棕榈树下。

月光之下，棕榈树的叶子显得苍白而不真实。正在睡觉的猫咪米塞图的皮毛也变得一片银白。当阿梅德奥转身走进房子，拂拭掉自己手指上的泥土时，他发现他的伤悲已经不像过去那样强烈，就像发烧也会出现一个转折点，这伤痛已经减轻，他能够承受。

皮娜开始零零碎碎地向他们转述这个外国人的过去。她说他是个英国人，不是个美国人。在阿梅德奥眼里，这足以解释每当玛莉亚·格拉琪亚在场时他的那份慌乱不安，语无伦次。他二十五岁，如果图里奥活着会比图里奥大两岁。虽然皮娜不得不查字典，甚至查过字典之后也不太确定。她还是告诉他们，当罗伯特谈到自己时，他用了一个英文词汇：弃儿。“弃儿！”阿梅德奥开心地叫道，“哇，是吗？那他已经是埃斯波西托的成员了。”

皮娜眯着眼看着他说：“亲爱的，他不是你儿子。”

但是，他如何能不把这个孩子看作某种形式的补偿呢？他甚至开始大胆地、充满希望地期望当战争正式结束后至少会有一个儿子能回到家来。因为如果这个男孩儿被救了下来，那他的儿子也有可能被一些好心的英国人在国外的某个海滩上救下。

在此后的日子里，岛上的居民也开始把这个躺在医生家里的外国伤兵看作是一种护佑，而不是诅咒。如果这个士兵的英国同事们来了，或者美国人开着吉普举着旗子来了，他们看不到岛上人如何友好地对待、照顾他们的兄弟，如同自己家人一般吗？另外，难道这不是一个圣阿佳塔的奇迹吗？在大战结束时，一个溺水的人偏偏被海洋送到了他们这里。现在从清晨到夜里，镇上的寡妇们都会来到夜阑之家的门口，带着一盘盘烤茄子和自己家做的酒给这个外国人。渔民们每晚在回到山上的途中也会送来刚刚捉到的新鲜沙丁鱼。甚至有几个女孩子在情人不在家时也涂着口红出现在门口，大战以来就没有看到她们涂过口红。她们过来问玛莉亚·格拉琪亚她们是否可以看一眼那个士兵。

玛莉亚·格拉琪亚把这些倾慕者都一批批打发走。虽然她心里不会承认，除了关心这个英国人伤势的恢复，她心里还有其他想法。“他不想要见到你。”站在柜台边上，她无法控制自己地冲她们喊，还加上一句声音低得让这些女孩子们听不到的话：“他现在已经脱离危险了。但是只要看一眼你那涂抹过的面孔，就足以让他再犯病了。”

格苏伊娜一直以为，可怜的、优秀的玛莉亚·格拉琪亚与她的同学相比得到的最少最差，这本身就是不公平的。此时她也从昏睡中醒过来，高兴地发出一声喊叫。

不过，事实上，英国士兵并没有脱离危险。坐在这年轻人的床边，阿梅德奥感觉自己再次经历了同样的挣扎，当年他三个小的孩子出生时他就是如此。这个男孩子的体温升高又降下来，而且他还总是口渴得要命。他的肩膀不断地流血，不肯愈合。“用圣阿佳塔塑像保佑过的圣水给他洗洗伤口吧！”格苏伊娜建议，“这会灵的，这可以的。”

“我所需要的只是更多的磺胺片剂。”阿梅德奥说。

格苏伊娜听到这亵渎神灵的话噘起了嘴，拖拉着两只脚走了，回来的时候带了一个圣阿佳塔的圆形饰物挂在了英国人的脖子上，另外还有一块玛多娜形状的幸运石以及去年节日剩下的一瓶圣水。

令格苏伊娜十分满意的是，士兵的伤口居然开始愈合了。一点一点地，这个年轻士兵似乎慢慢战胜了感染，直到一天清晨，阿梅德奥拆开英国人肩膀上的绷带，满意地点点头，因为他发现伤口凉爽干燥。“会有点儿痒，”他一边用绷带缠了伤口一边告诉英国人说，“不要碰它。”他习惯于不断地和病人讲话，不管这个孩子听得懂听不懂。但凭着听懂的一点，罗伯特知道这是个好消息，他说：“谢谢，谢谢。”

“你该起床出去走走了，”医生说，“在阳台上坐坐对你有好处，或者到酒吧里去，呼吸一点儿海边的空气。”

英国人点点头说：“大海，大海。”他只听懂了那一个单词：大海。

岛上的很多人曾经看着外国人卧室里紧闭的百叶窗，满心狐疑。但是现在，他终于出现在了镇上，他们惊奇地发现他们很喜欢他。不懂意大利语使他显得特别专注，特别恭敬。即使对于最出格的观点，他也总是亲切地点头，只是低声说：“是，是，是。”在酒吧里，他脚前脚后地跟着玛莉亚·格拉琪亚。他还有个习惯：很殷勤地为客人们拉开椅子，或者为那些年长的牌手们取回丢失的纸牌，回来时总是满脸通红，慌乱不安，就像他们想象中的英国人一样。他还在试着学习意大利语，这为人们提供了更多的日常笑料。他把“年”和“肛门”这两个单词混淆在一起的那一天成了岛上最广为流传的一天。（多年以后，瑞祖还总是会笑得流出眼泪来：“我永远也不会忘记那个年轻人问格苏伊娜太太有几个肛门，看看她那张脸，哈哈哈。”）

此外，连米塞图和那疯丫头康瑟塔也喜欢罗伯特。正如格苏伊娜带着忌妒说的那句话：“如果那个野蛮的畜生和那个疯丫头都会爱上他，那么任何人都一样。”

罗伯特发现，在这陌生的太阳下他与格拉琪亚交流时所说的话超不过两个单词。但他对她的爱像发烧一般，毫无节制，时时发作。如果他知道她经过了楼梯，他就会冲出去站在她曾经呼吸过的空气中，捕捉她香水的味道，那味道很干爽，有一点儿像橙子。如果她在酒吧的柜台上摸过什么东西，他也会偷偷摸摸地把它拿起来，只是碰一下这东西他就会感到很快乐。

罗伯特真的相信没有人注意到他的这种仰慕。他无法隐藏他的激情，他甚至开始跟她提起这件事情。她总会来到他的房间，带着一壶水，或者一本书。当她弯腰放下东西时，他会用非常平常的口气说话，仿佛仅仅是通常的感谢："让我跟你亲热一会儿，就在这里，就一次，在你爸爸午觉醒来之前。"或者关门以后她擦拭酒吧的各个角落时，他会开始跟她谈论广播以及天气，而且最后总是会告诉她，她是他见过的最漂亮的女人，甚至她身处其中的空气都是神圣的。

玛莉亚·格拉琪亚就这样高兴地开始明白他爱上了她。因为她其实能够说很棒的英语，只是一开始太害羞，她没有承认这一点。

罗伯特注意到了她的脸红，怀疑可能是自己的语调中有什么东西泄露了感情。他下定决心，以后说话时要更加用就事论事的口气，但是他不能不说，因为他做不到这一点。他也无法停止爱慕她，这爱慕也是岛上的奇迹的一部分，是他在这里所呼吸的空气的一部分。

俯身趴在 BBC 电台前收听自己战友的消息，罗伯特得知登陆西西里行动获得了成功，意大利投降了，德国人被赶回了墨西拿。现在他的肩膀开始愈合了，他首先想到的是回到自己的部队。至少他身体的一部分，始终模模糊糊地被责任感所驱使。但更大的一部分，却想留在卡斯特拉梅尔。海浪和知了的叫声，让他身心宁静。他想大胆地向玛莉亚·格拉琪亚表示自己的爱，想留在这里，忘记曾经有过一场战争。

但是这种摇摆不定渐渐地成了他的痛苦。他必须现在离开，否则将永远不可能离开了，而留下本身也会带来困难。一天，在午睡时间，玛莉亚·格拉琪亚来到他的房间，他正在那里昏昏沉沉地睡觉，旁边的无线电收音机安静地接收着信号。她跪在他的床边，抓住了他的手，一连串意大利语倾泻而出。她的眉毛深情地微微蹙起，就像他父亲耸立的眉毛一样。他一句也不懂，他唯一能做到的就是控制自己不去把她拥入怀里，向她说出他在皮娜的字典里兴奋地搜寻到的第一句意大利语："我爱你。"

在她跟他说话的时候，他只是听着。她似乎在思考、抗议、回溯，最后在恳求。终于，她安静了，显然满意了，放下了他的手。

没有再多说一句话，她爬上楼梯进了自己房间。他听到她在上面走动。她的脚步声总是有一点轻微的不平稳。他听到她快速地用梳子梳头发，听到她的衣服轻轻地掉在了地板上。当她躺下时床微微叹息。那床很古老，就像这房子里所有的床一样。而且对玛莉亚·格拉琪亚来说这床也太短了。躺在那床上，她只能微微蜷曲起来。她可爱的眼睛慵懒地眯着。她黑色的辫子，像一根粗绳子一样搁在了枕头上。

有时，当她端着一盘糕点或者清扫酒吧的各个角落时，那辫子在肩膀上晃来晃去，他好渴望双手捧着它，亲吻那富有光泽的长头发。

如果他现在不离开，他怎么还可能再重新投入到他应该为之奋斗的那场战争当中呢？

几天之前，他已经准备好了一张用意大利语写的小纸条。他现在认识到那根本不足以回报他们的善意。他的舌头好笨拙沉重，像以前病中发烧时一样。他把纸条放在床头柜上，拿起了枪，趁他们还在睡觉时离开了。

在教堂外面，他碰到了伊格纳塞奥神父。神父探究地打量着那把枪，"罗伯特·卡莱，你要去哪里？"他最后问。但是罗伯特假装听不懂他的英语，向他点头微笑，沿着一条胡同逃走了。他选了康瑟塔的捷径，穿过灌木丛，穿过刺梨树林，一直走上大路，这样可以不被人发现。他用一只手扶着肩膀小跑着，穿过了玛祖家的农场，因为肩膀还不像他想象的这么强壮。现在跑到外面，酷热使它更痛了。他几乎后悔他当时该允许神父把他拦下来了。玛祖家的狗叫了起来，它们拼命在锁链许可的范围内跳跃吠叫，但是百叶窗后没人被惊醒。

几乎要到码头时，他听到了远处快速的脚步声。这正是他所害怕的，因为这样他将不得不解释自己的行为。他看着她走近，猫咪米塞图在她身后飞奔，康瑟塔在灌木丛中跋涉，还喊着："等等，玛莉亚·格拉琪亚，等等！"玛莉亚·格拉琪亚停在了他面前。此时，从她嘴里吐出了一连串的英语："你走了。你为什么现在要走，罗伯特？我们都想要你留下来。是天意把你带到了这里，每个人都这么想。这是圣阿佳塔的意思。你为什么要离开，要去参加另外一场战斗，然后被杀死？"她呜咽一声："我想着你会上楼到我的房间来，我要你来。而你却转身离开了。是我做了什么，说了什么吗，罗伯特？你让我的妈妈和爸爸非常伤心，你让我们所有人都很伤心。"

罗伯特有点尴尬，笨拙地说："你在说英语。"

"是啊，是啊，我一直都会说英语，只是从前我太害羞。今天我用意大利语说要你上楼到我房间里来，而你却走了，离开了我们。"

"既然你会说英语，为什么不用英语跟我说呢？"

玛莉亚·格拉琪亚拧着眉毛说："你为什么不用意大利语告诉我你爱我，既然你会说？我看见你在桌子上一次又一次翻开那一页。"

"好吧，我现在告诉你，"罗伯特说，口气比自己想得还生硬，"我喜欢你，我爱你！但是我不得不走。"

"你的肩膀还没有愈合。你不能用这肩膀跟任何人打仗，罗伯特，你会死的！"

"它已经好了，足够支撑我走回去找到我的部队。"

玛莉亚·格拉琪亚抽泣着，重复着："你会死的，大家都这么觉得。我向上帝和圣阿佳塔请求伤口重新开裂——任何事情都可以发生，只要能阻止你回到那场战争中。”

“我要走了，”他说，“我要走了，我会回来的。我说过我爱你了吗？”

玛莉亚·格拉琪亚跟在他身后走在那尘土飞扬的路上，一路抽泣着。

到了码头，他发现了一件令他诧异的事：没有一个渔民——比普、尼西力诺，甚至驾着借来的船的渔婆阿佳塔愿意送他到西西里。他们都断然拒绝了他，守着自己的船桨，摇着头。渔婆阿佳塔凶巴巴地对他说了一大堆方言，他只好退回来问玛莉亚·格拉琪亚：“她为什么生气？”问这话时几乎眼泪汪汪，不明白他的救命恩人之一的阿佳塔现在为何如此。玛莉亚·格拉琪亚说：“她不生气，但是她也不愿意渡你过去。”

“她说什么？”

“她说战争已经结束了，你不能离开。她说你是我们的鸿运，你带来了好运气。她说从你来到这里，她就只捕捞到很好的沙丁鱼和很大的吞拿鱼——当然，这只是她的迷信。”

但是渔婆阿佳塔还在那里说个没完。“她现在在说什么？”

“她说……她说这个小岛已经失去了很多好男人。”

被这一切弄得有点儿发疯的罗伯特决定了，除了游泳去西西里别无他法。他把步枪举到头顶，跑了起来，从码头跳进了大海。玛莉亚·格拉琪亚、渔民们、康瑟塔和那只猫站成一行看着他，都惊呆了，一语不发。他游到了那片岩石处，由于肩膀上的疼痛哼哼着。到了这里，他不得不把枪拿低一些。

模模糊糊地，他听到身后有喊声。回头时看到很大一群人在码头的尽头聚集，里面有医生阿梅德奥，有皮娜，有神父伊格纳塞奥，瑞祖的孙女用手搀着格苏伊娜，还有老年纸牌玩家们，甚至还有杂货商阿尔坎杰罗，他跟自己几乎没有说过几句话，一个月前还是个法西斯主义者。隔着水面，阿尔坎杰罗犹犹豫豫地喊，附着皮娜的耳朵请她翻译：“镇上的人们宣布，如果你不出于自己的意愿留下来，伯爵和我将不得不将你作为战俘，像他们说的一样。你现在就回来，好吗，卡莱先生？”

罗伯特涉着水，在浪花和含着盐分的空气里喘着气，由于用力有点儿眩晕，受伤的肩膀上疼痛加剧了。他举起了手，一种黏糊糊的东西弄脏了手指。伤口已经裂开了，开始流血。直到比普、尼西力诺和阿佳塔划过水面，抱着他安然上岸，那伤口仍然在流血。

第三部分　死亡之城

1944—1953

从前有个老妇人，她突然想到要诅咒国王的女儿。她宣告:“你将永远不能结婚，直到你找到亡者，并且守护他一年三个月零一周再加一天。”女孩长大了，诅咒却仍然继续。虽然她有很多追求者，也非常美丽，但是从来没有遇到一个足以成为她丈夫的人。最后公主说:“父亲，这样不行。很显然，如果找不到那个我被诅咒必须要嫁的人，我就不能结婚。因为其他人都不行，所以我想出去，到外面去寻找亡者。”他的父亲——国王不禁落泪，但是无法劝阻这个女孩。于是，第二天她为自己的马备好了马鞍，打点好了行李，出门去寻找亡者。

经过很多年的旅行，她来到了一座白色的宫殿前。门开着，灯亮着，壁炉里点着火。女孩走了进去，从一个房间走到另外一个房间，直到最后她发现一个亡者躺在楼上一个房间的壁炉前面。公主说:“这就是我的新郎，我必须守护他，一年三个月零一周再加一天，直到他醒来。”就这样说着，公主躺倒在壁炉前的瓷砖上，等待亡者苏醒。

这是一个威尼斯故事，《十日谈》中讲过，卡尔维诺先生的故事集中也讲过。这故事不知怎么在“二战”期间流传到了卡斯特拉梅尔岛上，我相信它一定来自一个北方的犯人，一九四二年瑞祖先生讲述给我时，它首次被记录了下来。

一

当玛莉亚·格拉琪亚和罗伯特成为恋人时，战争也终于走到了尽头。第二年春天，在西西里已经被占领了八个月之后，渔民们又开始试探着到更远的海域去捕鱼，这时一艘陌生的小艇出现在地平线上。康瑟塔和玛莉亚·格拉琪亚跑到房顶上，透过弗拉维奥的双筒望远镜瞭望大海，看到了那艘小艇，划船的是渔民，船上有两个带着钢盔的美国士兵。

其实美国人这么晚才光顾卡斯特拉梅尔完全是出于疏忽，他们本该几个月前就占领这个小岛，只是锡拉库萨一片乱局，西西里人完全忘记了向占领者报告在他们地平线上能看到的这个小岛上有人居住。过了很长时间之后，一位上校在用放大镜弯腰研究他的航拍照片时，在西西里西南方向发现了一个模糊的点，将图片放大，他看到了灰色和红色的板块，前者可能是码头，后者则可能代表房屋。他即刻从办公室窗户探身出来找人询问，被问到的锡拉库萨人说是的，是的，卡斯特拉梅尔有人居住，那里还有一个监狱呢，里面关着好多从北方来的聪明人，还有四五个卫兵。

第二天清晨，上校便派了一艘小艇过来调查。

前来小岛的美国人——一个中士和一个中尉给了“上帝慈悲”号船主一美元的摆渡费。冒着春日的酷热，他们四点之后不久就上了岸，船主把船停泊在空无一人的码头，给他们指明了橄榄树林和仙人掌中直达小岛顶峰的路径。然后他自己坐在了船舱里，在横座板上摆出了一把单人纸牌，显然是打算留在船上。

“这时候爬上去真他妈要热死人！”中士说。

中尉说：“我们得找个人开车上去。”

船主瘪瘪嘴。“没有汽车，”他带着城里人对乡村的那种轻视口气说，“这里没有冰箱，没有电视，没有无线电。什么也没有。你明白吗，美国先生？”

步履维艰地爬着山，美国先生明白了。田野中葡萄的藤须刚刚长出，这让中士想起了家乡，想起了加利福尼亚的田野。远处靠近大海的地方，一队苦力动作整齐划一地移动着，即使站在如此高的地方那锄头敲击干燥土地的声音也清晰可闻。在他们旁边，尘土弥漫的小道上，出乎意料地出现了一辆汽车的影子。“我们是不是应该下去问问那些人？”中士问道。

“我们还是先去镇上吧。”中尉回答，他已经不能忍受在这样的酷热下再次爬上来了。

然而，在经过那道斑驳的拱门之前，他们都没有发现有人类生命在小镇上存在的迹象。那拱门已经成为了各种政治宣传口号的招贴板，从前的“领袖万岁”和“墨索里尼万岁”都消失殆尽了，取而代之的是曾经为解放意大利做出贡献的英雄们的名字：“巴多利奥万岁！加里波第万岁！国王万岁！”

中尉点头赞叹说：“这里没有法西斯。”

中士回答说：“至少不再有了。”

锡拉库萨的船主还说错了一件事：岛上有无线收音机。经过一番搜寻，他们在酒吧外面找到了。在这里，他们发现形形色色各种人聚集在一起：寡妇，老年牌迷，两三个渔民，一个英国士兵，他们聚集在一起喝咖啡，讨论BBC的新闻报道。

“你们队伍里的其他人呢？”中尉问英国士兵说，“我们没听说过这小岛已经被英国军队占领了啊！”

罗伯特放下咖啡站起身说："没有。只有我一个，我是七月九号夜里被海浪冲到岸上的。当时拖船把我们抛进了大海，我就和我的队伍失散了，从此再没有见过他们。"

中士曾经听自己姐夫、一个拖船引航员说起过那次登陆：狂风骤雨如何蹂躏拖船，使得他们不得不早早丢掉了滑翔机；英国伞兵如何被吹得七零八落，有的被吹散到群山之中，有的被吹进了汹涌的大海里，还有的被丢在了敌方战线之后一百英里外的葡萄园里。随后的日子里，那些还有战斗力的就地继续战斗，那些抱着船只残骸漂浮的被从海上捞了起来运回了突尼斯。有些英国兵对美国北方佬引航员恨得牙痒痒，因此不得不被关进集中营。"那次真是他妈的一团糟，"中士喃喃地说，"我们都听说了。"

这时，英国士兵说出了自己的队伍番号："第一空降师第三营第六近卫伞兵排。你知道其他人是否从飞机里跳出来了吗？这是我一直在想的问题，夜里做梦都在想。有没有人出来呢？"

"我们六个月前刚刚到西西里，"中尉说，"因此我对此一无所知。"他的目光从牌桌上的英国士兵移到了桌上的几个老人身上，其中那位鳏夫正在角落里嘟囔什么，另外两个渔民已经把报纸放到了一边，善意而饶有兴致地打量着两位军人。他最后说明了来意："我想岛上有座监狱。"

皮娜被叫了过来。她领着两个军人沿着主街走到了曾经安置犯人的那一片断壁残垣之前。在外国人面前皮娜还是太害羞不肯说英语，于是她用很正式的意大利语向他们解释说监狱现在已经没有了。"她说这就是当初关押犯人的地方，"罗伯特翻译说，"除了这个并没有什么正儿八经的监狱。然后她还说，战争打起来之后，法西斯卫兵都离开了。就在我上岛的同时。"

"那么犯人们呢？"

"还有一个大学教师。一两个社会主义代表。其他的都走了。"

甚至连马里奥·瓦佐也走了——回到大陆去寻找自己的妻子和孩子了。

“当地政府呢？有没有什么我们需要接洽的政府官员？比如，镇长？”

罗伯特摇摇头。

到这个时候，岛上大部分人都听到了美国军人上岛的风声。他们在两位美国解放者身边挤挤挨挨，拍着他们的肩膀。有些人还欢呼着“美国万岁！”蠢蠢欲动的康瑟塔挣脱了玛莉亚·格拉琪亚，跑到人群最前面窥探这两个外国人。中尉本来指望以更威风的方式接收这座小岛的，现在只能悻悻地说：“什么都他妈的这么奇怪，明明有人说有个监狱，还有四五个卫兵。”

“是的是的，”罗伯特回答，“她说以前有的，现在没了。”

“把美国人带回酒吧喝杯咖啡吧，”瑞祖说，“给他们弄点儿吃的喝的。”

美国军人被当作尊贵的客人引领着穿过一条条街道走了回去，这使得中尉心中得到了稍许安慰。在夜阑之家，他们拒绝了玛莉亚·格拉琪亚的战争咖啡，但是答应在吊扇下面坐下来。就在那里，他们要求立刻把岛上的最高行政官找来。

瑞祖生平第一次骄傲地坐在车前面，将伯爵从田野中带了过来。伯爵生硬地对着解放者鞠了个躬，中尉问他：“你听得懂英语吗？”

伯爵从来就无心学术，不得不摇头否认，于是罗伯特和皮娜被叫来充当翻译。伯爵满脸通红地看着自己的膝盖时，美国军人宣布小岛被美军占领，伯爵被解除镇长职务。伯爵听后身体缓缓前倾，心中的狂怒似乎即将喷薄而出，但他旋即平息了自己的怒火，与美国军人握手表示对这一消息的首肯。

此后，美国军人才转而考虑该怎么处理罗伯特的事情。“我们把你带回锡拉库萨，”中尉说，“在那儿好好给你吃一顿，然后送你回自己的部队。”

“我走不了，”罗伯特说，“我已经尝试过离开，想回到我的部队，但是不行。肩膀上的伤一离开小岛就开始流血。”

“是的，是的，”岛上一个村民，一个只能看到眼睛里的白膜的瞎眼老太太跟着他的话说，“Un miracolo di Sant’Agata.”

“她说什么？”

“她说那是圣阿佳塔显灵。”

“好啦，”中尉说，“够了，我们要带你离开这里，找一个真正的医院，如果你真的受了伤的话。如果你愿意的话，我们就把你转移到锡拉库萨或者送回英国的家。”但是罗伯特摇摇头。岛上的居民们把阿梅德奥推到前面，叫他从医学方面对此加以证实。他赞同说是啊，是啊，罗伯特肩上的伤真的没有别的办法，只能静等它自己愈合，因此他需要休息一段时间，在这么敏感的时候把病人从岛上移出去实在是不明智的。中尉说：“让我看看你的肩膀。”罗伯特解开衬衫露出了伤疤，那疤痕现在已经变成了银灰色。中尉说：“这伤口已经痊愈得相当好了。没有什么问题。”玛莉亚用手指绕着自己黑色的发辫走到前面，用清楚的英语说：“但是他一旦离开小岛就不会好，一离开岛伤口就会又一次流血。”岛民们喃喃表示同意。中尉想起他们登陆墨西拿之前西西里的那个乡野向导所说的，这里很多居民都信仰罗马天主教，他们沉溺于各种圣人的节日。对这岛上的人而言，这个英国人似乎有某种影响力。他附耳对中士说：“战争肯定把他搞得有点儿不正常了。”

但是中士显然着了魔，对中尉的话不太同意。“我不太确定，”他说，“从我开飞机的姐夫哈维那里，我听说过这场战争中发生的其他奇迹。”

“好啦。”中尉又一次劝说，这次只是对罗伯特一个人说，“难道你不想跟着我们回到西西里，吃顿好吃的，看看医生，然后弄明白你的伙伴们后来怎么样了吗？”

但是罗伯特还是摇头，他不能跟他们回到大陆，把自己交给军队医院去接受治疗。“我不能离开，”他说，“这是唯一一个能让我的肩膀愈合的地方，这是唯一一个能治疗我的医生。”

这时，第一次，中士被打动得开口说话了：“他的肩膀反正是有问题，照我看来，他留在这里跟被我们带走没有什么区别。”

“逃兵就是逃兵，”中尉说，“我们不能就这样把他留在这里。”

中尉原本预料会遭到这个英国人更多的抵抗，但罗伯特最终还是跟他们走了。他没有预料到的是，岛上的人跟着他们排成了长长的队伍，这队伍跟着他们走完尘土飞扬的马路，一直到渡口，一路悲叹着，用方言抗议着，有些甚至公然抽泣着，紧抓着这个英国人的手不放。中尉流着汗，抓着苍白而阴郁的罗伯特的胳膊肘一路走着，内心希望自己从来没有被派到这个岛上。使事情更糟糕的是，他的中士，那个在加利福尼亚一个小窝棚里长大的年轻人，显然也偏向这个英国人。

在码头上，岛民们静默地等待美国人把罗伯特带走。中尉感觉自己应该做个宣告之类的，于是他爬上“上帝慈悲”号的横板，对前来的岛民说：“我们会好好照顾你们的朋友，我们保证他会得到很好的待遇。”

岛民们继续在静默中注视着，罗伯特和玛莉亚·格拉琪亚相互给了对方一个短暂的拥抱。然后渔民就带着船上的美国人和英国人解开缆绳出发了。留下了悲伤的人群在码头上继续停留了很长时间，目送着那叶小舟逝去。

“鬼地方。”中尉说。

“要我说，坏兆头。”中士说。

当摆渡的渔船航行于卡斯特拉梅尔和锡拉库萨之间波澜起伏的水域中时，船上的英国人发出一声低低的呢喃，暗红的血液如花一般在他的肩膀上绽放开来。中尉摸出自己的应急包，从塑料包装里拿出了一块卡莱尔包扎膏说："来，包在肩膀上，上岸以后我们一定给你治疗。"

与此同时，中士的脑海中莫名闪现一段从前的记忆：当他还是个十四五岁的男孩，在索莱达附近的大农场收获庄稼时，他如何眼睁睁看着一个人从马车上摔下去，掉到一个干草叉上，那个人如何开始流血直到身上的血全部流尽。

因此，当他们把那个伤兵送进英国野战医院，与他再无瓜葛之后，他非常高兴。

在卡塔尼亚的六十六中央医院，罗伯特的血依然没有止住，但还是被疏散带到了突尼斯，然后又被送上了一艘开往南安普敦的医疗船。整个航程中，他的行动范围被限制在自己的铺位上，每天只能喝到一点点牛肉茶。他的伤口有时候也会愈合，但每隔几天又会重新开始流血。罗布特的体温也时高时低，还被持续不断的头痛困扰。这种感染没有任何白淀汞或者磺胺片剂能够治愈，它似乎越来越严重，在罗伯特身上牢牢扎下了根。

他所属的部队——残部——在更北边训练，但罗伯特在那里也派不上用场了。当他第六近卫伞兵排的同伴们在阿墨姆上空从天而降时，他却躺在蒙着灰色布帘的床上，病情时而好转，时而恶化，梦着玛莉亚·格拉琪亚。他梦着炎热的午后，当整个小镇都在百叶窗后面打盹时她的那些拥抱，那时他们俩不得不屏住呼吸以免破坏岛上的沉寂；梦着她浓密的黑色发辫；梦着在那间窗口长着棕榈，还能看到蓝色海岸线的房间里在她身边醒来时内心的安宁祥和。所有这些是实实在在发生过还是他的想象，他现在已经无法确定了。整个世界似乎都沉陷了，其中大量的时间更是被吞没无踪，日子却一天天被无限制地拉长了。但是他抱定一个信仰：他曾经是她的恋人，他还爱她。

听着无线电的声音，他知道战争即将在混乱中结束。他听到两颗巨大的炸弹被投放在了日本，整个城市被夷为平地，可怕至极。然后是投降，希特勒死了，墨索里尼死了。他知道，不久之后，战士们就会乘着轮船，乘着火车返乡，所有敌意都会被放下，他们从已知世界的四面八方潮水般退出，如迁徙的鸟儿踏上归程。

玛莉亚·格拉琪亚收到了一张明信片，上面有英国红砖医院的照片，照片摄于一九四五年的秋天。明信片上只是简单地写了“致玛莉亚·格拉琪亚·埃斯波西托，夜阑之家，卡斯特拉梅尔岛”。这张明信片被辗转寄到了她的手中，上面写着“我想念你”。通过这张明信片，她终于得知罗伯特从战争中幸存了下来。

二

天还没亮，康瑟塔就吵醒了她。“玛莉亚，快下楼来。”她叫喊着，声音在院子里回荡。玛莉亚·格拉琪亚从奇怪的梦境中浮出，梦中有黑色的岩洞、跌落的场景。她摸到窗栓打开窗伸出头应道：“康瑟塔。”

一阵细雨刚刚飘过，天空中繁星密布。“玛莉亚·格拉琪亚，快醒醒，现在刚下过雨，小蜗牛都出来了。如果我们现在去，能捉到最好的。”

玛莉亚·格拉琪亚在黑暗中穿好衣服下了楼，经过挂着哥哥们照片的阴暗处来到院子里，空中还飘着细细的雨丝。雨似乎浸润了整个夜晚。玛莉亚·格拉琪亚拎了两只铁桶，桶的内壁仍然沾满了黏液，这是她们上次出去捉蜗牛时留下的。她知道其他人也应该已经出来了，比如，玛祖家，他们家今年夏天收成很差，还有伯爵家的农户，今年活儿少，也会出来。“我们去破房子那里吧，没有人去那里。小蜗牛藏在墙壁的缝中，都黏成了团，我看见过它们。快点儿吧，玛莉亚·格拉琪亚。”

康瑟塔从来不知疲倦，也永远不会情绪低落。她在玛莉亚·格拉琪亚的身边跑着、跳着，一路穿行在潮湿的黑暗之中。广场上，农民工们已经聚集成群并骚动着。有些人站在那里等着伯爵派来的人雇用他们做短工，还有一些人另外聚成一堆，看起来鬼鬼祟祟的，手中拿着红色的旗子。康瑟塔问：“他们在干什么？”

“抗议，”玛莉亚·格拉琪亚说，“走吧，别理他们。”

当比普去拜访过他在帕拉莫的表亲之后，农户和伯爵之间的麻烦就开始了。他回来时很兴奋，第二天晚上到酒吧时是跑着上台阶的，胳膊下面夹着一份帕拉莫的报纸，胸中则充满义愤。“有新法律出台了，”他向围着牌桌的农户和渔民宣布说，“我刚刚听说，我表亲告诉我的。土地改革，已经实行了一年或者更长时间了，却没有人告诉我们。但是新法律对我们也是适用的，就像对意大利其他人一样。我们从现在起应该拿到属于自己的一份庄稼和橄榄，而不是以前伯爵给我们的可怜的四分之一。而你们这些既不是佃户也不是佃农的也不应该每天清晨站在广场上等活儿干，相反，你们应该得到一份正儿八经的合同。还有，任何没有被开垦的土地都是我们可以拥有占用的！甚至伯爵那些没用的土地也是我们的！”

农民们心怀不满地聚集在比普的报纸周围，似乎不愿意上当。但是内地的报纸确认了比普说的话——而且，比普还说，如果伯爵不遵守新的法律，内地的宪兵就会过来让他遵守，因为新上任的农业部长是个共产主义者，他这样说的。

“是的，”玛莉亚·格拉琪亚从柜台后面应声，“这儿所有的报纸里面也都这么说，只是大家在酒吧里只读《运动报》。”

“有件重要事情，”比普说，“在占用土地之前，我们得成立一个合作社。”

“一个什么？”佃户玛祖说，口气中带着怀疑，“我可不跟你们任何人合作。”

“我们得有个组织，”比普说，“这就是我的意思。我们得一起出去占土地。这样政府才会听我们的。而且，”比普从他夹克衫下面啪地抖出一块红布，“我们去的时候要带着旗子，用根杆子把它插在土里。想想看，有那么多没有被开垦的土地——伯爵打猎的土地，南边那块从来没有人碰过的石头地。这些过去都是公用的土地。”他接着说，一两个年长的农民也记得这种状况，义愤起来。

一点儿一点儿地，比普在岛上到处宣传，他的说法多多少少为人们接受了。此前一年，岛上没有一家收成是好的，一半人家都欠了伯爵和他手下的债。到伯爵携妻出发去他们帕拉莫的产业避暑的那天，比普终于成功地使其他农民都达成了一致行动的共识。下一个周一的上午，这些男人们——由他们头顶大锅子的妻子们陪着，后面还跟着一群兴奋的孩子——突然行动起来去袭击伯爵那些荒废着的土地了。小岛南端那些石头地原本只有野山羊游荡，到处是蜥蜴的巢穴，现在被用绷紧的渔线分成了条状，种上了秋天的麦种。

午饭时分，伯爵手下手持猎枪，骑着驴子来了。他们命令道：“你们不许动这块地！”

农民们离开了，但是麦子长芽时他们又回来了，还不听号令地间了苗。

没有人知道暑热散去之后伯爵回来会发生什么，但是农民们又出发去夺占他其他的荒地了：这次是猎场。康瑟塔受比普有意压低了的手风琴声音的吸引，跟他们走了几步，直到各自殊途。康瑟塔和玛莉亚·格拉琪亚要走的路延伸到光秃秃的山麓，农民们要走的道路则是那弯弯曲曲的大路，黑暗中他们的雪茄不断地明明灭灭。他们身后的音乐也渐渐远去，只剩黑暗和雨滴。玛莉亚·格拉琪亚和康瑟塔拨开湿润的草和丛生的蓟，到达了曾经关押犯人的那些破败的房屋前。玛莉亚·格拉琪亚驾轻就熟地在砾石之中跪下来，发现小蜗牛伸出了它们的头，到处都是。

把蜗牛丢进桶里时，玛莉亚·格拉琪亚心生恻隐，康瑟塔却兴高采烈地数着："五十一，五十二，五十三……"

"我们做道炒菜，"玛莉亚·格拉琪亚说，"加点儿油、野芹菜和大蒜，还有一点儿辣椒。"

曙光来临，破败的房屋似乎收缩成了正常的大小，蜗牛也开始向更深的地下挖掘。她们俩肩并肩埋头干活，不言不语，跟烈日和酷热抢时间，直到蜗牛填满了一只桶。"玛莉亚·格拉琪亚，"康瑟塔盯着桶里的蜗牛突然说，"你觉得罗伯特先生现在怎么样了？"

这个问题问得玛莉亚·格拉琪亚僵直了一下："你怎么问起这个？"

"没什么特别原因。不过，你觉得罗伯特先生现在怎么样了？"

"我不知道。我想他还在英格兰，我给你看过他寄来的哪张卡片。"

"那张卡片没什么好说的，那是一年前的事情了。"康瑟塔说。

"我想他的肩膀又疼了，所以他能写的就那么多了。"

"你不能给他写信吗？"

玛莉亚·格拉琪亚摇摇头。她一年前给医院写过信。他们告诉她说没什么消息，病人早就离开了，他们也不知道他去了哪里。

康瑟塔举起一只蜗牛，观察它伸出触角又缩回去，仿佛跳舞一般。"我们不能去英格兰找他吗？乘艘船，或者飞机。我和你，玛莉亚·格拉琪亚？"

"哦，康瑟塔，你知道这要多少开销吗？好多里拉。不管怎样，他会尽快回来的——我很笃定。”

那孩子已经消失在一堵墙的后面，玛莉亚·格拉琪亚听到她自言自语地咕哝着，还在地上挖掘。这姑娘应该是在搜寻生长在地面上一英寸处的更小的蜗牛，“不要把两种蜗牛放在一起，”玛莉亚·格拉琪亚说，“它们会像上次一样打架，而且地底下的蜗牛是苦的——得放在麸皮里浸泡一两天才能去掉那股味道。”

“啊——呜。”康瑟塔用一种不满的声音回应。

她们一直干到太阳升到头顶，地上的小蜗牛都不见了，藏进了地缝或者地洞里，地下的蜗牛则钻得更深了。康瑟塔已经是从手到肘都是土，她把最后一捧蜗牛放进桶里，求玛莉亚道：“我现在可以吃一两只吗？我不介意它们还是生的。”

“哦，康瑟塔，等烧熟了再吃。”

只有到她直起身来，拎起第一只桶，玛莉亚·格拉琪亚才察觉到有人在她们不远处的后方站着，影子投射在她背上。

也许是因为康瑟塔刚刚提到过他，或者因为这样的情景在想象中千百次地发生过——有那么一瞬，当玛莉亚·格拉琪亚转过身的那一瞬间，她认定那是罗伯特。不过，这是一个穿着不合身的外国服装的男人，带着一个有凹痕的纸箱，长着一张跟她某个哥哥一样的面孔。那张脸更长线条更分明了，但是她熟悉的：塌鼻子，黑面孔，浓密油亮的头发下的浓眉。受了惊吓一般，她喊道：“弗拉维奥，天哪，是你吗？”

“玛莉亚·格拉琪亚。”那个长相像她哥哥的人叫道。

“哦，弗拉维奥。真的是你，不是你的鬼魂？”

“当然是我。”

“你到哪里去了？他们告诉我们说你在北非失踪了。”

“你不过来问候我一下？”他说。

可是当她走近拥抱他时，他却有点儿退缩，在她怀抱里显得很僵硬。“你刚刚期待的是别人，”他说，“当你转身看见我时，你很失望。”

她发现自己已经满眼泪水。“不——只是看见你太震惊了。回家找妈妈和爸爸去——”

“奥瑞里奥和图里奥呢？他们回来没有？”

“没有他们的消息。”

她拉着他的手腕领着他走，康瑟塔在后面拎着桶跌跌撞撞。

走进城墙以后，有些人认出了弗拉维奥，喃喃地说声“嘿”或者“早”，但是没有人走上前来。觉察到这一点，她说话的声音里透出了过多的渴盼：“我太高兴了——你会看到这里一切都是老样子——我们也还留着你的奖章——”

康瑟塔一直在他们身后挣扎前行，这时放下双手拎着的桶叫道：“嘿！嘿！”

玛莉亚·格拉琪亚转过身去。“对不起，亲爱的——这桶对你来说太重了。给我一个。”

弗拉维奥伸手去接另外一个。“这是什么？”看着这一堆蠕动的东西稍稍退缩了一点儿。

“蜗牛。”

“是用来吃的？”

“还能做什么？实话说，最近没什么可吃的。不过感谢上帝和渔民保护神圣阿佳塔——我敢说西西里陆地上的人比我们挨饿挨得更惨，那里离这儿还有好多英里远，全是干燥的石头地。”

她突然注意到，他拎着桶的右手上少了几个手指，只剩下大拇指和小指，不禁泪光盈盈。“你的手怎么了？”

“哦，”他手心手背反复看了看，仿佛没看过一样，最后说，“被枪打掉了，不过这没什么好说的，我也不想说。”

沿着主街一直向上走的路上，她尽力控制自己不去盯着他看，那些失去了的手指曾经在青铜小号上灵活舞动，奏出响亮的音符。

在房子外面，她停下来把桶放下。“让我先进去，让我告诉他们。”

弗拉维奥点点头，僵硬地站住了，手里还拎着那桶蜗牛。

等待着，他任凭穿过团团簇簇的三角梅的暖风抚慰着，任凭大海熟悉的声音诱惑着。他听到酒吧里的呢喃低语，听到熟悉的音乐声。他听到父亲的声音，母亲的声音。听到他妹妹说：“他就在这儿，就站在外面。我的哥哥，从战场上回来了。”

他听到，确定无疑地听到，他母亲尖叫“图里奥？奥瑞里奥？”在喊出其他两个兄弟的名字——还有一个他一点儿也不认识的外国人的名字之后——她才说，最后才说出“弗拉维奥？”听到这一切，弗拉维奥立即知道回到卡斯特拉梅尔之后的日子，他再无快乐可言。

战争结束以后，很多年轻人回到了岛上。有些箱子里带着成捆的奖章，有些穿着陌生国家不合身的普通百姓的衣服，上面带着外国剃须泡沫和廉价发油的味道。圣诞节刚过，当和真人一样大的圣诞马槽、婴儿耶稣以及圣若瑟还在教堂外面时，伯爵得到消息说他的儿子安德里亚带着一个碎裂的膝盖就要从印第安纳的一所监狱中回来了。在主显节庆典上，他的母亲，现在已经是个中年妇人，倚靠着伯爵的胳膊出现在教堂里。在圣阿佳塔塑像前，卡米拉抽泣着，伸出胳膊，大声表达了她的感激。（格鲁伊莎说：“她完完全全像岛上普通的女人一样。”）那天以后，卡米拉好像终于开始衰老了，像岛上其他人一样，她的衣服也一样邋遢，一样不修边幅，她的脸一样苍老。

当安德里亚还在美国被关押期间，其他岛民也收到了带着红十字邮票和外国邮戳的信件和电报，一波男孩子回来了。但是皮娜和阿梅德奥却从来没有收到任何信件。弗拉维奥出乎意料的归来与他当初失踪一样带给了夜阑之家巨大的震撼。

实际上，弗拉维奥回来一两天之后，一封皱巴巴的红十字信件也到了，是皮埃瑞诺的女婿送到酒吧门口的。皮娜的叫声吵醒了整个广场，惊飞了树上的黄鹂，她的丈夫和女儿闻声冲下了楼——她以为，有那么一刻，以为信里是其他孩子的消息。然而，那只是他们本来早该收到的关于弗拉维奥的消息。信里写道："我们很高兴地通知您，您的儿子弗拉维奥·埃斯波西托就他从英格兰萨里的兰顿修道院战俘营释放事宜已经与我们取得了联系。在英国期间他就医于克罗伊登的阿丁顿战争医院以及萨顿的贝尔蒙特战俘医院，接受了右手手指截断手术，也治疗了他在北非服役期间所罹患的心理障碍。他的身体复原情况良好，精神状态尚可，虽然目前不能亲自写信。如果您愿意由我们代为传达口信，我们将非常乐意。"信中的落款日期已经是三个月之前了。

弗拉维奥说不清楚在这三个月的时间里发生了什么，一谈到"心理障碍"，他就变得焦虑而忧郁，一个字也不肯说。

"你觉得他们会不会虐待他？"皮娜深夜无人时在卧室里抽泣着问。"英国人都是好人，"阿梅德奥回答道，虽然他只认识一个英国人——军人罗伯特，"他们应该会好好对待弗拉维奥。现在既然已经回家了，他会好转的——你等着看好了——有海边的好空气，有家人和熟悉的面孔。"

但是事实上，弗拉维奥似乎没有找回任何熟悉的东西。最开始在酒吧阳台上相互问候过之后，他就躲开了自己的母亲爬上楼进了自己房间，仿佛她是一个过于热情熟稔的陌生人。在房间里，他发现自己以前的元首画像和黄铜小号都不见了，一个陌生人的剃须刀和剃须泡沫放在了床头柜上。皮娜曾冲进来清理了所有罗伯特的痕迹，拉开了积满灰尘的窗帘。但是弗拉维奥就坐在床沿上，一件件翻捡着床头柜上的东西，仿佛从来没有见过它们。

此后，皮娜按照弗拉维奥离开家以前的样子将他的东西一件件归了原位，她能做到这一点，因为在他失踪到罗伯特到来之前，她曾经在无眠的夜晚在这房间里踱来踱去，踱去踱来，检视每一个用锡做成的军人模型和每一份学校颁发的证书。只有元首画像被拿开卷起来放进了抽屉。现在弗拉维奥一度被放进箱子的黄铜小号又被放在了床尾的桌子上，他最喜欢的玩具士兵和足球卡片被放在了床头柜上。玛莉亚·格拉琪亚看到这些说道："妈妈，他现在已经二十五岁了。"阿梅德奥则出去把埋在院子里棕榈树下的奖章挖了出来，放进了儿子手里。"我可以把这些泥巴的痕迹弄干净，埋起来只是为了好好保存，不为别的。"弗拉维奥什么也没说，他只是躺倒去睡觉了——一觉睡得如此沉酣，一个星期都没怎么正儿八经醒来过。

与此同时，阿梅德奥他们在家里蹑手蹑脚地四处活动，仿佛有一只野生动物沉睡在他们楼上的房间里。

在弗拉维奥沉睡时，皮娜占据了酒吧阳台上的位置，虽然酒吧里客人们的嘈杂令人心烦，虽然玛莉亚·格拉琪亚端着托盘忙得团团转，而且也曾试图把她从静默无语中拉回来，但皮娜始终置若罔闻。她只是坐在阳台边上，坚决地背对着他们，只是望着大海。在这些日子里，看着母亲孤单的背影，玛莉亚·格拉琪亚开始意识到皮娜也渐渐成了一个老妇人。她的发辫，在玛莉亚·格拉琪亚脑海中仍然乌黑的发辫已经染上了霜华，也不复昔日的油亮乌黑。她的肩膀仍然如倾侧的山脊，脊椎如笔直的山岭，仿佛一个苍老的皮娜挂在其年轻时的骨架上。她就那样坐着，等待自己儿子醒转过来，下来找她。

玛莉亚·格拉琪亚以为哥哥现在回来会想要回酒吧，于是，私底下，她开始搜索报纸上的信息，查看去英格兰的票价——难道她不能去找罗伯特，把酒吧交到弗拉维奥手里吗？但是票价如此昂贵——相当于夜阑之家整整一个月的利润——而且即便弗拉维奥起来经营酒吧了，在她想象中那片灰暗广袤的国度里，她从哪里开始找起呢？他为什么没有回来找她呢？

皮娜每天夜里酒吧关门之后都不肯上床，每天清晨黎明未至她又起了床，用冷水泼泼脸，穿上最好的衣服，下楼到阳台上坐等儿子醒来。已进入垂暮之年终于温驯了的猫咪米塞图有时会摇着尾巴，就坐在她伸出手刚刚够不到的位置，陪伴着她。

当所有人心心念念的都是那些返乡的士兵时，格苏伊娜的灵魂升天了。

她当时坐在酒吧角落里自己常坐的座位上，在睡觉时悄无声息地与世长辞了，双手还叠放得好好的，因此当时没有一个人注意到。纸牌游戏仍在继续，令人昏昏欲睡的寂静中骨牌啪嗒啪嗒；老迈的咖啡机也仍在嘶嘶作响。康瑟塔后来走上前去，拍拍她的膝盖，“嘿”一声想叫醒她，却感到那老妇人的骨头都已经凉意森森了，只有那时，大家才知道情况严重。

“她没有责备我！”康瑟塔抽泣着说，“这严重不对劲儿！”

阿梅德奥被叫了过来，他跪在她前面叫：“格苏伊娜太太？”

老妇人没有回答，但她的面容在安睡中似乎形成了一个微弱的笑容。酒吧后面最小的镜子被取了下来，举着放在她张开的嘴巴前面。然而镜子中清爽一片，只照出了蓝色的海岸线。

消息传开之后，整个小岛上的伤痛无法估量。自战争带来一批伤亡之后，格苏伊娜是卡斯特拉梅尔第一位去世的人，现在她的辞世给岛上的人们提供了一个哀悼他们其他更严重可怕损失的理由。商店都关了门，黑色臂章被从抽屉里翻了出来，其他事也曾令岛上的人们伤悲，当时他们却只能关上门黯然抽泣，只能疯狂地捶打自己的枕头，只能一连数日躺在厨房地板上哀号，只能用灰烬摩脸，这时他们全部没有任何羞耻感地走上了街头，个个手绢湿透，眼睛红肿，却哀而不伤。

这位老妇人躺在她小小的棺材里，被埋葬在玛祖家葡萄园下面的公墓里，这公墓里埋葬了自第一批希腊定居者登岛之后的每一位岛民。格苏伊娜的遗体被安放在公墓里唯一一颗柏树下，在这里安息二十年后她的白骨会被收集起来，人们再次为她祈祷一番，然后放入公墓墙上的小小的白色壁龛里。伊格纳塞奥神父引领着送葬队伍，唱着哀伤的圣阿佳塔之歌。小岛上的悲伤如大海般无边无际，落日余晖中，埋葬了老妇人的人们抽泣着回了家，伊格纳塞奥神父看着他们，明白他们不止为格苏伊娜哭泣，也为所有一切已经改变和逝去而哭泣。有时候悲伤需要一个对象，一个焦点，这一点神父明白。伯爵也参加了葬礼，和他的妻子一起，在格苏伊娜墓地上献了一个昂贵的凌霄花环。这位老妇人几乎为岛上所有哀悼她的人接生过，甚至包括伯爵本人。

三

当整个小镇都在埋葬格苏伊娜时，弗拉维奥就像被解除巫术一样醒了过来。他在童年时代就一直居住的房间里扭动着睁开了眼睛，战争带来的精疲力竭终于稍稍有所缓解。他的头发都成了一簇一簇的，他的嘴巴发酸。长时间的睡眠使他的膀胱发痛，从他上次起床带着倦意冲到卫生间里已经又过了十二小时了。他在走廊里跌跌撞撞，终于在小便池里排出了一泡带着泡沫的小便。在这里，他曾经和他的兄弟们推推搡搡，曾经上学前在黑暗中起床，用父亲的剃须刀刮着他们稚嫩的下巴，还像囚犯诗人马里奥·瓦佐一样用橄榄油涂抹他们的头发，他们曾经感觉小岛太小已经容不下他们了。他打开卫生间的窗户，在那里站了很久，向外张望着。

某种队列蜿蜒在田野当中。是圣阿佳塔的游行吗？但不是，他有些困惑。圣阿佳塔节总是在六月份，而现在是秋天，很快就要冬天了。有可能是一场土地占领运动。他用残留的右手指尖摩擦摩擦自己的脸。不真实的感觉仍然存在。仿佛小岛是一卷胶卷投射在墙上的产物，而不是真实的东西。一切都不太对劲。从他穿着英国的慈善服装，胳膊下夹着纸板箱被锡拉库萨的渔民放在码头上的那一刻起，他就这么感觉。

弗拉维奥回到床上，再次躺到枕头上回忆那场旅行，努力地想从中找到一点回家的滋味。他当时慢慢地爬过了山，穿过他还是男孩时经常走的那条长满刺梨树的小径。每走一步，他从战俘营带来的东西就在箱子里咯嗒咯嗒作响，包括他那把因为英国的湿气而生着锈的剃须刀，他的英国纸牌，他的英文圣经。这本圣经，丢弃它似乎亵渎神灵，扔掉它更是不可想象，所以被释放时，他只好把它带回到卡斯特拉梅尔。封面上还写着战俘营的地址，在这儿它将会度过剩下的五十年，在顶楼房间里积攒灰尘。

弗拉维奥没有期望在镇政厅里会有一个欢迎委员会。但是当他爬上山，通过那作为小镇入口标志的斑驳的拱门时，他明白自己根本不会受到任何欢迎。从上次见面到现在已经长到半大的一两个孩子，看到他走近就逃走了。他又看到了老镇长阿尔坎杰罗，而他只是弓着背走进一条小巷，消失在视野中。他的面部表情很痛苦，似乎与弗拉维奥交流，对他们两人来说都是不明智的。从前的法西斯主义者和从前的巴里拉明星相互说话？

然后他又跌跌撞撞从这里走了出去，走向那些破败的房子，直到最后，震惊之中，他遇到了妹妹。一个发际线已经长到了前额的女性，也不再带着腿上的支架。当她拥抱他时，一个成年女性所用的香水味道在空气中飘荡。

她领着他走进了酒吧。弗拉维奥发现所有的事情都改变了，每一件东西都让他感到很陌生。他的母亲身材比以前瘦小了，父亲则成了一个嗓音尖细的老人。在回忆的重压下，他困惑了。妹妹腿上的支架哪里去了？猫咪哪里去了？然后在卧室里，他发现了陌生人的东西。小号失去了光泽，领袖的画像不见了。回忆还没有找回来，他又陷入了睡眠之中。

现在，他起床了。他从放着樟脑丸的抽屉里面拿出衬衫和裤子穿上，走下楼梯，拿了一杯水。他的母亲进了门，脱下了女教师常穿的那种鞋子，其他人跟在后面：他的父亲，他的妹妹。“我从窗户里看到的队伍是怎么回事？”弗拉维奥问道。

“丧事，”母亲说，“格苏伊娜太太。”

格苏伊娜，那个青年时期照顾她的女人，喂过他蘸糖的干酪和剥了皮的无花果的女人。他极力想要挤出几滴眼泪，最后总算成功了。母亲走过来，摸着他两个肩胛之间。“我的弗拉维奥，”她低声说，“我的弗拉维奥，你终于回到我身边了，我的孩子。”

他由着她把一绺卷发从自己头上放下。“战俘营里怎么样？”她问道，“他们对你好吗，那些英国人？”

他能说什么？说他们给了他不错的食物，那种像布丁一样很容易饱的食物？说他们给他穿了一套黑色衣服，背后和脚踝处各有一个灰色圆点儿，这样如果他要逃跑他们就知道朝哪里射击？说他们让他在农场上工作，不过不是一开始就这样？一开始，他还是他们眼中的法西斯主义者。他怎么可能一下子改变心意？然而，四个俘虏，包括弗拉维奥在内，终于被允许在一个黑暗的大农舍里工作，农舍四周都是不停低吠的狗，每个冬天的清晨都要穿过一片挂着硬邦邦冰块的矮树林走很长的路。在农舍里，一个圣诞节时，他们被获准围坐在一张农民的桌子周围吃烤鹅，还有一点儿烤土豆，还有一种有点儿苦味的微型卷心菜，英国人称之为“甘蓝”，当他因为这东西难闻的气味而皱鼻子时，他们大声嘲笑他。他应该告诉他的母亲这些吗？告诉她他们如何一个下午戴着纸帽子，喝着难以下咽的英国啤酒？或者医院——他应该跟她讲医院的事情吗？讲讲精神病房里，熄灯之后你只能通过咕哝或者呻吟声用耳朵来分辨一张张独立的床，每一张都是一座黑暗中哭泣的小岛？这么多事情，他应该把哪些从尘封的记忆中挑选出来讲给他们听呢？他累了，他不知道答案。

“他们对我还不错，”他说，“一切都好。”然而，他们仍然是那副不满足的渴切表情。他灌下了更多水。母亲抢过他的杯子又装满了水，仿佛拼命地想要对他有些用处。

在最初那些日子里，弗拉维奥只有这样才能保持清醒。他告诉妹妹他会重新接管酒吧，但是事实上，右手缺了好大一块，这让他几乎拿不动一个托盘。他现在也不记得如何做咖啡和糕点。他曾经会做吗？对弗拉维奥而言，现在经营的酒吧业务只是他在这个世界上的一半。而在他的脑海更深处战争还在不断地进行、再进行。他仿佛始终在打仗，战争榨干了他的能量。这种感觉会非常突然地攫住他。比如，睡觉之前他会抹平床单，此时在他眼前会出现起伏不平的沙漠，而大风正在冲刷着沙漠的表面。有时他抬起手来刮胡子，眼前却会看到一片血迹。他会再次感觉到他的内脏如何扭曲，当他在黑暗中举起同样一只手却发现一个手指、两个手指、三个手指都不见了，完全被打飞了。这些手指不可挽回地失去了。虽然他曾经在沙漠里用他的左手到处乱找，却只翻出了硬硬的石头。他们又遭到攻击了，他们得继续前进了。“快点！快点！”中士尖叫着。弗拉维奥踉跄着，身子弯了下来，用流血的手按在肚子上，手指被丢弃在了身后几英里远，被英国人的靴子踩踏着。疼痛是后来才发生的，几个小时后疼痛席卷了他全身。

现在，有时候，他会站在酒吧柜台后面，用他那只完好的手把一只玻璃杯擦拭干净，而用另一只手残存的拇指和另一根手指夹住玻璃杯。他会听到机关枪射击的嗒嗒声，结果惊讶地发现，那只是门外的无辜的知了发出的鸣叫声。

他听说了一些关于英国人罗伯特·卡莱的事情。那个男人曾睡在他的床上，从他妹妹望向海面的悲伤的眼神判断，他也睡到了玛莉亚·格拉琪亚的床上。就在他重回他儿时的房间后不久，弗拉维奥发现了一本小册子被遗忘在他的床头柜上，《西西里士兵指南》，被海水浸泡得起了皱，在书页中还夹着一束金色的头发。那么，这个英国人肯定也知道弗拉维奥所知道的：沙漠中地狱般的光线，沿着沙丘的上坡发起的冲锋，吼叫声，雷声。这个英国人知道，但是他离开了，从岛民们口中叙述的有关他的故事来看，他当时曾经受到了像英雄般的欢迎，而弗拉维奥却成了一个谁都不知道该如何对待的人了。

安德里亚·蒂森图在弗拉维奥回来后的两周也回来了。伯爵坚持认为他儿子应该受到比其他任何退伍士兵更热烈的欢迎。他命令他的农夫们早早起来忙了一个上午，穿上星期天做礼拜时才穿的礼服，沿着他的别墅大道列队迎候，手中拿着夹竹桃花环。他的太太还雇了村庄乐队，他们的人数自从战争开始以来，令人悲伤地减少了很多，剩下的一些人，为了哀悼这一事实，在演出前聚集到酒吧喝上一小杯，也为了给自己打打气。

弗拉维奥的母亲催促他带上他的铜号，“我怎么吹啊？”他问她，因为她把它塞到他手里，“我已经没有手指了，怎么吹？”

“不管怎么吹，”她催促他，“尽管用你剩下的手指吹，你以前吹得那么好。你看，弗拉维奥，乐队现在需要更多的乐手。”

弗拉维奥想起来了，她以前其实从未喜欢过他的铜号。但他还是去了，虽然很不高兴，儿时对母亲的服从本能还留存在他的体内。当他穿着一件借来的夹克衫，站在伯爵的别墅门前一群年长的乐手里汗流浃背时，他看到伯爵的汽车开过来了，在路上犁出一道灰尘。

在乘客座上坐着的正是归来的士兵，还是瘦得像一棵松树，目不斜视地注视着前方。

当弗拉维奥模仿着其他乐手吹奏的姿势时，他产生了一种奇怪的感觉：移动着右手的残肢部分，好像他丢失的手指又复活了，他可以像少年时期一样感觉到它们按下音栓，再让它们弹起来。定睛看时，手上仍然没有这些指头，然而他感觉到了它们，那些指头的灵魂在空气中奏着小号。

此时伯爵父子之间却发生了争吵，伯爵在轻声细语地哄着，而他的儿子却抗议道："我不！我就不！"然后就是一阵大爆发："我不要被你当成个傻瓜，你个老狗！婊子养的！"

老狗——婊子养的——卡斯特拉梅尔岛上从来没有人对自己的父亲这样讲话。弗拉维奥一下子被吓住了，却也充满了敬佩。安德里亚·蒂森图下了车，摔上了门。他拄着拐杖一瘸一拐，怒气冲冲大步走上了车道。当乐队刚刚开始演奏第一节，他就走了过去并继续向前，经过乐队，经过农户，经过仆人们，到了别墅的拐弯处消失了，留下他们所有人在他身后，个个显得荒谬可笑。伯爵灰头土脸地追着儿子，做了个中断的手势，打断了乐手们的演奏。

乐手们在炎热中安静地等待，但是再也没有人来。一个满脸尴尬的仆人终于给他们送来一壶柠檬水和半瓶橙子酒。他们站在别墅前灼热滚烫的草地上喝了，便各自回家了。

在那次失败的欢迎仪式之后，安德里亚就关在父亲的别墅中闭门不出。他的母亲为他请来了神父，父亲则为他请来了大陆的医生。安德里亚却把他们都打发走了。"输掉了这场战争，他很痛心。"瑞祖在酒吧里喃喃地说道，"这孩子一定是一个真正的法西斯主义者。"但是在安德里亚消失之前，弗拉维奥曾仔细看过他一眼。他明白事实并非如此。看着伯爵的儿子从身边走过，他感觉到一种认同感，仿佛他们两个同样都是某个行当的新手，是兄弟，是受同一种可怕疾病折磨的人。

现在他开始拼凑所有关于安德里亚的记忆碎片。弗拉维奥记得某位高官来参观时他曾经用青铜小号吹奏过《青年赞》，而安德里亚负责歌唱。安德里亚拥有着令人惊讶的高音，鼻音非常纯正，唱十六度的高音他也不会颤抖。没有人敢嘲笑他。但是通常他总是被其他孩子完全孤立开来。因为他上学时总是穿着外国的服装，因为他跟老师总是说纯正的意大利语。他说谢谢时说“grazie”，尾音总是拖着个“e”，而不说“grazzi”，而后者是这岛上的居民独有的口音。他说“请”时说“per favore”，而不是“pi fauri”。图里奥说，他就像是从课本中走出来的人物。安德里亚总是一个人走路上学。在炎热的下午，老头瑞祖会驾着驴车来接他，或者是伯爵手下的桑提诺，杂货商阿尔坎杰罗的大儿子开着伯爵的车来接他，一路转弯时总是按着喇叭，发出悦耳的声音，让路上的孩子们全部都躲开。上学的最后一年，安德里亚则是在他父亲别墅的图书馆里一个人度过的。

但是现在他回到了这里，从战场回来了，眼神里满是不耐烦。

弗拉维奥第二次看到他是那次失败的欢迎仪式之后，时间已经是秋末了。那时他拄着拐杖一瘸一拐的即将要走出弗拉维奥的视野，没有拐杖的另一只手则拿着几朵被风暴打烂了的凌霄花。这孩子的膝盖骨被打碎了，弗拉维奥听说过。为了把这些骨头拼凑起来，他在美国的医院里接受了五次手术。在充满芳草清香的喷泉前，安德里亚停留了片刻，低下头将他的脸凑近了凌霄花橙色的花朵。弗拉维奥一边摩擦自己手指头上依然发痒的残肢，一边看着他。终于安德里亚抬起头，转过身来说道：“你想干吗？”

弗拉维奥打招呼说：“嘿，蒂森图先生！”

“你到底要干吗？为什么这样盯着我看？”

“抱歉，”弗拉维奥说，“只是我听说你也在非洲被俘虏了，在战争期间。”

“你过来吧。”

弗拉维奥走过去站在了他面前。伯爵的儿子和他父亲有着同样的神情，眼神张狂而傲慢。他举起那些花朵好像祝酒一般。“给我母亲采的，她爱我。我们庄园里却没有这花。从我回来之后她有点儿难缠，要求很多，所以我跑出很远来采这些花。这样的话她得到了花，而我则得到一点儿安宁。花期很快就要结束了。”

弗拉维奥也说了几句关于他自己母亲的事：她如何在床头柜上摆放他的足球卡片，如何强迫他吹奏黄铜小号，仿佛手指头被打掉几个之后他还能吹似的。“他们就是想要我们还是跟以前一样，这些烦人的父母，”弗拉维奥说，他想要对方理解他，因此语气也变得很尖锐，“除了这小岛，这海，渔船，村庄的谣言，还有这烦人的圣阿佳塔节日，他们一无所知。”

对弗拉维奥来说，岛上的每一个人似乎都还是孩子，都活得欢快而简单，像生活在几个世纪之前。他发现安德里亚在点头。是的，伯爵的儿子也理解这一点。“你不需要告诉我，我应该离开这个鬼地方。”安德里亚说，“这狗日的小岛，我得死在这儿。而你，也一样。”

就这样，一段奇怪的友情开始了。

第二年，当小岛上的人们开始振奋起来，一扫战争的乌云时，一股结婚的浪潮席卷了卡斯特拉梅尔。每个星期六一捧又一捧大米撒满了小岛的主街。伊格纳塞奥神父则在每个周日的弥撒中都要宣读结婚预告，以至于他开始将上周新婚夫妻的名字与这周将要结婚的新郎新娘的名字搞混了。在寂静的夜晚，远处总传来村庄里的男孩子们带着他们的吉他和手风琴在新婚夫妻的窗户下演奏小夜曲的声音，他们还敲打新婚夫妇父母的门，因为他们总是会拥挤在那里，度过尴尬的新婚之夜。花店老板格斯拉的生意从来没有这么好过。小岛上、篱笆以及院子里的凌霄花和白色的夹竹桃也全都被人摘走了，因为对于花束的需求巨大。那年的夏天似乎根本没有来过，或者早早就走了，因为根本就没有看到什么花。

当玛莉亚·格拉琪亚的最后一个同班同学——吉乌利亚·玛蒂奈罗兴高采烈地用胳膊挽着自己的丈夫、年轻的渔民拓拓连走带跳走下了教堂的台阶时，玛莉亚·格拉琪亚心里突然涌起了一股伤感，这情绪如此微妙，但是她能够感觉到，就像感受到从大洋中传来的风暴的气味。她苦笑着，穿着已经小了的礼拜日的衣服向吉乌利亚和拓拓的脸上扔着大米，想到这个夏天已经是美国人把罗伯特从岛上带走的第三个年头了。

起初她的妈妈和爸爸像她一样，对于失去了这个英国人很伤心。她却不肯提起他，每当他们提到他的名字，她都会转身离去，直到他们不再提起，把他藏进了心里的一个角落。在那个角落里，他们也还保存着对图里奥和奥瑞里奥的回忆。

因此，没有人再跟她提起那个英国人，除了疯丫头康瑟塔和老瑞祖之外。一个下午，老人在酒吧里拉着玛莉亚·格拉琪亚的手对她说："我们都爱那个英国人，但是结婚就是结婚，是另外一码事。是时候另外给你找个人了，玛莉亚·格拉琪亚。"

康瑟塔气急败坏地说："你错了。"她竟然泼翻了瑞祖的咖啡。

瑞祖气得颤抖着说："哪里错了？如果可怜的玛丽佳继续等待，就没什么人剩下来了。"

康瑟塔说："玛莉亚·格拉琪亚在等待着罗伯特先生，她必须等他回家来。"

瑞祖伤心道："那就不会有别人了，再也没什么人剩下来了，玛丽佳。"

玛莉亚·格拉琪亚说："已经没有什么人了。"

事实的确如此。结婚热来得快，去得也快。为了对罗伯特忠诚，她让自己表现得高高在上，甚至当有一半的机会可能得到幸福时也如此。为年轻的渔民拓拓上菜时，她总是垂下眼帘。于是拓拓不再跟在她身后在酒吧里嘶嘶怪叫，转而去追求吉乌利亚，并且以令人钦佩的效率在十天之内就俘获了她的芳心。对于中年鳏夫德卡斯塔，她则摆出了小女儿的姿态，在他面前欢快得近乎虚假，直到他不再脚前脚后地在酒吧里跟着她，讲那些关于政治以及农场的事情，而是端一杯咖啡，独自坐到了酒吧的角落里，眼前放着报纸。但甚至德卡斯塔现在也已经再婚了。去年冬天造访意大利内陆时，他在第三代表亲中找了一位做妻子。所以整个岛上，除了神父和老瑞祖就已经没有未婚男性了。瑞祖曾经开玩笑地像表演哑剧一般向玛莉亚·格拉琪亚求婚，手里拿着一个酒吧里储存的苏打水罐头的拉环，用尖细苍老的嗓音，唱着岛上最浪漫的歌曲。

他本意是想让她开心，但是玛莉亚·格拉琪亚满眼泪水，转过头去，感觉自己当着所有人的面受到了嘲讽。

在那个寒冷的秋天即将结束时，玛莉亚·格拉琪亚走到露台上收拾用过了的玻璃杯，却发现伯爵的儿子穿着一套英国亚麻布套装懒洋洋地站在走廊上。自从一九三四年选举事件之后，伯爵或者他家的任何成员就没有走进过夜阑之家。伯爵和他父亲之间的敌意未曾言明，但有其影响，必须正视。然而她还是打招呼说："晚上好，蒂森图先生，要我给你找张桌子吗？"

"不，我不会走到你的阳台上，我只是过来看弗拉维奥的。"

"我去叫他来。"

安德里亚一向命令别人命令惯了，说道："过这儿来一下。"

玛莉亚·格拉琪亚放下杯子，用围裙擦干净手。

"你是玛莉亚·格拉琪亚，是吗？我从学校起就记得你，那个聪明的姑娘。"

他的目光定在了她身上。他像他父亲一样有着狭长的脸，黑色油亮的头发，以及总是像盘问或审视的眼睛。他身上的每一块肌肉都发出一种很奇怪的令人紧张的感觉。拄着那根银色弯头的拐杖，他走近前来一点。玛莉亚·格拉琪亚突然感到心中涌起一股柔情，想起了她自己带着腿部支架时的那种困扰挫败。现在她站着，笔直而挺拔，而他却成了所有人压低声音所说的那个“瘸子”。终于他将她审视完毕，说：“战争以来，你变了。”

玛莉亚·格拉琪亚不知如何回答，一言未发。在楼上的一扇窗户旁，阿梅德奥看着他们两个——站在走廊边的那个男孩和他美丽的女儿，眉毛拧成了一根线。不知道安德里亚会造成什么新的麻烦。

有人开始注意到了弗拉维奥和安德里亚·蒂森图之间的友谊。老玛祖在环岛散步时看到了他们在一起，安德里亚用手杖抽打着灌木，弗拉维奥用受伤的手在空中比画着什么。他们俩形成了一个奇怪的组合：伯爵的儿子和他的敌人——医生的儿子。有好几次，弗拉维奥邀请安德里亚在酒吧的走廊上坐坐，但是安德里亚·蒂森图为了显示对父亲的尊重，拒绝在属于埃斯波西托的领地上踏足，因此弗拉维奥就把一张桌子搬到了广场上棕榈树下的中间地带，离开酒吧地界一两米远的地方，问题就这样解决了。一瓶瓶喝着橙子酒，弗拉维奥和他的朋友激烈地讨论着。

皮娜和阿梅德奥都不赞许两人的友谊，卡米拉和伯爵也一样。

与此同时，玛莉亚·格拉琪亚听到了哥哥和安德里亚·蒂森图是如何谈论这座岛的：他们称它是“狗日的岛”——狭小，流言满天飞，一个满是近亲繁殖的牧羊人和橄榄采摘者的小岛。虽然自己也曾无数次在心中给这小岛加过各种罪名，但是现在听到有人大声污蔑它，她还是不由得要维护它。收拾他们的桌子时她拼命压抑着自己冲天的怒火。安德里亚在场时她感到窘迫不已，总是手足无措。还有几次，当着坐在走廊上客人的面收拾用过的杯子或者摆放盘子时，她看看棕榈树下的阴影，发现安德里亚·蒂森图也向她看了过来，那凝视仿佛来自镜子深处，与她的凝视一般。她在走廊上走动时他的目光始终跟随着，她走到哪里，他看到哪里。

她记得他在学校学习时的样子。为了对他父亲的地位表示敬意，他的桌子被与其他孩子的分了开来，桌脚下面还垫了混凝土块儿以使高于别人的桌子，这是卡勒亚教授为了讨好他父亲想出的主意。安德里亚·蒂森图却被搞得脖子疼，但还是忍着埋头做自己的数学题。在玛莉亚·格拉琪亚眼里，他油滑的头发和瘦巴巴的脖子似乎是这世界上最孤单的东西。他们两个都孤零零的，他穿着昂贵的衣服，操着拉丁口音，她则戴着咣啷咣啷嘎吱嘎吱的支架，然而这并不足以让他们产生友谊。但是现在，他的眼睛追随着她，她的目光也总能找到他，像带着某种节奏一般，来回往返。

他看着她，仿佛他们存在某种形式的共谋，就他们两个。

十二月的一天清晨，他又很早来到酒吧找弗拉维奥。外面的雨正倾泻而下。安德里亚站在那里，雨水从身上流下。“弗拉维奥还没有起床，”她说，“我去叫他下来。”

在这样的雨中，除了请他进来没有别的办法，这是对岛上任何人的礼遇，哪怕是夙敌。“到里面等着，”玛莉亚·格拉琪亚说，“进来在大厅里待一会儿。你会被浇透的。”

“我在这儿等。”

“蒂森图先生，请进来吧！”

但是安德里亚对此坚定不移。他知道，皮娜·维拉当年是如何将还是个母亲怀抱中的婴儿的他从酒吧里赶出去的。骄傲使他留在原处，即便是大雨如注。“我不会进去的，”他说，“我不会踏足你们的酒吧。我就在台阶下面等。”

大雨浇在他身上，将他的头发牢牢粘在前额上，像个禁欲的僧侣。雨水还兜在他的英国套装口袋里，使它们鼓鼓囊囊的，如水桶一般。突然之间，玛莉亚·格拉琪亚暴怒起来，为这荒谬的夙仇、这骄傲，这被浪费的昂贵套装！她受不了了！她把辫子往后一甩，在湿答答的走廊上跺着双脚喊道：“我从来没有听说过这么愚蠢的事情！叫你进来你就进来！怎么，你就要站在雨里吗？”

“我就站在雨里！”安德里亚说。

“你不可以，狗屁东西！”

卡斯特拉梅尔岛上从来没有人这样对伯爵的儿子讲过话。他一时气急，有点儿气喘吁吁，张开嘴想要反抗，但是还没来得及讲出话来，玛莉亚·格拉琪亚就抓住他的胳膊，猛一用力把他拉了进去。他失去了平衡，受伤的腿踉跄着。“来吧，”她粗暴地拽着身后怒气冲冲的安德里亚，进了夜阑之家的门厅入口，关上了门，“好啦，”她把他衣服口袋里的水倒出来说，“不要再胡说八道了！”

当雨水从他的口袋里滴落到绘着世界地图的红色地砖上时，生平第一次心慌意乱的安德里亚说：“不用——不用了。”

这时，突然之间，玛莉亚·格拉琪亚对自己方才的所作所为也尴尬起来。一时之间，两人只是相互看着对方。她最后终于开口说道：“请在这里等着，蒂森图先生，我去叫弗拉维奥来。”

安德里亚站在那里，浑身发抖，极不自在。玛莉亚·格拉琪亚上了楼梯，他的目光也跟着上了楼。

“弗拉维奥！”她叫道，拍打着哥哥的门，“你的朋友在这里，蒂森图先生。”

弗拉维奥长长地呻吟一声，醒了过来：“我一两分钟就下去——让他等着。”

“他在等着呢！”

但是现在站在楼梯下面的安德里亚成了一个黑色的、沉重的存在，就像海上的乌云。玛莉亚·格拉琪亚回到自己房间，对自己的行为也感到震惊。她的哥哥在楼下房间里撞来撞去，还未完全清醒——那房间，她还觉得是属于罗伯特的。她还记得那个英国人发出的小小的声音：他翻身时那弹簧床的反弹声，他的咳嗽，那些属于异国的声音，还有他准备睡觉时把书放在床头柜上的扑通声。

罗伯特寄来的明信片还在她床头柜上惯常的位置。她充满柔情地拿了起来，从那几个可怜有限的单词中寻找咂摸着未曾读出的含义。

震惊之中，她发现安德里亚·蒂森图已经爬上了楼。此时，他双手拖着那条不健全的腿，上气不接下气，就站在那里，站在她门口。她手中的明信片掉在地上，她退到了窗户边上。“弗拉维奥的房间在楼下——在平台上，不在这里。”

“我想道个歉，”安德里亚说，“你是对的，这夙怨的确愚蠢，这一切都很愚蠢。”他弯下腰，一条腿却还站得笔直，帮她从地上捡起了明信片。“我在想你……”他说。

“这是一个朋友寄来的。”

“你的英国男人。弗拉维奥告诉我了。”他敏锐的眼睛中带着些许嘲讽，盯住了她。在他的注视下，她紧张而严厉，感觉自己像个老处女戒备着危险的追求者。她抱着自己的双肘，靠在抽屉的把手上。曾有一次——她模模糊糊记得，就像曾经听到的转述一样——罗伯特把她挤到这些抽屉边上跟她亲热，她被箍在这抽屉的边缘，以至于后来一切结束后，他们发现了她后背上有了两个小小的圆环印记。

安德里亚将明信片递了过来。她看到在他手抓过的地方已经有了一个拇指印。但是当她伸手去接时，他却抓住了她的手腕，就那样握着在他面前，好像不知道抓住以后应该拿它怎么办。最后他终于开口说：“刚刚你抓住了我的胳膊。自我回来以后，甚至从战争开始，没有一个人碰过我，我妈妈没有，我爸爸也没有，只有你。”

突然之间，她父亲站在了走廊上。她根本没有听到他走过楼梯的声音。他却已经走上前来，勃然大怒。她从来没看到过他这么生气。“怎么回事？”他喊道，“放开我的女儿。”

她父亲走过来。一掌拍开了男孩握着她手腕的手。

“出去！”他喊道，“出去！”

安德里亚在火冒三丈的阿梅德奥的喊声中退了出去，他的脸红通通的。“你不可以再见我的女儿！”阿梅德奥咆哮道，“你不可以追求我女儿，不可以跟她说话。”

弗拉维奥这时已经起来了。他从自己的房间里跳了出来，跟着他满脸尴尬的朋友下了楼。

此时刚刚发生的事情在房间里余韵犹在，阿梅德奥突然责备起玛莉亚·格拉琪亚来：“你刚刚跟伯爵的儿子在做什么？他在你房间里干什么？”

“我没有做任何事情，他来找弗拉维奥。下雨了，我不得不请他进来等。”

“他在玩什么该死的游戏，他就是在玩某个可恶的游戏。”

“他只是走错门了，他是来找弗拉维奥的。”

阿梅德奥抓着她的胳膊肘说：“你不可以和伯爵的儿子有任何来往。”

但是那天夜里，玛莉亚·格拉琪亚入睡时，她的梦境古怪而混乱。在梦境中，安德里亚像罗伯特曾经做过的那样，有力地将她按在了抽屉上，或者将她箍在了海边岩洞的墙上，于是她背上有了骷髅的印记。她醒来用冷水洗了洗脸，然后下楼走进了酒吧。当她打开门走到走廊上时，发现安德里亚正在那里等她，手里拿着一朵凌霄花。月光斜照进来，花朵闪烁着光芒，仿佛本身就是个光源。“我昨天给你父亲留下了很糟糕的印象，”他说，“非常糟糕，我能弥补吗？”

正当她犹豫不决，不知该如何简单地回绝他时，安德里亚又抓住了她的手腕，将花朵放在她的手心，并把她的手合拢。这使她想起了小时候的那一刻。那时她还是个小姑娘，站在三角梅后面，腿上的支架还嘎吱嘎吱的。她看到了诗人马里奥·瓦佐把一朵颤抖着的花朵，放到了她母亲皮娜·维拉的手里。当时她不理解这一举动是什么意思，现在她理解了。

她把这朵花插在了她床头柜的一杯水里。看着它，她有一种反胃的感觉，但不完全是不悦。他的父亲看到安德里亚的礼物时，把它连水带玻璃杯一起扔出了窗外。那杯子碎成了上千个碎片。随后的几周，他们经过走廊时都得踩着玻璃碴。而安德里亚就待在酒吧的旁边，一直看着她，一副被放逐的神情。他的脸色忧郁蜡黄。

玛莉亚·格拉琪亚从来没看过他父亲这样的行为。好几个夜晚她听到他在酒吧的窗帘后面，咬牙切齿地低声对弗拉维奥说："我不信任你的那个朋友。我不放心他跟玛莉亚·格拉琪亚在一起，一点儿也不，甚至半点儿也不。"

在这件事情过了几个月之后的一个晚上，她父亲把她叫到了书房。在那里他抓住了她的手，把它放在自己满是皱纹的双手之间，又轻抚着她的头发，最后开口说："你想离开这个小岛吗，玛丽佳？你想去别的地方吗？你是不是正为此烦恼？"

"离开小岛？"她喃喃着，一下子不知该说什么好。

"你可以去上大学，或者接受培训做老师，"他父亲说道，"去个大城市，罗马或者佛罗伦萨。你已经被关在家里，照顾你可怜的妈妈爸爸这么久了。"父亲本想打个趣，逗个乐。但这企图完全无效，两人之间只有令人难耐的沉默。

"你为什么问我这个？"她说，"是我做了什么事情吗？是弗拉维奥想要酒吧吗？"

"不，亲爱的，不是这样的，你没有做任何事情，你一直是我们的福星。"父亲长长地叹了口气，继续说，"但是安德里亚——"

愤怒使她眼睛里充满了泪水，"他怎么啦？"

"亲爱的，我的小公主。"他抚摸着她的手，但是玛莉亚·格拉琪亚不肯罢休，

"我没有做错任何事情，"她怒道，"什么事情都没有发生，爸爸。"

"你想必听说过关于卡米拉和我之间的谣言。你不可能对在你出

生之前发生在我们之间的事情一无所知。”

对父亲的忠诚驱使她转过身去，保持沉默，看着一艘大客轮沿着地平线移动，缓慢而优雅，灯火通明，就像一座远处的城市。“看着我，”她父亲说道，“你别感到羞耻，我才是那个应该感到羞耻的人，因为是我干了那些事情——上帝知道，我情愿自己能向你撒谎，说我没有做过那些事。我不能忍受被你鄙视的感觉，亲爱的。但是我必须说出来。看着我，玛丽佳。”

她看着书架上的书——民间故事书，旧皮革捆扎的医疗期刊——她宁愿看任何东西，也不愿看她父亲。“我以为他们已经证明了安德里亚不是你的儿子。”她最后喃喃地说道。那正是她听到的故事，在校园里她背后悄悄流传的故事——有一个医生从内陆过来做了一个特别的测试。那时，流言只是让她更坚定地相信，她父亲是无辜的。

“那个测试毫无价值，”她父亲不耐烦地说道，牙齿咔嗒一声响，“没有办法能够确切地判断。亲爱的，我不喜欢他看着你的方式，他的目光跟着你转。这没好处，那种表情，意味着麻烦。”

“没别人正眼瞧我，”她说，“没别人注意我。这个该死的岛上没有其他人关心我的死活。”

“以前我听说过这个现象。”她父亲又换上了一副医生的腔调——她简直受不了！“我在大陆执业的时候，那时我还是一个年轻人，有一对同父异母的兄妹，从小被人分开抚养，在村庄两头的不同的房子里长大，之后就开始像夫妻一样生活在一起，但是很危险，玛丽佳。在这种情况下，彼此之间可能会有强大的吸引力，哪怕不考虑事情的合法性，小地方的流言——”

羞耻几乎让她流下眼泪。

“这有没有惊吓到你，我所坦白的？”阿梅德奥问道，“这有没有让你看低我，亲爱的？”

“没有。”玛莉亚·格拉琪亚撒谎了，脸扭向一边。

“那罗伯特呢？”她父亲轻声问道，“我们都爱罗伯特。”说到这里，他的声音有点嘶哑，但是痛苦中她感觉到如果他哭出来，她也无法忍受。她把他推开，然后走得更远，尽可能以一种漠不关心的语气说道：“嗯，罗伯特怎么了？我们已有四年没有见到他了。”

“你居然说罗伯特怎么了？上帝啊！你爱他，玛莉亚·格拉琪亚，难道不是吗？但是他走后，你就从来都没有提过他的名字。他来自大洋彼岸，就像一个奇迹，就像一个儿子！你难道不爱他吗？他难道不爱你吗？他不是还要回来的吗？”

愤怒最终还是让她的眼睛里充满泪水。“你问问他是不是回来！”她抽泣道，“你该问问他是不是爱我！我没有等他吗？我等了四年了！现在我被人羞辱，我成了一个笑柄，在大家眼中，我成了一个老姑娘，唯一剩下的女孩儿！我爱罗伯特！为什么你们都看不到我爱他——我等啊等啊等啊，等那个无用的狗屁东西，他却从不回来找我！”

他父亲伸手去够她，但是她伤心欲绝地逃开了。她沿着最近的一条路线，逃离了小镇，踉跄着穿过橄榄树林，消失在海边的岩洞里。

阿梅德奥宣布过，安德里亚·蒂森图再也不可以走进夜阑之家。伯爵也限制了他的自由。那年晚些时候，伯爵安排了一个从大陆来的朋友，带着他的五个女儿，到别墅来过圣诞节。第一个晚上，当他们一起共进晚餐时，安德里亚就逃开了，跑去向玛莉亚的窗子上扔沙子。“玛莉亚·格拉琪亚！”他醉醺醺地叫道，“你为什么不见我？天啊，你是不是要把我逼疯？”

父亲的警告重重地压在胸口，玛莉亚·格拉琪亚没有办法起身去开窗，只是在窗帘后面望着他，一声不响，看着安德里亚最后沉默地转身离开，伏在自己的手杖上，穿过了广场。然而广场四周其他的窗户都开了，邻居们都在偷看。在结了霜的沉沉暗夜中，在她看来安德里亚是这岛上最孤独的人，就像他以前上学时一样，高高在上地坐在四个混凝土底座浇注的宝座上，却始终孑然一身，茕茕独立。

流言像长了脚一样很快四散开来，在岛上传开了，不到清晨，又折返回了夜阑之家。自从战争以来，伯爵的孩子就病了，这一点每个人都知道。但是在岛上有些人的心中仍然存在着怀疑。玛莉亚·格拉琪亚肯定是对他做了什么，鼓励了他吧？下楼走向酒吧时，从客人们突如其来的沉默中，从他们犹疑不安的注视中，她知道他们一定都在谈论自己。在随后的日子，她也在无意中听到了一些不堪入耳的话。“他爱她爱得发疯了，卡米拉太太说他不愿和城市里任何其他的女孩子结婚。”“坠入爱河了，耶稣！圣母玛利亚啊！ 跟一个谁都知道可能是他妹妹的女孩子。”“我听说过这样的事情，我的表亲在内陆就认识一个与自己的第一代表亲结婚的人，生下来的孩子腿多得像章鱼，头像海蜇，长着十二个手指头和五只眼睛。”

安德里亚参加了圣诞节弥撒，走在他父亲和母亲中间，城里的女孩子们列队跟在他身后。从教堂前面开始，当着整个小岛上的人，他就用他乌黑深邃、绝不放弃的凝视锁定了玛莉亚·格拉琪亚。

现在老年纸牌玩家们和那些坐在屋外的木头椅子上的老女人开始公开谈论她。似乎整个岛上的人看到她都会垂下眼帘。像弗拉维奥，像安德里亚一样，她也有了污点。他们从战场上带回来的沙漠中的灰尘也一样在她身上留下了印记。一九四八年那些最后的日子里，她心中无比忧伤，却只能躲在她狭小的房间里不断地捶打自己的床垫，心烦意乱地哭泣。据说安德里亚生病了。他不再和弗拉维奥一起在棕榈树下喝酒，不再绕着小岛孤独地散步。那些还在为伯爵工作的农民们悄悄地说他挂起了自己的拐杖，缩在床上，不再和任何人说话。

如果罗伯特当初回来找到了她，那么这一切都不会发生了。他离开了，完全地背叛了自己。这么多年他毫无音讯，有时她感觉她真的无法再在乎他了。有一件事情，安德里亚是对的：这是个狗日的小岛，充满了流言，充满了羞辱。她无法忍受了。一九四九年来到时，她二十四岁了。她开始养成了一个习惯，从酒吧的钱箱里她不断囤积着钞票，把它们塞进了自己床背后一个金巴利瓶子里。攒够钱之后，她就会离开这个地方。

四

那一年，主显节之后不久，卡米拉造访了夜阑之家。她趁大家都在沉睡时走了进来。从与安德里亚的麻烦开始，玛莉亚·格拉琪亚就经常很早起床。当她起床时发现伯爵夫人已经在楼梯下面等着了。她站在那里，穿着第一次世界大战以前就从巴黎买来的褪了色的茄子色的衣服，戴着礼拜天经常戴的有薄纱帽檐的帽子。自从皮娜把她和她怀里的婴儿从酒吧里赶出去，并且发誓永远不许他们再进门之后，二十八年以来，这是卡米拉第一次跨进夜阑之家的门槛。

“蒂森图夫人。”玛莉亚·格拉琪亚走过阳光照亮的楼梯拐角时打招呼说。

卡米拉此时开始说话了，她的声音无力而飘忽。就像格苏伊娜晚年时一样。“玛莉亚·格拉琪亚小姐，”卡米拉说，“你得帮帮我的儿子。”

玛莉亚·格拉琪亚发现自己的心收紧了，呼吸也急促了：“怎么了，他病了吗？我去叫醒我父亲，去拿他的医药箱。”

“不，不，不，”卡米拉抽泣着摇摇头，“不要叫阿梅德奥，我需要的是你。”

“告诉我怎么了。”

“他病了，”卡米拉说，“他因为爱你生病了，玛莉亚·格拉琪亚小姐。一年来，他情况越来越糟，他不肯起床，不肯吃东西，他的舌头干燥发白，他的眼睛发黄，我恐怕要失去他了。你不能给他一点儿希望吗？我的孩子为了爱你要死掉了。”

卡米拉掀开了面纱，仿佛一个卸掉了面具的演员。玛莉亚·格拉琪亚看到泪水已经洗掉了她的眼影，在眼睛下的脸颊上留下了污迹，她看起来像个草寇。玛莉亚·格拉琪亚心中充满怜悯。她拉着卡米拉的胳膊肘把她领进了空无一人的酒吧，将两个翻起来的椅子拿下来之后拉上了百叶窗，遮住了那些早起之后在广场上闲逛，不时向酒吧里探头探脑的顾客们的眼睛。她挂上了“关门”的牌子，启动了咖啡机。卡米拉却说：“不，不，给我来点儿更浓的，更猛的——以前玛祖做的那种柠檬酒，如果你还有的话。”

卡米拉一定是发狂了，玛莉亚·格拉琪亚想，因为柠檬酒在二十几年前就已经绝迹了。她拿来了另外一瓶酒，在她们之间放下了两个玻璃杯。此时柜台上的钟刚刚过七点，但是卡米拉端起杯子喝了一大口酒。最后她挨着椅子的边缘坐了下来，像个服丧的女人一样。

“伯爵的儿子不可以打定主意跟我结婚，”玛莉亚·格拉琪亚终于说，“这是不可能的，根据我所听到的事情。无论如何，这是绝对不对的。”

这时卡米拉眼睛里闪着揶揄的光，她有点刻薄地说：“我知道他们所有人是怎么谈论我的，那不是真的，你所听到的并不是真的。”

玛莉亚·格拉琪亚发现自己心里竟然有了希望，有点害羞地问道："关于我爸爸……或者海边的岩洞不是真的吗？"

"是的，是的，那都是真的，我说的不是那些。"卡米拉用一只戴着白手套的手做了个向下的动作，"但是安德里亚不是你同父异母的兄弟，至少我相信如此。我来这里就是要告诉你这个，玛莉亚·格拉琪亚。我相信你要爱他是没有障碍存在的。在上帝的眼睛里，在人间的法律中，你们俩结婚没有障碍，我来这里所要说的就是这个。"

玛莉亚·格拉琪亚一时没有回话，卡米拉伸出手来拉住了她的袖子。伯爵夫人身上散发出一股奇怪的味道，一种绝望的味道，那味道在空气中荡漾："我的孩子威胁要离开这座小岛，如果你不爱他的话。"她说道。

玛莉亚·格拉琪亚小心翼翼地问道："你怎么能确定他不是我同父异母的哥哥呢？"

"我相信如此，亲爱的，"卡米拉说，"他们嚼舌头的那些话都是真的，我和我的丈夫一直没有能够生育，这都是真的。但是亲爱的，他根本没有试过。"说到此处，卡米拉快速而轻蔑地笑了一下，又伸手去够杯子。"我的丈夫逢人便讲我不能生育，当我们刚刚结婚时，整个小岛都知道这件事情。让人们嘲笑我，而他又能回避自己的责任，我想这对他来说很合算。但事实是他根本不要我。这是一场包办的婚姻，是我们两个家族之间关于土地和宫殿的重新划分。我们俩从来没有圆房或者几乎没有，这件事不值一提，但我必须坦率地告诉你，亲爱的，原谅我。事实是，我的丈夫根本不稀罕任何女人，直到我开始找其他的情人。然后，我想是某种贵族的本能在他身上苏醒了，所以他又回来跟我待了一阵子。这是我唯一能够让他在乎我的方式。只有在我有了和阿梅德奥的绯闻之后他才要我，亲爱的。只有别人要我之后他才会要我，现在你明白了——"卡米拉又抓住了玛莉亚·格拉琪亚的袖子。"安德里亚不可能是阿梅德奥的孩子，你可以自由地爱他，你必须这样做。说这孩子是阿梅德奥的，老天，我也不知道为什么我会让这谣言满天飞。可能是某种恶作剧的本能，某种想要占我丈夫上风的想法，但是它不是真的，至少我不相信。”

玛莉亚·格拉琪亚凝视着雾蒙蒙的杯底，最后说：“但是你并不确切知道。”

卡米拉又一次抓住了她的手腕：“亲爱的，他有着跟他父亲一样脆弱的脚踝。他们同样每两周就会有一次便秘。当北方潮湿的空气到来，他们的膝盖都像针扎一样痛苦，而且都是同样的地方，是他们在战场上受伤的地方。我跟他们在一起，看了他们二十八年了，我很确定。”

玛莉亚·格拉琪亚坚持说：“但是你还是不能确定啊。”

“是的，”卡米拉说，“我不能确定。”

玛莉亚·格拉琪亚保持沉默，卡米拉又一次伸出手来，抓住了她的袖子：“求求你，亲爱的！给我的安德里亚一点儿希望，否则他会离开的。我知道，我真的知道他会的，他会把我一个人孤零零地留在这里，留在这荒芜的小镇上，只有我那该死的丈夫跟我做伴。”

“你不能命令我，就这样命令我爱他！”玛莉亚·格拉琪亚喊道。伯爵夫人这样抓着格拉琪亚，她这样绝望，格拉琪亚有点受惊。

“不，不，埃斯波西托小姐！我没有命令你，我不是这个意思，但是你不能给他个答案吗？在夏天结束时给他个答案，这样你有时间好好考虑。比如说六个月，八个月，或者你愿意的话，十个月。你想考虑多长时间就考虑多长时间，让他追求你，让他来看你——”

但是玛莉亚·格拉琪亚已经受不了了：“不，不，我不想他来。我不想他来追求我。岛上的谣言难道还不够吗？”

“好的，那我命令他叫他不要来找你，直到你有足够的时间想明白，只要你需要。亲爱的，六个月，一年也行！我会叫他不要走近。”

“如果到那个时候我还是没有答案呢？”

但是卡米拉又有点崩溃了：“他威胁说要离开，他要走的，我唯一的孩子——”

“好吧，好，好。”玛莉亚说。她感觉对方再哭一次，她就要受不了了。“我会考虑，过六个月我给他答案。”

“不要告诉任何人我来过这里。”卡米拉拿起了她的皮包，扣上了她那小小的茄色夹克，熟练地擦去了面纱底下眼影在脸上留下来的两道黑色痕迹。她瞬间又是以前的那个她了。那个玛莉亚·格拉琪亚以前仅仅从远处看到的那个冷漠女人，那个在圣餐仪式上从她身边走过眼皮都不抬的女人，在各种圣人的节日上，远离群众站着的那个女人，那个穿着第一次世界大战前购买的衣服、面纱永远盖住眼睛的女人。

玛莉亚·格拉琪亚说:“我不会告诉任何人。”

“从现在起到很多年以后，某一天，当我死了……”卡米拉喃喃地说。

“我不会讲的。”

卡米拉又一次抓住了她的手腕，冰凉的手紧紧地握着玛莉亚·格拉琪亚的手。“你有一张和善的脸，亲爱的。”她说，“这么多年关在空荡荡的房子里，我没有跟任何人说起过，现在告诉了别人对我来说真是如释重负。你给了我希望。因为我看到你还是可以爱他的，亲爱的，告诉我真话，你可以。”

“是的，”玛莉亚·格拉琪亚承认，“我可以。”

卡米拉把玛莉亚·格拉琪亚的两只手一起握住了。她握着玛莉亚·格拉琪亚的手光滑细腻，没有一点儿老茧，像个孩子，只有一辈子都戴着白手套的人才有这样的肌肤。然后她走了，玛莉亚·格拉琪亚晕乎乎地看着她穿过广场，感觉自己简直是梦见了这样一场邂逅。

棕榈树的叶子在走廊的地砖上留下阴影，这阴影百无聊赖地晃动着，就像日冕的针在标志时间。蟋蟀从房子的裂缝当中爬了出来，寻找白天的太阳。

但是当玛莉亚·格拉琪亚启动了咖啡机，将卷帘门拉起来摆放椅子时，她发现自己在愤怒地喃喃自语。卡米拉对自己有什么权利？她玛莉亚·格拉琪亚为什么要成为每个人倾诉秘密的对象？他们到底想从她这里得到什么？他们心中那些不可启齿的丑事，他们那一双双充满负罪感的眼睛。那都是她出生之前的事情。他们凭什么把这些麻烦通通堆在她的身上？

然而，想到安德里亚不眠不休、备受折磨还是让她痛苦，让她害怕，就像罗伯特曾经让她痛苦害怕一样。这是爱吗，或者仅仅是怜悯？她不可能像爱罗伯特那样爱安德里亚，她知道这是事实，在罗伯特身上她已经把这种爱的能力耗尽了。然而罗伯特走了，安德里亚却在这里，因为爱她而病了。从来没有人给过她这样的殊荣。对于拓拓和鳏夫德卡斯塔来说，她只是一个做妻子的潜在人选，是可以被替代的。也许，罗伯特也早就找别人代替了她，找了某个英国姑娘，某个战争之前他就认识的情人。但安德里亚不会。

想到他骨裂的腿，回忆起自己从前虚弱的脚踝，一瘸一拐的步子以及这一切带给自己的羞耻，她心中柔情万种。仔细想来，他们是否从前就已经是同伴了呢？她和伯爵的儿子，两个人都没有朋友，两个人同样总是处于精神紧张之中，同样的孤独，同样的好学，同样拿着高分。在学校里，坐在他后面四年，她感觉自己一直在他后面追赶。因为当她超越自己的同伴时，老师们总是从书橱里拿出安德里亚的成绩两相对比。卡勒亚教授总是会喃喃地说："喏，埃斯波西托，现在让我们看看蒂森图这次考试多少分。"学校老师总是把她和安德里亚的分数相互参照。最后一年，她的平均分超过了他的。当安德里亚得知这消息时，他只是微笑了一下，低下了头。那时她认为他这样很没有风度，他为什么不能过来握握她的手呢？但是，这会不会反而是某种程度的敬重呢？就像他颤抖着献给她那朵花时，同样的敬重。

夏天结束时她会给他答案。在此之前，她要尽量把他们俩都从自己脑海里彻底赶走：那个英国人，还有伯爵的儿子。

在那些日子里，即使小岛也变得不平静，不令人满意。虽然岛上的人都知道它曾经是一座火山，但是这火山已经平静太久了，他们都忘记了这一点。然后有时它会很古怪地冒烟，让人记起它的过往。十年之中，总有一两次地面上会裂开一个洞，喷出一股烟雾，烤焦一根藤蔓，或者将一只山羊变成一堆黑色的骨头。另外一些时候，受肉眼不可见的水流的推动，从大洋边缘的石头下面又会冒出温暖的水流。这时，如果把头伸到水面以下，在靠近岛屿侧面的裂缝中能够看到一串串气泡逸出。但这些都在人们的意料之中，毕竟这座岛一直被人们认为是奇迹之地。

这火山从未喷发过，火山口就在伯爵别墅中的某个地方，但有时火山口也变换位置，造成剧烈或者轻微的震动。一九四九年就是这样的一年。那年的一月，夜阑之家的天花板裂开了几个新的裂缝。到了三月，人躺在酒吧的地板上就会听到从地下传来的声音，仿佛呻吟一般。康瑟塔兴高采烈地报告了这一现象。她躺在瓷砖上，把自己伸得笔直，像一只海星，还嘘嘘地要每个人都保持安静，这样她就可以听到那声音。“地震要来了，”她宣布说，“玛莉亚·格拉琪亚，地震要来了。”

这孩子对于混乱和暴力仍然有着令人不安的喜好和渴望。瑞祖告诫她：“圣阿佳塔会保护我们免遭任何地震的危害。我太老了，地震不会来危害我。”然后他试图用以前地震中发生的可怕事情来吓唬康瑟塔。当时潮汐从西西里带来了滔天巨浪，这浪袭击了小岛的海岸。除了夜阑之家，还有老瑞祖的农场以及伯爵的别墅，所有的房子都被冲走了，就像诺亚和他儿子们的故事。岛上的人不得不逃到更高的地面上。

康瑟塔却不肯被吓到，她两眼发光地叫道：“想象一下，什么东西都没有了，我父亲的愚蠢的商店，还有所有的东西都没有了。”

当感觉到大地第一次真正的战栗时，玛莉亚·格拉琪亚正在梯子上粉刷酒吧的门脸。地面向一侧猛地一拉，像一艘渔船马上就要搁浅。从梯子上下来，恐惧使她想喊但没有喊出来。她撞上了自己的哥哥，弗拉维奥喊道：“上帝啊！”他光着脚，身上还穿着睡衣，跑过了广场。“弗拉维奥，”她喊道，“回来！”

大地平静了，小岛又一次安静下来。她穿过广场追上哥哥，将他逼到了格苏伊娜的空房子的阴影中。他蜷曲着跪在地上，一群人聚拢来。“弗拉维奥，”她说，“安全了，地震过去了。”

弗拉维奥这才伸直身躯，摇着脑袋痛哭起来。他不断地摩擦着自己右手的残肢。当她站起来靠近他，看着他的眼睛时，她能够看到曾经在年老的格苏伊娜眼睛里看到的一层膜。呈现在他眼睛里的，不是阳光明媚的广场或者夜阑之家，而是沙漠。花了好长时间，她才说服他牵上她的手。

当她领着他回到酒吧时，他浑身颤抖，紧紧地裹着自己的睡衣，就像一个女孩子被风吹着一样。有人发出一声嘲笑，但是自从发生和安德里亚的绯闻之后，她的反抗精神陡增，她把弗莱维奥拉到身后，昂着头，“来吧，”她说，“不是每个人都曾像你那样勇敢地战斗过，弗拉维奥。”

从那天起，岛上的流言蜚语又开始流传，毫无疑问，埃斯波西托家的孩子从战场上回来之后脑子就坏掉了。没有任何人愿意听玛莉亚·格拉琪亚说什么。

地震不断发生，小岛被一阵宗教狂热席卷。弗拉维奥尤其深陷其中。酒吧前门的旁边本来摆设着一些圣阿佳塔的小摆设。二十几年了，没有人注意它们，但是最近这些小摆设一个个地消失了。首先是圣水，然后是玫瑰经文，最后甚至是那个可怕的心脏正在流血的圣人塑像。在四月的一个夜晚，那尊塑像，也被人诡秘地带走了，只在大厅留下了一个没有尘土的圆圈，标志着它曾经在这里站过。皮娜在房子里到处翻找，最后在弗拉维奥卧室角落里两根烧黑的蜡烛之间的一块布底下翻出了这个。这时大家才注意到弗拉维奥对于宗教的狂热。在夜里，玛莉亚·格拉琪亚听见他在楼上房间里喃喃祈祷。很快，他就长时间地从酒吧里消失不见了。后来他被发现跟在神父后面在教堂里走来走去，围着神父问各种各样的问题。

当阿梅德奥向他道歉时，神父说："哦，我不在乎。圣阿佳塔知道我一直喜欢你的孩子们，阿梅德奥——不过我担心我教不了弗拉维奥更多正统的东西了，我自己都要忘光了。"神父让弗拉维奥去擦洗祭坛背后那尊巨大的黄铜十字架。这是他从来没有好好干过的杂活，但是弗莱维奥以神圣的献身精神投入到这项工作中去。他满怀崇敬地用神父给他的一块旧衬衫上的布头擦洗着十字架。偶尔停下来看着金属做的基督的脸，喃喃地说出一些自己的请求。每天午饭时间，玛莉亚·格拉琪亚都要关上酒吧走到教堂去把弗莱维奥接回来，否则的话，他会忘记吃饭。在途中他慷慨激昂、毫不停顿地向她宣扬圣人的奇迹，开头和结尾都不是完整的句子，仿佛这些词汇本身无需经过他的大脑就会自己蹦出来一样。"那就是圣阿佳塔的事迹，你知道。那是个谜，没有人知道她是谁，也许是一个贫穷的农家姑娘，或者是个农场主的女儿。然而她看到了神迹，真正的神迹……"他参加了圣阿佳塔委员会，在每个周六的下午一本正经地坐在寡妇们中间，那群寡妇们带着她们的红木或者玫瑰芳香的手绢，讨论着为了圣人的节日应该去买什么蜡烛，或者玛多娜小教堂的跪垫应该缝一缝了。他曾经的儿时伙伴们，如今都是渔民、工人或者店主了。玛莉亚·格拉琪亚知道弗拉维奥已经成了这些人的笑柄。"让她的妹妹经营酒吧，而他却向圣阿佳塔祈祷，"她曾经听人说，"把自己和那些老女人们关在一起说悄悄话"。弗拉维奥现在常常一个人坐在棕榈树下的桌子前斋戒，龇牙咧嘴地只喝一点点柠檬水。

有人嘀咕说那是他良心有罪，是皮埃瑞诺的鬼魂在跟着他。因为这件事，弗拉维奥仍然被很多人谴责，认为他打过那个渔夫。在地震袭来的最初那些日子里，老皮埃瑞诺死了。虽然最终他活到了一个正常的寿数，但他从来没有能够再开口说话，没有能够驾船出海。有些人发誓他们曾经在老人死后看到过他。他跪在自己的墓碑旁，拼命挖掘着想要回到自己的坟墓里。

现在弗拉维奥好像越来越深地陷入到了自己的世界里，他的思想缩小到一个点上。但是有时候在他们从教堂回家的途中，他会心不在焉地抓着玛莉亚·格拉琪亚的小臂。她想让自己相信他在好起来。他却开始满脑子想着要逃离这个小岛。有一次他告诉她说："我要离开这个地方，我要回到英国去。即便他们中有些人像对狗一样对待我，也比我在这里在自己人中间得到的待遇好一些。"

而弗莱维奥好像也看到了皮埃瑞诺的鬼魂。他嘟囔着说："他是绿色的，透明的，他想让我去。我想离开这个地方，我要逃走。"他这些话到底是什么意思，他从来不肯说。但是当皮娜听到他嘟嘟囔囔说的这些话时，总是抽泣不已。她以为儿子所说的是某种精灵的世界，是天堂。"我再也不要被这些海岸束缚住了。"弗拉维奥一边自管自地嘟囔着这句晦涩的话，一边给阿佳塔的塑像打蜡，直到它闪闪发光。

小岛在第一次地震之后平静下来。这时又发生了一个小小的奇迹。伯爵家的农夫们，在比普连哄带骗之下，仍在侍弄他们两年前在南边占据的那块多石的田地。小麦在第二年长了出来，但绿叶边缘都被烤焦了，显然缺乏养分。农民们收获了这部分庄稼，大胆地全部留在了自己家，而没有送给伯爵一夸脱。第二季庄稼又长出来了，是间苗的季节了。这次当他们向田地行进时，没有了手风琴，人数也少了一些，当他们绕过公路的拐弯处时，还瞥了一眼伯爵家的别墅。比普骑在他叔叔的驴子背上，居高临下地劝导着农民们，他策赶着驴子在行列中跑前跑后，好像在指挥着一支军队。“向前进，同志们，”他催促着，“土地是我们的。”

但是当他们到达那块土地时，他们发现土地移位了，变样了。在这块土地的中心，发生了一次小型的火山喷发，熔岩正在汩汩涌出。秧苗四处散伏，被连根拔起，早被阳光烤焦。小阿加多画了个十字，说道：“警示！”他大叫。

“不，”比普说，“自然现象。我们以后必须调查。”

但是这个现象，无论是什么，都不是自然的。农民们在沙质的土地上挖掘，把挖出来的石块儿扔在一旁，居然一点儿一点儿地挖出了一堵石墙，其实也不是石墙，当他们再往下挖时，发现这是一个石座或石栏。它弯曲成半圆形，摸上去冷冰冰的。农民们跑去拿来了鹰嘴锄和铁锹，向更深处挖掘。他们发掘出了第二层岩架，第二层下面还有一层，一层比一层窄，直达最深处的圆形底座中心。“看这里，”阿加多正在不远处挖掘，“一座祭坛。”

他们看到这样的异端和人牲，稍稍往后退去。比普却一下子蹿到了阿加多刚刚在挖掘的角落里，勇敢地用他的锄头敲打起来。“这不是祭坛，”他宣布，“是一个舞台。我很确信，这里是一座希腊或罗马时期的剧场，我到城里去看我表兄弟时，在大陆的明信片上看到过和这一样小的，也看到过大得像足球场一样的古剧场。”

玛祖很精明地说：“这可能会值些钱。”

“伯爵对此一无所知，”比普说，“而这块地是属于我们的了。”农民们围着这块圆形剧场的遗迹，就像守护着一块圣迹。

那天晚上，比普悄悄地来到夜阑之家，紧紧地抱着手风琴。“我要和医生阁下说话。”他告诉玛莉亚·格拉琪亚，“急事儿。非常重要。”

“你是来这儿弹琴的吗？”

“不，不，”比普叫道，“风琴就只是个掩饰。快去叫你父亲来。”

玛莉亚·格拉琪亚叫来了父亲。她听见比普在酒吧的窗帘后面与她父亲窃窃私语:“我们必须找个考古学家来看看这东西究竟值多少钱。这对整个岛来说都是一件有好处的事情，是一件重要的事情。只是我们需要一个受过教育的人来向大家作出解释，这会给卡斯特拉梅尔带来很多财富，很多很多里拉。”

“你会重新公平地分配这笔财富吗？”她父亲打趣地说，“或者你会成立一个先锋党，建立无产阶级专政？”

“都会，都会。”比普热切地说，“但是我需要你的帮助，你是个受过教育的人，医生。无论如何受过足够的教育。你一定认识某个考古学家，我们可以问问他，在佛罗伦萨或罗马，或者随便哪个你来自的地方。”

但是阿梅德奥不认识什么考古学家，神父伊格纳塞奥也不认识。神父那天夜里走进酒吧时被比普堵在了入口处。他神神秘秘地把神父拽到了帘子后面。“我在岛上和你待的时间一样长，我已经不认识外面的什么人了。因为我的罪孽，我也成了你们中的一员。”

令大家都很惊奇的是，岛上唯一认识考古学家的人是皮娜。“但是我们都认识他呀，你们都忘记了吗？就是文西奥教授呀。”“谁？”比普不客气地问道，以为皮娜在开玩笑。“你当时只是个小男孩儿，你不会记得的。文西奥教授就是那个博洛尼亚的考古学家。他以前是关在这里的一个囚犯，他帮我们修过酒吧的走廊。”

“就是那个把木梁放颠倒的傻瓜吗？”比普问道，“我记得皮埃瑞诺先生后来又不得不重新把它修好。”

“文西奥教授是一个重要的考古学家。战前他在塞浦路斯工作，发掘早期的城市。他告诉过我，他曾挖掘出一具保存完好的穿金戴银的女人的尸骨，还有她的孩子的尸骨。比普，就像这样把过去挖掘了出来，这真是一件奇妙而了不起的事情，是一件你应该尊重的事情。年轻人。任何事情都可能重见天日。但我不知道他现在怎么样了。”

“我们写信给他吧。”神父建议道，“写给博洛尼亚的卡莱大学，让我们看看他是否还活着，上帝和阿佳塔保佑，让他能够来，看看这里的废墟。什么都不要对伯爵说，比普，在我们了解得更多之前。”

神父那天夜里就写了一封信，比普把它送上了大陆。圆形剧场又被农民们用鹰嘴锄重新掩埋起来，上面还盖了防水布。那一整月，岛上的人们都严守着这个秘密。虽然脚下的土地还在颤抖着，他们的心中却充满了期待。

没有人认出文西奥教授。他在乱花飘飞的春末来到了小岛上，头发花白，拿着一把奇特的阳伞，还带了一个助手帮他拎包。这位考古学家租用了瑞祖的驴车，但是当他们爬上山时，他示意瑞祖在小镇的城墙外面停了下来。他从车上下来，在以前的监狱外面站了很久。那地方又像过去一样杂草丛生，爬满了蜥蜴，完全没有了监狱的痕迹。到了夜阑之家，他眼含泪水拥抱了阿梅德奥和皮娜。

考古学家到来不久，伯爵就得到了风声，知道他们这里来了一个重要的城里人，就强行插了进来。他开着他的汽车呼啸而来，高高地举起一只手问候教授，好像他们是老朋友一般。“文西奥教授，请允许我对您表示欢迎。”他从车窗里喊道，“我有个提议。”他坚持考古学家必须住在他的别墅里。在那里一切都更加舒服，而且每天吃饭的开销都会算在他的账上。文西奥教授说，他已经在夜阑之家很舒服地住下了。“那么，”伯爵有点儿恼怒地说，“过来吃晚饭吧。”“不，谢谢你，伯爵先生。以前在岛上的日子我记得很清楚。”

伯爵恼羞成怒，把头缩回车里，开车走了。

第二天黎明，农民们护送着文西奥教授来到了被掩埋的圆形剧场。老教授手脚并用，开始用一个细毛刷扫除蒙在上面的尘土。偶尔他会停下来割下一片草或泥土，或者给他的助手指出什么东西。助手带着一个木箱，就像岛民们用来运小鸡的那种箱子，从箱子里他拿出一些奇奇怪怪的东西：一个像筛子一样的东西，一套牙签，一个板刷。

有些岛民对此愤愤不平，怀疑这就是一场儿戏。但教授继续着他的工作。“这就是他要做的？”男孩儿阿加多爆发了，难以克制自己的失望。当人们发现事情确实就是这样后，岛民们慢慢散去了。

同时，伯爵听说了这次发掘。第二天早上，当一小队人护送着考古学家从夜阑之家来到现场时，伯爵的两个护地员已经在那里等着他们了。安德里亚·蒂森图站在他们中间。“这里是私人土地，”他说，“未经我父亲的允许，没有人能够进去或离开。”

“我是说，”文西奥教授，以一种城里人的平静语调，不卑不亢地说，“我们有发掘工作要做。”

安德里亚双手握着手杖。在他说话时，他的目光偏向玛莉亚·格拉琪亚，然后又重新回到老教授身上。“没人能够进入这块土地。”

比普愤怒地从驴背上跳下来，走进了伯爵家土地三步。“你看，蒂森图先生，”他宣示道，“有人就进来了。”

安德里亚举起手杖敲了敲比普的肩膀：“回去，比普，我告诉过你了，没有人能够进来。”

“现在这是公用土地了，”神父低声说道，“无论如何，蒂森图先生，不要动武，大家平心静气地解决这件事情，不是更好吗？”

安德里亚向前靠近神父，就像神父是他父亲的一个佃农一般。“谁想夺走我父亲的土地，我就和谁动武。如果你们哪个狗屁东西敢跨过这道篱笆，我就和他动武，圣阿佳塔作证，看看我敢不敢。”

比普挑衅地又往前跨了一步。安德里亚一挥手杖，手杖上镶银的包头，把比普打得在地上乱滚。

“所有参与占领这块土地的人都被解雇了。既然你们不给这份工作应有的尊重，你们都另外去找工作！你们这些狗屁东西不再是我父亲的佃农了，婊子养的！”

“你父亲在哪儿？”神父一只手放在那孩子的肩膀上说，“这不是他的事情吗？不要这么鲁莽，把为你们家干活干了几辈子的人都解雇掉。”

“我不会像这样被奚落，这个圆形剧场是我们家的，这块土地是我们家的。”

他的脸气得发白，又挥舞了一下手中的手杖。农民们三三两两分作几堆，一哄而散。比普的驴子惊了，挣脱了男孩儿阿加多的控制，沿着公路一溜烟跑掉了，把他的主人丢在了脑后。一切都乱了套。在安德里亚身后，伯爵的下属肩膀上扛着枪虎视眈眈。“土地占领运动结束了，”安德里亚说，“你们被解雇了。”

当阿梅德奥在酒吧柜台上为可怜的比普包扎受伤的头部时，文西奥教授安慰他们道：“从我目前了解到的来看，这座剧场不算很有价值，属于罗马时期的圆形剧场，面积不大，被毁坏得很严重。我本想再去好好看看的，很抱歉因为我，你的头被打伤了。农民们丢了工作，为此我更加感到无比难过。”

比普狂怒道：“我要再出海去。”他发誓道：“我要再去做渔民。我和这个岛完结了，和伯爵完结了。”第二天他卷起了他的旗帜，驾着皮埃瑞诺的一艘旧船出海了。他重新油漆了一下那条船，为它命名为圣玛利亚之光号。这一趟他出去了好几个礼拜，在大海上四处飘荡。在中间短暂地回来时，他总是在酒吧里咬牙切齿地说道：“如果我不能改变这里的局势，我就去别处。”

福兮祸兮，土地占领运动的结束，从另外一方面也成了一桩好事儿，因为这件事情间接地使文西奥教授另外有了一项更重要的发现。以前作为囚犯时，他从来没有听人说起过海边的岩洞。这次在他上岛后的第五天，他们只是偶然向他提到了那些岩洞。当时教授坐在酒吧的游廊上，小口喝着格苏伊娜的最好的青柠檬酒，研究着阿梅德奥的故事本。格苏伊娜去世前留下了二十瓶这样的酒。只有最重要的客人来时，酒吧才会拿出来，现在只剩十瓶了。

喝着酒，全身暖暖的，教授研读着阿梅德奥的故事本中关于岩洞的故事。突然，他灵机一动，凑过来轻轻地碰了碰医生的手臂内侧，“这些地下墓穴，它们是真的，还是神话？”阿梅德奥听到这个问题有点儿惊讶。“真的。”他回答道。

“真的真的，”在一旁听到他们讲话的瑞祖热切地插了进来，“方形的岩洞，里面有骷髅、骨头，还有些其他东西，各种遗迹。”

听到这一消息，教授激动得像个孩子。他打翻了自己的酒杯，跑上楼去拿一个手电筒，回来时却稀里糊涂地拿了他那把古怪的刷子，结果不得不重又上楼去。他还把他的助手指挥得团团转，要助手带上各种设备。“带上隔板、刷子，还有，两个铲子也都带上。不不，马上过来走吧。我们以后再拿这些东西。”

瑞祖驾着驴车送教授去岩洞，一路上怀疑是因为圆形剧场带来的失望把这老头儿搞疯了。“不像你想的那样，有那么多东西可看。”他告诫教授，“就几个骷髅和一堆白骨，也许我刚才稍稍夸张了一些。”

但是他们一走进岩洞，教授就埋头在黑暗中工作起来。抚摸着岩洞里的墙壁，就像抚摸着情人优美的身体曲线。他宣布这个地方是个死者之城。“很罕见的东西，是个重要的场所，是古代人们埋葬死者的地方，很少有保存这么完好的。瑞祖先生，这比那老旧的罗马剧场要令人激动得多了。这是一个对全世界而言都很重要的地方。它可能有几千年的历史了。”

“死者之城，”瑞祖惊奇地说，“这就能解释哭泣魔咒了。”岛上的人们听到教授把卡斯特拉梅尔认定为一个对全世界都很重要的地方，感到无比骄傲。他们一直有这种怀疑和期待，现在被一个聪明的城里人证实了。

在随后的一周里，从博洛尼亚开来了一支完整的考古队伍。他们带来了帐篷、篱笆、木桩和绳子，在现场搭起了一座发掘场。大地的微震将洞中的骷髅头震落下来，现出通往第二个岩洞的一条通道。仍旧用着岛民们看起来像剃须刷和牙签的东西，考古学家们把土从洞中清运了出去，然后他们发现一系列的墓穴，以及一储藏室的陶罐，还有两个金币。瑞祖已经到处宣扬说，外国的考古学家们，这次会彻底解释清楚“哭泣魔咒”这个谜团。岛上的人们很乐意提供帮助。老玛祖在第三天时出现在了岩洞里，带来了一套锄头和铁锹。“你们会需要这些，”他说，“你们没钱买任何设备，真是可怜。所以我们决定把这些作为礼物送给你们。”

考古学家们一鞠躬爽快地接受了他们的礼物。但是第二天当老玛祖经过岩洞时，失望地发现，他们依然在用他们的刷子工作。第二个月，一队德国的考古学家过来加入了他们。从黎明到黄昏，人们听到这些外国人，一点一点地敲打着岩石。当发现宝贝时，他们就用他们的北方语言大声喊叫着。

与此同时，既然酒吧以及小岛已经注定是她的归宿，玛莉亚·格拉琪亚从自怜自艾中摆脱出来，决定不妨好好利用它们。

比普现在心里又有了新的想法。一天晚上他走进酒吧，心不在焉地在柜台上丢下了一条血淋淋的吞拿鱼，宣布了他想要开设渡船服务的想法：“伯爵要确保岛上没有人能出岛做生意，我一直在想破解的办法。他不让我们挣钱，而他所挣的钱都花到了别的地方，花到了罗马、巴黎或巴勒莫的餐馆里，我们却连一艘正经的渡船都没有。我要让我的孩子们到大陆的中学去读书。为什么不能有一艘渡船带客人上岛，再带人们离开小岛呢？我要让游客们来这儿买文森佐的画，在你们的酒吧喝咖啡，再看看我们这儿的风景，就像他们在雅典、瓦莱塔和巴勒莫一样。既然我们这里已经有了一个很不错的考古发掘现场。”

渔婆阿佳塔听了把口中的咖啡喷得满桌子都是。

“怎么啦？”比普气愤地叫道，“我们不是有一座教堂，一个圣人和一系列遗迹吗？就像他们的风景名胜中最好的那些一样，都是值得看、值得买的东西！游客们最喜欢这些东西了。游客——我在锡拉库萨看到过他们，在希腊的遗迹看到过他们！明信片！角斗场的塑料小模型！他们什么都买。我们有一座死者之城，不是吗？不是一样好吗？你们当中已经有一半的人靠给考古学家们提供食宿挣了钱。我们还有更多可做的。我们得做现代人，用现代人的方式打败伯爵！”

“我同意，比普，”神父在角落里出人意料地说道，“我想你是对的。游客们一定得来看看，看看这里海边的洞穴，见证圣阿佳塔的节日。我们的孩子必须到大陆的中学去读书。当人们生病的时候，我们必须有工具能把病人送到医院去——你们知道的，我很久以前就有这个念头了。伯爵和他的家族已经向这个行业伸手了，但如果我们想要实现现代化，我们必须要靠自己。”

“我们可以成立一个委员会，”玛莉亚·格拉琪亚前一刻还在擦拭咖啡机，现在惊奇地发现自己已经参与到了这场讨论当中，“就像圣阿佳塔委员会一样。但是我们只是为了改善这个岛的生活条件。”

“这是个好主意。”比普顺着她的观点说道，“这很好，玛莉亚的想法很好，我们会有一个委员会的。”“你又想拉我一起干了。”玛祖嘟哝着。但是当玛莉亚·格拉琪亚从账本中撕下一页在酒吧的客人中传递，要愿意参加的人签名时，甚至连他也签了名。

七月的第五天，卡斯特拉梅尔现代化委员会举行了第一次会议。出席会议的有，玛莉亚·格拉琪亚、阿梅德奥、皮娜、神父伊格纳塞奥、艺术家文森佐、两个农民玛祖和瑞祖，以及一半儿被伯爵解雇了的农户，还有渔婆阿佳塔。自从她兄弟回来以后，她就不再打鱼了，她感觉自己因此被降了级。没有结婚一直是单身的阿佳塔，一直住在一幢淹没在凌霄花丛中的小房子里，只有狗儿柴皮与她做伴。她沉着冷静地拒绝了她妈妈和兄弟想要把她赶走的企图。“嫁个丈夫，还不如让我死了。”她总喜欢这么说，虽然大家都知道，自从战争结束后，比普就一直在紧紧地追求她。

在会议上大家一致同意，要为小岛的旅游观光打广告，还一致同意，要开通一天两个来回的渡轮服务。赚到了钱，将用于支付在地震中损毁的房子的维修费用。如果事情顺利的话，还要给渔民合作社购买新的渔网，扩建学校。

当讨论快要结束时，阿梅德奥发言说：“大家听我说，我们在实现目标的过程中，一定要小心谨慎。我们不是一直都互相帮助、互通有无吗？不是在邻居们遇到困难时都会伸出援手吗？我还记得当玛莉亚·格拉琪亚小时候生病时，你们带着烤好的茄子聚拢到我的身边，当时我还对此不屑一顾，但是这个小岛不能因为有钱赚了就改变，一定不能改变。你们必须还是我一直认识的卡斯特拉梅尔人。”

“也许是这样，”比普说，“但是金钱就是金钱，现在是时候让卡斯特拉梅尔变成一个现代化的地方了。”

随后的一个星期六，比普和阿佳塔划船去了大陆上，带着一个新粉刷的招牌，上面写着这样的广告语：“卡斯特拉梅尔的古代大墓场”，替岛上的历史之游做宣传。游客们付一百里拉或者一个美元，就可以乘渡轮上岛，然后再坐上瑞普的驴车，到海边参观考古学家的发掘现场。他们在招牌上把岛上的一切都吹嘘成了复数，包括具有历史意义的酒吧、古老的教堂，还有圣阿佳塔的神龛，骑驴之行，还有冰激凌（冰激凌现在还没有，人们希望拥入的游客能够让夜阑之家在年底之前安装岛上的第一台冰激凌机）。

游客们来了，但不是大量拥入，只是零零星星的，他们被淳朴的广告牌和隔岸看到的小岛浪漫的侧影，以及圣玛利亚之光号渡轮的迷人颜色所吸引。

在长时间咔嗒咔嗒的驴车之行后，游客们在小岛的中央发现了一座提供茶水和糕点的酒吧。从一台古老的无线电收音机里，BBC电台发出刺耳又响亮的声音。游客们觉得自己既经历了冒险，又仍然处在现代文明伸手可及的地方，这令他们非常满意。此外，一半的游客都是学者，他们被文西奥教授最新的关于卡斯特拉梅尔岩洞墓场的研究所吸引，教授刚刚把他的研究成果发表在美国的考古杂志上。

其中的一名游客也是以前被关在这里的囚犯，诗人马里奥·瓦佐。他现在已经有了一点小名气，凭借其文学声誉，四处闲逛与人厮混。但他这次一个人来到小岛，徒步爬上山，走到了夜阑之家。皮娜从走廊上她习惯坐着的位置上，站起来欢迎他，两个人立刻认出了对方。马里奥登上台阶，拉着皮娜的手。他们手拉着手相互凝视了很长一段时间。

马里奥·瓦佐告诉他们，在战争结束时他失去了妻子，但是他的儿子幸存了下来。他儿子现在是一名大学生，在都灵读法律。马里奥提起他的儿子，胸膛骄傲地挺了起来。马里奥还带来一个纸袋，他把它交到了皮娜的手里。“我最新出版的书，”他说，“你会看到我终于找到了恰当的词汇来描述战争。我一直想回来一趟，把这本书亲手交给你，但一直没有成行。然后我就看到了报纸上关于考古发掘的报道，这则消息就像一个不容错过的启示。这座岛，在世界地图的末端。”

这本书的名字很简单，叫作《奥德赛》。看到一本以印刷形式出现的书籍，以及封面上标的价格——一千里拉，瑞祖现在不再嘲笑他了。他问道：“这是一本史诗吗？”

“是的，”马里奥·瓦佐微微点头确认，“这是一部现代版的奥德赛。”

“听起来挺有趣的。”瑞祖承认道，“只要有一两场海战，再保留那些关于岩上裸女的部分。”岛上的每个人都知道奥德赛的故事，也知道他们自己岛屿的传说。皮娜自己在炎热的下午也曾在教室里向她的学生们朗读过，在朗读之前，她会打开窗户，让大海的喧嚣传进来作为背景声。

后来，当她和诗人单独坐在走廊上时，皮娜从纸袋中抽出这本书，从封面上她读到，马里奥·瓦佐被提名为两项重要大奖的候选人："巴加塔大奖"和"斯特列加大奖"。这两项大奖皮娜都没有听说过，她为此感到很羞愧。《奥德赛》售出了上万本，一本"引起全国关注的书"，一位罗马的教授写道，他的评语印在书的扉页上。"我在这里的时候，那个故事一直萦绕着我，所以我把它复述了出来。"他用法西斯卫兵替代了独眼巨人，用囚犯替代了希腊人，都是回家的故事。

皮娜坐在走廊上，慢慢地读着这本书，就像品尝一杯余味无穷的橙子酒，而诗人则躺在她旁边，在阳光下打盹。皮娜非常认真地读完了整本书。还不时地用铅笔在书上做些标记，就像她在做校长时读但丁和皮兰德娄的著作时所做的那样。读完后她被感动得眼中含泪，说不出话来，"一部天才的作品。"她声称。

当第二天皮娜带着他们的客人去参观墓葬的发掘现场时，阿梅德奥也读了这本书，不过他没有那么认真，带着点儿内疚跳过了好多页。是本不错的书，阿梅德奥内心不得不勉强承认，这甚至可能是部天才之作，就像皮娜所说。他能辨别出其中的一些事件，这些事件的原型是战争期间发生的肮脏、可耻的斗争，作家却把这些事件改编成具有神话色彩的斗争历程，就像他所钟爱的小岛故事一样。皮埃瑞诺被打的事件，成了一场史诗般的战斗，美国人的到来变成了神的解救，一切都改编得很巧妙。

然而，其中一部分让阿梅德奥很困扰。这本书描写了囚犯奥德赛如何与岛上的一个女人相爱。而这个囚犯奥德赛，就代表马里奥·瓦佐本人。在一个"海水发黑、繁星满天"的夜里，这两个人物在海边的岩洞里做爱，在死者之城的墙壁之间的骷髅上翻滚。那难道不是指卡斯特拉梅尔的岩洞吗？阿梅德奥感觉这描写很生动，几乎很下流，真实得令人毛骨悚然。这让他带着二十多年以来没有感到过的羞耻，想起了他自己与卡米拉的幽会。这里描写的地点是真实的，岩洞里的尸骨扎着他们的脊背，沙子进了他们的头发，冷水渗进了他们交缠的四肢，以至于他们浑身都起了鸡皮疙瘩。那么，马里奥·瓦佐认识或者在乎除了皮娜之外岛上的哪个女人呢？皮娜雇用过他，维护过他，收集过他所写的那些诗歌的片段，还把它们用绳子扎起来放进了自己床头柜的抽屉里。不到六个月前，阿梅德奥还在那里看到了那些黄色的纸巾，很惊奇地发现它们被如此精心地保存着。自从马里奥离开小岛后，皮娜从来没有提起过他。但是从那时起，那些黄色的纸巾困扰着阿梅德奥。而现在，这些回忆又再次刺激了他。

同样，他妻子起身迎接这个囚犯的动作，饱含感情，也刺激了他。眼下他的脑海中起了怀疑，这种怀疑十分荒唐而无法表达出来，但也不是完全没有依据而足以使他淡然处之，完全释怀。他发现自己会隔着晚餐桌上的豆子和酒吧里的人群，盯着诗人看。想到诗人和皮娜有可能在海边的岩洞里做这么无耻的事情，他就心神不宁。他们俩之间有这种事情吗？在他和卡米拉犯下罪孽之后很多年，他的妻子也有了背叛行为，真是奇怪。现在流言已经蔓延开来，说有人看到他俩在海边岩洞的悬崖顶上待在一起。而皮娜的确常常横穿整个小岛，在很奇怪的时间段回家，头发被风吹得乱糟糟的。阿梅德奥曾经听到他的妻子天黑以后在顶楼的房间里和玛莉亚·格拉琪亚说话，声音时高时低，就像战争期间的摩托艇的声音一样，说着一些悄悄话。但是由于距离太远，不管他如何把耳朵紧贴在门上，也一句都没有听清。岛上很多人看到事情如此转折，很兴奋，把这件事情称作一种诗性正义。阿梅德奥不知道该说什么，所以什么也没有说。然而，当诗人离开的时候，他还是很高兴。他拿上诗人的书，把它藏进了顶楼金巴利酒的盒子里，还在妻子面前假装不知道这本书去了哪里。皮娜表现得很平静，也没有流露出任何负罪感。她只是乘着比普的渡轮，去了内地一趟，在锡拉库萨的书店里又重新买了一本回来。

在夏天快要结束时，一场会议在镇政厅召开，考古队向人们展示了他们的发现成果。大厅里挤满了人，就像做圣阿佳塔弥撒时的教堂里一样拥挤，因为每个人都想听关于哭泣魔咒考古队怎么说，虽然其实并没有人在他们的一生中听到过哭泣声，但是所有人都认识某个听过这哭泣声的人，比如，阿姨的阿姨，或者表亲的表亲。这些人都曾经庄严发誓，哭泣声真的存在，他们也都被这些哭泣声折磨得晚上睡不着觉，甚至要发疯。也许这些外国人能够解开这个谜团。

阿梅德奥带着他的红色笔记本坐了下来，准备记录这个故事。瑞祖则迫切地占了第一排的第一个位子。因为不断有更多的人拥入——穿着粗花呢长裤和油乎乎的白色背心的渔民，带着白色围裙的小店主，还有因为田间灰尘蒙面而像带上了死亡面具的农民。会议不得不推迟了一个钟头。比普为了参加这次会议，特意暂停了渡轮服务，但还是迟到了二十五分钟。渔婆阿佳塔跟在比普后面进了会场，还是穿着她那条油腻腻的长裤，戴着那顶博尔撒尼诺男式帽子。康瑟塔也从她父母那里跑了出来，头发凌乱，沿着一排排的板凳，挤到了玛莉亚·格拉琪亚的身边。两个圣阿佳塔的寡妇虽然一直声称，发掘工作以及所有关于哭泣魔咒的说法令她们十分愤慨，但她们还是悄悄地，令人不注意地挤了进来。在阿尔坎杰罗的率领下，镇议会的成员们也扬扬自得地一起来到了会场。岛上的人们还在拥进来，因为没有板凳好坐了，所以不得不调整座位，有些年轻人被赶出去以便让位给老年人。还有一些人在推推搡搡抢位子。

这种没有时间观念的态度，让北方佬很抓狂。大厅的门终于关上了，一位女考古学家站起来发言。她是一个德国人，一头灰色的卷发，露着长着雀斑的胳膊，额头流着汗。她发言，文西奥教授为她翻译。

“海边的岩洞，”她告诉岛民们，“是一处地下墓场，一座有着超过一百座坟墓的大型墓场。最小的墓穴是家族性的，每座坟墓中有两到七具尸体。三个大型的墓穴……原先是……我该怎么说？是从石头中凿出的居所，后来才被用来存放人们的遗体。其中最早的墓穴可以追溯到史前时期，大型墓场也可追溯到拜占庭帝国时期。墓穴中也有一小部分是自然形成的洞穴，但大部分是人工凿出的。这是一次重大的发现。”文西奥教授加上一句，“就像我开始怀疑的那样。像这样的墓场，在地中海地区，除了潘塔利加的那处遗迹之外，是唯一的一座。我们发现的一些遗物，会在米兰和罗马的一些重要博物馆里展出，我们希望借此吸引更多其他的学者——当然还有游客，来到你们的岛上。”

说到这里，德国女考古学家优雅地点了一下头。她的助手，戴着手套，几次走上前来，第一次手里端着一柄生锈的刀，第二次端着一个被锈蚀的别针，锈得如此严重，以至于看起来就像某个来自大洋深处的爬满甲壳动物的东西，然后又拿了几块玻璃碎片上来。岛民们注视着这些东西，就像他们身处圣迹之中一般。最后，比普问道：“有多少游客会来呢？”同时瑞祖也说道：“但是，哭泣魔咒又是怎么回事儿呢？”

“首先回答第一个问题，”文西奥教授回答道，“我们目前还不能说这一处遗迹有多么重要。但是一旦我们在十一月份在汉堡举行的会议上发布我们第二份更详细的报告，我想会有至少一次更大规模的发掘，至少持续一整年。”

渔婆阿佳塔附和了瑞祖的问题，声音更加尖锐：“哭泣魔咒是怎么回事儿？”

教授瞥了一眼那位德国考古学家，她微微点了点头，灰色的卷发抖动着，并没有及时回答，而是把发言机会还给了教授。教授站了起来，用舌头有条不紊地把嘴唇润湿了一圈。“我们相信我们已经圆满地解决了这一谜题。”他说，“岩洞所在的岩石是透水的、多孔的。”台下台下的听众都茫然地、尊敬地仰望着他。教授是用正式的意大利语发言，他尽量挑选着岛民们能够听懂的词汇，因为他除了会说他自己的家乡波伦亚的方言而外，不会说其他方言。“水流过岩石，”他继续说道，“空气也穿过。当我第一次进入洞穴，我曾感到有一股小的气流。那是一件奇怪的事情，因为气流来自地下。”

现在，终于有了一些低声的附和。是的，每个进到洞穴里的人都曾感觉到这股奇怪的气流。这个词汇与他们的方言中的词汇是一样的。

“离大海这么近，岛上那个地区的岩石早在墓穴被建起来之前就被侵蚀了。”文西奥教授说道，“风化了，这也是墓场中自然形成一小部分墓穴的原因。拜占庭时期的岛民们则一定是人工挖掘了墓室。但是在几个世纪过去后，岩石进一步侵蚀，因此在墓室之间有了许多联通的通道和裂缝。无数小的开口。你们会发现，即使你们往里走得更深，你们仍然会感觉到气流，呼吸到新鲜的空气，对吗？”

这下又有些人点了头。但是岛民们始终认为洞穴中有自然空气就是个奇迹，而这一现象是奇迹的一部分。“当风从某个角度吹进来，”教授继续说道，“一个奇怪的现象就发生了。风通过像漏斗一样的岩石裂缝口时会引起奇怪的呜咽声。我们平常也都曾听到过。可能这一现象对史前的岛民来说并不稀奇，可能这还是他们为什么把这里选做墓场的原因，一个适合进行哀悼的地方。”

“但是房子又是怎么回事儿呢？”另一个人问道，“当你挖出它们用于造房子时，岛上所有的岩石都会发出哭泣声。这大家都知道。”

但是此时，质疑声打断了他。几个岛民低声说出不同意见。“我就不知道，”玛祖大声说道，“我们在一九三八年曾拓宽农场，我不记得我们用过的石头发出过任何哭声。”

“医生阁下的房子是怎么回事儿？”渔婆阿佳塔大声说道，“那幢房子发出的哭声比其他人家的房子时间都要长。有人听到过吗？这儿一定有人听到过。”

但是没有人说话。有些人曾听说夜阑之家这幢房子在遭难时会发出哭声，其他一些人认为他们在电闪雷鸣的夜晚离开这间古老的酒吧时，曾微弱地听到过这种声音，那时这间酒吧还属于瑞祖的兄弟，但是没人能够庄严发誓，说曾听到过石头发出哭声。

“这正是这些岩洞的另一个不同寻常之处，”文西奥教授说道，“我们相信被埋葬在这儿的岛民们不是多年中一个一个地死去的。他们是在大概几个月或几年的时间里集中死亡的，并不是在几个世纪的时间里陆续死去。尸体埋葬的方式似乎出奇的统一，尸体是被集中放进来的——至少，没有重新打开墓室以接受新的尸体的迹象，大家倾向于对这样大型的墓场做这种想象，就像潘塔利加的那处墓场那样。在更大的墓穴中，从尸体的位置来看，它们没有被动过，我们可以看出他们是被一下子全部放进来的。可能这儿发生过悲惨的事情，自然岛上的居民开始相信从那以后小岛就是一个令人悲伤的地方，一个令人忧郁的地方，甚至是一个被诅咒的地方。”

岛民们无助地看着医生，那个了不起的民间故事搜集者，但是发现他在点头，表示同意教授所说的一切。

考古学家们发布他们的发现报告之后的几天，激烈的反对声在小岛上蔓延。对于那些一直相信哭泣魔咒的人们来说，考古学家们平白的、没有任何神秘色彩的解释简直就是对他们个人的冒犯。“肯定还有他们没有说到的。”瑞祖坚持着，“肯定不止这些。我不否认我很失望。地下墓穴，墓室。这都是什么话？哭泣魔咒绝不会就是风声玩的把戏。它不是风灌进洞穴的声音，就像一个大屁。”

“那又有什么关系？”康瑟塔在柜台后面说道，她正在玛莉亚·格拉琪亚身旁将热咖啡舀进杯子里。“我从来不怕这些愚蠢的洞穴，如果它们能带来游客，让他们盯着旧玻璃片和生锈的别针看并为此付钱给我们，我头一个赞成不再有什么哭泣魔咒。”酒吧因为给考古学家们提供餐饮服务，以及接待游客，早已赚了很多钱，可以很快就能支付购买冰激凌机的首付款了。玛莉亚·格拉琪亚，在她的床底下的空瓶子里，每个礼拜都还秘密地存些里拉进去。

比普倾向于赞同康瑟塔的意见。“我也很高兴，”他说，“哭泣魔咒对旅游业没有好处，不是吗？也不会再有了。”

“就是有哭泣魔咒，”瑞祖凶巴巴地说，“就是有哭泣魔咒！就因为他们说没有就没有啦？他们说的不算数——那些说着大舌头的意大利话，拿着他们的牙签和板刷的外国人！”

“这还是个美丽的故事，”阿梅德奥说道，“不管严格来说它是不是真的。”他的话气得瑞祖直喘粗气，将他的咖啡洒了一桌。

确实，虽然早就过了九十岁的瑞祖先生再硬朗地活个四五年应该不成问题，但他从来没有克服他的失望感。直到最终他都觉得，解开洞穴之谜，是对他个人的一种冒犯。

五

在考古学家考察卡斯特拉梅尔岛上岩洞的那个夏天，弗拉维奥·埃斯波西托更倍感煎熬，更感到有幽灵相困，比任何时候更加决意离开这个小岛。他一边做着日常的工作，一边嘴里咕哝着："我不能再被困在这些海岸之间了"。听儿子这样说，皮娜·维拉潸然泪下，因为听上去，他俨然已经决意去死。看到哥哥弗拉维奥·埃斯波西托的不公平遭遇，玛莉亚·格拉琪亚义愤填膺，不能自已。

从镇政厅开会回来的那个早上，弗拉维奥·埃斯波西托回到家，眼里喷着怒火，身子发抖，身上沾满了刺梨的花骨朵，整个人就像一座烈士的塑像。他不肯说出是谁在他身上扔的这些东西，不肯说出是谁在第二天打得他眼圈发青，也不肯说出第三天是谁在他从海上回家的路上用鱼钩扯烂了他的裤裆。但是，当玛莉亚·格拉琪亚给哥哥弗拉维奥·埃斯波西托洗脸的时候，当她给哥哥受伤的皮肤涂抹芦甘石液的时候，她跟自己的母亲一样，怒火腾腾地往上蹿。她说："这是有人想把他从这个岛上赶出去。这是有人想把他逼疯。这个人到底是谁，我一定要弄个水落石出。"

有人在节日后再次看到过渔夫皮埃瑞诺的鬼魂，看到他用半透明的绿色手指在地上挖土。

镇政厅会议之后的第二天，夜阑之家依旧关门歇业。下午四点三刻，弗拉维奥·埃斯波西托醒来的时候，玛莉亚·格拉琪亚把他叫到厨房。她把其他人都打发走了——因为每次说到弗拉维奥·埃斯波西托的病情，她母亲皮娜·维拉总是伤心流泪，她父亲阿梅德奥·埃斯波西托则总是坐立不安、喃喃而语。她让哥哥坐在她面前的宽大的桌子前，命令他将渔夫皮埃瑞诺被打的实情给她讲一下。

弗拉维奥·埃斯波西托坐在桌前，两只胳膊肘撑在餐桌上，双手托着脑袋，一个巨大的阴影笼罩在他身上。玛莉亚·格拉琪亚毫不气馁，她一边抖动着漏勺中的茄子，让它渗出汁液，一边耐心地等待哥哥道出事情的真相。晚上的凉气自窗户丝丝而入。在特拉祖家的农场上，德国牧羊犬突然一阵吠叫，一阵，两阵，三阵……弗拉维奥·埃斯波西托最终说道："我根本什么都没做，爸爸妈妈认为我疯了。可我并没有疯。我也见过他，那个绿色的幽灵。在海边的洞穴前我见过他，他跟一群被困的龙虾走在一起，浑身都是绿色的汽车艇油污。就连他也认为是我干的，但是我根本什么都没做。”

玛莉亚·格拉琪亚说道：“亲爱的哥哥，告诉我这是怎么回事。”

弗拉维奥·埃斯波西托沉思了几分钟，两眼盯着两脚之间的瓷砖。然后，他说道：“那天晚上，巴里拉会议后我很早就被赶回家。你应该记得，当时，我咳嗽得很厉害。”

“是的，我还记得。”

“按计划我们要进行一个特殊的晚间任务。我们不得向任何人提到这个事。然后，卡勒亚教授告诉我不要参加当晚的任务了。于是我离开了，心情很糟，因为我被排斥在外了。我走远路回的家，走的是刺梨路。你知道那条山羊走的小道，穿越矮树草地的那一条——”

“嗯，嗯，我知道。”

“我要告诉你的就这些。卡勒亚老师晚上九点半让我离开。我回了家，路上没遇到任何人。然后，不知怎么搞的，他们突然指控我殴打了渔夫皮埃瑞诺，说九点的时候就得到允许离开，我有时间弄到马鞭，尾随渔夫皮埃瑞诺回家，然后伺机袭击了渔夫。这些话都是谎话。”

玛莉亚·格拉琪亚放下茄子。她将手上的盐擦掉，抓住弗拉维奥·埃斯波西托的双肩。她说：“那就说出真相来。把真相说给岛上的人听。告诉他们，这事情你没有参与——你必须对大家这么说。”

“在这样一个刺探、议论别人隐私成风的小镇子里，谁又会相信我呢？没有人会相信，所以给他们讲也没用。他们对我已经下了定论。”

弗拉维奥·埃斯波西托剧烈地咳嗽起来，声音沙哑，然后他准确地把从胸腔深处咳出的东西吐到厨房的窗外。

玛莉亚·格拉琪亚决定去会一会阿尔坎杰罗。

杂货铺在离大街有点距离的一个小地下室，里面很凉快，散发出木材的味道，油漆的架子和柜台自十九世纪以来一直没有改变过。玛莉亚·格拉琪亚站在魁梧高大的阿尔坎杰罗先生面前，眼睛扫过盒装意大利面、罐装蔬菜和瓶装大陆酒、凤尾鱼罐头、像棍子一样悬挂在他头顶的挂满灰尘的硕大的意大利熏火腿、柜台上已经发酵的奶酪（每一件都放在方正的油渍纸上）。她最终鼓起勇气说道："阿尔坎杰罗先生，渔夫皮埃瑞诺被打的事，你都知道些什么呢？"

杂货商阿尔坎杰罗先生气急败坏，竟然话不成句，语无伦次。他像大海怪一般从柜台后嗖地一下站起来，将玛莉亚·格拉琪亚赶出店来。他咆哮道："这件事情，我跟你们埃斯波西托家的人没什么好说的！"玛莉亚·格拉琪亚只能沿街逃走。"我不解下腰带抽打你算你走运，该死的小婊子！"

在卡勒亚老师那里，她同样一无所获。老校长原本坐在自家房前的一把木椅上，她一走近，卡勒亚便退身回到暗处，并把所有的百叶窗啪啪关上。

与此同时，夜阑之家的顾客听说了玛莉亚·格拉琪亚的所作所为，他们一个个义愤填膺。上年纪的斯格帕纸牌玩家问道："这姑娘一个劲儿地要挖出法西斯的那一段历史，她到底要干什么呢？"那些渔夫们，渔夫皮埃瑞诺曾经的伙伴们，则婉言相劝："渔夫皮埃瑞诺死了，这些陈芝麻烂谷子的陈年老账，最好不要再抖落了。"而有些顾客对于寡妇瓦莱里娅所说的"埃斯波西托家姑娘四处打探的行为"极为光火，竟然对酒吧发起了暂时的抵制活动。只有摆渡人比普似乎赞同她的行为。他隔着酒吧柜台低声说道："总得有人弄清真相。玛莉亚·格拉琪亚小姐，如果你干不了的话，我自己做。他是我的朋友。有人杀害了他。现在真相应该大白，凶手应该得到惩罚。要不然，为什么他的冤魂还在四处游荡不肯安心呢？我赞同你的做法。”

第一个打破沉默的人是姑娘桑塔·玛瑞亚，渔夫皮埃瑞诺最小的女儿。她今年二十八岁，是个年轻的寡妇。一个星期日的早上，穿着围裙的桑塔·玛瑞亚向玛莉亚·格拉琪亚挥手，面带惊慌的神色。“我听说你在四处打听我爸爸的不幸遭遇。”她一边柔声说着，一边拉着玛莉亚·格拉琪亚登上她家的台阶，引导她穿行过一盆盆长势过旺的罗勒。“我有事要告诉你——至少有一点儿。也许对你有用——谁知道呢？”

在光线黯淡的客厅内，寡妇们曾经为玛莉亚·格拉琪亚的灵魂做过祈祷。在客厅的一个角落，依然摆放着已经过世的老渔夫的椅子，椅子靠背上心形的天鹅绒已经被磨掉——因为皮埃瑞诺从来没有离开过这把椅子，就连他睡觉的时候也不曾离开，除了他最终决定撒手人寰的那个星期二早上。桑塔·玛瑞亚让她母亲——面包师的女儿阿佳塔下楼拿了一块已经不再新鲜的卡萨塔蛋糕，然后老妇人面色庄重地用面包招待玛莉亚·格拉琪亚。这个家现在已经空空荡荡的。渔夫皮埃瑞诺的不幸遭遇已经迫使家里年龄较大的孩子们在战后的几年内远走高飞，去了美国、英国、瑞士和德国，直到最后只有桑塔·玛瑞亚一人留了下来——现如今，她的丈夫也在海上失踪了，这样一来，整个家庭完全没有了孩子。昔日渔夫大家族浣洗的亚麻布随风翻腾的壮观场面一去不复返，就连喜欢黯淡色彩的圣阿佳塔委员会的寡妇们也觉得阿佳塔的客厅过于阴暗，于是将聚会地点改到他处。皮娜·维拉偶尔造访，带过来一些酒吧的礼物，因为渔夫皮埃瑞诺曾经是自己的亲戚。除此而外，这个冷清的客厅没有客人到访。

桑塔·玛瑞亚说道：“埃斯波西托小姐，我爸爸受伤的那个晚上我记得很清楚。”

听到女儿这样开门见山地提到自己可怜的丈夫被打的遭遇，面包师的女儿阿佳塔悲从中来，不由得用裙子掩面而泣。桑塔·玛瑞亚向她母亲说道："妈妈，你到楼下去吧，我有重要的事情要跟埃斯波西托小姐商量。"

老妇人顺从地离开了。桑塔·玛瑞亚将身子凑上去，低声说道："我根本就不相信是你哥哥干的。"

这突如其来的安慰让玛莉亚·格拉琪亚感到眩晕。"这么说，你不——你不认为弗拉维奥·埃斯波西托有罪？"

"我敢肯定凶手不是他。"

玛莉亚·格拉琪亚试图将蛋糕咽下去，却发现蛋糕粘到自己的上腭。她催促道："继续说下去，把你知道的全告诉我。"

桑塔·玛瑞亚接着说："那天晚上，我们在厨房。我母亲和我——我们在拔鸡毛，用盐腌茄子，准备第二天用，同时我们母女在等爸爸回家。我们也在等我的大哥马尔科，他跟我爸爸出海捕鱼了。马尔科说爸爸会晚点儿回家。他们捕到了一条大个儿的金枪鱼——像往常一样，爸爸在金枪鱼渔网酒馆庆贺这次的收获。"她补充说，"尽管爸爸并不嗜酒。""上帝祝他的灵魂安息吧。"

玛莉亚·格拉琪亚再次努力将蛋糕咽下去，却发现被蛋糕噎住了。

桑塔·玛瑞亚接着说："中间的细节我就不说了。后来，我们听到奇怪的房门被刮擦的响声。当时时间已经不早了——九点多快十点了——我母亲以为是流浪狗在捣蛋。她上楼去拿地毯拍打器。自从我的纳琦托舅舅一九〇九年在欧洲大陆被狗咬了得狂犬病死后，母亲就总是担心这些野狗会带来狂犬病。但是，门外的不是流浪狗，而是可怜的爸爸，他狂乱地抓墙，挣扎着试图站起来。我们打开门，他倒在门内。他们用什么东西打了他的胸部。我不知道——也许是棍子，或者是皮带。我们听到他们逃跑的声音——脚步声很大，其中至少有一个成年男人。"

"你能回忆起的就这些？"

桑塔·玛瑞亚点点头。悲惨的往事最终让她不堪忍受，她流泪说道："可怜的爸爸，可怜的爸爸。从那天开始，他一句话也不说，再也没有驾船出海。"

玛莉亚·格拉琪亚强迫自己将蛋糕大块大块地咽下，而房间的悲伤气氛让她感到极度压抑。她尽早抽身离去。

当她回到家，酒吧正议论纷纷。又有人看到渔夫皮埃瑞诺的幽灵在大海的峭壁上游荡。阿尔坎杰罗一气之下关掉了店铺，并威胁要状告埃斯波西托家人犯有诬陷罪。四面楚歌，一片混乱。阿梅德奥·埃斯波西托劝女儿道："小心点。你跟你母亲一样有决心，但是这对她而言不一定总是好事。"

但是玛莉亚·格拉琪亚渴望找出真相的决心已经到了着魔的程度，而且就算是她想终止，也已经不可能了。

早上天亮前，安德里亚·蒂森图不请自来，再次来到夜阑之家。

他驾驶着他父亲的汽车来到酒吧，玛莉亚·格拉琪亚七点半开门的时候发现他已经在外面等候了。他穿着褪色的英式套装站在那里，简直就像个幽灵。玛莉亚·格拉琪亚打招呼道："你好，蒂森图先生！"

安德里亚·蒂森图没有从车内起身，他说道："我一直跟你保持着距离，对吧？"

"是的，蒂森图先生。"

"这段时间你认真考虑过了——这段时候内你作出了决定。你说过给你六个月的时间。现在已经八个月了。"

"是的，蒂森图先生。"

"你什么时候能给我一个答案？我晚上睡不着，白天吃不下，玛莉亚·格拉琪亚。"

她正着魔似的想讨回公道，怎么可能去考虑这样的问题？她怎么可能去考虑嫁给某一个人呢？于是，她回答道："等渔夫皮埃瑞诺被打的真相弄清后我才会考虑自己的婚姻。在这之前我不会考虑的。”

她仔细看蒂森图先生的时候，发现他消瘦了很多，像个四五十岁的男人。看到他为了她这样憔悴，她心里有点儿感动，但这还不足以让她动摇决心。“等渔夫皮埃瑞诺被打的真相水落石出后再说。”她说道。她心里有点儿愧疚——几个月就这样不知不觉地溜走了。

但是安德里亚·蒂森图似乎对她的答复表示满意。他略微点点头，将汽车掉过头去，然后离开了广场。

那天晚上七点半之后不久，伯爵的儿子承认自己谋杀了渔夫皮埃瑞诺。

年长的纸牌玩家早早就来到酒吧，他们兴奋不已，因为圣阿佳塔委员会的遗孀们给他们揭了底。那天下午，伯爵的汽车停在了教堂前，车上只有安德里亚·蒂森图一个人。尽管大家都说他是个彻头彻尾的异教徒，他还是脱掉帽子进了教堂。他在忏悔室坐下，要求神父伊格纳塞奥接受其忏悔。圣阿佳塔委员会的成员当时正在擦拭圣像，同时增添奉献仪式用的蜡烛。所以，当神父端坐在紫色的小帘子后的时候，他们非常清晰地听到安德里亚·蒂森图的喃喃声：“我向万能的上帝及神父阁下忏悔，我犯有罪孽。我上次忏悔是在十四年前。自从那以后，我犯下了一宗不可饶恕的罪孽，还有几宗可以饶恕的罪孽。现在，我想跟您谈谈那一宗不可饶恕的罪孽。”

圣阿佳塔委员会的遗孀们，尽管有点不好意思，还是丢下手头擦拭圣像的工作，开始专心地偷听安德里亚·蒂森图的忏悔词。当中午奉告祈祷的钟声敲响的时候，岛上所有的人都知道了毒打渔夫的是安德里亚·蒂森图。

那天晚上，酒吧里的传言险些酿就一场内战。寡妇瓦莱里娅说道：“我才不会相信呢！他是在设法给自己的朋友脱罪，无非就是这么回事——他和弗拉维奥·埃斯波西托从“二战”以来一直就很亲密。”

比普叫喊道：“胡说八道！你为什么不相信是蒂森图干的呢？瞧

一瞧他小的时候，这个岛上的法西斯党是如何对待他的——好像他就是英雄似的！他注定在海外会有一番大事业。他们心里明白，相信我吧。现在我什么都明白了。”

瓦莱里娅说道：“这样的话，我认为弗拉维奥·埃斯波西托确实是无辜的。”

渔婆阿佳塔吸了一口气：“我就知道，我早就知道不是年纪轻轻的弗拉维奥·埃斯波西托干的。”

与此同时，玛莉亚·格拉琪亚对安德里亚·蒂森图的做法感到愤怒。

因为酒吧的储藏间没有其他人，火冒三丈的她只能对女孩康瑟塔·阿尔坎杰罗倾诉：“安德里亚·蒂森图这样做只是为了逼我给他答复——但是如果他认为我现在就会嫁给他，他就大错特错了，他就是个混蛋，他就是个傻瓜！”

看到她这样愤怒，康瑟塔·阿尔坎杰罗泰然自若，她一边吮吸着一个意大利米丸子，一边说道：“不管怎么说，你是等着要嫁给罗伯特先生的，伯爵少爷是没有希望的。”

但是，无论如何，事已至此，覆水难收。到了晚上，卡斯特拉梅尔岛上的居民都相信安德里亚·蒂森图是杀人凶手。

之后，出于义愤，比普和渔夫们、圣阿佳塔委员会的寡妇们以及小镇上所有其他正义的裁判者突然围攻了伯爵的别墅，要求凶手自己出来。

但是安德里亚·蒂森图已经没有更多要交代的内容了。他的父亲不会在棕榈树林荫道的尽头接待来访者，听到敲门声也不去理会。愤怒的岛民转而要求把安德里亚·蒂森图送上法庭接受审判，要求他跪在渔夫的坟墓前乞求死者绿色鬼魂的饶恕，要求他离开卡斯特拉梅尔岛，永远不得回来。随着夜色渐深，他们的要求变得越来越不着边际。圣阿佳塔委员会建议道：也许应该让他跟着圣像绕着卡斯特拉梅尔岛走一圈。而比普则咆哮着说，也许他应该被枪决。神父伊格纳塞奥从来不善于说教，现在却稍稍尝试了一下，他建议道：“嗯，嗯。事情完全失去了控制。我们必须抛开这场战争，走入光明，实行一点点仁慈。”

但是，岛民们已经宣判，安德里亚·蒂森图必须离开卡斯特拉梅尔岛。

深夜时分，啪的一声，玛莉亚·格拉琪亚被湿沙打在窗上的响声弄醒。她打开窗户朝下看去，在月光下的广场上，她再次看到安德里亚·蒂森图。在夜色中，他靠在手杖上，月亮似的脸庞朝天仰起。他一手拿着手杖，另一只手拎着他从战场回来时带的厚纸板手提箱。她轻声问道：“你要去哪里？”

“去欧洲大陆。我父亲的一个朋友带我去。下来吧，玛莉亚·格拉琪亚。你答应过要给我一个回复。过了今晚，我就再也见不到你了。”

玛莉亚·格拉琪亚又是愤慨又是后悔，披了一件围巾下了楼。

月光下，三角梅投下大大的阴影。在三角梅下，安德里亚·蒂森图一边沉思，一边用手摩挲着手杖的柄部。“你欠我一个回复，”他最终说道，“你答应过要给我一个回复。”

“不，”玛莉亚·格拉琪亚回答道，“我不欠你任何回复，因为我根本不相信你向神父忏悔的是真相。那是你玩的一个把戏，希望通过包庇弗拉维奥·埃斯波西托来让我爱上你。可是，我不会因为这就爱上你。我不相信是你干的。”

于是，在平台的阴影中，安德里亚·蒂森图把渔夫皮埃瑞诺被打的那个晚上所发生的真实故事讲述给了玛莉亚·格拉琪亚。

参加意大利法西斯少年先锋队会议的有三个男孩：弗拉维奥·埃斯波西托，菲力珀·阿尔坎杰罗，还有安德里亚·蒂森图。另外还有意大利法西斯少年先锋队的两位领导：拿着低音大鼓的多托尔·维达尔和校长卡勒亚。在满是尘土的教室中，在领袖墨索里尼的肖像下（在墨索里尼进军罗马后，卡勒亚校长便从报纸上把他的头像剪了下来），他们排练了他们的进行曲。在此过程中出现了一些不和谐：弗拉维奥·埃斯波西托咳嗽连连，他的铜号只能吹出荒唐的声音，破坏了进行曲的庄严性。晚上九点四十，卡勒亚校长发了脾气，把弗拉维奥·埃斯波西托打发走了。

（玛莉亚·格拉琪亚问道："这是弗拉维奥·埃斯波西托最后一次参与此事吗？"安德里亚·蒂森图回答说："是的，是最后一次。"）

既然埃斯波西托家的儿子被处理掉了（因为大家都知道他父亲是北方的布尔什维克党员，靠不住），鼓和小号也就放弃了。卡勒亚校长穿上黑色的衬衣。他告诉其他人他们要进行一个特殊的夜间任务。当地的一个共产党人必须被教训一下。他们要赶到玛祖家的橄榄树果园，准备伏击从海上归来的那个共产党人。

两个男孩窃窃发笑，他们知道这指的是谁，想象着如何用卑鄙的手段给他灌注蓖麻油。

卡勒亚老师的目光在他们每个人身上挨个扫过，"我们中的一位必须确保给他一个教训。这是伯爵和你爸爸阿尔坎杰罗先生向我交代的。"

卡勒亚校长从学校壁柜的一堆粉笔和铅笔中取出自己的猎枪。他给每个男孩发了一只手电筒。"你们要一次去一个人，"他吩咐道，"三十分钟后在橄榄树林集合。"

获准离开后安德里亚·蒂森图撒腿奔向他父亲的房子，手电光在石头上晃来晃去。他很兴奋，他并没有计划，只是想把自己武装起来，像卡勒亚校长那样拥有令人羡慕的猎枪。但是附属建筑一片黑暗，地产管理人员的枪晚上都被锁起来了。守夜人瑞祖的那头孤零零的驴子在最尽头的栅栏内怪怪地跺着脚、咆哮着。安德里亚·蒂森图拉掉了马厩内墙上大把大把的蜘蛛网，发现一些古老的鹤嘴锄，一把满是铁锈的干草叉子，最后发现了一条年代久远的马鞭。他拿起这条马鞭，关掉手电筒，拔腿朝玛祖家的橄榄树林跑去。

夜晚的橄榄树林到处是海洋的影子。他将自己藏在一个被废弃的巨大橄榄油榨油石头碾子后，这个石头碾子在橄榄树林的入口已经矗立了三百年。更远处，他辨别出藏身于茂密的榛果树枝间的菲力珀·阿尔坎杰罗那月亮一般皎洁的脸庞，还有卡勒亚校长黑色的身影，他那猎枪在黑暗中笔直地朝上指着。多托尔·维达尔滑稽地骑在一颗橄榄树的树杈上，试图模仿童子军学猫头鹰叫，逗得两个男孩偷偷地颤抖。黑暗中，他们在等待。然后，在他们上面的路上，他们清楚地听到伯爵的汽车发出的突突声。

矮树丛中有人在行走。这个人喝醉了：从他摇摇晃晃的步态以及越走越近时发出的呼噜呼噜的呼吸声，安德里亚·蒂森图可以断定这人喝醉了。“难道是爸爸吗？”安德里亚·蒂森图喃喃自语道。在这样的夏天的晚上，父亲总是有点醉意，所以他认为是父亲下了车，前来加入他们的行动的。那身影发出深深的叹息声。安德里亚·蒂森图看着那身影，在黑夜中，腿和胳膊都是黑乎乎的，只见那人解开裤子，一股尿液哗哗哗地倾泻到茂密的榛子树深处。那不是他的父亲，父亲肯定在更远处。只有安德里亚·蒂森图所处的位置能近距离伏击此人。

在这个炎热的暗夜中，安德里亚·蒂森图从石头背后探出头来，蹑手蹑脚地靠近那个身影。在那一刻，他没有准备去袭击，只是想近距离看看。果然不出所料，那人正是渔夫皮埃瑞诺。渔夫身体有点摇晃，身子靠着他那条金枪鱼大渔叉。恐惧和得意让安德里亚·蒂森图身体发抖。

但是渔夫皮埃瑞诺现在似乎感到了什么异常。他那鬼鬼祟祟的大眼睛四处搜寻。他问道：“谁在那儿？”

安德里亚·蒂森图被他愤怒的目光逮住了。狡猾的渔夫皮埃瑞诺转身举起金枪鱼大渔叉。“难道又是你们这些法西斯党徒不成？”他借着酒劲虚张声势，“我要把你们拼光了——我要用这把金枪鱼大渔叉叉死你们！”他朝着安德里亚·蒂森图所在的方向刺过来，安德里亚·蒂森图朝后倒下。他在矮树丛的荆棘中胡乱滚爬，他感到渔夫要抓他的脚踝。黑暗中，渔夫皮埃瑞诺好像变成了一个可怕的、跟魔鬼“银鼻子”一样的庞然大物。安德里亚·蒂森图毫无目标地挥动马鞭，尖叫着，不停地挥鞭抽向渔夫的胸膛，以防他靠近。渔夫皮埃瑞诺身子失去平衡，手脚乱晃，然后也倒在地上。他轰然倒地，四肢张开，像海星一样。他躺在那里一动不动。

黑暗中，安德里亚·蒂森图用他那尖利的中学生的童音呼喊道：“皮埃瑞诺先生。”

皮埃瑞诺先生没有应答。

然后，其他人拿着手电筒向他聚拢过来——卡勒亚校长、多托尔·维达尔以及他父亲伯爵先生。安德里亚·蒂森图发现自己的意大利法西斯少年先锋队灯笼裤湿乎乎地黏在身上，这让他很是尴尬。夜色中，马鞭也不知掉到了什么地方。“对不起！”他哭泣道，“对不起！我不是故意的——”

伯爵举起一只手，拿手电筒向高处照去。这一下，渔夫皮埃瑞诺声息皆无的原因大家一下就明白了。原来，渔夫倒下去的时候脑袋撞到了硕大的榨橄榄油用的石头碾子。他四肢张开，仿佛融化了一般，左眼咕咕咕地冒出一大摊鲜血。“干得不错，安德里亚·蒂森图，”伯爵鼓励道，“我的好孩子。这没什么好羞愧的。”

听得出，菲力珀·阿尔坎杰罗正朝着马路的安全地带逃跑，嘴里发出恐惧的呜咽声。多托尔·维达尔也逃跑了，他穿越矮树丛草地，手电筒的光在夜色中滚动、弹跳，直到最后，在榛树脚下，手电熄灭。

“你们两个不准跑！”卡勒亚校长命令道，“你们来帮我一把。”卡勒亚校长把手放到渔夫皮埃瑞诺的腋窝下，将他从地上拖起来。

“抬起他的脚——安德里亚·蒂森图、伯爵先生。我们必须把他送回家。”

伯爵似乎沉思了片刻，然后点头表示同意。他说道：“咱们把他放到我的汽车上。”伯爵啪的一声关掉手电，将马鞭藏到他的英式亚麻布套衫的外衣内，这才弯腰抓住渔夫的两个脚踝。“来来来。一——二——三——起。”

他们将渔夫皮埃瑞诺塞进伯爵的汽车。安德里亚·蒂森图坐在后座上，转过脸，不去看身边昏迷不醒的渔夫。

他们把汽车放在镇子入口处的拱门下。在炎热的黑夜中，他们抬着渔夫皮埃瑞诺穿过一道道巷子。他们谁也不说话，只是这两个法西斯党徒时不时地向安德里亚·蒂森图投以意味深长的、赞许的目光。抬着渔夫行走在星空下，这是安德里亚·蒂森图这一生最漫长的一次行走。

他们将渔夫皮埃瑞诺放到他家附近的一条巷子内。也许是安德里奥的父亲伯爵，或是校长准备去敲渔夫皮埃瑞诺家的门。

但是，就在此刻，渔夫皮埃瑞诺稍稍苏醒过来，他侧过身去，伸手去抓土。就这样，他们顿时失去了胆量，沿着巷子和通道四散逃去。他们已经感到他们必须保持缄默的那种压力，已经感到他们可怕地卷入了安德里亚·蒂森图所犯的罪行中。

开汽车回家时安德里亚·蒂森图坐在父亲身旁，俯身哭泣。“这是个意外。”他说道。

他父亲将一只手放到他的肩头。“这不是意外。”伯爵规劝自己的儿子，“你就应该这样做。直起腰坐好。你绝对不能为这感到羞愧。”

汽车行驶到夜阑之家的时候，伯爵把手伸进夹克衫内，取出沾血的马鞭。他把马鞭投掷出去，马鞭高高地画出一道弧线，越过棕榈树、广场，远远地落在酒吧前门的三角梅丛内。

“如果马鞭被人发现了怎么办？”安德里亚·蒂森图问道。

“让埃斯波西托一家去操心吧。”

讲述完毕，安德里亚·蒂森图痛苦万分，抽泣不已。他伫立良久，看着墙外的仙人掌在天亮时分终于渐渐显出清晰的轮廓，而他却依旧为自己所犯的罪过呜咽不止。“我喜欢这个地方，”他对她说，“我想在这个地方安家立业。如果不是出于害怕，我绝对不会攻击他的。但是，那些法西斯党徒都认为我是故意的。他们都认为我是一种什么英雄。我的父亲很自豪！”他以厌恶的口吻说出“自豪”这个词，似乎是呕吐出来的。“他们从来不让我讲出真相。他们让我相信我那样做确实是故意的。玛莉亚·格拉琪亚，我不是有意的。我跟我父亲不一样。我跟他不一样，请相信我。既然现在你知道我是什么人了，你也不会爱上我的，但是如果你愿意相信的话，这就是渔夫皮埃瑞诺被打的真相。”

在寒冷的晨光中，在水汽欲滴的静谧的广场上，玛莉亚·格拉琪亚相信了安德里亚·蒂森图的故事。

“现在我来答复你。”她说道。

安德里亚·蒂森图举起一只手来。“不用——不用——不用告诉我。我已经知道答案了，玛丽佳。”

他拢了拢外衣，抚摸了一下她的胳膊，然后抽身而去。她看着他穿过广场，迈着老年人一般的步子，窄窄的身形像是幽灵一般在她前面慢慢退去，没完没了地不断变窄。四分之一世纪前，当玛莉亚·格拉琪亚的母亲皮娜·维拉将安德里亚·蒂森图的母亲卡米拉从酒吧赶出去的时候，也上演过同样的一幕。就这样，安德里亚·蒂森图继续走着，走出了卡斯特拉梅尔岛，消失在大洋彼岸。因为他的缘故，他的母亲卡米拉被击垮、萎缩，再也没有恢复到战前她所拥有过的地位。因为他的缘故，他的朋友弗拉维奥·埃斯波西托则备受令他自己也不愿承认的痛苦。至于玛莉亚·格拉琪亚，五十年后他们两人才能再次对话。

九月的一个早上，在他的朋友走后不久，弗拉维奥·埃斯波西托失踪了。那天，皮娜·维拉端着儿子弗拉维奥·埃斯波西托通常喜欢的点心、咖啡去他楼上的房间。她抓着扶手上了楼，结果发现他的床昨晚没动过，他的睡衣整整齐齐地叠放在床脚，就像耶稣坟墓中的衣物。皮娜·维拉号啕大哭，结果咖啡掉在了地上，因为她意识到儿子离家出走了。

渔夫们和农场的工人分头行动，搜遍了整个岛屿。为了防止弗拉维奥·埃斯波西托寻短见溺水身亡或者爬到葡萄藤下，他们拍打矮树丛、跳进沟渠中。他们搜索了采石场、古老的海峡深处以及玛祖家农场的附属建筑。在海滨的洞穴，他们发现了弗拉维奥·埃斯波西托的行踪：他的鞋子，那双自从他战后回来后就一直穿的脏兮兮的英式粗革皮鞋，脚趾朝着大海方向，并排放在悬崖边。他那带有领袖墨索里尼的脸部的战争勋章藏在鞋子的左脚脚趾的地方，带土的鞋带折叠得整整齐齐。

在教堂内，在那个弗拉维奥·埃斯波西托擦拭过、现在依然锃亮的耶稣受难像下面，皮娜·维拉为儿子点上蜡烛，跪在前面。她和卡米拉分别跪在教堂两侧各自的蜡烛前，偶尔相互示意打个招呼，各自沉浸在各自的悲伤中——

卡米拉也每天祈盼安德里亚·蒂森图回来。据说他当时已经跑到遥远的西德，而且铁了心不肯回家。

接着出现了奇迹。就在第十天，家里人收到一封弗拉维奥·埃斯波西托写的亲笔信。他在信中写道，他在英国，不仅活着，而且活得很好。当初，他游泳离开卡斯特拉梅尔岛，途中遇到一条欧洲大陆的渔船，然后搭便船从西西里岛向北旅行。“我找到一份好工作稳定的工作在一家工厂做守夜保安。”弗拉维奥·埃斯波西托用他那从不用标点符号的风格写道，“我必须重新开始除非上帝和圣阿佳塔横加干涉我要回去过圣诞节或其他节日并请你带我向神父伊格纳塞奥问好所以你们看到了我过得不错。”

在后来的几年内，尽管皮娜·维拉持续地收到儿子错别字连篇的来信，甚至在电话中听到过他的声音（纤细无力但听得出来），但弗拉维奥·埃斯波西托并没有回来。他离家出走后，母亲皮娜·维拉老了很多。但是，玛莉亚·格拉琪亚认为她哥哥的出走有他个人的原因，并非全是令人伤心的原因，于是她原谅并接受了他的第二次出走。因为，最终，一种秩序在岛上得以恢复。一年后，在一个剪下来的英式麦片粥盒子的内侧，他给妹妹写道："谢谢你为我做的一切。现在我睡得安稳多了。”

六

在这个变化纷扰、天翻地覆的世界里，来了一位外国人。他坐在吧台后的老地方，好像他一直就没有离开过。

有时候玛莉亚·格拉琪亚心情不好就会步行到教堂，跟神父伊格纳塞奥说说他的哥哥弗拉维奥·埃斯波西托。一天下午从教堂返回的时候，玛莉亚·格拉琪亚看到阿尔坎杰罗商店外老妇人脸上挂着满足的笑容，听到鳏夫奥诺弗里奥在她经过时从楼上的窗户向她高声喊出祝福，感觉到棕榈树林中鸽子安静得不同寻常，她意识到岛上发生了某种变化。因为觉得怪怪的，她走小路回家，以避免听到更多的闲言碎语。

康瑟塔·阿尔坎杰罗在酒吧的门口与她打招呼。“你店里来新顾客了！”她咯咯咯地笑着说，“你最好过去见见他。”

玛莉亚·格拉琪亚心情很好，她拉住了姑娘引路的手。她以为是考古学家中的一位，或许是另一位回归乡里的囚犯。到目前为止，期望罗伯特到来，其荒唐程度不亚于指望圣阿佳塔会坐在自己的酒吧里。

所以，当她看到昔日情人面露笑容坐在吧台前等候的时候，她特别震惊。罗伯特看到她的惊愕神情，既感到快乐，又感到局促不安。

比起记忆中的那个人，他老了，也变矮变小了，而且穿着很差。她的声音很冷淡，让她自己都感到惊讶："你到这儿来要干什么？"

罗伯特站起身来，将眉头的细汗擦去。他用英语和意大利语向她表达柔情蜜意：亲爱的姑娘。这些情话适合在五年前夏天炎热的午后表达——当时她还是个姑娘，却不适合在酒吧对着街坊们公开表达。她发现自己无法应答，接二连三快速在她心中引起轩然大波的情绪太极端了：先是震惊，接着是欢喜，现在是愤怒。"你来这儿干什么，卡莱先生？"她再次问道。

罗伯特喃喃低语，伸手去拉她的手。"我回来了，"他说道，"玛莉亚·格拉琪亚，我无法向你表达我是多么高兴——你还是老样子——"他现在说的是意大利语，说得很凑合。

说她没有变化？经过了这五年她还没有变化？在这五年中，她拾蜗牛、采苦菜，她让酒吧顺利地渡过战乱并走上安全运营的轨道，她率先提出了建立"现代化委员会"的想法并最终证明了弗拉维奥·埃斯波西托的无辜。她发现自己的拳头握紧了又松开。"你没有来过一次信。"她说。

老年纸牌玩家们已经把他们的椅子调转过来，现在，他们都满怀期盼地向她点头。

她是否会当着他们所有人的面跟他和解，扑到他的怀中，让他们的期望得到满足呢？

玛莉亚·格拉琪亚身子晃了晃。于是，她用一只手撑住酒吧柜台，以防自己倒下去。罗伯特走上前去，心里有点焦虑。“我不该让你这样震惊。”他说道。然后，他用更怯懦的语气说道：“玛莉亚·格拉琪亚，我一直爱着你。我回来了。我回来了，永远也不离开了。”

她抬起头看去，与他的目光相遇。在离开的这些年，他的头发失去了光泽，已经变为灰色的；曾经像棉纸般半透明的皮肤已经变得粗糙、发红。她想说话，但那些愤怒和快乐交织的巨浪依然在她内心激荡，像是高烧中的狂热，让她身子颤抖。当她保持沉默的时候他低声问道：“难道是你爱上别人了不成？难道你不再爱我了吗？”

他们面对面站在吧台前面的时候，大地突然左右晃动了一下。玛莉亚·格拉琪亚内心极端烦乱，几秒钟后她才发现这是外在拉力产生的晃动。接着，她又被拽了一下。“告诉我出什么事了。”罗伯特恳求道。

“你一直不给我来信。”玛莉亚·格拉琪亚再次说道。但是，罗伯特还来不及回答，一大群人已经闯进酒吧。伊格纳塞奥神父中午十二点主持的弥撒结束后，教堂的会众风闻这个英国人返回卡斯特拉梅尔岛的消息，现在他们特意赶来向他问候。罗伯特和玛莉亚·格拉琪亚被人群分开，夹杂在吵吵嚷嚷、喜气洋洋的一堆人中。“卡莱先生！卡莱先生！”“英国佬回来了！”

“让我们赞美厄运之圣人圣阿佳塔，让我们赞美所有圣人！”

神父伊格纳塞奥走过来，双手抓住罗伯特。“现在要举行结婚仪式。”一个玛莉亚·格拉琪亚不怎么熟悉的寡妇将她向一侧推了推，对自己的判断力颇为自得。“神父，预备，把结婚预告再宣读一遍！”

玛莉亚·格拉琪亚和罗伯特必须离开这些人群！她感到恶心，感到头晕——他们吵吵嚷嚷，烦死人了，让她无法静心思考。可是，当她握住英国佬的手腕吃力地朝门口走去的时候，另一拨岛上居民出现了，他们浩浩荡荡、一窝蜂似的拥上走廊的台阶。年迈的玛祖用金属晾衣竿驱赶着一群山羊，后面跟着一群伯爵家的农民。看到罗伯特，玛祖将双手抬高，然后用手杖自然地点罗伯特的两个肩膀以示祝福。“卡莱先生！”他大声喊道，“卡莱先生！感谢圣阿佳塔，你终于回来了！来来来，玛莉亚·格拉琪亚，来做羞怯的新娘吧！”

“我们的事儿你们都不要插手！”玛莉亚·格拉琪亚大声说道，“你们总是说三道四，你们总是替人精心策划，你们总是插手管别人的事情！”

说罢此番话后，玛莉亚·格拉琪亚掀起酒吧的门帘抽身而去。她躲避在院子里。皮娜·维拉那天早上刚洗的床单在阳光下随风摇摆，玛莉亚·格拉琪亚躲在床单丛中。然后，她听到重重的关门声，罗伯特随她而来，而她原本也希望他会跟过来。“玛莉亚·格拉琪亚？”她听到他的声音，“亲爱的姑娘你在哪儿？为什么要从我身边跑开？”

罗伯特的意大利语讲得结结巴巴、磕磕绊绊，他那“亲爱的姑娘”说得含情脉脉，这本来让玛莉亚·格拉琪亚心中产生了一丝快意。可是，接着，她内心的怒潮决堤而出，暂时淹没了这种快乐。“因为你没有给我写信！”她大声喊道，“因为五年来你没有寄给我只言片语，除了那个该死的明信片！因为你让我蒙受了讥讽、遭受了羞辱——”

“可是……”

罗伯特在床单丛中吃力地寻找，找到后站到她面前。“你没有来信，”她说，“只寄过那张明信片：我想念你。难道你认为这就够了吗？难道你认为那公平吗？”

“是不公平，”他说道，小心翼翼的掂量着每个意大利单词，“我认为那是不公平的。”

“那现在你能给我什么样的解释呢？”

“当我给你寄出那张明信片的时候，”他低声说道，“我想赶在它之前，想在几天内与你相见。否则的话，我向你发誓，我原本会写很多的。”

她转过身去——这次她没有再跑，也许只是为了稍微激怒他一下，因为他担心她会跑掉。“等一下！”他痛苦地大声喊道，“等一下，玛莉亚·格拉琪亚。至少你允许我解释一下。要我找到合适的词很费时间——让我试一试，亲爱的。我可以解释，如果你给我时间的话。”

因为愤怒，她喘不过气来。她抓起洗衣篮子，扣过来放下，然后一屁股坐在上面。“很好，很好。我听你解释。”

与此同时，酒吧内正酝酿着一场骚乱。奇怪的是，阿梅德奥·埃斯波西托不由自主地变得凶悍异常，他拒绝让任何人跟随玛莉亚·格拉琪亚和罗伯特进入院子。渐渐地，越来越多的卡斯特拉梅尔岛上的居民聚集到酒吧前来找英国人罗伯特，而阿梅德奥·埃斯波西托不肯让任何人去找。圣阿佳塔委员会的寡妇们排着队拾级而上，她们问道：“他躲在哪里？我们送他一瓶柠檬酒以示欢迎，还有一面圣人奖旗。”

“不行，”阿梅德奥·埃斯波西托用命令的口气说道，“你们不能打扰他。我绝对不允许你们的这种做法。”

在这个问题上，皮娜·维拉也是态度坚决、寸步不让。她守在酒吧门帘前面，以防任何人企图追上罗伯特和玛莉亚·格拉琪亚。“他们已经五年没在一起说话了，”她说道，“看在圣阿佳塔的分上，你们不要去打扰他们，任何人都不得例外！如果有谁胆敢试图去打扰他们，我就把酒吧的门锁上，把你们关在这里。让他们先利用这机会聊一聊，过后你们会有足够的时间看望卡莱先生。”

街坊们接受了这种安排，坐在酒吧和走廊处低声闲聊，同时等待着英国人罗伯特先生重新露面。

但是康瑟塔·阿尔坎杰罗忍受不了这样的不确定性。趁着皮娜·维拉不留神，她伺机溜过酒吧的门，然后沿着巷子逃跑了。她爬上院子大门的高处，认出了罗伯特先生的身影。他那位于床单背后的身影就像皮影剧院的木偶，正在用手比画着。玛莉亚·格拉琪亚则坐在洗衣篮子上，她剪着双臂，侧着脸。尽管康瑟塔·阿尔坎杰罗是个公认的异教徒，她还是默默地向圣阿佳塔祈祷，祈愿玛丽佳回心转意。

罗伯特开始结结巴巴地讲述他的遭遇。他从离开卡斯特拉梅尔的那一刻讲起。他给她讲述那些船只是如何将他从玛莉亚·格拉琪亚身边带走的，渔夫的小划艇，一个庞大的灰色军用运输船，以及一艘医院船——医院船上洞穴般的舱室内到处是叹息和呻吟声。他们从锡拉库萨来到卡塔尼亚港口，从卡塔尼亚港口再前往突尼斯港口，从突尼斯港口出发到南安普敦港口……直到最后他来到挂着灰色窗帘的医院。在这所医院他熬过了后半场战争。在途中，他发现自己一直情不自禁地回头眺望那一带越来越宽的灰色海水，在茫茫人海中狂热地寻找玛莉亚·格拉琪亚那俊俏的脸庞。

看着玛莉亚·格拉琪亚静静地坐在那里，罗伯特发现自己说话也越来越自然。事已至此，眼看无路可退，罗伯特一股脑儿讲出事情的原委。

他讲述道，有几个月，他的肩膀一直化脓、流血，伤口就是愈合不上，直到战争结束的那一天。因为这个伤口，他没有在盟国诺曼底登陆后空降到阿纳姆参加战斗；因为这个伤口，他没有像他所认识的几乎所有人那样死于某个荷兰村外的被炮火掀翻的泥土中。他肩膀上的伤口让他无缘参加其余的战役。但是从一九四五年开始，他的伤口逐渐起皱并慢慢愈合，而且高烧也退去。随着战争的结束，他发现自己身体再也没有什么问题了。

“你就是在那个时候给我写的明信片，”玛莉亚·格拉琪亚说道，“那是四年前的事情了。其余时间你干什么了？”

罗伯特回答道：“我明白，我明白，亲爱的。你听我接着说。”

他说，他伤口养好后麻烦就开始了，因为他发现自己没有得到许可出院，反倒是接到命令去荷兰归队。旁边病床上的大兵是一位忧伤的上尉，他告诉罗伯特说要获准退役也许需要等几年的时间。他可等不了那么久。他将行李打包好便潜逃了。在出院的途中，他使用铅笔用他仅记的意大利语写了一个便笺："我想念你。"

"我不能多写，"他说，"我必须离开。"

他逃离医院后朝大海奔去。他沿着路边行走，怀里抱着行李，身上穿着他被送入医院时穿的那件发霉的军服。他感到身后的汽车司机放慢了速度，用好奇的目光瞅着他。半路上，一位救护车女司机让他搭便车。她说她最远能去码头。她可以把他送到那里，但是她不知道他在哪儿能买到去西西里的票。而且，罗伯特随身没带多少钱。救护车司机走后，他被迫去银行取钱。他也已经发觉他那皱巴巴的制服引起很多人的注意，注意到人们看他包裹在医院毛巾中的行李包时那种直勾勾的目光。正当他买好穿越海峡（他准备一步一步地到达西西里）的珍贵船票离开卖票处的时候，他被两个宪兵拦住。他们想让他出示退役证明。

他用了很短的时间，将故事的后半部分讲完。他很急切，不想让她感受当时的绝望，同时却孤注一掷地极力为自己辩护，孤注一掷地想说服她。他告诉她说他们下令以逃兵罪审判他。他们没收了他的船票。他告诉她在军事法庭上他是如何得到一个麻秆一样瘦的少校的辩护。少校与他素昧平生。少校与他坐在法庭入口处的大厅，了解案情，所做的笔记中有拼写错误。罗伯特的审判在那周的二十九场审判中排在第七。与此同时，伦敦和巴黎到处是逃兵。他们四处流窜，偷盗卡车，抢劫咖啡店，发动战争。少校挖苦地说道："你当初应该去伦敦才对。"他一边这样说着，一边在罗伯特的名字（将"Carr"拼写成"Car"，将"Parachute"写成"Private"）下面写下如下事实：罗伯特曾经"在西西里岛屿的阿马里城堡接受过一位当地医生的治疗，后来在纳特利公园也接受过治疗”。

军事法庭的审判也具有分歧意见，因为这样的情形——一个简单的肩部伤口开裂、出血、化脓，引起颤抖、发烧，战争的最后一天却愈合了——总是足以让人觉得可疑，他们认为这是有心理原因的。然而，很显然，在某个时间点，当事人不适合作战，因为他的病情记录中有记载。

“我们是不是可以向这个西西里的医生询问一下他的情况呢？”作为陪审团团长的上校问道，“我们能否从他那里拿到当事人的病历？我们能否得到医生的担保，证明在一九四三到一九四四年期间你确实如你所说病情严重，无法归队？”

“当时来不及写信给当地的医生，要求出具证明。”少校回答说。这也完全是实情，因为两小时前跟罗伯特见过面。

“你愿意返回三营，一直服役到退役吗？”主持诉讼的助理律师问道。

罗伯特说不愿意。直到被判十年劳役时，他才意识到自己犯了一个特大的错误。

在被囚禁的最初日子里，想起玛莉亚·格拉琪亚，罗伯特陷入绝望——想到他们相恋的时候玛莉亚·格拉琪亚还是个姑娘，而当他回到她身边的时候，她就快三十岁了。“我怎么能给你写信呢？”罗伯特说道，“别说他们不会给我纸笔和国外邮票了，即便他们给我，我又怎么能要求你为我守候，为我守候十年呢？我们相识的时候你还是个小姑娘——你们的语言我根本不会说——战争中我们相恋了几个月。我怎么能够想当然地认为你对我的感情是那种爱，让你愿意为我守候，让你愿意放弃别的幸福机会呢？我怎么可以想当然地认为，到了和平年代，一切依旧不变呢？我怎么能这样要求你呢？”

“那你对我的爱呢？”玛莉亚·格拉琪亚问道，口气非常冷漠，“你对我的感情是那种爱吗？”

“是的，亲爱的。过去是——现在是——当然当时也是。但是我当时不敢确定你对我的感情。那是很早以前了。”

“那时候我也爱你，”玛莉亚·格拉琪亚说道，心里感到痛苦，“我当时只是个女孩，但是我爱你。如果你当初要求我等候你，我会等你的。”

现在罗伯特受到鼓舞，感觉有了点儿希望，于是乘势追击。关于那个玻璃房，那个他服刑时所在的军事监狱，他只给她讲到有个善良的教会女信徒跟他谈过话。她来探监是出于慈善。她询问了他被捕的情况。事后几个月后她给他送来一些书，他借此学习了意大利语。“她不能给我寄封信？”玛莉亚·格拉琪亚生硬地问道，“你不能请她给我寄封信？”

听闻此言，罗伯特感到惊讶：“可是，亲爱的，我请她寄信了。她也寄出去了啊。她寄出去十封信或十五封信呢。”

可是，很明显，这些信根本就没有寄到卡斯特拉梅尔岛上。他现在明白她为什么对自己那么愤怒了。

“你来我这儿干什么？”她又问道，依然不依不饶，“据你所说，你还有六年的服刑期。”

是的，他本来还要服刑六年。但是到了第四年刑期的时候，一个上校来到监狱要人——表现良好的犯人可以发配到北方一座劳力缺乏的煤矿工作。身为北方人，出生在一个采矿的村子，而且急切地想早日获释，罗伯特得到了提名。他收到一张纸条，可以换成火车票。上校告诉他：“你现在可以回家了。”

罗伯特打车到了多佛尔港口，然后到了加来港。这一次他没有遇上宪兵。他求人搭乘便车，遇不到便车就步行，他沿着欧洲大陆往南走。在渡海来到卡斯特拉梅尔岛上之前，他在海水中用肥皂洗了澡，对着汽车的镜子修剪了头发、刮了胡子，而且用几里拉从一个农民手中买到一套新衣服。摆渡他过海的是比普。罗伯特既胆怯又满抱着希望向他打听玛莉亚·格拉琪亚的情况。比普认出了这个英国人，以大嗓门表示其喜悦之情。“我来这儿不是来找麻烦的，如果她爱上其他人的话，”罗伯特喃喃低语，“你只要告诉我，她结婚了吗？我还有希望吗？她从来没有给我回过信。”

“到夜阑之家去自己看看吧。”比普建议道。

根据摆渡人比普始终开心的爽朗笑声，根据他在码头下船后受到的欢迎，他当时意识到还有一些希望。而现在他没有那么自信了。

奇怪的是，当他讲述这些年的经历时，只用了寥寥数语竟然就草草说完了。“如果我被发现的话，我会作为逃兵遭到通缉，”他说道，“这就是我目前所处的困境。我本应该在荷兰服役，然后等待正式退役——那是我犯的错误。即便当初我能写信，我也不会让你因为我犯下的错误为我守候十年的。但是，那根本不是因为我不爱你，玛莉亚·格拉琪亚。不要责备我不爱你。”

他特意选择了一个单词来表达他所处的困境——frangente，这个词同时也用来描述长长的白色海浪。他的表白柔情脉脉，犹犹豫豫，跟当初安德里亚·蒂森图送花时候的情景如出一辙，这让她不禁心潮澎湃。“你不能回去？”玛莉亚·格拉琪亚终于问道——她有点羞怯，因为先前对他那样恶言相向。

“是的，亲爱的。我不能回英国了。”

不知道为什么，她俯身去触摸身前凉凉的瓷砖，然后她意识到她触摸的是家乡的土地。他的困境让她感到害怕：注定不能再回到养育自己的土地，再也不能在熟悉的声音和大海的静谧中酣然入睡，再也不能因为四遭围墙的狭窄而得到安慰或怒从中来。

但是，喃喃自语中，玛莉亚·格拉琪亚肯定把自己的这种念头部分地或全部说了出来，因为罗伯特轻声说道：“成就我的是这个岛的土地，而不是那个岛上的。”

然后，奇怪的事情发生了。玛莉亚·格拉琪亚原本迫不及待地想离开卡斯特拉梅尔岛，这是折磨了她好多年的痛苦，正如采集刺梨后看不见的刺在手上留下的持续数日的痛。现在她发现心中的这种痛得到了治愈，消失殆尽。

“你相信我吗？”罗伯特问道。

“是的，”玛莉亚·格拉琪亚回答道，“我相信你。”

罗伯特动容地说道：“亲爱的玛丽佳，我心爱的。”

“我相信你，”她说道，“但是你还没有弥补你的过失呢。完全没有呢。”

玛莉亚·格拉琪亚不去亲吻他，不去拥抱他，但她同意拉住他的手。她拉上他的手后，发现自己就很难再松开。于是，就这样，他们站立了很长时间，很拘谨，仿佛彼此刚刚认识。“你认为你能再次爱上我吗？”罗伯特问道。

“我不知道，”玛莉亚·格拉琪亚回答道，“不过，你还是留下来吧。”

康瑟塔·阿尔坎杰罗仍然躲在大门后，看到两人的身影走近，她心里暗暗地欢呼雀跃。

七

当似乎已经和好如初的罗伯特和玛莉亚·格拉琪亚手拉手回到酒吧的时候，夜阑之家人声鼎沸、一片欢腾。但是很快事情就明朗了：他们没有订婚，也不会很快恢复到原来的恋人关系。甚至有传言说玛莉亚·格拉琪亚已经把英国人罗伯特打发到了屋子的顶层，让他睡在阿梅德奥·埃斯波西托被赶出时睡过的旧鹅绒沙发上，而没有邀请他住进她那有棕榈树景观的小房间。

这是千真万确的事实。那天下午，罗伯特和阿梅德奥·埃斯波西托对饮一瓶橙子酒，阿梅德奥·埃斯波西托一边喝酒，一边试图给罗伯特一点小建议。“我们家的玛莉亚·格拉琪亚是个性情很刚硬的女孩，”他低声抱怨道，“她一直就这样。她需要时间。她爱你。只是她要让你稍微等一等，因为你让她等了一段时间。在这段时间内她会认真思考这个问题。要她这样的人下决心，既不能催促，也不能强迫。”

“我让她等候了五年，”罗伯特回答道，“肯定她不想……”

“给她一些时间。”阿梅德奥·埃斯波西托建议说。

罗伯特轻轻抿着橙子酒，酒好像黏在了他的口腔内，比记忆中那醇厚的美酒口感要粗糙。“跟她聊一聊，”阿梅德奥·埃斯波西托最终说道，“给她说说你以前无法讲给她的那些事情，因为你以前不会讲我们意大利语。给她讲讲你的童年时代，讲讲你的青年时代。给她讲讲那些恋人们谈论的平常琐事。对她而言，你现在是个陌生人，至少有点儿陌生。把你的人生故事讲给她听。用这种方式博得她的好感。”因为阿梅德奥·埃斯波西托发现没有哪一种方法更有把握俘获一个人的心。

早上，玛莉亚·格拉琪亚在一种自我说服的状态中醒来。她平静地穿上衣服，洗过脸，扎好辫子，态度坚决地走下楼梯，她感觉罗伯特的归来很可能是幻觉，而她也准备承受这一事实。可是，他就在那儿，坐在她的父母中间，正在用他那一双稳健粗糙的手剥掉无花果的皮。当她走近的时候，他迅速从椅子上起身，将她的椅子从桌子下拉出来。“早上好，亲爱的。”他小心翼翼地说道，与此同时观察着她的脸色。

玛莉亚·格拉琪亚接过皮娜·维拉端来的茶水。接着，当他的父母找借口匆匆离开餐桌后，她发现罗伯特开始一股脑儿地滔滔不绝地给她讲他自己的故事。罗伯特开始用令人喘不过气来的大量意大利语向她讲述他的幼年时代、童年时代和青年时代。

罗伯特从自己的家讲起。他的家在北方的一个以采矿为业的村子里。灰色的天空下，两排笔直的排房坐落于一块绿地上。村子的名字曾经叫爱克雷荒原。说起他的家人，罗伯特没有亲人，只有不亲不近将他抚养成人的年迈的叔叔、婶子。在罗伯特几个月大的时候，他那在拥有大量常备剧目的剧院做演员的母亲死于西班牙流感。当时，罗伯特一直就在那里，睡在化妆室角落的婴儿车内。剧院因为不想引起骚乱，急于将他死去的母亲用车拉走，结果他被人完全遗忘了。只有看门人在锁门的时候被婴儿可怕的号啕声所吸引才发现了孩子。事后，孩子的母亲被确认是那可怜的已故女演员，他的叔叔、婶婶接到传令把他接走。

玛莉亚·格拉琪亚把茶水放到一边，因为她喝不下去。“你现在为什么要给我讲这个故事？”她问他。

“因为，亲爱的——”罗伯特抓住玛莉亚·格拉琪亚的手腕。由于在各方面都保留了英国人的保守风格，他拥抱她的时候总是犹犹豫豫，仿佛这是一种强人所难的行为。就是在海滩上的第一天，罗伯特也是这样。“因为我想要你嫁给我，”他说道，“你现在比上次更了解我，那才公平。”

他说出这些话语时情绪激越而欢愉，让玛莉亚·格拉琪亚几欲落泪。然而，她压抑着自己的感情，强行忍住。玛莉亚·格拉琪亚让罗伯特继续讲下去。罗伯特讲到他的叔叔婶婶如何打算抛弃他。在那个北上的漫长火车旅途中，当男孩以冷冷的蓝眼睛盯着他们的时候，他们就决心把他放到纽卡斯尔的一家男童弃儿院。这个事情他们对他讲过很多次，好像这能够证明，尽管他生性冷酷，他们还是对他心怀善心。他们没有告诉罗伯特是出于什么原因，他们在弃儿院的大门口心肠变软，把他带回家的。好像是为了弥补这种软弱，此后他们再也不肯对他予以慈善。他们把侄儿罗伯特的存在视为一种强加的负担，直到有一天，在罗伯特十七岁的时候，他离开了叔叔的家，一手拎着一只硬纸板手提箱，另一只手里拎着一身挂在木衣架上的刚熨烫过的套装，去寻找一种更好的生活。

“纽卡斯尔是什么呢？”玛莉亚·格拉琪亚用英语问道。

罗伯特用意大利语回答道：“那是英国北方的一座大城市，那里到处是拱门和桥梁。”

后来，当罗伯特出去拜访那些还没有听说他的到来的那些卡斯特拉梅尔岛居民的时候，玛莉亚·格拉琪亚跑上楼去在她母亲的教学地图上查找这个地方，尽管她绝对不会承认此事。在酒吧那间小储存间堆放箱子的时候，她突然间情不自禁地喜极而泣——她俯身于一箱橙子酒上，双手紧紧地捂住嘴巴，不让自己哭出声来。

那天晚上，隔着柜台，玛莉亚·格拉琪亚问罗伯特：“你小时候什么样呢？你在爱克雷的时候是什么样子的？”

罗伯特搜肠刮肚地急忙寻找恰当的语言，对于她所表现的这种青睐感激涕零。“小个头，”他描述道，“我那时候很窄。”从他用双手做出的挤捏的动作来判断，他想表达的是“瘦小”。“我总是跟粉笔一样白。”他又说道。她不禁惊叹道他使用的比喻好奇怪，好书生气，因为卡斯特拉梅尔岛上的人会说“白得像意大利乳清干酪”。

“还有呢？”玛莉亚·格拉琪亚又问道。

罗伯特此前一直以极其亢奋的激情组词造句，现在则一股脑儿地将他所能调动的意大利语全倒腾了出来：“我有一只眼不老实，总是左顾右盼，游动不止。我必须戴上一个大号的橡皮膏。每天早上当我起床不够迅速的时候，我的婶婶就会让我把结在窗户里面的冰擦掉。她总是揪着我的耳朵，把我从一个窗户拉到另一个窗户。”

“窗子里面？”玛莉亚·格拉琪亚问道。罗伯特回答道：“是的，亲爱的。”

“然后又发生了什么？”

“后来我长得强壮结实，”罗伯特说，“而且我跑得很快，她逮不住我。为了在星期日躲开他们，我开始跑越野。我到荒野上跑，到山上跑，一跑就是几小时。我成了学校最好的学生——我的成绩最高——于是，我决定离开，从那个地方走出去。”

根据那天晚上晚些时候吃饭时、在石头厨房洗刷时、在他们上楼去睡觉时（罗伯特保持着距离以示尊重），他向她喃喃低语的这些和其他记忆片段，玛莉亚·格拉琪亚开始明白罗伯特也曾经是个孩子、少年、青年。从前，她之所以崇拜罗伯特，部分原因是因为他那种神秘的气质：对她而言，他是个陌生人，他来自大海，血肉丰满，而后又归于大海，就像他父亲故事本中的徒步旅行者。在她的房间门口，当罗伯特触摸玛莉亚·格拉琪亚手腕的时候，罗伯特身体有点颤抖。他问道：“我可以（进去）吗？”她回答说：“不可以，亲爱的。”但是到了第二天晚上，当玛莉亚·格拉琪亚听到他在房子顶层的房间走来走去的时候，她眼前出现了罗伯特小时候的很多形象，柔情再次荡漾。一个一只眼睛被遮住的男孩，在那严寒的地方用粉笔一样发白的小手擦拭窗子上结的冰；一个少年在灰色的英格兰荒原上奔跑，毅然决然一门心思地想从那个地方走出去。玛莉亚·格拉琪亚从来没有跟他说起过她使用的护腿，在他们相恋的几个月内，每次想到躺在金巴利酒箱子中的护腿，她就羞耻难当，非常难受，尽管他肯定已经注意到了她走路时一瘸一拐的样子。玛莉亚·格拉琪亚也没有向他提到过她床下塞满钱币的那个瓶子，但是她觉得罗伯特也许已经看到了，也明白她的用意了。

每天早上吃早餐的时候，玛莉亚·格拉琪亚的父亲母亲都屏息凝神、满怀期望，隔着饭桌，用好奇的目光看着他们。而酒吧里的情形也好不到哪里——罗伯特每天坐在吧台后，忠实地陪伴着她。

但是每当玛莉亚·格拉琪亚试图跟罗伯特说话，老年纸牌玩家们便把他们坐的椅子调转过来盯着他们，好像卡莱先生归来只是供他们娱乐的。谁能在这样的环境下自由交谈呢？第二天下午，她对他低声说道："我要去灌木丛林地去摘刺梨。"

玛莉亚·格拉琪亚离开酒吧有段时间后，他也跟着出去。在手上裹着破布的玛莉亚·格拉琪亚从刺梨树上摘果子的时候，罗伯特开始继续讲他的过去。这一次，他给她讲起他的青少年时期，讲述他是如何逃离他们那个村子的。在语法学校读书的时候，村里的其他孩子下矿井做矿工了，罗伯特却离家出走了，骑着自行车，一路向东，奔向大海。他一只胳膊将套装高高举起，唯恐路上的尘土把衣服弄脏。他去了弗内斯造船公司的绘图办公室做见习生。在那里，罗伯特一个人住在一位高级职员的里间。晚上，他骑自行车沿着海滨到一个学术场所——他称之为"文学及机械学院"学习。在那里，罗伯特阅读机械和物理方面的书籍，研究天体的照片。

半懂不懂地，罗伯特如饥似渴地阅读各种著作，而那些著作都是他就读过的那一所语法学校的教师们所敬仰的。他决心去旅行，决心做一个有知识的人。他抓住一切有知识品味的东西：狄更斯、莎士比亚和一个下雨的星期六在一个旧货商店淘到的一个二手的工程人员工具箱。正是因为想起了这些往事，当罗伯特第一次看到皮娜·维拉的《莎士比亚戏剧》和《双城记》的意大利语译本时，他几乎潸然泪下。

罗伯特向玛莉亚·格拉琪亚坦言道，在一九三九年，他甚至已经申请参加伦敦大学的入学考试。罗伯特从来没有去过伦敦，出于这个原因，他选择了报考伦敦大学。

在罗伯特看来，一切有关他的童年和少年时代的东西都索然无味，是那种无关紧要的东西，那种充其量用一个段落就能交代完毕的东西。罗伯特现在就是这样向玛莉亚·格拉琪亚讲述的，而她却情不自禁地转过脸去。这一次不是因为生气，而是因为罗伯特依然能够唤起她的柔情，这一点，玛莉亚·格拉琪亚现在还不愿意向罗伯特承认。她从来没有向他讲过她那些未曾开卷就束之高阁的获奖书籍，也未曾向他讲起过她和她母亲曾经仔细研究过百科全书中欧洲大陆那些大学的图片。战争终止了所有这一切。就在她犹豫不决，不知该不该说出这些隐秘往事的时候，罗伯特脱下衬衣，潇洒无畏地用它接住从她手中掉下来的刺梨。

后来，当玛莉亚·格拉琪亚为了迎接圣阿佳塔节踩着椅子挂花环的时候，罗伯特向她讲述起战争中他的遭遇。因为战争确实是所有这一切的核心所在。战争把罗伯特挟裹着离开北方的生活，使罗伯特再也没有机会参加伦敦大学的入学考试，使罗伯特永远无法完成他的学徒期，使罗伯特在图书馆借阅的《荒凉山庄》永远停在了第五章。战争打断了罗伯特人生的那个章节，由此产生的东西只能作为某种更大的毫不相干的历史的一个序言。战争终结了一切，但也不是一切都因此结束，因为战争把罗伯特带给了玛莉亚·格拉琪亚。听着罗伯特用不太准确的意大利语讲述着这场战争，他的认识跟她自己对战争一贯的看法相同——玛莉亚·格拉琪亚认为战争就是一头巨魔，它吞噬了城市、岛屿、男人，最后，只给她归还了一件东西——来自大海，宛如一个怪异的天赐福佑一般的英国人罗伯特。战争终结了一切，战争又把罗伯特带到玛莉亚·格拉琪亚身边。

当玛莉亚·格拉琪亚用菊苣和水稀释咖啡的时候，在她父母沉默的空当，在她挖蜗牛的同时，她情不自禁地想知道这场战争对于罗伯特而言究竟意味着什么——他受过什么罪。

罗伯特向玛莉亚·格拉琪亚讲述漫长而艰险的阿拉曼长途跋涉，讲述在沙漠兵营中每个人都是满身尘土，看什么东西都必须眯着眼。罗伯特简要地向玛莉亚·格拉琪亚提到他的朋友们，但没有仔细描述，因为他们都已牺牲，较为妥当的做法是不说细节而仅仅提及他们的名字。第一个把军方从各营招人组建空军师的消息告诉罗伯特的是杰克·斯内普。罗伯特提请调任的申请得到了批准，而杰克却因为视力缺陷遭拒。这是罗伯特最后一次见到杰克。后来罗伯特了解到，杰克在诺曼底死于坏疽。曾经与罗伯特并肩从六十架滑翔机上跳伞的保尔·多德，也是英国北方人，纽卡斯尔人。战争中，他们的人生轨迹异常相似，直到有一天晚上，暴风雨淹没了保尔，却饶过了罗伯特。在向着卡斯特拉梅尔漂流的几个小时内，他想到最多的就是保尔。他以为眼前雾气笼罩的岩石是一种幻觉，是发高烧引起的梦。

“你从来没有从外部观察过卡斯特拉梅尔这个岛屿，”罗伯特对玛莉亚·格拉琪亚说道，“但是这个岛看上去怪怪的，亲爱的。它像幽灵一般，仿佛笼罩在雾中。”

“那是热气形成的水雾。”玛莉亚·格拉琪亚喃喃低语。她以前看到过这种情景：打鱼人远去的船只就经常罩在这样的蒸气中。但是，令玛莉亚·格拉琪亚惊叹的是他说的另一句话：“你从来没有从外部看过卡斯特拉梅尔这个岛。”确实如此。她从来没有离开过卡斯特拉梅尔岛的海岸，只是在一次夏季游泳探险的过程中乘船绕行了一两次卡斯特拉梅尔岛。玛莉亚·格拉琪亚喃喃低语，不禁出声——从来没有离开过此地的她与被战争浪潮打得四处乱跑的他居然在这个岛的海滩邂逅，这难道不像是奇遇吗？

“是的，亲爱的，”罗伯特回答说，“是个奇迹。”

罗伯特把这归于过去的事情，这让玛莉亚·格拉琪亚内心稍稍感到刺痛。她把用凌霄花编织的花环放到一边，朝下看着他：看着他那令人不可置信的浅黄色的头发，一向略微向内、消瘦的肩膀，看着他那眼镜——他戴着眼镜！几天来，玛莉亚·格拉琪亚一直想找出罗伯特脸部发生的变化。原来如此。不是什么阴暗的变化，不是什么坏的变化，仅仅是多了一副眼镜而已。“你现在戴眼镜了。”玛莉亚·格拉琪亚说道。

罗伯特答道："是的，亲爱的。这都是读了那些书的结果。"

玛莉亚·格拉琪亚心中泛起一阵柔情。她把手伸下来，触摸罗伯特耳侧搭眼镜支架的所在。玛莉亚这一触摸被人看到了，因为在这一刻，黑暗的广场对面的酒吧亮如白昼。到早上的时候，整个岛上的人都知道，英国人罗伯特终于重新博取玛莉亚·格拉琪亚的芳心了。

八

讲完自己的故事后，罗伯特要玛莉亚·格拉琪亚讲讲他离开岛后她所经历的事情。于是，在屋子顶层的小房间，当他们坐在一起的时候，罗伯特一边抚摸着那只玛莉亚·格拉琪亚允许他握着的手，一边聆听她讲述自己的故事。玛莉亚·格拉琪亚明白，那个曾经爱他的女孩，那个几乎还没有褪尽青春期稚气的女孩，已经蜕变为一个地位更高的女人。她现在是酒吧的女老板，是她让渔夫皮埃瑞诺的冤魂得以安息并发起了"现代化委员会"。这就出现了一个问题。这样的一个女人难道要变成一个家庭主妇，像朱莉娅·马丁内洛那样（头发扎在后面，俯身推着婴儿车四处走动），或者像老寡妇瓦莱里娅的女儿那样（瓦莱里娅的女儿是曾经在酒吧柜台前对着罗伯特傻笑的抹着口红的美女中的一位，玛莉亚·格拉琪亚后来见到婚后的她在自家台阶上拿着碱液肥皂和一个洗衣板洗衣服，双手已经磨粗糙了）？不，那不是玛莉亚·格拉琪亚想要的生活。

然而，玛莉亚·格拉琪亚爱着罗伯特。当罗伯特向她讲述完自己童年的故事后，玛莉亚告诉他，事情已经变得很清楚：她对他的昔日旧情已经复燃。当她晚上听到他在房子顶层的小屋子里来回走动的时候，她便感到烦躁不安，在心中积累每个熟悉的声音，以至于夜不能寐。这种煎熬太难受了，她几乎再也无法继续隐藏这份爱，再也无法保持平静了。

罗伯特问道："这么说，我们不准备结婚了？"

"是的，"玛莉亚·格拉琪亚回答说，"我们先不结婚。"

"我会等你，"他说道，"我会等你五年，如果这是你的想法——我会睡在这儿，耐心等待，对你以礼相待，为了再次成为你的情人，我会再等五个年头。"

"但是，亲爱的，"玛莉亚·格拉琪亚有点调皮地说道，"这我可从来没有说过啊。"

罗伯特抬眼凝视她的脸，看到她正在大笑，扭捏不定地，跟曾经的那个小姑娘一样。她拿起他的另一只手，而她握他手的方式肯定有点不同，她颤抖得更加厉害，因为罗伯特第一次放开胆子亲吻了她，但是没有亲吻她的嘴，而是亲吻了她伸出的那只手，在她手掌上留下了一个滚烫的印记。

玛莉亚·格拉琪亚鬼使神差、身不由己地站起来，将门反锁上，然后把窗帘拉上。

从前，这曾经是午休时间他们之间的暗号。罗伯特明白了一半，向她走过去，毕恭毕敬地将手掌举起，等待她将自己的衣服从背后解开，将发卡一个一个取下。但是，当她最终拥抱他的时候，他再也克制不住自己。狂乱中，他立刻去扯自己的腰带、鞋子，还有那仍然绷在她头发上的皮筋。半裸着身子，他们一起倒在带着霉味的鹅绒沙发上，将涂胶帆布拉到身上用以遮挡秋日的穿堂风。于是，时间仿佛热雾一般可以交叉重叠，变得不那么真实——他们现在占据的时间也许正是他们幽会于她的闺房内的第一个下午，或者属于五十年后他们晚年的某个夜晚。他与她翻云覆雨，快意无穷，他深深地嗅着她的秀发，找到了他们从前熟悉的爱的节奏。在这愉悦的无言中，他们四肢交缠、缠绵良久。

云雨过后，在她穿上衣服的时候，罗伯特问道："你不想结婚吗？你确定不结婚吗？"

"嗯，我们不能做情人吗，就像以前那样？那样做有什么难处呢？"

罗伯特重新戴上眼镜，既尴尬又吃惊，眨眼看着她。"别人的风言风语怎么对付呢，亲爱的？"

"风言风语我能承受，"玛莉亚·格拉琪亚回答道，"更为糟糕的事情我都遭遇过。"

玛莉亚·格拉琪亚毫无愧色地回到酒吧。整个下午，她都忙忙碌碌地招待顾客，跟待在厨房门口迟迟不肯离去的罗伯特时不时地四目对视。当天晚上，她把他永久性地邀请回她那带着棕榈树景观的小房间。看到罗伯特的欣喜之情，听着他表白对自己的爱慕，她微微而笑。"我会接受你送的戒指，"她告诉他，"我会像以前那样做你的情人。我会永远爱你，就像我从前那样一直爱你。所有这些我都愿意做，亲爱的。但是，结婚的事，咱们以后再说吧。"

在之后的几年中，尽管卡斯特拉梅尔岛上的人没人怀疑她爱着罗伯特，尽管风传他们像夫妻一样住在一起，尽管他们共同经营着酒吧——每天晚上玛莉亚·格拉琪亚与罗伯特悄然相伴，在柜台的两侧算账，俨然一副久婚夫妻的模样，对于那些好打听私事的邻居，玛莉亚·格拉琪亚的回答只有一句话："至于结婚的事，我们以后会考虑的。"

一直到一九五四年春天，她才回心转意。那天早上，玛莉亚·格拉琪亚到教堂后面瓦莱里娅寡妇的家里订购了一打柠檬酒，以备节日庆祝之需。返回酒吧时，她发现罗伯特俯身在无线电收音机上，泪流满面，顾客们正在像拍打丧失亲人者或者醉酒者那样拍打着他的肩膀。“这是怎么回事？”她大声喊道，同时抓住他的手腕，“出什么事了？”

无线电收音机收听到的是英语。比普朝着收音机点了点头。然而，惊愕之余，她竟然没有听出来：这些英语她又完全听不懂了，跟小时候的情况一样。

罗伯特终于撑着双肘站起来，抹去眼角的泪水。看到玛莉亚·格拉琪亚，罗伯特抓住她的双手，放在自己的双手间搓揉着。“逃兵们已经得到赦免了，”罗伯特最终对她耳语道，他的泪水打湿了玛莉亚·格拉琪亚的脸颊，“逃兵们得到赦免了。”

渔婆阿佳塔解释道：“丘吉尔先生赦免了他们。罗伯特可以回英国老家了。”

于是，玛莉亚·格拉琪亚也不禁泪水涟涟，起初她自己也没意识到为什么。“你想离开吗？”她终于问道，“你准备再一次离开吗？”

“我不走，”罗伯特答道，“我不走，亲爱的。我向你承诺，我永远不会离开这个地方。”

“你这决定可真傻，”渔婆阿佳塔说道，其实她只是开玩笑，“但是，玛莉亚·格拉琪亚，就连我本人也认为你现在最好嫁给可怜的罗伯特先生。”

是的，是的，老年纸牌玩家们也严正表示同意。难道玛莉亚·格拉琪亚不是已经让罗伯特等了近四年了吗——几乎跟罗伯特让她等的时间一样长？尽管如此，想到要结婚，玛莉亚·格拉琪亚还是有点绝望，就像当初他第一次回来时那样，让玛莉亚·格拉琪亚在快乐中感到绝望。“我不想做妻子，”她高声喊道，“做妻子就得整天洗洗涮涮、打扫收拾、做饭烹饪，就得四处推着婴儿车，就再也不能执掌这个酒吧了——这个酒吧从第一次世界大战结束后就是我们家的产业——谁来管理酒吧呢？你自己也不是什么家庭妇女，阿佳塔，因为你总是咒骂，说什么对你来说，做家庭妇女，真是生不如死的一件事。如果我有同样的想法怎么办？怎么办？这你们谁也不考虑。如果我结婚，我会被迫放弃酒吧的。”

那天晚上，当玛莉亚·格拉琪亚和罗伯特躺在她的房间的时候，兴奋得有点晕头转向的罗伯特说道：“如果只是这让你为难的话，我愿意洗衣、做饭、收拾家。我愿意推婴儿车带孩子。如果你愿意，你就经营酒吧。我愿意做任何事情，玛莉亚·格拉琪亚，只要你同意。”

听闻此言，她心头狂喜，因为她知道他的每句话都是算数的。她想压抑自己的情绪，却未能做到。于是，她说道：“如果那样的话，我们最好结婚吧。人这一生能承受的流言蜚语也就那么点儿。”

跟玛莉亚·格拉琪亚的父母一样，玛莉亚·格拉琪亚与英国人罗伯特的婚礼也是由伊格纳塞奥神父主持的。然后，罗伯特在神父出具的肮脏的结婚登记簿上签上自己的名字。为了与过去的生活一刀两断，他采用了玛莉亚·格拉琪亚家的姓氏，成为：罗伯特·埃斯波西托。

于是，自“二战”以来，夜阑之家的露台上第一次出现了舞蹈。到场祝福并喝口橙子酒是岛民的婚俗，伯爵既没有到场祝福，也没有喝一口橙子酒。安德里亚·蒂森图离家出走后，伯爵和伯爵夫人卡米拉就进入了服丧期。夫妻二人拉上百叶窗，房屋的正面也不油漆，总是要求仆人们在别墅工作时身着黑色衣服。但是没有什么能够破坏夜阑之家的喜庆气氛。玛莉亚·格拉琪亚不断地因为要端酒待客、记账算钱而被人们拽走。而罗伯特，大有英国人的绅士风度，有点忐忑不安，同时还有点醉意地安心等待，等她空闲时便伸出双手邀请玛莉亚·格拉琪亚跳舞。她蹁跹于他双臂之间，感觉罗伯特脚下的小岛变得狭小了，变得不如眼前的这个男人重要了。“我真高兴。”她喃喃低语道。

“为什么高兴呢，亲爱的？”

“因为我终于嫁给你了。”

月光下，在小手风琴的乐章中，他们继续翩翩起舞，依偎在彼此的臂膀中。她体内已经怀上了将成为下一个埃斯波西托成员的生命种子。

第四部分　兄弟二人

1954—1989

有兄弟俩，他们都是海上的渔夫。他们都很英俊，长得很相像，以至于谁也不能把他们分辨开。他们都很穷。这一天，他们运气不佳，一天结束时才终于捕到一条小小的沙丁鱼，几乎只能填牙缝。

“不管怎么说，我们把它吃掉，”哥哥说道，“这鱼儿够吃几口的。”

弟弟说道：“不，我们放过它吧。它不值得宰杀。”

他们将鱼儿放生，这给他们带来了好运：两匹白马、两袋金子和一罐可以治愈所有伤口的魔膏，这使得他们可以周游世界。因为魔膏不好分配，较为勇敢、强壮的哥哥把它交给了弟弟，以保护他不受伤害。

兄弟二人策马向前，各奔东西。弟弟一路无险——也许他遇到过凶险，但故事中没有提到。哥哥从一条海蛇手中救出一位公主。他斩断了海蛇的七个舌头，砍去了海蛇的七颗头颅。公主为他的英勇征服，成为他的新娘。他把一道山谷从一个邪恶的巫师所施的咒语中解救出来。他乘坐一只被施了魔术的船只游到海底挖掘珍珠。他头发变长，迎娶了公主，他的长相不再像他的弟弟。

这位兄长并不满足于此。他前往追杀让整个国家都遭到魔法诅咒的一个女巫，这个女巫没人能够杀得死。他策马执剑来到她的城堡，声言要砍掉她的头颅。但是这个女巫很狡猾。她将一股魔发套在男孩的脖子上，将他捉住。女巫心里想：“正好，我要把他变成我的奴隶。我要让他保护我，挡住那些每天策马前来取我项上人头的那些烦人的骑士。然后我就可以整日安心坐着享受烤肉和糕点了。”

与此同时，弟弟越来越感到寂寞孤独，于是，他骑着马四处寻找他的兄长。他找了好多年，逢人便问，问人家是否见到过一个骑着白马、跟他长相一样的人。最终，他来到了女巫的山谷，也听说了他哥哥被女巫生擒活捉的事。他自言自语道：“好吧，时刻到了，我必须救出我的哥哥。”

去营救哥哥的途中，他遇到一个小老头，老人问他去哪里。他回答说：“我去救我哥哥，他被女巫施加了魔咒。”

于是，那老头告诉他应该如此这般去做。既然女巫的魔力全在她的头发上，他必须揪住她的头发不放手，这样做他或许能够制服她。“然后砍掉她的头颅，”小老头说道，“帮我们大家除掉一害。”

年轻人驱马疾驰来到女巫的城堡。城堡中出来一个骑士，威风凛凛，须发飘洒，挥动宝剑，嗷嗷怒吼。弟弟惊惧万分，一剑削去骑士的头颅。然后，他抓住女巫的头发，一剑穿过女巫的身体，将她杀死。

然后，魔咒被解除，他发现被他杀死的骑士，那个女巫的奴隶，身上有什么东西让他感到有点眼熟。他俯下身去凑近一看，认出了哥哥的那张脸。他泪流不止，悔恨自己误杀了哥哥。

突然，他想到了他带的魔膏。他疾步奔跑到自己的坐骑前，拿着魔膏来到哥哥的无头尸体横躺处。弟弟跪着把魔膏涂抹在哥哥的尸体上，皮肤很快愈合，他的哥哥死而复生。兄弟俩相互拥抱。弟弟请求哥哥饶恕他犯下的弑兄之罪。随后，他们策马并肩回到哥哥的宫殿。之后，在他们的有生之年，他们再也没有彼此分离过。

这是鳏夫玛祖讲给我的卡斯特拉梅尔岛上的一个古老的故事，同西西里的同名故事有相似之处，也许正是源于西西里的那个同名故事。——记录于一九六一年左右。

一

若干年后，当他们的两个儿子长大成人、彼此不相来往的时候，玛莉亚·格拉琪亚回想往事，很难想起有任何时候兄弟两人不曾开战为敌。

在罗伯特夫妇的第二个儿子出生后，孩子们的英国爷爷和奶奶给岛上寄来一封语气拘谨生硬的祝贺信，称他们的两个侄孙为“爱尔兰兄弟”。他们的出生时间都在一年的头尾：塞尔希奥出生于一九五四年一月份，朱塞佩努出生于当年十二月份。塞尔希奥出生前出现了四十小时的胎儿臀位状况。第二天凌晨四点，在她疼得最要命的时候，玛莉亚·格拉琪亚向罗伯特一遍又一遍地发誓她再也不生孩子了。

但是，到了那一天，当她抱着塞尔希奥从医院回来，三人裹在罗伯特的大衣里坐在摆渡船座板上的时候，当他温柔地抚摸她那擦伤的两手时，她改变了想法。“不管怎么说，我们再生一个孩子吧，”她说道，“只是我们必须赶紧生，趁我还没有失去勇气。”

尽管罗伯特听闻此言甚为惊愕，他并没有说出来。“亲爱的，”他说道，“你喜欢怎么做，咱们就怎么做。”于是，就在塞尔希奥还不能自己坐起来也不能吃固体食物的时候，夜阑之家那些年老的顾客们又有了茶余饭后的谈资——他们看到玛莉亚·格拉琪亚脚踝水肿得鼓鼓的，时不时突然跑出酒吧，将头探到卫生间或废纸篓上干呕。见此情景，渔婆阿佳塔用手戳戳玛莉亚·格拉琪亚的身侧，说道："你们家的那个英国男人可是真有力气，真是不可小看啊。"她这番话把那些纸牌玩家逗得嘻嘻窃笑。

但是现在已经没有什么能让玛莉亚·格拉琪亚害羞了。"岛上的男人们可要小心了。"她说道，引得坐在酒吧角落的渔夫们哄堂大笑。

朱塞佩努如期而至，这孩子很配合，是头朝下出生的。接生的过程用了不到一小时。事后，亲戚和街坊们总是不停地向玛莉亚·格拉琪亚指出这个不同之处，好像这能说明每个孩子性格方面的某种深层次的东西。也许这就是问题的开始。

等第二个孩子被带回家的时候，塞尔希奥做的第一件事就是朝着新生儿的摇篮爬过去。他拖着自己的身躯来到婴儿床跟前，拽着横木将自己拉起来，探头探脑地朝里面看。他的外祖母皮娜·维拉感动地说道："哦！你瞧——他想跟新来的弟弟打招呼呢。"

小家伙非但不是打招呼，相反，塞尔希奥对着弟弟大声吼叫，把弟弟朱塞佩努吓哭了。塞尔希奥不停地吼叫，直到皮娜·维拉把他弄走。

这很奇怪，因为在玛莉亚·格拉琪亚的记忆中，自从那次以后，每次都是弟弟朱塞佩努挑起事端的。

在玛莉亚·格拉琪亚答应嫁给罗伯特后，罗伯特一时兴起，计划一个人担负起抚养两个孩子的担子，让玛莉亚·格拉琪亚处理酒吧的业务。

但是照顾两个男孩的工作可不是分配给一个大人就万事大吉的。这种事情做起来乱糟糟、毫无头绪，可能会牵连身边的每个亲戚，剥夺掉他们所有人的睡眠。很快，这两个男孩把父母弄得筋疲力尽。一九五五年的春季，康瑟塔·阿尔坎杰罗来找玛莉亚·格拉琪亚，发现她在酒吧的柜台后睡着了，顾客们只好自己动手，径自拿取各自的咖啡和酒。叫醒玛莉亚·格拉琪亚后，她们顺着孩子的尖叫声找到罗伯特。在楼上铺着红色地砖的卫生间内，罗伯特站在一摊婴儿屎和滑石粉间，几乎落泪，而塞尔希奥正用拳头狠狠地打朱塞佩努的头。康瑟塔·阿尔坎杰罗眯眼看了一下这一切。然后她跪下，把塞尔希奥从卫生间储水器后面的一摊水中抱开，擦净了朱塞佩努被弄脏的后背，同时给罗伯特先生递过去一个手帕。

跟随康瑟塔·阿尔坎杰罗上楼后目睹了两个儿子间暴力的玛莉亚·格拉琪亚哭泣道："哎，康瑟塔！这两个孩子之间有仇恨！"

"嗯，"康瑟塔·阿尔坎杰罗用她从皮娜·维拉那儿学到的口吻说道，"你这样说有点可笑。"

"我们再也对付不下去了！"玛莉亚·格拉琪亚大声喊道，"我不能去酒吧，罗伯特一个人照顾不来两个孩子，我的父母岁数又太大——"阿梅德奥·埃斯波西托现年八十岁，皮娜·维拉紧跟其后，而且她脚部肿胀，这使她身子也受到影响，只能一拐一拐地跟着孩子。玛莉亚·格拉琪亚说道："生意要毁掉，而这两个小子等不到十岁就会同归于尽。"

"那只是打闹而已，"康瑟塔·阿尔坎杰罗说道，"孩子们谁都好打闹。我小的时候，见到移动的东西就动手打——打其他孩子，打狗，打蜥蜴。你的兄弟们之间也打斗，不是吗？"

"但不像这样厉害。"玛莉亚·格拉琪亚哭泣道。

"好了，好了，玛丽佳，"罗伯特说着，同时将一只手放到她背上安慰着，"我们会找到解决问题的办法的。"

但是，就连这两个愤怒的兄弟也受到他们母亲那种绝望情绪的影响，暂时休战了。两人都长着英国人特有的眼睛：竖起的眼帘，蛋白色的眼白，他们就这样抬头盯着她。塞尔希奥像个小圣人，脸大得出奇，这使他具有雕像一般的神情，像是十九世纪半身像上某个秃顶的教授或外交家。朱塞佩努则皮肤发红，机警、灵活，总是伺机挑衅。康瑟塔·阿尔坎杰罗抓住他，把他带到他哥哥视线外的门廊上。在那儿，她用令人惊叹的速度给孩子系上尿布并哄他安静下来。

但是，玛莉亚·格拉琪亚现在也意识到，尽管康瑟塔·阿尔坎杰罗能够掌控这两个打斗的孩子，但她自己也是身心疲惫。康瑟塔·阿尔坎杰罗的肩膀有点下垂，平素灿烂的脸颊现在苍白无色。这姑娘本人这些日子也一直在受苦。整个春天，岛上一直流传着关于这个女孩和她父亲阿尔坎杰罗先生的谣言。

很久以来，大家都知道阿尔坎杰罗先生对他这最小的孩子的任性很恼火。按照她父亲的说法，康瑟塔·阿尔坎杰罗已经到了穿上长裙考虑嫁人的年龄了。可她倒好，整天跟渔夫们那些青春期的儿子们在岛上四处疯跑，燃放篝火，穿着宽松的破长裤潜水游泳。随着年龄的增长，她的癫痫病好像不再发作。现在，她拒绝别人为她祈祷，而且她跟父亲发生过一次激烈的争吵，争吵声通过阿尔坎杰罗开着的窗户传遍了整个小镇的南半部。争吵中，康瑟塔·阿尔坎杰罗将念珠扔到院子里，宣布自己是渔婆阿佳塔那样的异教徒。

这场争吵从主显节一直持续到圣烛节。那天晚上，经过一场异常激烈的争论，康瑟塔·阿尔坎杰罗开始了反抗。在寒冬的最后一次暴风中她离开了父亲的商店，带着一个里面放了她所有行李的整洁的粗麻布袋子，沿着大街走去，经过绿色的喷泉，穿过法左立家那条小巷子，走上名字堂皇、实则狭窄不堪的“加富尔大街”，在十二点一刻终于来到她父亲的婶婶奥诺芙梨娅的家中。她独自行走时的样子似乎整个镇子的人都在自家的窗帘后看到了，大家都观察到康瑟塔·阿尔坎杰罗手臂后面红色的血印，以及眼睛下面的淤青。康瑟塔·阿尔坎杰罗不愿意说出这些伤是如何来的，声称这些伤就像圣人身上出现的伤痕一样，但是，连傻子都明白，如果胳膊的后面都被打成了这样，那两臂之间的肩膀肯定已经被皮带抽打得血肉模糊了。

这样一来，岛上那些一直站在阿尔坎杰罗一边的居民转而开始支持康瑟塔·阿尔坎杰罗。人们现在才知道，康瑟塔·阿尔坎杰罗从小就一直遭到父亲的毒打。岛上还出现了其他奇怪的传言：据说，女孩曾经被迫睡在家里的地板上；为了避免女孩癫痫病发作时吓到店里的顾客，每次发病，她就被命令躲进储物间的柜子或外面的卫生间里。对于这些传言，康瑟塔·阿尔坎杰罗既没有否认，也没有确认。她只是把自己关在寡妇奥诺芙梨娅家的卧室内，不肯回家。

恼羞成怒的阿尔坎杰罗对伯爵说道："我女儿让我遭到了羞辱。难道你不能做点儿什么——把她带回家，让这些关于我的谎言不再进一步扩散？"因为他的其他孩子一直都很听话：菲力珀·阿尔坎杰罗子承父业，现在几乎管理着整个店铺，使得阿尔坎杰罗能够安然退休；桑提诺·阿尔坎杰罗是伯爵的土地管理员，每天陪伴伯爵乘坐岛上唯一的汽车到处走动，让老爸阿尔坎杰罗非常自豪。

但是，伯爵对昔日老友的困境并不感兴趣。自打安德里亚·蒂森图离家出走后，伯爵做什么都精神恍惚。现在他好像似听非听。阿尔坎杰罗为自己辩解道："谁没有打过自家顽固的孩子呢？谁没有惩罚过自家的儿女呢？我告诫自己的孩子，那是出于对她的爱，而不是因为我生性残忍，只是为了让她走正道，难道我也要为此遭受斥责和羞辱吗？"

伯爵说道："我夫人和我从来没有打过安德里亚·蒂森图。你自己的家庭纠纷你必须自己解决。但是，我敢说，一旦吃不上饭，康瑟塔·阿尔坎杰罗就会回家，因为寡妇奥诺芙梨娅养不起你家姑娘。"这算是给了阿尔坎杰罗一丁点儿安慰。因为奥诺芙梨娅是被伯爵解雇的农民中的一位，一贫如洗，就像冬天犁过的田地。她半靠自己，半靠救济勉强生活。

阿尔坎杰罗顿感安慰，于是说道："您说的是。康瑟塔·阿尔坎杰罗会回来的，她这讨厌的孩子，正好能赶上圣阿佳塔节她堂兄切萨雷来做客，如果顺利的话，他会同意今年把她从我这儿带走。她这岁数也该结婚了。”

“这个屈辱先忍一忍，”伯爵建议道，“等到康瑟塔·阿尔坎杰罗回来再收拾她。”

但是康瑟塔·阿尔坎杰罗有她自己的打算。现在，她屈膝半蹲在玛莉亚·格拉琪亚身边，一只手抓住塞尔希奥的后颈，令他动弹不得，另一只手则抓住厉声尖叫的朱塞佩努的后颈。她对玛莉亚·格拉琪亚说：“我过来要跟你谈论的事情跟我父亲和我有关。”

“好的，亲爱的。说给我听。”

一直以来，玛莉亚·格拉琪亚都喜欢这个小姑娘。只见康瑟塔·阿尔坎杰罗，生平还是第一次感到尴尬和紧张，她清了清嗓子说道：“我必须工作才能养活自己和我那年迈的奥诺芙梨娅婶奶奶。可是，现在我们父女之间都吵翻了，谁还会雇用我呢？人们都不傻。岛上的人都知道他是伯爵的铁哥们儿。”

“你要工作？”玛莉亚·格拉琪亚反问道，“你难道不上学了吗？”

康瑟塔·阿尔坎杰罗直起身子。“去年夏天我就离校了。我都快十八岁了。”

她都要十八岁了。玛莉亚·格拉琪亚完全没有注意到这孩子长这么大了。她之前没有注意到女孩身上的伤痕，总以为这些奇怪的伤痕是女孩在灌木草地、刺梨丛中冒险乱跑时留下的——想到这一切，玛莉亚·格拉琪亚便羞愧难当。“我喜欢在你们的酒吧工作，”康瑟塔·阿尔坎杰罗继续说道，“难道你们不愿意雇用我吗？”

玛莉亚·格拉琪亚现在终于明白是怎么回事了。她于是说道：“继续往下说。”

康瑟塔·阿尔坎杰罗一股脑儿地接着说：“你需要人帮忙打下手——刚才你们，你和罗伯特先生自己说的——而且我爱这个酒吧，我知道酒吧是怎么运作的。我会煮咖啡，会做巧克力，我还会算账。或者让我照看塞尔希奥和朱塞佩努。我会像你和你的兄弟们小时候的保姆格苏伊娜那样照看你的孩子。只是我还没有像她那样已经老到一百二十岁，眼睛已经失明。愿上帝让她的灵魂得到安息。”

因为这女孩从小时候起就总是能让人感到一种慰藉，玛莉亚·格拉琪亚知道，身边每天有这么一个姑娘，那会是一种帮助。

“求求你了，玛莉亚·格拉琪亚。你就答应我吧。刚才我收拾塞尔希奥收拾得多麻利，你也看到了吧——”

“那个是朱塞佩努。”

“没关系——以后我会分清谁是谁的。求求你答应我吧，玛莉亚·格拉琪亚。”

“好的，我答应。”玛莉亚·格拉琪亚说道。罗伯特也说道：“当然了，康瑟塔·阿尔坎杰罗，你必须来这儿上班。既然玛莉亚·格拉琪亚同意了，你可以马上开始工作。”

接下来的星期一，康瑟塔·阿尔坎杰罗系着与其小蛮腰合身的、特意从裁缝师帕斯夸利纳那里定制的崭新的黑色围裙，身着熨烫过而且洒上熏衣草香水的连衣裙，脸颊上流露出骄傲和一丝焦虑的神情，第一次以酒吧招待的身份正式穿梭于夜阑之家的餐桌间。她用以前未曾被人发现的优雅将盘子高高地举过头顶，聆听顾客下单时，她双手交叉，毕恭毕敬。“真是奇迹，”渔婆感叹道，“其他人对康瑟塔·阿尔坎杰罗都不抱希望了，你们埃斯波西托家人却把她调教得如此好。”

与此同时，阿尔坎杰罗走到哪里都带着一副阴沉的嘴脸，他知道自己在大家的眼中蒙羞了。

随着康瑟塔·阿尔坎杰罗来到酒吧工作，一切都变得平静下来。她学会了像格苏依娜那样大喊“够了！”来吓唬两个小子，然后让他们数小时忙不迭地玩耍她自己设计的狂野游戏，直到两个孩子玩得筋疲力尽，忘了相互为敌。她推着两个一模一样的儿童车逛来逛去，满怀自豪。罗伯特特意用笤帚把将两个儿童车连在一起，这样，既能同时推动两个车，又能让两个孩子互不靠近——因为只要看到另一个也坐在跟自己一样的车内，两个孩子都会万分气恼。与此同时，酒吧的管理从来没有这么好过。因为康瑟塔·阿尔坎杰罗从小进出于这个地方，她能够一手端一盘饮料，另一只手抱住大哭大叫的塞尔希奥，同时还能记住将顾客点的十个糕点告诉给柜台后的玛莉亚·格拉琪亚。更为重要的是，她深爱夜阑之家。回过头来，玛莉亚·格拉琪亚不知道离了康瑟塔·阿尔坎杰罗，他们的酒吧怎么能经营下去。于是，每当夜深人静她和罗伯特能够酣然入睡的时候，或是当他们回到他们那个窗前有棕榈树的小屋内，再次享受几小时“二战”期间那种无忧无虑的情人世界时，玛莉亚·格拉琪亚都要向圣人默默祷告，感谢康瑟塔·阿尔坎杰罗姑娘。

康瑟塔·阿尔坎杰罗的父亲则将店铺交给儿子菲力珀管理，很少再出现在柜台后。他整天守在古老的阿拉伯金枪鱼渔网旁边的一块空地上，在那儿他雇来的建筑工兼渔夫恩熙力诺和托尼诺已经开始挖地了。“哎，关于他女儿的谣言让这男人羞到这个地步，居然决定干脆一走了之，搬出镇子了。”

“他在建第二个商店。”其他人说。因为大家都知道，自从有游客以来，阿尔坎杰罗店里的生意一直很好，甚至比夜阑之家的生意还要好。

那个夏天的月夜，人们可以听到从海湾旁的这块土地上传来的锯木声，那是托尼诺和恩熙力诺正在加班加点地上梁。

圣阿佳塔节的前一天，欧洲大陆的工人乘坐一只船到了岛上，卸下一箱一箱的东西。阿尔坎杰罗指挥着将这些东西放到房子内，停下来想探头朝里张望的人全被赶走。最后到的是一个长长的木箱子，形状像口棺材。一直到凌晨时分，这些外国工人钻孔的声音还未停止。当岛上的女人们俯身于潮湿的灌木篱墙间采集三角梅和夹竹桃的花瓣，准备让她们的篮子装满散花用的花瓣时，黑暗中有个东西骤然亮起，发出紫光，像是来自地狱的神奇火光。

早上的时候，大家都明白阿尔坎杰罗这些天都在忙活什么了。一个霓虹灯招牌——岛上的第一个，悬挂在新建筑的正面，一闪一闪的，孩子和老人驻足仰视，为它那流动的火光着迷。这房子有个红色的新屋顶和一个用花体装饰的阳台。它那水泥平台已经打扫干净，摆上了十二张桌子。房内，冰箱嗡嗡作响，一架无线电收音机播放着英语节目；一台崭新的冰激凌机子在幽暗中像圣骨匣一般闪闪发亮。那个具有美国风格的霓虹灯招牌彰显着该建筑的名号：“阿尔坎杰罗海滩酒吧”。

早上做圣阿佳塔弥撒前开店门的时候，玛莉亚·格拉琪亚发现自己的酒吧空无一人，这才注意到这个具有深远意义的变化。通常，去教堂做礼拜前，岛民们总是在平台上排队买一杯橙子酒或柠檬酒，以纪念圣人。但是现在，再也看不见年长的纸牌玩家了，再也看不到把烟夹在耳朵后的那些渔民，还有那些平时闲来无事前来读晨报的店主们。酒吧中静悄悄的，可以听到海中的波浪声。罗伯特一手抱着一个孩子，出现在门帘前。

“出什么事情了？”罗伯特问道，“有人死了吗？”

“我不知道，亲爱的。”

罗伯特有点儿担心，他屈身亲吻她的耳鬓。“你不必担心，”她说道，“肯定是有什么原因。”

但是罗伯特还是担心。他把朱塞佩努交给她喂奶，把塞尔希奥放到空桌子之间的地上，塞尔希奥已经开始在地上学着蹒跚走路。罗伯特陪着玛莉亚·格拉琪亚在店里待了一会儿。

渔婆阿佳塔和比普半小时后来酒吧了。“有个事你们必须去瞧瞧。”阿佳塔说道。她神情严肃，领着埃斯波西托一家人——玛莉亚·格拉琪亚，推着婴儿车的罗伯特，还有刚刚来的康瑟塔·阿尔坎杰罗，以及皮娜·维拉和阿梅德奥·埃斯波西托，穿行过刺梨林。

在一棵刺梨树后，玛莉亚·格拉琪亚看到阿尔坎杰罗的霓虹灯招牌，一群人在水泥游廊上走来走去；她听到刺耳的音乐声和叮叮当当的酒器碰撞声。康瑟塔·阿尔坎杰罗愤怒地流下眼泪："我那混蛋父亲——他这是想把夜阑之家整垮！"

但是，到了晚上，夜阑之家酒吧内顾客再次爆满。过去的老顾客一个两个地溜回来，满脸羞涩，重新坐回到以前的座位上。游廊上跳舞的人只是比平时稀落了一点儿而已。"你们应该先看看阿尔坎杰罗先生的咖啡价格才对，"瓦莱里娅嘟哝着说，"有人居然被骗了。"

不过还是有些人留在了新开张的海滩酒吧。接近黎明时分，玛莉亚·格拉琪亚和罗伯特走到观景楼前，在霓虹灯的闪烁中，她依稀看到那里也有人影在海边夜色中跳舞。

"一九五五年六月二十八日，"阿梅德奥·埃斯波西托在他那红色的日记本中写道，他感到自己是在记录某种不祥之兆，"阿尔坎杰罗海滩酒吧开业。"

这个竞争对手的开业是埃斯波西托家人感到必须应对的挑战。"我们必须有自己的冰激凌机子。"阿梅德奥·埃斯波西托说。他们即刻订购了冰激凌机器，是用夜阑之家钱箱子中塞满的一堆堆外币支付的。因为那些考古遗迹依然能吸引人们慕名而来。酒吧的游廊上从早到晚都有游客：有的长着外国人那种苍白无血色的双腿；有的戒备地看着那些眨巴着眼睛看他们手中相机的当地孩子，想把他们吓走；还有的即便是大中午也坐在太阳底下；有的穿着专门买来的夏季服装，他们穿着皱巴巴的不成体统的米黄色短裤、白色袜子、大大的宽檐帽，仿佛他们是在非洲探险。那些的确是冲着考古发掘来的游客现在也许对小岛来说倒成了救星，因为如果没有他们，这样一个五英里长的小小岛屿怎么能容得下两个酒吧呢？

对着从欧洲大陆带回来一个霓虹灯招牌的阿尔坎杰罗酒吧的商品目录，大家仔细研究了一通。"凡是他酒吧有的，我们也必须有。"

阿梅德奥·埃斯波西托说道。但是皮娜·维拉私下里表示了不同意见。“我们这个才是真正的酒吧，老字号酒吧，”她说道，“人们照样还是会光顾咱们的酒吧。”

玛莉亚·格拉琪亚赞同皮娜·维拉的观点，于是，他们没有购买霓虹灯招牌用以装饰夜阑之家酒吧的正面。但是，自从那以后，每当生意略有减少，或者考古人员来的不够多，或者夜阑之家遇到了什么不幸时，很快就会有人抬眼朝天，咕咕哝哝地归责到阿尔坎杰罗先生身上。深夜难眠，为朱塞佩努烦人的一颗牙齿发愁，或者为塞尔希奥发烧担心，或者为某个月的坏账而忧虑，玛莉亚·格拉琪亚总要喃喃不停地发牢骚，弄得丈夫强颜而笑，“这都怪那个阿尔坎杰罗和他那海滩酒吧。”在玛莉亚·格拉琪亚和罗伯特婚后的最初几年中，这已经成了他们之间一个司空见惯的家庭游戏。

二

塞尔希奥和朱塞佩努出生时，正赶上岛上的繁荣期。随着他们的长大，玛莉亚·格拉琪亚感叹于他们拥有的生活。对于她的两个儿子而言，海边的洞穴一直以来无非就是洞口有个小屋、塞尔瓦托坐在洞内卖门票的考古现场而已。他们不曾记得比普的摆渡船出现之前的年代，也不曾记得岛上只有一辆汽车的年代，他们不肯相信那个希腊风格的圆形剧院曾经是个满是鹅卵石的野地，是只有山羊才光顾的地方（因为伯爵已经在此挖土，将四面弄起围墙，建起了一个小售票亭，派桑提诺·阿尔坎杰罗售票，决心以他自己的方式从卡斯特拉梅尔新的名声中获利。在塞尔希奥和朱塞佩努他们兄弟俩看来，夜阑之家从来都是外国人在游廊喝茶、拍照的地方。而且，在玛莉亚·格拉琪亚看来，岛上似乎也再次充满了机会，令人飘飘然心旌摇动，跃跃欲试。是罗伯特最终治好了她这种不安分的思想。对于罗伯特来说，最大的幸福莫过于在星期天的下午与两个儿子在大海中潜水游泳，莫过于在炎热的夜晚将身体蜷缩着躺在玛莉亚·格拉琪亚的腰弯处，聆听窗户外棕榈树的呼吸声，莫过于忙碌完一天后坐在游廊上，莫过于在算账的同时向她描述各种辉煌的前景。他的希望朴实得让人感动，在那些夜晚，他对她说："两个孩子可以到大陆去读中学。你可以给酒吧安装上空调，配上一台比阿尔坎杰罗酒吧里更好的电视。"

在那些现代化的年代，卡斯特拉梅尔岛上有了很多外国的新鲜玩意儿，包括电视机。酒吧上了岁数的顾客私下里嘀咕说，渡船人比普因为他的新渡船挣了很多钱，他想不出该把钱花在什么地方才合理，结果在锡拉库萨的一家电器商店买了一台电视机。他用一只箱子把电视机从海的对面运了过来，箱子里塞满了报纸，仿佛这是一件什么考古文物。从欧洲大陆来的工人们在教堂后面他那蓝色的房子顶上安装了一个天线。于是，岛上的人都到了他母亲那个挂着鹅绒窗帘、摆着表情悲伤的圣人小塑像的老客厅，悬着心观看全身上下只有黑白两色的外国人从屏幕顶部滚到屏幕底部，看他们报道新闻。(渔婆阿佳塔有点失望，说道："我还以为他们——至少他们有些人，会讲我们的语言。")

塞尔希奥和朱塞佩努坐在父母的膝盖上曲背探头，在比普的电视上看到了美国总统肯尼迪先生的国葬仪式。大人们还承诺他们，如果已经向太空发射火箭的苏联人和美国人有朝一日能够成功地在月球表面行走，他们也可以在电视上看到直播。同样是在这个岛上，玛莉亚·格拉琪亚曾经在这里采集蜗牛，将菊苣根磨碎做茶；同样是在这里，罗伯特被冲上海岸，高烧不止，找不到盘尼西林；而她的两个儿子则在这个岛上，通过电视看到了人类被送上太空。但是当仅仅只能通过比普的电视和报纸观察外面的世界时，她努力告诫自己：不能把卡斯特拉梅尔岛外的其他地方都想象得只有黑白两色。

酒吧现在配有最先进的冰激凌机子和电冰箱，成天嗡嗡作响。有时候，游客们会打开冰柜，站在跟前，放松片刻，以求找到他们北方老家的那种冷意。与此同时，比普将他那小小的汽车艇换成了一个平底的巨无霸现代渡船“海神圣玛利亚”，可以同时摆渡五辆汽车。

岛上居民的希望膨胀得像海市蜃楼——变得飘飘然、好高骛远。坐在夜阑之家角落的年轻的渔夫们推测道：“也许我们这儿会出现夜总会，像巴黎那样。到时候会出现一整排的酒吧，而不是仅仅两家老式的酒吧，里面还坐满了玩多米诺骨牌的客人。到时候会有一个像样的商店，出售从米兰进的新式衣服。”以前，人们从欧洲大陆订购包裹在牛皮纸袋子中的衣服，或者从寡妇瓦莱里娅五金店里买衣服。在她的店里，同样的褪色的内裤、袜子、葬礼裤子据说一次能在橱窗挂上几十年。现在岛上的人们再也不满足于购买寻常的衣服了。

最终，岛民们有了一个储蓄银行。

没有人记得卡斯特拉梅尔岛上什么时候有过一个银行。尽管大家知道阿尔坎杰罗家族曾经向邻居们借钱修补房顶或买渔网；尽管渔夫皮埃瑞诺的祖先曾经组织过一种剥削人的行业，他们将船只和渔网借给船只沉没的打鱼人，反过来收取渔民捕获量的半数，但不承担打鱼的风险；尽管现在已经故去的玛祖的堂兄弟们曾经以每小时十个里拉的费用租赁葬礼服，利用十九世纪旷日持久的服丧吊孝期牟取暴利，让他们租出去的葬礼服能够赚取二十倍的利润；尽管岛上过去出现过所有这些资本主义的现象，但银行是大不相同的事物。“所有这些都没必要，”渔婆阿佳塔说道，“没有这些东西我们不也照样过来了吗？”因为，不管什么时候，岛民们总是把他们的营业收入存在金属钱箱内，很少有人上锁，然后放在床垫的下面。用金枪鱼或油以物换物，跟接受现金一样普遍。一直以来，岛民们就是靠着这种机制得到房子和食物的。（“我们可不像‘经济大萧条’期的美国人。”渔婆阿佳塔阴着脸说道。）然而现在，穿过尘土弥漫和阳光普照的一块空地，在夜阑之家对面，有点挑战意味地出现了一座银行——它那闪闪发亮的玻璃和金色门把手是由广场上格苏依娜房子的残留物改造而成的。

这一切都始于老伯爵的死亡。阿梅德奥·埃斯波西托的宿敌于一九六四年春天悄然去世。当时他一个人驾驶着他那辆古老的汽车，死得太仓促、太随意。动用了八个人、三头驴才把他的汽车从那一头栽进去的沟渠内拉上来，但是伯爵的尸体完好无损，没有伤痕。从外表来看，他似乎是在开车的时候睡着了。

伯爵的葬礼隆重体面。扶棺送葬者手戴白手套，他们都来自欧洲大陆，同伯爵一样出生于那个已经没落的世界，以前也都是领袖人物和伯爵。他的做医生的老朋友给他念祭文。卡米拉头戴古老的葬礼面纱，眼中无泪，孑然一身伫立坟头。

之后，伯爵的儿子安德里亚·蒂森图回来了，但是太晚了，没有赶上父亲的葬礼。玛莉亚·格拉琪亚第一天没有见到他，因为他是晚上才回来的，之后关门谢客，跟母亲待在别墅内。但是据酒吧的顾客传言，安德里亚·蒂森图现在身着时尚的西装，戴着没有镜框的眼镜，俨然像个外国佬。伯爵的最后一批农民在码头将那一枚原属于他父亲的图章戒指献给他，但是出现了一些争执，有人喊叫着说起渔夫皮埃瑞诺的鬼魂。卡米拉拉着儿子的手臂。伯爵的地产——伯爵剩下的地产——将传给安德里亚·蒂森图。第二天早上，在教堂内，卡米拉为儿子的归来喜不自禁、形于言表：“我的孩子……

我帅气的孩子……赞美圣阿佳塔以及所有圣人。”圣阿佳塔委员会的寡妇们说卡米拉的这番话让人听起来很尴尬，毕竟她的丈夫尸骨未寒。

“他准备待在岛上，”建筑承包商托尼诺对酒吧的一群人咕哝着说道，“他已经给我和恩熙力诺付了工钱，要我们修他家的空房子。我们现在有很多钱，我们准备更换我们的工具箱，再购买一套新梯子。”

玛莉亚·格拉琪亚说不出为什么，这让她感到不安，也说不出为什么当罗伯特问她“伯爵的儿子回家为什么引发这么多街谈巷议”时，她不知道该如何回答。她丈夫知道伯爵的儿子曾经爱过她。这并不让他感到不安。她为什么反倒因为他的归来感到害怕呢？

不久后，给安德里亚·蒂森图修建房子的建筑承包商不得不雇用了岛上的半数闲散劳动力。那年夏天结束的时候，托尼诺和恩熙力诺不仅买下了新的工具箱和梯子，而且买下了存放工具箱和梯子的货车，还有停放货车的三英亩大小的一块土地。因为伯爵的儿子回到岛上的时候已经是个富人，对于海岛的未来，他怀抱着宏伟的蓝图。

新建成的银行窗户粉刷过，金色和海蓝色相间的招牌包裹在一块防尘布内。人们对它既表现出兴趣，又表现出怀疑。圣阿佳塔节日前一天，当时还没有人知道这个新建筑是做什么用的，安德里亚·蒂森图宣布银行隆重开业。因为不敢站在岛民面前（老年纸牌玩家差不多就是这么说的），他派他的母亲代替他主持开业剪彩仪式。卡米拉身着褪色的暗紫色套装，站在门口，面对众岛民，将一条淡蓝色的带子一剪为二。土地管理员桑提诺·阿尔坎杰罗和他的父亲阿尔坎杰罗赶紧跑上前去，把招牌上的防尘布拽下来，露出招牌上的刻字：卡斯特拉梅尔储蓄贷款银行。卡米拉模仿伯爵刺耳的演讲风格，大声宣布道：“大家都开始受益于游客对我们可爱岛屿的兴趣。现在你们的新财富有了一个可以安全投资的地方。如果你们想把自家的旧房子换成新房子，那好，来找我们，我们也会借钱给你们。”

菲力珀是银行的第一个客户。每天晚上，他都紧张不安地站在银行柜台前，拿着装在粗麻布袋子里的营业收入。紧跟着，面包师和花商也成为银行的客户。在新开业的银行内，当渔婆阿佳塔询问她是否有资格得到一笔小额贷款，用以修复被地震破坏的地板的时候，面对那些身着光鲜亮丽套装的欧洲大陆的银行助理们，她平生第一次感到羞怯紧张。安德里亚·蒂森图的银行承诺允许她贷款，将她的老房子拆掉，然后在原地修建一座钢筋水泥别墅——现在分文不取，过后还款。银行之所以借给她钱，是因为渔婆阿佳塔已经被说服，成为比普渡船公司的合伙人，一方面为渡船四分之一的航程领航，一方面为比普管理客户和财务，有可能不久就会跟比普同样富有。

“让你们说的，好像我想把我太姥爷手里盖的房子拆掉似的，”她反唇相讥，“不过我倒是愿意拿到修地板的贷款——这我愿意接受，因为一下雨房子就漏雨，实在是让我伤透脑筋啦。”

一时间，消息不胫而走：安德里亚·蒂森图的公司不是仅仅允许向他父亲的朋友贷款，而是不加区别地允许所有人贷款。也许渔婆阿佳塔对于太姥爷留下的这个老房子十分满意，尽管这房子邪风穿堂、走风漏气，而且蜥蜴穿墙筑巢。其他人则抓住这个机会，急不可待地从他们已经住了几十年的那些狭窄不堪的祖屋搬出去。在卡斯特拉梅尔岛上，一直以来，房产就是一种家庭遗产，一种全凭运气的遗产：如果祖传下来的房子窗户宽大，窗外海景迷人，那你就欢欣鼓舞；如果房子狭窄、光线暗淡，就像教堂后面比普家的房子，他那已故母亲的房子，那你只有悲叹的份儿，而后尽量做些修修补补作为弥补。如果房子没有后代继承，或者继承人很多并且各自分散在很多其他国家，无法就房产的划分达成协议的话，这房子只能闲置着，毫无价值，直到房子的百叶窗垮塌，屋内瓦砾遍地且爬满藤蔓，狼藉一片。格苏依娜家的老房子就是这样的命运，直到新建的银行取而代之，在其废墟上拔地而起。而现在，新伯爵则宣布，任何人，只要有份好工作，在他的银行里有储蓄存款，就可以申请获得按揭贷款，在岛上用钱购买一块未被占用的土地作为宅基地建造自己的钢筋水泥别墅。

晚上，罗伯特一边抚摸着玛莉亚·格拉琪亚的手腕，一边说道，“为什么不把咱们攒下的钱储存到这个新公司里呢？家里四处摆放的钱箱子和封袋总是让我绊倒。咱们现在有钱了，亲爱的。上周我就在床的一侧发现一瓶子的旧里拉。”

这些钱原本是她攒起来，以备将来逃跑时候用的。她几乎将这些钱忘得一干二净了。她把手伸到床后面，把那个瓶子取出来，然后拧开瓶子的盖子。一股淡淡的金巴利开胃酒的气味，伴着一股尘土味，从瓶子内冒出来。她用一根弯曲的发卡插入瓶内，一里拉接一里拉，从里面哗啦啦拨拉出一串儿光滑的钱币。“这些钱是干什么用的呢？”罗伯特问道。

想起往事，她微微一笑，将事情一五一十地告诉了罗伯特。“但是，亲爱的，”他半嘲笑半认真地嘟哝道，“你怎么会想离开这个地方呢？”

当玛莉亚·格拉琪亚返回来睡觉的时候，罗伯特将她拉到跟前，好像她得了感冒似的。他喃喃低语道：“你是什么想法呢？我说的是那个储蓄银行。”

“不，”玛莉亚·格拉琪亚回答说，“我不想把钱存在那儿。”

“如果你把钱存到那儿，我不会介意的，”罗伯特说道，“我不反对你跟蒂森图打交道。我不怕他。”

有时候，罗伯特仍然会用意大利语说出些奇怪的话语：我不怕他。她的丈夫，身强力壮，跟玛莉亚·格拉琪亚自己一样皮肤黝黑，因为每天背着孩子四处跑，肩膀跟渔夫们一样结实，而这个新伯爵腿部伤残，面带病容，走路像老头一样需要小心翼翼的，罗伯特有什么必要惧怕新伯爵呢？她把罗伯特的双手逐个亲吻了一遍，然后说道："我知道，亲爱的，我知道。"

但是，尽管她这么说，她还是没有把酒吧的营业收入存入新伯爵的银行。

最近这些天来，夜阑之家酒吧的顾客们一直叽叽喳喳兴奋地谈论着新伯爵的新银行，阿梅德奥·埃斯波西托的一番话则给他们头上泼了冷水，"这个银行之所以叫储蓄贷款银行是有原因的（阿梅德奥·埃斯波西托发现，在事关宿敌伯爵先生的任何问题上，自己都难以作出冷静、理智、宽容大度的判断）。安德里亚·蒂森图用一只手向你们借钱，用另外一只手向你们贷款。如果阿尔坎杰罗把他当月的营业收入存入银行，比方说他存入了十万里拉"——为了做演示，他来回挪动着一套小盐瓶——"安德里亚·蒂森图先生的做法无非就是拿上这十万里拉，然后把钱借给渔婆阿佳塔去修她的地板。渔婆以高利息向蒂森图先生偿还贷款，安德里亚·蒂森图先生以低利率返还阿尔坎杰罗，其余的安德里亚·蒂森图先生自己留下。这就是安德里亚·蒂森图先生的做法。"

渔婆阿佳塔说道："不管他是什么做法，这办法确实有效果。而且，他还在海外的时候就已经比他父亲有钱了。"正是因为这样，安德里亚·蒂森图已经开始着手对他父亲的旧别墅进行翻新改造，给每个房间都通了电，拆除了破旧失修的附属建筑，去掉了弯曲变形的百叶窗，换上了新的百叶窗。他将父亲的古老的汽车当废铁处理掉。现在卡米拉驾驶的汽车是一部西德生产的喇叭声特别引人注意的轿车，是用比普的摆渡船特意摆渡过来的。至于新伯爵，他一直待在自家的别墅内，离群索居，谁也见不到他。

皮娜·维拉也厉声斥责这些新变化。她说："那一排混凝土盖的别墅，哼，它们根本就一钱不值，根本就比不上镇子里这些老房子。大家都明白，一场地震，这些房子准保会坍塌倒地。不用过多久，海景就看不到了，海湾也看不到了，放牧山羊的地方也看不到了，游客的人数会超过岛上的居民。所有的一切都会被那个城市做派的新伯爵占有。"

但是，令玛莉亚·格拉琪亚无法否认的是，夜阑之家的钱现在流转得更为顺畅了，钱箱（尽管里面的钱依旧是每个周五转到了书架的背后、塞进了床垫和枕头之间，并没有存入新伯爵的储蓄银行）比以前装的钱更多了，周转速度也更快了。酒吧的墙壁油漆了，咖啡机子置换了，康瑟塔·阿尔坎杰罗从涨薪后的工资中拿出钱来彻底翻修了奥诺芙梨娅的房子，将整个房子油漆成浅蓝色的，在前面的院子里种上了橘子树。与此同时，为了外孙塞尔希奥和朱塞佩努，阿梅德奥·埃斯波西托最终让出了图里奥和奥瑞里奥走后闲置的房间。于是，每个周六，罗伯特都要用很长的时间来重新油漆图里奥和奥瑞里奥的房间，与木匠商量着特制一些新家具，打磨门框，给地板打蜡抛光，直到光亮可鉴。

在安德里亚·蒂森图第一次回到岛上的几个月内，玛莉亚·格拉琪亚没有见过他一面。在第二周开始的一天，她一大早就来到安德里亚·蒂森图别墅的大门口，然后她按了门铃，但心里没有明确的目的。过了约莫五到十分钟的光景，土地管理员桑提诺·阿尔坎杰罗出现在装饰性的铁门栏后。"哎，"他问道，"你有什么事呢？"

玛莉亚·格拉琪亚回答说："我要拜访安德里亚·蒂森图先生。"

桑提诺·阿尔坎杰罗走开了。他慢腾腾地朝着屋内走去，时不时地停下来用一根棍子抽打长草，好像是有意向她显示他根本就不着急。二十五分钟后他才慢悠悠地回来，而且脸上带着一种奇怪的、得意的嘲笑表情。桑提诺·阿尔坎杰罗在门后说道："他不想见你。

你必须立刻离开，玛莉亚·格拉琪亚·埃斯波西托，因为伯爵先生跟你没有什么好说的。”

在回家的路上，她奇怪自己的脚步为什么那么沉重。不管怎么说，她会跟安德里亚·蒂森图说些什么呢？他们之间已经十五年没说过话了。玛莉亚·格拉琪亚想让他知道，就在他承认自己打了渔夫皮埃瑞诺之后，她也没有因此鄙视过他；她想让他知道，从弗拉维奥·埃斯波西托寄来的不加标点的书信判断，他在英国生活得很幸福；她想让他知道，除非刚喝过寡妇瓦莱里娅酒劲过度的柠檬酒，岛上的人再也没有看到过渔夫的冤魂——一句话，现在岛上一切安好。但是，她又怎么能找到合适的话来跟他说这一切呢？

回到酒吧，玛莉亚·格拉琪亚发现罗伯特正在院子里调解塞尔希奥和朱塞佩努之间的争执，他那细细的头发在春天的微风中被刮得竖起。她父亲阿梅德奥·埃斯波西托悄悄地对她说：“我知道你去哪儿了。现在岛上的人都知道了。注意点儿，我亲爱的。你老公是个好男人，这样的事情他不会质问你。”

于是，玛莉亚·格拉琪亚诅咒道：“这个鬼地方。这些该死的东西，总是东家长西家短，总是像特务一样鬼鬼祟祟地探听别人的隐私——他们就不能做点自己的正事？为什么这帮人总是窥探别人的私事？”

就这样，玛莉亚·格拉琪亚和父亲阿梅德奥·埃斯波西托之间发生了第一次争吵。阿梅德奥·埃斯波西托说：“我就弄不明白，你跟那个男人能说些什么话。你穿着最漂亮的衣服在天刚亮的时候鬼鬼祟祟去见他，你有什么要紧事要做呢？而你的老公则在这里照看你们的孩子，料理酒吧——”

玛莉亚·格拉琪亚道：“他对我没有任何疑心，爸爸。也许你也应该像他那样。”

父亲阿梅德奥·埃斯波西托说：“罗伯特的忍耐力比得上圣阿佳

塔。这一点我们都知道。”

玛莉亚·格拉琪亚的自尊受到了伤害，她大声喊道：“狗屁——难道什么事情我都要向你汇报不成？难道你既是我的父亲又是我的看守？”她这些话说得太无情无义——连她自己也感觉自己说得太过分了。然而，为了免于遭受被迫道歉而产生的羞辱感，她反倒气冲冲地进了酒吧，怀着解不开的怒气启动了咖啡机。

就这样，父女之间的争吵咕咕哝哝持续了整整一天，直到玛莉亚·格拉琪亚在午饭时间看到罗伯特穿过广场朝她走来，这场争执才算结束。由于高温产生的幻象，罗伯特看上去形态扭曲，一手抱着一个儿子。她跑到他跟前，将脸埋在他的脖颈处，说道：“对不起，对不起。这不能说明什么，我去看他不能说明任何问题。”罗伯特回答道：“我知道。”这一幕，阿梅德奥·埃斯波西托看在眼里。于是，当玛莉亚·格拉琪亚回到酒吧柜台的时候，他拍了拍女儿的胳膊，以示安慰，并发誓不再谈论老伯爵的儿子安德里亚·蒂森图。

几个月后，安德里亚·蒂森图再次离开卡斯特拉梅尔岛。玛莉亚·格拉琪亚没有见过他一次。在之后的几年内，她尽量让自己认为他从来没有真正地来过这个岛，她只把他想象为阴影中的一个身影，像渔夫皮埃瑞诺的冤魂一样出没无常，时而出现时而消失。

然而，安德里亚·蒂森图引发的这些发展变化是实实在在的。比如说，他解决了岛上游客的住宿问题。目前，为了来到卡斯特拉梅尔岛，所有的参观者被迫像圣人虔诚的信徒，长途跋涉，前来朝拜。就是从离卡斯特拉梅尔岛最近的欧洲大陆诺托和锡拉库萨港口过来，无论从西西里岛卡塔尼亚、西西里首府巴勒莫机场出发，还是从北部海港出发乘坐行进缓慢的船只，多数旅客已经在途中走了一整天。这样一来，前来卡斯特拉梅尔岛的一般参观者仍然像是探险家，这些人对当地的公墓历史很感兴趣，结结巴巴地尝试讲几句意大利语。“要是咱们岛上或者海对面的锡拉库萨港口有个像样的机场，那该有多好啊。”渡船人比普感叹道。因为他听外国渔夫们说，附近的希腊岛屿，已经开通了通往伦敦和巴黎的短途空调航线。这些岛屿现在吸引着数以千计的观光客前往他们的蓝色海域。

在岛上发展变化的速度令人眩晕的那些年，巨大的白色海轮在远处地平线上经过，嘟嘟嘟的鸣声响彻大海的上空，引得卡斯特拉梅尔岛上的孩子们放声欢呼、手舞足蹈，像是欢迎远方的来客。通过弗拉维奥·埃斯波西托留下的巴里拉双筒望远镜，你可以看到戴着太阳镜、金发小脑袋的人影在甲板上走来走去，长长的粉红色躯体四肢大张着躺在躺椅上。“要是他们能在咱们岛上停留该多好啊。”朱塞佩努叹息道。玛莉亚·格拉琪亚的两个孩子都喜欢这些外来游客。这些游客身上有一种异国情调，他们那种急促轻快的北方语言似乎反映了城市的一种特征——城市发生的都是重大事情，在城市里说什么都必须快节奏。岛上的方言则不同——音拖得老长老长的，说起来绕舌头一大圈，很是费劲。

玛祖老人死后，他的最后一个儿子也离家去了美国，之后，原属于玛祖家族的那个古老的农场便沦为废墟。而现在，传言新伯爵已经买下这个农场。这块地一直以来就是岛上最好的田地，是岛上最平坦的土地，而且从这里能看到海湾。卡米拉已经代表儿子雇用了欧洲大陆的建筑承包商来开挖这片土地。他们拆掉了玛祖家族的旧农舍。

“我敢说，他们在建一座别墅。”建筑承包商托尼诺抱怨道。他心中恼火，因为新伯爵没有把工程承包给他，反而承包给拥有水泥搅拌机的那些外国人。“当这个新别墅完工后，我想我们的新伯爵计划跟他母亲一起搬过去，同时会把老别墅彻底拆掉。”

“如果非要我说点儿什么的话，我认为伯爵不会那么做，”皮娜·维拉说道，“你可不知道，有半数的观光客在伯爵别墅外逗留，就是想看一眼这个别墅。托尼诺，难道你不知道那个别墅有一定的罗马风格，而且是这个岛上最古老的建筑之一吗？”

这个新建筑，宛如一个粉红色的混凝土景观，渐渐地拔地而起。落日时分，太阳的余晖落在空荡荡的柱子和大梁之间，勾勒出一个锃亮的剪影。白天，建筑工人顶着烈日辛苦劳作。这个建筑不仅建有阳台和飞檐，而且建有一个肾脏形状的游泳池，泳池的内侧被涂上了蓝颜色。有一个种有棕榈树的花园，这些树用牛皮纸包裹着防止灰尘，直到建筑尘土落定，而且，在后面的阴凉处，有一个停放汽车的混凝土空地。根据做过秘密调查的康瑟塔·阿尔坎杰罗反映，这个美式停车场的停车位都是大号的，是为外国汽车停车用的。这些汽车有岛上人所青睐的那些小型汽车“十六世纪（Cinquecentto）”和Ape三轮车的两倍大。自从新伯爵他父亲过世后没有一个人前来拜访过他，也没人前来看望过他母亲卡米拉（老年纸牌玩家们咕咕哝哝，就算他有胆量再次回到岛上），新伯爵怎么会为他的客人们准备那么多的停车位呢？现在，新建成的建筑高耸矗立，远远高过那一排矮小的混凝土别墅。从酒吧的游廊看去，这些别墅不过香烟盒一般大小。到了来年夏天，这个宏伟的新建筑已经完工，准备开门迎客。

谁也不清楚新伯爵新建的这个建筑有何用途。渔婆阿佳塔推测说：“这是为女伯爵新建的避暑别墅。四月份，她准备驾驶着自己那辆汽车下山，到海边度夏，这样一来，她就不必每天花费十五分钟山上山下来回跑。”因为桑提诺·阿尔坎杰罗每天开着那辆德国汽车来回接送卡米拉，把她送到海湾尽头她最喜欢的地点。在那里，她形只影单地坐在阳伞下，优哉游哉地往她那干瘦如纸的胳膊上涂抹防晒霜。

“真搞不懂这些有钱人喜欢把钱花在什么地方。”比普说。

“比方说，买电视机。”渔婆阿佳塔讥讽道。

“这是另一家酒吧，”康瑟塔·阿尔坎杰罗猜测道，“新伯爵企图挤掉我们的生意，这跟阿尔坎杰罗的做法一样。”

那幢粉红色的建筑矗立在地平线上，大门敞开着，停车场上空无一物。

当天晚上，托尼诺宣布说："那是家酒店，"事情终于有了答案，"我看到了酒店的招牌，还有一个小小的悬挂铜铃的总服务台。"

在卡斯特拉梅尔岛上，此前从未出现过像酒店隆重开业前几周内这样多的工作机会——清洗的工作，抛光的工作，用水管喷浇草坪的工作（"太浪费、太可耻了。"皮娜·维拉咕咕哝哝地埋怨道），搬运新伯爵从欧洲大陆订购的客床、衣柜、餐桌的工作，在宽大的银色厨房烹制岛上的本地美味和异国美食的工作。为了平添一点儿当地特色，甚至连岛上的乐队也雇用上了。一天早上，岛民们刚刚醒来时，一艘庞大的白色海轮奇迹般地停在海港外，漂浮在海湾平静的水面上。孩子们跑上前去迎接海轮。在孩子们欢呼雀跃的同时，岛上的乐队紧张兮兮地吹奏起当地的民谣。游客们被带上岸来。他们手中提着手提箱、大包小包、盒子，似乎是从海难中被解救出来的幸存者，叽里咕噜地操着欧洲北方的语言，犹犹豫豫，不知道是该给摆渡人小费，还是该给小孩子们硬币。

然后就出现了问题。这些新来的游客喜欢客厅安装着空调、游廊处霓虹灯一闪一闪的阿尔坎杰罗的酒吧，而非光线暗淡、内部装饰古老的夜阑之家。伯爵的公司将海湾的一部分划出来提供给阿尔坎杰罗的酒吧使用，在这里，游客们可以躺在活动躺椅上。海滩酒吧用水晶玻璃杯提供美式鸡尾酒和威士忌。因为有了酒店和阿尔坎杰罗空调酒吧联手提供的奢侈舒适的环境，新一波的游客根本没有必要大热天冒着酷暑爬山到镇子里去。

"可是我就是不明白为什么有人不选择这个酒吧，反倒选择了那个酒吧。"比普不解地问道，"阿尔坎杰罗的酒吧一杯咖啡收客人一百五十里拉，再说了，他卖的咖啡喝起来有一股子驴尿味。"

为了不让玛莉亚·格拉琪亚气馁，罗伯特表现得雄心勃勃，他对她道："去找那些游客，鼓励他们到咱们酒吧来。只要你能说服他们，他们会爱上这个岛的，因为我第一次看到这个岛就爱上了它。"

一天早上，下榻伯爵酒店的两个游客终于勇敢地爬山到了镇子上。在弥撒钟声结束后不久，人们在广场上看到这两个游客在棕榈树附近忐忑不安地走来走去。玛莉亚·格拉琪亚鼓起勇气走到门口，用英语大声招呼道："欢迎欢迎！进来吧。"

经过一番激烈的讨论，这一男一女跨进了酒吧的门槛。玛莉亚·格拉琪亚主动问道："来点咖啡，茶水，还是点心？"

这两个新客人，有着金色的头发，皮肤黝黑。他们看了看坐在角落的老年纸牌玩家，瞅了瞅无线电收音机（正在收听一个西西里电台），瞧了瞧放满米丸子和油酥点心、表面凝水的冰柜，再看了看咖啡机。那个男人做了一个打开书本的手势。

"菜单呢？"那个男人问道。

玛莉亚·格拉琪亚回答道："没有菜单。但是，你想要什么我们就做什么。是不是来杯咖啡？或者一个米丸子？"

那男子摇了摇头，最后问了一下茶水的价格。玛莉亚·格拉琪亚回答道："三十里拉。也就是三美分。"

但是，这对夫妇最后仔细看过米丸子后，只是连连摇头，然后慢悠悠地退出酒吧。

摆渡人比普解释说，这是因为夜阑之家酒吧给游客定的价格太低了。"阿尔坎杰罗的海滩酒吧就有两个不同的价目表，"比普解释道，"一个价格表是为游客制定的，另一个则是针对打鱼人制定的。"

对于这种质疑其妻子的诚信的说法，罗伯特非常气愤，他说道："我们不能那么做。夜阑之家不是做那种生意的。"

"如果价格比游客认为合理的价格低的话，他们就不愿花钱买。你们自己也已经看到了——看看你们游廊上的那些游客，还有那些前来看洞穴的考古游客们。你们也看到了他们给你们付的小费了——

他们支付三十里拉买一杯咖啡，另外还要给你们留下八十里拉作为小费。你们的收费比他们预想的要低，可是呢，他们反过来会认为要么你们提供的咖啡是劣质咖啡，要么你们生活贫困，穷得像‘二战’前的牧羊人。不管怎么说，这让他们感到不舒服，玛丽佳。”

玛莉亚·格拉琪亚回答道：“我们不能用两种价格向客人收费。那样做不对。”

阿尔坎杰罗的酒吧照两个价格表收费，生意照样做得稳稳当当。

三

正如阿梅德奥·埃斯波西托所作的评价，罗伯特确实具有堪比圣阿佳塔的忍耐力。这在两个儿子早年的成长过程中表现得很明显。对于罗伯特而言，他在军事监狱中服了三年刑期，等待了五年才重返卡斯特拉梅尔岛，又等了四年才得以与玛莉亚·格拉琪亚结婚，他身上显然有着某种刚毅的东西，不可能被儿童期的两个孩子的拌嘴击垮。在两个儿子争吵的时候，他就平心静气地聆听，聆听每个人不满的倾诉，公正仲裁，给予相应的惩罚。而且他自始至终保持心气和平，不屈不挠，就像当初身为女教师的皮娜·维拉为学生的争执作出仲裁。过了这样令人困乏的下午后，他依然能够拥抱柜台后的妻子，或者一边哼着岛上的歌谣，一边收拾餐桌，而玛莉亚·格拉琪亚只要一听到这些曲子就会感到厌烦，失去耐心。

也许罗伯特的耐心正是问题所在。也许，如果他对两个孩子之间的打斗没有那么容忍的话，如果他们的打斗让他更加痛苦的话，他们也许会表现得更好一些。但是话又说回来，他们也许会表现得更糟糕。

与此同时，两个外孙之间这种相互挑衅的行为让阿梅德奥·埃斯波西托莫名感到一种不安，全然忘记了自己的三个儿子曾经在夜阑之家酒吧的院子里和走廊上所发生的残酷的争斗。他对塞尔希奥和朱塞佩努的爱甚于对除玛莉亚·格拉琪亚以外任何一个子女的疼爱。然而，这两个外孙也更有可能让他怒火中烧。

当塞尔希奥到了四岁的时候，这孩子就经常对着姥爷的故事本冥思苦想。而塞尔希奥的弟弟朱塞佩努虽然只有三岁，也已经开始理解其中词句的含义。为了对两个孩子一视同仁，阿梅德奥·埃斯波西托在酒吧的游廊上给他们二人大声朗读故事，并以同等的量慷慨地给予他们冰激凌和故事。塞尔希奥一边听着故事，一边两眼盯着地平线，若有所思地用勺子将冰激凌放入嘴里，有时候则把冰激凌掉在前襟上。与此同时，朱塞佩努则双腿荡来荡去蹭着椅子，不肯坐稳。他晃来晃去，终于踢到了哥哥身上，就这样，故事会最终沦为两个孩子怒气冲冲的嘶喊声。然而，当过后阿梅德奥·埃斯波西托向朱塞佩努问起讲过的故事时，每一个故事他都记得，而且能详细复述这些故事：“这个故事讲述的是鹦鹉——也在窗前飞进屋子——也给小姑娘讲到十个穿着黑色铠甲的骑士骑着十匹白马奔赴战场——”

“这个朱塞佩努真是个聪明的小子。”阿梅德奥·埃斯波西托说道。

“他们两个都聪明，”玛莉亚·格拉琪亚很严厉地说道，“他们两个完全一样。”于是，阿梅德奥发现自己伤害了作为母亲的女儿的感情，赶紧见风使舵，试图改变方向：“是的，是的，我的两个外孙都很聪明。我不是那个意思。”

但是，以完全相同的方式对待两个孩子，这难道不会引起问题吗？奇怪的是，这两个男孩偶尔表现出各自的特性，似乎他们成为兄弟靠的是巧合，而非血缘关系。

从两个孩子开始上学起，塞尔希奥就一直因为学习好而受到表扬，而他的考试分数也确实比弟弟高。这阿梅德奥·埃斯波西托都了解，因为从一开始，他就把每个孩子的人生历程中的每个胜利和里程碑都非常认真地记录了下来。他在红色的笔记本上满意地写下“塞尔希奥现在有65cm高”，然后在相应的日期上做出标记，或者“朱塞佩努第一次吃固体食物：一颗豆子和一勺捣碎的洋蓟”。后来，当孩子们上学后，他又写下，“塞尔希奥数学（加减法）测试得了七分”，“塞尔希奥被任命为铅笔班长（1961—1962）”，“朱塞佩努获得运动会跑步奖”。除了体育类活动，在他们参加过的所有校内活动中，塞尔希奥都是胜出者。但是，让人觉得聪明的还是朱塞佩努。他跟父亲罗伯特一样，是个了不起的运动健将。他似乎懒洋洋地半闭着眼睛就能看到、学到一切，看样子，只要他肯努力，他会胜过所有人。

当两个孩子接受“第一次圣餐”时，阿梅德奥·埃斯波西托半开玩笑半认真地送给他们一本图画书作为礼物。图画书讲述的是西西里的故事“两个兄弟”，是从西西里锡拉库萨的书店订购的，外面用红纸包裹着。

正如姥爷阿梅德奥·埃斯波西托所料，塞尔希奥和朱塞佩努兄弟二人都喜欢这个故事。可是呢，事实上，令两个孩子更专注的，是讲述海蛇和女巫的那些部分，而非他们的姥爷希望引起他们注意的那一部分——关于两兄弟奇迹般和解的那一部分。老人原本想借此教育两个外孙：他们这种令人疲倦的争吵是耗神无益的。但是他相信，兄弟两人最终会明白他的良苦用心的。弟弟朱塞佩努发表观点说：“故事中的弟弟才是男主人公，是他发慈悲放掉了小鱼儿，是他打败女巫挽救了局面。”“不对！”哥哥塞尔希奥反驳道，“难道不是他的哥哥首先迎娶了公主吗？”

两个孩子听姥爷朗读故事的时候，双方突然同时产生一种冲动，都想把这本故事书占为己有。他们抢来抢去，扯来扯去，最终将书本撕成两半。阿梅德奥·埃斯波西托后悔自己当初只给他们买了一本书让他们共享，但为时已晚。事后，他订购了两本相同的故事书作为替代。只是，覆水难收。现在两个孩子都想要原先的那一本——那一本的封面上有姥爷工笔书写并画圈的题字："在塞尔希奥和朱塞佩努的首次圣餐来临之际，特赠此书。爱你们的姥爷阿梅德奥·埃斯波西托。"

不知为什么，在教育两个男孩的问题上，两代人全都一而再再而三地在认识上犯错误。故事书的事件只是其中的一个例子。

尽管如此，有些时候——主要是在他们父亲罗伯特的影响下——这两个孩子相安无事，于是他们的姥爷阿梅德奥·埃斯波西托就会奇怪自己为什么感到不安。

外祖母皮娜·维拉则倾向于赞同罗伯特的做法。"小孩子家之间的这点打斗算得了什么？"她说，"我相信玛丽佳和罗伯特能管好他们。"

就像故事中的村民们，卡斯特拉梅尔岛上的人也很难将塞尔希奥和朱塞佩努区别开。尽管塞尔希奥长着一张长脸，而朱塞佩努五官偏小，皮肤发红，一双探寻的眼睛总是滴溜溜地转来转去，兄弟两人同一时间入睡、同一时间醒来，走路的步态别无二致，读书时拧刘海的动作一模一样，后来又不约而同地决定在伦敦的同一所大学就读——兄弟俩中的一个在很小的时候在皮娜·维拉的百科全书里见到过那所大学的图片，并将有图片的那一页的页角折叠起来作了记号。到了星期六下午，塞尔希奥和弟弟朱塞佩努跟着父亲罗伯特去海里游泳，时不时地回头张望，看疼爱他们的母亲和康瑟塔·阿尔坎杰罗是不是在监视他们。兄弟俩偶尔会同意彼此一起玩，连续几小时沉浸在激烈的私密游戏中。朱塞佩努作为学校的最佳足球运动员和跑步最快的选手，在每次运动会上都让哥哥塞尔希奥自惭形秽、羞愧难当。只有一个东西让他害怕：大海。在这个巴掌大的小岛上，这实在是太尴尬了。没过头顶深处的大海，他绝不贸然前往。有一次，大家看到塞尔希奥拉着弟弟的手出去，事后，阿梅德奥·埃斯波西托和皮娜·维拉就此事谈论了几天，仿佛这表明兄弟俩彼此的态度发生了一些重大变化。

但是，令阿梅德奥·埃斯波西托失望的是，这两个孩子都不喜欢卡斯特拉梅尔岛。好像他们生错了地方——也许这是罗伯特的过错，阿梅德奥·埃斯波西托私下里想，尽管他不会听到有人公开说出一句反对罗伯特先生的话来，因为罗伯特确实是天使一般的人物——当阿梅德奥·埃斯波西托和皮娜他们自己的儿子全都远走他乡的时候，这个女婿却从海上来到他们中间，任凭阿梅德奥·埃斯波西托当初如何浮想联翩，罗伯特是他想象中唯一配得上做女儿玛丽佳丈夫的男人，但是两个外孙的这种不满情绪肯定有什么根源，这令阿梅德奥·埃斯波西托闷闷不乐、冥思苦想。可是，他偏偏忘记了，当初正是那种不安于现状的心态驱使他来到卡斯特拉梅尔这个海岛寻求自己的人生，而这种心态也曾经让他处于青春期的儿子们身不由己、躁动不安。

塞尔希奥和朱塞佩努，他这两个外孙总是怨天尤人、满腹牢骚！到了夏天，他们说酒吧太闷热；到了冬天，他们说房子里风太大；他们抱怨岛上没有书、没有电影院，抱怨无边无际流淌不息的大海。而且，两个男孩都很敏感，岛上的流言蜚语，那些在每个商店柜台前和每个街角被无休无止、不厌其烦传播的谣言，那些往往跟埃斯波西托家族有关的传言，都让他们感到不安。例如：人们声称他们的姥爷阿梅德奥·埃斯波西托多年前曾经被卷入两个女人之间的丑闻；他们的父亲罗伯特在战争中的表现不怎么光彩；他们的舅舅弗拉维奥疯疯癫癫、精神失常，在岛上四处乱跑，一丝不挂，身上只戴着战斗勋章。这些普普通通、已经流传了半个世纪的谣言，让塞尔希奥听到后感到很伤心，而朱塞佩努听闻后则感到气恼。两个孩子都为一种冲动所控制，急不可耐地想离开卡斯特拉梅尔这个地方。等到他们岁数渐长，朱塞佩努说话时便只用正式的意大利语，而塞尔希奥说话时则只用英语——阿梅德奥·埃斯波西托悲叹道："好像这个岛上的方言不够好，配不上他们两个。"

皮娜·维拉安慰老伴说："时代不同了。他们看见过从英国来的汽车和游客。他们看到过美国人飞到太空的电影。他们当然想融入外面的世界。你没有必要这样耿耿于怀想不开，亲爱的。"

但是，他曾经眼睁睁地看着自己的几个儿子一个个离开了这个岛，再也没有回来，这怎么能不让他黯然神伤呢？阿梅德奥·埃斯波西托的脑海中出现了一个设想。他建议道："假如我教他们经营酒吧，就像我当初教咱们的几个儿子那样，让他们负责酒吧的经营，你认为这个主意如何呢？"

"他们不会喜欢你这想法，"皮娜·维拉说道，"再说了，这些孩子他们想见识外面的世界，咱们最好顺着他们的想法，不要横加阻拦，否则，那只会把他们永远地赶走。"

当然，皮娜·维拉的想法是对的，因为她在所有问题上都是对的。

因为双脚水肿，皮娜·维拉现在几乎不能走动。她每天坐在游廊上，将她当初做教师时就喜爱的书籍读了一遍又一遍：莎士比亚、但丁、吉路伊吉·皮兰德娄。另外，她也阅读一些他们现在能够买得起的、从欧洲大陆订购的新书，《豹子》以及达尼洛·多尔西关于西西里首府巴勒莫贫困问题的论述。这些书籍让她啧啧咂嘴，庆幸自己能在一个具体而微、更加友好的世界找到精神的归属感。尽管脚痛让她无法四处走动，但她通过阅读行走了很多路，就像当年阿梅德奥·埃斯波西托通过记录故事学到很多一样。在所有发生在塞尔希奥和朱塞佩努这两个外孙间的争执中，她都能够用女教师的那双严厉的目光让两个调皮捣蛋的孩子变得温顺听话。在两个孩子的幼年期，若不是因为他们对外祖母皮娜·维拉的严厉的判决尊敬有加，事情也许会更糟。

尽管如此，当两个孩子到了十一岁的时候，阿梅德奥·埃斯波西托开始担心他们之间确实会爆发什么大麻烦。

似乎所有的事情都会在六月的圣阿佳塔节期间爆发，兄弟俩之间的麻烦也是如此。实际上，在那年的二月份，问题就已经出现了。在塞尔希奥刚刚过了生日后，兄弟两个看到了一场雪。他们醒来时，雪像尘土一般铺在广场上。夜阑之家门外的地方一片混乱：孩子们在街上激烈地打雪仗，上岁数的顾客甚至不肯出门走到自家院子里，岛上的六部汽车滚到了山坡下，撞到坡下人家的房子上。另外，阿尔坎杰罗的海滩酒吧在这冬天的暴风雪袭击中关门歇业，对这一胜利，夜阑之家的成年人自己也不肯庆祝。

这场雪让空气变得无臭无味，像玻璃碎片一样锋利。阿梅德奥·埃斯波西托看得出他的两个外孙着迷了。当太阳光射入院子的时候，夹竹桃的叶子微微滴水，像是阿尔卑斯山村里的树叶。罗伯特从台阶上拿进来一个被雪弄得潮湿的包裹，从里面拿出报纸来让他两个儿子看。在报纸的照片上，他们发现英国房子上堆积着像意大利乳清干酪薄片一样的雪片，汽车被埋在了雪中，结果只能看到汽车闪亮的顶部。“为什么我没有出生在那里呢？”塞尔希奥大声喊道，“不要仅仅给我一张毫无用处的英国护照，我根本用不上的护照！为什么不带我去那儿看雪呢？”

当玛莉亚·格拉琪亚从咖啡壶里倒早餐咖啡时，她听到了塞尔希奥的抱怨。而内心受伤的阿梅德奥·埃斯波西托在他那红皮本中急切地寻找属于自己岛上的有关雪的故事。但是两个孩子对故事没有兴趣。他们不停地在窗前跳起，推搡着抢地方，结果早饭一口未动。罗伯特突然来到闲置的餐具室——他们冬天穿的衣服放在这里。当他费劲地出来时，双臂间抱着满满的一堆皮娜·维拉和阿梅德奥·埃斯波西托年轻时穿过的老旧的编织帽子、编织手套、皮衣。他让两个孩子穿戴上这些，而后让他们跑到雪地去。“你们两个在一起好好玩。”玛莉亚·格拉琪亚在他们身后喊道，显然很乐观。鉴于两个孩子至今的表现，阿梅德奥·埃斯波西托觉得她的这种乐观态度着实令他钦佩。

果不其然，刚过了半小时多一点，朱塞佩努便一边抽泣着，一边拖着步子进了家，愤愤地将手套和围巾扔下。哥哥塞尔希奥紧跟其后，鼻子出了血。原来，这两个孩子为了一桶雪动了手。

“他把雪全占了！”朱塞佩努哭泣道，“我还没有弄一点儿，他就出去把院子里的雪全弄走了！”

塞尔希奥愤怒地反驳道：“但你只是想用雪弄雪球！而我准备弄个雪雕，这些雪全是我弄到一起的，是从台阶、地砖和夹竹桃的叶子上收集到的，可是你一来就把我的桶夺过去，把雪撒到土上！”

罗伯特站起身来质问道：“现在把雪弄到哪儿去了？”

“全——没——了！”塞尔希奥气急败坏地大声吼叫道。

朱塞佩努一边踢着护壁板，一边咕咕哝哝地说道：“没必要为这点事耍小孩子脾气吧。”

阿梅德奥·埃斯波西托私下里判断，跟平时一样，这一次朱塞佩努比哥哥生的气更大，而塞尔希奥受到的冤枉更大。皮娜·维拉一瘸一拐地走出去，一只手一个，揪着两个孩子的耳朵（即便是被激怒，罗伯特也不同意这么做）来到事发现场，发现他们在被弄脏的雪堆中打斗过，两人滚过来滚过去，最后没留下一点雪。皮娜·维拉试图利用这个情况教育一下两个外孙。“你们看到了吧，”她说道，“你们为这个争斗，结果最后谁也得不到。”

塞尔希奥从被打的鼻孔中发出嘶嘶声：“我恨他。我恨他。我想杀了他。”

整个早上（学校的火炉破裂了，课被取消了），阿梅德奥·埃斯波西托跑遍了整个镇子为这两个闷闷不乐的外孙找雪玩。两个孩子则悻悻地把自己关在各自的卧室内。但是，地上的雪要么是融化了，要么是被弄脏了，整个城镇将雪的残留物湿漉漉地从每个屋顶和每个枝头吐出去。到下午的时候，朱塞佩努似乎已经把这场争吵抛到了脑后。但是阿梅德奥·埃斯波西托观察到塞尔希奥内心发生了某种变化。整整一个春天，对弟弟的愤怒像沸水一般在他心中滚滚翻腾，随时都有可能爆炸。那个季节，他们为所有的事情吵架打斗：在校成绩、餐桌上的座位、广场上的足球运动。让姥爷阿梅德奥·埃斯波西托担心的是，在这背后是更为严重，更为隐秘的伤害。

这并不是说塞尔希奥对弟弟怀有仇恨——他并不怎么恨自己的弟弟——只是因为在夜阑之家这样狭小的地方似乎没有他们的空间，而且当他们试图自己解决他们之间的问题时，似乎每个人都为此悲叹，仿佛他们的争斗是某种可怕的不祥之兆。从塞尔希奥开始记事起就是这样，似乎没有一个亲戚理解这种情况。从大家的话语中可以知道，如果顺应天命，塞尔希奥和朱塞佩努兄弟二人，跟岛上其他人家有望继承祖上生意的兄弟姐妹一样，会成为夜阑之家酒吧的共同所有人。塞尔希奥深爱这个酒吧，但是如果要强迫他与自己的弟弟长期共同拥有酒吧的话，他感到自己也会像舅舅弗拉维奥·埃斯波西托那样精神失常，也会像他那样穿着长睡衣在岛上乱跑。

那一年，在圣阿佳塔节日的前一天，从非洲撒哈拉沙漠吹来了沙尘暴。这是一场来自北非的大风，它裹挟着沙砾碎石，嗖嗖嗖风声凄厉，将红色的沙尘撒遍卡斯特拉梅尔小镇，让岛上的每个人眼皮刺痛，舌头发干、发酸。沙尘暴像散发着臭味的呼吸一样吹在人们的脖子后面，甚至连爬楼梯这样容易的事情都变成痛苦而艰难的煎熬。在夜阑之家酒吧内，天花板的吊顶风扇上布满了沙尘，冷凝水沿着冰箱门往下流，凝结在新买的冰激凌机锃亮的操作杆上。因为两个孩子很容易发火又容易烦人，他们被打发到酒吧外，去海边玩，这样一来，大人们就可以安心地完成他们的节前准备工作。就连通常与他们一起玩耍的父亲罗伯特因为在后屋内忙着清点库存，也同意让兄弟二人离开。

前一年的夏天，他们的母亲从存钱的箱子内拿出钱给兄弟俩买了两辆一模一样的红色自行车——好像他们是孪生兄弟似的，塞尔希奥私下里气鼓鼓地想。现在，兄弟俩骑车飞也似的沿着忽左忽右、七拐八弯、陡峭不平的山路直奔海湾。在每个拐弯处，风都会吹在脸上，却不能抚平他们的烦躁不安。

就连今天的大海也似乎表现得懒懒散散、无精打采的，它翻卷着油腻的海浪拍打着被红色淤泥覆盖的岩石。海浪声让塞尔希奥感到头疼。两个孩子游泳时只能穿家里自制的游泳短裤，这种裤子一旦遇水就会下垂，这让他们感到很是尴尬。哥哥塞尔希奥穿上游泳短裤，在发现考古遗迹的洞穴附近扑腾一声跃入海水中。一群游客散落地躺在海滩上，在炎炎烈日下烘烤着他们白皙的皮肤，享受着日光浴。弟弟朱塞佩努则坐在海岸上，他一边警惕地观察着大海，一边向海水中投掷石块。

塞尔希奥怀着有意激怒弟弟的冲动朝岸边游回来，他使出的是他最拿手的爬泳。他对着朱塞佩努喊道："过来吧。跟我一起来。没什么好怕的。已经到现在了，你早该不怕水了，朱塞佩努。你必须克服对海水的恐惧。"

不远处的沙滩上，一小撮来自北方的游客横七竖八、一动不动地躺卧着。然后，一个女孩转身朝他们看过来。小女孩金色的头发，穿着一件过小的粉红色游泳衣，显得身形过于瘦长难看。塞尔希奥讲起了英语，希望这能稍稍羞辱一下弟弟朱塞佩努。那姑娘离开其他游客，朝着他们走过来。她羞羞怯怯、扭捏作态地把一块石头抛入大海。

"很多人怕水。"这个女孩终于对朱塞佩努说道。女孩所讲的英语，跟兄弟俩的口音不同，带着南方人的那种单调、缺乏抑扬顿挫的口音，离纯正的北方英语相差十万八千里。然而，在塞尔希奥听起来，这姑娘所讲的英语是他听过的最优美动听的英语。“你多大了？”朱塞佩努问道，显然，他的感受也和哥哥一样。

“十一岁。”女孩回答道。

“我们也是十一岁。”朱塞佩努说道。

“我是十一岁，”塞尔希奥纠正道，“他不是十一岁。”

“你们是孪生兄弟吗？”

“我俩是兄弟。”

“我来跟你们游泳，”女孩说道，“我是我们学校最优秀的游泳选手。去年我还拿了学院杯。”

朱塞佩努不懂什么是学院杯，但他还是同意跟着女孩稍稍进入水中。“如果你拉着我的手，那对我也许有帮助。”他试探着对女孩说。但是，那女孩只是开怀大笑，在浅水处扑腾着，兄弟二人只能瞥见她那瘦瘦的、半遮半露的背部。她再次露出水面，海水从身上滚落。“我们去隧道去。”塞尔希奥一边说着，一边抓住女孩的胳膊。

“不，”朱塞佩努请求道，“等一等我。我还没有穿好泳裤呢。”

“快点，”塞尔希奥对那女孩说，“如果你游得足够好，我会领你去看一个隧道。”

塞尔希奥所说的隧道是个岩石中的天然拱道，黑漆漆的，到处是水下的暗影。身披蓝色、黄色条纹，银色眼睛瞪圆的鱼儿，顺着海水游过隧道，身子擦过岩石光滑的下侧。潜水者能够游过拱道，然后从另一侧出来。塞尔希奥完全明白朱塞佩努对这个地方心怀恐惧。他与那女孩并肩在前面游，留下他的弟弟在浅水处来回扑腾、跌跌撞撞，同时喊叫着：“等等我！等等我！”

“到水里来，”塞尔希奥唆使道，“到水里来游，朱塞佩努。不要在岸边扑腾溅水。”

他们游到水中，塞尔希奥在水中央踩水。“等等我！”朱塞佩努大声喊道。

塞尔希奥和那女孩子已经离他而去。朱塞佩努俯身进入水中，收起腹部，离开岩石。他笨拙地哗啦一声落下，一个脚趾踩到了岩石边缘上。塞尔希奥潇洒地甩了一下头发，跳下水，消失在水中，从隧道的另一侧出来。然后，他的声音像回声一般传来，仿佛是从教堂的地下室悠悠飘来。“游过来吧！”他对女孩喊道，“这边有好大一群鱼儿！”

女孩跳入水中。她的光脚在水面拍打了片刻，然后，她也不见了。

现在，只剩下朱塞佩努一个人留在了岩石上。他尽量保持身体平衡，听到对面他们的喊叫声。他看到这场撒哈拉沙漠吹来的沙尘暴在海面留下了一层沙尘，天空变得阴沉沉的，海浪对岩石的拍打更加有力，以至于他的脚趾难以抓牢岩石。塞尔希奥的喊声回荡着从对面传过来，听起来奇奇怪怪的，“加油！游过来，朱塞佩努！”

一个巨浪拍打到朱塞佩努身上，波浪从人称“骷髅礁”的岩石上翻卷而下，余波狠狠地拍打到他身上。因为照不到太阳，这里的水很冷，而且比他起初估计的要深。朱塞佩努不想游过隧道去，他甚至不想接近隧道。隧道发出奇怪的吮吸和拍打的声音。海葵像红色的果冻，在隧道的底部黑暗处有节奏地一张一缩。他被水拉近，可以触到隧道了，可是他又心怀恐惧地抽身退后，隧道冰冷，就像夜阑之家冰箱的四壁。这里的水有一种强大的下拽的力量。多年前，他父亲罗伯特差点在这片海中溺水。

但是，他能听到哥哥在对面哗哗的溅水声，还有那个女孩哈哈的笑声。塞尔希奥喊道：“游过来！游过来！在这儿你几乎能摸到水底！”

朱塞佩努喊道：“塞尔希奥！回来！”

“游过来！这一面的海水更平静，我向你保证。”

又一个巨浪拍打过来。姑娘的哈哈大笑声再次传来。当朱塞佩努伸出脚再次去够那个岩石的时候，他没有触到。他的脚什么也没有踢到，他感到眩晕，然后，他的身体滑到水中，浮出水面时头在隧道的顶部咣地撞了一下。他咕嘟咕嘟灌进去大口的海水，身子下沉，挣扎着要游过这个岩石隧道——是的，他现在要游过隧道了——他要让他们看看！海水再次把他托起，让他的背部刮擦到藤壶，然后他的身子再次沉下去。于是，他大声喊叫，大声哭喊，大口地灌进海水，四肢拼命地拍打着冷冷的海水。他哥哥在哪儿呢？大海变了，变成了凶险的东西，而他心里一直担心大海就是一种凶恶的东西。

塞尔希奥抓住他的腰部用力一拉，将他的头推出水面。于是，朱塞佩努一边呕吐恶心，一边干咳、语无伦次地哼哼唧唧。“开始游吧，”塞尔希奥一边咕咕哝哝地说，一边将弟弟朝着海边拖去，“你游啊，你这混蛋东西。如果不是因为怕的话，你也游过去了。”

塞尔希奥将朱塞佩努从海中拖出来，拖到沙滩上，站在他身体上方，双手叉腰，遮住了太阳光。“你为什么不好好尝试一下呢？”

朱塞佩努一边呕吐一边干咳。等到他最终能说话的时候，他说道：“你丢下我不管了。你根本就没有动手帮我一把。”

“你都十岁了，竟然还不会游泳，这可不是我的责任。”

朱塞佩努开始断断续续地哭泣。他会游泳。难道他没游过吗？痛苦让朱塞佩努肺部感到灼伤，泪水让他双眼灼热难受。他愤怒地瞪着塞尔希奥和那个英国女孩。她因为撞上了兄弟两人仇恨的交火，很是尴尬，两脚跳来跳去。“你丢下我不管，”他指责道，“我听到你们在隧道对面游泳的声音和喊叫声。你不在乎我出什么事。”

突然，他们听到突突突的引擎声，而后，一声大喊让兄弟二人转过身去。渔夫恩熙力诺在岩石另一侧，他将汽车熄了火，正在懒洋洋的海浪中忽上忽下，他没戴眼镜，脸上挂着惊愕的表情。“小伙子们！”他喊道，“这个女孩是不是叫帕梅拉？”

“瞧你干的好事！”塞尔希奥大声说，“我把她照顾得好好的，可是你又是扑腾又是哭叫的，耽误了大家的时间，弄得现在咱们俩都惹上麻烦了。”

朱塞佩努用他母亲送来的粗布毛巾擦干身子，手抓住车把将自行车弄起来，转过身去，开始光着脚朝着大路奔去，将沙子和水洒下一路。他推着车子，一边哭泣，一边沿着回小镇的山路往上跑。塞尔希奥紧紧地跟在他身后，看到弟弟这样伤心，他心里感到一丝羞愧。

回到酒吧时，朱塞佩努将头埋在母亲玛莉亚·格拉琪亚的腰窝。很自然，塞尔希奥受到了责怪。尽管罗伯特反复倾听了双方对事件的陈述，他感到自己再也无法从中调停，好像他们已经陷入到某种秘密的战斗，他们必须争斗到底，直到其中的一位最终胜出。“咱们根本就不该让他们去海边。”那天下午，阿梅德奥·埃斯波西托私下里对老伴这样说道。

“有些事别人不能插手，必须让孩子们通过争斗的方式自己解决才行。”皮娜·维拉回答道。这恰恰坐实了阿梅德奥·埃斯波西托在这个问题上最大的担心。

当天晚上，两个孩子被送去教堂向神父忏悔。他们的外祖母皮娜·维拉在有关圣阿佳塔节的问题上从来都是态度坚决，而且她认为让孩子们对天主教有一点敬畏或许有助于改善现状。“照你姥姥的话去做，去跟马可神父说说，”玛莉亚·格拉琪亚对两个儿子吩咐道，“回来后准备好互相和解。你们不是在夏初答应过要彼此成为朋友吗？”

两个孩子闷闷不乐地去了教堂。神父伊格纳塞奥现在已经不在教堂供职。他已经退休，回到了他那带有夹竹桃丛林的小小的住所。他的继任者是一位刚从神学院毕业的认真的马可神父。往年，在圣阿佳塔节日前的冗长的忏悔中，神父伊格纳塞奥那双总是带着一点调皮的眼睛，对于忏悔者一直是一种安慰。那双眼睛让忏悔人相信：只要肯忏悔，没有什么罪孽是得不到救赎的。年轻的马可神父的双眼中则满含虔诚和极度的忧伤。即便你还没有向他忏悔，他的眼中似乎已经流露出对你的失望。当塞尔希奥身不由己地坐在忏悔室格子栅栏的另一面，隔着丝绸帘子凝视神父马可那忧郁的眼睛时，他不禁喉头哽咽，愧疚的泪水奔涌而出。他泣不成声，不假思索，语无伦次地忏悔道："我不是有意的——我不想杀他——只不过当时我对他很恼火，有那么一瞬间，我希望，我确实心里有那么一点儿希望，希望他淹——死——"

在教堂的后面，圣阿佳塔委员会的每个寡妇都在为迎接圣阿佳塔节日忙着擦拭圣人的塑像，挑选夹竹桃的枝条为圣人编织星星一般的花冠。就这样，每个寡妇都听到了塞尔希奥那悲痛欲绝、浑身颤抖、哽咽不止的抽泣声，长长的回肠九转的号啕大哭声。结果，夜幕降落时分，消息传遍了整个卡斯特拉梅尔小岛：塞尔希奥企图杀死自己的亲弟弟朱塞佩努。

正如当年关于孩子们的舅舅弗拉维奥·埃斯波西托和渔夫皮埃瑞诺的谣言一样，塞尔希奥后来再也没有完全从谣言中摆脱出来。

玛莉亚·格拉琪亚向两个孩子建议道："你们两个都去欧洲大陆读中学吧。比普可以每天早上把你们摆渡过去。那里有个大世界，在这之前，如果你们能够相互忍一忍，上帝知道，你们两个肯定都会找到足够的发展空间的。"

阿梅德奥·埃斯波西托悲从心起——为什么大家总是鼓励这兄弟俩离开卡斯特拉梅尔岛呢？

过了那一年的圣阿佳塔节日，朱塞佩努变得沉默寡言、行踪诡秘。每天下午他都将自己关在卧室内，甚至再也不肯与朋友皮艾特罗和卡洛杰罗玩足球。他拼命地钻研功课，就好像跟书本进行着一场你死我活的殊死战斗。那几个月内，塞尔希奥总是抱怨他自己的书本找不见了，怀疑弟弟朱塞佩努在偷他的书。但是，他的指控从来没有得到证实，因为每次搜查房间的时候，他的书总是重新出现在原来的位置。朱塞佩努埋头学习，只是在吃饭和上卫生间的时候才从他的房间出来。就这，他也总是很不情愿，总是行色匆匆地来回穿过走廊，眉宇间出现了一道皱纹，因为学习过度他最近出现了弯腰驼背的现象。年终考试中他的成绩遥遥领先，令人惊叹。新来的女教师瓦伦蒂不禁欢呼，建议让朱塞佩努跳级，声称他是她教过的孩子中最聪明的一个。

当朱塞佩努的成绩单送达罗伯特和玛莉亚·格拉琪亚手上时，夜阑之家的走廊上鞭炮声四起。游客们也跟着欢呼雀跃手舞足蹈，以为这是当地人在庆祝某种节日。塞尔希奥站在欢庆人群的边缘。什么时候家里人给过他这样的庆祝——什么时候，为了他，夜阑之家曾经鞭炮齐鸣，照得黑夜亮如白昼？

就这样，后来，朱塞佩努在哥哥之前到大陆读了中学。那一天，他一个人坐在比普渡船的座板上，膝盖上整整齐齐地放着一个包裹，里面放着书本。

在长辈们的啧啧赞许声中，朱塞佩努宣布道："我要上大学。我明白了，现在用功学习才是明智的做法。"

"我该怎么办？"塞尔希奥对母亲怒气冲冲地说道，"我想上大学。但是现在朱塞佩努赶在了我前面，有意不让我上大学。我知道他是故意的。"

"怎么，难道你们不能同时读书吗？"玛莉亚·格拉琪亚反问道，"为什么他念书你就不能念书了？"

但是，冥冥中，塞尔希奥依旧隐隐约约地感到，他的命运取决于弟弟朱塞佩努的命运。玛莉亚·格拉琪亚明白，兄弟俩现在已经分道扬镳，恩断义绝。在朱塞佩努险些溺水身亡的那个夏日，他们之间已经无可挽回地产生了分裂仇隙，眼下他们只是苟且共存于夜阑之家的同一屋檐下，不再是真正意义上的亲兄弟。现在，塞尔希奥想把昔日的弟弟朱塞佩努找回来，跟他和好如初，但是为时已晚。现在，变成了是塞尔希奥在卡斯特拉梅尔岛上漫无目的地四处游走。他郁郁寡欢，手里拿着两个人的弹弓和弹子，希望朱塞佩努会放下课本跟他到广场一起做游戏，渴望弟弟能对他说一句友好的话。

这场争执过后的晚上，玛莉亚·格拉琪亚在丈夫罗伯特耳畔喃喃低语道："难道我做错什么事情了？他们小的时候我是不是该多陪陪他们？我这样投入到酒吧是不是个错误？"

但是，她又如何给予他们更多的爱？在她还是个姑娘的时候，是她主管夜阑之家，是她毫无畏惧地在岛上四处奔走为弗拉维奥·埃斯波西托洗刷冤情，在岛上的女孩中，是她唯一赢得了罗伯特的爱情。就是这样的她，在两个儿子成长的最初几年内，因为疲于应付酒吧的生意和孩子成长的需求，深感自己精疲力竭，仅有的精力也几乎被榨干。

于是，丈夫罗伯特推理道："假如当初管理酒吧的是我，假如把钱存入钱箱给他们买新自行车、攒钱送他们上大学的是我，假如他们小的时候照顾他们的是你，那又如何？那又有什么不同呢？"

"那样做会更符合习俗。"玛莉亚·格拉琪亚答道。她已经受够了岛上那些寡妇们的指责批评，受够了渔夫们的不理解——他们不明白为什么她站在柜台前，而让罗伯特推着婴儿车在岛上逛来逛去。

罗伯特语气略微严肃地向她问道："你爱我们的孩子吗？"

玛莉亚："我当然爱他们，亲爱的。"

罗伯特："嗯，那就好。"

玛莉亚："你知道那些寡妇们在酒吧说些什么。"

罗伯特："哼，让酒吧里的那些寡妇们见鬼去吧！"

玛莉亚·格拉琪亚哈哈大笑。只见罗伯特将她拦腰抱住，仿佛他们依旧是初坠情网的爱人，激情比起“二战”期间毫不逊色。罗伯特说道：“两个孩子需要的是爱。我不具备这种爱，这我知道。其他任何东西都是次要的。”

话虽如此，玛莉亚·格拉琪亚对两个儿子的爱，根本就比不上她对丈夫罗伯特的爱那么深沉，尽管她根本不会让自己把这种情感清楚地大声表达出来，甚至不肯在自己的内心表白。当她看到自己的新生儿塞尔希奥第一眼的时候，她在怀孕期间的感觉得到了证实：没错，她确实爱儿子塞尔希奥，但是不论她有多么爱他，这种爱从来没有取代过罗伯特在她心中的至尊地位——这是她内心产生的第一个让她愧疚的念头。任何东西、任何事物都不曾把她对罗伯特的这种爱排挤出去：罗伯特不在她身边的时候如此，她受到羞辱的时候如此，她生下孩子后还是如此。眼看着两个儿子一天天长大，她感觉这个秘密越来越隐蔽，越来越危险。她确信两个儿子肯定意识到了这个秘密，确信正是因为这个原因让兄弟俩争斗不止，对什么都表示不满。罗伯特似乎明白了她的苦衷，喃喃低语安慰道：“一切都会好起来的。”

四

一九七一年某个早上，阿梅德奥·埃斯波西托醒来，发现老伴皮娜·维拉的脸稍稍侧对着他，一只手揪着毯子。往常，她睡的那一侧的床在七点之前就会腾出来，能听到她在这个大房子的某个角落蹒跚走动，开始忙碌一大早的活计。现在，当阿梅德奥·埃斯波西托抚摸她的时候，发现她身体冰冷。他的哭声惊醒了家中的其他人。大家闻声跑过来。玛莉亚·格拉琪亚从卫生间的架子上拿来那个有斑点的镜子对着母亲的脸。镜子依然很明亮。

那一天，夜阑之家的哭声此起彼伏，整整持续了一天。阿梅德奥·埃斯波西托漫无目的地从一个房间走到另一个房间，垂头丧气，双手抚遍了四壁，悲痛欲绝，无人能够安慰。裱糊着黑边的讣告张贴在卡斯特拉梅尔岛每一个平坦的平面，凭吊者纷纷来到酒吧的游廊安慰阿梅德奥·埃斯波西托。岛上从来没有谁像皮娜·维拉那样生前如此受人爱戴。

诗人马里奥·瓦佐回来参加她的葬礼，参加葬礼的还有文西奥教授和几个考古学家，还有贫贱时曾经受教于皮娜·维拉，后来从卡斯特拉梅尔岛移民出去的那些人：这些岛民的儿女们现在穿着鲜艳俗气的异国服装，开着异国的汽车。教堂挤满了送葬者，马可神父不得不将两个门都打开，他不得不对着黑压压的人群扯着嗓门主持葬礼弥撒，以便让门外的人也能够听到。之后，皮娜·维拉被埋葬在离格苏伊娜的坟地不远处的一块墓地上，按照风俗，岛民们争先恐后地在她墓前敬献花环。花匠吉斯拉通宵达旦地赶着用皮娜·维拉生前最喜欢的凌霄花、簕杜鹃、紫雪花编织花环。皮娜·维拉毕生喜欢这些岛上的本土花卉，因为她这一生从来没有离开过卡斯特拉梅尔岛。

那一天的日暮时分，玛莉亚·格拉琪亚穿着从瓦莱里娅五金店买的很不跟脚的葬礼鞋子，一个人蹒跚地在岛上四处奔走，采集更多的花卉。因为，尽管她母亲皮娜·维拉的墓前已经摆满了花环，在她看来似乎还是不够多。她东奔西跑，直到夜幕来临，她一边纵情地流泪，一边寻找一大抱又一大抱的紫雪花和夹竹桃。晚上八点的时候，她在母亲的坟头已经堆放了一百个用花卉编的枝条。就在这时候，她看到罗伯特穿过田地来接她。他走到她面前，用拇指擦拭掉她脸上的泪水。然后，罗伯特弯腰俯身，默默无语，帮着妻子把花枝摆放到皮娜·维拉坟茔的四遭，直到每一根枝条都用上，直到他们眼前呈现出一个用岛上的五彩花卉编织的巨幅油画。

“这下总够了吧？”罗伯特最后问道。

“是的，亲爱的，”玛莉亚·格拉琪亚回答道，“这就行了。”

她让自己的心绪稍稍平静下来，从衣服口袋里拿出一块手帕，擦去脸上的泪水和手上的花粉。罗伯特用一只胳膊搂着她，就这样，夫妻俩一起回到酒吧去接待前来吊唁的人群。

当天晚上，诗人马里奥·瓦佐找到阿梅德奥·埃斯波西托，在酒吧游廊的边沿坐到他身边。阿梅德奥·埃斯波西托手中拿着一瓶橙子酒。诗人第二天就要返回大陆。他说道：“我不知道自己还会不会再回到这里。我越来越老了。但是今天我想到场——为了皮娜·维拉——为了纪念她。一位了不起的女性，她跟我遇到过的其他女人都不一样……”马里奥·瓦佐试图找到更多的话语赞美皮娜·维拉，最终却戛然而止，陷入沉思和缄默，只是摩挲着自己的下巴颏。

阿梅德奥·埃斯波西托双手抓着那瓶橙子酒，身子靠在上面。他怀疑诗人爱皮娜·维拉，但是阿梅德奥·埃斯波西托从来没有跟皮娜·维拉提过一个字。可是现在，他主动跟马里奥·瓦佐先生说起来。只见他眉毛竖起，问道：“你爱过我的妻子，对吧？”

年事已高、老态龙钟的诗人马里奥·瓦佐向阿梅德奥·埃斯波西托医生身边稍稍凑了凑。马里奥沉思良久，只是望着一艘驶过地平线的灯火通明的海轮，看着它驶向某个比卡斯特拉梅尔更大的岛。他最终选择了保持沉默。

诗人的举动激怒了阿梅德奥·埃斯波西托。他已经为逝去的妻子哭肿了双眼，现在，他一边握住酒瓶的脖子，一边开始滔滔不绝地讲起皮娜·维拉——讲述她的优雅，讲述她的力量——讲得那可怜的诗人最终动容，潸然泪下。阿梅德奥·埃斯波西托絮絮叨叨，反反复复，说卡斯特拉梅尔岛上从来没有出生过比皮娜·维拉更优秀的女人。看在圣阿佳塔和神圣耶稣的分上，怎么可以让她离开人世呢？“而且你也爱她，马里奥·瓦佐先生。”他断言道。因为心中冷酷的敌意，他再次指责道：“你现在为她哭泣，可是你又不肯承认你爱她。你那诗歌书籍中所写的那些垃圾东西，说什么在海边的洞穴内跟一个岛上的女人做爱，说什么一个岛上的女人跟奥德赛在海边的洞穴内做爱，说什么那个岛上的海水是黑色的，天空繁星密布。你书中指的就是皮娜·维拉，写的就是你对她做过的事，而你却不愿意向我承认。”

马里奥·瓦佐凶巴巴地一挥手，对阿梅德奥·埃斯波西托的指控做出断然的回击。他从桌前站起来，然后头也不回地走出夜阑之家。

目睹了两个老头之间这场争吵的玛莉亚·格拉琪亚在父亲身边坐下。她对父亲说道：“母亲向我讲述过她与马里奥·瓦佐之间的友谊。他们曾经在岛上四处散步。他们曾经坐在海边的洞穴顶上的悬崖上朗读诗歌。除了这些，再也没有什么别的。你这个老傻瓜，爸爸，这些年来，你一直为这么点儿事耿耿于怀、闷闷不乐。”

“但是，亲爱的，既然她跟你说起过这事，你为什么不早告诉我呢？”

“母亲让我不要告诉你。她让我在她死后再告诉你。”

看来这是一种纯洁的男女关系，或者说是一场足够纯洁的罗曼史——一对男女漫步于岛上，一起吟诵诗词。皮娜·维拉是不是心里有点儿想让他相信这些年她与诗人之间的确有过风流韵事呢？是不是想让他相信，她跟他一度做过的一样，也可以背叛配偶？“就这些吗？”他向女儿问道。

玛莉亚·格拉琪亚说：“就这些。”

所以，归根到底，皮娜·维拉比他更忠贞不渝。他一直怀疑这就是事实，现在得到了证实。悔恨的泪水刺痛了阿梅德奥·埃斯波西托的眼角，与痛苦的泪水混合在一起。玛莉亚·格拉琪亚安慰父亲说：“这我们可以补救。我知道妈妈在什么地方保留了他的地址。”

之后的一周，阿梅德奥·埃斯波西托给马里奥·瓦佐写信，恳求诗人原谅自己对他的冒犯。马里奥·瓦佐给他回了信。那年的其余时间里，他和阿梅德奥·埃斯波西托互通书信，每周都要寄送两封。在信中，他们赞美皮娜·维拉的美德：她的美丽，她的坚强，她的优雅。奇怪的是，阿梅德奥·埃斯波西托从中得到了一丝宽慰。除此而外，在妻子皮娜·维拉过世后的几周内，他跟当年被自己父母遗弃的时候，或自己的儿子们在“二战”中第一次失踪的时候一样失魂落魄，寻寻觅觅。他每天早上都步行去公墓，带着塞尔希奥和朱塞佩努小时候曾经使用过的儿童小凳子。在亡妻皮娜·维拉的坟冢前，他坐在小凳子上。在那儿，阿梅德奥·埃斯波西托的白眉毛被海风吹拂着，生茧的双手攥着拐杖头，他对着皮娜·维拉的坟头说话，规劝她，喃喃地向她表达爱意。然后，阿梅德奥还是坐卧不宁，执意要去妻子生前常去的地方，玛莉亚·格拉琪亚试图劝他回家，但是最终徒费口舌。阿梅德奥·埃斯波西托一直在寻觅皮娜·维拉的足迹：她每个周日去参加弥撒走的那条小路，校舍，三角梅下她常坐的那把椅子，还有院子旁的那座石头房子——在这座房子内，她与阿梅德奥·埃斯波西托夫妻恩爱共赴云雨、生儿育女，最后撒手人寰先他而去。这个地方就是她的化身。他一边一遍又一遍地走遍卡斯特拉梅尔岛，一边不停地向她诉说。然后，有一天，仿佛皮娜·维拉终于从她现在居住的那个遥远的世界给了他回话，阿梅德奥·埃斯波西托开始获得一种决心。

那天晚上，玛莉亚·格拉琪亚发现父亲在整理自己的东西。他把最重要的东西放入他在“二战”期间曾经用来存放医疗器械的那个古老的金巴利酒箱内。她问他在做什么，他感到恼火，尽管之前他一进家就让女儿给他做伴，因为他不堪忍受被她丢下不管的滋味。“我在收拾东西，没别的，”他答道，“这个时间你不是该在酒吧忙碌才对吗，亲爱的玛丽佳？”酒吧关门的时候，还能听到阿梅德奥·埃斯波西托在门背后收拾东西发出的闷闷的咚咚咚的声音。他一边收拾，一边嘴里含含糊糊地念念有词。面对每一个物件，他都斟酌再三，然后才将它塞进酒箱，或者放到一旁。

一旦东西整理完毕，阿梅德奥便不再考虑那些没有打包到酒箱中的东西，似乎这些东西不再属于他本人。有时候他会在房间内找到某个东西，这让他如获至宝，就像是什么科学发现，令他乍然惊喜——比如，一尊沾着血渍的圣阿佳塔塑像，或者没有被归到酒箱中的不怎么重要的家庭照——阿梅德奥都会仔细查看，好像他以前没有见过。不久后，阿梅德奥开始翻阅自己的故事本和其他文件，将其中一些丢弃掉，而给其他的作上注解，在页边空白处标注上详尽的细节：“此故事是寡妇阿佳塔在家中讲述给本人的——一九六〇年秋”，或者“这是我在巴尼奥阿里波利当医生时听过的一个有趣的‘真相大白’的故事”。他把抛弃的那些文件扔到院子里的一个旧锡罐里烧掉，烧得纵情肆意，不顾后果。阿梅德奥用一根棍子拨着火苗，他似乎也着火了，跟火苗一样，几乎欢悦起来。

这些星期，阿梅德奥·埃斯波西托的两个外孙放弃了青春期末期跟外公的疏远，重新又变回了小时候的样子，黏着他跟随他在屋里转来转去。塞尔希奥甚至把那本被他们小时候撕扯得破烂不堪的故事书《兄弟俩》用胶布粘好。玛莉亚·格拉琪亚发现塞尔希奥一天下午放学后在游廊的角落聚精会神地阅读这本故事书。“姥爷，再给我们读一读故事吧。”塞尔希奥向姥爷恳求道。但是，阿梅德奥·埃斯波西托只是慢悠悠地爬到房子最顶层他的房间内，继续将自己的东西打包整理。他有点严肃地对塞尔希奥说：“如果你想找活儿干的话，不妨帮我誊写这些故事。有些关于这个地方的故事我写在了碎纸上，需要抄写到本上。”塞尔希奥遵命而为，俯身坐在老医生曾经用过的桌子上，用自己潦草的笔迹将故事誊写到姥爷用优雅的笔体书写的故事后面。当塞尔希奥忙于干活儿的时候，阿梅德奥·埃斯波西托将自己古老的医学杂志从书架上搬下来，然后将它们通通扔掉。他声明：“我做医生的时候对的东西现在都成了错的，所以我还是干脆把这些没用的东西处理掉。”

晚上，他叫塞尔希奥和朱塞佩努上楼到他的书房。两个小伙子站在姥爷面前，相互保持一定的距离。塞尔希奥低头弓腰，显得有点笨拙。朱塞佩努用一只脚轻轻地踢着那个破旧沙发的狮子脚，皱着眉头盯着地板。

阿梅德奥·埃斯波西托说道：“孩子们，我想跟你们谈谈我的遗嘱。”尽管这个计划在两个外孙彼此开始产生敌意的时候就已经在他心里形成，但等到现在要说出口的时候，他还是感到紧张，发现自己气息不足，于是他延迟了片刻。

朱塞佩努继续看着地板。塞尔希奥抬起头，毕恭毕敬、全神贯注。

阿梅德奥·埃斯波西托终于说道：“我死的时候，我准备留给你们两个一些东西。不要告诉你们的父母。这只能让你们两个知道。首先，我要把我的故事本留给你们；其次，我要把酒吧留给你们。这两件东西你们都要管好。”阿梅德奥·埃斯波西托在椅子上直起身来，用他的拐杖末端敲了一下朱塞佩努的膝盖。“朱塞佩努，你听到我说的话了吗？”

阿梅德奥·埃斯波西托之所以这样做，是因为他看到朱塞佩努还是闷闷不乐，一直用脚踢着沙发的狮子脚。但是，当朱塞佩努抬起头的时候，姥爷看到他在强忍着泪水。朱塞佩努说道：“你不能死。姥爷，你不能死。不要跟我们说这个。”

因为对死亡的恐惧，两个外孙暂时团结在一起。“他说得对，”塞尔希奥说道，“你不能死。你不能跟我们这样说什么死不死的。我们会送你去医院的。”

阿梅德奥·埃斯波西托举起一只手。“我现在九十六岁了，”他说道，“我不会去医院的。对他们说什么好呢？说我要死了？一个九十六岁的人要死，我敢肯定，这对于他们来说是个新闻，哼！”

“你不能死。”朱塞佩努继续说道。他不停地踢啊踢，直到沙发的狮子脚上的油漆全被蹭掉。

阿梅德奥·埃斯波西托想努力把话题拉回到理性的方向，于是，他说道：“既然我把酒吧交给你们，你们俩就要担负起义务。不能一直单靠你们的爸爸妈妈自己经营这个酒吧。总有一天，他们也会老的。到了那个时候，咱们祖祖辈辈经营了五十年的生意会有什么前景。这就是为什么我要现在把酒吧交给你们，为的是确保它的将来。你们俩明白吗？”

“可是我们中的哪一个来经营呢？”塞尔希奥问道。

阿梅德奥·埃斯波西托回答说：“你们两个共同经营。我会把酒吧平分给你们。”

想到兄弟俩注定要永远在柜台的两侧朝夕相对，像岛上菲力珀·阿尔坎杰罗和桑提诺·阿尔坎杰罗兄弟二人那样，总是形影不离，就像双套车上的一对马匹，永久地拴在一起，塞尔希奥感到有点头晕。

那一天之后，兄弟二人谁也没有谈起过跟姥爷的这次谈话。可是，朱塞佩努变得更加高度紧张、敏感，而塞尔希奥的头低得更低，背弓得更加厉害，比以前更加谦卑。

当圣阿佳塔节日再次来临的时候，阿梅德奥·埃斯波西托已经完成了对自己这一生的归类、总结和打包工作。他没有跟家人道别，一个人径直走到沙发上去睡觉。入夜很久后，家人发现他仰卧在沙发上，双手交叠置于腹部，似乎是为家人省下麻烦，入棺前甚至不必再把自己的双手摆放成交叠状。阿梅德奥·埃斯波西托只等了四个月的时间便追随亡妻皮娜·维拉而去。因为在此期间岛上没有其他人过世，阿梅德奥·埃斯波西托如愿以偿，得以埋葬在皮娜·维拉坟墓旁边的墓地上，盛殓他尸体的是为他特制的大号棺木。

母亲与父亲的相继离世让玛莉亚·格拉琪亚悲恸欲绝，好像整个内心都被掏空了一样。她感觉自己轻飘飘的没有分量，仿佛夜阑之家的天花板被扯掉了，让她没有了遮风避雨的栖身处。而且，父亲阿梅德奥·埃斯波西托过世后，她的内心又出现了一个创伤，而这个伤她只会向丈夫罗伯特袒露：这些年她一直代替父亲辛辛苦苦打理酒吧，但父亲并没有把酒吧传给她。她的两个儿子却不想要这个酒吧。这份遗嘱只能制造麻烦。如果母亲皮娜·维拉在世的话，她绝对不会允许父亲这样做。就这样，玛莉亚·格拉琪亚再次发现自己掌控着一艘偏离航道、难以驾驭的航船，被迫代替他人小心翼翼地掌舵，而前面的航程是波涛汹涌的凶险海域。

令她吃惊的是，罗伯特在某些方面居然赞成她父亲阿梅德奥·埃斯波西托的做法。罗伯特说："他这样做，是要迫使兄弟俩把他们之间的敌意公开化。也许这才是最佳选择。咱们两个都四十多岁了。其他人家的生意都有一个年纪较小的作为候选人。你父亲怎么会在塞尔希奥和朱塞佩努之间作出选择呢？你和我又怎么能在他们之间作出选择呢？"

玛莉亚·格拉琪亚感觉自己受到了轻视，像个小女孩似的哭泣道："可是，为什么父亲不把酒吧留给我呢？"

然而，随着冬季过去，在凉爽的夜晚，父亲阿梅德奥·埃斯波西托的幽灵在夜阑之家开始游荡，监管着他们记账，引导她的手操纵咖啡机的杠杆。幽灵走近酒吧，咳嗽一声清清喉咙，似乎这就能一劳永逸地了结渔夫们和老年纸牌玩家之间的争论——要是大家能听到它的咳嗽声就好了。为了表示对这个新幽灵的敬意，玛莉亚·格拉琪亚将阿梅德奥·埃斯波西托的一张照片悬挂在酒吧柜台上方。

她选用的照片是由他的妻子皮娜·维拉拍摄的第一张照片。照片上，他一手提着医用包，另一只胳膊下夹着他的故事本。年轻的阿梅德奥·埃斯波西托受宠若惊，目含爱意，看着镜头外，这也就暗示了她母亲皮娜·维拉的存在。这张照片因为年代久远而斑点累累，它像基督的画像，玛莉亚·格拉琪亚走到哪里，其目光就跟到哪里，目光中满含阿梅德奥·埃斯波西托曾经给予他年轻妻子的那种固执而盲目的爱意。现在，她认为自己明白父亲的良苦用心了：如果他父亲将酒吧交给玛莉亚·格拉琪亚，总有一天，她必须在自己的两个儿子之间选一个做酒吧的继承人，而她自己根本做不到。想到这里，玛莉亚·格拉琪亚原谅了父亲，并且向父亲的灵魂祈祷道："爸爸，替我们守护好这个地方吧。"

五

两个年轻人之间的和平只维持到他们姥爷的葬礼结束。然后，他们又发生了激战。首先他们为酒吧的继承权发生争执——双方都不想要酒吧。其次，他们为姥爷留下的故事本闹矛盾，因为两人都渴望得到这个故事本。就这样，针对姥爷阿梅德奥·埃斯波西托出于好心留下的这个荒唐的礼物，在夜阑之家内部酝酿了多年的不满情绪终于公开化。有一次，玛莉亚·格拉琪亚抱着一包在院子里晒干的床单，爬向房子的顶层，途中她停下来用一个枕巾的一角擦干眼泪时（因为当没人看的时候，她允许自己一边干家务杂活，一边为故去的爸爸妈妈稍稍哭泣片刻，尽管她从来不允许自己在酒吧这样做)，听到两个儿子在塞尔希奥房间的门背后嘶嘶地相互咒骂。这种私下的激烈战争让她感到害怕。连续几天，两个孩子鏖战不已，在空气中依然散发着阿梅德奥·埃斯波西托葬礼花环留下的浓浓的香气的屋子里，他们相互追打，直到康瑟塔·阿尔坎杰罗没收了阿梅德奥·埃斯波西托留给他们两个的故事本，并把它带到她自己在“加富尔大街”的住处。

接下来的星期二的凌晨时分，康瑟塔·阿尔坎杰罗的前窗户被人打碎了。除了那故事本，其他东西都没有被盗。那个故事本是从放在梳妆台底部的那个旧钱箱内被偷走的。康瑟塔·阿尔坎杰罗的哥哥桑提诺·阿尔坎杰罗——公爵的土地管理员，来到案发现场，在一个笔记本上将所有情况都记下来，做得像模像样，俨然一副正牌警探的派头——他模仿在电视上看见过的一个警探的手法，精明地用手指捏起一个玻璃碎片。无论罪犯是谁，这个人显然对康瑟塔·阿尔坎杰罗知根知底，知道在哪儿能够找到这个故事本。在活着的那些人的记忆中，这是岛上发生过的第一起盗窃案。除了玛莉亚·格拉琪亚和罗伯特，大家都知道，这显然是埃斯波西托的小外孙朱塞佩努所为。尤其是后来塞尔希奥跑来向父母报告，说找不到他弟弟了，这进一步证实了大家的怀疑。至于玛莉亚·格拉琪亚和罗伯特，夫妻俩关上酒吧，在岛上进行了搜索。

夜阑之家的人全都彻夜未眠。

后来，朱塞佩努从英国萨里郡舅舅弗拉维奥·埃斯波西托的家中给他们打来电话。对玛莉亚·格拉琪亚而言，这一直是个很神秘的地方。现在，听着小儿子从电话线的另一端英国传来的细小缥缈的声音，这个地方终于变得真切起来，尽管有些怪异。她听到的那个声音细小而有一点儿胆怯。朱塞佩努对玛莉亚·格拉琪亚说：“我跟舅舅弗拉维奥·埃斯波西托住在一起。嗯，嗯。我很好。妈妈，你不必担心。只是我要在这里待一段时间，现在还不准备回家。”他停顿了一下，电话里传来噼噼啪啪的杂音。“我要在伦敦找一份工作，或者去大学学习。所有这一切弗拉维奥·埃斯波西托舅舅都在帮我做。我已经拿到了英国护照——我已经中学毕业了——为什么我不读大学呢？”又停顿了一下，“如果有可能，我会回家过圣诞节。”

玛莉亚·格拉琪亚模仿罗伯特的耐心，在通话过程中尽量保持平心静气，“那个故事本呢？”朱塞佩努停顿了好久才回答，但是他的声音听起来洪亮了一点。“哦，你说的是那东西啊。不用担心。放在我这里很安全。我会给塞尔希奥寄回去一本。”

听闻弟弟这番话，塞尔希奥一头扎到床上，愤怒地哭啊哭。

果不其然，塞尔希奥收到一个寄给他的包裹，上面盖着英国邮戳。朱塞佩努将姥爷留给兄弟二人的故事本复印了一册。这些复印的书页墨迹斑斑、波纹累累，仿佛是在水下写就的。玛莉亚·格拉琪亚明白朱塞佩努这是在嘲弄他的哥哥塞尔希奥，兄弟二人都想得到的是那本原版的故事本。

她担心地观察着塞尔希奥。塞尔希奥横下一条心，决心取得留给他的唯一可能的苦涩的胜利——成为一个更孝顺父母的儿子。母亲玛莉亚·格拉琪亚对他说：“如果你想离开的话，你也可以离开。这一点你们一直都明白。你们俩同时离开，我和你父亲管理酒吧，这没有什么问题。”

自从那年夏天塞尔希奥差点使自己的弟弟朱塞佩努淹死后，岛上的人总是对塞尔希奥私下里嘀嘀咕咕。可是现在，舆论开始倒向了塞尔希奥这一边。老年纸牌玩家评论说：“那个朱塞佩努总是自高自大，认为咱们卡斯特拉梅尔岛配不上他。”渔婆则说：“就算当初他们小的时候塞尔希奥确实企图淹死朱塞佩努，至少我现在开始明白其中的原因了。”

与此同时，出乎所有人的意料，塞尔希奥不肯离开卡斯特拉梅尔岛。那年秋天，塞尔希奥心中第一次怀揣雄心壮志，去了卡斯特拉梅尔储蓄贷款银行。他穿着给姥爷送葬时穿过的那件西装。由于他最近身体发育迅猛，裤子裆部和上衣的腹部已经开始绷紧，裤脚在脚踝处摆来摆去，甚是滑稽可笑。他一只手里提着姥爷阿梅德奥·埃斯波西托的老旧公文包，里面放着用铅笔工工整整誊写在五张学生用方格纸上的酒吧财务账目。到了银行内，塞尔希奥坐在一张放在地毯上的沙发上等候，不希望任何一个邻居透过那个巨大的玻璃窗看到他。一位从欧洲大陆来的银行助理喊他进了一个办公室的小格子内（这个办公室现在所在的位置曾经是格苏依娜家的厨房），然后给他倒了一杯欧洲大陆式咖啡。

塞尔希奥先向对方解释了一下酒吧账目的详情，然后说道："我想贷一笔款子。"

"你想把你的酒吧变成现代化的酒吧吗？"这个欧洲大陆的银行助理一边问塞尔希奥，一边用一支铅笔滑过酒吧的账目数字，一边点头表示赞许。

塞尔希奥道："我想买下我弟弟的股份。"

银行助理问道："你现在拥有多少股份呢？"

"一半的股份。但是从现在起，我就是酒吧的经营人——我弟弟他已经离开了——你看看我们利润的逐年增长率。"塞尔希奥画出了一九六〇年至一九七一年的图表，在一支箭头上标注着"预计增幅"的字样——这支箭头射向未来，充满了无限的可能性。

那个助理在一张带有水印的信纸上做了一个测算，然后满意地点点头。他说："没有抵押我们不会提供贷款。我建议你拿出自己的股份作抵押，用贷到的钱支付给你弟弟。据我们测算，你酒吧生意的估价大约为六百万里拉。我们会向你提供这个估价半数的抵押贷款，另加一点儿额外贷款，你可以用来翻新酒吧，或者买一部新车。"

塞尔希奥问道："额外贷款？"

银行助理说："是的。总计约为三百五十万里拉，或者四百万里拉。别的企业主都有货车，有一部车不是挺方便吗？”

塞尔希奥又问：“还款期是多久呢？”

银行助理道：“在以后的三十年内还清就行。贷款利率是百分之七。”

塞尔希奥向前倾了倾身子，然后清了清沙哑的喉咙。“如果我这样做的话，谁是酒吧的所有人呢？”他问道。

大陆银行助理回答道：“你将成为酒吧的全权所有人。”

助理写好了贷款合同。塞尔希奥带着合同回到夜阑之家酒吧。拿酒吧的一半股权作抵押贷款，来支付另一半，他并不是不知道这是一种具有讽刺意味的做法。然而，想一想朱塞佩努收到这个消息时脸上可能出现的表情，这本身就能让塞尔希奥产生一种残酷的满足感。

当塞尔希奥将这个计划通知弟弟的时候，电话另一头的朱塞佩努果然勃然大怒，大吵大喊，似乎他即刻就要回到卡斯特拉梅尔岛，然后把夜阑之家吵个天翻地覆。但是，塞尔希奥心平气和，坚持说下去。“我已经替你把生意做了估价。我做得很公道，依据的是银行给我的制度——酒吧价值的一半，另加三年的利润。你会得到很多钱，朱塞佩努。那可是数百万里拉。你可以如愿以偿上你的大学。这笔钱你想怎么花就怎么花。”

“你这是准备把我从岛上赶出去！”朱塞佩努喊叫道，“你想除掉我！我去看弗拉维奥·埃斯波西托舅舅的时候可没有说我要永远离开卡斯特拉梅尔岛！”

“你逃离了卡斯特拉梅尔岛！你偷了姥爷留下的故事本就逃了，你不想继承酒吧。”

朱塞佩努用细小的、一反常态的声音说道：“我或许还想回去呢。这怎么能说准呢？”

塞尔希奥回答道：“如果你想回来，那就回来吧。”片刻间，他的内心充满了渴望——因为，他起初并没有意识到，直到很久以后才知道，自己想念弟弟朱塞佩努。“回来吧。”塞尔希奥用略带恳求的口气说道。电话中传来嘘嘘的声音，也许是哭泣声，也许是因气恼发出的声音，然后朱塞佩努放下电话。

酒吧被抵押。朱塞佩努在文件上签了字，寄回来。打开邮件的是玛莉亚·格拉琪亚。当她从塞尔希奥那里慢慢地了解到他所做的一切时，她又气又伤心，不禁悲痛落泪。“你这样做是拿着夜阑之家的前途做赌注，”她哭喊道，口气跟母亲皮娜·维拉一样强硬，“把酒吧抵押给了蒂森图家族，他们可是你姥爷的老仇家。这都是因为什么？就是因为你们上学的时候长久的怨恨，就是因为你跟弟弟之间发生的一些争吵？百分之七的利率，你认为利率一直就是百分之七吗，塞尔希奥？你以为今后的三十年内利率会一直保持在百分之七吗？有生意头脑的人会这样做按揭贷款吗？”

塞尔希奥对于利率和生意的稳定安全性确实一窍不通。他在柜台后弓着身子，含含糊糊地说道：“我准备把债全部偿还掉。”

但是，由于塞尔希奥背上了抵押贷款这个沉重的包袱，他把自己进一步牢牢地束缚在卡斯特拉梅尔这个小岛上。

朱塞佩努没有返回岛上。大学毕业时，他给家人寄回来一张毕业照。朱塞佩努站在一个屏风前，屏风上面印着一方草地、一幢砖瓦建筑和一片蓝得不可思议的天空，他身着一袭黑色长袍，头戴一顶学位帽，看上去英气逼人。尽管朱塞佩努本人在卡斯特拉梅尔岛上的名声很不好，但他的这张毕业照还是加进了楼梯侧的照片墙上。

那一年的夏天，塞尔希奥延长了酒吧的营业时间，置换掉原来的老旧咖啡机，用冰激凌的盈利（超过了他必须向储蓄银行缴纳的费用）最终安装了一个霓虹灯招牌。招牌是建筑承包商托尼诺和恩熙力诺用绳子吊到酒吧正面的。于是，酒吧的游廊闪烁着神秘的绿光。这种光招引了各式各样、奇奇怪怪的野生动物。蜥蜴懒洋洋地躺在霓虹灯管下，仿佛是在异样的太阳下取暖，长着天鹅绒一般翅膀的硕大飞蛾撞在霓虹灯上，撞出了火花。塞尔希奥订购了一个足球桌。他花了整整一夜，忙活着用一把改刀和二百七十颗白色小螺丝将足球桌组装起来，结果手上磨起了泡。于是，每个星期六的下午和星期二的晚上，夜阑之家都要举办足球比赛。

塞尔希奥换掉了那台老掉牙的无线电收音机，取而代之的是一台彩色电视机。他订购了体育频道，跟母亲玛莉亚·格拉琪亚当年的壮举一样，这让夜阑之家再次成为卡斯特拉梅尔岛的娱乐休闲中心。现在，邻居们蜂拥着前来酒吧观看欧洲大陆的足球赛、意大利频道播出的译制电视剧、洗衣机和窗户洗洁液广告，以及多姿多彩的 BBC 新闻节目。另外，塞尔希奥用储蓄银行提供的额外贷款购买了一部像建筑商托尼诺驾驶的那种小型三轮货车，并且将整个酒吧重新粉刷油漆了一遍。就像当年阿梅德奥·埃斯波西托第一次打开酒吧门开张营业时那样，现在的酒吧似乎再次进入了一个繁荣的时代。然而，在玛莉亚·格拉琪亚看来，夜阑之家似乎再也没有发生任何变化。塞尔希奥在柜台后沉下心来，一门心思要还清债务。而与此同时，身在伦敦的朱塞佩努不费吹灰之力收获着成功人生所带来的成就纪念品：女朋友、妻子、住房、汽车。对于从嘈杂的长途电话另一端传来的父母对他表示原谅的表白，朱塞佩努似乎无动于衷。他甚至不肯回家看看父母。在酒吧的柜台后，塞尔希奥等待着弟弟的归来。他依旧穿着中学时代穿的短袖衫和短小的男孩裤子，不肯让玛莉亚·格拉琪亚修补他背心上的窟窿，也不肯让人给他理发。

就这样，玛莉亚·格拉琪亚再次感到有点失落，而在她第一次成为孩子母亲的时候就有这样的感觉，这让她感到有点儿奇怪。难道这夜阑之家不是一直都属于自己吗？

在院子旁的石头房（现在成了她和罗伯特的房间）里，玛莉亚·格拉琪亚悲叹着向罗伯特说道："如果他现在有心思成家，或者朱塞佩努带着他那位英国妻子来看我们，跟他哥哥握手言和，那该多好啊。不管什么变化，有点变化就行。”但是，塞尔希奥终究比弟弟朱塞佩努还要顽固不化，他坚持孤身不娶，像个殉道者终日坐在柜台后。这一点也像他舅舅——弗拉维奥·埃斯波西托当年曾经谦卑地在圣人耶稣的塑像前长跪不起。

就这样，朱塞佩努远走他乡，塞尔希奥人在心不在，一切都乱了章法。于是乎，玛莉亚·格拉琪亚感到，除非发生什么变化，夜阑之家才会从目前这样死气沉沉的状态中振作起来，否则，它会被困在像“二战”末期时一样的死寂无望中。

结果，在好长时间内，夜阑之家没有发生任何变化。

六

夜阑之家和塞尔希奥·埃斯波西托终于有了变化，那就是塞尔希奥的女儿玛德莲娜的出生。孩子出生的时候，跟他父亲一样，也是双脚先出来，也是郁郁寡欢、号啕大哭。在她出生的那一周，正值酒吧的三台电视机播报柏林墙被拆除的新闻。

这一年从一开始就很怪异，很不寻常。在一月份的时候，在圣斯特凡诺节之后，主显节之前，老公爵夫人卡米拉·蒂森图与世长辞。安德里亚·蒂森图回到卡斯特拉梅尔岛参加了母亲的葬礼。他不肯与玛莉亚·格拉琪亚见面。尽管如此，岛上的乡亲们还是旧事重提，飞短流长，让尘封多年的昔日绯闻死灰复燃：年轻的安德里亚·蒂森图晚上往玛莉亚·格拉琪亚的窗户上扔沙子；安德里亚饱受相思之苦，辗辗反侧，孤床冷枕夜难眠，竟然连续煎熬数日之久。这些飞短流长者在酒吧的角落窃窃私语。那种鬼鬼祟祟的样子让玛莉亚·格拉琪亚感到既无聊又气恼——就算当年这是什么新闻，有人对此津津乐道，现如今，这些都是四十年前的陈芝麻烂谷子了。这一次，在伯爵夫人卡米拉的葬礼上，玛莉亚·格拉琪亚瞥见了安德里亚·蒂森图。在那个刮风的葬礼上，隔着人群，他显得又瘦又小，眉毛浓密，老态毕现，根本不像个正值中年的男人。

葬礼后，当玛莉亚·格拉琪亚与康瑟塔·阿尔坎杰罗挽着胳膊走在回家的路上的时候，她甚为感叹地对康瑟塔·阿尔坎杰罗说："安德里亚·蒂森图怎么会是这个样子呢？"

康瑟塔·阿尔坎杰罗回答道："可是我们都在变老啊。你最近没有发现吗？比普年轻的时候是多么英俊潇洒，现在却大腹便便，肚子大得像个酒桶；拓拓的头发全掉光了；渔婆阿佳塔整天穿着干家务穿的宽松长袍，脚上趿拉着拖鞋，蹭着地走路，跟过去的格苏伊娜夫人活脱脱一个模样。"

玛莉亚·格拉琪亚不得不承认，康瑟塔·阿尔坎杰罗说的都是事实。

但是，尽管如此，她和罗伯特怎么会老呢？在那个玛莉亚·格拉琪亚认为依旧属于父母的那个石头房子内，她和罗伯特依然像是十几岁的情人，肢体交缠，相拥而眠；在圣阿佳塔节日中，罗伯特与玛莉亚·格拉琪亚依然像是结婚当晚的新娘和新郎那样纵情狂舞，激情不减。在玛莉亚·格拉琪亚看来，自己的人生诡异莫测：当她还是一个小姑娘的时候，在她绑着护腿架的那一段时间，当幸福离她似乎很遥远的时候，时光过得慢腾腾的；被赐予幸福后，光阴荏苒，如白驹过隙，快得让她喘息不过来，让她没有停下来思考的余地。

就连康瑟塔·阿尔坎杰罗现在也过了五十岁。她至今没有婚嫁，尽管如此，她最近获得了对一个孩子的监护权。这个不服管教、名叫恩佐的五岁男孩，原本是她哥哥菲力珀·阿尔坎杰罗的儿子——说实话，现在也还是他的儿子。只是，这孩子失去了母亲。当他刚刚学会走路的时候，这孩子便开始在卡斯特拉梅尔岛上四处乱跑——抓蜥蜴，拿着棍子，见什么打什么，骑着红色轮子的蓝色塑料小毛驴，从岛上最陡峭、岩石最多的山坡俯冲而下。到四岁那年，据那些老年纸牌玩家说，恩佐已经完全不受父亲管束。他父亲总是扯着嗓门喊他，不是敦促他从梯子上赶紧下来，就是哄劝他从橱柜里出来，再就是喊他从杂货铺后室内堆放得像塔一样高的货箱上下来。因为窗户开着，父亲教训儿子恩佐的喊叫声让卡斯特拉梅尔镇子南部的街坊邻居都听到了。

虽然康瑟塔·阿尔坎杰罗跟自己的两个兄长三十年间都没有说过话，但她现在对哥哥菲力珀·阿尔坎杰罗管教孩子的方法表示不满。她对玛莉亚·格拉琪亚说："我到他们家去看看，看看他们有没有好好对待孩子。"

康瑟塔·阿尔坎杰罗发现，原来，她哥哥菲力珀·阿尔坎杰罗并没有虐待儿子恩佐。恰恰相反，在父子战争中，占上风的反倒是恩佐这当儿子的。当康瑟塔·阿尔坎杰罗看到菲力珀·阿尔坎杰罗的时候，她发现她那已经开始老去的哥哥坐在杂货铺的后门台阶上，而他的孩子则在院子里绕着他撒欢儿似的东奔西跑，一边跑一边大声喊叫，浑身沾满了糖浆和面粉。他一边羞愧地抬起眼，一边对她说道："妹妹，看来你也听说我管不了自己的孩子，现在你过来是要评头论足了。"

康瑟塔·阿尔坎杰罗反驳哥哥说："你这傻瓜，我不是来指手画脚的，而是来帮你的。因为上帝知道，我像他那个岁数的时候也是野孩子一个。咱们兄妹之间愚蠢的争吵也该做个了结了。这孩子没妈，我是过来告诉你，他还有个姑姑，就算你和我不能以礼相待。什么时候你实在管不住他了，就把他送到我那儿去。不管这孩子有多任性，我比他任性得多。恩佐，到我这儿来！”

恩佐乖乖地答道：“好的，姑姑。”因为他早就听说过很多关于这个令人敬畏的姑姑的故事。接下来的那个周末，他背着小小的杂货袋子，里面装满了东西，骑着他那只蓝色的塑料小毛驴，穿着系着带子、扣着扣子的最好的衣服，在姑姑那种着橘子树的蓝色住所待了一天。跟康瑟塔·阿尔坎杰罗小时候一样，这小男孩皮肤黝黑，个子矮小，细细的手腕，细细的脚踝。看到他这样，姑姑不禁心生怜悯，决心全力以赴，把侄儿恩佐抚养成人。

康瑟塔·阿尔坎杰罗没有高大的个头，也没有宽阔的肩膀，但是，在其他的方方面面，她都是一个魁梧的巨人。无论是焦虑困苦时，还是欢欣鼓舞时，她都会迸发出旺盛的内在生命力，这种强大的能量使她的头发在头上卷曲开来，让她的双颊像小姑娘一样闪烁着青春的烂漫光泽。她跟这个小男孩恩佐棋逢对手，恩佐从一开始就感觉到了这一点，所以他在她面前表现得很乖。

正值中年的康瑟塔·阿尔坎杰罗勤勤恳恳，她用心经营了一个菜园子。植被从四面八方覆盖了她的住所，绿色葱茏，绿得让眼睛都有点儿不舒服了。每天早晨，她都用一个独具匠心的浇水系统（有孔的水管）浇灌一行行的蔬菜。她的菜园子里种着西葫芦、一行一行的西红柿和茄子，还有一盆一盆的罗勒。罗勒长速惊人，每一丛罗勒又高又宽，孩子进入就会被淹没其中。沿着房屋的前面长着西瓜藤蔓，枝蔓交错纠缠，沿着地面爬行，长长的卷须一直延伸到窗户下面，并渐渐地悄然探头来到门的周围，令人感到奇怪、不安。在橘子树之间种着芦笋、茴香、薄荷和带着银色花梗的硕大菊芋。康瑟塔·阿尔坎杰罗放开手脚，让侄儿恩佐在这个绿色丛林中尽情玩耍。“喊吧，叫吧，拿根棍子，想打什么就打什么，”她对孩子说道，“你想怎么玩我都不在乎。”她戴上一顶博尔萨利诺男式宽檐帽，开始一声不吭地将公牛心脏形状的西红柿从细长的梗上割下来，放手让孩子一个人自顾自去玩。

很快，恩佐就回来了。现在他喊够、叫唤够了，东西也打够了，谁也不太在意他是否喊叫了。康瑟塔·阿尔坎杰罗没有回头看孩子，因为她知道，尽管他总是大喊大叫，其实他跟蜥蜴一样胆怯。她对恩佐说道："牛心西红柿马上就弄好了。咱们用这些西红柿做特别特别好吃的色拉，还要用白干酪做米丸子。你愿意帮姑姑吗？"

恩佐回答道："我愿意，姑姑。"整个下午，孩子都在姑姑身边干活——擀米丸子，揉面包面团，提起硕大的漏勺将苦汁从用盐腌制过的茄子上抖掉，直到他筋疲力尽。

"这就好了。"康瑟塔·阿尔坎杰罗很满意，将孩子送回到他父亲身边——孩子那身最漂亮的衣服已经弄得脏兮兮的。"他安静了。只要你愿意，你可以随时把他送到我这儿。"

从那以后，恩佐一半时间待在他父亲家，当他父亲觉得他不听话的时候，他就背上自己的小包来到姑姑康瑟塔·阿尔坎杰罗的家，有时候住一天，有时候一住就是一周。尽管他最终像爱自己的母亲一样爱自己的姑姑，但始终没有完全消除对她的畏惧。即便是在他最疯狂的时候，她也能比自己跑得还快，喊叫得比他更凶，以令人惊骇的速度推着坐在那个蓝色的塑料小毛驴上的他，令他兴奋、战栗得喘不过气来。碰上了与自己同样桀骜不驯的姑姑，恩佐决心至少在她面前要表现得温顺安静一点。

这样一来，自从康瑟塔·阿尔坎杰罗叛逃到夜阑之家后，阿尔坎杰罗兄弟俩与妹妹之间一直不温不火酝酿着的这场宿怨尽管因为旧日的缘故还持续着，但已经变得不那么尖锐，已经不值一提了。出于对妹妹的回报，菲力珀·阿尔坎杰罗甚至将海滩酒吧多余的游客送到夜阑之家，尽管桑提诺·阿尔坎杰罗对此很生气，想方设法把游客截住，然后把他们带回去。桑提诺·阿尔坎杰罗说："兄弟啊，正是因为照顾一家人的情谊，人们才会做出愚蠢的事情。"

到了二月份，恩佐到了五周岁，孩子变得更加沉静安稳。作为卡斯特拉梅尔岛上艺术家文森佐的最后一个后代（恩佐的母亲是艺术家的直系后代），恩佐爱上了铅笔和纸。有一天，在夜阑之家酒吧，康瑟塔·阿尔坎杰罗注视着恩佐一只手里攥着一把蜜饯百果津津有味地吃着，另一只手中拿着一根粉笔给老年纸牌玩家画素描，画面上的人物纤毫毕现、栩栩如生。康瑟塔·阿尔坎杰罗对玛莉亚·格拉琪亚耳语道："嗯，他会有出息的。他会安安静静去上学，这我一直没做到。"

玛莉亚·格拉琪亚问道："你是怎么让他变得这么安静的？"因为孩子的吼声就连她也有点儿害怕。

听到这样的问题，康瑟塔·阿尔坎杰罗有点儿吃惊，"可是，玛丽佳，我凭借的是耐心啊——你正是用同样的方法驯服了我。"

玛莉亚·格拉琪亚想，原先那个头发蓬乱、穿着白色背心裙、大口吃着丸子、喝着酸柠檬水的女孩，已经长成了这样一个坚强有力的女人，而且成了她这一生中最长久的朋友，这真是很奇妙。

在三月份，发生了另外一件大事。就在大家对塞尔希奥·埃斯波西托的婚姻大事已经不抱任何希望的时候，他终于带着一位姑娘回到夜阑之家酒吧。

塞尔希奥现在已经到了三十五岁。十七年来，玛莉亚·格拉琪亚和罗伯特一直恳求他：要么离开卡斯特拉梅尔岛去寻找他的机遇，要么结婚，要么做自己想做的事情，只是不要再穿着他从高中时候就一直穿着的那一件已经变成灰白色的马球衫，整天弯腰驼背地坐在酒吧柜台后——似乎他想离开这里到别的地方去。玛莉亚·格拉琪亚觉得，如果塞尔希奥这样做是为了挑衅他的弟弟朱塞佩努的话，那让人实在感到遗憾的是，两千英里外，他的弟弟沉浸在自己的生活中，日子反倒过得很滋润，似乎并没有注意到他的挑衅。现在，事先没有打任何招呼，塞尔希奥领着一个姑娘跨进了夜阑之家的门槛，让她站在大家面前，然后向父母和围在一起的顾客们介绍道："妈妈，爸爸，这是帕梅拉。"

那姑娘精干漂亮，个头小巧玲珑，染成红色的头发像浴帽一样贴在头上。看到这些，玛莉亚·格拉琪亚心里很满意。姑娘站在他们面前，开口说道："下午好，很高兴见到你们。"她说了一遍又一遍，因为她只会这两句意大利语问候语。

玛莉亚·格拉琪亚问道："你是美国人吗？"姑娘回答说："不是，不是——我是英国人。"

塞尔希奥宣布道："帕梅拉和我已经约会了有段时间了。我们要生孩子了。"他仿佛刚刚才想到这个事实。

听到这一消息，夜阑之家爆发出热烈的欢呼声。玛莉亚·格拉琪亚心里明镜似的，不管是什么东西，无论是山羊还是海刺猬，但凡看上去是个母的，就会受到这些老年顾客的欢迎。但是，尽管如此，那个英国姑娘还是感到特别高兴。她有点受宠若惊、不知所措，默许自己被安排到贵宾桌上，桌上摆放了非常多的米丸子和鲜花。与此同时，玛莉亚·格拉琪亚观察着酒吧对面的儿子，发现儿子第一次脸上焕发着幸福的光彩，为幸福而着迷，不再像小时候那样弓背屈身、总是处于防御的姿态。

但是，不久后问题就出现了。帕梅拉想回到英国把孩子生下来。这是玛莉亚·格拉琪亚无意中听到的这对年轻夫妇间发生的第一次争执。接着又出现了其他争执。帕梅拉质问塞尔希奥：既然他答应过她，为什么他还没有寄出到英国找工作的求职信呢？为什么他只用意大利语跟婴儿讲话呢？买飞机票回家的钱在哪儿呢？

姑娘所指的"家"是英国。玛莉亚·格拉琪亚听着这些怒气冲冲的争论，不禁为自己的儿子担心。

塞尔希奥爱着帕梅拉。这一点玛莉亚·格拉琪亚可以肯定，因为三月份的那一天他们迈进酒吧的时候，他们的脸上洋溢着吉祥的光泽，流露出他们之间特有的爱意，而当初玛莉亚·格拉琪亚和罗伯特的脸上也洋溢着同样的吉祥光泽，流露出彼此之间特有的爱意。那种光芒在塞尔希奥的身上持续了一小段时间，当他投身于酒吧新工程的时候，他那长长的脸庞上充溢着青春的光彩：安装一台更大号的电视机，将过去半个世纪的账户系统化，修理游廊上开裂的瓷砖。看到这些，她和罗伯特起初都心中窃喜。在童年期和成人期之间的灰色过渡区，塞尔希奥滞留的时间过于漫长，在卡斯特拉梅尔这样的地方，这种过渡期会无限延长，让他在大家的眼中成为长不大的孩子。她知道岛上的街坊邻居私下里怎么议论塞尔希奥：三十多岁的男人了，依然睡在小时候睡的房间，依旧在吃他母亲亲手做的意式调味饭、烧茄子，依旧穿着用中学时候穿过的衣服胡乱拼凑起来的一身衣服，交往的人还是童年时候的老熟人，比如：面包师的儿子农西奥、瓦莱里娅的儿子佩佩、五金店的经理和律师卡洛杰罗。根据卡斯特拉梅尔岛上的传统习俗，所有这些人都还是孩子——他们被困在家庭小店的柜台后，被迫忍受祖母一辈人的指责和老年纸牌玩家的流言蜚语。如果他们其中的哪一位领着一位姑娘回家的话，其他人又要遭受数星期的羞辱。所以，一开始，大家都觉得这个英国女孩帕梅拉似乎是一种救赎，一种解脱。根据玛莉亚·格拉琪亚的经验，摆脱这种停滞状态的途径就是：或结婚，或赚钱，或者离开卡斯特拉梅尔岛。

但是，在塞尔希奥婚后不久滔滔不绝讲述他和帕梅拉的爱情故事的时候，母亲玛莉亚·格拉琪亚开始忐忑不安。当时，塞尔希奥春风得意、万分激动，他一边给大家的酒杯内添酒，一边朗声说道："我们以前就见过。那时候我们两个还都是孩子。我还没给你们说呢，妈妈，爸爸，康瑟塔·阿尔坎杰罗姑姑。我们在一九六五年相遇过。"

罗伯特把头侧向满面春风的帕梅拉，不禁问道："这怎么可能呢？"但是，塞尔希奥继续说道："帕梅拉小时候来过咱们岛上。她当初是随父母来岛上度假的。”

然后，塞尔希奥讲述了去年夏天在伯爵大酒店外的那片沙滩上他和帕梅拉是如何久别重逢的。

塞尔希奥有个习惯，每个星期日的一大早，他都要在伯爵用围栏圈起来的四方块岩石旁潜水游泳。这一天早上，塞尔希奥比平常来得都要早一些。像往常一样，他将自行车随意扔在码头边上，跑步穿过发热的岩石，脱去鞋、牛仔裤，还有那玛莉亚·格拉琪亚一直想替他扔掉的已经褪成灰白色、腋窝处已经有了窟窿的马球衫，直到身上只穿着一条游泳短裤，做好跳水的准备。令他极为尴尬的是，到了这一刻他才发现，沙滩上离他最近的塑料藤椅上坐着一位年轻女子，她在哭泣。

听到此处，帕梅拉笑了笑，对他所叙述的情节表示确认。她说："当时，我和丈夫刚离婚。我来岛上度几天假。我小时候来过这儿，我跟父母来的，所以我记得这个岛。"

塞尔希奥做了在这种情况下唯一该做的事：他重新穿上衬衣、牛仔裤，系上裤带，然后坐在这个陌生女子的身边，试图安慰她。帕梅拉用英语说道："他是个真正的绅士。他问我上次是什么时候来的，我告诉他是一九六五年，是跟我母亲和父亲来的。"

塞尔希奥接着说："一九六五年的时候我是十一岁。而她告诉我她那一年差不多也是十一岁，然后我问她什么名字，原来她就是帕梅拉。"

然后，他告诉他们，他想起了梦幻一般的往事：那个穿着粉红色游泳衣、潜入海浪底下又潜出水面、浑身海水往下流淌的帕梅拉，撒哈拉沙漠沙尘暴过后在海边洞穴上跟塞尔希奥一起潜水的帕梅拉。

康瑟塔·阿尔坎杰罗没有听说过这个故事，问道："哪一个帕梅拉？"

塞尔希奥回答说："你回忆一下，姑姑。就是朱塞佩努差点淹死的那一天跟我们一起游泳的那个小女孩。”

这一故事让玛莉亚·格拉琪亚感到不安，尽管她说不出为什么。她只是觉得自己的儿子对于这个往事过于在意了。塞尔希奥甚至特意给弟弟朱塞佩努打去电话讲述这个故事。结果，朱塞佩努也声称根本不知道塞尔希奥所说的那个穿着粉红色泳装的天使，他反问道：“哪个帕梅拉？”当塞尔希奥把自己孩子出生的消息告诉弟弟的时候，电话那一头的朱塞佩努陷入沉默。玛莉亚·格拉琪亚知道，二儿子朱塞佩努和妻子一直没能生下孩子。朱塞佩努只用英语表示祝贺：“祝贺你！”然后就没说别的话了。

在塞尔希奥和帕梅拉婚后的最初日子里，一切相安无事。然后，到了撒哈拉沙漠沙尘暴肆虐地中海地区的早春，塞尔希奥又试图给妻子帕梅拉讲述那个撒哈拉沙漠沙尘暴，讲述那个身着粉红色泳衣的女孩，那个穿越岩石的海底隧道。可是，帕梅拉似乎对这些奇迹已经失去了兴趣。她反问道：“无论如何，为什么这故事对你就这样重要呢？”

“可是，帕姆，难道你自己不记得这段往事了吗？”

“什么时候的事情了？”帕梅拉问道，“是夏初发生的事情，还是夏末发生的事情？”

这些年来，当年发生的这个事件在塞尔希奥的记忆中占据着突出的地位，是个具有特别意义的时刻。他一直以为对她而言亦是如此。他回答说：“一九六五年圣阿佳塔节前一天。”

帕梅拉似乎没有听他说话。“我不知道。每年我们都要去地中海各地去度假——这些地方我都记混了。我想你提到的那个女孩肯定是我。”她不屑一顾地说道，“记得不记得，这有什么大不了的？”

塞尔希奥怎么可以告诉妻子，如果她不是那个真正的帕梅拉，那关系可就大了？他的追问已经让她有点恼火。因为急于把事情弄清，他滔滔不绝，语无伦次：“你难道不记得你和我游过那个海底隧道了吗？你难道不记得那场从撒哈拉吹来的沙尘暴了吗？你再想想——我和你再次相遇的概率有多大？这简直就像我姥爷故事本中的故事。”

但是，带着不知从哪里来的怒火，帕梅拉开始发作了：“你和你那些故事！你们埃斯波西托一家人，还有你们那些该死的故事！当然了，你故事中的女孩不是我！”

在童年起塞尔希奥就一直住的那个房间的黑暗处，新婚夫妻塞尔希奥和帕梅拉四目相对。现在，塞尔希奥躺在那里，不肯认输。帕梅拉开始主动跟塞尔希奥说话了：“一九六五年的时候我根本就不是十一岁。这你肯定知道。一九六五年夏天的时候我已经十六岁了，塞尔希奥。我甚至就没来过这个岛。咱们不可能邂逅。这你知道！在这个问题上不要再孩子气了。咱们递交的结婚申请上有咱们各自的出生年月日。”

“既然这一切在你看来都那么荒唐可笑，为什么你还要一直附和我的说法呢？”

帕梅拉大声说道：“我觉得那是一种恭维，塞尔希奥。上帝啊！你把我说得小了五岁。我认为你其实并不相信我比实际年龄小五岁！你不相信，难道你相信吗？”

塞尔希奥感到自己像一只系靠的船只突然被解开，然后被无情地冲刷到什么东西的边缘，让他感到绝望无助，这种感觉他自己说不清。帕梅拉已经怀了他的孩子，这他已经向母亲坦白了。而且，她是不是那个真正的帕梅拉又有什么关系呢？没关系。因为无论如何，他们还是要结婚。

所以，在那些星期，帕梅拉还是爱着塞尔希奥。在四月份的一个潮湿的早上，她和塞尔希奥的婚礼举行了二十分钟，玛莉亚·格拉琪亚和罗伯特是婚礼的见证人。婚礼后他们在锡拉库萨婚姻登记处外面拍摄了结婚照。照片上，她那小小的染着红色头发的脑袋从一袭蓬松的白色透明婚纱中露出，含情脉脉地靠在塞尔希奥的肩膀上。从欧洲大陆的短期蜜月回来之后，帕梅拉甚至让婆婆玛莉亚·格拉琪亚教她如何用酒精、糖和从院子里的树上摘下的一袋子柠檬做柠檬酒。看着这个姑娘搅拌着浑浊酒液，玛莉亚·格拉琪亚对这个从天而降的儿媳一时间感到特别疼爱。

秋天来临的时候，一切全变了。现在，玛莉亚·格拉琪亚明白了，帕梅拉希望回到英国。她听到帕梅拉耳语道："咱们需要自己的空间。这里没有足够的空间。"

丈夫塞尔希奥误解了她的意思，他温顺而耐心地说道："可是，亲爱的，我们有很多房子啊。"

就玛莉亚·格拉琪亚个人而言，她可以理解姑娘的感受。因为，塞尔希奥卧室的那种无尽的孩童时代的气味怎么能不让她感到压抑呢？在温暖的夏夜，当塞尔希奥和帕梅拉夫妻俩上楼一起睡觉的时候，从酒吧开着的窗户传出的噪声怎能不让她感到压抑呢？她心中暗想，塞尔希奥必须跟这个姑娘去英国，否则他必然会失去她。

这样一来，两人的关系变得越来越紧张，他们的婚姻成为孤注一掷的博弈，成为两颗同床异梦的孤独灵魂的结合。玛莉亚·格拉琪亚催促儿子："你到英国去看看她娘家人。至少带着她回一次娘家。把你自己介绍给她家里人。"

但是，塞尔希奥优柔寡断，自始至终都没有预订去英国的飞机票。他试图通过电话跟帕梅拉的家人沟通一下。但是，当他迫不得已要跟这些陌生人讲英语的时候，他发现自己结结巴巴、语无伦次、前言不搭后语——哎，那些特别寻常的单词他都费力地说不来，他胡乱地猜测，把要表达的东西按字表含义从比较熟悉的语言翻译过去，把脚趾说成"脚上的手指"，把公路说成"汽车走的街道"，好像他根本就不是英国人！但是他跟父亲罗伯特和弟弟朱塞佩努讲英语从来都不成问题。这时候，玛莉亚·格拉琪亚明白，塞尔希奥黏在了这个岛上，不肯离开；她知道，想到自己要被迫离开卡斯特拉梅尔岛的时候，塞尔希奥心中冒出了某种不可遏制的顽固抗拒情绪。当天晚上，玛莉亚·格拉琪亚气愤地对罗伯特悄声说道："他这是在耍小孩子脾气。如果她想在英国生活，他必须同意。当年你不是为了我大老远来到这个小岛吗？"

在这个问题上，罗伯特发现自己根本不是一心一意——他当年之所以回到卡斯特拉梅尔岛，一半是为了玛莉亚·格拉琪亚，一半是因为他想象不出除了卡斯特拉梅尔岛，还有什么别的地方能让他爱上。就是换了玛莉亚·格拉琪亚，如果她不得不坦白地讲，设想一下，让她身处一个没有大海的肃静的、没有知了、完全由黑白两色组成的色彩单调的异国他乡，她也会有点沮丧的。但是他们会去英国探望他，去看望他们的孙子，还有朱塞佩努。而且，如果塞尔希奥和朱塞佩努发现他们自己在同一个英国岛屿上重逢的话，兄弟两个或许会找到什么途径重归于好。

甚至连酒吧的顾客也注意到塞尔希奥·埃斯波西托的英国妻子流露出了不满情绪。与此同时，那年秋天，塞尔希奥以新的热情投身到旧日的工作当中：倒咖啡，擀馅饼皮，每天晚上酒吧关门后，在姥爷阿梅德奥·埃斯波西托照片下的酒吧柜台上将有污渍的里拉归拢起来——从表面上看，这是为了攒钱买去英国的飞机票。但是他母亲看得出，他这样做是因为他热爱这样的生活。在她看来，现在谁也无法劝说他放弃这种生活。因为他似乎终于认定，卡斯特拉梅尔岛才是适合他生活的地方，尽管这种认定姗姗而来，迟来了十七年之久。

玛莉亚·格拉琪亚执意认为，如果塞尔希奥准备在圣诞节孩子出生前动身去英国，他们必须尽快还清拿酒吧作抵押所借的贷款。加上利息，还有半数的贷款未还——总计三百万里拉。为了让塞尔希奥好理解，她对儿子说，按照酒吧目前的利润率，这相当于一万份咖啡，八千个米丸子。二十年来一直很稳定的游客人流开始放缓。今年入住酒店的游客比预期的要少，到九月份的时候，游客全走光了。因为冬季到来，考古地址被关闭，圆形剧场被用黑色防水油布覆盖住。海边洞穴周围的栅栏被早秋的暴风刮得一片狼藉，有些栅栏干脆就倒在了地上。今年，大家都懒得去修这些围墙，因为只有到了来年春天，如果一切如愿的话，才会有游客来付两千里拉的入场费。这些洞穴被骑着自行车和提着康瑟塔·阿尔坎杰罗所说的“美国人的隆隆的盒子”（立体声扬声器）的当地青少年鹊巢鸠占，成为他们的娱乐场所。那些地下墓穴再次沦为海水出没的地方。然而，与此同时，塞尔希奥似乎认为还债是件容易的事情，算不了什么大事。而且，他满怀希望，私下里跟母亲玛莉亚·格拉琪亚讲，也许当债还清的时候，帕梅拉已经开始爱上卡斯特拉梅尔岛和夜阑之家了。

朱塞佩努没有回岛上参加塞尔希奥的婚礼。相反，为了表示安慰，他给家人寄来一张价值两百万里拉的支票，用以翻新夜阑之家。

酒吧屋顶往常漏雨的地方又开始漏雨。玛莉亚·格拉琪亚打电话让建筑商托尼诺和恩熙力诺过来维修。她问塞尔希奥：“你能把你弟弟寄来的支票兑成现金吗？”

与此同时，帕梅拉催促塞尔希奥：“用支票把其余的贷款付清，这样你就没有义务了，我们就可以在孩子出生前动身去英国了。”

这张支票在塞尔希奥的床头柜上放了几周，始终没动。他仍然感到弟弟的所作所为让他难堪，但是，这种情况他怎么可以向母亲玛莉亚·格拉琪亚和妻子帕梅拉解释呢？弟弟朱塞佩努定期寄来支票，使得酒吧能够还债，有钱支付翻新和改造酒店的费用。那一部取代了原先的 Ape 的新三轮货车也是用朱塞佩努寄来的钱买的——这辆车现在停放在广场上，用来从大陆拉运香烟和咖啡罐。第二个足球桌和那台最新的电视机也是用朱塞佩努寄来的钱买的。但是，十七年来，朱塞佩努一直都不是酒吧的股东，现在也不是。

酒吧的修复工程在十二月份的第二周开始。一周后，当建筑商托尼诺和恩熙力诺将半数的屋瓦揭开时，塞尔希奥将弟弟寄来的支票扯碎，扔进大海。他要自己支付酒吧的工程费用。过去，他靠着小心、耐心，让酒吧得以盈利，现在他同样还能做到。

朱塞佩努一直没有注意到他寄来的支票没有被兑现，塞尔希奥认为这是弟弟朱塞佩努太富有、太粗心的表现。

在卡斯特拉梅尔岛上，身在异国他乡的朱塞佩努被当作名人一般受到崇拜，塞尔希奥尽量不让自己为此妒火中烧。朱塞佩努，朱塞佩努，从早到晚，顾客们总是在谈论他的弟弟，确切地说，这是塞尔希奥的感觉。两年前，肉贩和他妻子随团到伦敦旅游。在参观完白金汉宫返回下榻酒店的途中，他们特意绕道朱塞佩努住的公寓前去看望。肉商带回来一套斑斑点点像素很差的照片，照片上的公寓大楼前面放着一个大垃圾箱。在其中一张照片上，可以看到模糊不清、被缩小的朱塞佩努，他正准备坐上他的一部车。在另外一张整幢建筑都被拍到的照片上，只是在背面简单地写着“朱塞佩努的房子”这样的字样。当其他关于朱塞佩努的新闻姗姗来迟时，这些照片还会被人拿出来供人端详玩味。渔婆阿佳塔对塞尔希奥惊叹地说：“谁能想到，你弟弟靠给人算卦就能挣到那么多钱。他凭着预测将来就能挣数百万里拉。对啦，康瑟塔·阿尔坎杰罗的姑奶奶过去就是干这一行的，她用的是一副塔罗牌，从来没有谁付过她多少钱。”渔婆阿佳塔接着说：“当然，部分原因是她没什么大本事。话又说回来，你弟弟靠预测未来就能挣那么多钱，就能挣下数以千计英镑的钱，真不敢相信啊！”

塞尔希奥纠正说：“不是算命，是卖期货。这是两个不同的概念。”其实，塞尔希奥自己也不清楚这两者的区别在哪儿。“是跟金融有关的那种东西，”塞尔希奥说道，“也就是股票和股份之类的东西吧。是一种交易。”但是，塞尔希奥明白，朱塞佩努从事的工作好像跟住房有关——或者这只是他的副业而已？“我想他是预售还没有盖完的房子。”他最后说道。对于他这个回答谁也不满意。

在卡斯特拉梅尔岛上，大家更愿意接受的谣言是，朱塞佩努是个著名的算卦先生。

摆渡人比普问塞尔希奥：“塞尔希奥先生，你和你妻子离开后，你打算在英国从事什么工作呢？你也卖期房吗？或者你也像伯爵先生那样拥有一个银行？在伦敦这样的地方，各种各样的好工作有的是。”

塞尔希奥坦言说：“我一直想做个图书管理员。”自从塞尔希奥第一次打开姥爷的故事本，他就渴望成为一个图书管理员。而现在，他的想法引起了比普的极大兴趣。“图书管理员！”比普大呼小叫，“那工作不错——很好的工作。对啊，每个人都需要书籍。”老年纸牌玩家们点头表示同意——是的，是的，他们全都需要书籍。

比普又说道：“可是，要想做个图书管理员，谁也没必要去伦敦或巴黎那样繁华的大都市啊。在这儿你就能干得很好。”

比普他本人对文学也特别喜好。卡斯特拉梅尔岛上的每一本书都必须从锡拉库萨订购，然后用他的船送到岛上。遇到货运被延误的情况，比普就打开包装，翻阅每一本书，小心不弄破书脊。罗曼史、家族传奇、犯罪惊险小说，卡斯特拉梅尔岛上的人总是看不够。比普先睹为快的做法没有人会指责，因为在投递前他会将书照原样放回到他保存好的原先用来包裹书籍的牛皮纸包装内。但是，如果有个图书管理员，那就更好了。

比普提议道：“为什么你不在咱们卡斯特拉梅尔岛上做个图书管理员呢？我们从来没有过什么图书管理员。你可以用一辆小货车拉着图书四处流动，也可以把图书放到酒吧这儿供大家借阅。借阅一次五千里拉，或者按月收取会员费。这样一来，就是岛上最愚蠢的人也会成为会员，因为他们担心自己在邻居面前显得愚蠢。但其实半数的顾客根本就不会来借书，这样你就发大财了。”

塞尔希奥反驳说：“大家都不需要图书馆啊。”

但是，听到他的话，老年纸牌玩家们摇头表示反对。“每个城镇都需要图书馆，”比普重复说道，“听我说，你放心——如果你让我成为股东的话，我甚至愿意借钱给你建图书馆。”

“我得跟我妻子商量一下，”塞尔希奥含含糊糊地说道，“她不想长期待在这儿。”

“什么是‘长期’？你可以经营二十年、三十年，当孩子大了，你们还可以到英国去退休——这样还可以让你妻子一直幸福。”说罢，比普从裤子后口袋内抽出一沓钱，放到酒吧柜台上。

比普从欧洲大陆带来一张书店目录。他将目录放到一只冰箱保险袋里，小心翼翼地拉上拉链，以防潮湿的海上空气腐蚀它们。他对塞尔希奥说：“你瞧，你可以选择所有这些书。我会给你运过来。别忘了，最近你可是最先给酒吧引进现代化设备的酒吧老板，塞尔希奥。你给自家酒吧安装了第一台电视机和第一个足球桌。大家都记得这一切。”

听到比普的这番言论，塞尔希奥心中的豪情开始翻腾激荡。于是，他想起，当年弟弟朱塞佩努离家出走，让他有生以来第一次雄心勃发，用一只改刀熬了一个通宵将第一个足球桌组装好，而后又登上活梯去监督工人将霓虹灯挂到酒吧正面。为什么不再来个图书馆呢？也许，等到图书馆建成的时候，帕梅拉已经爱上卡斯特拉梅尔岛了。玛莉亚·格拉琪亚发现儿子塞尔希奥说到底还是有生意头脑的，对此，她不禁感到很满意，赞同道：“开图书馆的主意很不错。但是，你必须首先得到妻子帕梅拉的祝福才对。”

塞尔希奥说：“你替我过一遍图书目录，这样一来，就不会显得这完全是我个人的主张了。”

尽管玛莉亚·格拉琪亚心里明白这样做不甚妥当，但她还是同意了儿子的建议。她一边一页一页地翻阅着目录，一边说道："我们可以进一些适合儿童阅读的民间故事书，还有西西里的书——《豹子》、路伊吉·皮兰德娄的著作、英国图书、历史书籍。我们来列个单子。"

当晚，玛莉亚·格拉琪亚和塞尔希奥母子俩熬夜将图书目录过了一遍。第二天，塞尔希奥订购了两百本图书。他把图书摆放到酒吧后方，正上方则悬挂着姥爷阿梅德奥·埃斯波西托那张因岁月久远早已斑斑点点的照片。就这样，店铺的名称也因此改为"夜阑之家暨借阅图书馆"，会员费为一千里拉。图书馆开业的第一天，岛上有五十个乡亲注册为会员。到月底的时候，塞尔希奥偿还了比普为最初的两百本图书垫付的钱。

当天夜里，帕梅拉与塞尔希奥对峙，因为愤怒，她说的话十分刻薄伤人。"你想让我待多久？我们本来早就应该动身去英国的。八周后孩子就要出生了。"

塞尔希奥身不由己地恳求道："趁我还在这儿，我最好还是把店里的生意完善完善。图书馆马上就要赚钱了，我们可以用挣下的钱做我们想做的任何事情——比如，买去英国的飞机票——"

妻子帕梅拉说道："如果是那样的话，你需要一个月才能买机票。我们再也不能乘坐飞机了。"

塞尔希奥恳求说："这里一切就绪后咱们就走。我没法给你说个具体的期限。"

帕梅拉转身走开，脚蹬着从夏天到现在一直穿着的那双凉鞋咔嗒咔嗒地上了楼。

到了晚上，帕梅拉一边跟母亲通电话，一边哭泣着，她操着英语，语速急促，从电话的另一端传来她母亲伴着线路杂声的声音，一遍又一遍，被走廊的回声放大，令人很尴尬："回来吧，亲爱的。离开他吧。我一直就认为他根本不适合你，亲爱的。回来吧。"

期望中的孩子据预测在年底出生，结果在十一月份的第二周孩子就降临人世。那天早上，玛莉亚·格拉琪亚身不由己地在那个挂着“关门”字样牌子的门前和厨房之间逡巡，忐忑不安。厨房内，帕梅拉两腿站立俯身趴在一把椅子上，临产前的阵痛让她苦不堪言。玛莉亚·格拉琪亚踱过来踱过去，伸头探脑地不停地张望，望穿秋水地等待医生的到来。塞尔希奥屈膝跪在妻子帕梅拉面前，摩挲着她的后背，抚摸着她发烫的两只胳膊。

塞尔希奥抚慰她说：“医生快到了，她就在来的路上。”

往楼下望去，在杂乱的矮树林下面，大海狂暴汹涌，露出白色的波浪。玛莉亚·格拉琪亚对酒吧门帘后的罗伯特焦躁不安地说：“渡船没法把医生及早摆渡过来，这孩子生得又太急，一直以来埃斯波西托家的孩子都是这样，不管我们用什么办法阻止。”

只听罗伯特说道：“不，亲爱的，医生来了。”

就这样，医生终于来了。她冒着大风，一路跑着，手里提着医用包和在紧急状况下使用的小型塑料冲击机，她身后跟着助产妇。半小时后，塞尔希奥的女儿玛德莲娜降临人世。就像她的祖母玛莉亚·格拉琪亚一样，她匆匆而来，生在了夜阑之家的四壁之间。

第五部分　沉船

1990—2009

从前，有两位老人，他们是圣阿佳塔忠实虔诚的信徒。每年他们都要庆祝圣阿佳塔的节日。他们没有钱，只有一个让他们万分疼爱的小孙子。但是，有一年，因为庄稼歉收，他们身无分文，也没有任何东西可以卖掉用来庆祝圣人的节日。于是他们决定把孩子带到大海的彼岸，然后将他卖给异国的一位国王。这样他们就可以筹集到几个里拉，同时也保障孩子能过上更富裕的生活。国王给了老夫妻一百个金币，收下了小男孩。

这个小男孩恩熙力诺跟国王的女儿朝夕相处，在国王的宫殿内一起长大，公主很快爱上了他。看到这种情况，国王很焦虑，因为他不想把女儿嫁给一个来自世界边缘的一个小岛上的一贫如洗的年轻人。国王决心把这个男孩打发走。

当男孩十八岁的时候，国王告诉他："听我说，恩熙力诺，我准备派你去进行一次商业远航，我给你一天一夜的时间把货物装上船。"然后国王拿出自己那一艘最古老的、满是窟窿的船交给恩熙力诺。

早上，恩熙力诺扬帆起航。但是，船刚行驶到公海便开始漏水，并开始下沉。恩熙力诺哭泣道："我可怜的爷爷奶奶啊，我那再也见不到的可怜的岛啊。"突然，他一下子想起了那个圣人，那个圣人的节日他的爷爷奶奶每年必过。毫无疑问，她肯定是个神通广大的圣人，因为为了过她的节日，爷爷奶奶把他——在这个世界上他们的最爱都卖了。年轻人决定求救于圣人:“亲爱的圣阿佳塔,”他大声疾呼,“求你救救我吧!”

他话音刚落,圣人立刻出现了。她驾驭着一艘纯金船,把恩熙力诺从海中捞起,然后把他带回到他自己的岛上。他的爷爷奶奶已经在岛上迎候他的归来。自从那时候起,他一生再也没有离开过那个岛。

这个故事的几个版本我都听过。故事可以追溯到一个属于西西里西部关于圣人迈克尔的故事。这个版本是由渔婆阿佳塔在一九七〇年前后讲述给我本人的。

一

到了最终，让玛莉亚·格拉琪亚重新执掌夜阑之家的是孩子玛德莲娜的出生。

一年中辞旧迎新的时刻，夜阑之家暴风骤雨，危机四伏。塞尔希奥跟妻子帕梅拉之间的关系非但丝毫没有达到和谐，现在反而出现了更严重、更令人害怕的问题。在玛德莲娜出生后的几周内，帕梅拉坐在走廊的通风处遥望故土英国。在她怀中躺着的孩子玛德莲娜凝望着天空。即便帕梅拉同意跟婆家人一起坐在厨房内，她也会坐在稍微远离塞尔希奥的位置。她虽然允许孩子吃奶，但是根本不鼓励孩子。这样一来，孩子总是受到忽视。于是，玛莉亚·格拉琪亚抱起孩子，对她唱起她小时候父亲阿梅德奥·埃斯波西托经常对她唱的童谣："Ambarabà ciccì coccò。"或者由罗伯特给玛德莲娜反复吟唱歌词荒诞怪异的英国童谣："做蛋糕，做蛋糕"，"乖乖睡宝贝"。听到这些歌谣，孩子脸上就会浮现出喜悦的光芒，突然露出迷人的笑容。他们将注意力转向玛德莲娜，而这孩子就像一盆熊熊的炉火，让他们借以暂时不去理会笼罩在他们心头上的烦心事。

圣诞节前，玛莉亚·格拉琪亚对帕梅拉很是担心，她把康瑟塔·阿尔坎杰罗从她那种着橘子树的蓝色住所叫过来。当恩佐用手拨弄着婴儿玛德莲娜的时候，玛莉亚·格拉琪亚和康瑟塔·阿尔坎杰罗将帕梅拉从树荫处拉出来，让她跟她们一起为圣诞节的庆祝活动做米丸子。玛莉亚·格拉琪亚提早送给帕梅拉一件礼物——玛莉亚·格拉琪亚的母亲皮娜·维拉传给女儿的一只珍珠手镯。当玛莉亚·格拉琪亚把手镯戴到帕梅拉手腕上的时候，帕梅拉为她的爱意感动得热泪盈眶。康瑟塔·阿尔坎杰罗说："圣诞时英国很漂亮。我喜欢英国。（那是个）可爱的地方。（那里有）肯辛顿花园和伊丽莎白女王，对吧？"

帕梅拉泪水汪汪，向她们诉苦，说她不适应这里的偏远荒凉，不适应这里的尘土，不适应每天晚上不得不吃的一盘一盘满是油盐的蔬菜，不适应那些凶猛的流浪猫（当她推着婴儿车行走在村子里的时候，这些猫就蹿到婴儿车跟前），不适应让她听不懂的岛上方言，尽管她和塞尔希奥刚结婚的时候曾经试图学习意大利语！两个女性长者的同情心让她被压抑的痛苦像潮水一般决堤而出，很快，她开始放声号啕、泣不成声、语无伦次："事实上，我讨厌这个地方——我照顾不了孩子——塞尔希奥不理解我——到处都是蜥蜴，到处是尘土，太阳太灼热，冬天那么冷——我敢说我从来没有这样冷过，即便在英国也没有过——我们在大街上走的时候那些老年妇女全都盯着我们——我不爱这个孩子——我不再爱塞尔希奥——"

"亲爱的，至于那些蔬菜，我向你道歉，"玛莉亚·格拉琪亚满含歉意地说道，"我应该给你做些英国的饭菜。"

帕梅拉流着泪说："问题不在那儿。问题不在那儿。"

康瑟塔·阿尔坎杰罗像个万事通似的说道："这是产后忧郁症。"她一边说，一边将米丸子投进面包碎屑中。"我的母亲也有这个问题，尽管在那个旧年代没有人能准确诊断。但是，你如果从真正的医生那里得到帮助，你会感到好一些的，亲爱的。那些盯着你看的老年妇女们没有恶意，这你明白。那些猫其实很胆怯。用手提包朝着它们一甩，它们就再也不骚扰你了。它们也会长记性的。"

"我知道，"帕梅拉噙着泪水说道，"我知道。可是这个地方我再也待不下去了。"

“这样的话你必须去英国，”康瑟塔·阿尔坎杰罗说道，“塞尔希奥在玩什么游戏，他不让你去英国？”

玛莉亚·格拉琪亚之前也一遍又一遍地问自己相同的问题。到了新年的年初，她终于对儿子说：“哎，塞尔希奥，你们准备什么时候动身去英国，你无论如何要跟妻子商量一下。”

于是，塞尔希奥试图做一些弥补挽救措施，但为时已晚。那天晚上，他对着她那温暖但毫无反应的后背含含糊糊、絮絮叨叨地耳语道：“耐心点，帕梅拉。再给我一两个月的时间。”

帕梅拉气鼓鼓的，抱怨床太窄，把被面拉过来扯过去。不知不觉中，塞尔希奥变成一个受伤的小孩，他万分绝望，连连哀求：“难道你不爱我了吗？”

帕梅拉最终回答说：“我不能待在这儿。没有别的。”

“再等几个月吧。”

帕梅拉说：“但是你永远不会跟我去英国的，这才是事实。你根本不想离开这个该死的岛。至少请你向我承认这一点。”

塞尔希奥腹部一阵发紧：“我做不到。我不能离开，帕梅拉，对不起。”

早上，塞尔希奥发觉帕梅拉的身体离开了他身边的一侧床，听到卫生间的水龙头打开又关上，在管道内留下微弱的回声。等到母亲把他真正完全弄醒的时候，比普的渡船已经开拔起航，帕梅拉坐在船上。除了孩子，她带走了一切。

谁也没有想到帕梅拉会丢下孩子一个人离去。那天晚上，玛德莲娜得了严重的疝痛，孩子满脸都是红色斑点，她厉声尖叫，哭个不停，似乎这样才能好受点儿。是玛莉亚·格拉琪亚抱起了身体柔软的孩子。她关上酒吧，拉上窗帘，抱着孙女从一个房间走到另一个房间。孩子的眼皮是英国人那种双眼皮，耳朵特大，很可爱。但是她的眼睛是卡斯特拉梅尔岛民特有的那种眼睛，那朦朦胧胧的蛋白石色眼睛，那竖起的睫毛，像是最柔软的东西，恰似毛毛虫的腿。玛莉亚·格拉琪亚发现自己不知不觉间爱上了这个孩子。

塞尔希奥说道：“为了她，帕梅拉会回来的。到那个时候，我会把一切打理好的。”

但是，如果帕梅拉不打算回来他们该怎么办呢？玛莉亚·格拉琪亚心中盘算着，既担心又满怀希望。孩子本人难道不爱这个岛吗？玛德莲娜已经长胖了，皮肤有了一点儿光泽。她暗自与跟随康瑟塔·阿尔坎杰罗的恩佐摔跤较劲，伸手去抓从她的婴儿床上方的墙壁上爬过的蜥蜴。在玛莉亚·格拉琪亚听起来，玛德莲娜开始咿呀学语时发出的声音一半是英语，一半是岛上的方言，孩子以同样的注意力侧着小脑袋倾听这两种语言。如果孩子被允许留下的话，玛德莲娜不久就会着魔一般地坐在那里聆听卡斯特拉梅尔岛上的故事，她将跟恩佐和其他孩子一样奔跑在岛上的山羊小道上，她将毫不畏惧地纵身潜入大海，她将学会卡斯特拉梅尔岛上每一首高亢、悠长而悲壮的歌谣。

事实上，玛德莲娜命中注定要留在岛上，因为她母亲帕梅拉没有回到卡斯特拉梅尔岛上来接她。

当孩子在第一天晚上终于安静下来的时候，玛莉亚·格拉琪亚来到父亲阿梅德奥·埃斯波西托的照片前，心中默默发誓要保护玛德莲娜。这件事，除了丈夫罗伯特之外，她对谁也没有提起过。

就这样，为了大家的利益，玛莉亚·格拉琪亚重新回到酒吧柜台后的岗位上。当塞尔希奥抱着患疝痛病的玛德莲娜从一个房间走到另一个房间，当罗伯特按照妻子玛莉亚·格拉琪亚的吩咐突击整顿过去十年混乱的账目时（他们决心将酒吧的财务理顺，因为他们要为孩子玛德莲娜的前途着想），玛莉亚·格拉琪亚接管了夜阑之家的管理事务。她制定了严格的日常表，每个星期五将里拉放入印着耶稣受难像的一个小盒子内，以便早点还清抵押贷款；另外，她还把借阅图书馆的内容系统化。同时，她还将那台噼啪作响的老旧咖啡机换成一台新机子——新机子可以做美式咖啡、牛奶咖啡以及盛放在汤碗内的卡布奇诺咖啡，因为这些都是目前游客喜欢的口味。

玛莉亚·格拉琪亚总是认为玛德莲娜肯定天生骨子里就热爱这个酒吧，这也算是她碰巧出生在这个酒吧里产生的意外结果。蹒跚学步之际，玛德莲娜踉踉跄跄，在酒吧的桌椅之间绕来绕去；头枕着蓝色大海的嘶嘶涛声和酒吧门轴吱扭哐当的开合声，孩子玛德莲娜在酒吧的柜台下酣然入睡。她一起来就跑来跑去，在这个古老房子的各个房间兴冲冲地跑进来跑出去，搜寻出各种奇奇怪怪的东西来——太姥爷阿梅德奥·埃斯波西托用过的医用镊子和手术剪，舅姥爷弗拉维奥·埃斯波西托的那一枚上面刻着法西斯徽章的军功章，还有那一副曾经束缚过她奶奶的护腿。玛莉亚·格拉琪亚用双手拿起护腿，给玛德莲娜演示当初她是如何把这些东西穿上去的。她给孩子讲述弗拉维奥·埃斯波西托和罗伯特各自的军功章背后的故事。

在宽敞的石头厨房内，玛德莲娜坐在爷爷罗伯特身边，用沾着一点擦铜水的纱布，将那一枚军功章擦了一遍又一遍，直到英国国王艾伯特·弗雷德里克·亚瑟·乔治·温莎的面容上重新焕发出光彩。那年夏天，为了重新赢回旧日恋人玛莉亚·格拉琪亚的爱情，罗伯特向她讲述了自己年轻时候的故事。之后，罗伯特再也没有说起过他在“二战”中的经历。现在，他同意再讲述一点儿这一段历史。塞尔希奥走进房间时刚好听到罗伯特在讲述他驾驶的滑翔机沉入大海的往事，于是，他问父亲：“为什么你从来没有给我们讲过这些往事？你从飞机上跳下来，你含冤被关了三年的监禁，你为什么不讲给我听？”

罗伯特眨了眨眼，对儿子说：“我一直都不知道你想听这些故事呢。”

自从女儿玛德莲娜出生后，塞尔希奥发生了脱胎换骨的变化。

他从婚姻的废墟中走出来，不再是那个长不大的大男孩，也不再怨天尤人、满腹牢骚。英国妻子帕梅拉离开后，他扔掉了自从中学时代一直穿在身上的那件已经褪成灰白色的马球衫。一个星期日的下午，寡妇瓦莱里娅以嘲弄的神情戳了戳他那大肚皮，他便耿耿于怀（他母亲认为他对别人的玩笑太在意了），开始每天早上在海湾游几个来回，直到腰上的赘肉完全消失。现在卡斯特拉梅尔岛上的人都不得不承认塞尔希奥比以前更稳重了，成了一个真正的男人——是的，他的婚姻是解体了，他做生意的头脑是不如他母亲玛莉亚·格拉琪亚，但是他确实真诚地渴望成为一个堂堂正正、顶天立地的好父亲。他教孩子玛德莲娜读书，把她扛在肩膀上送她去上学，于是，老年纸牌玩家和圣阿佳塔委员会的寡妇们不再称他为玛莉亚·格拉琪亚家的小男孩，而是尊称他为埃斯波西托先生，他们甚至会偶尔直接称呼他“先生”。也许，一直以来，塞尔希奥生活中所缺的并不是妻子，而是孩子。

因为，在玛莉亚·格拉琪亚看来，家里有个像玛德莲娜这样的孩子是件极为美妙有趣的事情——这孩子一方面对未来满怀着希望，另一方面又热爱过去的东西。塞尔希奥把弟弟复印下来的阿梅德奥·埃斯波西托的故事本中残留部分的精彩的传奇故事讲述给女儿听。玛德莲娜听父亲讲述那个变成树、变成鸟儿、变成苹果的小姑娘的故事；听父亲讲述巨人被砍成碎片的故事；听父亲讲述人称“银鼻子”魔鬼和人称“魂不附体”巫师的故事；兄弟两人用神奇的膏药修复彼此被砍的头颅的故事；一个男孩的头前后倒置的故事——男孩看到自己的后脑勺后震惊异常，结果倒地身亡（这个鲜为人知的故事是阿梅德奥·埃斯波西托从康瑟塔·阿尔坎杰罗的婶奶奶那里收集到的，她讲述完这个故事后不久，便过世了）。听到这些故事，小女孩玛德莲娜既害怕又高兴，不禁失声尖叫。

在冬日的午后，玛德莲娜和爸爸塞尔希奥躺在借阅图书馆的书架之间，浸泡在书卷的海洋中。图书馆的客户在小小的粉色借书申请单子上填写借书信息，通过这样的单子，他们向玛莉亚·格拉琪亚订阅罗曼史、惊险故事、讲述外国大家族绵长历史的史诗巨著——在这些史诗中每个人的名字似乎都是相同的。但是，尽管年长的岛民们以极大的热忱阅读这些书籍，可是，在玛德莲娜看来，这些外国故事没有哪一个能够与卡斯特拉梅尔岛的本地故事相媲美。玛德莲娜到了五岁的时候，她已经用心记住了太姥爷阿梅德奥·埃斯波西托收集的每一个故事。她也详细了解了自己家族的一桩桩事件，因为当她长到一定岁数的时候，玛莉亚·格拉琪亚就向孙女讲述了当年玛德莲娜舅姥爷弗拉维奥·埃斯波西托跳海逃离卡斯特拉梅尔岛的故事，讲述了当年玛德莲娜的舅姥爷们一个个离家走上战场的故事，讲述了当年太姥爷阿梅德奥·埃斯波西托第一次踏上这个岛的故事，讲述了由不同的母亲生下的亲兄弟的故事，讲述了来自大海的那个男人罗伯特的故事，讲述了玛德莲娜的父亲塞尔希奥与叔叔朱塞佩努之间的争斗。玛德莲娜多么希望自己能够生活在卡斯特拉梅尔岛上的那些传奇人物生活的年代——格苏依娜、老瑞祖、伊格纳塞奥神父、渔夫皮埃瑞诺的冤魂、留着又粗又长的黑发辫子的女教师皮娜·维拉、收集卡斯特拉梅尔岛上故事的太姥爷阿梅德奥·埃斯波西托！玛德莲娜觉得，他们的幽灵依然游荡在山羊走的羊肠小道和各条巷子里，跟圣人的幽灵一样重要。在玛德莲娜看来，卡斯特拉梅尔岛是充满了生命的，它物华天宝，人杰地灵，是孕育生命的一方沃土，充满了凄婉动人的故事。

在她六岁那年圣阿佳塔节的前一天，敢想敢做、满怀创新精神的玛德莲娜用签字笔在一个厚纸板上写下大写的招牌“奇物博物馆”，而后在放在酒吧游廊上的招牌下摆放了一些珍贵的家庭纪念物——舅姥爷和爷爷各自的一枚军功章、奶奶用过的护腿、太姥爷阿梅德奥·埃斯波西托来到弃儿医院时随身带的小小的锡制勋章、太姥爷阿梅德奥·埃斯波西托的故事本的影印页。“一千里拉！”玛德莲娜用英语和意大利语轮流向游客吆喝着，“花一千里拉就可以看岛上的奇观！花一千里拉就可以参观‘奇物博物馆’！或者一个美元，或者有多少给多少。”恩佐跪在她身边的人行道上，用粉笔画着“蒙娜丽莎”的素描——当他被送到住在罗马的他母亲的娘家时，他目睹了真正的街头艺人就是这样做的。

每当游客停下来观看的时候，玛德莲娜便拿着纪念品和手工艺品走上前去，向他们讲述这些物件背后的故事。“这是爷爷罗伯特在战争中获得的英国政府颁发的军功章，后来他的飞机被敌人击落掉进海里……这个是墨索里尼颁发给我舅姥爷的军功章……这个是我太姥爷写的故事本，那个时候他是个医生……这个圣阿佳塔幸运念珠是我的……”到夜半时分，当两个孩子伴着手摇风琴悠扬的乐声在他们的“博物馆”桌子下睡着的时候，她和恩佐已经赚到三万七千个里拉、两美元，还有一英镑。从此之后，他们每年都会重复这样的生意。

玛德莲娜似乎是埃斯波西托家族中唯一一个自打出生就不希望离开卡斯特拉梅尔岛的成员。在酒吧中，玛德莲娜的奶奶让她端着上面刻有咖啡公司商标的圆托盘，她双手把托盘高高举过头顶，步履轻盈地穿梭于餐桌间。她神情严肃地将客人点的食物记在一个小小的笔记本上——这笔记本是她在学校获得的奖品。罗伯特驾驶三轮货车带玛德莲娜去大陆的现付自运仓库，然后他们一起坐比普的摆渡返回家，货车上载满了香烟、咖啡罐子、大陆巧克力。当玛德莲娜六岁的时候，她问奶奶玛莉亚·格拉琪亚：“这酒吧将来是我的吗？”

玛莉亚·格拉琪亚想到了他们的酒吧向伯爵借的抵押贷款一直没有完全还清，没完没了的，有点叫人心烦。“是的，”她回答道，“当然了。”

随着时间一年又一年的过去，他们越来越确信帕梅拉不会回来带走玛德莲娜。玛莉亚·格拉琪亚一直小心谨慎地观察着孙女，以防出现孩子受到伤害的迹象——因为孩子刚到人世就遭遇不幸，刚满三个月的时候她的母亲便渡海离开了这里。但是，玛德莲娜似乎生得很结实。尽管孩子很小的时候有个习惯，在夜阑之家，她总是如影随形跟在奶奶玛莉亚·格拉琪亚身后，这个习惯现在也没有完全丢掉，幸运的是，在其他方面，孩子似乎很坚强。另外，她在卡斯特拉梅尔岛上得到了很多人的保护。她甚至受到了酒吧顾客的特殊优待：那些老年纸牌玩家，玛德莲娜从小就绕着他们的膝盖玩耍，从来不怕受到他们的训斥，他们把从卡斯特拉梅尔岛上各个旮旯搜寻到的陶瓷碎片和古钱币拿来送给她，用以充实她的博物馆。圣阿佳塔委员会的寡妇们每周都为她祈祷，她们在玛德莲娜身上佩戴的护身符和念珠太多、太重，孩子都背不动了。现代化委员会的成员(在帕梅拉离开卡斯特拉梅尔岛后的第一次会议上，在玛莉亚·格拉琪亚不知情的情况下，委员们发誓成为玛德莲娜的保护者）打电话向玛莉亚·格拉琪亚汇报玛德莲娜在岛上的一举一动。比如，寡妇瓦莱里娅会急促地低声向玛莉亚·格拉琪亚汇报："孩子正步行穿过玛祖家的橄榄树林子。"她行踪诡秘，活脱脱像个侦探。"糟糕，你家孩子弄了一身沙子，玛莉亚·格拉琪亚。逮住她，一定要给她洗个澡。"要么是躲在自家小房子外藤蔓下的渔婆阿佳塔向玛莉亚·格拉琪亚汇报："孩子正在放学回家的路上，她走起来像个小圣人，玛莉亚·格拉琪亚，再五分钟或者不到五分钟她就到家了。"有这么多人这么细致入微的照顾，孩子怎能不茁壮成长呢？

可是，当然了，多年后玛莉亚·格拉琪亚反思这段往事时才意识到，将一个孩子养到十岁便沾沾自喜的做法是无益的，因为大部分的真正麻烦是之后才开始出现的。

每年夏初，玛德莲娜都被送往英国跟母亲帕梅拉住一个月。让玛莉亚·格拉琪亚感到宽慰的是，同塞尔希奥一样，帕梅拉似乎已经从那场短暂的暴风骤雨般吵吵闹闹的婚姻中恢复过来了。在英国，玛德莲娜现在有两个异父小兄弟，有一个属于自己的挂着粉红色窗帘的房间。玛莉亚·格拉琪亚明白，帕梅拉每年都希望女儿玛德莲娜能自愿留在英国。玛德莲娜回到岛上后，在几个星期的时间内，母女俩晚上总是通很久的电话，每次都是以泪洗面。但是，玛德莲娜向奶奶玛莉亚·格拉琪亚坦言道，在伦敦的时候，她总是肚子疼，总是睡不好，因为她听到的全是奇奇怪怪被消音的英国车辆噪声，听不到熟悉的渡船发出的噗噗噗的马达声，也听不到那熟悉的大海来回翻腾的声音，这让玛德莲娜痛苦不堪。她终年思念自己的母亲，但是到了母亲身边后却睡不好、吃不下，直到返回卡斯特拉梅尔岛上，奔跑于刺梨丛中，与恩佐和其他孩子腾身潜入浪花飞溅的大海。就这样，玛德莲娜开始逐渐意识到，她的命运就是留在卡斯特拉梅尔岛上，就是成为夜阑之家的下一代主人。

在玛德莲娜成长的艰难时期，玛莉亚·格拉琪亚全身心地掌管着酒吧的运营，当二十世纪即将结束的时候，她发现自己的人生再次加速，让她感到眩晕。她现在已经七十多岁了。当她深有感触地将这一事实告诉老伴罗伯特的时候，罗伯特说:“是啊，我们都活了这么一大把岁数了，难道你觉得还不够长寿吗？”是的，他们确实活了很多年，但是还不算大岁数。七十岁算不上大岁数。

对于孩子玛德莲娜而言，新旧年的交替并没有什么值得惊叹的。在玛德莲娜看来，卡斯特拉梅尔岛上的一切都是永恒不变的。可是，对玛莉亚·格拉琪亚来说，她生活了大半辈子的那个世纪的终结让她想到了一个不可回避的事实:她自己越来越老了。

那一年似乎处处都是不祥的征兆。夏天的时候，玛莉亚·格拉琪亚和孙女一起观看了一场日食。整个过程仅仅持续了一两分钟。日食本身是一个指甲大小的黑色阴影，只能在一张白纸上，或通过一对特殊的玻璃器皿，方可间接地观察到。秋天的时候，一场大风暴将数吨重的沙子裹挟到海滩上，沙子淤积在海边洞穴口，并留下了一个小小的奇迹：躺在海湾水域下的一只船舶的残骸。孩子们潜水探查，看清了船舶的名字：圣母玛利亚。渔婆阿佳塔的船却不知怎么被洋流拖着一点点地行进，一直坚持到暴风雨平息，最终成功返回。那年冬天，岛上的人们在夜阑之家庆祝新年，他们观看城里人燃放鞭炮，当电视摄影机在他们头顶俯冲而过的时候，他们放声尖叫。受到启发后，玛德莲娜和恩佐在广场上也放了一些鞭炮，把康瑟塔·阿尔坎杰罗吓得从椅子上一下子摔下来。但是，随着灯光的减弱，岛民们在黑暗中回到各自的家中——卡斯特拉梅尔岛丝毫未变，依旧被永恒如故的热风吹拂着，依旧枕着亘古不变的涛声入眠。

当新世纪的第一个现代化来临的时候，它险些引发一场公开的正面战争。一天早上，渔婆阿佳塔隔着柜台问道："为什么你们柜台橱窗内的油炸米丸子下写着两个价格呢？"

在学校了解到情况的玛德莲娜解释说："我们现在开始使用一套新的货币。你们必须把里拉兑换成新硬币。"

渔婆问："这是谁说的？"

玛德莲娜回道："罗马的政府。"

"哦，原来如此。"阿佳塔总算放心了，因为大家都知道，没有谁愿意听罗马政府的话。

但是，新货币还是来了。比普的渡船使用了新的价格表，而阿尔坎杰罗也按照自己设计的一套有利于自己的汇率在自己的店里引进了两套价格。与此同时，那些对伯爵的储蓄银行依旧不信任的岛民们听到消息，说他们必须拿着自己积攒下的钱去储蓄银行兑换新货币，这让他们大为恼火。寡妇瓦莱里娅质问道："我怎么知道我得到的钱数没问题呢？"

比普则说道："我绝对不会把我的钱存进他们的银行账户，因为我过去不信任伯爵的父亲，现在也不信任伯爵。"

在指定的那天，兑换开始进行。岛上的人们从卡斯特拉梅尔岛的各个角落悄悄汇聚过来。他们有的提着桶，有的挑着篓子，有人则背着袋子，里面装满了里拉，数百万数百万的里拉，每一家都是一个小金库。老年纸牌玩家尽管抱怨声连天，他们还是总共拿出了五个袋子；渔婆阿佳塔用了十个袋子；比普和他的侄儿们不得不借用托尼诺的货车将他们的两亿里拉拉到银行，因为人力根本就搬不动。在银行，他们换到一包一包的塑料袋，里面装满了硬币和崭新的纸币。

看到这一幅场景，玛德莲娜惊讶不已，忘情地放声喊叫道："我还从来没想到咱们卡斯特拉梅尔岛上的人这么有钱！"

卡斯特拉梅尔岛上继续悄悄地生意兴隆。在那些年，似乎每一个人都能从储蓄银行得到贷款。塞尔希奥悄悄地穿过广场，到对面的银行又借了一点贷款，用以延迟偿还那令人心烦、至今尚未清偿的抵押贷款。岛上的其他人则按月分期付款购买了汽车、电视机，以及复杂的有担保的养老金账户以保证他们退休后能够过上奢华的生活。伯爵那座钢筋混凝土结构别墅遭遇一场地震后果然出现了裂缝，新伯爵启用储蓄银行的资金对别墅进行了加固和扩建。比普说："他们是从更大的海外银行借的款。"他之所以这么消息灵通，是因为他有个侄儿在伯爵的储蓄银行工作。"他们想借多少就可以借多少。但是，至于我本人，我宁愿把钱放在我自己能看到的地方。"

为了让玛德莲娜对外部世界的机会产生兴趣，塞尔希奥向储蓄贷款银行贷款买了一台电脑，并让人把电脑运送到岛上。这次贷款让玛莉亚·格拉琪亚心中不悦，因为她打心眼儿里对储蓄银行抱着不信任的态度。这是卡斯特拉梅尔岛上的居民买的第一台电脑。塞尔希奥安慰母亲玛莉亚·格拉琪亚说，他会用二十四个月按月分期付款把贷款付清。玛莉亚·格拉琪亚怎么可以生儿子的气呢？因为他眼下做的这一件事，跟他现如今做的所有事情一样，都是出于对女儿玛德莲娜的爱。当比普的侄儿们搬着那台包装在黑色印花的箱子内的电脑行走在岛上大街上的时候，孩子们像游行队伍一般紧紧尾随在他们屁股后面。塞尔希奥将包装打开，取出电脑，检查了各个部件，将英文使用说明书看了一遍又一遍，然后垂头丧气地颓然坐在酒吧的地板上。恩佐和他的朋友皮诺（皮诺已经在他们的大陆中学见到过一台电脑）花了一下午的时间，终于把电脑组装好，并启动了电脑。

有一个很特别的黑盒子，上面的一排红色灯时亮时暗，通过这个盒子可以将电脑跟一个称为因特网的东西连起来，这是一开始就让塞尔希奥最感兴趣的东西，因为他听人说它就像一部巨大的百科全书。“快来，玛德莲娜。”塞尔希奥吆喝道。玛德莲娜走过来，光着两只脚丫子，深情地靠在父亲的肩膀上。罗伯特和玛莉亚·格拉琪亚也很好奇，他们俯下身子看着这玩意。“这东西咱们怎么让它工作呢？”塞尔希奥终于问道，“咱们要键入运行口令吗？我在电视上见过。”

“不，不用，”恩佐答道，“你说的是老掉牙的东西了。只要点击一下 Internet 的图标，因特网就会出现。”

“图标？”罗伯特含混不清地问道，他一下想到了圣人的塑像和烛光。玛莉亚·格拉琪亚拧了一下他的手腕，这是这对老夫老妻之间惯用的暗号。现在，她是借此告诉老伴：亲爱的，咱们老了。

恩佐在电脑前俯身弓背，将一个箭头划过电脑屏幕，动作太快，结果玛莉亚·格拉琪亚两只眼睛跟不上。电脑发出一系列的哔哔声，一种静电噪声，一种低调、怪异的喉音，一种像是蝉鸣的吱吱声，仿佛是在向美国打电话。“这是一台破电脑！”塞尔希奥沮丧地喊叫道，“他们卖给我的这台电脑是次品！”

"这是电脑在拨号。"恩佐解释说。

然后电脑屏幕上出现了文字。"你瞧。"恩佐让塞尔希奥看。

"就这点东西？"塞尔希奥大为不安，"这就是他们说的那个因特网吗？"

"也可以用它做其他事情，"恩佐说道，"你必须学习如何使用电脑。"

玛德莲娜说："咱们应该让大家使用电脑，然后向他们收费。去年我在英国见到过那东西。那东西就叫网吧。"

塞尔希奥眨了眨眼，他一方面为女儿懂这么多知识感到自豪，另一方面又因为女儿已经经历过这些事物而感到遗憾。

但是，玛莉亚·格拉琪亚仔细阅读了电脑的使用说明书后，发现电脑的使用方法简单易懂。她听从了玛德莲娜的建议，在她学会使用电脑后，她把电脑租给岛上的年轻孩子们和外国游客，租金为每小时五角钱。

刹那间，夜阑之家一下子跳进了一个崭新的世纪。在那之后，玛莉亚·格拉琪亚觉得玛德莲娜倏然间一下子就长大成人了。

二

距第一次离开卡斯特拉梅尔岛半个多世纪后，现已年过八十的安德里亚·蒂森图回归故里。他是乘坐轮船回来的。当玛莉亚·格拉琪亚见到他的时候，她大吃一惊，因为她明显地看到死神的影子已经降临到安德里亚·蒂森图的肩膀上——她曾经看到死神的影子降临到渔夫皮埃瑞诺的肩膀上，而且在她父亲阿梅德奥·埃斯波西托去世前的那个秋天，她在他的肩膀上同样也看到过死神的影子。

这一次，她提前一天得知了安德里亚·蒂森图回乡的消息。她无意中听到比普在纸牌桌上谈论这个消息。摆渡人比普低声说道："他一个人回来了，我想他打算留下来不走了。"

这一天的傍晚时分，她走到码头去看渡船进岛。伯爵的一些原班老随从列队站在混凝土地面上。铜管乐队吹奏起欢迎曲。玛莉亚·格拉琪亚认出了安德里亚·蒂森图——他瘦瘦的身形，却穿着肥大的外国大衣，让人觉得神秘莫测。渡船在波浪的起伏中朝着码头驶过来。当比普最小的儿子将渡船掉过头来的时候，安德里亚·蒂森图伯爵那稀稀疏疏的头发被海风吹得蓬乱，站在那里瑟瑟发抖的似乎并不是伯爵本人，而是一个悬浮在空中的身体躯壳。

那天晚上，玛莉亚·格拉琪亚绕道小路和小胡同再次去了伯爵安德里亚·蒂森图的别墅。

跟往常一样，桑提诺·阿尔坎杰罗出现在大门背后，脸上和嘴角习惯性地挂着傲慢无礼的笑容，在做过两次人工髋关节置换手术后，他现在想要摆出往日那种高视阔步、大摇大摆的步态实在是有心无力了。他两个腋下撑着腋杖，腿脚娴熟地一拐一拐来到大门跟前。桑提诺·阿尔坎杰罗对玛莉亚说道："玛莉亚·格拉琪亚夫人，这事可不成。伯爵先生不会接见你的。这么多年都过来了，这一点你应该懂得。"

玛莉亚·格拉琪亚随身端着一盘包裹在锡纸内的烧烤茄子，好像她只是做一次普普通通的传统拜访。只见她说道："那我等等，等到他愿意见我。这些烧茄子是送给伯爵先生的。您能不能转告一下，这是我送的？"

因为玛莉亚·格拉琪亚觉得，所有这一切荒唐可笑的事情都该有个了结了。她在别墅大门前的拴马桩上坐下来，将烧烤茄子从大门金属装饰部分的下面轻轻滑进去，然后坐下来，双手麻利地交叠在一起，耐心地等待着伯爵出来。

桑提诺·阿尔坎杰罗没有去拿烧烤茄子，他转过身去，径直朝着别墅的深处走回去。

大道上，从海上归来的渔夫们从别墅门前路过。比普大声笑道："玛莉亚·格拉琪亚，你坐在安德里亚·蒂森图先生家的门口，像个害相思病的小姑娘，你在这儿有何贵干呢？"

玛莉亚·格拉琪亚回答说："没啥大事，只不过是自己的一点儿私事罢了。比普先生，你这样赶着走路，是要去干啥啊？莫不是要跟渔婆夫人私下约会去？"

比普感到有点儿羞臊，他不敢再逗弄玛莉亚·格拉琪亚，赶紧一瘸一拐地匆匆追赶几个侄儿去了。当他们走远之后，大道上又变得空无一人。天黑时分，落日将大片的余晖倾泻到大海的边缘。玛莉亚·格拉琪亚挪动了一下身子，让自己发烫的脖子凉下去。哎，这是最让她担心的事情，她不妨待在这里，直到事情有了眉目。

玛莉亚·格拉琪亚肯定睡了一觉，或者一直半睡半醒，因为当她醒来的时候，眼见一轮满月玉盘一般高挂天空，挥洒银辉，棕榈树的叶子熠熠生辉，耳边稀稀落落的蝉声渐渐淡去。用锡纸包裹的那一盘烧烤茄子不见了，有个人站在大门另一头的阴影中。"你来干什么？"他终于开口说话了。这是半个世纪内安德里亚·蒂森图第一次跟玛莉亚·格拉琪亚说话。也许是因为沉默突然被打破的缘故，抑或是因为她陡然醒来的缘故，她感到一阵眩晕。难道他的声音已经真的变得如此干涩嘶哑，如此中气不足，像老人的声音一样苍老？

玛莉亚·格拉琪亚回答道："蒂森图先生，我来你这儿是想跟你说说话。"

安德里亚·蒂森图在门的另一侧站立了良久，用嘴的一侧费力地弄着什么东西。他在门的对面舔着牙齿，焦躁不安。最终，他向前跨了三步，把大门的链条解开。他手无缚鸡之力，提不起粗重的巨大链条，他试图抓住链子，但链子哗啦啦掉在地上。玛莉亚·格拉琪亚将链子拎起来。她双手拿着链子，随着伯爵安德里亚·蒂森图进了大门。

在安德里亚·蒂森图回到岛上不久后，在一个秋天的深夜，玛德莲娜听到在阿尔坎杰罗杂货铺的对面开五金店的寡妇瓦莱里娅在酒吧走廊上嘀嘀咕咕地谈论她的奶奶玛莉亚·格拉琪亚。瓦莱里娅对老年纸牌玩家们低语，语气中满是挑逗的意味，“每次星期日做过弥撒后，她都要去看他。他们两人在他的游廊上一起喝从巴勒莫港口运来的波特酒，一边饮酒，一边哈哈大笑，一边回想以往的事情。她一待就是几个小时。我就不知道罗伯特先生怎么能容忍这样的事情发生。他们都这把岁数了”——瓦莱里娅她本人已经年近九十岁——“都这个岁数了，还这么老不正经的，真是伤风败俗、不成体统，真是老了老了，还这么死不要脸，真是丢人败兴。”

这件事玛德莲娜没有向家里的任何一位长辈提起过，但是她在内心默默思考了很久。没过多久，她又听到了更多关于奶奶的流言蜚语。与店铺主与律师卡洛杰罗的事务所相邻的花店主人吉斯拉嘀嘀咕咕地说：“有人告诉我安德里亚·蒂森图先生要修改他的遗嘱。这是秃子头上的虱子，明摆的事，这些埃斯波西托家族中的人都会得到好处的，因为据说老头子跟他还是小孩子的时候一个德行，对她还是旧情不忘。”

现在，玛德莲娜的奶奶确实经常在周日穿着自己最漂亮的衣服外出，撂下酒吧不管，交给塞尔希奥和罗伯特打理。有时候，一直到了晚上五六点她才回来。与此同时，玛德莲娜发现爷爷罗伯特对此事心平气和，这让她感到很生气。罗伯特只是摊开双手，小口小口地喝着橙子酒，不愿意把他知道的内情说出来。他只是说：“我信任玛莉亚·格拉琪亚，我知道那不是什么风流韵事。你奶奶就是这么亲口告诉我的。你奶奶为什么非要向酒吧里那些说长道短的长舌妇为自己辩护呢？”

但是玛德莲娜发现自己实在忍受不了这种投降行为，受不了这些忍气吞声的软弱表现。在那些日子里，不管什么都让她恼火：她会情不自禁地拿起一根棍子抽打她原本要修剪的那些肆意蔓延的藤蔓，鬼使神差地带着怒气将玻璃杯子扔进洗碗机内，同时，对于自己的心烦意乱她又感到莫名其妙、找不出来由。在这个问题上，酒吧的老年顾客们各有各的猜测。小伙子恩佐离开卡斯特拉梅尔岛去罗马的艺术学校读书去了。此前，他一直是岛上唯一的出租车司机——他一只耳朵上戴着安全别针，车的后视镜上摇晃着圣阿佳塔念珠，他的收音机永远调在外国电台上，这些电台播放着美国乐队歇斯底里的喊唱声——狭小落后的卡斯特拉梅尔岛束缚了他的雄心壮志，终于，在去年的夏天，他一溜烟地离开了小岛。从此以后，尽管恩佐曾经给玛德莲娜寄来过简短的来信，安慰说他依旧把她看作是自己的妹妹，但卡斯特拉梅尔岛上的一切都乱套了。当玛德莲娜十六岁的时候，她发现自己的内心骚动不安、不能自已。

为了缓解心中的烦躁不安，效法先前的太姥爷阿梅德奥·埃斯波西托的做法，玛德莲娜也一头扎进故事堆里。

晚上，当玛德莲娜的父亲塞尔希奥清扫地上的烟头和弄弯的纸牌时，康瑟塔·阿尔坎杰罗一边帮着玛德莲娜清洗沉重的冰激凌大缸，一边抱怨说：“你这是怎么啦？你和恩佐一个样儿。他非要离开卡斯特拉梅尔才心满意足。再看看你，玛德莲娜，你爸爸的那些外文书你看了一遍又一遍，看样子你也打算丢下我们一走了之。”

康瑟塔·阿尔坎杰罗的话让玛德莲娜感到了羞辱，玛德莲娜将打开的《战争与和平》翻扣过来，反驳说：“这不能说明我要离开。”

康瑟塔·阿尔坎杰罗不依不饶：“不管什么时候，只要一个人阅读这样深奥的书，他就是心里琢磨着要离开。”

玛德莲娜俯身在下水槽上，她非常气恼，但是没有发作，只是把五颜六色的冰激凌冲到下水槽里。

康瑟塔·阿尔坎杰罗又说道："有时候我也想，如果可能的话，我就离开这个岛。有时候我就想，我多么想离开这个岛，去一个像样的城市，就像我的恩佐。可是呢，我又提醒自己，我已经这把岁数了，这是我的家，然后这种想法也就过去了。"

那年夏天，在康瑟塔·阿尔坎杰罗的建议下，玛德莲娜去罗马看望恩佐。她手里拎着那个曾经属于她舅老爷弗拉维奥·埃斯波西托的厚纸板手提箱，里面塞满了恩佐姑妈康瑟塔·阿尔坎杰罗给侄子恩佐拿的茄子酱、柠檬甜酒和果酱。在恩佐见到自己的时候，玛德莲娜发现恩佐很高兴，他也没什么变化。两人绕着考古发掘地走了很远，他像兄弟一般将胳膊搭在她的肩膀上，恩佐一边走一边向玛德莲娜道出了自己的私密：他爱上了一个在艺术史课上遇到的来自托里诺的男孩。恩佐嘱咐玛德莲娜不要告诉任何人（"除了我的姑姑康瑟塔·阿尔坎杰罗和你奶奶，还有罗伯特先生，因为他们会理解我的"），这段心事是他唯一的变化。尽管玛德莲娜愤怒地发誓恩佐爱上那个来自托里诺的男孩的故事并没有让她伤心，可是，当她那天晚上在电话中给奶奶一股脑儿讲出这个事情的时候，她还是泣不成声。与往常一样，在那年学校假期的其余整整三个月里，她还是去英国跟母亲住在一起。

在以前的几年中，玛德莲娜每天晚上都要与父亲塞尔希奥通电话。只要一听到酒吧熟悉的声音，她的心里就犯起思乡病：某个老年纸牌玩家在一手牌得胜后发出的欢呼声，咖啡机的嘶嘶声，夜阑之家的门绕着门轴旋转时发出的吱扭吱扭的声音。然后，她便站在过道的电话旁，闭上眼睛，听着来自卡斯特拉梅尔岛上的声音，就像端着一杯水，小心翼翼地，唯恐失去任何一个声音。但是到了这一年，跟父亲的通话让她失去了耐心。"我要失去女儿了，"塞尔希奥伤心地说道，“她母亲准备把她留在英国。这我知道。”

“不会的，不会的，”玛莉亚·格拉琪亚安慰儿子说，“孩子只是需要点儿时间。”

一个星期日的晚上，玛莉亚·格拉琪亚从伯爵安德里亚·蒂森图的豪华别墅回到家，她脱去那双跟母亲皮娜·维拉当年的那双一样变形的鞋子，然后将星期日用的手提包放在圣阿佳塔塑像前的桌子上，就在这时，她听到了电话铃声，她当时就有一种不祥的预感，知道这肯定是孙女从英国打来的，玛德莲娜肯定带来了什么坏消息。

“亲爱的，”玛莉亚·格拉琪亚接了电话，“你现在就告诉我，你准备什么时候回我们这个家？”

“我不准备回去了，”玛德莲娜回答道，她的声音又细又小，“我准备在这里住一段时间。”

长辈们总是夸玛德莲娜天资聪明，而现在她准备留在英国学习，准备继承太姥爷阿梅德奥·埃斯波西托的事业，成为一名医生。

于是，现在的夜阑之家酒吧一下子似乎变成了一个被掏空了内容的无聊场所。当年，酒吧的四壁承受了哭泣魔咒，现如今，它们要承受玛德莲娜的离去所留下的空洞和缺憾。每个人都为她的离去感到伤心：老年纸牌玩家们四处寻觅，渴望找回当初那个将咖啡托盘高高举过头顶、脚步轻盈匆匆穿行于酒吧餐桌之间的姑娘；圣阿佳塔寡妇们再也找不到像她那样可爱的孩子，因为只有玛德莲娜才配得上佩戴她们的念珠；塞尔希奥坐在酒吧柜台后，再次感到卡斯特拉梅尔岛太落后，发展空间太狭小，再次沦落为“玛莉亚·格拉琪亚的孩子”；罗伯特的军功章被人遗忘，被丢弃在圣阿佳塔塑像旁边的大厅桌子上，又一次锈迹斑斑，失去了光泽，再也无人将它拿起来轻轻擦拭它的青铜表面。玛莉亚·格拉琪亚甚至发现康瑟塔·阿尔坎杰罗因为玛德莲娜的离去而失态哭泣，这还是她第一次看到康瑟塔·阿尔坎杰罗因为什么事情流泪。“我真是个老傻瓜，”康瑟塔·阿尔坎杰罗坦言道，“因为我希望恩佐和玛德莲娜他们两个结婚，玛丽佳——我确实希望他们结婚——我希望他们能接管夜阑之家！”

玛莉亚·格拉琪亚说道：“好吧。就算不结婚，难道玛德莲娜和恩佐就不能共同经营夜阑之家吗？为什么非要让他们结了婚才能共同经营酒吧呢？”当年，在她的兄弟们离开岛屿后的几周内，她非常生气，不肯相信他们不再回来。现在，她同样在狂怒中不能自已，不肯相信孙女会远走高飞、一去不返。她告诉过塞尔希奥，现在她同样告诉自己：玛德莲娜不会离开卡斯特拉梅尔岛的，她只是需要时间做出最后的选择。

与此同时，就这样，几周过去了，几个月过去了，直到玛德莲娜离开卡斯特拉梅尔岛有了近一年的时间。玛莉亚·格拉琪亚身不由己，感到自己度日如年，每时每刻都受尽煎熬，每个星期只为星期日的到来而苟且存在着，因为每个星期日孙女都会打电话汇报她的近况：她学业上取得进步，通过了一系列重要的英语考试，获得了玛莉亚·格拉琪亚认为是无可挑剔的成绩。令玛莉亚·格拉琪亚感到宽慰的是，孙女玛德莲娜提到了另外一个小伙子。每一个周日的晚上，在院子旁的石头房子里，当她躺在床上却毫无睡意的时候，玛莉亚·格拉琪亚总会对老伴罗伯特絮絮叨叨反反复复地说：“她会回来的。”一如当年夏日午后缠绵的初恋中的情人，罗伯特握住她的手腕，含情脉脉地说道：“亲爱的，这我知道。”

最终，是因了一种幻觉的召唤，玛德莲娜从英国回到了故土卡斯特拉梅尔岛，确切地说，多年后玛德莲娜是这样向奶奶解释的。一天晚上，玛德莲娜从伦敦的地铁站出来，一阵热空气扑面而来，接下来发生了一件让她感到奇怪的事情：三角梅的花香扑鼻而来。一开始玛德莲娜只能闻到若有若无、隐隐约约的淡淡清香，像是女人身上无意中散发出来的香水味。然后，既远且近，三角梅的香气弥漫到整个空气中，无处不在，像是看不见的三角梅花雨从天而降，挥挥洒洒遍及远近。她心中顿时涌起强烈的思乡之情，这使她身不由己停下脚步。她已经连续两年没有过圣阿佳塔节了。

在灯光越来越暗的伦敦街头，当玛德莲娜突然意识到这个残酷事实的时候，她悲从心头起，不禁泪沾衣襟。

在玛德莲娜身后，一辆货车急忙转向；一辆汽车发出长长的刺耳的喇叭鸣声在她身边呼啸而过。她走到路边的安全处，三角梅的花香已经消失得无影无踪了。

那一天，玛德莲娜还没有下定决心回到家乡卡斯特拉梅尔岛，时机尚未成熟。但是，从那一天起，一种沉重的不安感压在她的心头，弄得她暴躁易怒，就像天气变坏前渔婆阿佳塔的心情。卡斯特拉梅尔岛让她身不由己地去关注，似乎岛上发生了什么天大的乱子。她是这样对奶奶讲述的，好像她当时已经意识到夜阑之家出了问题。玛莉亚·格拉琪亚认为这很奇怪，因为即便是在 2007 年最后的几个月内酒吧的问题一直在不温不火地发酵中，可是，那种情况就像地震前的微震，过于微弱，不凭借专门的地震探测仪和探针是无法探测到的，没有人能够凭着直觉感觉到。

那年秋天，当时玛德莲娜还没有回来，康瑟塔·阿尔坎杰罗的侄儿恩佐回到了卡斯特拉梅尔岛上。当康瑟塔·阿尔坎杰罗跑到酒吧带来这一消息的时候，玛莉亚·格拉琪亚问道："他为什么要回来？我当初以为他想离开卡斯特拉梅尔岛呢。"

"他是想家啦！"康瑟塔·阿尔坎杰罗哭了出来，泪水中浸泡的一半是喜悦，另一半却是失望，"他说自己想家了！他想重新开出租车，他想给圣人做雕塑。玛莉亚·格拉琪亚，我担心他精神失常，整个人都疯掉了。"

事实上，这是恩佐重新认识和接受了卡斯特拉梅尔岛。因为，自从离开家乡的小岛后，他一直被一种奇怪的痛苦折磨着。在罗马的艺术学校学习期间，让他沮丧的是，他尝试画的每一幅素描在他的笔下都会变成卡斯特拉梅尔岛上的景物：岛上的教堂，岛上的广场，岛上一行行的刺梨树，岛上海湾斜坡处吃草的山羊，岛上龙骨已经锈迹斑斑的“圣母玛利亚”号船，岛上通向伯爵别墅的棕榈树林荫大道，以及一遍又一遍反复出现的圣阿佳塔的形象。于是，在离开卡斯特拉梅尔岛三年后，在刮着大风的某一天，恩佐重返故里，重操旧业，再次成为出租车司机。

尽管恩佐当年离开小岛的时候康瑟塔·阿尔坎杰罗也落过眼泪，骂他野心太大，现在她还是慷慨激昂、喋喋不休地责问他：“你小子为啥要回来呢？你当初可是雄心勃勃，要在罗马或者美国成为高明的艺术家，展出自己的作品，拥有自己的画廊，还要干一些其他我也说不上的大事。”

相反，恩佐开始着手做一件雕塑作品，这作品后来成了他的杰作。在他祖先文森佐那古老的工作室内矗立着一尊断面粗糙的石块，没有人能说出它的年代：这是从海边洞穴搬来的岩石。在上个世纪的某个时间，文森佐雇用渔夫们用绞车把岩石从洞穴中拉了出来，他打算用它给圣人做一个真人大小的雕像。现在，恩佐下决心完成这个雕像。

恩佐用凿子将石头的边缘凿去。他双眉紧皱，面色苍白，神情焦躁不安，头发竖起，上面满是灰烬一般的东西。对于姑姑的责难，他没有责怪，而是耐心地向她解释他手头的作品。“用这石头弄出来的效果好不了，这岩石我没法加工。”

康瑟塔·阿尔坎杰罗眯起双眼，向侄儿问道：“你准备用它雕刻什么？”

恩佐一边用手抚摸着圣人长袍上的一个褶皱，一边答道：“我要雕刻一尊圣阿佳塔塑像。在这个位置，在她的脚下，我要雕刻出一幅卡斯特拉梅尔岛的地图。这里是渔夫们的船只，还有所有船只的名字——长袍的下摆就是大海。看，这是‘相信上帝’‘圣母玛利亚’‘救世主圣阿佳塔’‘光明的圣母玛利亚’‘玛利亚康瑟塔·阿尔坎杰罗’‘锡拉库萨之星’——所有曾经驶入和驶出卡斯特拉梅尔岛的船只，幸存的以及被毁掉的。”恩佐用手比画着，伸手去够什么东西，接着，双臂下垂放到两侧，放弃了。“这种火山岩孔洞太多，质地太脆。不过，文森佐已经明确指出必须用这一块岩石雕刻。他肯定有什么用意。其中的奥秘就在这石头中。”

康瑟塔·阿尔坎杰罗不知道自己应该为侄儿欢欣鼓舞呢，还是该为他感到绝望。恩佐坐在那里，俯身雕琢未完成的圣人塑像，深夜时分，仍然可以听到从古老的工作室开着的窗户传出用凿子雕刻塑像的声音。

那天晚上，玛莉亚·格拉琪亚满怀期望地对罗伯特低语道："说不准咱们的玛德莲娜也要回来了。"

正如玛莉亚·格拉琪亚所期望的那样，玛德莲娜果然回来了。在来年的夏初，她乘坐比普的渡船回到岛上。她已经离开整整两年了。玛德莲娜坐在比普渡轮前头油漆过的木质座位上，感到疲惫憔悴，仿佛自打她离开卡斯特拉梅尔岛之后，时间在加倍地飞逝。玛德莲娜的皮肤对太阳光不再有自然的防护效果，玛德莲娜已经忘记了这里的太阳灼热伤人，忘记了这里的空气如热浪般滚滚袭人，忘记了在刺眼的炎炎烈日下，一切颜色都会变成赤白色。

渡船逆着潮水行驶，晃来晃去，海水在船的左侧腹汇集到一起，卡斯特拉梅尔突然出现在她眼前。于是，玛德莲娜弃船上岸登上码头，爬上古老的小山，思念中的岛屿一股脑地扑面而来，让她应接不暇：嘶嘶汹涌的大海波涛声，还有岛上熟悉的热尘气味。同时，玛德莲娜也用母亲帕梅拉那样的眼光审视卡斯特拉梅尔岛：玛德莲娜发现她攀行的街道弥漫着潮湿的陈腐气味，人行道上一堆一堆的狗屎随处可见，教堂和店铺的门面油漆剥落，每个居民都处于不同阶段的老年期。这是一种大家不会轻易爱上的地方，然而，玛德莲娜现在明白了，在这整个地球上，她对这里情有独钟，偏偏只爱这一方热土。

坐在阿尔坎杰罗店铺外的一排椅子上的人们盯着她看。寡妇瓦莱里娅问道："这是埃斯波西托家的玛德莲娜吗？这是不是玛德莲娜·埃斯波西托，塞尔希奥家的闺女？"

在这个回家的日子，玛德莲娜尽量不跟任何人生气，于是她回答道："是我，瓦莱里娅夫人。我回来了。"

"她是不是长高了很多——脸那么苍白，是不是像个小小的幽灵呢？"她一边向药商说着，一边举起一只手以淳朴的方式向玛德莲娜打招呼。

然后，玛德莲娜走到了广场，走到了爬满三角梅的游廊。她见到了奶奶——然而，当她走近的时候，她还是有点怀疑——奶奶真的那么精干利落、那么瘦小，同时又那么苍老吗？玛莉亚·格拉琪亚放下手中一直端着的托盘。然后，倏然间，她撒开两条腿逃命一般急奔过去，双臂已经做出拥抱的姿势，同时嘴中激动热切地喊道："玛德莲娜！玛德莲娜！玛德莲娜！"

听到了老伴玛莉亚·格拉琪亚的喊声后，罗伯特也走出酒吧。他用一只手遮住白花花刺眼的太阳光，不敢相信这是真的。玛德莲娜的父亲塞尔希奥丢下一盘饮料，跑啊跑，一直跑到母亲和女儿面前。玛德莲娜任凭奶奶和爸爸拥抱着，离开的念头现在烟消云散。

玛莉亚·格拉琪亚对围观的顾客说道："玛德莲娜回来了！我的孙女回家了！难道我不是一直跟你们讲她会回来的吗？"

就这样，玛德莲娜成为埃斯波西托家族中第一个离开卡斯特拉梅尔岛后又返回的成员。"我要留下来，"她对奶奶说，"我做医生的事，以后再说吧。"

三

九月份的一个早上，玛莉亚·格拉琪亚打开酒吧的电视，发现了一些奇怪的混乱画面：身着光亮西装的男人们从大玻璃建筑中出来，双臂抱着箱子，进入绿光盈盈的纽约夜色中。“难道发生了袭击？”玛莉亚·格拉琪亚叫出声来，她担心这是发生了火灾或者凶杀案，因为这些男人步履迟缓，眼中流露出惊愕的神情。

“不是的，不是的，”塞尔希奥纠正道，“他们失业了。”

“他们为什么抱着这样的箱子走出来？”渔婆问道，“你说什么呢？他们是罗伯特先生一样的英国人，还是美国人呢？把音量调大——我听不见！”

“难道你听不到吗？”一个老年纸牌玩家幸灾乐祸地反问道，“哎哎哎，听不见的应该是我们才对啊——你每天都把那电视机音量不停地调高，还有那些在足球桌子上咔嗒咔嗒不停厮杀的男孩子们……”

于是，双方爆发了争论，各自胡搅蛮缠，全然忘记了自己为什么争吵。等到玛莉亚·格拉琪亚将争执的双方控制住，屏幕上抱着箱子的那些男人已经消失，接下来新闻播的是更为熟悉的灾难。

玛莉亚·格拉琪亚走出酒吧去找罗伯特。他正在修剪整理游廊上的三角梅，自从夏天开始以来他几乎每月都要修剪一次。“发生了什么奇怪的事情，”她一边说着，一边在他身边坐下来，同时将他的一只手握在自己的手里，“外面的世界发生了一件怪事。”

“这个酒吧以前也遇过到麻烦，但还是挺过来了。”罗伯特说道，然后亲吻她的手心安慰着。

玛德莲娜也是忧心忡忡。在奶奶的吩咐下，她本应该撰写去西西里医学院学习的申请书——毕竟学校离家不算太远，她非但没有这样做，相反，整整一个星期，她都在仔细阅读报纸寻找解释。渐渐地，她终于明白，英国和美国的银行正走向破产。拿渔婆阿佳塔的话来说：“就像一九二九年从美国开始的‘经济大萧条’。”

“不是，不是，”比普反驳道，“这根本就不是一回事。”尽管他原则上对伯爵的银行缺乏信任感，但是，他对于大海彼岸那些金融大厦里的银行还是极为尊重的。

在酒吧内，对于这场危机是如何发端的问题，众顾客各执一端，莫衷一是，因为所有的报纸讲述的都不尽相同。其中有些顾客坚决认为本次危机的罪魁祸首是两个美国富人：佛莱迪和范妮。有些人则认为本次危机是由雷曼兄弟二人引发的，另外其他人则声称此次危机跟一个叫“北岩”的城市有关。一些顾客回忆说，前年的年末，伯爵的储蓄银行已经停止放贷。十年前他们奇迹般向外贷款，现在贷款却受到限制。但是，难道这确实跟海外的这些金融危机有关系吗？在酒吧内，玛莉亚·格拉琪亚仔细阅读报纸，并且把电视调到了新闻频道。

这一场危机像海潮一般，慢慢地朝着他们涌来。

渔婆阿佳塔忠告说：“你们最好注意点，像你们这样的生意，十八个月内就会消失，再过十八个月就会消失得连个影子也看不到。”

比普针对她的言论反驳道：“哎，你知道那都是扯淡。想一想这个酒吧经历的大风大浪——两次世界大战、数也数不清的丑闻、两次地震、那个混账王八蛋阿尔坎杰罗在山底下开张的那个对手酒吧。当美国人遭受‘大萧条’经济危机的时候，咱们几乎没有注意到。那对咱们有什么影响呢？”

渔婆阿佳塔没有反驳。一直以来，她的家族成员拥有一种非凡的天赋，能够准确地预测到风云变幻。

来年春天，危机降临到了夜阑之家。

玛德莲娜坐在酒吧柜台后，一边浏览着报纸寻找关于金融危机的消息，一边聆听着卡斯特拉梅尔岛清晨细小的噪声。酒吧已经坐了好多顾客——渔夫们、老年纸牌玩家、每天早上到酒吧来查看足球赛结果的马可神父。另外还有建筑商托尼诺，他正在等待与伯爵的酒店签订一个合同。这会儿工夫，他正在专心阅读着《米兰体育报》。正在游廊上翻阅账本的罗伯特停了下来，因为他看到菲力珀·阿尔坎杰罗大步流星地走上台阶，像是憋着一肚子的私愤。结果，阿尔坎杰罗先生当着几个人的面气势汹汹咋咋呼呼地进了夜阑之家。他穿着带条纹的围裙，脚上蹬着刚刚从杂货店柜台内取出的一双塑料拖鞋。他朗声说道："我是来要债的。托尼诺先生在这里吗？"

建筑商满脸羞愧，站起身来，已经预料到自己会遭受屈辱。菲力珀·阿尔坎杰罗停顿了一下，然后念出了一个长长的收据单子，同时，他用一只手的指头计算着："你欠我八百八十九欧元十七分。你应该在今天停业前全额付清。你买我的杂货，我给你赊账，你这账已经欠下足足三个月了。"

托尼诺解释说："我还没有拿到钱。我正在等待新酒店的合同得到批准。这个你知道的，阿尔坎杰罗先生。"

听到建筑商的解释，老年纸牌玩家们站起身来，集体为他辩护。"当着大家的面来这里要债，你真是不害臊！""难道你就不知道他在等着签合同吗？"

人到中年的菲力珀·阿尔坎杰罗现在长得跟他父亲一样壮实。他狂热急切地想讨回公道，身体扭过来扭过去。"他欠我的钱，难道他就不该还吗？我也有自己的权利，难道不是吗？我已经给他寄过警告信。自从积累下这一大笔账后，他一直躲着不到我的店里来——我到他办公室和他家里他也不开门出来。这些都是他欠我的个人债务。他吃了我的东西，喝了我的酒，难道他不该付钱吗？"

于是，舆论的风头稍稍转向。“对啊，”坐在角落的摆渡人比普低声说道，“不管怎么说，欠阿尔坎杰罗先生的钱应该还，这没错。”

自尊心受到伤害的托尼诺开始反击。他喊道：“现在问我要钱也没用啊，因为我还没有拿到钱。我怎么知道拿到新酒店的合同会等这么长的时间？”

阿尔坎杰罗狂怒地喊叫道：“我要拿回欠我的钱！你们所有人都在我的店铺赊账，告诉我过了夏天就给我结账。这也不光是托尼诺一个人。这叫我该怎么订货，叫我怎么支付我自己的账单啊？这一点你们有谁想过呢？我欠储蓄贷款银行的债务也到期了，我也必须支付债款。”

“阿尔坎杰罗先生，”塞尔希奥说道，“在旅游季节开始的时候，大家的生意都不好。这你是知道的。每年，你让我们赊账，旅游季节结束后再还钱，就是这么运作的。游客来了，我们的生意兴旺了，我们就付清赊你的账。”

阿尔坎杰罗环顾四周，卖关子似的吸引大家的注意力，然后这才说出了一个秘密。“海外发生了一件大事，恐怕你们这些傻瓜还没有注意到吧。到这个夏天结束的时候，你们的店铺一半都要关门。也许不会再有什么游客了。我现在就想要回我的钱。”

然后发生了一件怪事。刹那间，在场的人义愤填膺，酒吧一下子热闹沸腾起来，因为岛民们突然想到了自己欠邻居的其他债款，更为重要的是，他们想到了邻居欠自己的债款。一个老年纸牌玩家喊叫道：“欠我的那一万里拉怎么办！哎，一九七九年的时候我把钱借给玛祖先生让他买了一只山羊。我现在回想起来了，这些钱我可是一直都没要回来！”

“我把钱存到了多纳托先生的家里，可是他的房子在地震中倒塌了，我这钱该怎么办？”

“在一九五三年的时候，为了让特尔剌祖先生把他家的女儿嫁给我儿子，我在他的柠檬果树园做了投资，这笔钱该怎么算呢？”

“二战”结束后出现过的那种疯狂行为再次席卷了整个卡斯特拉梅尔岛。每一家商店的店主人——打印店店主、面包商、烟草商、肉店老板、电器商店老板、药店老板、理发店老板——他们相互争吵，而且是在大庭广众之下吵吵嚷嚷，争吵谁欠了谁多少钱。受到这些表现的惊吓，身着令人可敬的黑色衣服的圣阿佳塔委员会的寡妇们突然袭击了储蓄银行，因为她们从可靠的消息来源得知，储蓄银行跟大洋彼岸的金融巨头一样，将面临同样的厄运。

比普的侄儿贝皮诺是唯一一个在卡斯特拉梅尔储蓄借贷公司上班的岛民。贝皮诺被公司指派出来劝说客户。尽管贝皮诺已经四十三岁，但穿着套装、系着廉价领带的贝皮诺似乎又变成了一个孩子，阳光穿透他的两只大耳朵，他的鼻子上汗涔涔的。“你们大伙儿不能像这样同时取钱，”贝皮诺说道，“你们来这儿要做什么？”

寡妇瓦莱里娅终于说话了：“我们听说银行要关门倒闭了。”

比普向侄儿问道：“这是真的吗？你要老老实实回答我的问题。储蓄银行是不是要破产？”

就算贝皮诺本来想要说谎，他也不能向圣阿佳塔的寡妇们撒谎。于是，贝皮诺承认道：“是的，叔叔，确实是这么回事。”

寡妇们的头目瓦莱里娅夫人喊叫道：“那是什么意思，‘破产’？如果银行出了问题，我想现在把我的钱拿回来，把我存入的钱全部取出来。”

贝皮诺问道：“你在我们银行存了大约七千欧元，我说的对吧？”

“是七千二百二十七欧元。”瓦莱里娅夫人把手中拿着的那个印着黄蓝相间的伯爵公司徽章的储蓄本挥了一挥。“你可以把我的钱从你们锁在保险柜里的那一摞钱中间取出来。我见过那个保险柜，就在你们的密室。那个地方过去是格苏依娜的客厅。上帝啊，愿她的灵魂不要受到打扰。”

贝皮诺说道："从那个保险柜给你取钱？那个保险柜里的钱不够。顶多也就几千欧元吧。"

寡妇将一只手牢牢地放在门上，准备在贝皮诺开门的一瞬间把它推开。"那也行，"她说道，"眼下几千欧元也够我的了。"

但是，就在此时，人声鼎沸，像是炸开了锅："我那养老储蓄金呢？""我那投资账户怎么办啊？那账户上差不多有一万一千欧元，是伯爵在一九九二年亲自卖给我的，从那以后我一直在追加投资。"贝皮诺明白这个问题，他解释道："嗯。那些钱我们不在这里存放。我们无法这样一下子全部付款。别担心。不管用什么办法，你们最终会拿回你们的钱的。"

"但是，我们的钱在啥地方放着呢？"比普追问道，"你必须现在就给我们说清楚。如果你们资金周转不开，只是拆东墙补西墙，用向东家借的钱支付西家，你们一直玩的这种哄人的鬼把戏可是真他妈够坑人的。贝皮诺，从你嘴里听到这种话，我实在是感到透心凉。"

"不是那么回事。我们根本不在这儿放钱。"

"那这钱是弄到哪儿去了？"

其实，贝皮诺对这个问题也不太了解。他含糊地答道："送到海外了，送到外国银行了，送到更大的银行了。"

比普感到很沮丧，他喊叫道："那你们从他们那里把钱拿回来啊。天哪，贝皮诺，你天生的聪明劲儿都到哪儿去了？"

"可是，不是这么回事啊——他们没钱，"贝皮诺答道，"根据我了解的情况，他们也把钱借给了别人。"

比普火冒三丈，大声喊道："你们就是这样做生意的？哼，谢天谢地，我一直把钱存在床下的一个袋子里，尽管当时我已经有两个亿的里拉，现在我把这老底子告诉给你我也不在乎，贝皮诺！"

面对岛民们一双双满含责难的眼睛，贝皮诺尴尬难当，热汗直淌，他为自己辩护道："这不是我的过错。"面对绝大多数人的不理解和失望，他只有招架之功。“银行就是这样运作的。”贝皮诺向所有人解释着，话音中带着羞愧和一点嘶哑。

“你们本来就不该在这个地方投资！”比普慷慨激昂地说道，“你们谁都不该在这儿投资。安德里亚·蒂森图伯爵是个坏蛋，我要说多少遍你们才会相信呢？”

卡斯特拉梅尔岛上午饭时分的高温自有其威力，今天，它纾缓了岛民们的熊熊怒火。炎热将店铺老板赶进室内，将流浪猫驱赶到阴凉处，炎热让穿着不实用的黑色衣服的寡妇们动作放缓，几乎到了原地站立的状态。酒吧内静悄悄的，那是刚到午后时分通常所特有的那种安静。但是，玛莉亚·格拉琪亚的内心无法平静下来。这种为了讨债邻里之间争吵不休的可鄙行为让她愤愤不平。她沿着大道去找今天在家休息的康瑟塔·阿尔坎杰罗。只见她坐在自家门前的台阶上，两个膝盖之间放着一铜盆豆荚，正在悠闲地抽剥豆荚筋。康瑟塔·阿尔坎杰罗听着玛莉亚·格拉琪亚唉声叹气地诉说心事，并没有停下手里的活，而是熟练地剥着豆荚筋。她宽慰玛莉亚·格拉琪亚说：“在咱们镇子的整个历史上，还从来没有发生过为了钱这样的东西吵个没完没了的事情。因为大家一直都没有钱，可是咱们一直都过得不错。想一想，你赊账给人喝过多少咖啡。对了，比如，马可神父从来不付钱。他做得不对。还有托尼诺——可是他还在等着跟酒店签合同呢，咱们怎么能收他的钱呢？这一切都会过去的。”

当四月份那令人坐立不安的日子一天天艰难熬过的时候，玛莉亚·格拉琪亚开始明白，卡斯特拉梅尔岛上这种危机还会持续很长时间。菲力珀·阿尔坎杰罗已经向所有欠他债的人送去了咋咋呼呼的威胁信，哪怕是仅仅欠了他五十分。面包师和肉商遇到了经济问题，因为他们的生意靠的是向伯爵的大酒店供货，提供圣阿佳塔节日所需的食物，而今年这两项生意都减少了。原来，几年前，在席卷卡斯特拉梅尔岛的汽车和电视的购买狂热中，半数的岛民拿自己的店铺作抵押贷了款，可是这些电视现在已经坏掉，变得一文不值。就连今年春季的游客也是稀稀落落的。

“咱们的酒吧能生存下去吗？”玛德莲娜问道，“咱们的生意是不是出问题了？这都是我想知道的。”

玛德莲娜和玛莉亚·格拉琪亚将账本拿出来，在罗伯特的帮助下——因为他总是头脑冷静，善于做这些事情——他们试图为将来做打算。但是，现在，在这个风云变幻莫测的世界，如果没有储蓄银行维系卡斯特拉梅尔岛上经济的发展，任何事情都有可能发生。

至于安德里亚·蒂森图伯爵，他一直拒绝跟任何人谈论此事。但是，在金融危机开始后两周，他亲手写了一封字迹潦草的便笺，派人请玛莉亚·格拉琪亚去他的别墅。在她离开后，酒吧的纸牌桌上出现一些争论和喃喃低语声。摆渡人比普声言：“她不该跟他交往。这样做可不对啊。”

“哎，你就安静点吧，”渔婆阿佳塔接着他的话说道，“玛莉亚·格拉琪亚这样做肯定有她自己的道理。”

“咱们为可怜的罗伯特先生想一想吧。”老年纸牌玩家为罗伯特感到伤心。

玛德莲娜情不能已，气愤到脖子发烧，她冒着被指责的危险打断了他们的谈论。她说道：“你们大家所说的我都能听到。这事情你们必须跟我奶奶当面说，不要在她老人家的背后说长道短。”

“这件事我会跟你奶奶谈的，”摆渡人比普嘟哝着说，“在下一次现代化委员会议上我就跟她谈谈这事。”

尽管玛德莲娜自己不会承认，其实就连她本人也忍受不了奶奶的做法——她这样跟安德里亚·蒂森图鬼鬼祟祟地交往，好像他们之间真的有什么见不得人的风流韵事。当天晚上，玛德莲娜去见奶奶。在院子旁的石头房间内，玛莉亚·格拉琪亚正在对着母亲皮娜·维拉留下的那一面斑斑点点的镜子涂抹晚霜。玛德莲娜将头靠在奶奶的肩膀上，柔声细气地说道：“奶奶，大家都在背后说你的闲话。”

“我知道，亲爱的，”玛莉亚·格拉琪亚说，“我知道。我以前就被人说过闲话。我敢说这一次我能挺住。”

“他为什么叫你去他的别墅呢？”玛德莲娜发现自己情不自禁地埋怨起来，“他能对你说些什么呢？为什么你总是被他呼来唤去的，好像他现在还抓着你以前的什么把柄似的？”

玛莉亚·格拉琪亚只是一边喃喃低语道：“亲爱的，亲爱的。”一边抚摸着孙女的头发。最后，她终于说道：“在适当的时候我会告诉你的。奶奶现在没有时间谈论这个事情。”

与此同时，安德里亚·蒂森图伯爵正在等待其他来客。根据传言，储蓄银行正在等待大洋彼岸一家外国银行派来的代表，这些银行将前来进行接管储蓄银行的准备事宜。果然不出所料，月底的时候他们来了。他们被请进伯爵的别墅，坐在平台上与伯爵交谈，翻阅着大开本的账本。除了这些外国人和玛莉亚·格拉琪亚，安德里亚·蒂森图伯爵不跟任何人说话。

现在，玛莉亚·格拉琪亚发现自己身不由己地再次成为卡斯特拉梅尔岛上各家各户秘密的保守者。因为，隔着酒吧的柜台，邻居们向她毫不保留地倾诉他们的烦心事：抵押贷款没有按期支付；店铺的收益比预期的低，在旺季只有这样低的收入会造成毁灭性的后果；儿子们和女儿们打算离开卡斯特拉梅尔岛去欧洲大陆，这与“一战”后“二战”前的那个年代他们先人的想法如出一辙。

到了那一年庆祝圣阿佳塔节的那个月，每家每户的困难玛莉亚·格拉琪亚都摸了个一清二楚。

与此同时，玛莉亚·格拉琪亚决心把向储蓄银行借的抵押贷款付清。“这笔贷款的期限只剩下几个月的时间了，”她对罗伯特说，“准确地说，再过十三个月，这笔贷款就结清了。还有三千五百欧元要还。难道我们不能向儿子朱塞佩努开口吗？”

“我不知道。”罗伯特对老伴回答说，他一直都不赞成向小儿子张口要钱，“最好不要去麻烦他，咱们的问题，咱们尽量自己解决。玛德莲娜现在回家了，她做生意很有头脑。咱们一起努力，肯定能对付过去。”

但是，玛莉亚·格拉琪亚还是邀请小儿子朱塞佩努回家参加那一年的圣阿佳塔节日。

在旅游季节的起初几个月内，托尼诺的建筑公司没有拿到安德里亚·蒂森图伯爵大酒店的合同。大酒店的扩建工程倒是动工了，但是现在又被放弃了；另一个建筑，一所按计划会让岛上的五个乡亲忙活整整一个夏天的游客公寓大厦，还没怎么正式动工就停工了——在大海的映衬下，这个建筑始终只是骷髅般的大梁而已。

在初夏的那些风云诡谲的日子里，康瑟塔·阿尔坎杰罗发现自己鬼使神差地向圣阿佳塔的塑像祈祷，内心深处在流血。对此，她真有点儿难为情。事情过后，她一直不太肯定她自己这是怎么了，只知道自己在玛莉亚·格拉琪亚的过道里看到了圣人的塑像，上面满是尘土，于是她心生悲悯之情：她为夜阑之家感到悲悯；为自己的侄儿恩佐悲悯，因为他的出租车已经整整连续几个星期没有出工了，一直闲置在尖顶的洋蓟丛中；她为玛德莲娜姑娘感到悲悯，因为照这样下去，这个姑娘做医生的夙愿是永远没有机会实现了。

她跪在门廊处，点上一支蜡烛，向圣人阿佳塔诉说了几句。“我从生下以来还没有向您祈祷过什么，”康瑟塔·阿尔坎杰罗说道，“‘二战’期间我没有祈求过您让罗伯特平安归来，没有祈求过您了结我和兄弟之间的恩怨，也没有祈求过您在埃斯波西托家所有的儿子漂洋过海远走高飞的时候帮助这个家族。但是，我现在想求您帮一帮这个酒吧，帮一帮卡斯特拉梅尔岛。圣阿佳塔，你已经很多年没有给我们创造奇迹了。您给我们带来过女教师皮娜·维拉和卡米拉夫人两个不同的母亲生下亲兄弟的奇迹，您给我们带来过罗伯特从海里面被救出来的奇迹，您让玛德莲娜从英国回到岛上，让我的恩佐从罗马回来。现在，请您再赐给我们一个小小的奇迹。只是祈求您让朱塞佩努回岛上参加圣阿佳塔节日，让他跟他哥哥了结他们之间可笑的手足恩怨，因为我知道玛莉亚·格拉琪亚心里盼望着小儿子朱塞佩努这样做，祈求您让朱塞佩努给埃斯波西托家人留点钱，好让酒吧再维持一年。我也祈求您保佑其他人家的生意——瓦莱里娅和托尼诺的生意，甚至我哥哥菲力珀·阿尔坎杰罗和桑提诺·阿尔坎杰罗的生意。祈求您保佑他们不要破产。”

圣人凝神俯视，头侧向一边，一只大手举起来，俨然一副交警指挥来往车辆和行人的模样。烛光在圣人油漆的脸上来回晃动。在这个半明半暗的地方，圣人的这张脸看上去既慈祥柔和又极其悲伤。

在之后的几个星期内，其他人也开始向埃斯波西托家的圣阿佳塔塑像祈求保佑。因为有些人想到了这塑像以前是个吉祥物，曾经供奉在金枪鱼渔网旁边的小礼拜堂内，其心脏部位盛放着一个神圣的遗物——圣人本人的右手大拇指。

也不管这是千真万确还是子虚乌有，有一天，寡妇瓦莱里娅决定自己也去向这个圣人的塑像寻求保佑。结果很灵验，仅仅过了几天，一个既令人震惊不已又令人深感不安的奇迹便发生了。

瓦莱里娅已经年近百岁。她向圣人的塑像祈祷，求圣人给她二百二十欧元，用以支付向储蓄贷款银行借的抵押贷款。她两耳已经几乎完全失聪，因此，当她用卡斯特拉梅尔岛方言向圣人诉苦的时候，酒吧内的顾客听得真真切切、一字不落：“求求你，圣夫人，求你赐给我二百二十欧元，只要够支付我的抵押贷款就行，因为上帝知道卡莱梅洛很难找到工作，可怜的农齐亚塔膝盖有毛病……”

一大早，拂晓时分就起床的寡妇瓦莱里娅的孙女农齐亚塔厉声尖叫，惊动了半个卡斯特拉梅尔小镇。在她奶奶前门外栽着罗勒花的花盆的一侧，她发现塞着一团纸币——整整二百二十欧元，好像圣人知道她们需要这个数目。

当喜不自胜的瓦莱里娅拖着脚走进酒吧前来感谢圣人塑像的时候，老年纸牌玩家们齐声呼喊道："这真是奇迹啊！"

对于这个奇迹，渔婆阿佳塔宁愿抱着怀疑的态度。"咱们所有人都听到她反反复复唠唠叨叨地向圣人祈求二百二十欧元。要我说啊，也许是这个酒吧里的某一个人听到了她的困难，然后把钱藏到她家花盆了。"

但是，尽管如此，当天下午，受到启发的岛民们在圣人的塑像前排起了一溜长队。

然而，下一个受到圣人恩赐的竟然是渔夫兼技工马迪奥。他根本没有在圣人塑像前祈祷过，而且，正如瓦莱里娅愤然所言，他从小就没有参加过弥撒。每天下午出海打鱼归来，马迪奥都要到酒吧的平台喝上一杯咖啡。而近来几个星期，他因为没钱置换渔船外侧的马达而无法出海捕鱼，他心中苦闷，只要对方愿意听他唠叨，逢人便说。现在，他发现了一个崭新的马达——用塑料包裹着，塞在他母亲前门外的那个小车棚的门下面。有人在晚上把马达放在那儿了。马迪奥确实从小没有参加过弥撒，而且他也从来没有在圣阿佳塔的塑像前下跪祈祷过。但是，随着时间的渐渐逝去，一连串其他的奇奇怪怪的神奇事件如潮水来袭般接连发生：行将倒闭破产的店铺门下塞着一团一团的钱币；在万籁俱寂的夜晚，破败的货车需要置换的新零件被藏在院子内；修复破损的屋顶所需的新瓦天亮前被放在了家门口，而这一家人醒来的时候，新瓦明显已经在那儿了，主人却一点儿也没有受到惊扰。

有人将所发生的这些怪事归结于圣人的恩赐。而其他人，跟渔婆阿佳塔持相同的观点，倾向于认为这是某些有血有肉的俗人所为。她坚持说："这是有个人知道大家缺什么东西，出于行善积德的动机，这个人暗中悄悄地在岛上四处走动，给大伙儿雪中送炭。"

“可是，谁会有这么多钱啊？”康瑟塔·阿尔坎杰罗问道。因为，这加起来确实是一大笔钱——玛德莲娜在账本的后面加了一下，这笔钱超出了他们所预估的岛上居民的所有钱财。

有人说道：“这也许是阿尔坎杰罗做的善事。”听闻此言，酒吧内在场的所有人顿时哄堂大笑。

在弥漫于整个卡斯特拉梅尔岛的神奇气氛中，康瑟塔·阿尔坎杰罗和玛德莲娜也有点陶醉，但是，尽管每天早上酒吧开门前她们都要把酒吧仔仔细细搜索一遍，但从来也没有在夜阑之家发现过任何神秘的天赐礼物。

“不管怎么样，这个资金问题终究会过去的。”康瑟塔·阿尔坎杰罗安慰玛德莲娜说，因为在这种时刻玛德莲娜总是容易感到沮丧，“按照一贯的做法，朱塞佩努会拿出钱把事情摆平——在这整件事情上，塞尔希奥只要忍一忍，把自尊心暂且放一放就行了。”

但是，在玛德莲娜的心中怀疑的种子已经扎根。假如这场金融危机过不去，那该怎么办？假如夜阑之家没有毁于战争，没有毁于地震，反倒毁于这场危机，那又该怎么办？

比普评论道：“现在不要这样说。这不是什么真正意义上的危机。到二〇一〇年危机就会结束。到时候，大家早就忘了还发生过这么一档子危机呢。”

四

在圣阿佳塔节日的几周前，“现代委员会”召开了一次特别会议。

当天晚上，正当岛上的居民集会的时候，一场大暴雨袭击了卡斯特拉梅尔岛。暴雨拍打着夜阑之家的窗户，参加会议的人不禁瑟瑟发抖。暴雨发出刺耳噪声，犹如人发出的喉音，哗哗哗从下水道和游廊上垂花饰一般的三角梅枝蔓倾注而下。风声雨声隆隆作响，玛莉亚·格拉琪亚不得不站起身来扯起嗓门大喊。“咱们必须把这一届圣阿佳塔节日办好，不能比其他任何一届差劲，”她说道，“即便我们现在没钱了，支付不起节日的花销。”

因为，一直以来，举办圣阿佳塔节所需的资金有一部分是由卡斯特拉梅尔岛储蓄贷款银行赞助的。银行的长期赞助让岛民们几乎忘记了举办圣阿佳塔节所需的资金是从哪里来的。然而，现在，没有了银行的赞助，谁来为教堂内摆放的花环买单？谁来为从大陆运送过来的传统音乐家游行队伍买单？谁来为摆着蜜汁坚果和塑料纪念品的货摊买单？谁来为那些必须由比普的渡轮从大洋彼岸摆渡过来并在节日前一天在广场安装好的栅栏围墙、发电机、聚光灯、扩音器买单？在过去的二十年间，为了吸引越来越多的游客，急于讨好已经离开卡斯特拉梅尔岛但每年回岛上庆祝圣阿佳塔节日的原居民，圣阿佳塔节举办得越来越隆重，这种规格必须得以保持。

当圣阿佳塔节的准备工作正式开始的时候，暴风雨的势头越来越强。坐在酒吧角落的渔婆阿佳塔叽里咕噜地说道：“圣阿佳塔生气了。”她两只眼睛滴溜溜地转来转去，紧紧盯着电视屏幕上的足球运动员。尤文图斯足球俱乐部正在与国际米兰足球俱乐部对阵。到了晚年，阿佳塔在某种程度上成了一个狂热的足球迷。渔婆继续说道：“在过去那个年代，当我们遇到局部的暴风雨的时候，我们总是说‘圣阿佳塔生气了’。当哪一艘渔船上有罪人的时候，暴风雨就会袭击那艘船。”

其中一两个老年纸牌玩家瞄了一眼玛莉亚·格拉琪亚，因为她每个周日的下午还是在安德里亚·蒂森图伯爵的别墅度过的，这已经不是什么秘密了。个中原因，除了罗伯特先生外，玛莉亚·格拉琪亚不肯向任何人说明。

康瑟塔·阿尔坎杰罗对此不以为然，她说道："我认为会有奇迹出现。我想节前到来的暴风雨就是这个意思。没必要因为这暴风雨就把自己弄得愁眉苦脸的，阿佳塔夫人。"

在圣阿佳塔节日两周前，在一个难得的暴风雨稍歇、天色阴暗的短暂时间内，果真出现了奇怪的"半个奇迹"。等比普的渡船行驶到锡拉库萨与卡斯特拉梅尔岛之间翻腾汹涌的水域时，水下的一个阴影朝着渡船游了过来。阴影越来越近，令船上的游客坐立不安。有人叽里咕噜地说道："是鲨鱼。"突然间，那个阴影蹿出水面。像一颗射出的海水做的子弹，这个影子跳跃了片刻，然后啪的一声落在甲板上。原来那不是什么鲨鱼，而是一只海豚。这家伙浑身上下跟这雨天的天空一样灰蒙蒙的，肚皮下呈现粉红色。它在比普渡船的生锈的金属甲板上啪嗒啪嗒地来回甩着尾巴，用它自己奇奇怪怪的语言嘎嘎嘎吱吱吱地乱叫一通，弄得众游客四散躲闪。"安静点儿！"比普喊叫道，"安静点儿！让我过去跟它谈一谈，看看它想从咱们这儿要点儿什么。"

比普上次见到一只条纹海豚的时候他还是一个小伙子。当时，他是从远处的露西圣母玛利亚渡船的船头看到的。现在，这个带着鱼腥味的动物侵入了他的渡船，对着他龇牙咧嘴，很不友好。他不敢肯定自己应该如何对待它才是。他抓起船钩子，关掉马达，向海豚靠了过去。"好了，好了，"他嘴里念念有词，"安静一下，海豚。别再咬人了。乖孩子。你可别捣蛋啊。"

海豚用一只光亮的眼睛瞅着比普。比普小心翼翼地戳了戳海豚，让它滑向船的一侧。突然，海豚愤怒地甩了一下尾巴，一下子将比普甩得踉踉跄跄，向后倒去。只见海豚越过船舷，跳进水里。当游客蜂拥到船舷边观看的时候，它再次冒出水面，浮在水面上，用它那小小的黑眼睛朝上看着。接着，海豚将身子一扭，倏然消失，身后只留下一片烟波浩荡水气空蒙的大海。

等渡轮到达卡斯特拉梅尔岛码头的时候，乘客们几乎不相信刚刚发生的这个戏剧性的事件是真实的。当比普把这个故事带到酒吧的时候，在场的也没有一个人相信。渔婆阿佳塔咂巴咂巴舌头，对此表示怀疑："不可能，不可能，我当初出海打鱼的时候这样的事情从来没有发生过。带条纹的海豚从来不会这么不知羞耻地像一只在动物园表演的海豹一样跳到一只船上去。"

"它真的跳了，"摆渡人比普坚持说，"它跳到了我的船上。"

"那海豚一下子就跳跃到你那巨无霸渡轮上了吗？你真是上岁数了。"渔婆阿佳塔说道，"比普先生，我这样说可没有对你不敬的意思啊，你记忆力衰退，开始变得老糊涂了。"

"这可是千真万确的真事啊，"比普喊叫道，"是我亲眼看到的。再说了，你算老几，说我老了，阿佳塔夫人？别忘了，你和我可是出生在同一年的冬天。"

比普和渔婆阿佳塔始终没有结婚，但是大家都知道，在过去的五十年内，他们一直保持着一种微妙的男女关系。现在到了这把年纪，他们像一对老夫妻在拌嘴，口无遮拦，大胆放肆。"你这荒唐可笑的家伙，"渔婆阿佳塔对他亲密地说道，"你这该死的傻瓜。说什么一条带条纹的海豚跳到了一只船上！"

但是那天晚上，最年轻的两位打鱼人马迪奥和瑞祖最小的曾孙——大伙儿都简单地称他为瑞祖宜务，带来了他们自己亲身经历的离奇故事。那天晚上，这两个小伙子爬山来到夜阑之家。他们穿着被撕裂的牛仔裤，上身穿着有海水渍点、上面印着美国乐队的T恤衫。他们喃喃低语，表示相信比普所讲故事的真实性。他们说是的，是的，这种事情完全有可能发生。两天前，他们也看到了海豚在"船只死亡地带"附近的恶浪中飞跃。一天黎明时分，也有一大群飞鱼像冰雹一样落在他们的渔船“远见”号的甲板两侧上。还有一次，深夜时分，他们熄了灯，关掉了引擎打鱼，结果在船下的海水深处他们听到了一条鲸鱼呜呜的哀号声。

“一切都变得怪怪的。”渔婆阿佳塔说道。她现在完全相信了比普讲述的亲身遭遇，因为这得到了其他信息来源的证实，“看来是有什么奇迹要发生了。这连鱼儿也知道了。”

与此同时，卡斯特拉梅尔岛上流传着关于安德里亚·蒂森图伯爵的谣言。除了玛莉亚·格拉琪亚，岛上的人他依然谁也不见，在棕榈树林荫大道的尽头，奇怪的包裹开始从别墅带走。有正方形的包裹，似乎是用牛皮纸包裹着装框的画像，有巨大的包装盒子，有一次，甚至有一个叮当作响的箱子，里面好像放着黄铜烛台。

比普从伯爵的地产管理人员那里听到了内幕消息，转述说：“伯爵在变卖自己的家当——所有属于他母亲和父亲的那些家底，那些古老的画像，上面刻有蒂森图家族装饰章的银器、法式桌子和椅子，甚至包括从客厅墙上拆卸下来的壁画。要我说啊，自从他家的储蓄贷款银行破产以来，人到晚年的伯爵反倒变了。”

渔婆阿佳塔感慨地评论说：“他肯定是发疯了。”

老年纸牌玩家们咕咕哝哝地说道：“他这样做是对他父亲老伯爵不尊重的表现。他的做法只能让人这样理解。”

暴风雨连绵不断。为庆祝圣阿佳塔节日而筑起的栅栏围墙被暴风刮倒。建筑商托尼诺和恩熙力诺搭建的临时舞台不堪积水之重，结果试用的时候，舞台的中央居然垮塌，铜管乐队的演奏人员仰面掉进泥水中。一天早上，当玛莉亚·格拉琪亚和玛德莲娜打开百叶窗的时候，发现半个游廊塌陷了。横梁上挂着被水浸透的像花环一般的植被，由于横梁过于笨重，她们无法将它抬到原来的位置。

酒吧的建筑部分似乎也要散架。酒吧屋顶漏水，将雨水滴到阿梅德奥·埃斯波西托的天鹅绒沙发上，结果，沙发表面总是湿漉漉地罩着一层细细的小水珠。楼上的一扇窗子昨晚忘了关闭，现在，窗子的木结构部分已经受潮膨胀，结果怎么也关不上。这样一来，每次去卫生间都要遭受风吹雨打。门厅处的油漆已经变得像斑斑的鳞片，而图书馆的半数图书由于受潮已经弯曲变形。塞尔希奥坐在柜台后，用玛德莲娜的电吹风将每一本书烘干，以防造成永久性的破坏。

岛民们以前从来没有在圣阿佳塔节遇到过下雨的问题。然而，康瑟塔·阿尔坎杰罗坚持认为会有一个奇迹发生，说是经过了这些天的暴风骤雨之后，天气会缓和下来，她说："自从罗伯特从海上到来之后，一直没有过什么大的奇迹。奇迹早就该来了——时机早就成熟了。"

雨持续了整整一个星期。与此同时，游客的数量继续减少——在这个本来已经经济紧张、令人失望的夏季，这是个小小的悲剧。

"你得给弟弟朱塞佩努打个电话，塞尔希奥，"玛莉亚·格拉琪亚吩咐道，"如果你亲自给他打电话，如果你邀请他参加节日，也许这一次他会回来的。"

但是，等三角梅的枝蔓陡然掉到游廊上的时候，电话线被从夜阑之家的屋角处扯断，现在掉了下来，所以，给朱塞佩努打电话的计划也泡汤了。

玛德莲娜在酒吧的各个房间走来走去，而玛莉亚·格拉琪亚表现得十分坚决。她说："我不会离开卡斯特拉梅尔岛的。我想死在这里，就像我的父亲阿梅德奥·埃斯波西托，我的母亲皮娜·维拉。我要死在这个咱们埃斯波西托家族已经生活了九十年的房子内。这个房子还住着我父亲的灵魂，这个房子是我出生的地方。罗伯特也不能离开，卡斯特拉梅尔岛让他割舍不下。"

"数字就是数字，"塞尔希奥忧郁地说道，"数字就是数字。咱们总不能空手套白狼吧。"

“似乎别人都已经这么做了。”玛莉亚·格拉琪亚说道。她阔步走到房屋顶层那间屋子，从放着父亲那张旧桌子的地方凝望远处灰蒙蒙的海水翻腾奔涌，浑浊不堪。

因为好像别人都不愿意做，玛德莲娜开始清点库存，做年度清单，因为她担心从大陆来的大银行的法院执法人员会上门讨债。据说已经有人在大洋对岸看到这些人了。玛德莲娜担心他们会挨家挨户敲门，威胁将微波炉和电视机强行搬走。因为他们这个周末就该向储蓄银行支付下一笔贷款了，而他们有可能要延期付款。从一大早玛德莲娜就开始行动起来，她把整袋整袋的文件和过期的库存目录拉出去扔掉，将咖啡机和冰激凌机子擦得发亮，将电视机和足球桌的原装箱子准备好，以便一得到通知就可以将这些东西重新打包带走。她清点了一下库房的货物——蜜桃汁、意大利辣椒味薯片、就着咖啡吃的小杏仁饼干、橙子酒、柠檬酒、酸橙酒。嗯，这些东西够圣阿佳塔节用了。她把这些计入了账本。玛莉亚·格拉琪亚观察着孙女，只见她抿着嘴，像父亲阿梅德奥·埃斯波西托一样皱着眉头。

当玛德莲娜干完手头的工作之后，玛莉亚·格拉琪亚说道：“听我说，直到圣阿佳塔节日的准备工作结束，咱们不要再谈论事后的话。咱们要做的事情太多了。整个酒吧必须装饰一下，必须把三千个面粉糕饼做出来。咱们必须把窗户擦干净，在三角梅藤蔓上挂上灯。把游廊的地板砖清扫一下。从掉下来的三角梅的枝蔓上滴下来的雨水把过节的时候游廊上用来跳舞的地方滴得到处是水，这枝蔓应该处理一下。把橙子酒、柠檬酒、酸橙酒都准备好。从橱柜内把咖啡罐子拿出来。搅一搅冰激凌的缸子，否则冰激凌会坏掉。当朱塞佩努回来过圣阿佳塔节的时候，咱们请他帮忙还这个债，那样的话咱们还债的时间就能宽松一点。”

玛德莲娜心里想，朱塞佩努回来，那只是玛莉亚·格拉琪亚的一厢情愿。但是，她没有那么说。

整个晚上，塞尔希奥穿着围裙，挽着袖子，一声不吭地忙着做米丸子和面粉糕饼。十一点左右的时候，恩佐过来准备帮一个小时的忙，结果一直帮到次日早上才走。恩佐用艺术家那纤细灵巧的手指像揉黏土一般揉着面团，而他做出的面粉糕饼像是一个个圣人的塑像。与此同时，玛德莲娜和康瑟塔·阿尔坎杰罗冒着雨跑到游廊，将掉下来的三角梅花环砍断，然后把它们挂在酒吧内。三角梅枝条上的雨水滴到酒吧的地板上，形成一摊一摊的泥水。在光线越来越暗的酒吧内，这三个女人——玛莉亚·格拉琪亚、康瑟塔·阿尔坎杰罗、玛德莲娜——站在椅子上，将圣人的细长三角旗挂到酒吧的天花板上。

再也没有花店出售圣阿佳塔节日用的花瓣，吉斯拉的花店是第一个倒闭的。所以，那天晚上，岛上的妇女们拿着水桶、篮子和购物袋走出家门，在晃来晃去的雨伞下，她们将每一株植物和灌木篱墙上的花朵摘了个精光；“二战”结束时，岛上的妇女也曾做过同样的事情。“圣母玛利亚”号船的残骸上和渔夫们的金枪鱼渔网形成的拱门上被安装上了灯。等玛莉亚·格拉琪亚和玛德莲娜再次爬上山的时候，她们当时就意识到圣阿佳塔节日终究会举办成功的，节日已经开始，而节日神奇的肃静气息已经弥漫于被雨水冲刷的夜晚。

朱塞佩努从当天的最后一班渡轮走下来，他一只手拉着行李，走入了这个静寂的夜晚。他穿着发亮的灰色套装，拉着带轮子的行李箱走在鹅卵石路上，他的身形很奇怪，像是缩小了一般。跟他的舅舅弗拉维奥·埃斯波西托当年“二战”后归乡时一样，朱塞佩努悄无声息、神神秘秘地回到阔别多年的故乡卡斯特拉梅尔岛。当他走过满是积水的小镇时，岛上的居民没有认出他。直到康瑟塔·阿尔坎杰罗跑进酒吧喊道：“你儿子回来了，玛丽佳！你儿子！”玛莉亚·格拉琪亚这才走下游廊，在夜色中看到了儿子。朱塞佩努在母亲面前停住脚步，将雨水从稀稀落落的头发上擦去。玛德莲娜羞怯地在围裙上将手擦干，因为她从来没有见过朱塞佩努，所以也没有认出他来。朱塞佩努用过去几十年没用过的意大利母语生硬地说道："嘿！我到家了。"

无论此前还是此后，没有任何快乐能够比得上在儿子归来的那一刻玛莉亚·格拉琪亚所感受到的快乐。

听到欢乐的呼喊声，塞尔希奥来到游廊的边缘，眯起眼朝着雨中看去。他走下台阶，勉强跟弟弟握了握手。康瑟塔·阿尔坎杰罗和玛德莲娜走在后面，她们感到奇迹终于越来越近——只见塞尔希奥一边急促地说着，一边笨拙而局促不安地摆弄着围裙的带子："借给我一笔钱吧，朱塞佩努——就一千欧元，或者两千——够支付储蓄银行到期的分期付款并且让酒吧熬过这个冬天就行——否则我们会失去一切——我已经拖欠分期付款了——我知道我不该开口向你借钱。"

朱塞佩努坐下。他摩挲着胸脯，将拉杆行李箱靠在一个湿漉漉的椅子上。停顿了半刻，他终于开口说道："我不能帮你，塞尔希奥。"

"求求你了，朱塞佩努。"

"我帮不了你。我没钱。我的公司不存在了。"

只见玛莉亚·格拉琪亚走上前来，抓住朱塞佩努的两个肩膀。"你这话是什么意思？"

"我被迫申请了破产——公司倒闭了——"

刹那间，玛莉亚·格拉琪亚似乎变成了一个大块头的巨人，一个像她父亲阿梅德奥·埃斯波西托那样的巨人。"破产了！"她大声喊叫道，"看着我的眼睛，朱塞佩努！给我解释一下你都做了些什么。"

面对母亲指责的目光，她的小儿子开始恼怒，他不屑一顾地简短敷衍道："我以前做期货，现在不做了，我现在没钱了。发生了这场金融危机。我的公司破产了。”

“你那了不起的工作。”玛莉亚·格拉琪亚喃喃低语，她就是不能理解。

“那不是什么了不起的工作，”朱塞佩努说道，“我做期货合同的买卖生意。你们这些卡斯特拉梅尔岛民，竟然以为我是什么富豪！我也只不过曾经跟富豪沾了一个边而已。你们以为我能做什么呢——以为我能带来什么奇迹吗？”他的语气变得尖酸刻薄毫无人情味，带着十足的轻蔑鄙视。现在，一些邻居已经聚集在游廊的边缘，因为他们已经嗅到了埃斯波西托家族家丑的气味。

“你那所公寓住宅是怎么回事？”玛莉亚·格拉琪亚继续说道，“还有那些大汽车——”

“所有这些都是我贷款买的！”

出于本能，康瑟塔·阿尔坎杰罗不禁悲声哭起来：“唉唉唉，朱塞佩努！你离开咱们岛屿后这些年都是怎么过来的呀？”

朱塞佩努的头垂得越来越低，头顶上露出一大片无毛地带，与哥哥塞尔希奥的秃顶可以一较高下。“唉，朱塞佩努！”玛莉亚·格拉琪亚大声说道，“如果你姥爷还在世的话，他会对你说些什么呢？”

玛莉亚·格拉琪亚的指责刺痛了朱塞佩努，他开始反驳。“我不是一直给你们往家里寄钱吗？”他喊叫道，“用来翻新酒吧的那二百万里拉。从来都是我掏腰包给你们修理这个修理那个的，是我掏腰包弥补你们盈利的不足，而且反反复复多次都是我付的钱，尽管从一开始塞尔希奥就把我拒之于千里之外，不让我跟酒吧有任何瓜葛。获利的是你，妈妈！获利的是你、塞尔希奥、爸爸，还有其他所有人！你们想买货车，你们想修房顶，你们想买电视机——你们所有人都想参与，不仅仅是我一个人！”

在此期间，塞尔希奥一直徘徊在门口，一言不发。而现在，他发现自己身不由己地成为邻居们关注的焦点，一下子被推上了一个让他感到陌生的位子，成为比较成功的儿子。他看到自己的弟弟被吓怕了，不再显得那么高大了，但是在他的喉咙中他感到这种胜利很酸涩，像是变质变味的劣酒。“妈妈，康瑟塔·阿尔坎杰罗姑妈，你们不要再说了，”他喃喃低语道，“朱塞佩努，进来吧。”

朱塞佩努从椅子上站起身来。他将阿梅德奥·埃斯波西托的那个故事本塞到母亲的手中。“给你，”他说道，“我把这个拿回来了。至少谁也不能指责我偷了这个本子，因为我一直说下一次回岛上的时候我会把它还回来，现在我把它还回来了。”

最终，朱塞佩努跟在哥哥身后跨过了夜阑之家的门槛，对他来说，这何尝不是一种安慰和解脱。酒吧欢迎他的归来，而他就像姥爷故事本中浪迹天涯的游子，归来时已是风光不再、身无分文、被现实打回了原形。

五

玛莉亚·格拉琪亚无法入眠。非但如此，她反而坐到酒吧柜台前翻阅着父亲阿梅德奥·埃斯波西托留下的故事本。那个关于一只鹦鹉和变成一只鸟的小姑娘的故事；关于“银鼻子”魔鬼和“身无魂”巫师的故事。在那个寒冷的拂晓时分，在她父亲那张古老的留下潮湿斑点的画像下，当她坐在酒吧柜台后继续阅读故事本的时候，她还发现了一个让她感到惊异的奇迹：本中还有她以前从来没有读过的故事——这些故事肯定是父亲阿梅德奥·埃斯波西托在死前的日子里想到的，之后被塞尔希奥用他那青少年特有的青涩而潦草的笔迹记录下来，最后，其他任何人还没来得及看一眼就被朱塞佩努从卡斯特拉梅尔岛上带走，拿到了英国。

玛莉亚·格拉琪亚将睡在酒吧顶层房间天鹅绒沙发上的朱塞佩努叫醒。“亲爱的，这是什么呢？”她一边问，一边用手指着那些她以前没看过的故事。

朱塞佩努的脖子变得一块红一块紫，小时候每次做坏事被揭穿的时候他就是这副模样。“最后几个故事我没有影印，”他咕咕哝哝地说道，“还没有印完我就没钱了。不管怎么说，我猜想这些故事塞尔希奥都记住了。这些故事是他誊写下来的。”

但是对于这些故事的存在她一直都不曾听闻过！现在，玛莉亚·格拉琪亚发现了属于她父亲的最后这些故事，好像他又短暂地回到她的身边，像当年她还是那个绑着护腿的小姑娘的时候那样，向她柔声细语地娓娓讲述着岛上的故事，让故事伴着她渐渐入睡。玛莉亚·格拉琪亚翻着书页，津津有味地品读着卡斯特拉梅尔岛上的故事，品读着描述驴子拍卖会和海上救援的故事，品读着描述邻里宿仇的故事，品读着讲述一九一三年的一次壮观的捕鱼行动的故事（备注：由格苏依娜夫人于一九二二年讲述给本人），品读着讲述一八七五年一场大滑坡事件的故事（备注：由玛祖家人传下来）。在本子的最后几页，是一个有关圣人的故事。这个故事既没有标注日期，也没有标注故事的讲述人。此后，玛莉亚·格拉琪亚总是将这个故事跟她的父亲和圣阿佳塔节日联系在一起，相信父亲写下这个故事，就是为了让她正好在圣阿佳塔节日前夕的这一刻找到这个故事。而这一刻的到来距离她父亲阿梅德奥·埃斯波西托第一次目睹圣阿佳塔节日已经有九十五年之久。

在他的故事中，玛莉亚·格拉琪亚的父亲写道，有一次，有个挖墓人在沼泽附近的公墓看到了圣阿佳塔。挖墓人看到了她的幽灵在公墓通道的上方盘旋着，她两手张开，十分恐怖。挖墓人返回墓地的时候，发现自己用的铲子不见了，自己挖好的坑已经被重新填平，好像坑从来没有被挖开过。挖墓人感到很不吉利，没有继续干活，而是收工回了家。

当时正是地震频发的年代。后来，尽管挖墓人再次挖坑，但他发现土地硬得像大理石，根本就挖不动。有一天，发生了一场大地震，他惊醒后发现所有的坟墓都洞穴大开，看上去十分阴森恐怖。

由此，他明白了，圣阿佳塔要么是故意跟人作对，任性而为，要么是想让人把死者安葬到一个什么别的地方。

于是，卡斯特拉梅尔岛上的居民召开了一个会议，决定服从圣阿佳塔的意愿，将他们先人的坟墓搬到某个更安全的安息地。但是，在那个年代，人们特别害怕疾病，所以岛民们拒绝将死者埋葬在自家的房舍和水井附近。 然而，因为他们不肯听从圣人的意愿，卡斯特拉梅尔岛确实遇到了麻烦。岛民们再次遭受哭泣魔咒的折磨。

一天早上，在公墓外的大道上，圣阿佳塔的幽灵再次出现在岛民们面前。她似乎在招手示意，于是，一群渔夫随她而去。她引领他们穿越整座岛屿，踏上一个奇迹般的旅途，穿过田野、渠沟和橄榄树树林，直到他们最后来到大海边的洞穴。在这里，圣阿佳塔在洞穴的后面站住，等待着。经过一番深思熟虑，岛民们认定他们没有别的办法，只能把自家先人的遗体搬到这些洞穴内。

在洞穴内，他们发现了另外一个奇迹：一个个小小的格子墓穴，里面已经满是人的骨头，可以用来盛放他们祖先的棺材和骨灰盒，还有已经切割好的石头，可以用来将这些墓穴封住。

集体搬迁祖坟的那一天风雨大作。岛民们犹豫不决，但是圣人阿佳塔的幽灵在岛上四处现身，坚持要求他们将他们祖先的遗骸搬到海边的洞穴内。整个小镇的人都集合起来，搬迁队伍的行进花了大半个下午，但是最终，他们到达了洞穴。

接着，一场地震把卡斯特拉梅尔岛震了个底朝天，岛民们被堵在了洞穴内。大股大股的熔岩从伯爵别墅的地下喷射而出，整个卡斯特拉梅尔岛上下起伏、剧烈抖动。岛民们在洞穴内害怕得缩成一团。等他们钻出洞穴的时候，发现地平线上的卡斯特拉梅尔小镇已经被夷为平地，除了教堂、伯爵的别墅和夜阑之家外，没有一座建筑还挺立着。

于是大家明白了，圣人阿佳塔不仅保护了他们祖先的遗骸，而且保护了他们这些生者，因为在这场地震中没有一个卡斯特拉梅尔岛民丧生，所有人都受到古老的洞穴岩石的庇护。

然后，当岛上的居民将死者的遗骸安葬完毕后，又出现了一个奇迹。在地震中塌下来的洞穴后方的那一块岩石，现在变成了圣人阿佳塔的形象。艺术家文森佐将岩石凿断，用它来做塑像。从此以后，岛民们明白了这些洞穴不是受到诅咒的恶土，而是受到圣人阿佳塔庇佑的一方圣地。

她父亲阿梅德奥・埃斯波西托写道："亲爱的，就这样，卡斯特拉梅尔岛的岛民们再也不受哭泣的折磨了。"

罗伯特来了。他站在门口。走廊这么短的距离，他走过来都有点儿气喘。最终，玛莉亚・格拉琪亚不得不承认，罗伯特已经是个老头子了。玛莉亚・格拉琪亚把故事本放到他手中。"总得有个人把其余的所有故事写下来才是啊。"她对罗伯特说道。因为，在她父亲阿梅德奥・埃斯波西托过世之后，这样的事情谁还记着去做呢？渔婆海中得救的故事是不是应该写下来呢？罗伯特神奇出现的故事是不是也应该写下来呢？在那个海船盛行的年代，她和父亲目睹大大小小的船只云集在地平线上，宛若铁丝上一串串细细的雨点，这是不是也应该写下来呢？渔夫皮埃瑞诺的幽灵的故事，是不是也应该写下来呢？野孩子恩佐被姑姑康瑟塔・阿尔坎杰罗调教得服服帖帖的故事是不是也该写下来呢？伯爵大酒店的建造，是不是也该写下来？夜幕降临后，一捆一捆的钱奇迹般地出现在岛民们的门前，是不是也应该写下来呢？还有其余所有那些没有被记录下来的故事，它们难道不应该被写下来吗？总得有人把这些事情记下来才对吧。

“主意不错，”罗伯特说道，“难道你不能自己写吗？”

玛莉亚·格拉琪亚轻轻地握住罗伯特的手腕，把他领回到院子旁他们住的石头房里。当他们走在一起的时候，罗伯特稍稍将身子靠在玛莉亚·格拉琪亚身上，这让她还是感到尴尬不安，因为此前他们走在一起的时候，总是她依偎在罗伯特的身上。她现在明白，自己的人生几乎已经走到了尽头。罗伯特似乎也是这样的想法，只见他戴着眼镜，床边的台灯亮着，显然他也没睡着，而且还在想着问题。玛莉亚·格拉琪亚将父亲的故事本合上，放到床头柜上。“你也睡不着？”她问罗伯特。

“是的，亲爱的。我在做计划。”

“什么计划呢？”

“咱们的两个孩子现在终于聚在一起了，依我看，咱们应该跟他们谈谈酒吧的前途。”

玛莉亚·格拉琪亚有点吃惊，问道：“什么前途？”

罗伯特说道：“如果玛德莲娜想要酒吧的话，他们应该把酒吧交给她。我现在就是在想这个事。她从一生下来就爱这个地方。她很坚强，有能力让酒吧渡过这场危机。这酒吧应该归她，这就跟这酒吧一直就应该归你是一个道理。我一直爱着你父亲这个老医生，但是在这件事情上他做错了。”

出于内心的某种固执的自尊，出于她母亲皮娜·维拉遗传给她的某种精神，玛莉亚·格拉琪亚依然强烈地希望孙女去读医学院。当她对罗伯特的想法提出反对时，罗伯特很温柔地对妻子说：“玛德莲娜她不想离开。亲爱的，她需要鼓足勇气告诉你。不过她已经跟我说过了。”

玛莉亚·格拉琪亚心中早已经明白，玛德莲娜跟她的奶奶和太姥爷一样胸怀大志，要保护酒吧，除了她别人没有这个能力。

六

圣阿佳塔节这一天，天亮时分天空灰蒙蒙的，迷雾笼罩中的大海烟波浩渺。早上做弥撒的时候，在教堂外，只能看到人们撑起的密密麻麻的雨伞。马可神父顶着风，张开自己的黑色长袍遮挡住用石膏雕刻的圣人塑像。他在风雨中大声疾呼："让我们赞美耶稣和圣母玛利亚！让我们赞美圣阿佳塔以及其他所有圣人！"

游行的道路湿滑泥泞。圣人的那尊古老的雕像是艺术家文森佐的五世先人用石膏雕刻而成的。此前，雕像从未在雨中裸露过。在通往海边洞穴的碎石小路上，发生了一起小小的悲剧：圣人的塑像开始融化，脸上留下一道道黑色的泪痕，就像当初从卡米拉眼中落下的泪水；圣人的长袍上流下一道一道的紫色雨水，样子十分滑稽。

神父大声喊道："快点，瑞祖宜努，马迪奥！赶紧把圣人送进去，不要弄湿了！"人到晚年，马可神父现在对圣阿佳塔的虔诚不亚于卡斯特拉梅尔岛上的任何一个人。

于是，渔夫们抬着圣人雕像疾步向大海边的洞穴赶去。他们攀越过岩石，爬进洞穴，将圣人的石膏塑像搬到干燥的黑暗处，其他岛民紧跟在他们身后。"她有没有损坏？"圣阿佳塔委员会的寡妇们喊叫着问道。打火机打着了，手机屏幕也亮了起来。在无数的灯光下，圣人塑像亮闪闪地发出忧伤的光彩，她的脸浮动着，像活人一般，只是脸色比遭受暴雨前略显苍白。

马可神父说道："咱们不能让她再受到雨淋。塑像上的油漆会融化流掉，石膏也会破裂。咱们必须把她放在这儿，一直等到暴雨退去。"

结果，当欧洲大陆派来的法院执法人员来到卡斯特拉梅尔岛开始向岛民们收债的时候，他们发现没有一家不是人去房空，没有一个人出来应门，整个岛不见人影，所有的店铺都关着，似乎这个地方已经被岛民抛弃。最后，他们不得不收起他们的收债授权书、文件和手提箱，然后悻悻离去。

与此同时，在海边的洞穴内，人群中开始出现了分歧意见。渔婆阿佳塔警告道："咱们在这里这样死等着，只能等到世界末日。"

马可神父说道："再等半小时。"

就这样，等半小时变成了等一小时，然后又变成了一个半小时。眼看着一场争论就要爆发，就在这个千钧一发的紧要关头，康瑟塔·阿尔坎杰罗开口说道："恩佐雕刻了一尊圣人阿佳塔塑像。"

刹那间，恩佐身不由己地成为大家目光的聚焦点。有几位见过他雕刻的那一尊巨大的圣阿佳塔石像。现在，这些人点点头，表示同意：是的，是的，那也是一座圣人阿佳塔塑像。

康瑟塔·阿尔坎杰罗建议说："咱们变通一下，把恩佐的圣阿佳塔塑像搬过来。那个不怕见水。塑像本来是恩佐的舅姥爷艺术家文森佐计划雕塑的。恩佐雕刻的塑像差不多已经完成了。咱们可以抬着那一尊塑像游行。"

老年纸牌玩家们连连点头称善。他们认为可以使用另外一个圣阿佳塔的塑像。毕竟，这不也是同一个圣人的塑像吗？

摆渡人比普提出一个问题："恩佐雕刻的塑像太重了。一般的圣阿佳塔的塑像是用石膏做的。他那个却是用石头雕刻的。六个打鱼人怎么能抬得起来？"

恩佐应答说："能抬起来。塑像用的石头是火山岩。岩石到处是孔洞，就像浮岩一样。咱们会找到一个办法的。”

听到这些话，有人开始咕咕哝哝地说起被哭泣诅咒的灾难。

马可神父指挥人们将旧塑像抬到洞穴更深处暴雨无法侵入的干燥地带。

又过了半小时，渔夫们方才从海湾对面返回来。当他们返回的时候，人群中响起了此起彼伏的惊叹喊叫声。原来，渔夫们将恩佐雕刻的塑像装到了瑞祖的那一架旧毛驴车上——这个毛驴车被所有人遗忘了整整二十年。现在，上面铭刻着绿色和黄色岛上故事的毛驴车从海湾对岸走过来，进入人们的视线，慢腾腾的，步履蹒跚。拉着塑像的是众渔夫和他们的后人：托尼诺、瑞祖宜努、马迪奥、恩熙力诺、卡洛杰罗。

在暴雨中，岛民们拉着他们的圣人塑像绕遍了卡斯特拉梅尔岛的所有海岸。游行队伍经过安德里亚·蒂森图伯爵别墅的时候，只见别墅大门紧闭，窗户上的百叶窗也关着。有些岛民抬头朝窗户看去，期望看到蒂森图伯爵像他父亲那样向着游行队伍点头祝福，但是他们一张脸也没有看到。大伙儿拉着圣人塑像继续赶路，在上坡处，渔夫们在驴车后用力推着车，同时用手扶着塑像以确保平衡。游行队伍行经卡斯特拉梅尔岛岩石遍布的南端，走过现在长满灌木野草和蓟花的希腊式圆形剧场，途经在玛祖农场原址建起的新酒店的大门口。酒店已经黯然失色，游泳池边摆放的躺椅已经被暴风雨掀翻，太阳伞上沉甸甸地挂满雨水。不过，还是有一些游客走到了他们的房间门口，并加入了游行队伍。与此同时，圣人的塑像在驴车的后部摆来摆去，只见她一只手高举着，雨水在石头长袍的褶皱处汇成河流和瀑布。玛莉亚·格拉琪亚像是哄小孩似的嘴里念叨着：“好了好了。不远了。”她焦虑万分，禁不住气喘吁吁，渴望这尊石头塑像能够完成朝拜之旅，仿佛在驴车内摇晃着身子的是圣阿佳塔本人，仿佛在这充满奇迹的静谧的晚上这尊石头塑像已经奇迹般地变成了圣人的肉身。

在码头周围，在古老的金枪鱼渔网和锈迹斑斑的圣母玛利亚号船的残骸前，马可神父祈求圣人的恩典。婴儿们被带到前面接受祝福。在持续暴雨的影响下开始腐烂的农夫们的庄稼，被祈祷受到神佑。在岛上一只新渔船——马迪奥的“远见”号渔船——的船头，马可神父将一瓶圣水倒入哗哗哗的倾盆大雨中。

当天晚上，暴雨将顾客赶到了夜阑之家。玛莉亚·格拉琪亚感到很是纳闷：“怎么就来了这么多人？难道是大家都可怜咱们，决定人人都买一瓶橙子酒，好让咱们的酒吧再维持一个夏天吗？”

康瑟塔·阿尔坎杰罗从人群中费力地挤过来，眼中闪烁着按捺不住的喜悦光芒。“我刚才听说了，跟一九六三年遭遇暴雨的情况一模一样，阿尔坎杰罗的酒吧因为暴雨没法开门营业了！我那可怜的哥哥啊！”

渔婆阿佳塔幸灾乐祸地大声喝彩道：“这真是一个奇迹！我就跟你们说过嘛！这些暴雨都是带着这个目的来的！”

阿尔坎杰罗酒吧的老顾客，一个个被雨浇得像落汤鸡似的，他们面带几分愧色，怯生生地侧身跨进酒吧门槛，自顾自寻求热茶和酒。菲力珀·阿尔坎杰罗在游廊处来回徘徊，直到康瑟塔·阿尔坎杰罗拽着他的胳膊把他拉进酒吧。

当两个儿子和孙女玛德莲娜在过于拥挤的餐桌旁照顾客人时，玛莉亚·格拉琪亚冷眼观察，发现他们提供的食物远远不够。客人们需要的不仅仅是几杯九十分一杯的咖啡，也不仅仅是几杯几个欧元一杯的酒。由于暴雨的缘故，游廊已经无法通行。因为没人买，大缸中的冰激凌已经结晶。遇到这样的天气，连游客也不想吃冰激凌。

夜色降临时，广场上照旧有人翩翩起舞，在一大摊一大摊的雨水间，在湿漉漉的三角旗下，人们淋漓狂舞。三角旗将略带温度的雨水瀑布般倾泻到狂欢者的头上。在他们站立的位置，在租赁来的巨大的聚光灯下，在比普手风琴的乐声中，岛民们扭身劲舞。在游廊的边缘，在朱塞佩努带回岛上的那把巨大的条纹高尔夫球雨伞下，玛莉亚·格拉琪亚坐在罗伯特身边，她向他讲起了她父亲阿梅德奥·埃斯波西托在这个岛上度过的第一个晚上。这个故事是她还是个小姑娘的时候她父亲讲给她的：被一百只红色蜡烛围绕的圣人塑像，还有伯爵将人群分开时那种神奇的静寂，这都让父亲阿梅德奥·埃斯波西托惊叹不已。现在的节日则大相径庭：发电机的轰鸣声，货摊上熠熠闪烁的彩灯，年轻人在角落处伴着令人怦怦心跳的音乐扭着腰身——年轻人不再着迷于卡斯特拉梅尔岛上哀伤的歌谣。现在，带着照相机的游客可以拍下无数张照片，而在她父亲来到这个岛的第一个晚上，只有一张照片。而这一张照片则包含了后来出现的所有一切。这一次，伯爵没有到场。没有他在场，让人感到圣阿佳塔节缺少了一点儿什么东西，尽管除了玛莉亚·格拉琪亚谁也不会承认这一点，尤其是“现代化委员会”的成员们。

就在此刻，比普和他的侄儿们像一群小伙子一样疾步飞奔到湿漉漉、乱哄哄的广场上。比普喊叫道：“有突发事件了。渡轮出故障了！”

“出故障了？”托尼诺问道。

“该死的飞鱼——大群的鱼儿——卡在了马达内。这个狗娘养的暴风雨！”

托尼诺拍着老比普的肩膀，建议道：“先别管你那渡船‘圣母玛利亚’。你现在浑身都湿透了——我给你要一份橙子酒。等到明天我们酒醒了，雨也停了，我们给你修船。”

比普大声喊道：“不行，不行！你不明白。‘大海圣母玛利亚’渡船出了故障，可是有人——还有另外很多人——等着要渡海到咱们岛上！我们必须去接他们！”

听到他的话，大家有点困惑。是从伯爵大酒店来的游客吗？比普喘息着说道："不，各种各样的人。有从欧洲大陆来的游客。回家探亲的岛民——我也是刚刚听说，玛祖的一些孙子辈的堂表亲，他们从美国远道而来，还有从瑞士来的达科斯塔的叔叔们！我想我甚至看到了弗拉维奥·埃斯波西托，也有游客。他们听说了我们的节日。他们排队等候在码头。他们想让我把他们带到岛上，看一看圣人的风采。可是，偏偏在这个节骨眼上，我的渡船出了故障，我没法把他们摆渡过来。"

玛莉亚·格拉琪亚满怀信心和激情，她站起身，说道："弗拉维奥·埃斯波西托？你是说我哥哥弗拉维奥·埃斯波西托？必须把他带回来——我们必须派小船过去。渔夫们都去哪里了？马迪奥？瑞祖宜努？"

瑞祖宜努从人群中抽身出来，拧着湿淋淋的牛仔裤的裤脚。当渔婆阿佳塔向他解释了他们面临的困境时，他说道："我们的'远见'号船一次只能运送五六个人。"

"比普，等候在那里的人有多少？"

老渡船人两腮鼓起来，说道："我不知道。反正远不止五六个人。"

玛莉亚·格拉琪亚大声喊道："还有谁家有小船呢？还有谁能帮一把呢？"

特尔剌祖家最年轻的小伙子和其他一两个人挺身而出。除了他们，再也没有其他人站出来。

只见渔婆阿佳塔拽着酒吧柜台站起身来，挺直腰板，显得很高大。她朗声说道："咱们要把那些老船拿出来。咱们要把储存在'金枪鱼渔网'内的老船用起来。咱们在'二战'前用过的用油漆涂抹、镶嵌着白色宝石的那些老船。这样的船那里有十艘到十二艘。"

岛民们开始行动起来。他们或开着汽车、货车，或骑着自行车，或徒步前进，手中打着小小的白色星星一般的灯笼，急匆匆沿着通向码头的大路行进。玛莉亚·格拉琪亚一把抓起弗拉维奥·埃斯波西托的意大利法西斯少年先锋队的双筒望远镜，同玛德莲娜一起坐上酒吧的那一辆三轮货车，跟在他们身后。在暴风威力陡然减小、暴雨势头突然变弱的夜色中，卡斯特拉梅尔岛上的年轻人将一艘艘船拖下水。在海湾的水面上，这些船只在水面上再次漂浮起来：圣阿佳塔救世主、相信上帝、露西圣母玛利亚、远见号、玛丽亚康瑟塔·阿尔坎杰罗、锡拉库萨之星。

玛德莲娜和玛莉亚·格拉琪亚跟其他岛民被留在海岸上，望着船上的灯火随着帆船渐行渐远。就在此时此刻，就在这大海的边缘，玛莉亚·格拉琪亚似乎看到了那些乘船离开岛的人，在船上看到的卡斯特拉梅尔岛。当年，埃斯波西托家的成员——她的儿子、兄长、孙女——离开卡斯特拉梅尔岛的那一刻，他们在船上回望小岛，看到的肯定也是此番景象：卡斯特拉梅尔岛宛若水雾笼罩中的一块巨大岩石，又好似被抛弃的一艘船，在烟波浩渺的海面上渐渐退出视线。“你不想坐船跟他们去吗？”玛莉亚问孙女玛德莲娜。

玛德莲娜回答说：“我要留在岛上。我在酒吧做准备，等他们回来。”

但是，不知不觉中变得忧心忡忡的玛莉亚·格拉琪亚，想多看一会儿离去的船只。她心里想，说不准，出于某种奇迹，她兄弟弗拉维奥·埃斯波西托真的会乘坐其中的一艘船回来。玛德莲娜把三轮货车的钥匙交给奶奶，自己却冒着最后的一阵雨徒步跑了回去。结果，当伯爵的地产管理人桑提诺·阿尔坎杰罗的儿子跑着送来一张已经被淋透的由安德里亚·蒂森图伯爵亲笔书写的短信，让她最后一次去别墅的时候，玛莉亚·格拉琪亚发现码头上只剩下了自己一个人。

当康瑟塔·阿尔坎杰罗来到小广场时，看到游廊上椅子被掀翻，音乐还在响着，但人们已经走光了。她在寻找朋友玛莉亚·格拉琪亚时，无意中发现了一个奇怪的变化：储蓄银行内灯火辉煌，推拉门敞开着。柜台后面坐着比普的侄儿贝皮诺。

圣阿佳塔委员会的寡妇们带头冲进银行，其他岛民紧跟其后。这些人浑身被雨水浇透，她们相互推搡着，拥挤到银行那个黄色的柜台前才停住脚。瓦莱里娅高声喊叫道："咳，贝皮诺，这是怎么一回事？这大过节的，又是大半夜的，难道你们还在营业不成？"

贝皮诺非常拘谨地稍微清了清嗓子，然后说道："我们银行只营业一两个小时。我要告诉你们的是，你们的钱可以拿回去了。你们所有存在这账户内的钱。"

康瑟塔·阿尔坎杰罗说道："但是你们的银行破产了。它不可能死了又活过来吧？"

贝皮诺："银行是要破产。但是你们会把你们存的钱拿回去，这是我们向你们做过的保证。"

但是谁会支付这么多钱呢？尽管心中纳闷，但圣阿佳塔委员会的寡妇们已经开始提取她们的存款和养老金。康瑟塔·阿尔坎杰罗不依不饶地问道："这是外国银行给支付的吗？贝皮诺，你别说胡话。告诉我，是外国银行付的钱吗？"

贝皮诺："不是他们。"

"那又会是谁呢？难道是哪一位海外人士想在我们岛上投资不成？"

贝皮诺快速地摇了摇头，哪一个外国投资者会这样做呢？

渔婆阿佳塔大呼小叫地嚷嚷道："我知道这是谁做的。这就是那个把钱藏到大家伙门外的人，这就是给恩熙力诺送去修补房顶需要的瓦，给马迪奥送去船马达的那个人。"

一位老年纸牌玩家低声说道："是圣阿佳塔。"

当大家迷茫得不知所措的关头，玛莉亚·格拉琪亚终于驾驶着三轮货车来了。她将车停在棕榈树下，然后下了车。看到玛莉亚·格拉琪亚眼中噙泪，康瑟塔·阿尔坎杰罗大吃一惊。她冲着玛莉亚·格拉琪亚大声问道："出什么事了，玛丽佳？"

然而，由于晚上整个空气都是湿漉漉的，所以渔婆阿佳塔并没有注意到玛莉亚·格拉琪亚眼中的泪水，她只是抓住玛莉亚·格拉琪亚的肩膀说道："你过来帮我们解一解这个谜。玛莉亚·格拉琪亚夫人，有人把我们的钱全部还回来了。大家伙的秘密你一直都知道。如果是谁做的，你肯定知道是谁。"

玛莉亚·格拉琪亚依然流着眼泪："是的，我知道是谁，是伯爵做的。"

贝皮诺晶莹透亮的耳朵变成鲜亮的粉红色。他小声说道："按照要求，这件事谁也不能说。"

年迈的瓦莱里娅抓住贝皮诺的手腕说道："你听我说，贝皮诺。你必须一五一十地给我们交代清楚。"

贝皮诺回答道："按要求我不能讲。"但是，瓦莱里娅是卡斯特拉梅尔岛上岁数最大的长者，而且他也不敢不听她的话。他最终承认说："他派桑提诺·阿尔坎杰罗拿着很多钱来到银行，为的是把大家的钱还回去。这样一来，即便银行破产，你们也不会失去银行欠你们的钱。"

寡妇瓦莱里娅反问道："这是为什么呢？"

贝皮诺说："你们的买卖不是都遇到困难了吗？你们不是都需要拿回这些钱吗？"

确实如此——即便如此，这种善事怎么会是安德里亚·蒂森图伯爵做的呢？

渔婆阿佳塔对安德里亚·蒂森图伯爵的做法根本无法理解。"他打了渔夫皮埃瑞诺。他不是个好人。他跟他的父亲老伯爵一点儿都不像。就算是他想弥补自己的罪过，现在已经太晚了。"

突然间，玛莉亚·格拉琪亚被一种发自内心深处的同情心所左右，她能真切地感受到，因为它就像从大海袭来的一场暴风雨。她喃喃低语道："他没有你们所有人想象的那么坏。他不该受到这样的谴责。"

瓦莱里娅反诘说："玛莉亚·格拉琪亚，这你最清楚不过了。既然他是个好人，为什么你总是早出晚归到他那里去，为啥像个害相思病的小姑娘那样偷偷摸摸地留着大路不走偏要走小胡同小巷子呢？"

但是，就在此时，罗伯特走了过来，有点气喘。他早就来到了人群的边缘，但是大家都没有注意到他。罗伯特正色问道："咳，瓦莱里娅夫人，你这指责算是哪一出呢？"

老妇人有点惊讶，因为罗伯特先生从来没有跟卡斯特拉梅尔岛上的任何人这样口气强硬地说过话。她咕咕哝哝地回答道："这里没有谁指责谁。"

他用手碰了碰玛莉亚·格拉琪亚的手腕，说道："玛丽佳，把真相说给她听。"

于是，玛莉亚·格拉琪亚说道："伯爵得了病。他就要死了。我去找他，是因为我对他放心不下，结果，他也需要我的帮助，所以我一直去看望他。他没有家人。他是最后一位伯爵。因为他没有财产继承人，所以他所有的财产都会被没收充公——这所别墅、他父亲的狩猎场、储蓄贷款银行以及三百年来一直属于他们家族的广场周围的建筑。当他回到岛上看到从大洋对岸传来的危机时，他决定把自己的财产全部变卖掉，稍微缓解一下大家欠的债。也许是因为他打过渔夫皮埃瑞诺，这是一种弥补，因为上帝知道，大家已经因为这个让他吃够了苦头。"

罗伯特催促道："继续往下说，继续往下说。"

"在岛上四处给大家悄悄放礼物是伯爵自己的主意——修屋顶用的瓦、需要置换的船马达、一袋一袋的钱，这样做，为的就是让你们认为这是圣人的恩德。但是，他卧病在床已经有几个月了，靠他自己怎么能够做得到呢？但是他怎么能知道这岛上的居民谁遇到了困难，谁需要他的帮助呢？因为你们再也没有人跟他说话了——自从他父亲五十年前去世后，你们中间没有一个人跟他说过话。”

瓦莱里娅抱怨道：“为什么他偏偏让你去做呢？他可以让其他任何人去做啊——比如，桑提诺·阿尔坎杰罗，或者他的那些外国助理。”

康瑟塔·阿尔坎杰罗明白其中的缘故，解释说：“这些人都不行。做这种事的人必须了解其他所有人的困难。除了玛丽佳，谁又能做到呢？”

因为，玛莉亚·格拉琪亚从小就是岛上秘密的储存室。是她把不服管教的康瑟塔·阿尔坎杰罗领进夜阑之家，用友善和柠檬水调教了她。

瓦莱里娅问道：“玛莉亚·格拉琪亚夫人，一直都是你在做吗？”

罗伯特答道：“玛莉亚·格拉琪亚夫人和我。”

瓦莱里娅还是表示不满。她咕咕哝哝地说道：“他们之间有一种不正当的关系。有些事做得就是不对。早在这些经济问题出现前，你就去找他了，玛莉亚·格拉琪亚。如果传言可以相信的话，你每个星期日下午都去他的别墅。”

玛莉亚·格拉琪亚像已故母亲皮娜·维拉那样拔腰挺胸站直了身子，然后说道：“我们之间当然有关系了。我们是同父异母的兄妹。你们所有人都知道，所以你们不妨当面说出来，而不是像你们这样在背地里议论了九十年。”

那些老年纸牌玩家们感觉自己很有现代思想，嘟嘟哝哝地说什么有必要先进行DNA测试和血样化验才能对此事下结论。玛莉亚·格拉琪亚没有能够克制住自己的怒火，大声喊叫道：“这些我们全做过了。三年前我们做了DNA检测。全做过了。罗伯特都知道。你们能不能不要管我们的私事了？”

瓦莱里娅敷衍了事地提出了最后一个问题：“嗯，那好吧。今天晚上你去他那儿做啥了？”

玛莉亚·格拉琪亚回答说：“我去他的别墅，因为伯爵要离开人世了，因为在这个偏远荒凉可怜的弹丸之地，没有一个人愿意去看望他。”

玛莉亚·格拉琪亚感觉自己一怒之下言语太过分，言辞过于尖酸刻薄——其实她比他们中的任何一个人都更爱卡斯特拉梅尔这个岛。但是，罗伯特温柔地握住了她的手腕。而且，还有一个问题：安德里亚·蒂森图要归西了。伯爵现在八十八岁，跟图里奥叔叔的幽灵一天不差，正好同岁。而图里奥叔叔年轻时的画像仍然挂在夜阑之家楼道的墙上，在寂静的夜晚，他的幽灵经常出没于山羊走的小路上。安德里亚·蒂森图被诊断患有顽固性肝癌，现在病魔已经把他消耗殆尽。他病情危重，甚至没有办法参加他们的节日庆典。

想到这个将要与世长辞的人躺在小镇边缘的别墅内，没有人去看望，没有人去悼念，岛上的寡妇们啧啧地表示同情。音乐已经停止。大家谁也不知道接着该做些什么，也不知道该说些什么。

就连瓦莱里娅也稍稍后退了几步，后悔自己做了傻事。

最终，康瑟塔·阿尔坎杰罗打破了沉默：“咱们必须去看望他，玛丽佳。咱们必须给他带上礼物，咱们过去经常给他父亲，咱们的老伯爵送礼物。我们怎么能把庆典的这个环节给忽视掉呢？”

玛莉亚·格拉琪亚说道：“他病得很重。神父和岛上的医生都在他身边陪着——现在已经太晚了——他们不想让咱们全都过去。”

康瑟塔·阿尔坎杰罗坚持说：“不管怎么说，咱们必须去看他。咱们应该这样做。”

在一个粉红色和琥珀色相间的房间内，天花板上画着胖嘟嘟的小天使，安德里亚·蒂森图躺在他出生时躺过的那张床上。右手腕上绕着一串念珠。马可神父端来了圣水。在神父的身边，医生准备动身离开。她解下听诊器，脸上带着身心俱疲的神情。这种神情玛莉亚·格拉琪亚很熟悉——当年，每当父亲从病入膏肓的病人家里深夜出诊归来时，她都能从父亲脸上看到这种回天乏术的遗憾，这遗憾使得他神情极其疲惫。岛上的乡亲们径直进入安德里亚·蒂森图伯爵的病榻所在的房间，没有人宣布他们的到来，他们身上的雨水滴滴答答落在地板砖上。老寡妇瓦莱里娅大声喊道："伯爵先生，我们给你带来节日的礼物了。大伙儿现在知道真相了。你给我们做的大好事我们全都知道了。"

安德里亚·蒂森图已经是风烛残年，简直像一只老乌龟。他强撑着从枕头上将头抬起来，脖子上的筋像是一根根拉紧的金属线。他将眼前的岛上邻居们环顾了一遍，然后便一仰脖倒在枕头上，再次闭上了他那像纸一样又干又薄的眼皮。突然，有个人从人群中挤过来，手里端着一盘子烤茄子，然后将盘子放到他膝盖上。又有一个人走上前来，提着盛放在硬纸板盒子里的一只鸡，顺手把盒子塞进医生的怀中。康瑟塔·阿尔坎杰罗拿来用塑料包裹着的一大块金枪鱼。接着，提着礼物的岛民们，不顾其他邻居的反对，朝着这位老人，卡斯特拉梅尔岛上的最后一位伯爵，像潮水一般涌过来。

老人再次将头短暂地抬起来，跟岛上的乡亲紧紧地一一握手。

结果，当大洋彼岸伺机而动的法院执法人员最终再次突袭卡斯特拉梅尔岛上的时候，在安德里亚·蒂森图的大别墅内竟然找不到一件家具可以没收充公——祖传下来的油画一幅没剩，银质烛台一尊不留，从大吊灯上垂下来的被剪掉的丝线上一颗水晶也找不到。因为所有这些都被变卖变现，用于购买邻居渔船需要置换的马达，用于修补邻居的屋顶，用于购买、修理邻居的渔船，用于修复邻居年久失修的房屋。棕榈树林荫道深处的伯爵别墅后来被卖给开发商，安德里亚·蒂森图伯爵的储蓄贷款银行则被瓜分瓦解，所有权转手。

而伯爵世代积累的巨大财富则被成就这些财富的土地所吞噬，回归到他父亲老伯爵曾经统治的岛民们的子孙手中，至此已经丝毫不存。

玛莉亚·格拉琪亚和罗伯特手挽手往回走，他们穿行过一道道巷子和胡同。雨终于停了。大路上，一列游行队伍打着灯笼从海湾处由远及近地走过来。他们是从大陆来的客人。恩佐跑在人群前头。他来到酒吧柜台后高喊道："快点——做好准备！这将是我们见到过的最盛大的圣阿佳塔节日！"玛莉亚·格拉琪亚没有忙乱，而是在游廊边缘处坐下。她让丈夫拉着她的手，在那里坐了很长时间。他握着她的手腕，平静而快乐。当年，在战争的阴影中，他也曾经这样握着她的手腕，当时他是个年轻的军人，而她则是个刚刚从护腿中解脱出来的姑娘。她向他喃喃低语道："一直以来，我只喜欢你，这你知道的。"

"亲爱的，亲爱的。"罗伯特回应着老伴。

与此同时，玛德莲娜在酒吧里忙得不亦乐乎，准备好迎接大陆来的客人们。她用拖把把地板上的雨水拖去，将一瓶瓶橙子酒堆起来。她整理摆放好桌椅。她将镜子上的冷凝蒸气擦去，直到每一面镜子都明光锃亮。然后，她将米丸子一个一个地放入油脂中，这样炸出来的丸子无论是脆度还是色泽都是绝佳的。她像指挥小学生一样向父亲塞尔希奥和叔叔朱塞佩努发号施令。看到这个场面，康瑟塔·阿尔坎杰罗很是惊讶。为了不碍手碍脚，从伯爵家回来之后，她就忙前忙后地摆放游廊上的椅子。

客人们来到广场。他们缓缓而行，似乎在进行着一场他们自己特有的朝圣之旅。夜色之中，悠扬的手风琴再次响起，他们在这温暖的黑暗中，翩翩起舞。他们目睹了一个世纪前玛莉亚·格拉琪亚的父亲阿梅德奥·埃斯波西托看到的景象：在世界的边缘，黑暗的尽头，一个偏远封闭的小地方，散发着湿润的罗勒芳香。他们也目睹了很多奇观：一个圣人塑像被下面的一千支蜡烛光照得通红；一座不寻常的房子矗立于小镇的边缘。在他们的脸上玛德莲娜看到了惊喜之色。老医生阿梅德奥·埃斯波西托当年长途跋涉后看到这样的一座岛屿，他当时肯定也感受到了这种惊喜。

远方的来客跨过酒吧的门槛。玛德莲娜穿梭于餐桌间，跑来跑去给客人们端送食品、饮料。她给客人端上咖啡、巧克力、柠檬酒、橙子酒、柠檬汁、她奶奶教她制作的柠檬水——不加糖，带有蜂蜜的香气，是"二战"那个年代所特有的。她给来客们端上无数的卡布奇诺热牛奶咖啡——在这之前，在夜阑之家，过了上午十一点，从来没有人点过热牛奶咖啡。尽管天气依然寒意料峭，玛德莲娜给客人准备的冰激凌还是供不应求，塞尔希奥和朱塞佩努只得风风火火地赶着搅拌出新的一批冰激凌。这些来客像当年的小姑娘康瑟塔·阿尔坎杰罗一样，贪婪地从油腻的纸上舔食着冰激凌。

比普惊奇地问道："为什么会有这么多人？他们甚至不是什么游客——这些人不全是游客——有些是从大陆来的平民百姓。"

渔婆阿佳塔悄声说道："跟'二战'后的情况很相似。这个世界上只要一出现任何麻烦的迹象，人们对奇迹也就重新有了兴趣。"

今年来的这些远方客人确实跟往年的截然不同：他们的穿着比往年的要破旧，是更为普通的平民百姓。尽管如此，这些人还是吃喝了不少东西。玛德莲娜发现，仅仅是她用放着念珠和蜡烛的旧盒子收集到的小费就可以支付当月欠储蓄银行的分期付款。玛莉亚·格拉琪亚被罗伯特握着手腕，她略带伤感地说道："要是我们能免费让他们吃喝该多好啊。过去，遭难的人到了我们门上，我们都是那样做的。"

罗伯特问道："为什么伯爵先生偏偏不用钱帮助你呢？这几个月来我一直想弄明白这个问题，因为几乎其他人全都得到过他的帮助。"

玛莉亚·格拉琪亚回答说："要我说啊，那是因为他知道，没有他的帮助，我们也会平安无事。毕竟，咱们的酒吧总是能经受大风大浪。”

玛德莲娜出现在游廊边上。她把手上的一托盘饮料放下，然后走到奶奶和爷爷跟前。她对奶奶说道：“我错了，我不该听信关于你和蒂森图先生的谣言。另外，我有个事儿要跟你讲，爷爷已经知道了。我想留下来经营这个酒吧。”

姑娘本来可以跟她太姥爷一样成为一名医生。然而，在圣人节日这样喧嚣不宁、让人激动万分的氛围中，玛莉亚·格拉琪亚觉得，放弃自己对于孙女职业的规划也不会给大城市带来什么损失。玛德莲娜就像一艘被抛弃在海上的船，就像“圣母玛利亚”号船，似乎被一只无形的指南针吸引到了卡斯特拉梅尔岛的岸边。她不回来还有别的选择吗？孙女内心的想法已经沉淀下来，已经发生了变化。奇怪的是，在这个岛上其他人能在你之前了解到你的私事，寡妇们的祈祷让你不堪承受，老年纸牌玩家们对你横加指责，在你还未出生时渔夫们就已经知道你的名字，可是这里的人还可以像大海一样深不可测，像夜阑之家四堵墙之外的暗夜一样令人不可捉摸。她明白，正如阿梅德奥·埃斯波西托、女教师皮娜·维拉、玛莉亚·格拉琪亚本人——所有在世的和已经过世的，玛德莲娜这一生注定要不断地回到这个地方。她将反反复复返回酒吧，行走于太姥爷阿梅德奥·埃斯波西托身为弃儿、酒吧创始人、沼泽地排水工、治病救人的医生、坚定的酒吧守护者时曾经走过的山羊小道上。

突然间，灰色的天空亮了一下，黑夜露出拂晓的微光。接着，每家每户的每一扇窗户都哗啦一声打开。岛民们将一把一把的三角梅、白色夹竹桃、凌霄花、紫花藤扔到雨中。站在小广场边缘浑身发抖的弗拉维奥·埃斯波西托最终来到如冰雹般落下的花雨中。空中密密麻麻满是花朵，租赁来的聚光灯已经熄灭。在突如其来的花雨袭击下，跳舞的人们跌跌撞撞，四顾茫然，晕头转向。在这一片喧嚣中，手风琴的乐声昂扬明快。喧闹的气氛中，达科斯塔家最小的两个孩子玩得不亦乐乎，拿着鞭炮使劲乱扔。在令人神清气爽的黎明时分，绿色的半透明状的渔夫皮埃瑞诺的鬼魂和安德里亚·蒂森图伯爵的幽灵一起逃遁消失，前往寻找其他海岸。圣人的火山石塑像被小心翼翼地慢慢抬起，然后放到渔夫们的肩膀上，直到他们自豪地站起身，在雨水中一步一滑地艰难行进，圣阿佳塔再次摇摇晃晃地走在卡斯特拉梅尔岛上，高高举起的右手中隐藏着无数奇迹。

致谢

《夜阑之家》一书的问世离不开西西里和意大利民间故事的三位伟大记录者的著作：朱塞佩·皮特、劳拉·康森巴赫、伊塔洛·卡尔维诺。朱塞佩·皮特是个真实生活中的收集故事的医生，故事中的人物阿梅德奥·埃斯波西托便是根据他的生平塑造的。朱塞佩·皮特拯救了数百个西西里民间故事，使它们免于被湮没于历史长河的悲剧。由杰克·宰普斯和约瑟夫·拉索翻译并编辑的《朱塞佩·皮特汇编西西里民间故事和童话故事集》，是本人写作《夜阑之家》的最初灵感来源。劳拉·康森巴赫的著作《美丽的安焦拉：西西里民间故事和童话故事宝藏》（也是由宰普斯翻译），是本书的另一个重要资料来源。本人笔下讲述的"两个兄弟"的故事，改编自英国著名民间故事收集家安德鲁·朗格对劳拉·康森巴赫版本的改编本。伊塔洛·卡尔维诺编写的《意大利民间故事》让我第一次了解到意大利各地很多令人难忘的美丽故事，我把这些故事写进了阿梅德奥·埃斯波西托的红色故事本中。本人讲述的"沉船"故事是受到伊塔洛·卡尔维诺的故事"带着三个甲板的船"的启发。本人讲述的"死者之城"改编自伊塔洛·卡尔维诺所讲的故事"死者的宫殿"。第二部分的开头处对"被海藻环绕的男人"的引用，选自乔治·马丁 1980 年对伊塔洛·卡尔维诺编写的《意大利民间故事》所做的译本。不过，"哭泣诅咒"的故事，则是我本人编撰的。

露西亚·里恰尔迪博士和佛罗伦萨育婴堂的档案馆和图书馆，

以及《意大利的诞生：育婴堂及一个国家儿童计划的诞生》这本书，对于我研究阿梅德奥·埃斯波西托的早年生活提供了无法估量的帮助，本人在此表示感谢。在《夜阑之家》一书中，本人对高尚无私且具有远见的佛罗伦萨孤儿院作了文学化的处理。如有任何纰漏，本人承领。

本人对法西斯统治下意大利人的生活的研究很大程度上受助于理查德·詹姆斯·博斯沃斯所撰写的《墨索里尼的意大利》，以及福斯托·尼蒂讲述本人逃离一座监狱岛屿的真实故事“墨索里尼的囚犯”。感谢里克·阿特金森在《战斗的日子：从攻占西西里岛到解放意大利，1943—1944》对哈士奇战役的信息进行了很有价值且栩栩如生的讲述。感谢查尔斯·格拉斯的《逃兵：最后一个鲜为人知的二战故事》一书对“二战”后逃兵的困境作了极具人情味的描述。最后，我的灵感来自于两位杰出的西西里战后史记录者及其作品：丹尼洛·多尔奇（Danilo Dolci）的著作 *Inchie esta a Palermo*（英语译名为 *Poverty in Sicily*《西西里的贫困》）以及卡尔洛·莱维 (Carlo Levi) 的著作 *Le Parole sono Pietre*（《语言便是石头》）。

这里，我要感谢几位人士，因为没有他们的鼎力支持，《夜阑之家》一书根本不会写就。首先，我要感谢我的经纪人西蒙·特莱文先生。作为本书最大的支持者，他一如既往，从本书的第一页开始就参与了这个项目。其次，我要感谢我的美国经纪人苏珊娜•格卢克，感谢她对《夜阑之家》一书给予的极大的热情和支持。还有国际特别代理特雷斯·费希尔（Tracy Fisher），以及玛蒂尔达·福布斯-沃森——在此书项目的每个阶段，她都给予了极为可贵、令人十分感激的支持。我的编辑凯特·麦迪娜和乔卡斯塔·汉密尔顿二人给予本人无限的关爱和智慧。《夜阑之家》一开始就能遇到他们这样的编辑，我感到很幸运。我也要感谢戴俪尔·哈古德在编辑过程中给予的支持，感谢罗宾·杜赫诺夫斯基所提供的重要见解。哈钦森及兰登书屋的团队以及本人在全球的编辑们，始终是我忠实的支持者，对于他们给予《夜阑之家》的信任以及对于讲述关于这场金融危机、关于这个小镇、关于欧洲历史的这个故事的重要性的认识，我的感激之情，无以言表。

在《夜阑之家》漫长的写作过程中，很多朋友和家人在精神上支持鼓励我，对于他们无限的大爱和支持我甚为感激。我要特别感谢我的母亲简·惠尔、我的姐姐、我的父亲迈克尔·班纳、三笠 - 安·甘农、玛尔塔·露丝、罗伯特·加洛尼、米凯拉· 约波洛、亚历桑德鲁·加洛尼，以及本人英国和意大利的大家族的其他成员。我还要感谢在此书写作过程中以各种方式向我提供支持和帮助的那些朋友。

最后，同时也是最重要的，我想感谢我的丈夫丹尼尔 · 加洛尼，并将此书献给他。他毫不动摇地支持我，毫无保留地信任我，我认为这本书既是我的作品，也是他的功劳。